PAVILLON

JOHN SAUL

Schule des Schreckens

Roman

Aus dem Amerikanischen
von Gabriele Lichtner

PAVILLON VERLAG
MÜNCHEN

Pavillon Taschenbuch
Nr. 02/300

Titel der Originalausgabe
SHADOWS

Umwelthinweis:
Dieses Buch wurde auf
chlor- und säurefreiem Papier gedruckt.

Taschenbuchausgabe 10/2003

Der Pavillon Verlag ist ein Verlag der
Ullstein Heyne List GmbH & Co. KG
Printed in Germany 2003
Umschlagillustration: Corbis/David Woods
Umschlaggestaltung: Nele Schütz Design, München
Druck und Bindung: Elsnerdruck, Berlin
http://www.heyne.de

ISBN: 3-453-86568-5

Für alle meine Freunde auf Lopez Island.
Und vor allem für:

Larry und Rita
Ron und Jennifer
Robert und Christopher
Jon und Barb
und – last, but not least –
T. A.

PROLOG

Dunkel.

Timmy Evans wachte im Dunkeln auf.

Es war so stockdunkel, daß er nicht das Geringste sehen konnte.

Die Dunkelheit schloß Timmy ein, umgab ihn mit einer so undurchdringlichen Schwärze, daß er sich fragte, ob die vage Erinnerung an Licht, die es irgendwo in der Tiefe seines Gedächtnisses gab, vielleicht nur ein Traum sei.

Und doch war Timmy sicher, daß diese verschwommene Vorstellung mehr als ein Traum sein mußte, daß es so etwas wie Licht gab; irgendwo, weit hinter der Finsternis, in der er sich jetzt befand, gab es eine andere Welt.

Und plötzlich wurde ihm klar, daß dies eine Welt war, zu der er nicht länger gehörte.

Er hatte keine Ahnung, welche Tageszeit es war, noch wußte er, welcher Tag, nicht einmal welches Jahr.

War er am Tag oder in der Nacht erwacht?

Wie sollte er das wissen?

Während er spürte, wie ihn langsam Panik beschlich, begann er ganz vorsichtig, die Schwärze, die ihn umgab, zu erforschen. Er versuchte, seine Hände in die Finsternis zu strecken.

Aber er fühlte nichts.

Es war fast, als wenn seine Finger gar nicht mehr da wären.

Er legte seine Hände zusammen.

Anstatt der erwarteten Wärme der dicht gegeneinandergedrückten Handflächen spürte er nichts.

Er hatte überhaupt kein Gefühl.

Timmy Evans merkte, wie Panik ihn immer mächtiger

erfaßte, als würde er von den Fangarmen eines riesigen Kraken umschlungen.

Sein Verstand wehrte sich dagegen, von Panik gelähmt zu werden. Er zog sich davor zurück, konzentrierte sich, wollte sich von der Dunkelheit nicht verschlingen lassen.

Was war passiert?

Wo war er?

Wie war er hierher gekommen?

Instinktiv begann er zu zählen.

»Eins.«

»Zwei.«

»Drei.«

»Vier.«

Die Zahlen liefen durch seinen Kopf und wurden immer größer, während er der Stimme in seinem Innern lauschte, die unhörbar die Worte formte, die ihm am meisten in der Welt bedeuteten.

Der Stimme, an die er sich aus der jetzt dunkel gewordenen Vergangenheit erinnerte, aus der Zeit, als es noch Licht gab und andere Geräusche als diese Stimme, die ihm jetzt in der Stille seines Kopfes Zahlen zuraunte.

Auch damals, bevor er im Dunkeln erwacht war, hatten ihm eigentlich nur Zahlen etwas bedeutet.

So war es schon immer gewesen, sogar als er noch ganz klein war und auf seinem Rücken gelegen hatte, während er die Gegenstände betrachtete, die über seinem Bettchen hingen.

Die Zahlen auf den Holzklötzen des Mobiles hatten Timmy Evans viel bedeutet.

Obwohl er zu klein gewesen war, um das Mobile mit einem Wort benennen zu können, hatte er eine klare Erinnerung daran.

»Eins, zwei, drei, vier...«

Dieses Ding, das so schöne, leuchtende Farben hatte und mit einer Schnur an der Decke befestigt war, drehte sich langsam über ihm, während seine Augen es nicht losließen und die Stimme in seinem Kopf jede Zahl aussprach.

»Eins, zwei, drei, vier.«

Später hatte er noch etwas anderes entdeckt, das an der Wand hoch über seinem Bettchen hing.

»Eins, zwei, drei, vier, fünf, sechs, sieben, acht, neun, zehn, elf, zwölf.«

Timmy Evans hatte gelernt mitzuzählen, während die Zeiger der Uhr von Ziffer zu Ziffer vorrückten, obwohl er keine Ahnung hatte, was eine Uhr eigentlich war oder welchem Zweck sie diente. Aber während er fast den ganzen Tag in seinem Bett lag, waren seine Augen auf die Uhr geheftet, und er benannte jede einzelne Ziffer, sobald der Zeiger auf sie deutete.

Als er dann laufen gelernt hatte, zählte er seine Schritte und sprach jede Zahl laut aus.

Er zählte die Stufen, die von der Veranda seines Elternhauses hinunterführten.

Er zählte die Ritzen in dem aufgeplatzten Asphalt des Bürgersteigs, der den Garten von der Straße trennte.

Er zählte die Scheiben in den farbigen Glasfenstern, wenn seine Eltern ihn mit in die Kirche nahmen, er zählte die Säulen, die die hohe Decke der Kirche stützten.

Er zählte die Lamellen der Jalousien, die vor den Fenstern seines Zimmers hingen, und das Gemüse, das seine Mutter in ordentlichen Reihen in dem kleinen Garten im hinteren Hof angepflanzt hatte.

Er zählte alles, und endlose Zahlenreihen strömten durch seinen Kopf.

Zahlen, die etwas bedeuteten.

Zahlen, die eine Ordnung darstellten.

Zahlen, die die Welt definierten.

Die Zahlen füllten seinen Kopf aus, nahmen ihn ganz gefangen.

Sie waren seine Freunde, sein Spielzeug.

Er addierte und zog sie voneinander ab, prüfte sie mit

seinem eigenen Verstand, bis er ganz genau begriffen hatte, wie sie funktionierten.

Er multiplizierte sie, dividierte sie, setzte sie ins Quadrat, zerlegte sie in Faktoren.

Sogar als er größer geworden war und anfing, von anderen Dingen zu sprechen, waren die Zahlen immer da, ein ständiger Strom in seinem Kopf.

Jetzt, nachdem er in dieser furchterregenden Dunkelheit erwacht war, begann er, wieder mit Zahlen zu spielen.

Er fing mit einer Million an.

Diese Zahl hatte er immer besonders geliebt.

Eine Eins mit sechs Nullen.

Er multiplizierte sie mit neunhundertneunundneunzigtausendneunhundertneunundneunzig.

Dann multiplizierte er die Summe mit neunhundertneunundneunzigtausendneunhundertachtundneunzig.

So machte er immer weiter, und je größer die Zahlen wurden, desto mehr Platz nahmen sie in seinem Kopf ein.

Und trotzdem war das Dunkel noch immer da. Obwohl er versuchte, sich nur auf die Zahlen zu konzentrieren, spürte er gleichzeitig weiterhin, wie Schwärze und Stille ihn umschlossen.

Jetzt drängte er die Zahlen auf einen Platz im Hintergrund seines Bewußtseins, wo er mit halber Aufmerksamkeit weiter mit ihnen rechnete. Mit der anderen Hälfte seines Verstandes versuchte er noch einmal herauszubekommen, wo er sich befand und wie er in diese schreckliche Finsternis gelangt war.

Schule.

Er war in der Schule gewesen, bevor er im Dunkeln aufgewacht war.

Es war eine sehr schöne Schule. Eine Schule, die er mochte, in der die anderen Kinder fast so gut mit Zahlen umgehen konnten wir er.

Zu der Schule gehörte ein großes Haus, das von einem

weitläufigen Rasen umgeben und von großen Bäumen beschattet war. Von den größten Bäumen, die Timmy je gesehen hatte.

Mammutbäume.

Er hatte noch nie derart hohe große Bäume gesehen, bis seine Mutter ihn in diese Schule gebracht hatte.

Und er hatte bis dahin auch noch nie Freunde gehabt.

Freunde, die waren wie er selbst, die mit ihrem Verstand Dinge tun konnten, zu denen andere Kinder nicht in der Lage waren.

Aber jetzt war ihm irgend etwas zugestoßen.

Was?

Er versuchte, sich zu erinnern.

Er war in seinem Zimmer gewesen.

In seinem Zimmer im dritten Stock.

Er war gerade eingeschlafen.

Und bevor er eingeschlafen war, hatte er geweint.

Er hatte geweint, weil er Heimweh hatte, weil er seine Mutter und seinen Vater vermißte und sogar seinen kleinen Bruder, den er sonst nicht gerade besonders mochte.

Er hatte sich in den Schlaf geweint und sich Gedanken gemacht, ob ihn am nächsten Morgen wohl alle auslachen würden, weil er im Eßzimmer in Tränen ausgebrochen und hinausgerannt war. Er war die Treppen hinaufgestürzt, hatte die Tür zu seinem Zimmer hinter sich zugeschlagen und den ganzen Abend niemand mehr hereingelassen.

Und dann, irgendwann in der Nacht, war er wach geworden und hatte etwas gehört.

Aber was?

Timmy konnte sich nicht erinnern.

Er strengte sich an, um sich noch stärker zu konzentrieren, und eine Erinnerung – so flüchtig, daß sie kaum wahrnehmbar war – tauchte in ihm auf.

Ein klapperndes Geräusch, wie es der alte Fahrstuhl machte, der vom Erdgeschoß zum vierten Stock fuhr.

Und dann – nichts mehr!

Bis er in der Dunkelheit erwacht war.

Erwacht, nur um zu erkennen, daß seine vertraute Welt für ihn nicht mehr zu existieren schien.

Noch einmal versuchte er, seine Hände auszustrecken, aber sein Körper verweigerte jede Reaktion. Er bestätigte noch nicht einmal den Empfang der Kommandos, die sein Gehirn aussandte.

Gelähmt!

Sein ganzer Körper war gelähmt!

Die Panik, die nach und nach immer mächtiger geworden war, hatte jetzt völlig von ihm Besitz ergriffen, und er stieß einen lauten Schrei aus.

Einen lauten Schrei – der nicht zu hören war.

Noch einmal versuchte er zu schreien, als sich aus dem Dunkel langsam ein Licht ausbreitete. Ein grell leuchtendes Licht, in einem Farbspektrum, wie er es nie zuvor erblickt hatte.

Und jetzt brachen auch Geräusche aus der Stille, die ihn seit dem Moment seines Erwachens umgeben hatten. Eine Kakophonie mißklingender Akkorde stürzte auf ihn ein, unterlegt mit dem Kreischen und Schreien der verdammten Seelen der Hölle.

Die Geräusche wurden immer lauter, und auch das gleißende Licht nahm an Intensität zu, bis Timmy Evans sicher war, daß seine Augen verglühen und seine Trommelfelle platzen würden, wenn diese quälenden Sinnesreize nicht sofort nachließen.

Noch einmal stieß er einen unhörbaren Schrei aus, dann versuchte er, sein Bewußtsein vor dem Glühen und dem unerträglichen Lärm abzuschotten. Er wollte sich seinem eigenen Innern zuwenden und sich in den Zahlen vergraben, die noch immer durch die tiefer liegenden Bereiche seines Bewußtseins strömten.

Aber es war zu spät.

Er konnte die Zahlen nicht mehr finden, konnte keinen

Sinn mehr in dem Chaos erkennen, das sich dort befand, wo noch vor einigen Sekunden die Ordnung der Mathematik geherrscht hatte.

Dann, als der Angriff auf seine Sinne sich zu einem raschen Crescendo steigerte, war Timmy Evans mit einemmal klar, was ihm widerfuhr.

Im selben Moment kam sein letzter Augenblick.

Das grelle Licht stürzte noch einmal auf ihn ein, mit einer solchen Intensität, daß es sein Gehirn zerriß, und eine heulende Kakophonie zerschmetterte endgültig sein schwächer werdendes Bewußtsein.

Umgeben von gleißendem Lodern, begleitet von der brüllenden Symphonie tausender Güterzüge, starb Timmy Evans.

Starb, ohne zu verstehen, warum oder wie.

Starb, als er erst elf Jahre alt war.

Starb auf eine fürchterliche Art, und niemand würde je davon erfahren.

1

Der erste Schultag war noch schlimmer, als er erwartet hatte. Dazu trug auch das Wetter bei. Es war einer dieser wunderschönen Tage, an denen ein normaler zehnjähriger Junge eigentlich keinen anderen Wunsch hatte, als draußen zu sein und in der Wüste herumzustromern, die Eden umgab. Dort konnte man nach Krötenechsen und Glockenblumen suchen oder einfach nur die Geier beobachten, die am Himmel kreisten, während sie nach Aas Ausschau hielten.

Aber Josh MacCallum war kein normaler Zehnjähriger, und leider sah es auch nicht so aus, als wollte man ihm das jemals vergessen lassen.

Seine Mutter zum Beispiel gab vor ihren Freunden dauernd mit ihm an, obwohl sie doch sehen konnte, wie er sich jedesmal vor Verlegenheit wand, wenn sie wieder damit anfing, daß er eine Klasse übersprungen hatte.

Übersprungen.

Als wenn das etwas Tolles wäre, etwas, auf das er stolz sein könnte.

Dabei war es überhaupt nicht toll, es war alles andere als das.

Es bedeutete nur, daß die anderen einen für merkwürdig hielten, für eine Art Freak. Kam man den ersten Tag nach den Ferien in die neue Klasse – in der man niemanden kannte, denn die Kinder, mit denen man im letzten Jahr zur Schule gegangen war, saßen jetzt in einem anderen Klassenraum –, starrten alle einen an und begannen zu flüstern und die Augen zu verdrehen.

Heute morgen hatte seine Tortur sogar schon angefangen, bevor er überhaupt in der Schule war. Er hatte versucht, mit einem der Jungen zu reden, der mit ihm in dieselbe Klasse gehen würde.

»Wie ist Mrs. Schulze?« war alles, was er gefragt hatte, als er Ethan Roeder traf, der gleichzeitig mit ihm aus einem der häßlichen Wohnblocks gekommen war, in denen sie beide wohnten.

Ethan hatte ihn kaum eines Blickes gewürdigt. »Kann dir ja egal sein. Die Lehrer lieben dich doch sowieso alle!«

Während Joshs Gesicht vor Scham und Wut über die Abfuhr knallrot anlief, rief Ethan einer Gruppe Jungen etwas zu und lief davon, ohne sich überhaupt noch einmal umzuschauen. Josh hatte gekämpft, um seine Tränen zurückzuhalten. Einen kurzen Moment lang hatte er das brennende Bedürfnis gefühlt, einen Stein aufzuheben und ihn nach Ethan zu werfen. Aber dann hatte er nur seine Hände in den Taschen zu Fäusten geballt und war allein die staubige Straße weiter entlanggestapft, in Richtung von einigen in der Sonne gleißenden braunen Gebäuden. Diese Häusergruppe bildete die Eden Consolidated School.

Eden.

Schon der Name des Ortes war einfach unglaublich!

Josh hatte bereits vor langer Zeit herausgefunden, daß es nichts weiter als ein Gag war, den sich wahrscheinlich irgendein Makler ausgedacht hatte, um den Leuten weiszumachen, daß es hier noch etwas anderes gab außer Kakteen und Sand.

Es war wie mit Grönland, was ›grünes Land‹ bedeutete. Josh hatte gelesen, daß es fast nur aus einer einzigen großen Eisfläche bestand. Den Namen hatte ihm sicher früher einmal jemand mit Sinn für Werbung gegeben, um Ansiedler dorthin zu locken.

Nach Eden jedenfalls waren nicht viele Menschen gekommen, obwohl es immerhin in Kalifornien lag.

Der Ort sah so einsam aus wie Josh sich fühlte, und als er sich an diesem Morgen der Schule näherte, hatte er Lust, einfach daran vorbeizugehen und geradewegs aus dem Ort hinauszulaufen bis zur Autobahn, die fünf Meilen entfernt die Wüste durchzog. Dort würde er sicher eine Mitfahrgelegenheit finden, um irgendwo anders hinzukommen.

Vielleicht nach Los Angeles, wo sein Vater wohnte.

Oder zumindest gewohnt hatte, als Josh vor zwei Jahren das letzte Mal etwas von ihm gehört hatte.

Aber das Bedürfnis, einfach weiterzulaufen, hatte auch nicht länger angehalten als das, einen Stein nach Ethan Roeder zu werfen. So war Josh in das Gebäude hineingegangen, in dem die fünften bis achten Klassen untergebracht waren, und hatte den Raum von Mrs. Schulze gesucht.

Alles verlief ganz genauso wie das letzte Mal, als er eine Klasse übersprungen hatte.

Er war bis zur letzten Sekunde auf dem Flur stehen geblieben, und als er schließlich durch die Tür schlüpfte, hatte er gehofft, daß er sich unbemerkt auf einen Sitz in der letzten Reihe stehlen könne. Aber Mrs. Schulze hatte ihn sofort bemerkt und mit einem nur allzu strahlenden Lächeln bedacht.

»Da ist ja unser kleines Genie«, hatte sie gesagt. Josh war bei dem Wort zusammengezuckt und hatte sehnlichst gewünscht, der Fußboden würde ihn verschlucken. Aber dieser Wunsch wurde genausowenig wahr wie all die anderen Wünsche, die er während vieler Jahre inbrünstig an irgendwelche Mächte gesandt hatte, die sich vielleicht um ihn kümmerten.

Falls es überhaupt Mächte gab, die sich um ihn kümmerten. Langsam glaubte er daran nicht mehr, trotz allem, was ihm jede Woche in der Sonntagsschule erzählt wurde.

Als die anderen Schüler, die alle zwei Jahre älter waren als er, sich umdrehten und ihn anglotzten, hatte er starr nach vorne geschaut. Er mußte sie nicht ansehen, um zu wissen, was ihre Gesichter ausdrückten.

Sie wollten ihn nicht in ihrer Klasse haben.

Sie wollten nicht, daß er in allen Arbeiten ausgezeichnete Noten schrieb, während sie kaum die einfachsten Fragen beantworten konnten.

Bis vor zwei Jahren war es ihm nicht so schlecht ergangen. Damals hatte er das erste Mal eine Klasse übersprungen.

Damals – heute erschien es Josh wie vor Ewigkeiten – waren die anderen Kinder in der Klasse im gleichen Alter gewesen wie er, und er hatte sie alle schon sein Leben lang gekannt. Er hatte sogar einen ›guten Freund‹ – Jerry Peterson. Und keinen schien es zu stören, daß Josh immer die besten Zensuren der Klasse hatte. »Irgend jemand muß ja der Klügste sein«, hatte Jerry manchmal zu ihm gesagt. »Besser du bist das als irgendein dummes Mädchen.«

Wenn das klügste Kind der Klasse ein Mädchen gewesen wäre, dann wäre es natürlich nicht dumm gewesen, hatte Josh gedacht. Aber obwohl er erst acht Jahre alt war, hatte er schon damals Jerry lieber nicht darauf aufmerksam gemacht. Und dann hatten sie ihn das erste Mal eine Klasse überspringen lassen. Ein halbes Jahr später hatte Jerry einen neuen guten Freund gefunden.

Josh hatte keinen.

Und er hatte auch später keinen gefunden, denn wenn man neun Jahre alt ist, macht ein Jahr einen großen Unterschied aus. Alle Jungen in seiner neuen Klasse kannten schon genug andere Kinder, mit denen sie spielten. Und sie wollten nicht mit einem ›Baby‹ zusammensein.

Eine Zeitlang hatte er gehofft, daß vielleicht jemand Neues in die Schule käme, mit dem er sich anfreunden könnte, aber das war auch nicht geschehen – nach Eden kam eben niemand, die Leute gingen eher weg.

Und nun hatten sie ihn wieder eine Klasse überspringen lassen, und seine Mitschüler waren jetzt sogar zwei Jahre älter als er und die Jungen ein ganzes Stück größer.

Die Stimme der Lehrerin unterbrach seine Gedanken, und er konnte fühlen, wie ihn alle ansahen. Er konnte sogar ihre Wut auf ihn spüren.

Sein Verstand arbeitete auf Hochtouren, um herauszubekommen, welche Frage Mrs. Schulze gestellt hatte, während er in Gedanken versunken gewesen war. »Komm schon, Josh«, sagte sie, »du weißt doch bestimmt, wann der Angriff auf Fort Sunter gewesen ist?«

»Am 12. April 1861«, platzte Josh heraus. »Zwei Tage später gab die Garnison des Forts auf, und der Bürgerkrieg begann.«

Das Gekicher erstarb, aber dafür fühlte Josh jetzt, wie ihn aus allen Richtungen böse Blicke durchbohrten.

Was war so schlimm daran, wenn man klug war? Es war nicht seine Schuld, daß er alles, was er las, in Erinnerung behielt und daß er algebraische Gleichungen im Kopf lösen konnte. Und schließlich hatte sonst niemand die Frage beantworten können. Er hatte sich nicht gemeldet, geschweige denn mit den Fingern geschnipst wie ein Angeber. Außerdem hatte er gerade in diesem Sommer viele Bücher über amerikanische Geschichte gelesen. Alle Fragen, die die anderen nicht beantworten konnten, waren für ihn ganz leicht.

Das bedeutete, daß er wieder ein endloses Jahr vor sich hatte, in dem er sich während des Unterrichts langweilen und sonst einsam sein würde.

Als es schließlich zur Mittagspause läutete, tat Josh so, als sei er mit seiner Schulmappe beschäftigt, bis alle anderen Schüler die Klasse verlassen hatten. Dann erst verließ er seinen Platz und ging zur Tür. Aber bevor er entkommen konnte, wurde er von der Stimme der Lehrerin aufgehalten.

»Josh?«

Er blieb stehen, drehte sich aber nicht um. Dann konnte er hören, wie Mrs. Schulzes schwere Schritte den Gang entlang auf ihn zukamen. Als er ihre Hand auf seiner Schulter fühlte, wünschte er wieder, daß der Fußboden sich auftun und ihn verschlucken möge.

»Ich wollte dir nur sagen, wie sehr ich mich freue, dich jetzt in meiner Klasse zu haben«, sagte Rita Schulze. »Ich weiß, daß es für dich nicht einfach sein wird...«

Noch bevor sie zu Ende sprechen konnte, fuhr Josh herum und schaute sie wütend an, Tränen des Zorns in den Augen. »Nein, das wissen Sie überhaupt nicht«, sagte er mit vor Erregung zitternder Stimme. »Sie wissen nicht, ob es leicht oder schwer ist. Und es ist Ihnen auch egal! Ihnen ist nur wichtig, daß ich die blöden Fragen beantworten kann!« Seine Stimme wurde schriller, als ihm die Tränen nun wider Willen aus den Augen stürzten. »Und das sind sie auch – blöde, blöde, blöde!« Er riß sich von der Lehrerin los, drehte sich um und stolperte auf den zum Glück leeren Flur. Dann rannte er in den Toilettenraum am Ende des Ganges.

Fünf Minuten später hatte er sich beruhigt und kam mit

gewaschenem Gesicht wieder heraus. Erleichtert atmete er auf, als er sah, daß der Flur leer war. Er ging zu seinem Schließfach, legte seine Schulmappe hinein und nahm die braune Papiertüte heraus, in der sein Mittagsbrot war. Er wollte das Fach gerade wieder schließen, besann sich dann aber anders und wühlte mit einer Hand in seiner Mappe. Schließlich zog er ein Exemplar von Victor Hugos *Les Misérables* hervor, das seine Mutter ihm in der letzten Woche geschenkt hatte. Er betrachtete es einen Moment lang bewundernd. Obwohl er wußte, daß der Einband nicht aus echtem Leder war, fand er ihn mit dem geprägten Goldrand und dem schönen französischen Lilienmuster wunderschön.

Josh wußte bereits, daß er in der Cafeteria wieder einmal allein sitzen würde, also könnte er genausogut versuchen, ein paar Kapitel zu lesen.

In der Cafeteria stellte er sich am Ende der Schlange an und rückte schweigend und in sich gekehrt voran, bis er an die Milch herankam. Er nahm sich eine Tüte und ging zur Kasse. »Sieh mal an, wen haben wir denn da«, sagte Emily Sanchez und lächelte ihm freundlich zu, als sie Joshs Milch eintippte. »Und jetzt schon in der siebenten Klasse. Würd' mich nicht wundern, wenn du nächstes Jahr in die Oberschule kommst!«

Josh machte nur eine verlegene Kopfbewegung und streckte die Hand aus, um das Wechselgeld für den Dollarschein entgegenzunehmen, den er Emily gegeben hatte. Als sie ihm die Münzen in die Hand legte, lehnte sich Emily nach vorn und flüsterte ihm zu: »Wenn irgend jemand dir Schwierigkeiten macht, sag's mir, okay? Die sind lange nicht so clever wie sie immer glauben, stimmt's?« Sie winkte ihm verschwörerisch zu, aber Josh sah es nicht mehr, denn er hatte sein errötendes Gesicht schon abgewandt und ging eilig auf einen leeren Tisch in einer entfernten Ecke zu.

Niemand sprach ihn an, als er sich zwischen den Tischen hindurchschlängelte, aber er spürte, wie er beobachtet wurde.

Er setzte sich mit dem Rücken zum Raum, fest entschlossen, die Schüler in der Cafeteria nicht zu beachten. Dann öffnete er seine Schulbrottüte und holte das Sandwich mit Erdnußbutter und den kleinen Plastiktopf mit Hüttenkäse hervor. Das war die unabänderliche Mischung, aus der sein Mittagsbrot bestand.

»Ich weiß, es ist nicht gerade fürchterlich aufregend«, pflegte seine Mutter zu sagen, wenn er sich über die Eintönigkeit seiner Schulmahlzeit beschwerte. »Aber es ist gut für dich, und mehr kann ich mir nicht leisten.«

Und so aß er ein Schuljahr nach dem anderen tagtäglich das gleiche. Heute jedoch, als er in der heißen Cafeteria sein Sandwich betrachtete, war er sich nicht sicher, ob er es hinunterbekommen würde.

Und tatsächlich, als er den ersten Bissen im Mund hatte, kaute und dann versuchte, ihn zu schlucken, blieb er ihm im Hals stecken. Nur mit einem großen Schluck Milch, den Josh schnell hinterherkippte, rutschte er schließlich weiter. Josh öffnete sein Buch und begann zu lesen. Schon bald war er in die Geschichte von Jean Valjean versunken – der Junge war gerade dabei, dem freundlichen Priester, der ihn bei sich aufgenommen hatte, ein paar silberne Leuchter zu stehlen.

Josh blätterte schnell die Seiten um, seine Augen überflogen den Text und sogen gierig jedes Wort auf, während er immer mehr von der Geschichte gefangengenommen wurde. Plötzlich, ohne die geringste Warnung, wurde ihm das Buch aus der Hand gerissen. Erschrocken sah er auf. Vor ihm stand Ethan Roeder, grinste ihn an und hielt das Buch vor ihm in die Höhe.

»Was liest denn unser kleiner Klugscheißer?« drang Ethans Stimme Josh schmerzhaft in die Ohren.

Josh schob seinen Stuhl zurück und stand auf. »Ist nur irgend 'n Buch. Gib's zurück.«

»Warum sollte ich?« Ethan tänzelte vor Josh hin und her, wobei er das Buch immer genau außerhalb seiner Reichweite hielt. »Was willst du machen? Etwa einen Lehrer holen?«

»Gib's mir doch wieder«, bat Josh, »ist sowieso nichts, was dir gefallen würde.«

Ethan Roeders höhnisches Lächeln nahm einen bösen Ausdruck an. »Ach ja? Wer sagt das? Du glaubst wohl, ich bin zu blöd, um's zu lesen, ja?« Während er das Buch weiterhin Joshs verzweifelten Bemühungen, es zurückzuerobern, entzog, öffnete er es.

Erst jetzt bemerkte er, daß es nicht in Englisch geschrieben war. »Verdammte Scheiße!« schrie er. »Diese kleine Kröte liest irgendwas in 'ner anderen Sprache!«

»Es ist Französisch, na und?« schrie Josh zurück. »Das Buch ist nun mal in Französisch geschrieben. Gib's mir jetzt, okay?« Wieder griff er danach, aber Ethan war jedesmal schneller.

Schließlich packte der ältere Junge Joshs Arm und drückte zu; seine Finger gruben sich in das Fleisch des viel kleineren Jungen. Inzwischen sahen die Schüler am nächsten Tisch den beiden interessiert zu, aber keiner von ihnen machte Anstalten, Josh zu helfen. Verzweifelt blickte Josh sich nach einem ihm freundlich gesinnten Gesicht um, nach jemandem, der ihm helfen würde. Aber keiner der Jungen, die der Auseinandersetzung folgten, bewegte sich. Als Josh erkannte, daß er völlig alleine war, verlor er die Beherrschung.

»Laß mich in Ruhe, du Arschloch!« schrie er. Mit einem heftigen Ruck riß er seinen Arm aus der Umklammerung, hob einen Stuhl hoch und stieß damit nach Ethan. Der größere Junge duckte sich, ergriff ein Stuhlbein und entwand Josh den Stuhl.

Außer sich vor Wut faßte Josh hinter sich und ergriff die Milchtüte. Als Ethan seine Faust hob, um ihm ins Gesicht zu schlagen, warf Josh die Milch nach ihm. An den anderen Tischen erhob sich Gelächter, als die weiße Flüssigkeit über Ethans Gesicht rann und sein Hemd hinunterlief.

»Scheiße!« schrie Ethan. »Was soll das?«

»Warum läßt du mich nicht in Ruhe?« Josh hob sein Buch aus der Milchpfütze am Boden auf und versuchte, die Milch von den zerknitterten Seiten zu wischen, aber sie waren bereits durchnäßt.

Das Buch gehörte ihm noch nicht einmal eine Woche, und schon war es völlig ruiniert...

»Sieh dir das an!« schrie er. »Daran bist du schuld!« Er warf das triefende Buch nach Ethan Roeder und wollte sich gerade auf ihn stürzen, als von der Tür her eine dröhnende Stimme erklang.

»Okay, Schluß jetzt!«

Arnold Hodgkins war lange genug Direktor der Eden Consolidated School, um zu wissen, wie man einen Streit in der Cafeteria rasch beendete. Mit schnellen Schritten kam er von der Tür her auf die Streitenden zu, wobei er sich seinen Weg durch die Menge bahnte, die um die beiden herum versammelt war. Jede seiner großen Hände packte einen der Jungen hart bei der Schulter. »Das reicht jetzt, verstanden?«

Josh zuckte zusammen, als die Finger des Direktors sich in seine Schulter gruben, aber er sagte nichts.

Ethan Roeder sah Josh wütend an. »Ich habe überhaupt nichts gemacht!« verteidigte er sich, und seine Stimme bebte vor Wut. »Er hat angefangen! Wir haben hier ruhig gesessen, und dann hat er mir die Milch ins Gesicht geschüttet! Sehen Sie sich mein Hemd an, es ist klitschnaß!«

Die Lüge war so unverschämt, daß Josh seinen Angreifer nur mit offenem Mund anstarrte. Bevor er irgend etwas zu seiner Verteidigung sagen konnte, stellte sich einer der anderen Jungen dicht neben Ethan. Es war José Cortez, ein guter Freund Ethans. »Das stimmt«, bestätigte José, und seine Augen blitzten Josh an, als wollte er ihn davor warnen, seine Worte in Frage zu stellen. »Ethan hat überhaupt nichts gemacht. Josh ist einfach ausgerastet. Er spinnt völlig!«

Joshs Blick flog von einem Gesicht zum anderen, und er betete, daß irgend jemand, egal wer, die Wahrheit sagen würde. Aber all die Jungen, die um Ethan Roeder herumstanden, waren Freunde seines Peinigers. Es waren alles Schüler aus seiner Klasse, und sie konnten ihn schon jetzt nicht leiden.

Joshs Augen schweiften verzweifelt über die Menge der anderen Schüler und blieben schließlich an Jerry Peterson hängen. Jerry stand weiter weg auf einem Stuhl. Er wollte alles sehen, was auf der anderen Seite des Raumes passierte, um es dann seinen Freunden erzählen zu können.

Noch vor zwei Jahren hatte Josh selbst an diesem Tisch gesessen, neben Jerry. Und er hatte über jeden Witz gekichert, den sein bester Freund ihm erzählte.

Doch Jerrys Gesicht zeigte nichts als Neugier. Einen kurzen Moment trafen sich ihre Blicke, aber dann sah Jerry weg, sprang von seinem Stuhl und verschwand hinter der Menge größerer Schüler, die Josh und den Direktor umringten.

»Also, was hast du dazu zu sagen?« hörte Josh den Direktor fragen. »Ist es so gewesen?«

Josh schüttelte niedergeschlagen den Kopf. »Ich habe hier allein gesessen und gelesen. Ethan hat mir mein Buch weggenommen und wollte es nicht zurückgeben.«

»Ach du meine Güte«, höhnte Ethan. »Was, zum Teufel, sollte ich mit seinem blöden Buch anfangen? Ich habe ihn nur gefragt, was er da liest, und dann drehte er durch, so wie immer!«

»Das reicht jetzt!« sagte Hodgkins scharf, und der Ausdruck seiner Augen warnte Ethan davor, es zu übertreiben. »Roeder, du und Cortez, ihr bringt das hier wieder in Ordnung. Und keine Widerrede! MacCallum, du kommst mit mir.«

Josh nickte nur. Mit gesenktem Kopf folgte er dem Direktor aus der Cafeteria. Innerlich bereitete er sich schon auf die Standpauke vor, die er wegen des Streits zu hören bekommen würde.

Der erste Schultag war dieses Jahr noch viel schlimmer als im letzten Jahr, das war klar.

Und ganz bestimmt würde es nicht besser werden.

2

»Das Chili is' fertig, mach Dampf, Brenda!«

Brenda MacCallum hörte den Ruf aus der Küche, aber sie reagierte nur mit einer knappen, unwirschen Kopfbewegung. Schon seit einer Weile stand sie an einem Tisch im Gastraum, um die Bestellungen von vier Kunden aufzunehmen. Die Männer waren verärgert, weil sie hatten warten müssen, konnten sich aber jetzt selbst nicht entscheiden. Brenda hatte Verständnis für die Gereiztheit der Gäste, aber schließlich konnte sie auch nichts dafür, daß Mary-Lou sich heute morgen krank gemeldet hatte. Annette und sie mußten nun mit dem Mittagsansturm fertig werden. Nur interessierte die Kunden der Grund für die langsame Bedienung natürlich nicht, und so gab sich Brenda Mühe, ihren Ärger im Zaum zu halten, als einer der Männer seine Bestellung schon zum dritten Mal änderte. Gleich darauf erscholl jedoch von neuem Max' Stimme. Triefend vor Sarkasmus fragte, nein brüllte er durch den ganzen Raum, ob sie taub geworden sei. Es war ein brütend heißer Tag, und Brendas Nerven waren nicht endlos strapazierbar.

»Klar hör' ich dich!« schrie sie zurück. »Aber ich hab' nur zwei Arme und zwei Beine.«

»Bei dem Service hier hat man eher den Eindruck, Sie haben von jedem nur eins«, murmelte einer der Männer.

Brenda biß die Zähne zusammen und verkniff sich die

böse Entgegnung, die ihr schon auf der Zunge lag. Sie drehte sich mit einer heftigen Bewegung um und ging zur Küche. Nur noch fünfundvierzig Minuten, bis der Mittagsansturm zu Ende wäre. Fünfundvierzig Minuten, bis sie Zeit hätte, sich hinzusetzen, einen Kaffee zu trinken und einen Moment lang ihre schmerzenden Beine hochzulegen. Als sie an der Kasse vorbeiging, fing das Telefon daneben zu läuten an, aber Brenda beachtete es nicht und lief weiter zu der Durchreiche. Sie legte ihren Bestellzettel auf die Drehscheibe und nahm die drei Schüsseln mit Chili, die unter den wärmenden Lampen noch immer dampften.

»Verdammt, Brenda, glaubst du, die Kunden wollen ihren Fraß eiskalt?« knurrte Max.

»Erstens servieren wir ja hoffentlich keinen Fraß, und außerdem hör auf, mich anzuschreien – ich kann nichts dafür, daß Mary-Lou krank ist!«

Max hatte schon den Mund für eine scharfe Erwiderung geöffnet, aber dann entschied er wohl, daß es sich nicht lohnte. Und damit hatte er nur allzurecht, dachte Brenda. Auf ihrem linken Arm balancierte sie drei Schüsseln mit Chili, einen Korb mit schon etwas trockenem Brot und ein Schälchen geriebenen Cheddar Käse, während sie die Schale mit schlaffem Salat mit der rechten Hand aufnahm. Das war nicht der Tag, um sie herumzuschubsen, nicht nach diesem Morgen, an dem sie Josh nur mit größtem Energieaufwand dazu hatte bewegen können, zur Schule zu gehen. Gleichzeitig hatte sie sich mit dem Baby beschäftigen müssen, das offensichtlich Schwierigkeiten mit der Verdauung hatte.

Brenda bahnte sich ihren Weg zu dem Tisch, an dem drei Frauen auf ihr Essen warteten, mit denen sie vor zehn Jahren zur Oberschule gegangen war. Als ihr Blick in den Spiegel auf der anderen Seite des Raumes fiel, besserte das ihre Stimmung keineswegs.

Obwohl sie im gleichen Alter war wie die drei Frauen,

die ungeduldig auf ihr Chili warteten, sah sie mindestens zehn Jahre älter aus. Ihr Haar, einst eine wilde Mähne glänzender, naturblonder Locken, war dunkler geworden und hing trist und schlaff herunter. Es sah ungepflegt aus, obwohl sie es erst heute morgen gewaschen hatte, gleich nachdem Josh endlich zur Schule losgezogen war.

In ihrem Gesicht zeigten sich schon die ersten Falten, dabei war sie erst achtundzwanzig. Aber, gestand sie sich reuevoll ein, während sie ihren drei ehemaligen Klassenkameradinnen das Chili servierte, das war schließlich einzig und allein ihre eigene Schuld. Es war ihre Entscheidung gewesen, Buck MacCallum zu heiraten, trotz der Einwände ihrer Mutter und all ihrer Bekannten. Nur hatte Buck damals so umwerfend gut ausgesehen, und sie war einfach zu jung gewesen, um irgend etwas anderes außer seinen starken Muskeln und seinen mit dichten Wimpern bekränzten braunen Augen zu wahrzunehmen.

Bald hatte sie dann entdeckt, daß diese schönen Augen jedes hübsche Mädchen ausgiebig musterten, und oft auch noch die weniger hübschen.

Schon ein Jahr nach Joshs Geburt hatte Buck sie verlassen. Eden hatte ihn gelangweilt, an der Exxon Tankstelle Benzin zu zapfen und Vergaser einzustellen, hatte ihn gelangweilt, und auch sie hatte ihn gelangweilt. So hatte Brenda angefangen, für Max als Serviererin zu arbeiten. Es war nicht leicht, genug für Josh und für sich selbst zu verdienen.

Und dann, vor eineinhalb Jahren, war sie das erste Mal nach ihrer Schulzeit ihrem Klassenkameraden Charlie Decker wiederbegegnet. Bald darauf dachte sie, daß ihre Probleme damit ein Ende hätten.

Charlie hatte ihr geschmeichelt. Er hatte ihr gesagt, sie sähe noch genauso gut aus wie vor neun Jahren, als sie zur Königin des Schulfestes gewählt worden war. Er versprach, daß er sie und Josh nach San Francisco holen würde, sobald ein Geschäft unter Dach und Fach wäre, an dessen Zustandekommen er gerade arbeitete.

Sie hatten Pläne für die Heirat geschmiedet, und als Brenda feststellte, daß sie schwanger war, hatte sie sich überhaupt keine Sorgen gemacht.

Sie rief Charlie in San Francisco an, um ihm die gute Nachricht mitzuteilen. Eine Frau war am Telefon.

Eine Frau, von der sich herausstellte, daß sie Mrs. Charlie Decker war, und dies schon seit sechs Jahren.

Mrs. Decker teilte Brenda mit, daß sie Charlie sicher willkommen wäre, denn sie sei schon die dritte gottverdammte Landstreicherin, die im letzten Jahr angerufen hätte und wissen wollte, wann dieser Hurensohn endlich kommen und sie holen würde. Brenda legte zitternd den Hörer auf und schlug sich Charlie Decker aus dem Kopf. Welchen Sinn hätte es gehabt, ihm etwas von ihrer Schwangerschaft zu sagen? Als dann Melinda geboren wurde, hatte sie dem Mädchen Buck MacCallums Familiennamen gegeben. Wenn er gut genug für sie selbst und für Josh war, würde er wohl auch Melinda nicht schaden.

Zu diesem Zeitpunkt war Brenda am Ende ihrer Kraft und mußte sogar Sozialhilfe bei der Kirche beantragen, damit sie genug zu essen hatten.

Der Klang von Annettes Stimme unterbrach ihre Gedanken, als sie gerade die letzte Schüssel vor einer ihrer ehemaligen Klassenkameradinnen abstellte. »Brenda, was ist denn los mit dir?« fragte Annette. »Hörst du mich nicht? Arnold Hodgkins ist am Telefon. Er sagt, er muß unbedingt sofort mit dir sprechen!«

Die drei Frauen an dem Tisch machten neugierige Augen, und Brenda ahnte nichts Gutes. Nein, flehte sie innerlich, als sie sich auf den Weg zum Telefon machte. Noch nicht heute. Nicht gleich am ersten Tag. Bitte! Aber als sie die Stimme des Schuldirektors am Telefon hörte, wurde ihre Ahnung zur Gewißheit.

»Hallo, Mrs. MacCallum.« Der müde und resignierte Unterton verriet ihr schon die ganze Geschichte.

»O Gott«, seufzte sie. »Was hat Josh diesmal wieder angestellt?«

»Er hat einen Streit in der Cafeteria angefangen«, antwortete Arnold Hodgkins, »behauptet aber, es wäre nicht seine Schuld, er habe nur dagesessen und ein Buch gelesen, während die anderen ihn provozierten...«

»Und alle anderen sagen, er wäre einfach ausgerastet«, beendete Brenda an seiner Stelle die Erläuterung, denn sie wußte schon genau, was kommen würde. Sie hatte so sehr gehofft, daß der Ärger, den sie letztes Jahr mit ihm gehabt hatte, jetzt vorbei wäre. Sie war der Empfehlung der Schule gefolgt und hatte ihn noch einmal eine Klasse überspringen lassen. Weil sie geglaubt hatte, daß die Anforderungen an ihn jetzt so hoch wären, daß er sich in der Schule nicht mehr nur langweilen würde. Dann würden sicher auch seine Wutausbrüche nachlassen. Na gut, auch diese Hoffnung war also vergeblich gewesen!

»Ich glaube, es wäre besser, wenn Sie gleich herkommen würden«, sagte Hodgkins. »Er sagt kein Wort, und er weigert sich, wieder in die Klasse zu gehen.«

Brendas Augen überflogen rasch die vollbesetzten Tische des Cafés, dann sah sie noch einmal zur Uhr. Sie spürte, wie Max sie aus der Küche finster ansah. Als ihre Blicke sich trafen, wies er mit bedeutungsvoller Kopfbewegung auf die fertigen Bestellungen, die sich unter den Lampen in der Durchreiche stapelten.

Sie überlegte kurz, dann entschied sie sich.

»Ich kann im Moment unmöglich kommen, Mr. Hodgkins. Es ist gerade ungeheurer Mittagsbetrieb, und meine Kollegin ist heute nicht da. Max schaut jetzt schon böse, und wenn ich gehe, schmeißt er mich bestimmt raus. Können Sie Josh nicht in die Bibliothek setzen oder so? Nur für eine Stunde!« Ihre Stimme hatte jetzt einen flehenden Klang angenommen, und instinktiv wandte sie sich ab von dem Gastraum und den Blicken der Frauen, die früher ihre Schulkameradinnen gewesen waren.

Glücklicherweise schien der Direktor Verständnis zu haben. Sie war fast überrascht, als sie ihn zustimmen hörte. »In Ordnung. Ich behalte ihn hier bei mir im Büro. Aber sehen Sie zu, daß sie es in einer Stunde schaffen, ja? Ich habe eine Verabredung mit dem Leiter der Schulbehörde und möchte nicht zu spät kommen.«

»Danke, Mr. Hodgkins. Ich werde ganz bestimmt in einer Stunde da sein.«

Sie legte den Hörer auf und eilte zur Durchreiche, wo Annette versuchte, mit den sich stapelnden Bestellungen fertig zu werden. Max beugte sich über den Grill und kehrte ihr den Rücken zu.

»Ärger?« fragte Annette.

Brenda nickte, dann sagte sie zu Max: »Ich muß eine Stunde freinehmen, wenn wir den Mittagsansturm hinter uns haben. Es geht um Josh...«

Max schaute ärgerlich von der Herdplatte auf, wo er gerade mit einem Dutzend Hamburgern beschäftigt war. Heftig schob er den Bratenwender unter eine Fleischscheibe und drehte sie mit einer ruckartigen Armbewegung um. »Wieso gehen seine Probleme immer auf Kosten meiner Zeit?«

Brenda holte tief Luft. Gerade wollte sie ihm verärgert erwidern, daß Josh erst zehn Jahre alt sei, daß alle Kinder Probleme hätten und daß dieses spezielle Problem ihr mindestens ebenso ungelegen käme wie ihm. Da fiel ihr ein, daß Max womöglich daran dachte, ihr die Stunde zu bezahlen, die sie nicht da war. Das wäre allerdings das erste Mal gewesen. Brenda schwieg.

Es war weiß Gott nicht leicht gewesen, diesen Job zu erhalten; einen neuen zu finden, wäre sicher noch schwieriger.

Annette fühlte, wie durcheinander Brenda war und lächelte ihr ermutigend zu. »Hey, Brenda, mach dir keine

Gedanken. Du kannst morgen abend ein paar von meinen Stunden übernehmen, sowieso sind die Trinkgelder mittags nicht gerade riesig. Mach, was du tun mußt, und pfeif auf Max, okay?«

»Okay«, stimmte Brenda zu und verzog den Mund, während sie den nächsten Stapel Teller aufnahm und sich zu einem Tisch am Fenster auf den Weg machte. Aber Max war nicht das Problem.

Josh war das Problem, und im Moment hatte sie nicht die geringste Ahnung, wie sie damit umgehen sollte.

Um halb zwei waren nur noch drei Tische besetzt, und für die Horde Teenager, die nach der Schule kommen würde, war bereits frisch gedeckt. Brenda nahm ihre Schürze ab und hing sie auf einen der Haken am Kücheneingang, wo sich auch die Schließfächer befanden. Als sie zur Tür ging, warf Max ihr einen bösen Blick zu.

»Hast du etwa vor, in deiner Freizeit die Geschäftskleidung zu tragen?«

»Es geht doch nur um eine Stunde, Max. Ich nehm' nicht den Rest des Tages frei, um tanzen zu gehen.« Sie schaute an dem rosa Nylonkleid hinunter, das viel zu kurz war. »Und wenn ich das täte, würde ich bestimmt nicht dieses blöde Ding tragen.«

»Dieses ›blöde Ding‹ hat mich immerhin fünfzehn Piepen gekostet«, knurrte Max. »Und ich bin überhaupt nicht verpflichtet, euch Kleidung zu stellen, damit das klar ist. Wenn dieses Kind sie vollkotzt...«

»Ach du lieber Gott, Max! Kannst du dich nicht mal für fünf Minuten wie ein Mensch verhalten? Josh hat keine Magenprobleme, er hat nur...«, sie suchte nach den richtigen Worten, aber bevor sie sie gefunden hatte, unterbrach sie Max.

»Ja, ja, ich weiß schon. Er ist einfach so klug, daß er selbst damit nicht mehr klarkommt, stimmt's? Wenn er so verdammt schlau ist, warum, zum Teufel, kann er dann nicht lernen, sich selbst Ärger vom Hals zu halten? Du bist in 'ner Stunde wieder da, basta!«

»Okay«, sagte Brenda nur, entnahm seiner unfreundlichen Abfertigung aber, daß sie sich nicht noch die Mühe machen und ihre Kleidung wechseln mußte. Sie lief aus der hinteren Tür auf den Parkplatz des Cafés und rutschte hinter das Lenkrad ihres neun Jahre alten Chevrolets. In der brütenden Mittagshitze brach ihr sofort der Schweiß aus, und das Nylonkleid klebte feucht an ihrem Körper.

Als sie den Zündschlüssel drehte, gab der Motor nur ein verdrossenes Knirschen von sich. »Bitte, bitte«, beschwor ihn Brenda leise und drehte den Schlüssel wieder und wieder, wobei sie dem Bedürfnis widerstand, das Gaspedal bis zum Boden durchzutreten. »Laß mich nicht im Stich, nicht jetzt!«

Gerade als die Batterie ihren Geist aufgeben wollte, sprang der Motor an, hustete ein paar Mal mürrisch und begann dann zu tuckern. Während Brenda ihren Fuß auf dem Gaspedal ließ, griff sie nach hinten und kurbelte die Wagenfenster hinunter. Dann lehnte sie sich hinüber zu dem Fenster auf der Mitfahrerseite. Schon seit langem ließ es sich nicht mehr öffnen, aber sie versuchte es trotzdem immer wieder. Sie glaubte daran, daß hin und wieder Wunder geschehen, und es konnte ja sein, daß sich eines von ihnen irgendwann einmal gerade in ihrer Schrottkiste von Auto ereignen würde.

Im Moment war das jedoch nicht der Fall.

Brenda verließ den Parkplatz, fuhr auf den kleinen Zufahrtsweg und einen Moment später die Main Street in Richtung Schule entlang. Die Eden Consolidated School, eine Gruppe brauner Gebäude im Adobe-Stil, lag am Rande des Ortes. Dahinter kam nur noch die riesige trokkene Wüstenfläche, in weiter Ferne begrenzt von den Bergen, deren Silhouette undeutlich zu sehen war. Ein Smogschleier hing davor, den das nur zweihundert Meilen entfernte Los Angeles produzierte.

Brenda fuhr absichtlich langsam, denn sie brauchte ein paar Minuten, um sich zu sammeln, bevor sie Arnold Hodgkins gegenübertrat. Heroisch widerstand sie der Versuchung, sich selbst zu bemitleiden. Sie sah sich plötzlich in einem alten Bette-Davis-Film – wie hieß er noch? Sie konnte sich nicht mehr erinnern. Jedenfalls spielte Bette darin eine Kellnerin in einem schäbigen kleinen Café in der Wüste. Es lag noch nicht einmal in einem Ort, nicht mal in einem so tristen wie Eden. Und Bette Davis hatte in ihrem Leben überhaupt keine Romanze gehabt, nur eine merkwürdige Affäre mit einem Dichter, der sich gar nicht wirklich für sie interessierte.

Ich war wenigstens ein paarmal verliebt, sagte sich Brenda mit der ihr angeborenen Ehrlichkeit und dem schwarzen Humor, der sie über einige der schlimmsten Augenblicke ihres Lebens hinweggerettet hatte – auch wenn meine Affären nur Nieten waren. Und ich habe zwei Kinder, die ganz sicher keine Nieten sind! Eines von ihnen ist sogar ein Genie, auch wenn uns das im Moment leider wenig nützt. Und wir sind nicht am Verhungern, und wir haben eine Wohnung, und alles könnte viel schlimmer sein.

Während sie auf den Schulparkplatz einbog und sich auf den Weg zur Arnold Hodgkins' Büro machte, bemerkte sie zu ihrer eigenen Überraschung, daß sie vor sich hinsummte. Als sie jedoch ihren Sohn sah, wie er auf einem Stuhl in einer Ecke des Raumes hing, verließ ihre gute Stimmung sie gleich wieder. Joshs dunkle Augen, von genauso schönem Braun wie die seines Vaters und ebenfalls mit dichten, geschwungenen Wimpern bekränzt, sahen sie finster an.

»Meine Güte«, sagte Brenda, »wie sitzt du denn da! Du kriegst einen Buckel, wenn du dich noch lange so zusammenkrümmst.«

»Is' mir egal«, erwiderte Josh und machte keine Anstalten, seine Haltung zu verändern.

»Mir aber nicht«, sagte Brenda. »Und bevor du dich nicht ordentlich hinsetzt, bin ich nicht bereit, mir deine Version der Geschichte anzuhören.«

Joshs Gesichtsausdruck zeigte deutlich, daß er sowieso nicht glaubte, daß sie ihm zuhören würde, aber er setzte sich trotzdem aufrecht hin.

»Es war Ethan«, sagte er. »Er hat angefangen. Ich habe nur *Les Miserables* gelesen, da kam er plötzlich an und hat mir das Buch weggerissen. Er wollte es nicht zurückgeben, und da habe ich ihm die Milch ins Gesicht geschüttet.«

Brendas Blick wanderte von Josh zu Arnold Hodgkins. »Und was meint Ethan Roeder dazu?«

Der Direktor zuckte die Schultern und bat Brenda mit einer Handbewegung, Platz zu nehmen. »Genau das, was zu erwarten ist – daß er überhaupt nichts gemacht hat. Ethan meint, Josh hatte nicht den geringsten Grund, die Milchtüte nach ihm zu werfen.« Hodgkins schüttelte hilflos den Kopf. »Was soll ich machen? Alle anderen Kinder bestätigen Ethans Geschichte.«

»Aber das ist doch lächerlich«, unterbrach ihn Brenda. »Ethan ist zwei Jahre älter als Josh und mindestens zwanzig Pfund schwerer und acht Zentimeter größer. Und was für Probleme Josh auch immer haben mag, dumm ist er nicht. Er würde doch nicht mit jemandem einen Streit anfangen, der ihm so überlegen ist wie Ethan!«

Der Direktor breitete ratlos seine Hände aus. »Beruhigen Sie sich bitte, Mrs. MacCallum. Ich ergreife ja gar nicht Partei, ich berichte nur, was die anderen Kinder mir erzählt haben. Und übrigens ist es auch nicht das erste Mal, daß Josh gewalttätig wurde, ohne provoziert worden zu sein. Wenigstens höre ich das.« Er machte eine kurze Pause, dann fuhr er fort. »Und leider ist das auch nicht alles, worüber wir reden müssen.«

Innerhalb einer Sekunde verschwand der Ausdruck von Entrüstung von Brendas Gesicht, und es zeichnete sich die Erwartung der nächsten Katastrophe darauf ab. »Sie meinen, es gibt noch etwas anderes?«

Hodgkins kaute unbehaglich an seiner Unterlippe. »Rita Schulze war in der Mittagszeit hier. Offenbar hat sie einen kleinen Zusammenstoß mit Josh gehabt, nachdem der Vormittagsunterricht beendet war.«

Brendas Augen wanderten zurück zu ihrem Sohn. Josh rutschte unruhig auf seinem Stuhl hin und her. »Sie hat mich einfach nicht in Ruhe gelassen«, beschwerte er sich. »Jedesmal, wenn sie eine Frage stellte, benahm sie sich, als wäre ich 'ne Art Wundertier oder so was. Alle anderen starrten mich an, redeten über mich und...«

Er unterbrach sich, als er sah, wie der Ärger in seiner Mutter aufstieg.

»Also warst du frech zu deiner Lehrerin – und hast auch die Milchtüte nach Ethan geworfen? Ist es so?«

»Nein!«

»Lüg mich nicht an, Josh. Ich will wissen, was passiert ist.«

»Ich hab's dir doch gesagt, Mama! Ich hab' nichts gemacht!« Joshs Augen irrten im Zimmer umher, als suchte er nach einem Ausweg, und Brenda streckte ihre Hand aus, preßte sie auf seine Wange und zwang ihn, sie anzusehen.

»Ist das die Wahrheit, Josh?«

Josh nickte stumm. Brenda ließ ihre Hand fallen und drehte sich müde zu Mr. Hodgkins um.

»Was sollen wir machen?« fragte sie resigniert. »Letztes Jahr war es genau das gleiche. Dauernd hielt Bill Booley den anderen vor, wie klug Josh wäre, als wenn sie alle genauso sein müßten. Das ist nicht fair, weder Josh noch der Klasse gegenüber.«

Arnold Hodgkins hob erneut seine Hände in einer Geste noch größerer Ratlosigkeot. »Es ist eine sehr schwierige Situation«, gab er mit sichtlichem Widerstreben zu. »Aber...«

»Aber Sie hätten Josh nicht noch einmal eine Klasse überspringen lassen sollen«, unterbrach ihn Brenda, und ihre Stimme wurde lauter. »Sie hätten ihn in seiner Klasse lassen sollen!«

Hodgkins schüttelte entschieden den Kopf. »Darum geht es gar nicht, das ist nicht das eigentliche Problem. Das Problem ist, wenn wir mal ehrlich sind, daß wir für Kinder wie Josh einfach kein Angebot haben. Die Schule ist zu klein dafür, und unsere Mittel sind zu begrenzt.«

Brenda MacCallum sah den Direktor verdutzt an. »Was soll ich also Ihrer Meinung nach tun? Soll ich Josh von der Schule nehmen? Ich kann doch nichts dafür, daß man hier nicht richtig für ihn sorgen kann.«

Hodgkins lehnte sich vor und nahm eine Broschüre von seinem Schreibtisch. »Ich habe auch nicht gesagt, daß Sie etwas dafür können, Mrs. MacCallum, und wenn es sich so angehört hat, tut mir das sehr leid. Aber was ich gesagt habe, ist nun mal eine Tatsache. Wir können für Josh hier wirklich nicht viel tun. Er braucht spezielle Lernprogramme, besonders ausgebildete Lehrer. Und er müßte mit Kindern zusammensein, die so sind wie er.« Seine Augen blieben an der Broschüre hängen, die er erst in der vorigen Woche erhalten hatte. Sie war zusammen mit einem computergedruckten Schreiben gekommen, in dem es hieß, daß Josh MacCallum vielleicht ein Kandidat für die in der Broschüre beschriebene Schule sein könnte. Im ersten Moment hatte Hodgkins das Heftchen und den Brief als nicht wichtig beiseitegelegt. Er hielt das Schreiben für eine automatische Folge des zentral ausgewerteten IQ-Tests, den alle Eden-Schüler im letzten Frühjahr mitgemacht hatten. Doch nach dem Vorfall in der Cafeteria hatte Hodgkins sich die Broschüre noch einmal näher angeschaut. Vielleicht stellte diese Schule wirklich eine gute Lösung für Kinder wie Josh dar...

Brenda konnte die letzten Worte des Direktors noch immer nicht fassen und schaute ihn mit großen Augen an.

»Was sagen Sie da? Sie meinen, ich soll meine Sachen packen und umziehen? Glauben Sie denn im Ernst, das geht so einfach? Und auch wenn ich es könnte, wohin soll ich denn gehen? Wie sollte ich wohl bei dieser Schule ankommen, von der Sie da sprechen?« Bevor sie weiterreden konnte, reichte Hodgkins ihr die Broschüre.

Die Schule hieß Barrington Academy. Auf dem festen, gelbbraunen Papier war eine sehr große Villa abgebildet, umgeben von einer weitläufigen Rasenfläche. Zahlreiche hohe Kiefern und Mammutbäume standen schön angeordnet auf dem Rasen. Brenda schaute mißtrauisch auf das Blatt, dann sah sie Arnold Hodgkins an. »Was ist denn das? Von so einer Schule habe ich noch nie im Leben gehört.«

»Diese Schule ist auch anders«, erwiderte Hodgkins. »Es ist eine Privatschule, die für besonders begabte Kinder bestimmt ist. Sie liegt im Norden, ungefähr...«

Aber Brenda MacCallum ließ ihn nicht ausreden. Sie war bereits aufgestanden, und ihre Augen funkelten den Direktor an. »Privatschule?« fragte sie. »Woher soll ich das Geld für eine Privatschule nehmen? Ich bin Kellnerin. Ich bekomme einen lächerlich geringen Lohn, dazu Trinkgeld, und glauben Sie mir, in Eden gibt's nicht gerade viel Trinkgeld! Seit Melinda geboren wurde, bin ich sogar auf Unterstützung angewiesen!« Sie hielt inne, um gegen die aufsteigenden Tränen anzukämpfen, dann nahm sie all ihren Stolz zusammen und fuhr fort: »Ich werde mit Josh reden und dafür sorgen, daß er sich von jetzt an ordentlich benimmt. Und ich wäre Ihnen dankbar, wenn Sie dafür sorgen würden, daß die anderen Kinder hier – und auch die Lehrer – aufhören, ihn so zu behandeln, als sei er irgendein merkwürdiges Monster. Komm, Josh.«

Arnold Hodgkins erhob sich aus seinem Stuhl und wollte Brenda zurückhalten. Einen Moment lang erwog Hodgkins, ihr hinterherzulaufen, aber dann entschied er, daß es in Mrs. MacCallums momentaner Verfassung keinen Sinn hatte, mit ihr zu sprechen.

Das Problem Josh MacCallum konnte warten, nicht jedoch der Leiter der Schulbehörde.

Schweigend lenkte Brenda das Auto langsam durch die heruntergekommene Gegend am Rand von Eden, wo sie in einem schon recht schäbigen Mietshaus wohnte, das der Besitzer immer weiter verfallen ließ. Brenda konnte förmlich Joshs Wut spüren, aber sie tat ihr Bestes, um nicht darauf zu reagieren. Als Josh schließlich zu sprechen begann, mußte sie ihm jedoch antworten.

»Du hättest wirklich nicht so über mich zu reden brauchen, als wäre ich gar nicht da«, sagte er.

Einen Moment lang fürchtete Brenda, sie würde in Tränen ausbrechen. Dann streckte sie ihre Hand aus und legte sie auf das Knie ihres Sohnes. »Es tut mir leid«, sagte sie. »Ich glaube, ich war einfach so wütend auf Mr. Hodgkins, daß ich vergessen habe, daß du zugehört hast.«

»Habe ich aber. Und ich habe alles gehört, was du gesagt hast. Und es war nicht fair, Mama. Ich habe überhaupt nichts gemacht.«

Brenda holte tief Luft. »Ich sag' ja gar nicht, daß du das hast. Aber all die anderen Kinder...«

»Sie lügen alle!« schrie Josh jetzt, und seine ganze Wut brach aus ihm hervor. »Wieso glaubt mir nie jemand? Das ist gemein!« Er griff in seine Büchertasche, zog das Buch heraus, das er in der Cafeteria gelesen hatte, und fing an, eine Seite nach der anderen herauszureißen. Nachdem er das Fenster heruntergekurbelt hatte, warf er die Seiten hinaus, wo sie im Wüstenwind weggetragen wurden. Brenda konnte sie hinter dem Auto in der Luft flattern sehen.

»Josh! Was machst du da? Weißt du, wieviel dieses verdammte Buch gekostet hat? Ich mußte es extra von Los Angeles bestellen.«

»Ist mir egal!« schrie er. »Ich hasse das Buch, und ich hasse die Schule, und ich hasse Mrs. Schulze und Mr. Hodgkins und alle anderen! Ich hasse alles!« Mit jedem wütend hervorgestoßenen Satz trennte er noch eine Seite aus dem Buch und warf sie aus dem Fenster, bis er sie schließlich in ganzen Bündeln herausriß und die Blätter wie eine Fahne hinter dem Auto herwirbelten. »Und dich hasse ich auch!« schrie er. »Ich hasse alle Leute und überhaupt alles!«

Brenda streckte ihre Hand aus und griff nach dem, was von dem Buch noch übrig war, dann warf sie es auf den Rücksitz. »Du kannst mir glauben, mein Lieber, daß du mir im Moment auch nicht gerade als ein Geschenk des Himmels erscheinst.«

Einen Moment lang war sie fast soweit, ihren Sohn zu schlagen. Dann blieb ihr Blick an dem offenen Fenster auf seiner Seite hängen.

Das erste Mal seit zwei Jahren war es völlig heruntergekurbelt.

Das kleine Wunder war tatsächlich geschehen.

Brenda warf ihren Kopf zurück und begann, laut zu lachen, während Josh sie erstaunt ansah.

Aber schon einen Augenblick später ließ ihr Lachen nach und erstarb dann völlig. Übergangslos fing sie an zu weinen, als die bittere Wirklichkeit ihres eigenen Lebens, aber auch des schwierigen Lebens ihres noch so kleinen Sohnes ihr mit einemmal überdeutlich vor Augen stand.

Das Wunder des offenen Fensters war einfach zu wenig.

Sie brauchte ein viel größeres Wunder.

Aber woher sollte es kommen?

3

Brenda fuhr das Auto unter das durchhängende Dach der Garage und fragte sich wohl zum hundertsten Mal, ob es besser wäre, den Hausbesitzer wegen der abblätternden Farbe anzurufen oder wieder einmal einen Arbeitseinsatz unter den Mietern zu organisieren, um das Gebäude in eigener Regie zu streichen. Vielleicht könnte Bill Roeder dann auch gleich das beschädigte Dach reparieren und mit einem Pfosten abstützen.

»Das ist wirklich eine Bruchbude«, bemerkte Josh, fast als hätte er ihre Gedanken gelesen.

»Es könnte viel schlimmer sein«, gab Brenda zu bedenken. »Es gibt Millionen von Menschen, die nicht einmal so etwas haben, um darin zu wohnen.«

Sie stiegen die Stufen zum zweiten Stock empor und gingen den sonnendurchfluteten Gang hinunter bis zu der Wohnung am südlichen Ende.

Diese Lage hatte Vor- und Nachteile. Es gab Fenster auf drei Seiten, doch heizte dadurch die Sonne auch den ganzen Tag die Wohnung auf. Gegen vier Uhr nachmittags glichen die Räume einem Backofen. Die Miete war jedoch sehr niedrig, und Brenda hatte noch nichts Besseres gefunden. Obwohl sie ständig nach etwas Neuem Ausschau hielt.

Als sie ihren Schlüssel ins Schloß steckte und die Tür aufstieß, sah sie erleichtert, daß Mabel Hardwick die Vorhänge vor die Fenster gezogen hatte und so wenigstens die schlimmste aus der Wüste herüberwehende Hitze abgehalten wurde. Mabel wohnte unter Brenda und hatte sich bereit erklärt, während sie im Café arbeitete, auf Melinda aufzupassen. Im Zimmer war es zwar relativ kühl, aber doch sehr drückend, und Brenda ging geradewegs zu den Gardinen an der Ostwand und zog sie auf. Licht flutete herein, und das metallene Geräusch der Ringe auf der

Vorhangstange weckte Mabel, die vor dem laufenden Fernsehgerät auf dem Sofa döste.

»Oh!« Die alte Frau zuckte zusammen, unterdrückte ein Gähnen und richtete ihren massigen Körper auf. »Brenda! Was machst du denn hier?« Als sie Josh entdeckte, der schweigend in der Tür stand, seufzte sie voller Mitgefühl. »O mein Gott. Hast du nicht einmal den ersten Tag geschafft?«

Joshs Magen verkrampfte sich, aber er sagte keinen Ton. Sogar Frau Hardwick war sich sicher, daß er selbst die Schuld an seinem frühen Nachhausekommen trug. Sie fragte nicht einmal nach dem Grund. Brenda wollte gerade erklären, was passiert war, als Melinda, die in ihrem Laufstall saß und auf das Fernsehgerät starrte, ihre Mutter entdeckte. Sie zog sich an den Stangen hoch, stand unsicher auf ihren Beinchen und begann zu schreien.

»Ist schon gut, mein Kleines«, beruhigte Brenda das Mädchen, nahm es hoch und wiegte es in ihren Armen. »Mama ist wieder da. Beruhige dich.«

Melinda, aus ihrem normalen Tagesablauf gerissen, schrie nur noch lauter. Mit dem Baby auf der Hüfte ging Brenda zum Kühlschrank, nahm eine Flasche heraus und stellte sie in das Mikrowellengerät.

»Setz dich jetzt hin und laß mich das machen«, sagte Mabel Hardwick, während sie aufstand. »Ich hätte auf keinen Fall einnicken dürfen, aber du weißt ja, wie das ist, wenn man in mein Alter kommt.« Sie machte sich auf den Weg in die winzige Küche – nicht mehr als eine Nische im Wohnzimmer –, blieb jedoch stehen, als Brenda den Kopf schüttelte.

»Nimm dir doch ein bißchen Zeit für dich, Mabel. Ich muß erst in einer halben Stunde zurück zu Arbeit.« Eine kleine Lüge, aber Max würde vielleicht nicht einmal merken, daß sie fünfzehn Minuten überzog. »Außerdem brauchst du eine Atempause, heute nachmittag hast du beide Kinder am Hals.«

Josh, der der älteren Frau zur Küche gefolgt war, verdrehte die Augen. »O bitte, Mama. Wieso muß Mrs. Hardwick heute nachmittag noch mal zurückkommen? Ich kann doch selbst auf Melinda aufpassen.«

»Ach, wirklich«, stellte Brenda finster fest. »Ich kann mich nicht einmal darauf verlassen, daß du den ersten Schultag hinter dich bringst, ohne hinausgeworfen zu werden, und jetzt soll ich dir deine Schwester anvertrauen?«

Joshs Mund klappte auf, und seine Augen füllten sich mit Tränen, aber er wandte sich ab, um seinen Kummer zu verbergen.

»Ach so«, murrte er. »Wenn ich alles falsch mache, kann ich ja gleich gehen!« Er stapfte durch den Raum und verschwand in dem kurzen Flur, der die zwei kleinen Schlafzimmer und ein winziges Bad vom Wohnzimmer trennte. Man hörte ein Krachen, als die Tür des Zimmers, das er mit seiner kleinen Schwester teilte, ins Schloß fiel.

Josh warf sich aufs Bett und vergrub sein Gesicht im Kissen.

Das war gemein! Es war wirklich gemein, daß Ethan Roeder ihn in der Cafeteria nicht in Ruhe gelassen hatte und daß Mr. Hodgkins seine Version der Geschichte nicht glaubte. Und es war gemein, daß ihn seine Mutter aus der Schule mit nach Hause genommen hatte. Alles war gemein! Wieso hatten sie Ethan nicht hinausgeworfen? Er war derjenige, der den Streit angefangen hatte.

Und wieso ließ ihn seine Mutter nicht auf Melinda aufpassen? Er war doch kein Baby mehr. Viele Kinder in seinem Alter blieben allein zu Hause, während ihre Mütter arbeiteten.

Es war wegen Melinda.

Sie vertraute ihm nicht, weil sie zuviel Angst um Melinda hatte.

Er setzte sich auf und starrte böse auf die Wiege, die in der gegenüberliegenden Ecke seines Zimmers stand.

Es war nicht einmal mehr sein eigenes Zimmer. Jetzt war es auch Melindas Zimmer, und es schien immer mehr nur ihr Zimmer zu werden. Sein Blick fiel auf den Boden und das überall herumliegende Spielzeug.

Vielleicht sollte er einfach das Fenster öffnen und alles zu dem anderen Müll werfen, der sich im Laufe der Zeit neben dem Haus angesammelt hatte.

Josh hob Melindas Lieblingsspielzeug auf. Es war ein Teddybär, den er nach ihrer Geburt selbst für sie ausgesucht hatte. Aber noch während er damit auf das Fenster zuging und es öffnete, änderte er seine Meinung.

Melinda hatte keine Schuld an dem, was geschehen war, entschied er. Sie war doch nur ein kleines Baby. Warum sollte er sie bestrafen?

Er trug den Teddybär zur Wiege und legte ihn neben das Kissen; so würde Melinda ihn gleich finden, wenn sie das nächste Mal zu Bett gebracht wurde. Dann strich er die Decke glatt, steckte sie sorgfältig fest und deckte das Kuscheltier zu. Jetzt schaute nur noch sein pelziger Kopf heraus, und die glänzenden Augen blickten ihn an.

Die Reinlichkeit der Wiege, ihre einfache Ordnung brachten Josh irgendwie zur Ruhe. Ohne überhaupt darüber nachzudenken, begann er den Rest von Melindas herumliegenden Spielsachen aufzuheben.

Ihre Alphabetklötzchen schienen überall zu sein. Nachdem er sie eingesammelt hatte, legte er sie ordentlich nebeneinander auf das Regal aus Holz und Ziegelsteinen. Es war nicht mehr nur sein Bücherregal, sondern diente gleichzeitig dazu, Melindas Spielzeug unterzubringen. Sorgfältig brachte er die Klötzchen in die richtige Reihenfolge und ließ Zwischenräume für die Buchstaben, die er noch nicht gefunden hatte. Es fehlten nur noch das C und das N. Das C tauchte unter dem Bett auf, und schließlich fand er auch das N in der Spitze seines Pantoffels. Nachdem er das Alphabet geordnet hatte, begann er die großen Teile eines einfachen Holzpuzzles aufzusammeln. Er steckte sie zurück in den Rahmen aus Karton und lehnte diesen anschließend aufrecht an die Wand. Dann wandte er sich den Bilderbüchern und Malstiften zu, die über den ganzen Raum verstreut waren.

Schließlich hatte er alle Habseligkeiten seiner Schwester aufgeräumt und begann, seinen eigenen kleinen Haufen an Besitztümern zu sortieren.

Es war viel Kleinkram, aber er stellte jedes Ding genau an den Platz, an das es gehörte.

Als er ein schmutziges Hemd vom Tisch neben seinem Bett aufhob, fiel sein Blick auf das Jagdmesser, das sein Vater ihm letztes Jahr zum Geburtstag geschickt hatte.

Nein, nicht letztes Jahr.

Das Jahr davor.

Letztes Jahr war nicht einmal eine Karte gekommen.

Er nahm das Messer in die Hand, starrte auf die Klinge und fragte sich, wo sein Vater jetzt wohl war und was er gerade tat.

Wußte er überhaupt noch, daß er einen Sohn namens Josh hatte? Oder hatte er jetzt einen anderen Sohn, einen Jungen, mit dem er Baseball spielte, mit dem er zelten ging – mit dem er eben all das machte, was Väter mit ihren Söhnen tun?

All die Dinge, die Josh noch nie mit seinem Vater hatte tun können. Er konnte sich ja nicht einmal mehr richtig an ihn erinnern.

Ein Gedanke kam Josh in den Sinn, den er aber sofort wieder verwarf. Er legte das Messer weg und widmete sich erneut der Aufgabe, seine Sachen aufzuräumen.

Aber immer wieder tauchte derselbe Gedanke auf. Schließlich hatte er das letzte schmutzige Kleidungsstück im Wäschekorb verstaut und das letzte der Hemden, die noch nicht für die Wäsche reif waren, in den Wandschrank gehängt. Er setzte sich auf das Bett und schaute sich im Zimmer um.

Jetzt, nachdem er aufgeräumt hatte, war er erstaunt, wie wenig Dinge sich überhaupt in dem Raum befanden.

Auf den Bücherregalen standen mehr Sachen von Melinda als von ihm.

Und wenn sie demnächst aus ihrer Wiege herausgewachsen wäre, würde sie ein Bett brauchen.

Dabei war das Zimmer eigentlich gar nicht groß genug für zwei Betten.

Und der Wandschrank und die Kommode waren auch schon voll.

Seine Augen wanderten wieder zu dem Jagdmesser, das noch immer auf dem Tisch neben seinem Bett lag.

Er nahm es auf und drehte es hin und her, so daß die Klinge im Sonnenlicht funkelte, das durchs Fenster fiel.

Seine Finger berührten die Schneide. Stunden hatte er damit verbracht, den Stahl so scharf zu schleifen, daß er die feinen Härchen auf seinem Arm wegrasieren konnte, ohne einen Kratzer zu hinterlassen.

Er führte die Klinge über die Haut auf seinem Handgelenk und schaute zu, wie kleine Härchen herabfielen. Wenn er das Messer nur ein bißchen drehen und es dann mit einem Ruck...

Plötzlich stellte er sich Blut vor – Blut, das aus seinen Arterien strömte.

Warum eigentlich nicht?

Er stellte sich diese Frage ganz ruhig und dachte eingehend über die Antwort nach.

Wen würde es kümmern, wenn er nicht mehr da wäre?

Melinda nicht – sie kannte ihn ja kaum.

Und seinen Vater ganz sicher nicht – sein Vater hatte ihn schon lange vergessen.

Es gab auch keine Freunde, die ihn vermissen würden.

Seine Mutter?

Er dachte lange über seine Mutter nach. Schließlich meinte er, daß sie ihn anfangs vielleicht sogar vermissen würde. Je länger er jedoch darüber nachgrübelte, desto mehr war er überzeugt davon, daß ihr Leben ohne ihn viel einfacher wäre. Sie bräuchte keine Angst mehr zu haben, daß er durchdrehen würde, oder sich Sorgen darum zu machen, daß er ›seine Anlagen nicht ausschöpfte‹, was auch immer das heißen mochte.

Diesen Satz hatte er schon so oft gehört, das erste Mal, als er ein Zeugnis mit lauter Einsen bekommen hatte und den Kommentar des Lehrers auf der Rückseite gelesen hatte. Die Worte waren in seinem Gedächtnis eingebrannt: ›Josh ist nicht motiviert genug, er könnte seine Anlagen noch besser ausschöpfen.‹

Er hatte nicht genau gewußt, was das bedeuten sollte, und schlug zu Hause die Wörter in seinem Lexikon nach. Nachdem er den Sinn verstanden hatte, wunderte er sich, was der Lehrer damit sagen wollte. Er konnte besser lesen und schreiben als alle anderen in der Klasse. Tatsächlich war er bei Schulbeginn der einzige gewesen, der überhaupt lesen und schreiben konnte. Auch das Einmaleins beherrschte er schon, als die anderen gerade addieren und subtrahieren lernten. Was gab es also an seinen Leistungen auszusetzen? Seine Mutter hatte ihm gesagt, er solle sich keine Sorgen machen. Der Lehrer habe damit nur sagen wollen, daß Josh um einiges klüger sei als der Rest der Kinder. Aber von da an hatte er immer das Gefühl, daß er nichts gut genug machte. Weder gut genug für den Lehrer, noch für seine Mutter. Nicht einmal für sich selbst. Wut stieg in ihm auf. Was erwartete man eigentlich von ihm? War es sein Fehler, daß er gerne las und schon alles wußte, was sie einem in der Schule beibrachten? Und doch war es jedes Jahr dasselbe.

›Josh könnte seine Anlagen noch besser ausschöpfen.‹

Außerdem kam er oft in Schwierigkeiten, und seine Mutter wurde immer wieder zu einem Gespräch in Mr. Hodgkins' Büro gerufen.

Wenn das passierte, konnte sie nicht im Café arbeiten, und Max gab ihr keinen Lohn.

Die Messerklinge glänzte im Sonnenlicht. Der Gedanke in Joshs Kopf nahm Gestalt an.

Wenn er tot wäre...

Wenn er tot wäre, bräuchte er keine Angst mehr zu haben. Weder vor seiner Mutter noch davor, in Schwierigkeiten zu geraten oder von anderen Kindern gehänselt zu werden.

Er bräuchte keine Angst mehr zu haben, den Forderungen nicht zu genügen, die alle dauernd an ihn stellten.

Und auch seine Mutter hätte dann keine Probleme mehr mit ihm.

Sie könnte einfach zur Arbeit gehen, nach Hause kommen, sich um Melinda kümmern und endlich aufhören, sich seinetwegen Sorgen zu machen. Und wenn Melinda älter würde, hätte sie das Zimmer ganz für sich allein.

Er nahm das Messer in die rechte Hand und starrte auf die schimmernde Klinge. Ob es weh tun würde?

Aber selbst wenn es so wäre, würde es nicht lange dauern.

Und es wäre nicht halb so schlimm wie all die Kränkungen, die er hatte ertragen müssen, solange er sich erinnern konnte.

Seine Hand umschloß den Messergriff ganz fest, und mit weit aufgerissenen Augen zog er die Klinge über sein linkes Handgelenk.

Augenblicklich schoß ein Blutstrahl daraus hervor.

Er nahm das Messer in die linke Hand.

Eine Sekunde später spitzte auch aus der Arterie seines rechten Handgelenkes eine rote Fontäne.

Komisch, es tat überhaupt nicht weh.

Aber es kam viel mehr Blut, als er erwartet hatte.

Brenda wachte erst wieder auf, als die Nachmittagsserie zu Ende war und das Werbefernsehen begann. Sie warf einen Blick auf die Uhr über dem Fernsehgerät und stellte fest, daß sie eingedöst sein mußte. Die halbe Stunde, die sie sich gönnen wollte, nachdem sich Mabel Hardwick endlich verabschiedet hatte, war fast schon verstrichen.

Melinda schlief friedlich in ihrem Arm. Brenda stand langsam auf. Wenn sie vorsichtig genug wäre, könnte sie das Baby vielleicht in die Wiege legen, ohne daß es wach wurde. In der Zwischenzeit hatte Josh sich sicher soweit beruhigt, daß sie ihn um Entschuldigung bitten konnte.

Leise ging sie zur Tür des Kinderschlafzimmers und öffnete sie behutsam. Starr vor Schreck blieb sie stehen.

Josh stand kreidebleich mitten im Raum.

Alles war voller Blut, seine Kleidung und auch das Bett. Der Teppich war nicht mehr avocadogrün, sondern hatte eine dunkle, schmutzigbraune Farbe angenommen.

Der Moment, in dem ihre Augen das Bild erfaßten, schien ewig zu dauern und brannte sich wie eine Serie von Schnappschüssen für immer in ihr Gedächtnis ein.

Das blutige Jagdmesser auf Joshs Kissen.

Das Sonnenlicht, das rotglühend durch einen Blutflekken an der Fensterscheibe schimmerte.

Der verstörte Blick in Joshs Augen, der benommene Ausdruck in seinem Gesicht.

Einen Augenblick lang starrten Mutter und Sohn sich in stillem Entsetzen an. Es war Josh, der endlich mit bebender Stimme sprach.

»Mama? Ich... ich habe Angst.«

Die Worte brachten Brenda wieder zu sich. Sie rannte zur Wiege, riß mit einer Hand die Decken hoch und legte die aufgeschreckte Melinda auf die Matratze. Ohne das Geschrei des Babys zu beachten, stürzte Brenda zu Josh, nahm erst das eine Handgelenk und dann das andere und umwickelte jedes fest mit einer Decke.

»Hilfe!« schrie sie. »Hilfe, o mein Gott!«

Josh zuckte bei ihrem Aufschrei zurück, aber sie hielt ihn fest und kämpfte mit den Decken. Eine Hand rutschte heraus, und ein Blutregen ergoß sich auf ihr rosa Kleid. Sie achtete nicht darauf. Halb trug, halb zog sie Josh ins Badezimmer, warf die Decken zur Seite und begann, die schmalen Handtücher, die neben dem Waschbecken hingen, um seine Handgelenke zu wickeln. Während sie noch damit beschäftigt war, hörte sie, wie sich die Wohnungstür öffnete und Mabel nach ihr rief.

»Brenda? Was ist passiert? Hast du eben gerufen?«

»Hol einen Krankenwagen, Mabel!« schrie Brenda. »Josh hat sich geschnitten!«

Eine Sekunde später erschien Mabel im Türrahmen und stieß Brenda zur Seite. »Sieht aus, als wären es die Arterien«, stieß sie hervor. »Ruf du die Ambulanz und laß mich das machen.« Bevor Brenda protestieren konnte, hatte Mabel sie aus dem Badezimmer geschoben und die Tür hinter ihr zugedrückt.

Sobald sie mit Josh allein war, löste sie das Handtuch von seinem rechten Handgelenk, drehte es zu einer festen Rolle und legte ein Stück Seife auf die Innenseite seines Vorderarms. Dann schlang sie die Handtuchrolle so um den Arm, daß die Seife nicht verrutschte, und zog sie kräftig an. Der provisorische Druckverband ließ das Blut sofort zum Stillstand kommen.

»Halt das fest«, befahl sie Josh. Der Ton in ihrer Stimme ließ keine Widerrede zu. Während er das Handtuch mit der noch immer blutenden linken Hand festhielt, griff sie nach einem Gürtel, der innen an der Badezimmertür hing. Damit stoppte sie auch den Blutfluß am linken Handgelenk des Jungen.

»So«, sagte sie, als sie fertig war. »Jetzt halt mal eine Minute still, ich will mir das genau anschauen.«

Sie drehte den Wasserhahn auf und spülte das Blut von Joshs Wunde am rechten Handgelenk. Erleichtert atmete sie auf. Zum Glück hatte er quer über den Arm geschnitten, und durch die Knochen des Vorderarms war ein zu tiefer Schnitt verhindert worden. Eigentlich war es gar nicht so schlimm. »Wo ist das Pflaster?« fragte sie. Josh nickte stumm in Richtung des Medizinschrankes.

Während sie dabei war, das Pflaster auf die Wunde zu kleben, flog die Tür auf, und Brenda, die fast so bleich war wie Josh, stürzte in den schmalen Raum. »Sie sind in fünf Minuten hier. Ist... ist es sehr schlimm?«

Mrs. Hardwick unterbrach ihre Arbeit nicht, während sie sprach. »Hat noch mal Glück gehabt. Sieht schlimmer aus, als es ist. Wenn sie da sind, fährst du in der Ambulanz mit. Ich bleibe bei dem Baby und fange an aufzuwischen.« Sie schaute zum erstenmal auf und sah, wie geschockt Brenda war. »Kipp jetzt bloß nicht um, Brenda MacCallum. Ich hab' schon viel Schlimmeres erlebt als das hier, aber glaub bloß nicht, daß ich jemals ohnmächtig geworden wär'. Geh dir jetzt dein Gesicht mit kaltem Wasser waschen und vergiß deine Handtasche nicht.«

Mabels resolute Worte rissen Brenda aus ihrer Lähmung. Sie setzte sich in Bewegung und tat automatisch das, was Mabel angeordnet hatte. Als der Rettungswagen einige Minuten später eintraf, stand Brenda bereit und hatte sich wieder gefaßt. Die Sanitäter bestanden trotz Joshs Einwänden darauf, daß er sich auf die Bahre legte. Während Brenda ihnen die Treppe hinunter folgte, drehte sie sich noch einmal zu Mabel um, die mit dem Baby auf dem Arm in der offenen Wohnungstür stand und ihnen nachschaute: »Ruf bitte im Café an, Mabel, und sag Max, daß ich heute nicht mehr zurückkomme!« Sie wartete nicht auf eine Antwort, stieg in den Rettungswagen und hockte sich neben die Tragbahre, während einer der Sanitäter die Tür zuschlug. Der Wagen setzte sich mit heulenden Sirenen in Bewegung, und Brenda sah ihrem Sohn in die dunkel umrandeten Augen in dem weißen Gesicht.

»Was ist passiert, mein Kleiner? Was um Himmels willen hast du gemacht?«

Josh schaute sie kurz an, dann wich er ihrem Blick aus. »Ich wollte nur aus dem Weg sein, das war alles«, sagte er mit kaum wahrnehmbarer Stimme.

Zum ersten Mal, seit sie Josh mit blutüberströmten

Handgelenken in seinem Zimmer hatte stehen sehen, wurde ihr klar, daß die Schnitte nicht etwa von einem schrecklichen Unfall herrührten.

Ihr Sohn, ihr wunderbarer, kluger, zehn Jahre alter Sohn hatte versucht, sich das Leben zu nehmen.

Die halbe Stunde, die Brenda in dem kleinen Warteraum vor der Notaufnahme wartete, schien eine Ewigkeit zu dauern. Sie hatte selbst im Café angerufen und war erleichtert gewesen, als Annette und nicht Max geantwortet hatte. Mabel Hardwick hatte vorher schon mit ihr telefoniert, und Annette versicherte Brenda, daß sie sich keine Sorgen zu machen bräuchte. Max habe sogar gesagt, daß sie morgen nicht erscheinen müsse, falls sie nicht wolle. Er habe außerdem vor, Josh einen Kuchen zu schicken und sei gerade dabei, ihn zu backen, wobei er doppelt soviel Pekannüsse dazugebe wie sonst. »Natürlich«, erzählte Annette weiter, »mußte er auch noch so was sagen wie: ›Jetzt muß ich den kleinen Mistkerl auch noch bestechen, nur damit mir die Arbeitskräfte nicht ausfallen.‹ Aber das ist halt Max. Also mach dir keine Sorgen. Sobald ich hier rauskomme, geh' ich schon mal zu dir nach Hause und mach' uns was zu essen. Und keine Widerrede, okay?« Dann legte sie auf, ohne Brendas Dankeschön abzuwarten.

Ganz kurz kam Brenda in den Sinn, Buck MacCallum anzurufen, aber sie verwarf die Idee sofort wieder. Schon vor langer Zeit hatte sie festgestellt, daß es ein fruchtloses Unterfangen war, Unterhaltszahlungen für Josh zu fordern. Sie war sich seit einigen Jahren sogar nicht einmal mehr sicher, wo er wohnte. Brenda fühlte sich im Moment so verlassen, daß sie, ohne weiter nachzudenken, die Nummer ihrer Eltern wählte. Sie waren aus Eden weggezogen, als ihr Vater vor fünf Jahren abrupt entschieden hatte, daß für ihn die Zeit gekommen sei, ins Geschäftsleben einzusteigen. Er hatte gegen die Einwände der Mutter das Haus verkauft und dafür einen Laden für Anglerbedarf an der Golfküste in Texas erstanden.

Beklommen lauschte Brenda dem trostlosen Freizeichen in der Leitung. Schließlich nahm ihre Mutter den Hörer ab.

Nachdem sie sich schweigend Brendas hastig hervorgesprudelte Geschichte angehört hatte, meinte sie, sie hätte schon immer gewußt, daß mit Josh etwas nicht stimmte; und sie wisse nicht, warum Brenda so überrascht sei.

»Vielen Dank, Mama«, sagte Brenda. »Es tut mir leid, daß ich dich belästigt habe.« Sie legte auf und schüttelte den Kopf. Eigentlich brauchte sie sich überhaupt nicht zu wundern. Einer der wichtigsten Gründe für ihre schnelle Heirat mit Buck war das Bedürfnis gewesen, ihren Eltern zu entfliehen. Wenn sie jetzt darüber nachdachte, hatte sie das Gefühl, die Wüstenhitze habe den letzten Rest an Menschlichkeit aus ihnen herausgebrannt.

Während sie nervös im Warteraum auf und ab lief, kam ihr in den Sinn, daß Josh womöglich ähnliche Gedanken gehegt haben könnte. Hatte er geglaubt, sie liebe ihn nicht? Dabei war sie doch immer so bemüht gewesen, Josh ihre Zuneigung und ihren Stolz spüren zu lassen.

Was hätte es sonst sein können?

Kinder in seinem Alter machten doch keine Selbstmordversuche?

Nein, natürlich nicht. Es kam ihnen noch nicht einmal in den Sinn.

Und doch hatte Josh es getan.

Die Stimme einer Frau unterbrach ihre Grübelei. Es war die Schwester, die ihr mitteilte, sie könne ihren Sohn jetzt sehen.

Josh saß aufrecht im Bett. Sein noch immer totenblasses Gesicht ließ ihn noch jünger erscheinen als er war. Ein Arzt stand neben ihm und lächelte Brenda zuversichtlich an, als sie den Raum betrat.

»Der junge Mann hier hat Ihnen sicher einen furchtbaren Schrecken eingejagt, aber falls er sich ernsthaft verletzen wollte, ist ihm das nur schlecht gelungen. Drei kleine Stiche auf jeder Seite haben gereicht. Der Verband dient eigentlich mehr zur Schau, ein Pflaster hätte es auch getan.« Er grinste Josh an und fuhr ihm durchs Haar. »Wenn du das nächste Mal ins Krankenhaus willst, komm einfach zur Tür rein, okay?«

Der Arzt bat Brenda, gleich noch einmal bei ihm vorbeizuschauen, und verließ den Raum. Als Brenda mit ihrem Sohn allein war, stellte sie fest, daß sie überhaupt nicht wußte, was sie ihm sagen sollte. Sie stand einfach nur da, mit klopfendem Herzen, und schaute ihn an.

»Bist... bist du mir sehr böse, Mama?« fragte Josh schließlich. Seine ängstlich geflüsterte Frage trieb ihr die Tränen in die Augen. Und jetzt wußte sie, was sie tun mußte. Sie ging zu ihm, schlang ihre Arme um ihn und hielt ihn ganz fest.

»Böse auf dich? Warum sollte ich böse auf dich sein? Du bist der beste Sohn, den eine Mutter sich vorstellen kann. Es tut mir nur leid, daß ich heute so streng zu dir war. Es ist, weil... ach, ich weiß nicht, ich glaube, ich bin manchmal einfach keine gute Mutter.«

Josh schniefte, legte seine Arme um ihren Hals und hielt sie so fest, als wolle er sie nie wieder loslassen. »Es tut mir so leid, Mama«, sagte er. »Ich... ich dachte nur, wenn ich nicht mehr da wäre, dann wäre alles viel einfacher für dich. Ich habe keine Freunde und bin nicht gut genug in der Schule. Und überhaupt enttäusche ich immer nur alle.«

Brenda war erschüttert von seinen Worten. Die Tränen liefen ihr herunter, und sie drückte ihn noch fester an sich. »Nein, mein Liebling«, murmelte sie. »Das stimmt überhaupt nicht. Ich liebe dich und bin furchtbar stolz auf dich – und ich könnte es nicht ertragen, wenn dir etwas passieren würde. Irgendwie werden wir alles für dich in Ordnung bringen, okay?«

Eine ganze Weile blieben Mutter und Sohn noch aneinandergeschmiegt sitzen. Schließlich drückte Brenda Josh sanft ins Kissen zurück. »Ich bin gleich wieder da«, versprach sie. »Ich muß nur kurz mit dem Doktor reden, danach komme ich wieder zu dir. Gut?«

Josh nickte und brachte ein schwaches Lächeln zustande. Dann schloß er die Augen. Einen Moment lang blieb Brenda noch stehen und betrachtete erleichtert sein Gesicht, das jetzt einen friedlichen Ausdruck trug. Aber sobald sie den Raum verlassen hatte, holten sie ihre Sorgen und Ängste wieder ein.

Konnte sie ihr Versprechen überhaupt halten?

Wie sollte sie Joshs Welt in Ordnung bringen, wenn ihre Mittel kaum für seinen täglichen Unterhalt reichten?

Es mußte doch einen Weg geben. Es mußte einfach einen geben.

4

»Ich hoffe, Sie haben mich vorhin nicht falsch verstanden«, sagte Richard Hasborough. Vor ihm auf dem Schreibtisch lag der medizinische Bericht über Josh MacCallum. »Bitte setzen Sie sich doch, Mrs. MacCallum.« Mit einem Kopfnicken wies er auf den Stuhl gegenüber und begann, den Krankenbericht zu überfliegen. Seine blauen Augen, die in Joshs Zimmer so beruhigend auf Brenda gewirkt hatten, nahmen beim Aufblicken einen besorgten Ausdruck an. »Wissen Sie, ich glaube, in Fällen wie bei Josh ist es sehr wichtig, daß er selbst den Eindruck hat, das Ganze war nicht allzu gefährlich für ihn. Aber ich möchte nicht, daß Sie auch nur einen Augenblick denken, ich nehme das, was geschehen ist, nicht ernst.«

Brenda ließ sich auf den Stuhl nieder. Zum ersten Mal, seit sie Josh in seinem Zimmer entdeckt hatte, ließ ihre

Anspannung nach. Ihr wurde bewußt, daß sie bis zu diesem Augenblick auf die ganze Situation automatisch und ohne darüber nachzudenken reagiert hatte. Jetzt, als der größte Schrecken vorbei war, stellte sie fest, daß sie am ganzen Körper zitterte. »Ich... ich kann einfach nicht glauben, was passiert ist«, sagte sie. Es war kaum mehr als ein Flüstern, als ob sie nur zu sich selbst spräche und nicht mit dem Arzt. »Ich wußte, daß er nicht glücklich ist – ich meine, er wollte heute früh nicht einmal in die Schule gehen, aber ich dachte, es wäre nur die Angst vor dem ersten Tag. Sie wissen schon, die Angst vor der neuen Klasse und so.« Als Hasborough verwundert die Augenbrauen hochzog, erklärte ihm Brenda, daß Josh jetzt zum zweiten Mal eine Klasse übersprungen habe und wie schwierig es für ihn wäre, immer der Jüngste und Kleinste der ganzen Klasse zu sein. »Manchmal kann ich es gar nicht begreifen, wie grausam Kinder zueinander sein können«, schloß sie ihre Beschreibung. »Jetzt mache ich mir natürlich noch mehr Sorgen, wie das weitergehen soll.«

Dann kam ihr ein schrecklicher Gedanke. »Aber vielleicht kann er jetzt gar nicht mehr bei mir bleiben?« fragte sie ängstlich. »Ich meine, vielleicht muß er in eine Art Krankenhaus oder so was?«

Der Arzt runzelte die Stirn und hob beschwichtigend eine Hand. »Moment, Moment, nun mal langsam. Im Augenblick möchte ich ihn erst einmal über Nacht hierbehalten, nur um ein Auge auf ihn zu haben und um zu sehen, wie es ihm jetzt geht. Es wäre sehr hilfreich, wenn ich genau wüßte, was in den letzten Tagen alles so vorgefallen ist.«

Brenda erzählte in der nächsten Viertelstunde Punkt für Punkt, was Josh in den letzten Tagen passiert war, und beantwortete nervös die Fragen, mit denen Hasborough sich nach Joshs Verhalten während der vergangenen Ferienwochen erkundigte. Seufzend beendete sie ihre Ausführungen: »Ich weiß nur, daß er nicht wieder in die Schule wollte. Aber welches Kind in seinem Alter will das schon?« Ihre Frage klang kläglich, als wollte sie den Arzt bitten, ihr zumindest darin zuzustimmen, daß Joshs Verhalten in diesem Punkt ganz normal war.

»O ja, als ich zehn Jahre alt war, wollte ich nach den Ferien auch nie in die Schule zurück«, stimmte Hasborough zu, und jetzt war sein beruhigendes Lächeln wieder da. »Nach dem, was Sie mir geschildert haben, glaube ich nicht, daß Josh schon seit längerem an so etwas wie die Geschichte mit dem Messer gedacht hat. Offensichtilch hat er sich nur momentan schrecklich über alles aufgeregt, war böse mit Ihnen und suchte einen Weg, Ihre Aufmerksamkeit auf sich zu lenken.«

Brenda atmete tief durch, aber ihre Erleichterung hielt nicht lange an. »Aber was heißt das?« fragte sie beklommen, denn ihr war ein neuer, furchtbarer Gedanke gekommen. »Wird er... könnte es sein, daß er es noch einmal versucht?«

Der Arzt schwieg lange, als wollte er ihr nur ungern die Wahrheit sagen. »Ich weiß es nicht«, erwiderte er schließlich mit entwaffnender Offenheit. »Aber es wäre gut, wenn wir etwas finden könnten, was ihm das Leben ein bißchen leichter macht.«

Er hatte absichtlich ›wir‹ gesagt und war froh, als er sah, daß Brenda daraufhin ein wenig entspannter schien. Nicht mehr ganz allein mit den Problemen fertig werden zu müssen, ließ alles schon viel leichter erscheinen. Dr. Hasborough hatte schon herausgefunden, daß es niemanden gab, an den Brenda MacCallum sich hätte wenden können. Nicht einmal ihre Eltern, und schon gar nicht Joshs Vater kam in Frage. Und offensichtilch konnte ihr auch die Eden School nicht weiterhelfen. Er fragte Brenda, was die Schule ihr geraten habe.

»Dies hier hat mir Mr. Hodgkins gegeben«, sagte Brenda und wühlte in ihrer Tasche nach der Broschüre, die sie mittags von dem Schuldirektor bekommen hatte.

»Das ist seine großartige Idee.« Sie legte die Broschüre auf den Schreibtisch. »Können Sie sich das vorstellen? Soll ich Josh etwa dorthin schicken?« Sie faltete ihre Hände fest zusammen, um das Zittern zu unterdrücken – ob sie aus Angst oder Ärger so unruhig war, wußte sie im Moment nicht einmal – und beobachtete den Arzt nervös, während er einen Blick in den Prospekt warf.

Richard Hasborough antwortete nicht sogleich, sondern schüttelte nur leicht den Kopf. Brenda deutete seine Geste als Zustimmung im Hinblick auf ihr Urteil in bezug auf Mr. Hodgkins' Vorschlag. »Unglaublich, nicht wahr?«

Hasborough blickte auf. »Nein, im Gegenteil, dieser Vorschlag ist wirklich gar nicht so dumm.«

Mit weit aufgerissenen Augen und offenem Mund blickte Brenda den Arzt an. »Wollen Sie damit sagen, daß Sie diese Schule kennen?«

»Natürlich kenne ich sie. Sie gehört zu der Universität, die meine Frau besuchte. Mit einigen Kindern von dort hat sie gearbeitet, und in einigen Klassen gab sie sogar Kunstunterricht.«

»Und wissen Sie auch, wie teuer diese Schule ist?« fragte Brenda. Dabei war es ganz egal, was für eine Summe er nennen würde, jeder Betrag wäre für sie zu hoch gewesen.

»Falls Josh aufgenommen wird, kostet es wahrscheinlich keinen Cent«, antwortete Hasborough. »Die Akademie wurde nicht in erster Linie gegründet, um Gewinn zu machen. Sie arbeitet mit der Universität zusammen, und es werden dort Studien über die Kinder angefertigt, solange sie zur Schule gehen.«

Brendas Gesicht drückte Skepsis aus. »Wollen Sie damit sagen, es ist eine Art Labor, und die Kinder werden als Versuchskaninchen benutzt?«

Hasborough sah sie verdutzt an. »Nein, nichts dergleichen«, entgegnete er schnell. »Im Gegenteil, man versucht, eine Atmosphäre zu schaffen, die den Kindern das

Gefühl gibt, als gehörten sie zu einer großen Familie. Sie merken gar nicht, daß sie beobachtet werden.« Als Brenda zu einer neuen Frage ansetzen wollte, hob der Arzt die Hand. »Warten Sie. Bevor wir uns jetzt lange den Kopf zerbrechen, werde ich versuchen, mehr darüber herauszufinden; ich kenne immer noch einige Leute dort. Lassen Sie uns erst mal nachfragen, wie es im Moment aussieht. Vielleicht ist gar kein Platz mehr frei, oder sie meinen, daß es für Josh doch nicht das Richtige wäre. Aber wir können es zumindest versuchen.«

Einen Moment verharrte Brenda völlig regungslos. Bilder schwirrten durch ihren Kopf: Sie sah ihren Sohn vor sich, eingeschlossen in einem Zimmer in irgendeiner psychiatrischen Klinik – dann wieder lag er zusammengeschlagen auf dem Schulhof der Eden School. Was auch immer in dieser neuen Schule geschehen würde, schlimmer als jetzt konnte es eigentlich kaum werden.

Sie seufzte tief. »Also gut«, willigte sie ein. »Ich werde mich mit der Schule in Verbindung setzen.«

Hildie Kramer saß am Schreibtisch in ihrem Büro. Der Raum war ursprünglich einer der kleineren Salons der riesigen Villa gewesen, die nun die Barrington Academy beherbergte. Eine Tasse mit Kaffee, der inzwischen eiskalt geworden war, stand neben dem Telefon. Hildie nahm die Tasse und zog eine Grimasse, nachdem sie einen Schluck getrunken hatte. Während sie die Tasse zurückstellte, warf sie einen Blick aus dem Fenster. Wie immer freute sie sich über den Anblick des sattgrünen Rasens, der das Haus umgab und auf dem Mammut- und Eukalyptusbäume einzeln oder in kleinen Gruppen verteilt standen. Dann erinnerte sich Hildie an ihren vollen Terminkalender und wandte ihren Blick vom Fenster ab und wieder ihrem Schreibtisch zu. Noch einmal blätterte sie die Unterlagen im Hinblick auf Joshua

MacCallum durch, die gestern nachmittag und heute morgen per Fax eingetroffen waren.

Sein vollständiger Lebenslauf lag vor ihr, von Berichten des Kindergartens angefangen bis zu den verschiedenen Standardtests, denen er im Laufe der Jahre ausgesetzt gewesen war.

Hildie wußte aus eigener Erfahrung, daß diese Art, die Teilnahme an den Tests zu bezeichnen, deren Beschränktheit genau entsprach. Vor fünf Jahren war sie Mitglied in dem Team geworden, das die Akademie aufbaute, und seitdem hatte sie festgestellt, daß die verschiedenen Tests, mit deren Hilfe der IQ und die Fähigkeiten und Fertigkeiten eines Kindes festgestellt werden sollten, nur eine sehr mangelhafte Bewertung seiner eigentlichen Begabung ermöglichten. Der jeweilige Hintergrund wurde fast gar nicht berücksichtigt – Dinge wie Geschlecht, Rasse, wirtschaftliche und soziale Umstände, die häusliche Situation usw. –, dabei hatten diese Faktoren oft großen Einfluß auf die Testergebnisse.

Besondere Begabungen, die über mathematische, sprachliche oder wissenschaftliche Fähigkeiten hinausreichten, konnte man so überhaupt nicht ermitteln. Es gab einfach keinen Standardtest, der Talente wie die im Hinblick auf Musik, Malerei oder Bildhauerei kenntlich machte; höchstens wurde das Interesse daran festgestellt.

Trotz all dieser Mängel der Tests konnte Hildie immerhin feststellen, daß Josh MacCallum offensichtlich ein besonders befähigter Schüler war. Die Ergebnisse der Berichte, die vor ihr lagen, übertrafen bei weitem den IQ-Wert, der sie ursprünglich veranlaßt hatte, der Eden Consolidated School eine Broschüre der Akademie zu schikken. Hildie war klar, daß Josh die größten Probleme haben mußte. Die Kombination seiner außergewöhnlichen Intelligenz mit dem Leben in einer kleinen Wüstenstadt irgendwo im Niemandsland mußte einfach zu Schwierigkeiten führen.

Ohne ihn jemals gesehen zu haben, wußte Hildie, daß er gleichzeitig grenzenlos wißbegierig und zu Tode gelangweilt war.

Und nun hatten sich die Probleme für Josh so zugespitzt, daß er versucht hatte, sich das Leben zu nehmen. Noch waren ihr die genauen Umstände nicht bekannt, aber die würde sie bald in Erfahrung bringen.

Jedenfalls stand fest, daß Joshua MacCallum genau zu der Sorte Kinder gehörte, für die die Akademie ins Leben gerufen worden war. Hildie warf einen Blick auf die Uhr, die in die Walnußverschalung ihrer Schreibtischunterlage eingelassen war. Sie erwartete heute noch eine weitere Schülerin, Amy Carlson, die mit ihren Eltern zu der letzten Besprechung kam, bevor sie in die Schule aufgenommen würde. Hildie hatte gerade noch genügend Zeit, um mit Richard Hasborough zu telefonieren. Sie wählte schnell, und ohne es zu merken, trommelte sie ungeduldig mit den Fingern auf den Schreibtisch, während ihr Anruf zu dem Arzt durchgestellt wurde.

»Hier ist Hildie Kramer, Dr. Hasborough«, begann sie, ohne sich mit einer Begrüßung aufzuhalten. »Ich habe einige Fragen in bezug auf Joshua MacCallum. Erstens wüßte ich gern, ob er seit dem Vorfall gestern schon ein Gespräch mit einem Psychologen hatte. Und zweitens, wie lange wird er voraussichtlich noch im Krankenhaus bleiben müssen?«

Während der Arzt in Eden die Fragen beantwortete und Hildie einige Notizen auf den Rand von Joshs Bericht kritzelte, öffnete sich die Tür zu ihrem Büro, und Frank und Margaret Carlson traten ein. Als sie sahen, daß Hildie telefonierte, wollten sie sich gleich wieder zurückziehen, doch Hildie machte ihnen ein Zeichen, näherzukommen und sich auf das Sofa an der Wand zu setzen. Kurz darauf saßen alle drei Carlsons dort nebeneinander, Amy zwischen ihren Eltern. Das zehnjährige Mädchen war ziemlich mager, hatte rote Haare und eine dicke runde Brille auf der Stupsnase. Hildie stellte fest, daß ihr Blick nicht nur Ängstlichkeit, sondern auch Verärgerung ausdrückte. Sie lächelte Amy aufmunternd zu, doch das Gesicht des Kindes blieb verschlossen.

»Er kann also wirklich jederzeit nach Hause gehen?« fragte Hildie nach. Offensichtlich war der Selbstmordversuch des Jungen nicht allzu besorgniserregend gewesen, oder zumindest erschien er den Ärzten in Eden nicht so. »Meinen Sie, seine Mutter könnte ihn am Samstag hierherbringen? Dr. Engersol und auch ich sind davon überzeugt, daß er die besten Voraussetzungen für die Akademie hat, aber wir treffen natürlich keine endgültige Entscheidung, bevor wir nicht mit den Kindern gesprochen haben.« Sie hörte einen Moment zu und antwortete dann. »Nein, es hat keine Eile. Wir haben für dieses Jahr noch einige Plätze frei. Gut, wenn wir wissen, daß sie am Freitag kommen, werden wir uns darauf einrichten.« Sie verabschiedete sich kurz, legte den Hörer auf und schob Joshs Unterlagen beiseite, bevor sie die Carlsons begrüßte.

Zunächst allerdings kümmerte sie sich nur um Amy Carlson, und ihre Worte waren ausschließlich an das kleine Mädchen gerichtet, das die Knie hochgezogen und schützend die Arme darum geschlungen hatte. »Wie komme ich nur darauf, daß du dich lange nicht so freust, mich zu sehen, wie ich mich freue, daß du hier bist?« Während sie sprach, stand Hildie auf, ging um den Schreibtisch herum und kniete sich vor Amy nieder, um ihr direkt in die Augen zu schauen.

»Weil ich mich überhaupt nicht freue, Sie zu sehen!« sagte Amy trotzig. Man sah ihr an, daß sie von Angst erfüllt war und sich alle Mühe gab, nichts davon nach außen dringen zu lassen. »Ich möchte nicht hierbleiben. Ich will nach Hause.« Amy bemühte sich, Hildie böse anzublikken, konnte aber nicht verhindern, daß ihr die Tränen in die Augen traten. Sofort kniff sie die Augen zusammen – Hildie Kramer sollte sie auf keinen Fall weinen sehen.

»Nun, das kann ich gut verstehen«, sagte Hildie mitfühlend. »Falls irgend jemand versucht hätte, mich von zu Hause wegzuschicken, als ich zehn Jahre alt war, hätte ich mich einfach geweigert zu gehen. Ich hätte einen so schlimmen Wutanfall gekriegt, daß meine Eltern bestimmt nie wieder gewagt hätten, etwas Ähnliches vorzuschlagen.«

Amy war von Hildies Worten überrascht. Ohne sich dessen bewußt zu sein, öffnete sie die Augen wieder und sah Hildie an. »Wirklich?« fragte sie zurückhaltend, als vermute sie eine Falle.

»Aber natürlich hätte ich das getan«, fuhr Hildie fort. Sie stand auf, und wieder einmal erinnerte sie sich daran, daß sie ihre enorme Körperfülle endlich um zwanzig Kilo reduzieren sollte. »Und ich war lange nicht so klug wie du. Da du ja aber offensichtlich deine Meinung geändert hast, seit wir uns das letzte Mal gesehen haben, wieso hast du es dann nicht geschafft, deine Eltern umzustimmen? Ich kann gar nicht glauben, daß du das nicht hingekriegt hast!«

»Ich habe es ja versucht«, sagte Amy, ohne sich vorher zu überlegen, was sie sagte. »Ich habe mich sogar im Wandschrank eingeschlossen, aber Mama hatte einen Schlüssel.«

»Das war nicht sehr schlau«, bemerkte Hildie. »Falls du dich im Schrank einschließen willst, mußt du immer darauf achten, alle Schlüssel mitzunehmen.«

Amys Arme lösten sich von ihren Beinen, und ihre Füße rutschten vom Sofa auf den Fußboden. Der Hauch eines Lächelns erschien in ihren Mundwinkeln, und sie strich sich mit den Fingern durch den rotgelockten Haarschopf. »Ich habe schon daran gedacht«, gab sie zu. »Aber Papa sagte, er hätte die Tür aus den Angeln gehoben.«

»Was, hat er das gesagt? Dann komm doch mal her und schau dir das hier an.« Hildie ging hinüber zu der verschlossenen Tür des Schrankes an der gegenüberliegenden Wand. Nach einem kurzen Moment des Zögerns erhob sich Amy und folgte ihr. »Sieht dieser Schrank so aus wie der in deinem Zimmer?«

Amy schaute sich die Schranktür und den reich mit Schnitzwerk verzierten Walnußrahmen an und nickte dann. »Er ist nicht so schön wie der hier, aber er ist ungefähr genauso.«

»Dann guck dir mal die Türangeln an und sag mir, was passiert, wenn man die Stifte herauszieht.«

Amy runzelte die Stirn, kam aber näher, untersuchte die Türangeln und schaute sich dann den Türspalt von der anderen Seite an. »Man kriegt die Tür nicht auf«, stellte sie schließlich fest. »Auch wenn man die Stifte herausnimmt, kann man die Tür nicht öffnen, solange sie abgeschlossen ist.«

»Sehr gut«, sagte Hildie anerkennend. »Das ist auch der Grund, warum an den Schränken hier im Haus die Schlösser entfernt wurden. Wir wollen nicht, daß Kinder wie du sich in den Schränken einschließen und wir dann die Türrahmen herausbrechen müssen. Das kann man verstehen, oder? Was hältst du davon, wenn wir uns jetzt mal dein Zimmer anschauen?«

Hildie nahm Amy bei der Hand und führte sie aus dem Büro. Mit einer Kopfbewegung forderte sie die Carlsons auf, ihr zu folgen. Ohne den altmodischen Fahrstuhl zu beachten, dessen prunkvolles Messinggehäuse alle Jungen der Akademie faszinierte, überquerte sie die geräumige Eingangshalle bis zum Fuß der Treppe, die in einem anmutigen Schwung in die zweite Etage führte. Ein Blick auf das Gesicht des kleinen Mädchens sagte Hildie, daß ihre Vermutung richtig gewesen war. Amy war von der schönen Treppe weitaus mehr angetan, als sie es wahrscheinilch von dem ratternden alten Fahrstuhl gewesen wäre. Die Eltern folgten ihnen, als Hildie das Mädchen die Treppe hinauf bis in den zweiten Stock führte. Etwa auf der Hälfte des Flures zu ihrer Rechten öffnete Hildie eine Tür und trat beiseite, um Amy vorgehen zu lassen.

Amy blieb an der Türschwelle stehen und blickte voller Mißtrauen in das Zimmer, als befürchte sie, mit dem Betreten auch schon ihre Einwilligung zum Bleiben zu geben.

Sie sah auf ein Mansardenfenster, das sich genau gegenüber der Tür befand. In der Nische vor dem Fenster stand ein Korbstuhl mit einem Kissen. Die hellen, geblümten Vorhänge waren zurückgezogen, um das Sonnenlicht hereinzulassen; Rosenknospen auf der Tapete im Zimmer paßten zu dem Muster der Vorhänge. An einer Wand stand ein Tagesbett, auf dem sich Kissen auftürmten, und gegenüber dem Bett befanden sich eine Kommode mit Schubladen, ein kleiner Schreibtisch und einige Bücherregale. In einer Ecke stand ein Schrank mit angelehnter Tür.

Ohne zu überlegen, steuerte Amy auf den Schrank zu und untersuchte die Tür. »Sie hat wirklich kein Schloß«, sagte sie mehr zu sich selbst.

»Glaubst du denn, ich lüge dich an?« fragte Hildie.

»Aber wenn ich nun etwas habe, was ich einschließen möchte?« erkundigte sich Amy, bevor ihr die Bedeutung der Frage bewußt wurde. »Ich meine, falls ich doch hierbleiben sollte«, fügte sie schnell hinzu.

»Das können wir uns dann immer noch überlegen«, antwortete Hildie leichthin. Nach einer kleinen Pause fragte sie behutsam: »Also, was meinst du, Amy? Gefällt es dir denn?«

»Es... es ist schön«, gab Amy zu. »Aber...« Sie drehte sich zu ihrer Mutter um, und in ihren Augen standen erneut Tränen. »Muß ich denn wirklich hierbleiben, Mama?« fragte sie flehend, rannte zu ihr und schlang die Arme um ihre Taille. »Warum kann ich nicht wieder mit euch nach Hause kommen?«

Margaret Carlson strich ihrer Tochter sanft über die roten Locken und blickte besorgt Hildie Kramer an, die ihr ermutigend zulächelte. »Aber mein Liebling, gestern noch hast du dich so gefreut, hierherzukommen. Erinnerst du dich nicht mehr?«

Amy erinnerte sich sehr wohl daran. Als sie in der vorigen Woche die Schule besichtigt hatten, gefiel ihr das große, alte Haus, und auch Hildie Kramer fand sie nett. Aber jetzt war sie ängstlich. Schon bei dem Gedanken, hier allein zurückgelassen zu werden, zitterte sie am ganzen Körper.

»Doch, aber ich habe meine Meinung geändert«, weinte Amy jetzt laut. »Ich möchte bei dir und Daddy bleiben, und bei Kitty-Cat!«

»Kitty-Cat?« fragte Hildie Kramer. »Du hast mir gar nicht gesagt, daß du eine Katze hast.«

»Sie ist ganz schwarz, mit weißen Pfötchen, und sie schläft bei mir«, schniefte Amy.

»Oh, weißt du was, wir haben auch eine Katze hier. Sie heißt Tabby, und gestern ist sie den ganzen Tag umhergeirrt, um einen Platz zum Schlafen zu finden. Aber anscheinend mag sie keiner. Vielleicht könnte sie ja bei dir schlafen?«

»Aber...«, gerade als Amy protestieren wollte, erschien eine gelbliche Katze im Türrahmen, fast wie auf ein vorher vereinbartes Zeichen. Sie schaute sich kurz um, ging dann direkt auf Amy zu, rieb sich an ihren Beinen und miaute kläglich.

Amy zögerte einen Moment, dann bückte sie sich und strich der Katze über den Kopf. »Ist das wahr, du Arme?« fragte sie. »Hast du wirklich keinen Platz zum Schlafen?«

Als Amy die Katze in die Arme nahm und sich auf das Bett setzte, um sich mit ihr anzufreunden, nickte Hildie den Carlsons zu.

Amys Vater verstand die Geste und ging hinunter, um das Gepäck seiner Tochter zu holen.

Josh saß aufrecht in seinem Bett im Krankenhaus. Auf seinem Schoß lag aufgeschlagen das neue Exemplar von Victor Hugos Roman *Les Misérables,* das ihm Dr. Hasborough am Morgen gebracht hatte, und auf dem Nachttisch stand ein halb aufgegessenes Stück von Max' Pekankuchen. Draußen drehte hoch am Himmel ein Geier seine Runden; er sank tiefer und tiefer, und Josh wartete auf die Landung und stellte sich vor, was er wohl entdeckt haben mochte.

Einen Koyoten?

Wahrscheinlich doch nur einen Hasen.

Vielleicht sollte er sich anziehen und nachschauen; schließlich hatte Dr. Hasborough eingewilligt, daß er am Nachmittag nach Hause gehen konnte. Er war ja auch eigentlich gar nicht krank. Sogar seine Handgelenke taten nicht mehr weh. Wieso mußte er also warten, bis seine Mutter mit der Arbeit fertig war und mit dem Arzt sprechen konnte? Wieso ließen sie ihn nicht einfach gehen? Es war nur eine Meile bis zu seiner Wohnung – warum konnte er nicht einfach nach Hause laufen?

Er warf einen Blick auf die Uhr und runzelte die Stirn. Wo *war* seine Mutter? Es war schon fast halb fünf Uhr, und sie wollte eigentlich um halb fünf kommen.

Was war schiefgegangen?

Hatten sie beschlossen, ihn jetzt doch nicht nach Hause zu entlassen?

Er legte das Buch weg, stieg aus dem Bett und ging zur Tür, um auf den Flur hinauszuschauen. Außer der Krankenschwester, die hinter ihrem Schreibtisch saß, war niemand zu sehen.

Vielleicht sollte er sich einfach anziehen und gehen. Oder, besser noch, aus dem Fenster steigen?

Nur – wenn dann seine Mutter käme, würde sie sich Sorgen machen. Vielleicht hätte sie sogar Angst, er würde noch einmal versuchen, sich umzubringen.

Also ging er zum Bett zurück und beschloß, noch etwas zu warten. Er zog das Laken hoch, nahm das Buch wieder in die Hand, aber obwohl sein Blick auf die Seiten gerichtet war, ertappte er sich dabei, wie er über den gestrigen Tag nachgrübelte.

Hatte er wirklich versucht, sich selbst zu töten? Er dachte darüber nach und erinnerte sich an seine Worte dem Psychologen gegenüber, der am Morgen mit ihm gesprochen hatte. »Ich glaube, ich habe es versucht«, hatte er gesagt. »Ich meine, ich habe mir doch die Pulsadern aufgeschnitten, oder?«

Aber jetzt, als er ganz in Ruhe darüber nachdachte, zweifelte er daran. Vielleicht war er nur böse gewesen auf seine Mutter – und auch auf alle anderen – und hatte sich an ihnen rächen wollen.

Und was wäre geschehen, wenn er nun tatsächlich verblutet wäre?

Er versuchte, sich auszumalen, wie es wäre, tot zu sein und stellte sich vor, in einem Sarg zu liegen, vor einem Altar, während um ihn herum die Begräbniszeremonie abgehalten wurde. Aber, sagte er sich sogleich, dann wäre er ja nicht tot, sondern würde leben und seinem eigenen Begräbnis zuschauen.

Bilder tauchten in seinem Kopf auf: seine Mutter, ganz in Schwarz, vor Trauer schluchzend. Alle Kinder aus der Schule, die auch ganz traurig aussahen; denn jetzt, nachdem es zu spät war, tat es ihnen leid, daß sie immer auf ihm herumgehackt hatten.

Nur, wenn er wirklich gestorben wäre, hätte er das alles nicht gesehen; und was hätte es für einen Sinn gehabt, die anderen traurig zu machen, wenn er dann nicht mehr dagewesen wäre, um ihnen zu verzeihen?

Er begann noch einmal von neuem, schloß seine Augen und versuchte, alle Geräusche um sich herum auszuschalten. So war es wohl – wenn er tot wäre, würde alles um ihn herum schwarz sein, und es gäbe keine Geräusche.

Nur, je mehr Mühe er sich gab, nichts zu hören, desto lauter schien es in seiner Umgebung zu werden. Plötzlich schwoll das leise Ticken der Uhr neben seinem Bett zu einem lauten Schlagen an, und der Lärm der Autos auf der Straße wurde zu einem ständigen Tosen.

Tot.

Wie wäre das wirklich? Ihm kam in den Sinn, daß er es eigentlich gar nicht wissen wollte, zumindest nicht jetzt. Er konnte sich gut daran erinnern, wieviel Angst er gestern gehabt hatte, als er zu bluten anfing. Er war sofort aufgestanden, um ins Wohnzimmer zu laufen. Doch als das Blut nur so herausströmte, befürchtete er, seine Mutter würde böse, wenn es überall hinspritzte. Also blieb er regungslos stehen, ohne überhaupt irgend etwas zu tun.

Und wenn er nun tatsächlich verblutet wäre?

Jetzt schauderte ihn beim bloßen Gedanken daran, und er sagte sich, daß er ganz schön blöd gewesen war, was auch immer er sich dabei gedacht haben mochte. Er hatte nur eine Riesensauerei angerichtet und noch mehr Probleme verursacht. Aber zum Glück hatte seine Mutter ihm schon verziehen. Das war es, was ihm an seiner Mutter am besten gefiel, überlegte er. Was er auch anstellte, und wie böse sie auch auf ihn war, sie verzieh ihm immer. Er beschloß, sich zu bessern und ihr von jetzt an keine Sorgen mehr zu machen.

Wieder warf er einen Blick auf die Uhr und wollte gerade anfangen, sich anzuziehen, als sich die Tür öffnete und seine Mutter hereinkam. Sie lächelte ihn an.

»Na du«, sagte sie, »du siehst ja schon wieder richtig gut aus. Hast du Lust, mit nach Hause zu kommen?«

Josh sah sie voller Hoffnung an. »Ist alles okay? Lassen sie mich tatsächlich schon nach Hause gehen?«

Brenda nickte. »Und außerdem habe ich eine Überraschung für dich.«

»Eine Überraschung?« fragte Josh. »Was denn?«

»Ja, ich weiß nicht recht, ob ich dir das jetzt schon sagen soll«, meinte Brenda scherzhaft. »Vielleicht sollte ich lieber warten, bis wir zu Hause sind, oder vielleicht bis morgen früh.«

»Nein!« protestierte Josh. »Bitte jetzt, sofort!« Er kletterte aus dem Bett und war schon halb angezogen.

»Also gut«, sagte Brenda und tat so, als hätte sie sich eben erst entschlossen, es ihm zu sagen. »Wie fändest du es, wenn du nicht mehr in die Eden School zurück müßtest?«

Josh war gerade dabei, seine Jeans hochzuziehen. Abrupt hielt er inne und starrte seine Mutter an, als könnte er nicht glauben, was er gerade gehört hatte. »Nicht zurück?« wiederholte er. »Wie meinst du das?«

»Wie würde es dir gefallen, auf eine andere Schule zu gehen, eine, die extra für Kinder wie dich eingerichtet wurden?«

In Joshs Kopf arbeitete es wie wild. Wovon redete sie da? Und plötzlich fiel ihm wieder ein, was sie wahrscheinlich wollte.

Sie sprach von einer Schule für verrückte Kinder.

Kinder, die versucht hatten, sich umzubringen.

Aber er war nicht verrückt – er hatte ihr das doch schon gestern abend gesagt, und dann noch einmal heute morgen. Er hatte sich nur in diesem einen Moment besonders schlecht gefühlt, das war alles.

»Was für eine Schule meinst du?« fragte er ängstlich.

»Die, von der Mr. Hodgkins gestern geredet hat. Die Barrington Academy, oben im Norden.«

»Aber du hast doch gesagt, sie ist zu teuer...«, begann Josh.

Brenda ließ ihn nicht ausreden. »Sieht so aus, als wäre das nicht der Fall«, erwiderte sie. »Dr. Hasborough kennt die Schule und hat dort angerufen. Wir haben ihnen alle Berichte über dich geschickt, und nun möchten sie gerne mit dir reden.«

Joshs Zweifel wurden nur noch größer. »Du meinst, sie wollen mich nehmen, ohne mich überhaupt gesehen zu haben? Wieso denn? Es ist ein Heim für Kinder, die nicht ganz richtig sind, stimmt's?«

Brenda starrte ihn verdutzt an. »Natürlich nicht!« rief sie. »Nein, so was ist es überhaupt nicht! Es ist eine Schule für besonders begabte Kinder, für Kinder wie dich!«

Aber Josh schüttelte den Kopf. »Du schickst mich jetzt einfach weg, weil ich das getan habe! Bevor ich mir die Pulsadern aufgeschnitten habe, da hast du gesagt, ich würde auf keinen Fall dorthin kommen. Und jetzt...« Seine Augen füllten sich mit Tränen, und er rannte zu seiner Mutter und schlang die Arme um sie. »Es tut mir so leid«, sagte er. »Ich wollte nicht wirklich sterben. Ich habe nur durchgedreht. Schick mich nicht weg, bitte!«

Brenda sagte nichts, sie hielt nur ihren Sohn fest und versuchte zu begreifen. Offensichtlich verstand er nicht, daß sie ihn nicht bestrafen, sondern nur das Beste für ihn wollte. »Mein Liebling, es ist alles in Ordnung«, flüsterte sie. »Ich würde dich niemals wegschicken, weißt du das denn nicht? Das hat jetzt überhaupt nichts mit dieser dummen Sache mit dem Messer zu tun. Es geht nur darum, dich in einer Schule unterzubringen, in der es dir gutgeht und in der du Freunde finden kannst, die dich verstehen.«

Joshs Schluchzen beruhigte sich, und er erinnerte sich an seinen Schwur vor wenigen Minuten, seiner Mutter keine Sorgen mehr zu machen. Schließlich, als er sicher war, seine Stimme wieder unter Kontrolle zu haben, löste er sich von ihr. »Und wenn ich nicht in diese Schule möchte?« fragte er.

»Dann mußt du natürlich nicht hin«, antwortete Brenda. »Außerdem haben sie noch gar nicht zugesagt, ob sie dich nehmen. Sie möchten erst mal, daß wir am Samstag kommen, damit sie mit dir reden und einige Tests machen können. Findest du nicht, daß wir ruhig hinfahren sollten?«

Josh überlegte. Vielleicht war sein Verdacht wirklich

unbegründet gewesen. Auf jeden Fall hatte Mr. Hodgkins schon davon erzählt, bevor diese dumme Sache mit dem Messer passiert war. Und nun hatte seine Mutter ja gesagt, daß er nicht dorthin zu gehen brauchte, wenn er nicht wollte.

»Na gut, fahren wir hin«, sagte er. »Ich meine, nur um's mal anzuschauen, okay?«

»Okay«, sagte Brenda erleichtert. »Doppeltes Okay! So, jetzt zieh dich zu Ende an, damit wir hier endlich rauskommen.«

Als sie kurz darauf das Krankenhaus verließen, atmete Brenda draußen in der Wüstenluft tief durch. Endlich sah es so aus, als gäbe es eine Lösung für ihre Probleme.

Falls die Akademie sich nicht gegen Josh entscheiden sollte.

Aber darum brauchte sie sich nicht zu sorgen, bevor es soweit war; sie hatte schon vor langer Zeit gelernt, sich keine Gedanken darüber zu machen, wie sie irgendwelche Brücken überqueren konnte, bevor sie nicht davorstand. Außerdem war sie sich eigentlich ganz sicher, daß die Akademie ihren Sohn nehmen würde.

Seine Begabung war viel zu groß, um in der Schule in Eden vergeudet zu werden.

Man würde ihn in der Akademie aufnehmen – sie wußte es einfach!

Und dort würde er der beste Schüler sein, den sie jemals gehabt hatten.

Langsam, gebot sie sich selbst Einhalt. Jetzt bin ich dabei, schon im Eilschritt über eine Brücke zu gehen, die noch kaum in Sicht ist.

Samstag, dachte sie, während sie sich auf den Heimweg machten.

Samstag würde sie Bescheid wissen.

5

Brendas Anspannung ließ erst nach, als sie den Highway 101 hinter sich gelassen hatten und durch die Berge fuhren, die zwischen San Jose und der Küste lagen. Die Chance war nun schon relativ hoch, daß der alte Chevy die Fünfhundert-Meilen-Reise durchhalten würde. Brenda hatte trotz Joshs Protest darauf bestanden, um vier Uhr morgens loszufahren. Falls das Auto sie überhaupt so weit bringen würde, wollte sie auf jeden Fall vor Beginn der Tageshitze die Wüste hinter sich gelassen haben. Also hatten sie sich noch im Dunklen auf den Weg gemacht, hatten die Wüste durchquert und waren dann das San Joaquin Tal westwärts gefahren, bis sie nördlich von Bakersfield bei Paso Robles auf die Autobahn gekommen waren.

Josh räkelte sich auf dem Beifahrersitz und erwachte aus dem leichten Schlaf, in den er vor einer Stunde gefallen war. Er rieb sich die Augen, sah hinaus, und sein Blick fiel auf eines der großen grünen Schilder, die über der Straße nach Santa Cruz angebracht waren: Barrington – 25 Meilen.

»Wir sind bald da«, sagte er und betrachtete interessiert die ungewohnte Gegend. Grasbewachsene Hügel, auf denen Eukalyptusbäume und hier und da eine Gruppe Mammutbäume standen. »Also wie in Eden sieht's hier wirklich nicht aus«, bemerkte er.

»Nein, kann man nicht gerade sagen«, stimmte Brenda lächelnd zu. Schon bevor Josh aufgewacht war, hatte auch sie besonders fasziniert die Landschaft um San Jose betrachtet. Vor langer Zeit, als kleines Mädchen, hatte sie die Gegend hier besucht; damals war der größte Teil des Landes noch Weideland und San Jose noch eine ziemlich kleine Stadt gewesen. Inzwischen war der Ort beträchtlich angewachsen und hatte sich zu einem Zentrum der florierenden Computerindustrie entwickelt. Die Bauernhöfe waren endlosen Reihen von Neubauten und die Obst- und Gemüsefelder Industriegebieten gewichen. Schließlich erreichten sie die Berge. Außer einigen größeren Häusern, die ab und zu aus dem Nichts aufzutauchen schienen, war die Landschaft hier noch größtenteils unberührt.

Eine halbe Stunde später kamen sie durch die Vororte von Barrington, einer kleinen Stadt an der Küste, schön gelegen zwischen dem Strand und den dahinter ansteigenden Bergen. Sie machte nicht den Eindruck zwanghafter Modernität, der den prosperierenden Städten um San Jose anhaftete. Es gab ein hübsches Stadtzentrum mit Läden, deren Fassaden zum Teil noch aus der Gründerzeit stammten, einige davon in dem kunsthandwerklichen Stil der zwanziger und dreißiger Jahre gehalten, die Dächer mit Schindeln gedeckt. Die Innenstadt war von einem Wohnviertel mit hübsch angelegten Straßen umgeben, in denen kleine, ebenfalls schindelgedeckte Häuser standen, und Bäume, die schon vor Jahrzehnten ihre volle Höhe erreicht hatten. Sogar jetzt noch, im September, blühten überall Fuchsien, und viele Hauswände waren mit wild wucherndem Wein bewachsen. Brenda folgte einigen dezent angebrachten Schildern und kam schließlich zur Universität. Die ganze Anlage sah genauso aus, wie sich Brenda eine Universität vorstellte, und sie war vom ersten Augenblick an beeindruckt. Die alten Backsteingebäude hatte man um eine großzügig angelegte grüne Rasenfläche herum gruppiert, auf dem Rasen wuchsen hoch aufragende Mammutbäume und Gruppen üppig blühender Büsche, die Brenda nicht kannte. Hinter den alten Gebäuden, die sich einen Hügel hochzogen, standen einige neue Häuser. Sie waren so harmonisch in die Landschaft integriert, daß sie zusätzliche moderne Räumlichkeiten boten, ohne den altertümlichen Charme des Geländes zu zerstören.

»Aber wo ist die Schule?« fragte Brenda. »Sie soll auf dem Universitätsgelände sein.«

»Dort drüben«, meinte Josh und zeigte auf ein weiteres Hinweisschild in der Art derer, die sie bis hierher geführt hatten. »Bieg rechts ab und fahr dann den Hügel da rauf.«

Brenda hatte das Schild selbst zwar nicht gesehen, aber sie folgte dennoch Joshs Anweisungen. Einige Minuten später kamen sie zu einem großen, schmiedeeisernen Tor, das weit offen stand. Dahinter begann eine Auffahrt. Voller ehrfürchtiger Bewunderung hielt Brenda an. Am Ende der von Mammutbäumen gesäumten Auffahrt stand etwa eine Viertelmeile entfernt das größte Haus, das sie jemals gesehen hatte. Es war drei Stockwerke hoch und imponierte mit zwei langen Seitenflügeln. Der mittlere Teil des Gebäudes wurde von einer vierten Etage gekrönt, offensichtlich einer privaten Wohnung. Ihre Fassade bestand fast nur aus Fenstern, von denen aus der Blick traumhaft sein mußte. Obwohl das riesige Haus noch von zwei weiteren Gebäuden flankiert wurde, war Brenda sofort klar, daß es ursprünglich als privates Wohnhaus erbaut worden war. »Mein Gott«, brachte sie hervor. »Kannst du dir vorstellen, in so etwas zu wohnen?«

»Das war Mr. Barringtons Haus«, erklärte Josh. »Du weißt doch, der, der die Barrington Western Railroad gebaut hat.«

Brenda schaute ihren Sohn erstaunt an. »Nein«, antwortete sie. »Weiß ich nicht. Aber du weißt es offenbar.«

Josh grinste spitzbübisch. »Ich bin gestern in der Bibliothek gewesen und habe nachgeschlagen. Der Mann, der das hier gebaut hat, hieß Eustace Barrington, und ihm gehörte praktisch das ganze Land an der Küste von hier bis San Francisco. Das hier war seine Sommerresidenz, und der Ort ist nur entstanden, weil man so viele Leute für die Ranch brauchte.«

»Ranch?« wiederholte Brenda. »Du hast doch eben gesagt, er hat die Eisenbahn gebaut?«

»Das hat er auch«, bekräftigte Josh. Der Ton seiner Stimme verriet, daß er dachte, seine Mutter stelle sich absichtlich dumm. »Aber er hat ein Geschäft mit der Regierung gemacht und fast das ganze Land entlang der Eisenbahnlinie bekommen. Daraufhin hat er die Ranch gegründet und immer mehr Land dazugekauft. Das meiste hat er auch noch praktisch umsonst gekriegt, weil man nur mit der Eisenbahn dorthin kam. Und er hat die Züge einfach nicht auf dem Land eines anderen halten lassen.«

»Und jetzt wird er womöglich noch als eine Art Held gefeiert, ja?« erwiderte Brenda und schüttelte den Kopf, erstaunt über die Dreistigkeit von Barringtons Verhalten. Für sie war das nichts anderes als Erpressung. Sie legte den Gang wieder ein und fuhr langsam den Weg zum Haus hinauf. Während sie zwischen den Bäumen entlangrollten, konnten sie ab und zu Kinder sehen. Einige standen in Gruppen zu zweit oder zu dritt zusammen, aber viele waren allein, lagen ausgestreckt auf dem Rasen und lasen oder schrieben. Und trotzdem, obwohl der Anblick äußerst friedlich, sogar idyllisch war, beschlich Brenda ein ungutes Gefühl.

Es war *zu* friedlich. *Zu* ruhig.

Irgend etwas stimmte hier nicht. Irgend etwas, das sie im Moment nicht erklären konnte.

Aber das ist doch lächerlich, sagte sie sich. *Es stimmt schon alles! Du kriegst jetzt nur kalte Füße, weil Josh dich verläßt!*

Natürlich. Das war es. Es gab nichts Befremdendes an dem Anblick. Es war einfach nur anders als in Eden, sonst nichts.

Wenn in Eden eine größere Gruppe Kinder – hier sah sie fast zwanzig – auf einem Haufen zusammen war, entwikkelten sich immer irgendwelche wilden Spiele. Die Kinder aus Eden würden hier unter lautem Geschrei und Streitereien über den Rasen toben.

Die Schüler der Akademie dagegen gingen ihrer Beschäftigung in aller Ruhe nach; sogar wo Gruppen zu zweit oder zu dritt zusammenstanden, sprachen sie leise miteinander.

Brenda verdrängte ihr ungutes Gefühl, als sie vor der riesigen, im mediterranen Stil erbauten Villa hielt. Zwei Jungen, nicht älter als zwölf Jahre, saßen über ein Schachbrett gebeugt auf der gekachelten Loggia, die sich die ganze Hausfront entlangzog. Sie schauten kurz zu Brenda, dann richtete sich ihr Blick auf Josh.

»Bist du der Neue?« fragte einer von ihnen.

Bevor Josh antworten konnte, öffnete sich die Haustür, und eine übergewichtige, etwa fünfundvierzigjährige Frau erschien. Sie trug ein Paar weite weiße Baumwollhosen und eine Tunika in leuchtenden Farben, die sie schlanker erscheinen ließ als sie war. Ihre Füße steckten in Sandalen, und um den Hals hatte sie einen elegant gemusterten Seidenschal drapiert. Sofort überkam Brenda ein Gefühl der Scham wegen ihres eigenen grasgrünen Hosenanzugs aus Polyester. In Eden hatte sie noch gedacht, der Anzug sei genau das Richtige für diesen Tag. Jetzt aber schien es ihr, als hätte sie das Verkehrte ausgesucht.

Die Frau unter dem Vordach schien jedoch von ihrer Kleidung überhaupt keine Notiz zu nehmen. Sie kam die Stufen herunter und streckte Brenda die Hand entgegen. »Mrs. MacCallum? Ich bin Hildie Kramer. Ich war schon etwas in Sorge Ihretwegen.«

»Ich ... wir haben nicht gewußt, wie lange wir brauchen würden«, stotterte Brenda. »Aber wir sind doch nicht zu spät dran, oder?«

Hildie lachte, ein warmes, tief aus ihrem Inneren kommendes Lachen, das Brenda augenblicklich beruhigte. »Oh, aber nicht doch. Sie wären immer zur rechten Zeit gekommen.« Sie wandte sich Josh zu und streckte ihm genauso herzlich wie zuvor seiner Mutter die Hand entgegen. »Und du bist Josh, nicht wahr? Oder Joshua?«

»Josh«, erwiderte der Junge und gab der Frau unsicher die Hand.

»Wunderbar«, sagte Hildie fröhlich. »Dein Name gefällt mir. Er ist schön und klingt irgendwie stark. Hast du schon Jeff Aldrich und Brad Hinshaw kennengelernt?« fragte sie dann, während sie sich zu den zwei über das Schachbrett gebeugten Jungen umdrehte. Als die beiden ihre Namen hörten, schauten sie hoch und sprangen auf. Hildie machte Josh mit ihnen bekannt. »Kannst du Schach spielen?« fragte sie dann. Josh schüttelte den Kopf.

»Dann werden sie es dir beibringen, während ich mich mit deiner Mutter unterhalte. Okay?«

Josh erschrak und blickte die beiden Jungen beklommen an. Sie sahen aus, als seien sie einige Jahre älter als er. Bestimmt würen sie gleich murren und die Augen verdrehen, wie die Jungen in Eden letztes Jahr, als seine Mutter ihn überredet hatte, während der Ferien am Sportprogramm der Schule teilzunehmen. Der Trainer hatte ihn dem Softballteam zugeordnet, aber er hatte nur einen Satz mitgespielt, und noch auf dem Nachhauseweg gingen ihm die spöttischen Bemerkungen der anderen durch den Kopf. Nicht einen einzigen Ball hatte er im richtigen Feld erwischt, und als er mit Schlagen dran war, hatte er dreimal nacheinander den Ball verfehlt.

Aber zu Joshs Überraschung machte ihm einer der Jungen ein Zeichen, sich zu ihnen zu setzen. Josh hockte sich zwischen die beiden, und Brad begann sofort mit den Erklärungen. »Das ist der König«, sagte er und zeigte auf die größte Figur. »Ich habe weiß und Jeff hat schwarz, und es geht darum, den König des anderen gefangenzunehmen.« Schnell zeigte er auf alle anderen Figuren und nannte ihre Namen. »Schau einfach eine Zeitlang zu, dann bekommst du am besten mit, wie es geht.«

»Und paß auf, daß sie dir *alle* Züge erklären, die man machen darf«, warnte Hildie. »Sie behalten gerne ein bißchen was für sich, um es dann gegen dich auszuspielen. Zum Beispiel die Rochade. Besteh darauf, daß sie dir die erklären.«

»O Gott, Hildie«, beschwerte sich Jeff Aldrich. »Es macht doch viel mehr Spaß, wenn man ein bißchen schummeln kann.«

»Das glaube ich dir«, sagte Hildie lächelnd. »Und falls das stimmt, was mir über Josh bekannt ist, dann ist das auch eure einzige Möglichkeit, ihn zu schlagen, wenn er das Spiel erst mal durchschaut hat.«

Jeff grinste sie verschmitzt an. »Sollen wir wetten?«

Hildie zog eine Augenbraue hoch. »Oh, gerne«, willigte sie ein. »Ich setze einen Dollar und behaupte, daß Josh dich gleich beim ersten Mal schlägt. Ihr müßt mir aber versprechen, ihm alle Züge zu zeigen und nicht allzu kreativ zu werden. Abgemacht?«

»Abgemacht«, stimmte Jeff zu.

»Ich passe auf, daß er ihn nicht reinlegt«, meinte Brad Hinshaw. Sofort unterbrach er sein Spiel mit Jeff und fing an, Josh die Spielregeln zu erklären. Obwohl er so schnell redete, daß es Brenda verwirrte, schien Josh alles zu verstehen. Nachdem die beiden Frauen kurze Zeit zugeschaut hatten, gingen sie ins Haus.

Eine halbe Stunde später hatte Hildie Brenda das ganze Haus gezeigt, nur nicht die Kuppel im dritten Stock, denn sie diente als Privatwohnung Dr. Engersols, des Direktors der Schule. Brenda ließ sich in die weichen Tiefen des lederbezogenen Sofas sinken, das in Hildie Kramers Büro stand. Dankbar genoß sie es nach der langen, anstrengenden Fahrt, sich in einer so komfortablen Umgebung einen Moment ausruhen zu können. Hildies großer Schreibtisch war bedeckt mit Papieren und gerahmten Fotos, und ein Kaffeebecher stand neben einem Teller mit einem übriggebliebenen Gebäckstück – offensichtlich ein Überbleibsel von Hildies Frühstück. Brenda war von allem, was sie gesehen hatte, völlig überwältigt. Nichts entsprach dem, was sie sich vorgestellt hatte; die Akademie ähnelte nicht im mindesten einer Schule. Statt dessen schien sie genau das zu sein, wonach sie von außen aussah: ein großes, schönes Privathaus, in dem viele Menschen zu Hause waren.

Mit dem riesigen Speisesaal hatten sie ihren Rundgang begonnen. Wie fast das ganze Haus sah er noch beinahe so aus wie damals, 1942, als Eustace Barrington im Alter von 103 Jahren gestorben war. Die Wände waren noch immer mit roter Seide bespannt, und die ursprünglichen Anrichteschränke mit dem chinesischen Porzellan standen davor wie seit über einem Jahrhundert. Ein großer Kristalleuchter hing in der Mitte des Raumes, seine Arme hatte man glänzend poliert. Der ursprüngliche große Eßtisch, erklärte Hildie, an dem Eustace Barrington oft mehr als fünfzig Personen bewirtet hatte, war allerdings durch viele kleinere Tische ersetzt worden, an denen jeweils vier oder sechs Personen sitzen konnten.

In jedem der über zwanzig Räume, die Brenda gezeigt wurden, schimmerte das schöne Mahagoniholz der Täfelungen, und Stuckornamente schmückten die Decken.

Das Musikzimmer im hinteren Teil des Erdgeschosses bot über eine großräumige Terrasse einen weiten Ausblick bis zu den Bergen, die hinter der Schule anstiegen. »Es war Mr. Barringtons letzter Wille«, hatte Hildie erklärt, »daß das Haus in seinem ursprünglichen Zustand belassen werden sollte, einschließlich der Möbel. Seine große Stiftung beinhaltet die Anordnung, daß nichts Grundlegendes verändert werden darf. Ihm war jedoch klar, daß wahrscheinlich eine Zeit kommen würde, in der auch seine Stiftung nicht mehr ausreichen könnte, das Gebäude zu erhalten. Also hat er eine Klausel eingefügt, die besagt, daß die Universität das Haus nutzen darf, falls die Stiftung die Instandhaltungskosten nicht mehr aufbringen kann. Allerdings formulierte er eine Voraussetzung: daß das Gebäude – ich zitiere – ›soweit wie möglich als ein Wohnhaus im ursprünglichen Sinne erhalten bleiben soll, das heißt, als ein Zuhause für Kinder, die es nutzen und sich daran erfreuen‹.«

Hildie erzählte weiter, daß ›Kinder‹ das Schlüsselwort gewesen wäre. Die Rechtsanwälte konnten argumentieren, daß nichts Näheres über die Kinder ausgesagt wurde, so daß dem Testament also Genüge getan war, solange man es nur zum Vorteil von Kindern auslegte. »Dr. Engersol hatte dann als erster die Idee«, fuhr Hildie fort.

Brenda hatte aufmerksam zugehört. Jetzt sah sie Hildie fragend an.

»Der Direktor der Schule«, sagte Hildie erklärend. »Die Akademie war seine Idee. Er hatte schon immer ein großes Interesse an besonders begabten Kindern, und als offensichtlich wurde, daß das Haus zu einem kostenaufwendigen, nutzlosen Besitz verkommen würde, machte er sich an die Arbeit.« Hildies Lächeln drückte Stolz aus, als sie erzählte, wie George Engersol mit dem Aufbau der Schule begonnen hatte. »Bestimmt wird auch Josh oft von den anderen Jungs Streber oder Aufschneider genannt oder so ähnlich, nicht wahr?«

Brenda nickte. »Oh, ja. Dauernd leider.«

»Nun, die ganze Gegend hier wimmelt von Leuten, die in ihrer Kindheit von anderen so bezeichnet wurden. Aber jetzt sind sie Computermillionäre und haben so viel Geld, daß sie gar nicht mehr wissen, was sie damit anfangen sollen. Dr. Engersol ging also zu jedem einzelnen von ihnen und erklärte, was er vorhatte. Es war eigentlich sehr einfach. Er sagte nur, daß er eine Schule gründen wolle für genau solche Kinder, wie sie selbst früher gewesen waren. Eine Schule, die vollkommen auf die entsprechenden Bedürfnisse eingerichtet sei. Und nicht nur auf intellektuelle Bedürfnisse, sondern auch auf die sozialen und die psychischen. Das Echo war enorm. Schon nach einem Jahr war genug Geld zusammen, um die Schule zu gründen. Und wir bekommen noch immer große Spenden.«

Brenda ergriff die Gelegenheit, die Sorge auszusprechen, die ihr auf der Seele lag, seit sie das erste Mal von der Barrington Academy gehört hatte. »So eine Schule muß doch sehr teuer sein?« fragte sie vorsichtig.

Hildie nickte. »Natürlich. Der Unterhalt kostet ein Vermögen«, gab sie zu. »Aber Dr. Engersol hat auch dafür vorgesorgt. Da Intelligenz und Begabung ja nicht davon abhängen, wieviel Geld man hat, wurde die Finanzierung so eingerichtet, daß die Familien unserer Kinder nicht zu stark belastet werden. Wir berechnen die Schulgebühren nach dem Einkommen der Eltern. Je höher das Einkommen, desto höher sind die Gebühren. Aber sie übersteigen niemals das, was eine Familie auch ohne Probleme aufbringen kann.«

Brenda schluckte nervös und hoffte, daß ihre Stimme sie nicht im Stich lassen und ihre Verlegenheit verraten würde. »Ich... ich weiß nicht, ob ich überhaupt etwas bezahlen kann«, begann sie.

Hildie unterbrach sie mit einer Handbewegung. »Das wissen wir«, sagte sie sanft. »Verstehen Sie doch, Geld spielt bei uns wirklich keine Rolle. Wir sind eine Institution, die Kinder wie Josh fördert, gleichgültig, was für sie bezahlt werden kann. Dr. Engersols Interesse liegt darin, den Kindern eine Umgebung zu schaffen, in der sie sich weiterentwickeln können. Wir sind nicht hier, um Ihnen Ihr Geld abzunehmen, Brenda. Wir sind hier, um Kindern wie Josh zu helfen; Kindern, die außergewöhnlich klug sind und unter all den Schwierigkeiten leiden, die gerade durch ihre Intelligenz entstehen.«

»Er hat Schwierigkeiten«, seufzte Brenda. »Manchmal sieht es so aus, als habe er nichts als Probleme.«

»Vielen Kindern hier geht es ähnlich«, entgegnete Hildie voller Mitgefühl. »Zumindest, bis sie hierherkommen. Oft sind ihre Probleme viel schwerwiegender, als die Familien ahnen. Oder, sagen wir«, fügte sie vorsichtig hinzu, »sie ahnen es nicht, bis die Kinder sich aus Verzweiflung etwas antun.«

Brenda war tief betroffen von Hildies Worten. »Sie wissen also, was Josh getan hat?« fragte sie.

»Natürlich.« Hildie sprach mit warmer, mitfühlender Stimme und schaute Brenda dabei fest an. »Dies ist einer der Gründe, warum wir ihn so schnell wie möglich sehen wollten.« Sie stand vom Schreibtisch auf und setzte sich neben Brenda auf das Sofa. »Was Josh da getan hat, ist für Sie sicher ganz unbegreiflich«, redete sie weiter. »Aber bei Kindern wie Josh sind Selbstmordabsichten viel weiter verbreitet als bei Kindern, deren Intelligenz den Normalwert nicht überschreitet. Wenn Sie sich das noch einmal durch den Kopf gehen lassen, werden Sie es besser verstehen. Die Kinder langweilen sich in der Schule, sie haben mit Gleichaltrigen wenig gemeinsam, und wenn sie dann deswegen riesige Probleme bekommen, beginnen sie, sich als Versager zu empfinden. Sie geraten dadurch leicht in einen Teufelskreis, verlieren immer mehr den Kontakt zur Außenwelt und empfinden den Tod schließlich als einzigen Ausweg aus dem für sie tristen und unglücklichen Leben. Kinder, auch wenn sie noch so intelligent sind, können sich schlecht in die Zukunft hineindenken, wie Sie sicherlich wissen. Ein Jahr erscheint ihnen wie ein ganzes Leben, deshalb hat es auch wenig Sinn, ihnen zu erzählen, daß alles besser wird, wenn sie erst einmal älter sind. Wir schaffen ihnen hier eine Umgebung, in der sie mit intellektuell und emotional Gleichgesinnten zusammensein können. Es tut mir leid, aber was man Ihnen in Eden gesagt hat, ist die Wahrheit: für Josh kann dort gar nichts getan werden. Wenn er dort bleibt, wird seine Isolation nur noch zunehmen.«

Brenda holte tief Luft. »Heißt das, das Sie ihn nehmen werden?« fragte sie und spürte voller Unbehagen, daß ihre Handflächen feucht wurden.

»Da bin ich mir ziemlich sicher«, antwortete Hildie. »Heute nachmittag, nach dem Essen, wird Dr. Engersol mit Josh einige Tests durchführen und sich mit ihm unterhalten. Aufgrund der Berichte glaube ich aber nicht, daß es für uns irgendeinen Grund geben wird, ihn abzulehnen. Aber natürlich gibt es da noch eine andere Frage«, fügte sie hinzu.

Brenda zog verunsichert die Augenbrauch hoch. »Noch eine andere Frage?« wiederholte sie.

Hildie lächelte kurz. »Eine Frage zu Josh selbst. Will er denn hierbleiben?«

Brenda spürte, wie ihre Hoffnung wieder zu schwinden begann. Sollte sie diese Frau anlügen? Hildie Kramer strahlte etwas sehr Beruhigendes aus, und obwohl sie Hildie erst seit einer Stunde kannte, hatte sie das Gefühl, ihr vertrauen zu können. »Ich... ich bin mir nicht ganz sicher«, erwiderte Brenda. »Als ich ihm zum ersten Mal den Vorschlag gemacht habe, dachte er... na ja, er hat gedacht, daß dies eine Schule für verrückte Kinder sei und daß ich ihn bestrafen wollte für... für das, was er getan hatte.«

Hildie nickte nachdenklich. »Das war natürlich zu erwarten. Aber Sie sagten, so hat er anfangs gedacht. Hat er inzwischen seine Meinung geändert?«

Brenda überlegte. Ihr ging durch den Kopf, wie ruhig Josh sich während der letzten Tage verhalten hatte. Er war die ganze Zeit bei seiner kleinen Schwester und Mabel zu Hause gewesen, denn sie hatte ihn seit dem Vorfall mit dem Messer nicht mehr in die Schule geschickt. Jetzt, wo sie darüber nachdachte, fiel ihr auf, daß er die ganze letzte Zeit eigentlich besonders nett gewesen war.

Wahrscheinlich hoffte er, sie würde ihn nicht in die Akademie schicken, wenn er ihr keine Sorgen machte.

Aber andererseits war er auch in die Bibliothek gegangen und hatte offensichtlich alles gelesen, was über die Akademie und Eustace Barrington, den Erbauer der Villa, dort zu finden war. »Ich weiß es nicht«, gab sie schließlich zu. »Er war auffallend ruhig in letzter Zeit, aber er hat sich weder für noch gegen die Schule geäußert. Ehrlich gesagt, habe ich keine Ahnung, was er antworten wird, wenn wir ihn danach fragen.«

Hildie lächelte verschwörerisch. »In diesem Fall fragen wir ihn am besten gar nicht erst, sondern warten ab, bis er einen Eindruck davon hat, wie es hier zugeht. Ich denke, er wird schnell selbst merken, daß das genau der richtige Ort für ihn ist.«

Brenda neigte den Kopf und schaute die ältere Frau an. »Haben Sie ihn deswegen draußen bei den anderen gelassen, anstatt ihn mit mir zusammen herumzuführen?«

»Ganz genau«, sagte Hildie. »Je früher er sich mit anderen anfreundet, desto lieber wird er hierbleiben wollen.« Sie warf einen Blick aus dem Fenster auf das Schachspiel, das nur wenige Meter entfernt seinen Gang nahm. »Soweit ich sehen kann, sitzen wir hier noch eine halbe Stunde fest. Möchten Sie einen Kaffee?«

Brenda warf einen verstohlenen Blick auf den übriggebliebenen Pfannkuchen, der auf einem Teller auf Hildies Schreibtisch lag. »Dürfte ich den essen?« fragte sie schüchtern. »Wir hatten leider keine Zeit, um unterwegs zu frühstücken.« Sie vermied zu sagen, daß sie auch die Kosten für ein Frühstück gescheut hatte. Hildie reichte ihr den Teller mit dem Pfannkuchen, dann nahm sie den Telefonhörer auf und bat jemanden, eine Kanne Kaffee und zwei Tassen zu bringen. Währenddessen blickte Brenda aus dem Fenster und versuchte, dem Schachspiel zu folgen, von dem ihr Sohn anscheinend völlig in Anspruch genommen war. Sie sah, wie Jeff Aldrich eine Figur verschob und damit eine von Joshs Figuren schlug.

»Ich befürchte, er spielt nicht sehr gut«, stellte sie entschuldigend fest, als müßte sie ihn verteidigen. »Aber es ist ja auch sein erstes Spiel. Ich glaube nicht, daß er jemals zuvor ein Schachbrett gesehen hat, außer vielleicht im Fernsehen.«

Hildie warf ebenfalls einen Blick aus dem Fenster und lächelte. »Sieht eher so aus, als würde er sich ganz gut schlagen. Im Moment steht es sogar zwei zu eins, daß Jeff bezahlen muß.« Sie kicherte. »Und ich weiß, wie sehr er es haßt, wenn er eine Wette gegen mich verliert.«

Brenda biß in den Pfannkuchen und lächelte Hildie an. »Diese Kinder sind Ihnen so richtig ans Herz gewachsen, nicht wahr?« fragte sie.

»Ja, jedes einzelne von ihnen«, antwortete Hildie. »Es gibt nichts Befriedigenderes als zuzusehen, wie sie hier aufwachsen und alle ihre Fähigkeiten wirklich ausschöpfen können.«

Sie werden ihn nehmen, dachte Brenda und sprach die Wörter in Gedanken wie ein Gebet. *Sie müssen ihn einfach nehmen. Er gehört hierher.«*

Als Brenda MacCallum und Hildie Kramer eine halbe Stunde später auf die Veranda hinausgingen, schaute Josh für den Bruchteil einer Sekunde auf, richtete seine Aufmerksamkeit jedoch sofort wieder auf das Brett. In Gedanken spielte er alle möglichen Züge durch, die er mit den ihm noch verbleibenden Figuren auf dem Brett machen konnte. Dann versetzte er sich in die Position seines Gegenübers und überlegte, mit welchen Gegenzügen Jeff auf sein Spiel reagieren könne.

Falls er nicht etwas übersehen hatte, konnte er seinen Turm vier Felder nach vorne ziehen, und Jeff konnte dann nicht mehr verhindern, daß er beim nächsten Zug seinen König angriff.

Aber was würde dann passieren?

Jeff war genauso alt wie die Jungs aus Joshs Klasse in der Eden School, und Josh erinnerte sich noch genau an ihre Blicke, als er am ersten Tag nach den Ferien alle Fragen beantworten konnte, auf die sie keine Antworten wußten.

Es waren böse Blicke gewesen, Blicke, die ihn fast so verletzten, als hätten seine Klassenkameraden ihn geschlagen.

Würde auch Jeff ihn so anschauen?

Oder wollte er ihn gewinnen lassen und hatte absichtlich Fehler gemacht?

In Gedanken wiederholte Josh noch einmal blitzschnell das ganze Spiel, Zug für Zug. Er sah das Brett genau vor sich, und während er alles noch einmal sorgfältig durchging, konzentrierte er sich nur darauf, wie Jeff gespielt hatte.

Keiner seiner Züge war schlecht gewesen, und keiner der Fehler – falls er welche gemacht hatte – war offensichtlich mit Absicht begangen worden.

Wenn er jetzt also selbst den Turm nicht ziehen würde, wüßte Jeff, daß er das Spiel absichtlich aufgegeben hatte.

Er überlegte immer noch.

Dann hörte er neben sich Brads Stimme. »Komm schon, Josh, leg los. Jeff weiß doch schon, was kommt. Wieso machst du nicht Schluß mit dem Spiel?«

Josh blickte kurz auf. Brad war offensichtlich ganz erpicht darauf, endlich den letzten Zug zu sehen, und Jeff sah aus...

Ja, wie eigentlich?

Nicht böse. Nein, er sah tatsächlich aus, als wüßte er, was kommen würde und als warte er einfach darauf.

Zögernd griff Josh den Turm und schob ihn vorwärts.

»Schachmatt!« triumphierte Brad. »Er hat dich geschafft, Jeff, in seinem ersten Spiel hat er dich geschlagen!«

Josh rührte sich nicht. Angespannt wartete er, was passieren würde.

Ein Lächeln – leicht verzerrt, aber immerhin ein Lächeln – erschien auf Jeffs Lippen. Falls er sich doch ärgerte, konnte man es ihm zumindest nicht ansehen. Eigentlich konnte man ihm gar nichts ansehen. »Wirklich gut«, gab Jeff zu. »Vielleicht sollten wir dich dieses Jahr zum Turnier anmelden.«

»Und vielleicht solltest du mir meinen Dollar geben«, bemerkte Hildie Kramer, die in der Tür erschienen war.

Jeff zuckte mit den Schultern. »Mein Geld ist oben, in

meinem Zimmer. Wie wär's, wenn ich es Ihnen später gebe?«

»Wie wär's, wenn du meinen Doller jetzt gleich holst, bevor ich ihn wieder vergesse?« gab Hildie zurück.

»Ach, kommen Sie, Hildie, seien Sie nicht so streng.«

»Eine Wette ist eine Wette. Wenn du nicht verlieren kannst, darfst du nicht spielen. Jetzt geh schon.«

»O Mann«, murrte Jeff, stand jedoch auf und gab Josh ein Zeichen mitzukommen. »Komm mit, du kannst genausogut gleich sehen, wie schrecklich die Zimmer hier sind. Vielleicht kannst du deiner Mutter dann ausreden, dich in dieses Gefängnis zu stecken.« Er wich schnell aus, als Hildie ihm einen scherzhaften Klaps versetzen wollte, und lief ins Haus. Josh folgte ihm.

Als sie die riesige Eingangshalle betraten, blieb Josh stehen und schaute bewundernd um sich. Jeff, der am Fuß der Treppe stand, grinste ihn an. »Cool, was?« sagte er.

Josh nickte, seine Augen hingen an dem Messinggehäuse des Fahrstuhls.

»Funktioniert der?« fragte er.

Jeffs Grinsen wurde breiter. »Klar. Willst du fahren?«

Josh nickte stumm und war schon auf dem Weg in Richtung des altertümlichen Aufzugs. Er öffnete die Tür und sah fasziniert zu, wie die polierten Messingstangen ineinanderglitten. Dann trat er in die Kabine, wartete auf Jeff und schloß die schwere Tür mit einem Knall, der im Foyer widerhallte. Er drückte auf den abgenutzten schwarzen Knopf, auf dessen Oberfläche ein kaum noch erkennbarer Pfeil eingeprägt war, der nach oben zeigte. Die Maschine begann zu arbeiten, und die Kabine setzte sich in Bewegung und fuhr ratternd in den ersten Stock.

»*Wirklich toll*«, sagte Josh bewundernd, während er Jeff hinauf auf den Korridor folgte.

»Warte, bis du mein Zimmer gesehen hast«, erwiderte Jeff. »Es ist echt das beste in der ganzen Schule.«

Josh zog die Augenbrauen zusammen und erinnerte

sich an Jeffs Worte vor nur wenigen Augenblicken. »Aber du hast doch gesagt, es ist hier wie im Gefängnis...«

»Ach was, ich wollte nur Hildie ärgern. Komm.«

Er führte Josh zu einem Zimmer am anderen Ende des Korridors, öffnete die Tür und trat beiseite, um Josh den Vortritt zu lassen.

»Täterätä«, stimmte er an und breitete die Arme aus, als wäre er ein Zauberer, der eben sein Publikum in Erstaunen versetzt hatte. »Das allerschönste Zimmer der ganzen Schule, als Belohnung dafür, daß ich so super bin!«

Josh schaute sich in dem Zimmer um. Es war mindestens viermal so groß wie der Raum, den er zu Hause mit seiner kleinen Schwester teilen mußte. Und es hatte auf zwei Seiten Fenster. Im Zimmer gab es einen Schreibtisch, der mit Büchern und Papieren bedeckt war, und ein ungemachtes Bett mit einem Berg schmutziger Wäsche auf dem Fußende. Aber was Joshs Aufmerksamkeit am meisten fesselte, war ein riesiges Aquarium, das an der Wand neben einem Fenster stand. So etwas hatte er noch nie gesehen. Es war voller Fische, die er sofort nach Bildern wiedererkannte, die er in den *National Geographic*-Heften in der Bibliothek von Eden angeschaut hatte.

»O Mann«, flüsterte er beeindruckt. »Das ist Salzwasser, nicht?«

»Mmmh, ja«, brummte Jeff. Während Josh das Aquarium bewunderte, durchwühlte Jeff auf der Suche nach Geld seinen Schreibtisch.

»Wie kannst du das denn so sauberhalten?« fragte Josh. »Wir hatten in der Schule schon Probleme, ein Aquarium mit Süßwasser reinzuhalten.«

»Es wird vom Computer gesteuert«, erklärte ihm Jeff. »Schau her.« Er zeigte ihm die Sensoren im Becken, die mit dem Computer auf seinem Schreibtisch verbunden waren. »Der Computer überwacht das Becken dauernd, er durchsetzt das Wasser mit Sauerstoff und kontrolliert sämtliche Filter. Außerdem überprüft er den Salzgehalt und zeigt genau an, was man reintun muß.«

»Wow«, stieß Josh hervor. »Und wie lange hast du das schon?«

Jeff hob die Schultern. »Schon 'ne Weile, seit letztem Jahr. Aber es fängt an, mich zu langweilen. Weißt du, Fische *tun* einfach nichts.«

»Aber es ist doch toll«, protestierte Josh. »Wenn ich so was hätte...«

Jeff unterbrach ihn. »Wenn du was wirklich Tolles sehen willst, zeige ich dir was bei meinem Bruder.«

»Dein Bruder?« fragte Josh. »Wo ist er?«

»Gleich nebenan«, antwortete Jeff. »Komm mit.«

Sie gingen zu dem Zimmer direkt neben Jeffs. Ohne anzuklopfen öffnete Jeff die Tür und ging hinein. Im Gegensatz zu dem Chaos in seinem Zimmer war hier alles sauber und aufgeräumt. Das Bett war gemacht, die Kleidungsstücke waren in der Kommode und im Schrank untergebracht. Die Schreibtischfläche war leer bis auf einen Computer, und alle Bücher standen ordentlich aufgereiht in den Regalen.

Ein Junge saß vor dem Computer, seine Finger flogen über die Tastatur, und seine Augen hingen am Monitor. Falls er überhaupt bemerkt hatte, daß er nicht mehr allein im Zimmer war, so ließ er es sich jedenfalls nicht anmerken. Jeff stieß Josh an, hielt den Finger vor den Mund und schlich dann hinter den anderen Jungen. Plötzlich griff er nach der Stuhllehne und drehte den Stuhl mitsamt dem Jungen um. »Mein Bruder, der Computerfreak«, verkündete er.

Josh riß erstaunt die Augen auf.

Auf dem Stuhl saß das exakte Ebenbild von Jeff. Joshs Augen wanderten von einem zum anderen und suchten nach einem Unterschied.

Es schien keinen zu geben.

Beide Jungen hatten das gleiche, schwarze, lockige

Haar, die gleichen dunkelbraunen Augen und das gleiche eckige Kinn.

»Das ist Adam«, stellte er Josh vor. »Er ist mein um ganze zehn Minuten jüngerer Bruder.«

Adams Gesicht lief rot an, und er versuchte, Jeff wegzustoßen. Doch Jeff hielt den Stuhl fest und begann, ihn auf Josh zuzuschieben. »Und das ist Josh MacCallum«, erklärte er seinem Zwillingsbruder. »Er möchte gerne dein Virtual Reality-Gerät sehen.«

»Kannst du nicht anklopfen?« beschwerte sich Adam. »Du sollst nicht immer einfach in mein Zimmer kommen, wenn die Tür zu ist. Ich war gerade mit was beschäftigt.«

»Du bist immer gerade mit was beschäftigt«, gab Jeff zurück. »Sei doch kein Spielverderber – raff dich auf und amüsier dich mal 'n bißchen. Hol den Helm und den Handschuh und zeig Josh, wie der Kram funktioniert.«

Für einen Augenblick sah es so aus, als würde Adam einen Streit mit seinem Bruder anfangen. Josh beobachtete schweigend, wie die Zwillingsbrüder sich gegenseitig anstarrten. Nach einigen Sekunden verschwand jedoch der trotzige Ausdruck aus Adams Gesicht, fast als hätte Jeff eine geheime Macht über ihn. Obwohl keiner der beiden Jungen gesprochen hatte, überkam Josh das merkwürdige Gefühl, die zwei hätten eine Auseinandersetzung gehabt, aus der Jeff als Gewinner hervorgegangen war. Schweigend stand Adam auf und ging zum Kleiderschrank.

Jeff grinste Josh verschwörerisch an. »Er ist zwar ein Streber, aber er tut, was ich ihm sage. Jetzt paß auf, was er dir zeigt. Es ist wirklich super.«

Jeff setzte eine Art Helm auf Joshs Kopf und stülpte ihm einen schweren Handschuh über die rechte Hand.

»Ich kann nichts mehr sehen«, protestierte Josh, als das Visier vor seinen Augen herunterklappte.

»Sollst du auch nicht«, erklärte ihm Jeff. »Du mußt dich nur auf den Stuhl setzen und warten, bis Adam alles angeschlossen hat.«

»Wir sollen doch aber nicht...«, fing Adam an, aber Jeff unterbrach ihn.

»Mann, mach schon, Adam. Ist doch kein großes Geheimnis. Josh kriegt nächste Woche bestimmt ein eigenes!«

Adam gab keine Antwort, und Josh ließ sich zum Stuhl führen und wartete ab, was passieren würde.

Einen Moment später begann sich auf der Vorderseite des Helms etwas zu bewegen. Ein Bild erschien vor Joshs Augen, die Wiedergabe des Raumes, in dem sie sich befanden. Die Ähnlichkeit war so verblüffend, daß er geschworen hätte, das Visier sei auf irgendeine Art durchsichtig geworden.

»Dreh deinen Kopf rum«, befahl Jeff. Der Klang seiner Stimme kam durch die Lautsprecher im Helm.

Josh wandte seinen Kopf zur Seite, und die Abbildung des Raumes wurde verschoben.

»So, und jetzt steh auf und lauf herum«, sagte Jeff. Josh zögerte, stand aber schließlich doch auf und machte vorsichtig einen Schritt nach vorne. Wieder veränderte sich das Raumbild und paßte sich exakt der Perspektive an, die er ohne Helm gehabt hätte.

»Es ist alles digitalisiert«, erklärte Jeff. »Wenn das Kabel lang genug wäre, könntest du durch das ganze Haus gehen und würdest alles in deinem Helm vor dir sehen.«

»Wow«, stieß Josh hervor. »Das ist unglaublich!«

»Hast du dir schon mal gewünscht zu fliegen?« fragte Jeff.

»Was?«

»Warte.«

Innerhalb weniger Sekunden veränderte sich das ganze Bild – Josh befand sich jetzt im Cockpit eines Flugzeuges und konnte durch das Fenster die Landschaft unter sich sehen. Aber gleichzeitig sah er auch das Armaturenbrett.

»Aber... aber es ist doch nicht echt«, erwiderte Josh.

»Versuch's doch einfach«, forderte Jeff ihn auf. »Nimm

die rechte Hand und tu so, als ob du nach dem Hebel greifen würdest.«

Als Josh mit seiner rechten Hand, die immer noch in dem klobigen Handschuh steckte, die Bewegung machte, konnte er auf dem Bildschirm im Helm sehen, wie sie sich zu dem Steuerknüppel hinbewegte. Als er ihn ›berührte‹, stimulierte irgend etwas im Handschuh seine Hand, so daß er tatsächlich das Gefühl hatte, den Griff des Steuerknüppels zu spüren.

»Jetzt mußt du fliegen«, forderte Jeff ihn auf.

Josh war völlig fasziniert. Er bewegte den Steuerknüppel nach rechts, und das ›Flugzeug‹ machte eine Kurve. Der Horizont kippte, und die Landschaft unter ihm drehte sich abrupt. Fast instinktiv richtete er das ›Flugzeug‹ wieder auf.

»Was... was passiert, wenn ich einen Unfall baue?« fragte er.

Er hörte Jeff lachen. »Vielleicht stirbst du dann«, sagte er. »Versuch's doch einfach!«

Josh hörte den spottenden Unterton in Jeffs Stimme; einen Ton, den er von den Kindern in Eden gut kannte.

Er war sich sicher, daß Jeff über ihn lachte, und trotzig drückte er den Steuerknüppel nach vorne durch.

Das ›Flugzeug‹ stürzte nach unten, und Josh wurde schwindlig, als die Abbildung auf dem Bildschirm – eine Küstenlandschaft mit steil abfallenden Klippen – auf ihn zuraste.

»Zieh ihn lieber wieder hoch«, sagte Jeff in scherzhaftem Ton.

Josh wartete. Er war überzeugt, daß nichts passieren würde. Aber als das ›Flugzeug‹ immer tiefer schoß und das Meer immer schneller auf ihn zuraste, verlor er die Nerven. Er riß seine Hand zurück, und der Phantomsteuerknüppel reagierte sofort. Das ›Flugzeug‹ zog nach oben, und einen Augenblick lang fühlte Josh fast die Schwerkraft auf sich wirken.

Dann erschien auf dem Bildschirm plötzlich dicht vor ihm eine Klippe, und diesmal war es zu spät. Das ›Flugzeug‹ prallte dagegen, und das Kabinenfenster zersplitterte, während das Krachen des Zusammenstoßes in Joshs Ohren dröhnte.

Gegen seinen Willen schrie er auf und riß sich den Handschuh von der Hand und den Helm vom Kopf. Bleich und zitternd starrte er Jeff an, der jetzt laut lachte.

»Das ist cool, was?« fragte Jeff. »Ist doch cool, oder nicht? Mann, du siehst aus, als müßtest du dich gleich übergeben!«

Eine Sekunde lang dachte Josh, er müsse sich *wirklich* übergeben. Das ganze Ergebnis war so real, so beängstigend gewesen.

Und Jeff hatte das absichtlich mit ihm gemacht...

Nein!

Jeff hatte ihn gewarnt, er hatte gesagt, daß er den Steuerknüppel wieder hochziehen solle. Und in Wirklichkeit war ihm ja auch nichts passiert. Er war völlig in Ordnung. Er war immer noch im Zimmer und hatte sich überhaupt nicht verletzt.

Und Jeff *hatte* ihn gewarnt. Er war nicht wie die Kinder zu Hause, die anscheinend immer nur darauf warteten, daß ihm etwas passierte und die ihm sogar noch Fallen stellten.

Jeff hatte ihm nur gezeigt, wie es funktionierte.

Josh war nur noch ein bißchen übel, und er versuchte zu lächeln. »Es ist toll«, stimmte er zu. »Aber wie funktioniert es?«

Jeffs Grinsen wurde breiter. »Willst du das wirklich wissen?«

Josh nickte.

Jeff lehnte sich vor. »Zauberei«, flüsterte er in Joshs Ohr. »Es ist Zauberei.«

Und einen kurzen Augenblick lang glaubte Josh fast daran.

6

»Noch zwanzig Minuten«, sagte George Engersol. Brenda MacCallum sah automatisch auf die Uhr an der Wand. Gerade als sie hinschaute, rückte der Zeiger eine Minute weiter und blieb auf neunzehn Minuten vor fünf stehen. Fast drei Stunden saß sie jetzt schon hier und wartete.

Seit zwei Uhr war Josh in dem Raum nebenan allein und arbeitete an dem Eignungstest, der schließlich ausschlaggebend dafür sein würde, ob er auf der Schule bleiben konnte. Brenda saß in Engersols Büro, das sich in einem der neuen Gebäude befand, die auf dem Gelände zwischen der Schule und dem Campus der Universität errichtet worden waren.

Während der ersten Stunde hatte Brenda versucht, so zu tun, als hätte sie überhaupt keinen Zweifel daran, daß Josh die Tests auf jeden Fall ohne Probleme schaffen würde, und wenn sie noch so schwer wären. Ganz in Ruhe hatte sie George Engersol zugehört, einem etwa fünfundvierzig Jahre alten Mann mit silbergrauem Haar und einer Hornbrille. Diese Brille war bestimmt schon seit zwanzig Jahren aus der Mode, aber auf seinem kantigen Gesicht sah sie trotzdem gut aus. Engersol erzählte Brenda ausführlich, wie die Schule organisiert war und welche Ziele sie hatte. Dann erläuterte er ihr, daß man sich hier nicht nur mit den eigenen Schülern beschäftigte, sondern daß darüber hinaus die Akademie eine Forschungsinstitution darstellte, die sich mit hochbegabten Kindern im allgemeinen befaßte. Je länger Brenda zuhörte, desto beindruckter war sie von Dr. Engersol, seinen Ideen und nicht zuletzt davon, was er sich für Mühe gab, ihr alles in einfachen Worten zu erklären. Für Brenda stand fest, daß Engersol in seinen Schülern nicht nur hochbegabte Kinder sah, die er mit großem Engagement unterrichtete, sondern daß er zu ihnen fast eine Beziehung wie zu eigenen

Kindern hatte. Seine väterliche Haltung ihnen gegenüber durchdrang jeden seiner Sätze. Das Gespräch mit Dr. Engersol war für Brenda so interessant und angenehm, daß sie es bedauerte, als der Direktor sie aufforderte, nun mit ihm zusammen ihren Sohn bei seiner Arbeit an dem Aufnahmetest zu beobachten. Nur widerstrebend wandte sie ihre Aufmerksamkeit dem Bild Joshs auf dem Fernsehmonitor zu, der an der Wand im Büro des Direktors angebracht war.

»Weiß er, daß wir ihn beobachten?« fragte sie.

»Nein, es sei denn, die Kamera ist nicht so gut versteckt, wie sie sein sollte«, erwiderte Engersol. »Wenn er wüßte, daß er beobachtet wird, würde ihn das ablenken, und es würde auch die Resultate des Tests verzerren.«

»Aber irgendwie... ich weiß nicht, es scheint mir irgendwie nicht richtig zu sein, ihn zu beobachten, ohne daß er davon weiß.«

Engersol schüttelte den Kopf. »So kann man das nicht sehen. Für mich ist es sehr wichtig zu wissen, auf welche Art er den Test angeht. Wüßte er, daß er beobachtet wird, dann würde er unbewußt genau das tun, was ich seiner Meinung nach von ihm erwarte. Sehen Sie zum Beispiel mal, was er jetzt macht. Und denken Sie daran, ich habe ihm extra gesagt, er kann selbst bestimmen, auf welche Art er den Test bearbeitet.«

Brenda sah, wie Josh schnell das Buch durchblätterte, das die Testaufgaben enthielt. Dann runzelte er die Stirn und begann noch einmal von vorne. Beim zweiten Durchgang hielt er jedoch ab und zu inne und machte schnell ein Kreuz auf dem Antwortbogen.

»Was macht er?« fragte Brenda.

»Ich habe den Test anders aufgebaut, als es üblich ist. Er ist nicht in verschiedene Bereiche eingeteilt, alles ist völlig ungeordnet und durcheinander. Zum Beispiel gibt es eine Frage, die sich mit Algebra befaßt, gleich danach kommt eine aus dem Bereich der Analogie, und dann eine, die die Begabung testet.«

»Tut mir leid, aber das versteh' ich nicht ganz«, seufzte Brenda. Wieder einmal fragte sie sich, woher Josh eigentlich seine Intelligenz hatte, von ihr jedenfalls bestimmt nicht. Dr. Engersol gab sich offensichtlich große Mühe, alles, was er sagte, gut verständlich auszudrücken, aber trotzdem mußte sie ungeheuer aufpassen, um ihm folgen zu können.

»Ich bin nicht nur daran interessiert, wie gut er bei dem Test abschneidet, sondern auch an seiner Methode, ihn zu bearbeiten, verstehen Sie?« wiederholte Dr. Engersol geduldig. »Es geht um Intelligenz als solche, darum, wie Denken funktioniert, und dazu gehört natürlich auch, wie man versucht, Probleme zu lösen. Zum Beispiel konzentrieren sich einige Kinder erst einmal auf bestimmte Bereiche des Tests, am meisten natürlich auf Mathematik, denn die ist für alle hier am leichtesten. Sie suchen dann erst alle Mathematikaufgaben heraus, und ich glaube, das macht auch Josh im Moment. Er will sie möglichst schnell lösen, damit er das Leichteste schon mal aus dem Weg hat. Manche fangen aber auch genau umgekehrt an. Sie beschäftigen sich zuerst mit den schwierigsten Problemen, um das Schlimmste hinter sich zu bringen, während sie noch die meiste Energie haben. Man weiß vorher nie, wie jemand vorgehen wird, aber ich erhalte eine Menge wichtiger Informationen allein dadurch, daß ich sie bei der Arbeit beobachte.« Er machte mit dem Kopf ein Zeichen in Richtung des Monitors, um Brendas Aufmerksamkeit wieder auf ihren Sohn zu lenken. Josh hatte plötzlich seine Aktivität unterbrochen. Verdutzt runzelte er die Stirn, dann blätterte er auf die dritte Seite zurück. Einen Moment später ging er das Buch wieder bis zum Schluß durch und fing dann erneut an, ganz schnell wieder nach vorne zu blättern. Dabei überflog er die Fragen in einem solchen Tempo, daß Brenda kaum glauben konnte, daß er sie wirklich las.

»Das tut er auch nicht«, antwortete Engersol, als sie ihre Frage ausgesprochen hatte. »Er hat einen der Tricks entdeckt, und ich glaube, er überprüft jetzt, ob seine Vermutung stimmt.«

»Tricks?« fragte Brenda verständnislos.

»Es gibt eine Menge Fragen, die zweimal auftauchen. Mal sehen, was er als nächstes macht.«

Joshs Gehirn arbeitete auf vollen Touren, während er versuchte, für sich die beste Vorgehensweise herauszufinden. Bis jetzt hatte er den Test eigentlich ziemlich leicht gefunden. Allerdings war ihm nach einem raschen Überfliegen der Prüfungsfragen sofort klar gewesen, daß er sehr schnell arbeiten mußte, um alles in der vorgeschriebenen Zeit zu schaffen.

Er hatte mit den Mathematikaufgaben angefangen, für die er nicht wirklich nachdenken mußte. Er brauchte nur einen Blick auf die Zahlen zu werfen, und schon waren die Antworten klar, zumal er nur eine richtige Entscheidung zwischen mehreren Auswahlantworten treffen mußte. Wer würde zum Beispiel im Ernst glauben, daß die Kubikwurzel von 27 die 9 sein könnte? Bei einer Menge Fragen konnte er einfach die falschen Antworten ausschalten und dann die richtige ankreuzen.

Aber es waren so ungeheuer viele Aufgaben...

Und dann hatte er eine Idee. Er ging auf die falsche Art an die Sache heran. Er mußte gar nicht alle Probleme lösen. Wenn er die schwierigsten Aufgaben richtig hätte, dann wäre ja völlig klar, daß er auch die Antworten auf die leichteren wußte. Noch einmal blätterte er das Buch durch und suchte nach einer Aufgabe, die er nicht gleich lösen konnte. Sein Blick blieb an einer fortgeschrittenen Gleichung aus dem Bereich der Integralrechnung hängen, und er erschrak. Mit Integralrechnung kannte er sich überhaupt nicht aus.

Erste Zweifel überkamen ihn, seit er mit dem Test begonnen hatte, und er blätterte weiter auf der Suche nach einer Frage, die zwar sein mathematisches Verständnis herausforderte, für die er aber den Lösungsweg wußte.

Und dann bemerkte er plötzlich, daß er mit einem Problem befaßt war, das er schon gelöst hatte. Er blätterte weiter und fand tatsächlich dieselbe Frage auf der vorletzten Seite. Stirnrunzelnd blätterte er noch einmal durch das Buch und fand jetzt mehrere doppelte Fragen. Er dachte nach. Sollte er erst einmal alle zweifach vorhandenen Fragen heraussuchen und genauso beantworten, damit sich auch keine Unstimmigkeiten ergaben?

Aber das war eigentlich Zeitverschwendung. Wenn er einmal die richtige Antwort hatte, warum sollte er sie dann noch einmal wiederholen? Er beschloß, alle Aufgaben, die doppelt waren, nur einmal zu beantworten, und die zum zweitenmal auftauchenden Fragen einfach zu ignorieren.

Also machte er sich wieder an die Arbeit und löste ein Problem nach dem anderen, bis er zu einem Schwierigkeitsgrad kam, bei dem er über die Fragen gar nicht mehr nachzudenken brauchte. Diese einfachen Mathematikaufgaben löste er nun so schnell nacheinander, daß es aussah, als würde er in der kurzen Zeit noch nicht einmal die Aufgabenstellung begreifen können.

Dann begann er mit den Fragen zur Analogie und suchte als erstes nach den ausgefalleneren Problemen und den Wörtern, die er nicht definieren konnte.

Während ein Teil seines Denkens mit der Lösung der Analogieprobleme beschäftigt war, blätterte Josh gleichzeitig weiter in dem Testbuch und suchte sich Fragen heraus, bei denen es kein richtig und falsch gab. Dabei ging es um das Herausfinden von besonderen Begabungen, und daher hatten die Antworten subjektiven Charakter. Oft waren sie gekoppelt mit einfachen Aufgaben, die sein Wissen und seine Fähigkeit, Schlußfolgerungen zu ziehen, testeten. Bald hatte Josh einen sehr effektiven Arbeitsrhythmus entwickelt. Nach und nach ging er daran, die schwierigeren Probleme zu lösen, verwandelte aber darauf nur einen Teil seiner intellektuellen Kapazität. So konnte er sich gleichzeitig noch auf die Fragen konzentrieren, auf die es keine richtigen Antworten gab, sondern deren Beantwortung ein Profil seiner Talente und Interessen ergeben würde. Nun wuchs seine Zuversicht wieder, und mit äußerster Konzentration arbeitete er nur noch an der Lösung der Aufgaben.

Er würde auch diesen Test mit Glanz bestehen, wie all die anderen vorher.

In Engersols Büro schaute Brenda verwirrt auf den Bildschirm. »Ich versteh' gar nicht, was er jetzt eigentlich macht?« sagte sie fragend.

George Engersol gab keine Antwort, denn auch er hatte seine Aufmerksamkeit ganz dem Monitor zugewandt, und sein Blick schien sich geradezu in das Bild darauf zu bohren. Josh MacCallum arbeitete auf eine Art, die er nie zuvor gesehen hatte. Es sah aus, als würde er die Seiten ganz willkürlich durchblättern, als würde er sich nicht mal mehr die Mühe machen, die Fragen zu lesen und einfach nur aufs Geratewohl eine Antwort auf dem Lösungsbogen ankreuzen.

Hatte er aufgegeben?

Aber wenn es so wäre und der Junge die Antworten nur noch ziellos markierte, warum benutzte er dann überhaupt noch das Testbuch? Dann könnte er ja einfach die Antwortblätter zur Hand nehmen und irgendwelche beliebigen Nummern ankreuzen.

In dem Moment schrillte in Engersols Büro und dem angrenzenden Zimmer eine Glocke.

Joshs Gedanken wurden von dem plötzlichen lauten Geräusch unterbrochen, und als er unwirsch auf die Uhr an der Wand sah, war er überrascht, daß die vorgesehenen Stunden schon vorüber waren.

Seine Augen wanderten zu den Blättern, auf denen er seine Antworten angekreuzt hatte, und er erschrak.

Das war doch nicht möglich, er hatte bisher immer alle Tests beendet, sogar die, die angeblich gar nicht zu schaffen waren. Meist war er sogar noch vor Ablauf der vorgesehenen Zeit fertig gewesen.

Aber dieses Mal hatte er es nicht geschafft.

Jetzt konnte er wahrscheinlich noch nicht einmal auf diese Schule gehen!

Ohnmächtige Wut packte ihn. Er nahm die Bleistifte, die ordentlich auf dem Tisch vor ihm lagen, und schleuderte sie auf den Boden. Dann griff er nach dem Testbuch und stürmte durch die Tür direkt in Dr. Engersols Büro.

»Die Zeit hat nicht gereicht!« schrie er mit zornrotem Gesicht und zu Schlitzen zusammengekniffenen Augen. »Kein Mensch könnte diesen blöden Test in der Zeit zu Ende machen!« Er schmiß das Buch nach Dr. Engersol, stürmte aus dem Büro und warf die Tür krachend hinter sich ins Schloß. Brenda wurde vor Scham dunkelrot, sprang auf und wollte ihm nachlaufen.

»O bitte, entschuldigen Sie«, sagte sie zu Dr. Engersol. »Ich weiß nicht, was in ihn gefahren ist. Er wird sich sogleich bei Ihnen entschuldigen, dafür werde ich sorgen.«

Bevor sie jedoch das Büro verlassen konnte, hielt George Engersol sie zurück. »Ist schon in Ordnung, Mrs. MacCallum«, sagte er, faßte sie am Arm und führte sie wieder zum Stuhl. »Sie können ganz beruhigt sein. Wo er auch hingeht und was er auch tut, es wird immer jemand da sein, der ein Auge auf ihn hat.«

Brenda horchte erstaunt auf. Was meinte er? Beobachteten sie hier die Kinder die ganze Zeit? Aber warum?

Und dann glaubte sie zu verstehen. Wahrscheinlich taten sie einfach alles, was sie konnten, um zu verhindern, daß so etwas geschah wie mit Josh letzten Montag. Natürlich, sie wollten auf keinen Fall, daß die Kinder sich selbst irgend etwas antaten und trafen daher besondere Vorkehrungen, damit nichts Derartiges passieren konnte.

»Aber trotzdem, so kann er sich einfach nicht benehmen!« sagte sie empört. »Er hat kein Recht, frech zu Ihnen zu sein, egal, was er von dem Test hält!«

Engersol lächelte dünn. »Na ja, wenigstens weiß ich jetzt, wann er wütend wird«, kommentierte er. »Und so schlimm ist seine Reaktion nun auch wieder nicht.«

»Aber er...«

»Wissen Sie, dieser Test war der schwierigste, den er je gemacht hat«, sagte Engersol. »Er hat ihn nicht geschafft – er *konnte* ihn nicht schaffen –, und er ist total frustriert. Und in einem hat er recht«, fuhr er fort, und sein Lächeln wurde breiter. »Keiner kann den Test in der vorgesehenen Zeit schaffen. Das ist Absicht, denn ich muß wissen, wie die Kinder reagieren, wenn sie an ihre Grenzen stoßen. Und Josh hat sehr, sehr gut reagiert.«

Brenda starrte den Direktor mit offenem Mund an. »Gut? Sie finden das gut, wie er sich benommen hat?«

Jetzt lachte Engersol. »Was Joshs Anlagen angeht, ja. Sehen Sie, es macht doch deutlich, daß er nicht faul ist und daß er alles schaffen möchte. Er wollte unbedingt den Test beenden, und ich habe ihn frustriert, was ein Teil der Prüfung war. Offen gesagt, mir ist es viel lieber, er wird wütend als daß er die Grenzen seines Intellekts ohne weiteres akzeptiert. Also, Mrs. MacCallum, warten wir einfach ab, bis er sich wieder beruhigt hat, und schauen wir inzwischen nach, wie er abgeschnitten hat!« Engersol ging in den Nebenraum und nahm die Blätter, auf denen Josh seine Antworten auf die vielen Fragen notiert hatte. Der Direktor der Akademie runzelte die Stirn.

Bis jetzt hatte keiner der Schüler jemals mehr als die Hälfte der Antwortbogen ausgefüllt. Es sah aus, als hätte Josh an die fünfundsiebzig Prozent geschafft.

Aber vielleicht hatte er zum Schluß einfach nur noch blind geraten? Nun, das würde er gleich wissen. Engersol nahm die Bogen mit in sein Büro und gab Joshs Antworten in seinen Computer ein.

In weniger als einer Minute würde er über Joshs Resultate Bescheid wissen.

»Hildie?«

Hildie Kramer sah von ihrem Schreibtisch auf. In der Tür zu ihrem Büro stand Tina Craig. Tina war erst dreizehn, aber sie war schon jetzt körperlich sehr weit entwikkelt. Im nächsten Jahr würde sie, wie in dem Alter üblich, ihre ersten Kurse an der Universität belegen. Zweifellos würde sie dann schon einige Jahre älter aussehen, als sie wirklich war. Also mußte man sich darauf gefaßt machen, daß wieder einmal Jungs zwischen achtzehn und einundzwanzig hierher ins Haus kämen, um herauszufinden, warum das Mädchen, mit dem sie verabredet waren, bei den ›Kindern‹ wohnte. Natürlich würden sie erst einmal annehmen, daß sie hier arbeitete – das taten sie immer in so einem Fall. Und dann müßte Hildie sie über Tinas tatsächliches Alter aufklären und ihnen sagen, daß sie hier wohnte, weil sie zur Akademie gehörte. Die Jungen würden rot werden, weil ihnen die ganze Sache peinlich war, und dann so schnell wie möglich verschwinden. Hildie seufzte. Tina würde ein Problem werden, das stand fest. »Was ist, Tina?« fragte die Hausmutter und winkte das Mädchen in ihr Büro. »Ist etwas nicht in Ordnung?«

»Ich komm' nicht wegen mir«, antwortete Tina. »Es geht um Amy Carlson. Ich hab' versucht, sie zu überreden, daß sie mit zum Picknick kommt, aber sie will ihr Zimmer nicht verlassen. Ich glaube, sie hat noch mehr Heimweh, als ich es damals in meinen ersten Tagen hier hatte. Und ich hab' eigentlich gedacht, mehr kann man gar nicht haben. Amy sagt immer nur dasselbe: sie will nach Hause, und sie bleibt so lange in ihrem Zimmer, bis ihre Eltern kommen und sie abholen.«

»Na schön«, seufzte Hildie, legte das Gutachten zur

Seite, an dem sie gerade gearbeitet hatte, und erhob sich von ihrem Stuhl. »Ich werde sehen, ob ich ihr helfen kann. Danke, Tina.«

Als sie die Stufen zum zweiten Stockwerk hinaufstieg, dachte sie bei sich, daß es manchmal wirklich etwas viel war, gleichzeitig Hausmutter und Verwalterin der Schule zu sein. Aber alles lief so gut, und George hatte in den paar Jahren, seit sie diese Schule aufgebaut hatten, so viel erreicht, daß es die langen und anstrengenden Arbeitstage wert war. Die Schule war schließlich genau für solche Kinder wie Amy geschaffen worden, also wäre es sehr schade, sie jetzt schon wieder zu verlieren, bevor sie überhaupt eine Chance gehabt hatten, mit ihr zu arbeiten.

Leise klopfte Hildie an Amys Tür. Als niemand antwortete, drehte die den Türknopf und ging hinein.

Amy lag auf dem Bett, und ihre Augen waren vom Weinen gerötet. Tabby saß neben ihr, rieb sich an ihren Beinen und miaute, weil sie gestreichelt werden wollte. Offensichtlich merkte sie genau, daß mit ihrer neuen Freundin etwas nicht stimmte, und war deswegen unruhig.

»Hast du mich nicht klopfen gehört?« fragte Hildie und setzte sich auf den Stuhl vor Amys Schreibtisch.

Amy machte ein abweisendes Gesicht und antwortete nicht. Als Tabby ihren Kopf unter die Hand des Mädchens auf dem Bett schieben wollte, schubste Amy die Katze mit bockigem Gesichtsausdruck weg.

»Das ist nicht sehr nett von dir«, kommentierte Hildie. »Sie will doch nur gestreichelt werden.«

Amy schob trotzig ihr Kinn vor. »Ich will sie aber nicht streicheln«, gab sie zurück. »Ich will, daß sie weggeht und mich in Ruhe läßt. Und Sie sollen auch gehen.«

»Nun, das werde ich nicht tun«, antwortete Hildie. »Jedenfalls solange nicht, bis du mir gesagt hast, warum du nicht mit zum Picknick willst. Es ist wunderschön draußen, und ich weiß doch, daß du gerne schwimmst.«

»Ich will aber nicht schwimmen gehen«, erwiderte Amy

heftig. »Ich will meine Mutter anrufen, damit ich ihr sagen kann, sie soll herkommen und mich abholen.«

»Ich denke, wir hatten eine Vereinbarung«, entgegnete Hildie ganz ruhig und ignorierte Amys patzigen Ton. »Du hast am Donnerstag zweimal mit deiner Mutter gesprochen, und gestern auch noch mal. Und wir haben uns geeinigt, daß du sie morgen wieder anrufst und heute nicht.«

Amys Kinn begann zu zittern, und ihre Augen füllten sich mit Tränen. »Das ist mir egal! Ich will wieder nach Hause in mein eigenes Zimmer, und ich will zu Kitty-Cat. Ich hasse diese Schule, und ich bleibe nicht hier!«

»Aber wir haben doch ausgemacht, daß du es eine Woche lang probierst. Das sind nur noch ein paar Tage, und...«

»Ich will aber *jetzt* nach Hause!« unterbrach Amy die Hausmutter patzig. »Hier mag mich niemand, und ich habe keine Freunde.«

»Nun, das stimmt aber gar nicht«, argumentierte Hildie geduldig. »Tabby mag dich, und ich mag dich, und Tina mag dich...«

»Tut sie gar nicht! Sie ist nur nett zu mir, weil Sie es ihr gesagt haben!«

»Amy, sie macht sich wirklich Sorgen um dich. Gerade eben hat sie mir gesagt, daß sie dachte, daß niemand noch mehr Heimweh haben könnte, als sie es gehabt hat. Aber jetzt glaubt sie, bei dir ist es noch schlimmer, und du tust ihr wirklich leid.«

Einen kurzen Moment lang tauchte ein Schimmer von Unsicherheit in Amys Augen auf, aber dann verwandelte sich ihr Gesicht wieder in eine störrische, ablehnende Maske.

»Wenn ich hierbleiben muß, sterbe ich«, sagte sie.

»Red kein dummes Zeug, Amy, kein Mensch stirbt an Heimweh. Ich weiß, wie sehr es weh tut, aber du wirst darüber hinwegkommen und...«

»Das werde ich nicht!« schrie Amy. »Warum lassen Sie

mich nicht in Ruhe? Ich will nicht, daß jemand in mein Zimmer kommt! Ich will allein sein!«

Seit Mittwoch hatte Amy so viel Zeit allein in ihrem Zimmer verbracht, wie sie nur konnte, und gestern war sie noch nicht einmal zum Unterricht gegangen. Wenn es noch lange so weiterging, würde Hildie keine Wahl mehr haben. Dann müßte sie die Carlsons anrufen, um ihnen zu sagen, daß es doch keinen Sinn hätte. Aber noch war sie nicht bereit aufzugeben.

»Weißt du, was ich tun werde?« sagte sie. »Ich werde einfach hier bei dir bleiben und dich nicht eine Minute mehr allein lassen. Ich werde mir ein Bett heraufbringen lassen, und dann kann ich sogar bei dir schlafen. Heimweh ist vor allem ein Zeichen von Einsamkeit, und wenn wir die ganze Zeit zusammen sind, dann kannst du dich nicht mehr einsam fühlen. Wir können uns auch unsere Mahlzeiten hierher bringen lassen. Ich nehme einfach ein paar Tage frei...«

Amy starrte Hildie mit großen Augen entsetzt an. »Nein!« schrie sie. »Ich will nicht, daß Sie bei mir bleiben! Sie sollen gehen!«

»Nun, vielleicht denkst du wirklich, daß du das willst, aber danach werde ich mich nicht richten«, sagte Hildie gelassen. »Ich bin schließlich um einiges älter als du, und ich denke, ich weiß eine Menge mehr über Heimweh.« Sie wollte weiterreden, aber Amy sprang vom Bett auf, ohne Rücksicht auf Tabby zu nehmen, die auf allen vieren auf dem Boden landete. Dann stürzte Amy aus dem Zimmer. Hildie ging ihr nach und sah gerade noch, wie das Mädchen schon die Treppe hinunterrannte. Mit einem Lächeln auf den Lippen folgte ihr die Hausmutter. In der Loggia traf sie auf Tina, die jetzt noch besorgter als vorher aussah.

»Amy ist gerade aus dem Haus gerast«, erzählte das Mädchen. »Sie weinte wie verrückt, und als ich sie zurückhalten wollte, stieß sie mich weg und rannte weiter.«

»In welche Richtung ist sie gelaufen?« fragte Hildie.

»Da rüber«, sagte Tina und zeigte auf eine Gruppe Mammutbäume, die etwa in der Mitte des größten Rasenstückes einen Kreis bildeten. Ihre riesigen Wurzeln waren hinter dichtem Buschwerk versteckt.

Hildie nickte befriedigt. »Sie wird sich bestimmt gleich beruhigt haben«, sagte sie zu Tina. Gut, daß Amy nicht aus dem Schultor gelaufen war, sondern nur zu dem Versteck, das die Kinder die Höhle nannten. Ja, der kleinen Amy würde es sicher bald wieder bessergehen.

Tina legte den Kopf schräg und musterte die Hausmutter. Sie mußte an den Tag vor fünf Jahren denken, als sie selbst sich in derselben Situation wie Amy befunden hatte. Sie wollte nur nach Hause, und als sie schließlich das Gefühl gehabt hatte, daß das Schulgebäude ein Gefängnis sei und daß sie es nicht mehr ertragen könne, war sie losgerannt.

Sie war den Weg über den vorderen Rasen gelaufen und hatte sich durch das dichte Strauchwerk gedrängt, das unter den Bäumen wuchs, die die Höhle bildeten. In diesem Kreis riesiger Bäume, vor allen Blicken geschützt, hatte sie sich langsam wieder besser gefühlt. Sie hatte sich auf die dicke Matte herabgefallener Baumnadeln gesetzt und sich mit dem Gedanken getröstet, daß dieser Ort ihre geheime Zuflucht werden könne. Hierher würde sie sich immer zurückziehen, wenn sie nachdenken oder einfach allein sein wollte. In den fünf Jahren seit diesem Tag war ihr niemals in den Sinn gekommen, daß sie nicht die einzige war, die die Höhle für diesen Zweck benutzte. Jetzt kam in Tina ein Verdacht auf. Sie sah Hildie prüfend an. »Haben Sie gewußt, daß ich mich manchmal da versteckt hatte, als es mir die ersten Tage hier so schlechtging?« fragte sie.

»Natürlich«, entgegnete Hildie munter. »Ich weiß alles, was hier geschieht. Und nun geh zum Strand, ich komme später nach, wenn Amy auch soweit ist mitzukommen.

Und paß auf, daß sie nicht den ganzen Kartoffelsalat aufessen, bevor ich da bin!«

Tina machte sich auf den Weg zum Strand, und Hildie ging zurück in ihr Büro, um das Gutachten zu beenden, mit dem sie gerade beschäftigt gewesen war. Während sie arbeitete, behielt sie die Höhle im Auge. Es wäre wirklich nicht gut, Amy zu verlieren.

Sie hatte einen viel zu überragenden Verstand. Welche Verschwendung, ihn nicht angemessen auszunutzen.

Amy kroch durch die dichtstehenden Büsche und achtete gar nicht darauf, daß die Zweige ihr das Gesicht zerkratzten und an ihrem T-Shirt hängenblieben. Einige Sekunden später tauchte sie aus den Sträuchern auf und blieb stehen, um zu verschnaufen. Dann warf sie sich auf den Rücken und schaute in die Zweige hoch über ihrem Kopf; sie überschatteten die von den Bäumen kreisförmig eingerahmte Stelle. Es war angenehm kühl hier, und es roch würzig nach den herabgefallenen Baumnadeln, die wie ein Teppich den Boden bedeckten und leise unter Amy knackten, wenn sie sich bewegte.

Plötzlich hörte sie dicht neben sich ein Geräusch.

Erschrocken wandte sie ihren Kopf. Nur ein Stück von ihr entfernt saß ein Junge und sah sie an. Er war ungefähr so alt wie sie. Im ersten Moment erkannte sie ihn nicht, aber dann erinnerte sie sich, daß sie ihn heute morgen von ihrem Fenster aus gesehen hatte. Er war mit einer Frau gekommen, die wahrscheinlich seine Mutter war. Aber was machte er jetzt hier? Wenn er ein neuer Schüler war, warum war er dann nicht mit den anderen am Strand?

Sie hörte, wie er schniefte, und dann wischte er seine Nase am Ärmel seines Hemdes ab.

»Na sag mal!« empörte sich Amy. »Das macht man nicht. Hast du kein Taschentuch?«

Der Junge schüttelte den Kopf. »Brauche ich auch nicht. Bin völlig okay.«

Amy rollte sich auf den Bauch und stützte ihr Kinn in die Hände. »Du siehst aber nicht so aus, als ob du okay wärst.«

»Das tust du genauso wenig«, erwiderte der Junge. »Du müßtest dir auch mal die Nase putzen. Läuft ja schon alles dein Kinn runter.«

Amy faßte in die Hosentasche, zog ein völlig durchnäßtes Taschentuch hervor und wischte sich damit übers Gesicht. »Ich finde, du könntest jetzt mal langsam gehen«, sagte sie herausfordernd.

»Wieso? Geh du doch. Ich war zuerst hier.«

»Ich denk' ja nicht dran, ich bleib' hier«, sagte Amy trotzig.

»Ich bleib' aber auch hier«, gab Josh zurück, und seine Stimme klang genauso eigensinnig.

Die beiden Kinder starrten sich eine Weile an, dann schaute Amy weg. »Mußt du in der Schule bleiben, weil deine Mutter es will?« fragte sie. Sie war jetzt sicher, daß sie wußte, warum der Junge sich zwischen den Bäumen versteckt hatte.

»Ich *muß* gar nicht«, antwortete Josh. »Außerdem ist es sowieso egal. Ich bin nämlich durch den Test geflogen.«

Amy legte ihren Kopf schief und sah ihn verdutzt an. »Was redest du da? Kein Mensch fällt durch den Test. So ein Test ist das doch gar nicht.«

»Aber ich hab' ihn nicht mal bis zu Ende geschafft«, sagte Josh, und schon wieder begann seine Stimme zu vibrieren. »Ich bin noch nicht mal kurz davor gewesen!«

Amy, die plötzlich ihre eigenen Probleme ganz vergessen hatte, rutschte näher zu Josh. »Wieviel hast du denn geschafft?«

Josh zuckte die Schultern. »Weiß ich nich'. Vielleicht ungefähr drei Viertel.«

»Drei Viertel!« schrie Amy. »Ich hab' noch nich' mal die Hälfte geschafft! Wie hast du das denn gemacht?«

Josh warf ihr einen prüfenden Blick zu. Log sie ihn jetzt

an, damit er sich wieder besser fühlte? »Und was machst du hier?« fragte er sie dann, anstatt zu antworten. »Wieso bist du nicht am Strand wie die anderen?«

Amy fühlte, wie sie rot wurde. »Ich... ich hatte keine Lust«, sagte sie so leise, daß Josh sie kaum verstehen konnte.

»Aber wieso?« fragte Josh. »Magst du den Strand nicht?«

»Und du?« gab Amy statt einer Antwort zurück.

Josh zuckte die Schultern. »Ich weiß es nicht. Ich war noch nie am Strand. Ich wohne mehr südlich, in der Wüste.«

»Nicht mehr«, sagte Amy düster. »Wenn deine Mutter so wie meine ist, dann wohnst du von jetzt ab hier.«

Josh zog verständnislos die Augenbrauen zusammen. »Aber alle finden es doch toll hier, oder nicht?«

Amy schüttelte den Kopf. »Ich nicht. Ich hasse es. Ich habe keine Freunde, und niemand kann mich leiden. Ich will nur nach Hause.«

Josh schwieg einen Moment, dann kicherte er.

»Find' ich gar nicht komisch!« fauchte Amy ihn an.

»Ist es aber«, antwortete Josh ungerührt. »Ich verstecke mich, weil ich durch den Test gefallen bin und jetzt nicht hierbleiben kann, und du versteckst dich, weil du hierbleiben mußt. Das ist doch verrückt, findest du nicht auch?«

Amy dachte nach, dann nickte sie. »Na ja, schon«, gab sie zu. »Wie heißt du?«

»Josh MacCallum. Und du?«

»Amy Carlson. Und du bist nicht durch den Test gefallen! Ich hab' dir schon gesagt, so 'n Test ist das nicht. Er ist nur dazu da herauszufinden, wie klug man ist und wieviel man schon weiß. Und außerdem zeigt er auch, worin man besonders gut ist und so.«

Jetzt sah Josh sie wieder skeptisch an. »Und du hast wirklich nur die Hälfte geschafft?«

Amy nickte. »Es ist das einzige Mal, daß ich einen Test

schwierig fand. Aber warum er gleich so schwer ist, das möchte ich gern wissen.«

»Weiß ich auch nicht«, sagte Josh. Dann fragte er: »Also, wie ist der Strand hier?«

Amy hob die Schultern. »Ich war noch nicht dort. Aber in Los Angeles ist er wirklich toll. Wir gehen immer zum Huntington Beach, der ist superbreit. Und wenn die Brandung sehr hoch ist, dann ist es dort gefährlich zu baden. Aber in diesem Sommer hat mir mein Papa das Surfen beigebracht, das macht irrsinnig Spaß!«

Josh schwieg und fragte sich, wie es wohl wäre, einen Vater zu haben, der mit einem zum Strand ging und einem das Surfen beibrachte. Na ja, er würde es wahrscheinlich nie wissen. »Und bist du auch mit deinen Freunden zum Strand gegangen?« fragte er dann mit schüchterner Stimme. »Ich meine, in Los Angeles?«

Amy warf ihm einen kurzen Blick zu. Ob er sich wohl dachte, daß sie zu Hause in Los Angeles keine Freunde hatte? Irgend etwas in Joshs Stimme brachte sie dazu, ihm die Wahrheit zu sagen. »Ich hatte da keine Freunde«, gab sie zu. »Ich hab' dauernd die Klasse übersprungen, und dann war ich immer viel jünger als alle anderen.«

Josh nickte mitfühlend. »Hm. Genau dasselbe ist mir auch passiert. Deswegen möchte meine Mutter auch, daß ich hierher komme.« Dann schaute er weg, und als er wieder sprach, sah er Amy nicht an. »Ich... ich hab' gerade gedacht, na ja, wenn ich bleiben kann und du nicht wieder nach Hause fährst, vielleicht, na ja, vielleicht könnten wir dann Freunde werden...«

Amy, die Joshs Vorschlag verlegen machte, sagte lange Zeit überhaupt nichts, und Josh wünschte schon, er hätte den Mund gehalten. Sie würde ihn auslachen, wie alle anderen auch. Aber als er sich gerade abwenden und durch die Büsche zurückkriechen wollte, antwortete Amy endlich.

»Das fänd' ich toll«, sagte sie leise. »Vielleicht können wir uns dann ab und zu unterhalten.«

Ein paar Minuten später tauchten die zwei Kinder zusammen aus der Höhle wieder auf. Sie klopften die Zweige und Nadeln von ihrer Kleidung und gingen gemeinsam in das Gebäude, in dem sich Dr. Engersols Büro befand.

Hildie, die sich in ihrem Stuhl zurückgelehnt hatte und die beiden durch ihr Fenster beobachtete, lächelte.

Amy Carlson, da war sie ganz sicher, war jetzt über ihr Heimweh weg. Und bei Josh MacCallum vermutete sie, daß er damit überhaupt keine Probleme haben würde.

George Engersol ging noch einmal die Ergebnisse aus Joshs Test durch, um ganz sicher zu sein, daß sich kein Fehler eingeschlichen hatte.

Aber es gab keinen.

In weniger als einer Minute hatte der Computer den Test ausgewertet und Josh eine Punktzahl in den verschiedenen Bereichen gegeben: für Intelligenz, mathematische Fertigkeiten, logische Fähigkeiten, Vokabular, wissenschaftliche Kenntnisse, Begabungen.

Was Engersol einfach nicht fassen konnte, war, welch großen Teil des Tests der Junge gelöst hatte. Bei der Geschwindigkeit, mit der er zum Schluß gearbeitet hatte, war Engersol sich ziemlich sicher gewesen, daß am Ende nur noch die Hälfte richtig war.

Aber Josh hatte in den Teilen des Tests, die eine richtige Antwort erforderten, überhaupt keinen Fehler gemacht.

Nicht einen einzigen.

Alle Fragen, die er beantwortet hatte, waren auch richtig gelöst.

Engersol sah sich noch einmal das Videoband an. Es war von einer Kamera aufgenommen worden, die direkt über dem Tisch angebracht war, an dem Josh gearbeitet hatte. Und dann wurde Engersol endlich die Lösung des Rätsels klar.

Er verstand, was passiert war, aber er konnte es kaum glauben.

In der letzten halben Stunde, als Josh gemerkt hatte, daß seine Zeit knapp wurde, hatte er seine Arbeitsmethode geändert.

Auf dem Videoband konnte man die Veränderung deutlich beobachten. Um vier Uhr einundvierzig hatte Josh genau acht Sekunden damit verbracht, eine komplizierte algebraische Gleichung anzusehen.

Nur acht Sekunden.

Dann hatte er begonnen weiterzublättern und Antworten auf die Begabungsfragen zu markieren. Sie erforderten kaum Nachdenken, man mußte nur ein paar mögliche Lösungen ansehen und eine davon auswählen. Josh arbeitete schnell, während er die Fragen heraussuchte und die Antworten markierte, bis er plötzlich innehielt und zu der Seite zurückblätterte, auf der die komplizierte Gleichung stand. Er suchte rasch die richtige Antwort unter den fünf zur Auswahl stehenden aus und markierte ihr Kästchen auf dem Antwortbogen. Dann ging er zur nächsten schwierigen Frage über. Sie gehörte in das Gebiet der Physik, von dem Josh höchstwahrscheinlich nur sehr wenig wußte.

Wieder sah er nur einen Moment auf die Aufgabe und blätterte dann zu den subjektiven Fragen weiter.

Josh hatte also die schwierigen mathematischen Probleme in seinem Kopf gelöst, während er gleichzeitig andere Fragen bearbeitete. Erst wenn er die Lösung im Kopf hatte, war er zu der Aufgabe zurückgegangen, hatte die richtige Antwort herausgesucht und dann auf dem Antwortbogen angekreuzt.

George Engersol konnte es kaum fassen. Noch niemals hatte er während seiner Arbeit mit hochbegabten Kindern ein derartiges Phänomen erlebt.

Schließlich lehnte er sich in seinem Stuhl zurück und sah die Mutter des Jungen an. Brenda saß zusammengekrümmt und nervös auf dem Rand ihres Stuhls.

»Nun?« fragte sie. »Wie war er? Hat er bestanden?«

Engersol breitete hilflos die Hände aus. »Wie ich Ihnen ja schon gesagt habe, gibt es gar kein Bestehen oder Nichtbestehen. Aber offen gesagt, Mrs. MacCallum, habe ich so etwas wie bei Ihrem Sohn noch nie zuvor gesehen. Josh ... na ja, er scheint einmalig zu sein, jedenfalls soweit ich das beurteilen kann.« Und dann begann er, Brenda langsam und mit einfachen Worten zu erklären, was das Besondere an der Arbeitsweise ihres Sohnes gewesen war.

»Und das wirklich Erstaunliche ist«, schloß er, »daß er diese Probleme im Kopf lösen konnte, während er gleichzeitig noch über andere Fragen nachdachte.«

»Aber was *bedeutet* das?« fragte Brenda mit Nachdruck. »Werden Sie ihn aufnehmen?«

Engersol zog die Augenbrauen hoch. »Aber natürlich! Mit Vergnügen. Ich denke sogar, daß er die größte Herausforderung mit sich bringt, der wir jemals gegenübergestanden haben. Ich muß Ihnen sagen, Mrs. MacCallum, daß Josh wahrscheinlich das klügste Kind ist, daß mir zeit meines Lebens begegnet ist. Wenn man das gesehen hat«, damit hielt er die Testergebnisse hoch, »kann man sich gut vorstellen, was für Probleme er zu Hause gehabt haben muß.«

Brenda seufzte. »Ja, es war schrecklich«, stimmte sie zu. »Ich wünschte, Sie könnten ihn gleich hierbehalten. Jetzt weiß ich, daß er hierher gehört – und ich bin nicht sicher, wie lange ich noch mit ihm zurande kommen kann ...« Sie wollte weiterreden, als die Tür, die nicht richtig geschlossen gewesen war, ganz aufgestoßen wurde. Davor stand Josh mit erregtem Gesicht.

»Ich hab's doch gewußt!« schrie er. »Du bist sauer auf mich wegen dem, was ich getan hab', und es tut dir leid, daß du mich jetzt nicht loswerden kannst! Aber ich bin froh, daß ich durch diesen blöden Test gefallen bin. Hörst du? Ich freu' mich drüber!«

Er drehte sich um und rannte davon, und diesmal folgte ihm Brenda, wobei sie fast über das kleine Mädchen stolperte, das auch im Flur stand und Josh nachsah. Erst als Brenda weg war, trat Amy schüchtern in Dr. Engersols Büro.

»Stimmt das?« fragte sie. »Ist Josh durchgefallen? Kommt er nicht auf die Schule?«

Engersol schüttelte den Kopf. »Natürlich ist er nicht durchgefallen, Amy«, antwortete er dem offensichtlich besorgten Kind. »Wenn er möchte, wird er bestimmt hierbleiben können. Und ich hoffe sehr, daß er möchte.«

»Ich auch«, sagte Amy und verließ das Büro des Direktors. Sie wollte nach Josh suchen. Und wenn sie ihn nicht überreden konnte zu bleiben, beschloß sie, dann würde auch sie auf jeden Fall wieder nach Hause gehen.

Selbst wenn sie wegrennen mußte.

Brenda fand Josh schluchzend vor ihrem Auto. »Liebling, was ist?« fragte sie. »Was ist denn los?«

»Ich habe gehört, was du gesagt hast. Du möchtest mich ja gar nicht wieder mit nach Hause nehmen!«

»Liebling, das stimmt nicht...«, protestierte Brenda, dann hielt sie inne. Was sie im Büro gesagt hatte, klang ihr in den Ohren. Niemals hätte sie so etwas ausgesprochen, wenn sie gewußt hätte, daß Josh zuhörte. Und auf keinen Fall waren ihre Worte so gemeint gewesen, wie er sie jetzt interpretierte...

»O Liebling, es tut mir so leid«, sagte sie, kniete sich nieder und nahm ihn fest in die Arme. »Natürlich möchte ich dich wieder mit nach Hause nehmen. Aber du gehörst einfach in diese Schule hier. Du bist nicht durch den Test gefallen, im Gegenteil. Du warst besser als alle anderen vor dir! Ich habe nur gesagt, daß es schade ist, daß du nicht gleich hierbleiben kannst.«

Josh sah sie mit großen Augen an, während er den Sinn ihrer Worte verarbeitete. »Ich habe bestanden?« fragte er. »Ich kann bleiben?«

»Natürlich hast du bestanden«, antwortete Brenda.

»Aber... aber wenn ich nun gar nicht bleiben will?« fragte er, und seine Stimme zitterte vor Unsicherheit. »Wenn es mir nun hier gar nicht gefällt? Wenn ich lieber wieder nach Hause möchte?«

Bevor Brenda antworten konnte, näherte sich ihnen das kleine Mädchen, das sie eben vor Dr. Engersols Büro gesehen hatte.

»Josh?« fragte Amy. »Was ist denn los?«

»Nichts... nichts«, stotterte Josh, denn er wollte Amy nicht sagen, was er plötzlich für Angst hatte. »Vielleicht hab' ich einfach keine Lust hierzubleiben.«

Amy sah betrübt aus, aber dann streckte sie die Hand aus und faßte Josh am Arm. »Aber du mußt«, drängte sie. »Du hast es versprochen, denk daran. Wenn du bleibst, bleibe ich auch, und dann werden wir Freunde.«

»Das war vorhin«, murmelte Josh.

Amy stiegen die Tränen in die Augen, aber sie blieb tapfer vor Josh stehen. »Du meinst, du willst nicht mehr mein Freund sein?«

»D... doch«, sagte Josh. »Ich meine, das ist es nicht, was... Es ist...«

»Aber du kannst nicht mein Freund werden, wenn ich dich nie wiedersehe«, erklärte Amy ernsthaft.

»Na und?« entgegnege Josh. »Du kennst mich doch noch nicht einmal.«

Amy zögerte. »Doch, das tue ich«, sagte sie schließlich, und ihr Gesicht nahm einen genauso störrischen Ausdruck an wie das Joshs. »Du bist genau wie ich. Du hast Angst, das ist alles. Und du hast gesagt, du hast überhaupt keine Freunde zu Hause. Also kannst du genausogut bleiben. Okay?«

Josh blinzelte das kleine Mädchen ungläubig an. War es

möglich, daß sie es ernst meinte? Wollte sie wirklich so sehr, daß er ihr Freund wurde? Eigentlich hatte er sich doch schon entschieden. Wie sollte er seine Meinung wieder ändern?

Da ergriff seine Mutter das Wort. »Paß auf«, sagte sie, »ich habe vorhin nicht das gemeint, was du angenommen hast, und ich möchte dich auch nicht zu irgendwas zwingen, was du nicht willst. Wie wäre es, wenn wir alle zu dem Picknick am Strand gehen? Du kannst später entscheiden, was du tun möchtest. Und wenn du dann immer noch keine Lust hast zu bleiben, verspreche ich, dich wieder mit nach Hause zu nehmen und nie mehr so etwas wie dies hier vorzuschlagen. Okay?«

Josh sah sie mißtrauisch an. »Großes Ehrenwort?«

»Großes Ehrenwort«, antwortete Brenda und hob feierlich die Hand.

Josh zögerte einen Moment, dann nickte er. »Na gut«, sagte er. »Aber denk daran, du hast es versprochen.«

Brenda atmete erleichtert auf, während sie den beiden Kindern folgte, die zurück zum Haus liefen, damit Amy ein Badehandtuch holen konnte.

7

Es war schon beinahe sechs Uhr, als Josh und Amy, begleitet von Brenda, die Spitze der Klippen erreichten, die über Crescent Cove aufragten. Weit unten leuchtete in der Bucht ein schmaler Sandstreifen, der an beiden Seiten von zerklüfteten Felsen begrenzt wurde, die weit in die See hinausreichten. Auf den steinigen Ausläufern der Steilküste, die die volle Wucht der Pazifikstürme abbekamen, wuchsen bizarr gekrümmte Zypressen. Brenda blieb einen Moment lang stehen und betrachtete verzückt das Panorama, das sich vor ihr ausbreitete. »Ist es nicht großartig?« fragte sie. »Vielleicht sollte ich meinen Job kündigen und hierher ziehen.« Aber schon während sie die Worte aussprach, wurde ihr klar, daß das unmöglich war. Auf dem Weg hierher waren sie durch den Ort gekommen, und Brenda hatte festgestellt, daß in allen Restaurants, an denen sie vorbeikamen, offensichtlich viele Studentinnen als Kellnerinnen arbeiteten. Und selbst wenn sie einen Job finden würde, könnte sie sich hier niemals eine Wohnung leisten. »Na ja«, fügte sie also etwas kleinlaut hinzu, »vielleicht sollte ich dankbar sein für das, was ich habe, hm?«

Josh antwortete nicht, und Brenda löste ihre Augen von der wunderbaren Aussicht, um ihn anzusehen. Aber er achtete weder auf sie noch auf das herrliche Panorama. Sein Blick hing an Amy, die blaß geworden war. Mit weit aufgerissenen Augen starrte sie zu dem schmalen Strand hinunter.

»Amy?« fragte Brenda. »Ist etwas nicht in Ordnung?«

Das kleine Mädchen schüttelte den Kopf. »Ich... ich... mir ist schwindlig«, sagte sie. Sie trat einen Schritt zurück und wandte sich von dem steilen Abhang ab. »Ich dachte eben, ich falle hinunter«, flüsterte sie.

»Das nennt man Akrophobie«, verkündete Josh. »Man hat Angst, wenn man auf einem Berg oder Turm oder so steht und kann nicht hinuntersehen.«

»Das weiß ich«, erwiderte Amy scharf. Sie entfernte sich noch weiter vom Rand des Abgrunds, dann drehte sie sich wieder um und richtete ihren Blick voller Angst auf die wacklig aussehende kleine Plattform des Treppenabsatzes, von der aus hölzerne Stufen im Zick-Zack hinunter zum Strand führten. »Ich glaube, ich gehe lieber zurück zur Schule«, sagte sie, und ihr Magen zog sich zusammen bei dem bloßen Gedanken, diese Treppen hinunterzusteigen.

»Aber was ist mit dem Picknick?« protestierte Josh.

»Ich..., ich mag eigentlich gar keine Picknicks«, log

Amy, während ihre Augen noch immer an der Treppe hingen. »Du hast Angst, die Treppe hinunterzugehen, nicht wahr?« fragte Brenda und hockte sich neben dem kleinen Mädchen nieder. Amy sagte nichts, nickte aber heftig mit dem Kopf. »Ich bin sicher, es ist völlig ungefährlich«, versuchte Brenda sie zu beruhigen. »Schau doch all die Menschen dort unten am Strand. Sie sind alle diese Treppen hinuntergegangen.« Sie nahm Amys Hand, um sie näher zum Rand der Steilküste zu führen, damit sie die anderen Kinder sehen konnte, die unten spielten. Amy ließ sich nur widerstrebend vorwärtsziehen.

»Und wenn ich falle?« fragte sie mit zitternder Stimme.

Josh ging zu ihr und nahm ihre andere Hand, so daß Amy zwischen ihm und seiner Mutter stand. »Du kannst nicht fallen, ich halte dich fest.«

Immer noch unsicher, ließ Amy sich näher zum Rand der Klippe führen, aber dann wurde sie wieder von einem Schwindelgefühl erfaßt. Ihr war, als zöge der Abgrund sie gegen ihren Willen an.

»Schon gut, Amy, keine Angst«, sagte Josh beruhigend und drückte ihre Hand. »Du fällst schon nicht.«

Als sie jedoch vor der kleinen Plattform am Anfang der Treppe standen, erstarrte Amy erneut vor Angst und weigerte sich, auch nur einen Fuß auf das verwitterte, an vielen Stellen schon abgesplitterte Holz zu setzen.

»Geh du voraus, Mama«, sagte Josh. »Dann sieht sie, daß nichts zusammenbricht.«

Brenda zögerte einen Moment, denn ihr war selbst etwas schwindlig. Während sie hoffte, daß ihr Sohn recht hatte, setzte sie einen Fuß auf die Bretter und begann hinabzusteigen. Bei jedem Schritt hielt sie sich am Geländer fest. »Siehst du«, sagte sie fröhlicher, als ihr zumute war, »es ist vollkommen sicher.«

Amy beobachtete sie genau, dann sah sie Josh ängstlich an. »Versprichst du mir, daß du den ganzen Weg hinunter meine Hand hältst?«

»Das verspreche ich«, erwiderte Josh. »Wenn du nicht hinunterschaust, wird dir schon nicht schwindlig werden. Komm.«

Er trat auf den Treppenabsatz. Amy holte tief Luft, ergriff seine ausgestreckte Hand und setzte ihren Fuß auf die Holzbretter.

Bildete sie sich das nur ein, oder konnte sie wirklich fühlen, wie sie unter ihrem Fuß erzitterten?

Mit einer Hand hielt sie sich bei Josh fest, mit der anderen stützte sie sich an den Felsen ab und begann so hinunterzusteigen.

Bei jedem Schritt sah sie sich selbst schon stolpern, die Treppe hinunterfallen und auf die Felsen in der Tiefe hinabstürzen.

»Alles in Ordnung«, versicherte ihr Josh, der ihre Angst spürte. »Du schaffst es. Geh nur weiter.«

Nach ein paar Minuten kamen sie zur letzten Biegung. Nur noch fünfzehn Stufen trennten sie vom Boden. Amy fühlte, wie die Angst von ihr wich, und sie ließ Joshs Hand los. Erleichtert atmete sie auf: »Ich hab's geschafft, ich bin unten.« Sie fing an zu lachen, sprang die letzten Stufen hinunter und lief über die Felsen und dann über den Sand zum Wasser, wobei sie im Laufen ihre Gummisandalen von den Füßen schleuderte.

Brenda, die schon unten stand, beobachtete Amy, dann wandte sie ihre Aufmerksamkeit wieder George Engersol zu, der ihr aufgefallen war, nachdem sie etwa die Hälfte der Treppe bewältigt hatte. Er stand unten und beobachtete, wie Amy sich langsam und verkrampft die Stufen hinuntermühte. Brenda war sogar einen Moment lang stehengeblieben und hatte ihn angeschaut, so merkwürdig berührte sie die Art, wie er das kleine Mädchen beobachtete. Als er schließlich ihren Blick gespürt und sie ebenfalls angesehen hatte, senkte sie den Kopf und ging schnell weiter. Aber während sie jetzt am Strand warteten, bemerkte sie, daß er Amy noch immer anstarrte. Und sein Gesichtsausdruck war wirklich sonderbar.

George Engersols Lippen waren zu einer dünnen Linie zusammengepreßt und seine Augen zu schmalen Schlitzen verengt. Er war so versunken in den Anblick des verängstigten Kindes, daß Brenda ein Schauer überlief, als hätte sie ein kühler Wind angeweht. Schließlich hatte Amy den Boden erreicht und war zum Wasser gelaufen. Engersol verharrte noch immer regungslos. Obwohl er nur zwei bis drei Meter von Brenda entfernt stand, wandte er sich nicht ihr zu, um mit ihr zu sprechen. Statt dessen senkte er seinen Kopf, verschränkte die Hände hinter dem Rücken und ging in Gedanken versunken davon.

In Brenda stieg ein unbehagliches Gefühl auf. Was war das für eine merkwürdige Reaktion, wenn man mitansah, wie jemand seine Furcht überwand?

Aber bevor Brenda sich noch weiter Gedanken darüber machen konnte, kam schon Hildie Kramer auf sie zu und streckte ihr die Hand entgegen. »Kommen Sie«, sagte die mütterlich wirkende Frau, und ein warmes Lächeln lag auf ihrem Gesicht. »Ich möchte Sie gern einigen Leuten vorstellen.«

Josh lief Amy Carlson hinterher, und Brenda folgte Hildie zu einer kleinen Gruppe Erwachsener, zu der sowohl einige Lehrer der Schule gehörten wie auch die Eltern zweier Schüler. Schon nach kurzem war sie in ein Gespräch mit Chet und Jeanette Aldrich vertieft, deren Sohn Jeff sie bereits kennengelernt hatte.

»Das ist unser zweiter«, sagte Jeanette zu Brenda und zeigte auf Adam, der neben seinem Bruder einige Meter vom Strand entfernt im Wasser herumtollte.

Brenda schaute mit unverhohlener Überraschung auf die Gesichter der Zwillinge. »Zwei?« entfuhr es ihr. »Mein Gott, wenn ich an die Probleme denke, die ich schon allein mit Josh gehabt habe...« Sie unterbrach sich, plötzlich verlegen. Zu ihrer Erleichterung kicherte Jeanette Aldrich.

»Wem erzählen Sie das«, sagte sie. »Nehmen Sie Ihre Probleme einfach mal zwei. Zwei Kinder mit genug Grips für vier.« Für einen kurzen Moment huschte ein Schatten über Jeanettes Gesicht, ohne daß Brenda wußte warum, doch dann wurde sie wieder fröhlich und fuhr fort: »Glauben Sie mir, ohne Barrington wäre ich jetzt in einer psychiatrischen Klinik.«

Chet Aldrich reichte Brenda eine Dose Bier, die er bereits geöffnet hatte. Und dann sprudelten aus Brenda all die Fragen hervor, mit denen sie bisher allein gewesen war. Die Aldrichs, die offenbar Brendas Schwierigkeiten alle aus eigener Erfahrung kannten, hörten ihr geduldig zu. Brenda wurde plötzlich bewußt, daß sie zum ersten Mal mit Menschen sprach, die ganz genau verstanden, was es bedeutet hatte, Josh aufzuziehen.

Und wenn ihr Sohn am Ende doch nicht in der Akademie bleiben wollte, für Brenda hätte sich die ganze Reise allein schon wegen der Zeit gelohnt, die sie mit den Aldrichs hatte reden können.

Derweil gingen Josh und Amy langsam den Strand entlang, und die sanften Wellen der Bucht spielten um ihre Füße. Schon fast eine halbe Stunde war vergangen, aber beide machten keine Anstalten, sich zu den anderen zu gesellen. Sie zogen es vor, allein zu bleiben und zwischen den kleinen Pfützen, die die Flut am nördlichen Ende der Bucht zurückgelassen hatte, herumzuwaten. Amy machte Josh auf die vielen kleinen Tiere aufmerksam, die in den Felsspalten und den schmalen Ritzen der Steine lebten. Als die Flut einsetzte und die Senken mit Wasser überspülte, gingen Josh und Amy langsam wieder in Richtung der anderen Kinder, die um einen Erwachsenen herumstanden, den Josh noch nicht gesehen hatte.

»Wer ist das?« fragte er Amy und deutete mit dem Kopf auf den großen Mann mit blondem Haar und Bart.

»Mr. Conners«, antwortete Amy. »Der Englischlehrer.«
»Und wie ist er?«
Bevor Amy antworten konnte, kam Jeff Aldrich auf sie zugestürzt. »Kommt mit rüber«, drängte er, »wir spielen Volleyball.«
Sofort war Joshs fröhliche Stimmung wie weggeblasen. Er sah Amy an, die von der Idee auch nicht gerade begeistert zu sein schien. Er wußte genau, was passieren würde. Der Lehrer würde die beiden größten Jungen als Mannschaftskapitäne bestimmen, und sie würden dann die zwei Mannschaften wählen. Und wenn es so ablief wie in Eden, würde er als letzter gewählt werden, sogar noch nach den Mädchen.
»Ich hab' keine Lust«, entgegnete er. »Ich mag Volleyball nicht.«
»Ich auch nicht«, schloß Amy sich an, und plötzlich war Josh überzeugt davon, daß sie dasselbe dachte wie er. »Wir schauen nur zu.«
Josh und Amy gingen auf den Teil des Strandes zu, auf dem die Decken ausgebreitet lagen, aber bevor sie an der Gruppe der Kinder vorbei waren, rief Steve Conners nach ihnen.
»He, ihr zwei, kommt her! Hier machen alle mit!«
Josh und Amy erstarrten und sahen sich an. Was würde passieren, wenn sie nein sagten?
Beide zögerten, als warte jeder auf den Entschluß des anderen, was nun zu tun sei. »Vielleicht machen wir besser mit«, sagte Josh schließlich. »Ich will keinen Ärger kriegen.«
»Aber ich hasse diese Spiele«, brach es aus Amy hervor. »Niemand wählt mich, und alle ziehen ein Gesicht, wenn ich ihnen zugewiesen werde.«
»Genauso geht es mir auch«, gab Josh zu.
»Kommt schon, ihr beiden«, rief Conners noch einmal. »Amy, du bleibst gleich auf dieser Seite, und Josh kann auf die andere gehen.«

Plötzlich teilte sich die Gruppe auf, ohne daß jemand die Mannschaften wählte. Einige gingen einfach auf die andere Seite des Netzes zu Josh, der Rest blieb auf Amys Seite. »Ihr seid zu viele«, rief Steve Conners hinüber, nachdem er kurz durchgezählt hatte. »Es muß noch jemand hierher kommen.« Adam Aldrich, der zufällig dem Netz am nächsten stand, duckte sich darunter durch und wechselte die Mannschaft. »Okay, wer macht die erste Angabe?« rief Conners. Zu Joshs Überraschung meldete sich niemand.

Schließlich zeigte Brad Hinshaw auf Josh. »Wie wär's mit ihm?« krähte er. »Wenn er so gut ist wie im Schach, können wir vielleicht ein paar Punkte machen.«

Bevor Josh irgend etwas erwidern konnte, warf Steve Conners ihm den Ball zu, der ihn an der Brust traf und dann zu Boden fiel. Josh erstarrte. Er wartete darauf, daß die anderen zu lachen anfingen, aber niemand lachte.

Also hob er den Ball auf und ging mit ihm zum Ende des Feldes, oder zumindest dorthin, wo er es vermutete, denn es gab keine Linien, die die Spielfelder markierten. »Hier?« fragte er Steve Conners unsicher.

Der Lehrer zuckte die Schultern. »Warum nicht?«

Josh fühlte, wie die Augen aller auf ihn gerichtet waren.

Gleich würden sie sehen, daß er überhaupt nicht gut war, und dann würden sie anfangen, ihn aufzuziehen.

Vielleicht sollte er einfach so tun, als ob er stolperte und behaupten, er hätte sich einen Knöchel verstaucht? Dann brauchte er wenigstens nicht mitzuspielen.

Andererseits müßte er dann den Rest des Abends daran denken zu humpeln, und womöglich würden sie ihn sogar zum Arzt bringen.

So fand er sich mit dem ab, was passieren würde, nahm den Ball mit der linken Hand, ließ ihn fallen und schlug mit der rechten danach.

Es kam genauso, wie er erwartet hatte. Der Ball flog in die falsche Richtung und fiel weit außerhalb der ungefähren Spielfeldgrenzen zu Boden. Josh spürte, wie ihm das Blut ins Gesicht schoß, während er wieder darauf wartete, daß alle in Gelächter ausbrachen.

»Zählt nicht!« schrie Brad Hinshaw.

Verdutzt starrte Josh zu Brad hinüber, der nur mit den Schultern zuckte. »War eindeutig außerhalb des Spielfelds. Zählt außerdem nur, wenn er übers Netz geht.«

»So haben wir das zu Hause nicht gespielt...«

»Aber hier spielen wir's so«, schrie jemand anders. »Mach noch mal, aber geh näher ans Netz. Und wirf den Ball lieber erst hoch!«

Josh hob den Ball auf, dann ging er näher zum Netz. In dem Bewußtsein, daß ihn wieder alle beobachteten, hielt er die Luft an, ballte seine rechte Faust, warf den Ball mit der linken Hand in die Luft und schwang mit aller Kraft seinen rechten Arm danach. Er verfehlte den Ball, verlor die Balance, fiel in den Sand und fühlte, wie der wieder herabfallende Ball seinen Rücken traf. Und jetzt hörte er sie lachen.

Die Tränen traten ihm in die Augen. Er rappelte sich auf und rannte den Strand entlang, um soviel Abstand wie möglich zwischen sich und die anderen Spieler zu bringen.

Brenda sah Josh davonlaufen und wollte gerade aufstehen, aber Jeanette Aldrich, die neben ihr auf einer Decke saß, hielt sie zurück. »Bleiben Sie hier«, sagte sie, »Steve Conners wird das schon machen.«

»Aber Josh haßt Sport«, protestierte Brenda, »und gerade Mr. Conners hat ihn doch dazu gebracht mitzuspielen.«

»Trotzdem, er wird es bestimmt wieder in Ordnung bringen«, versicherte ihr Jeanette. »Steve weiß, wie er mit so was umgehen muß.«

Brendas Instinkt sagte ihr, daß sie sich nicht von Jeanettes Worten beeinflussen lassen sollte, daß sie zu ihrem Sohn gehen und ihn trösten müsse, aber sie hielt sich zurück. Wenn Josh hierbleiben würde, mußte er sich daran gewöhnen, daß sie nicht da war, um ihm beim Bewältigen seiner Probleme zu helfen.

Und wenn sie jetzt zu ihm ginge, würde er nach dem, was eben passiert war, bestimmt sagen: »Siehst du? Sie lachen mich aus. Ich bleibe nicht hier. Ich will wieder nach Hause!« Also unterdrückte Brenda ihren Mutterinstinkt und zwang sich, da zu bleiben, wo sie war.

Etwa 60 Meter weiter saß Josh zusammengekauert am Strand. Er fragte sich, warum er überhaupt mit seiner Mutter hierhergekommen war. Jetzt stand es ja fest – hier war es genauso wie in der Schule bei ihm zu Hause; und jeder lachte über ihn. Die Erniedrigung, die er soeben empfunden hatte, löschte die positiven Erinnerungen an das Schachspiel mit Jeff Aldrich und die Freundlichkeit Brad Hinshaws völlig aus.

Und nachdem sich nun herausgestellt hatte, was für ein Versager er war, würde ihn vielleicht auch Amy nicht mehr mögen.

Er spürte, daß jemand hinter ihm stand und erstarrte. O Gott, seine Mutter war ihm doch hoffentlich nicht gefolgt? Jetzt würden alle auch noch denken, daß er ein Muttersöhnchen wäre. Aber die Stimme, die ihn anredete, war ganz und gar nicht die seiner Mutter.

Es war die von Mr. Conners, und Josh war sich sofort sicher, warum er hier war: Er wollte ihm eine Lektion erteilen und ihm sagen, daß er sich nicht wie ein Spielverderber benehmen solle. Josh kroch noch mehr in sich zusammen und schlang die Arme um seine Knie.

»Kannst du mir mal sagen, was los ist?« fragte Steve Conners, während er sich neben Josh niederkniete.

Josh schüttelte heftig den Kopf, ohne überhaupt aufzuschauen.

Steve Conners schwieg einen Moment, dann streckte er seine Hand aus und fuhr Josh durchs Haar. »He, mach dir doch nichts draus, jeder verpatzt mal 'nen Aufschlag. Passiert doch dauernd.«

»Aber mir passiert es jedesmal, und alle haben mich ausgelacht!« Joshs Stimme zitterte, und er versuchte, sich der Hand des Lehrers zu entziehen.

»Also, ich glaube nicht, daß sie dich ausgelacht haben«, erwiderte Conners. »Es war mehr das, was dir passiert ist... das war so komisch. Du hättest dich sehen sollen, als du den Ball nicht getroffen hast – den komischen Ausdruck in deinem Gesicht. Sah aus, als wäre es das Letzte, was du erwartet hättest, daß du den Ball nicht triffst...«

»Und wieso hat mir dieser Junge gesagt, daß ich ihn hochwerfen soll?« fragte Josh. »Er wußte genau, was passieren würde, und er wollte, daß ich wie ein Trottel aussehe.«

»Aber wie hätte Philip Meredith das vorher wissen können?« fragte Conners. »Er hat dich doch noch nie Volleyball spielen sehen, wie? Vielleicht wollte er dir nur helfen.«

»Nein, bestimmt nicht. Alle lachen mich immer aus, wenn ich versuche, so ein blödes Spiel mitzuspielen. Und wenn sie mich nicht auslachen, dann meckern sie an mir rum, weil ich nicht gut bin.«

»Wer hat denn gesagt, daß du nicht gut bist?« konterte Conners. »Und außerdem, hier zählt es sowieso nicht viel, ob jemand beim Volleyball gut ist. Wie du schon gesagt hast – es ist ja nur ein Spiel.«

Josh machte ein finsteres Gesicht. »Ich habe gesagt, *blödes* Spiel, und genau das ist es!«

»Na ja, wenn du dich so darüber aufregst«, stimmte Steve Conners zu. »Eigentlich hört es sowieso auf, ein Spiel zu sein, wenn man sich darüber aufregt. Ich meine, Spiele sollen doch einfach nur Spaß machen. Ist doch egal, wer gewinnt.«

»Stimmt nicht! Es ist niemandem egal, wer gewinnt«, erwiderte Josh.

»Und dir?«

Josh legte seinen Kopf schräg und sah zu dem Lehrer auf. »Ich... ich weiß nicht.«

Steve Conners riß in gespielter Überraschung die Augen auf. »Was? Es gibt etwas, was du nicht weißt? Vielleicht haben sie sich dann in dir sowieso getäuscht? Bist du sicher, daß du in unserer Schule am richtigen Platz bist? Man erwartet hier eigentlich von euch, daß ihr praktisch alles wißt.« Dann verschwand der scherzhafte Klang aus Conners Stimme, und er sagte ernst: »Sieh mal, Josh, ich weiß doch, daß du es in letzter Zeit nicht gerade leicht gehabt hast. Und es tut mir wirklich leid, daß die anderen eben angefangen haben zu lachen. Vielleicht hätten sie's wirklich nicht tun sollen. Aber gib ihnen doch noch mal eine Chance. Vergiß nicht, daß sie alle früher dieselben Probleme hatten wie du. Sie haben eine Menge Verständnis dafür. Und du kannst mir glauben, daß ihnen Volleyball genauso egal ist wie dir.«

Josh sah zu dem Lehrer auf. »Aber zu Hause...«, begann er und tat hartnäckig weiter so, als verstünde er überhaupt nicht, worauf es Conners ankam.

»Zu Hause sehen die Dinge ganz anders aus. Deswegen bist du doch hier. Also, wie wär's jetzt, wenn du wieder mitkommst und dir das Spiel ansiehst? Wenn du noch mitspielen willst, wunderbar, wenn nicht, auch gut.«

Ohne eine Antwort abzuwarten, zog Steve den Jungen sanft auf die Füße und ging den Strand entlang zurück, seine Hand auf Joshs Schulter gelegt.

Als sie näher zum Spielfeld kamen, sah Josh, daß Steve recht hatte. Obwohl die Kinder sich große Mühe gaben und ihr Bestes taten, um den Ball übers Netz zu bekommen, waren nur zwei oder drei von ihnen wirklich gut. Die meisten trafen wie er selbst den Ball überhaupt nicht, und wenn sie trafen, schlugen sie ihn ins Aus.

Als Amy Josh erblickte, winkte sie ihm wild zu. »Das hättest du sehen sollen, Josh!« schrie sie. »Ich hab's geschafft, ich hab' den Ball rübergekriegt! Und schon beim dritten Versuch!«

Bevor Josh sich lange Gedanken machen konnte, war er wieder auf dem Spielfeld. Und als er das nächste Mal mit der Angabe dran war, schaffte auch er es, den Ball übers Netz zu werfen.

Allerdings gelang ihm das erst beim vierten Versuch. Beim dritten Mal hatte er mit solcher Wucht nach dem Ball geschlagen, daß er erneut hintüber fiel, als er ihn nicht traf. Und diesmal hatte er genauso laut gelacht wie alle anderen.

Vielleicht, dachte er im stillen, war Volleyball doch gar kein so schlechtes Spiel.

Jedenfalls nicht, wenn man es so spielte wie hier.

Als um zehn Uhr abends das Picknick beendet war und Josh den anderen half, das erlöschende Feuer mit Sand zu bedecken, war Brenda klar, daß er sich entschieden hatte. Sie hatte ihn beobachtet, wie er dicht bei Amy saß und zufrieden seine Hot dogs kaute. Später hatten die beiden sich mit in den Kreis gesetzt, der sich um das Feuer versammelt hatte und Jeff Aldrich zuhörte, wie er die beliebteste Gespenstergeschichte der Schule erzählte. Es war eine gruselige Erzählung von dem alten Mr. Barrington, dessen Geist angeblich nachts noch immer durch das Haus schlich und Vergeltung suchte für den Tod seines Kindes, von dem man nicht genau wußte, ob es tatsächlich einmal existiert hatte.

»Niemand weiß, wie alt Mr. Barringtons Sohn war, als er starb«, erzählte Jeff dem Kreis der fasziniert lauschenden Kinder. »Aber man sagt, daß mit dem Jungen etwas nicht in Ordnung gewesen sei und daß Mr. Barrington ihn deshalb irgendwo im Haus versteckt hielte. Niemand weiß wo und niemand weiß, was eigentlich mit dem Jungen nicht gestimmt haben soll. Jedenfalls wurde Mr. Barrington mit zunehmendem Alter immer merkwürdiger.«

Jeffs Stimme nahm einen geheimnisvollen Ton an, während er die alte Geschichte von dem erzählte, was sich in dem jetzigen Schulgebäude einst abgespielt haben sollte:

Eustace Barrington verließ den Aufzug und blinzelte in dem hellen Sonnenlicht, das durch die großen Fenster in die Kuppel hereinflutete. Er schloß den Bücherschrank aus Mahagoni, der die Türen des Aufzugs verbarg, dann ging er zum Fenster und sah hinaus.

Es war richtig von ihm gewesen, das Haus hier zu bauen, hoch oben auf dem Hang, so daß er von seinen Räumen auf dem Dach nicht nur auf die Berge hinter dem Haus, sondern gleichzeitig auch auf das Meer blicken konnte, das in der Ferne glitzerte.

All das lag vor ihm, was sein Sohn nicht mehr sehen konnte.

Oder was er vielleicht nicht mehr sehen wollte.

Als Eustace Barrington damit begonnen hatte, das Haus zu bauen, wußte er bereits, daß etwas mit dem Jungen nicht in Ordnung war. Er war anders als alle anderen Kinder, die Barrington jemals gekannt hatte.

Sein Sohn plapperte nicht wie andere Kinder, und er verhielt sich auch nicht so. Er war ein Einzelgänger und schien mehr Interesse daran zu haben, was in ihm selbst vor sich ging als daran, was in der Welt um ihn herum geschah.

Erst als der Junge ganz aufgehört hatte zu sprechen, war Eustace Barrington mit ihm zum Arzt gegangen, zuerst zu seinem Hausarzt, und dann hatte er einen Arzt nach dem anderen aufgesucht.

Sie hatten alle nur den Kopf geschüttelt.

»Er ist einfach nur langsam«, hatte einer von ihnen gesagt.

»Das wächst sich aus«, hatte ein anderer versichert.

»Vielleicht sollten Sie ihn in einer Klinik unterbringen«, hatte noch ein anderer ihm vorgeschlagen und den Namen eines weit entfernten Ortes genannt. So weit entfernt, daß Eustace Barrington sich mit dem Problem nicht mehr hätte zu befassen brauchen.

Barrington hatte statt dessen dieses Haus gebaut. Tief unter dem Keller hatte er einen besonderen Ort für seinen Sohn ausbauen lassen, der nur mit dem Aufzug von seinen privaten Räumen aus erreichbar war. Diese Zimmer lagen höher als das Dach des übrigen Hauses und waren durchflutet von Licht. Licht, das niemals in die Wohnung unter dem Keller gelangen konnte, um sie zu erleuchten. Es war, als wenn der Vater auf diese Art den Mangel an Helligkeit ausgleichen wollte, dem sein Sohn unterworfen war, als könnte er so ein wenig die Schmerzen lindern, die er seit all diesen Jahren empfand.

Und Eustace Barrington hatte wirklich das Richtige getan; denn als sein Sohn sich schließlich so sehr in sich selbst zurückgezogen hatte, daß er nicht länger auf die Signale der äußeren Welt reagierte, fingen Barringtons Freunde an, über den Jungen zu reden, als sei er eine Art lebloses Ding, das man loswerden müsse, weil es keinen vernünftigen Grund mehr gab, es zu behalten. Damals hatte Eustace ihn in die eigens für ihn konstruierten Räume gebracht. Die unterirdischen Zimmer waren mit weit mehr Sorgfalt ausgestattet als das übrige Haus. Der Vater legte den größten Wert darauf, daß sein Sohn es bequem hatte und sich wohlfühlte. Es gab hier alles, was er eventuell brauchen konnte, und es war dafür gesorgt, daß er sich nicht zufällig selbst verletzte.

Im größten Zimmer standen das Bett des Jungen und genug Möbel, daß man sich bequem darin aufhalten konnte. Hier saß der Vater oft bei seinem Sohn und sprach zu ihm, obwohl der Junge ihn wahrscheinlich gar nicht mehr hörte.

In einem anderen Raum standen ein Eßtisch und zwei Stühle. Dorthin brachte Barrington seinem Sohn jeden Tag das Essen und nahm es gemeinsam mit ihm ein.

Er brachte die Mahlzeiten selbst hinunter. Niemals kam ein Diener hierher, denn der Alte traute seinen Angestellten nicht.

Außer Eustace Barrington wußte auch niemand, daß sich der Junge in diesen Räumen befand; er war zu der Ansicht gelangt, daß es für sein Kind am besten wäre, zu Hause zu bleiben. Zu Hause wurde er geliebt und war seinen Gedanken überlassen, in welch mysteriöser Welt sie auch immer spielen mochten. Nie-

mals hätte Barrington ihn der Pflege anderer anvertraut, die ihn nicht liebten und nicht verstanden.

Denn Eustace Barrington war davon überzeugt, daß sein Sohn ein Genie war.

Der Junge sprach nie mit seinem Vater, nur manchmal murmelte er Zahlen vor sich hin. Außerdem schien er blind und taub zu sein, aber Barrington war trotzdem ganz sicher, daß der Verstand seines Sohnes nicht krank war, sondern nur anders geartet.

Manchmal, wenn Barrington die Zahlen verstehen konnte, die sein Sohn murmelte, schrieb er sie auf. Dann saß er stundenlang allein an seinem Schreibtisch und arbeitete daran herauszufinden, welche Beziehungen zwischen den Zahlen bestanden.

Offensichtlich stellte sein Sohn in Sekunden im Kopf komplizierte Berechnungen an, die auf dem Papier nachzuvollziehen Eustace Barrington Stunden kostete.

Aber der alte Mann machte sich mit der Zeit immer größere Sorgen um seinen Sohn.

Er selbst wurde an seinem nächsten Geburtstag neunundneunzig Jahre alt.

Sein Sohn war erst fünfundfünfzig.

Fünfzig Jahre war es her, daß der Junge von Barrington in die unterirdischen Räume gebracht worden war, die er seitdem nicht einmal wieder verlassen hatte.

Nach all diesen Jahren hegte Eustace Barrington nur noch einen Wunsch.

Er wollte unbedingt seinen Sohn überleben, damit er niemals Fremden ausgeliefert wäre.

Aber für den Fall, daß er doch vor seinem Sohn sterben würde, hatte er sich etwas ausgedacht, um dies zu verhindern.

Er arbeitete an einer Konstruktion, die jeden umbringen sollte, der den Bewohner der Räume unter dem Keller bedrohte.

Seinen Sohn, der im Dunkeln lebte.

Wenn seinem Jungen etwas zustieße, dann würde das auch andere treffen.

»Ist der Alte jemals als Geist erschienen?« hauchte Josh MacCallum, als Jeff schwieg.

Jeff Aldrich lächelte geheimnisvoll. »Vielleicht«, flüsterte er. »Vielleicht kommt er manchmal nachts zurück und schleicht ums Haus herum, um nach seinem Sohn zu suchen. Und man sagt«, fuhr er fort, und seine Stimme wurde dabei so leise, daß sie kaum noch zu hören war, während sein Blick auf Josh ruhte, »man sagt, wenn er den richtigen Jungen findet, wird er ihn mitnehmen. Tatsächlich ist im letzten Jahr...«

»Das reicht jetzt, Jeff«, unterbrach ihn Hildie Kramer, und ihr kräftiges Lachen verscheuchte die gespenstische Stimmung. »Du willst doch dem armen Josh nicht gleich an seinem ersten Abend hier angst machen?«

»Das tut er nicht!« protestierte Josh. »Ich liebe Gespenstergeschichten!« Als er bemerkte, daß Jeff Aldrichs Blick prüfend auf ihn ruhte, beschloß er, noch eine winzige kleine Lüge hinzuzufügen: »Sie machen mir kein bißchen angst.«

Jeff sah ihn einen Moment lang durchdringend an, dann wandte er den Blick ab, und Josh war nicht sicher, ob sein neuer Freund ihm glaubte oder nicht.

Brenda MacCallum beobachtete, wie ihr Sohn langsam in die Gruppe integriert wurde. Sie hatte gesehen, wie er seine Reserve nach und nach aufgab, als die anderen ihn in ihren Kreis aufnahmen, ihm Platz machten, wenn er sich näherte, ihm zuhörten, wenn er sprach, ihn einfach akzeptierten.

Brenda selbst war hin und hergerissen zwischen dem Unbehagen, ihren kleinen Jungen zwischen Fremden zurückzulassen, und dem Wunsch, ihm bessere Entwicklungsmöglichkeiten zu bieten, als sie das zu Hause konnte. Sie verbrachte fast den ganzen Abend im Gespräch mit den Aldrichs, und im Laufe der Stunden wurde ihr klar, daß all ihre Probleme nicht einmalig waren. Schweigend hörte sie zu, als Chet Aldrich mit leiser Stimme von dem erzählte, was sich bei ihnen eines Nachts vor fast einem Jahr ereignet hatte. Sie hatten Adam bewußtlos im Badezimmer gefunden, und auf dem Fußboden neben ihm lag eine leere Flasche von Jeanettes Schlaftabletten. Nach diesem entsetzlichen und schockierenden Erlebnis hatten sie sich schließlich mit der Tatsache abgefunden, daß ihre beiden Jungen eine spezielle Schule brauchten, und hatten sie in Barrington untergebracht. »Irgendwie bringt einen so etwas dazu, über seine eigene Intelligenz nachzudenken«, bemerkte Chet trocken und fügte hinzu, daß die Veränderung der Zwillinge, seit sie sich in dieser Schule aufhielten, schon fast ans Wunderbare grenzte.

Und dies ist auch mein Wunder, dachte Brenda. Das Wunder, auf das ich gewartet habe.

Und damit schwand der letzte Rest Unentschlossenheit.

Morgen früh würde sie sich mit Hildie Kramer zusammensetzen und all die Formalitäten regeln, die notwendig waren, um Josh in der Barrington Academy anzumelden.

Brenda hatte das Gefühl des Unbehagens völlig vergessen, das sie empfunden hatte, als Amy von George Engersol beobachtet worden war, wie sie mühevoll die Treppe hinunterstieg. Sie dachte nicht mehr daran, mit welch merkwürdiger Distanziertheit er dagestanden und das kleine Mädchen betrachtet hatte – als sei es irgendein wissenschaftliches Objekt unter dem Mikroskop.

Tatsächlich hatte sie alle Bedenken vergessen, die sie in den letzten Stunden gehabt hatte, von ihrer ersten unguten Vorahnung, als sie das riesengroße alte Haus betrachtet hatte und die fast unnormal ruhigen Kinder, die sich auf dem Rasen aufhielten, bis zu der Antipathie, die sie gegenüber George Engersol empfand. Denn Josh, das konnte sie sehen, würde sich hier wohlfühlen.

Und das war schließlich das einzige, was zählte.

8

Als Josh an seinem ersten Morgen in Barrington vom Klang klassischer Musik wach wurde, wußte er einen Moment lang nicht, wo er war. Er blinzelte in dem hellen Sonnenlicht, das durch das Fenster seines nach Osten liegenden Schlafzimmers drang. Ein Gefühl der Panik stieg in ihm auf. Dann erinnerte er sich schließlich, aber dadurch wurde ihm nicht viel besser zumute. Er dachte daran, wie seine Mutter ihm am gestrigen Abend auf Wiedersehen gesagt hatte. Sie war nach dem Picknick noch dageblieben, bis in seinem neuen Zimmer alles eingerichtet war. Dann versicherte sie ihm, daß sie am nächsten Wochenende wiederkommen und ihm den Rest seiner Sachen mitbringen würde. Josh täuschte eine Stärke vor, die er gar nicht empfand, und sagte, sie solle ihm seine Sachen doch einfach nur schicken. Ja, er bestand darauf, daß sie auf keinen Fall so schnell wiederzukommen bräuchte, um ihn zu besuchen. Aber jetzt fühlte er sich plötzlich sehr allein und verlassen. Einige Minuten blieb er im Bett liegen, gelähmt von einem plötzlich aufsteigenden, undefinierbaren Gefühl der Angst.

Was sollte er tun?

Sollte er duschen, wie er es zu Hause jeden Morgen tat? War das hier üblich?

Er dachte sich, daß es wohl nicht falsch sein könnte und zog seinen abgetragenen Flanellbademantel über, den er letztes Jahr zu Weihnachten bekommen hatte und der ihm jetzt schon wieder zu klein war. Dann öffnete er die Tür und warf einen ängstlichen Blick nach rechts und links, bevor er den leeren Flur hinunter zu den Waschräumen am anderen Ende des Ganges huschte. Von den zwei Duschkabinen war die eine schon besetzt, aber in der anderen war niemand. Josh fühlte sich schon wieder sicherer, zog seinen Bademantel aus und stand nackt in dem

Raum vor den Duschkabinen. Er langte in die leere Nische hinein und drehte das heiße Wasser an.

»Verdammt noch mal!« schrie der Junge in der anderen Kabine, als die Temperatur seiner Dusche im selben Moment um einige Grad fiel. »Hau ab hier und laß mich in Ruhe, Blödmann!«

»Ich... 'tschuldigung«, stammelte Josh, verletzt von den wütenden Worten des Jungen, und im selben Moment stiegen alle Erinnerungen an die Qualen in ihm auf, die ihm die Kinder in Eden zugefügt hatten. Gerade wollte er sich aus dem Waschraum schleichen, da öffnete sich die Tür, und Jeff Aldrich kam herein. Als er sah, daß in der einen Duschkabine jemand stand, warf er Josh einen verschwörerischen Blick zu und legte einen Finger an die Lippen. Dann streckte Jeff die Hand in die leere Kabine und drehte das kalte Wasser an.

Diesmal ertönte ein Schmerzensschrei aus der besetzten Dusche, und im selben Moment kam Brad Hinshaw herausgestürzt. Sein Gesicht war hochrot vor Wut. »Zum Teufel noch mal...«, fing er an, hielt jedoch inne, als er Jeff Aldrich erkannte, der ihn triumphierend angrinste.

»Hab' ich dich doch erwischt!« schrie Jeff und brach in lautes Gelächter aus, als er sah, wie wütend Brad war.

»O Gott«, stöhnte Brad. »Kannst du mich nicht in Ruhe lassen?« Er griff nach seinem Handtuch, zog den Bademantel über und stapfte wütend und triefnaß hinaus.

»Das ist schon der fünfte Morgen nacheinander«, brüstete sich Jeff stolz. »Als ich ihn im Waschraum unten nicht gefunden habe, dachte ich mir, daß er sich hier oben verkrochen hätte.«

Josh mußte ebenfalls lachen. »Von mir hat er's auch schon abgekriegt, gerade bevor du reinkamst. Es war keine Absicht, aber er muß gedacht haben, daß du es warst. Er war verdammt sauer.«

Jeff war offensichtlich sehr zufrieden mit dem Erfolg seines Streichs. Gerade wollte er aus dem Waschraum gehen, als er sich noch einmal umwandte. »He«, sagte er, »welches Zimmer haben sie dir gegeben?«

»Eins nach vorne raus. Das zweite von der Treppe aus.«

Jeff Aldrichs Lippen verzogen sich zu einem seltsamen Lächeln. »Mann, in dem Zimmer würde ich nicht wohnen wollen. Das war das von Timmy Evans.«

»Von wem?« fragte Josh.

»Von Timmy Evans«, antwortete Jeff. »Er war letztes Jahr hier.«

Josh machte ein erstauntes Gesicht. »Und wieso ist er dieses Jahr nicht mehr da?«

Jeff Aldrichs Grinsen wurde breiter. »Er ist gestorben«, sagte er.

»Ge... gestorben?« stotterte Josh, den es kalt überlief. »Was ist denn passiert?«

Jeff zuckte die Schultern. »Sie behaupten, daß er Selbstmord begangen hat«, erwiderte er. »Aber vielleicht stimmt das gar nicht.« Er machte eine Pause und beobachtete Josh neugierig. »Vielleicht hat der alte Eustace Barrington ihn geholt. Vielleicht dachte der Alte, Timmy wär' sein Sohn und hat ihn deshalb mitgenommen. Wie auch immer, ich würd' jedenfalls nicht in dem Zimmer schlafen wollen.« Noch einmal warf er Josh einen Blick zu, als wollte er sagen ›Sei bloß vorsichtig!‹, dann schlenderte er aus dem Waschraum, und die Tür schwang hinter ihm langsam hin und her.

Ein paar Minuten später lief Josh hinüber in den Eßraum. Jeffs Worte hatten ihn so durcheinandergebracht, daß er völlig vergessen hatte, noch zu duschen. Die meisten Kinder saßen schon beim Essen. Josh stellte sich am Buffet sein Frühstück zusammen und ging mit dem Tablett auf einen leeren Tisch zu, aber schon nach ein paar Schritten fiel sein Blick auf Jeff, der ihm zuwinkte. Josh zögerte einen Moment, denn die Geschichte von Timmy Evans bereitete ihm noch immer Unbehagen, doch als

Jeff ihm ein zweites Mal zuwinkte, setzte er sich zu den Zwillingsbrüdern.

Dann tauchte Amy im Eßsaal auf, und Jeff winkte auch sie an ihren Tisch. Damit war nach der Regel des Hauses festgelegt, daß sie den Rest der Woche bei jeder Mahlzeit zuammensitzen würden. Zu Joshs Erleichterung erwähnte Jeff an diesem Morgen Timmy Evans nicht noch einmal.

Die Tage vergingen schnell. Josh und Amy entdeckten, daß Barrington völlig anders war als die Schulen, von denen sie gekommen waren. Zwar trieben auch hier die Kinder häufig allerlei Unfug miteinander, aber das erste Mal in ihrem Leben hatten sie beide das Gefühl, daß sie zur Gruppe gehörten und nicht außerhalb standen. Und sie hatten sogar angefangen, die gutmütigen Neckereien mitzumachen und selbst zu lachen, auch wenn die Scherze auf ihre eigenen Kosten gingen.

Langsam begann Josh zu glauben, daß er vielleicht gar nicht der komische Kauz war, für den er sich selbst bisher gehalten hatte; schließlich waren in Eden alle anderen überzeugt gewesen, daß er komisch sei, und das war nicht ohne Folgen für seine Selbsteinschätzung geblieben.

Am Freitag saß Josh in Steve Conners' Englischunterricht, ein aufgeschlagenes Exemplar des Hamlet vor sich auf dem Tisch. Am Anfang der Stunde hatten sie begonnen, das Stück zu lesen. Er selbst las Hamlet und Amy die Ophelia. Zuerst war es ein bißchen langweilig gewesen, aber dann hatte Mr. Conners – Josh traute sich noch immer nicht, ihn Steve zu nennen wie der Rest der Klasse – ihr Lesen unterbrochen und sie in gespielter Verzweiflung angesehen.

»Was ist denn mit euch los?« hatte er gefragt. »Das ist ein Theaterstück! Es ist dazu gedacht, die Leute zu unterhalten. Kein Mensch hätte einen Pfennig dafür bezahlt, es zu sehen, wenn die Schauspieler so gesprochen hätten wir ihr. Also los, Leute, ein bißchen Pep, ja? Legt euch ins Zeug!«

Als Josh am Abend vorher das Stück gelesen und Hamlets Zeilen gelb markiert hatte, damit er seinen Anschluß beim Lesen heute morgen nicht verpaßte, war es ihm unglaublich langweilig vorgekommen. Nun wurde es jedoch plötzlich lebendig. Auch seine Klassenkameraden schienen von der Dramatik des Stückes erfaßt zu werden, und Josh begann sich schon zu fühlen, als wäre er tatsächlich in den riesigen, kalten Gemächern von Elsinore Castle zu Hause.

Da öffnete sich mitten in seinem Vortrag die Klassentür. Josh blickte hoch und sah Adam Aldrich hereinkommen. Er stockte, dann hörte er auf zu lesen, denn er wußte, daß Steve Conners in bezug auf Pünktlichkeit sehr streng war.

»Ich habe nur eine Stunde am Tag mit euch, und die will ich nicht verschwenden«, hatte er ihnen am Montag erklärt, als Josh selbst zu spät gekommen war, weil er die Klasse nicht rechtzeitig gefunden hatte. »Wenn ihr also nicht pünktlich auftaucht, braucht ihr gar nicht erst zu kommen, klar?«

Josh war die strenge Zurechtweisung sehr unangenehm gewesen. Stumm hatte er mit dem Kopf genickt und war auf seinen Platz gegangen. Daher war er jetzt gespannt, was passieren würde.

Steve Conners sah Adam scharf an und erwartete offenbar eine Entschuldigung. Adam schien seine Verspätung jedoch völlig gleichgültig zu sein, er äußerte kein Wort. »Hast du nicht verstanden, was ich euch am Montag gesagt habe?« fragte der Lehrer.

Ungerührt zuckte Adam die Schultern. »Ich hab' 'ne Entschuldigung von Dr. Engersol«, sagte er.

Er gab Conners einen Zettel. Der Lehrer schaute kurz darauf und forderte Adam dann mit einem Kopfnicken auf, sich zu setzen. »Okay, laßt uns da weitermachen, wo wir aufgehört haben. Adam, du übernimmst die Rolle von Polonius. Wir sind auf Seite siebenundzwanzig.«

Die Schüler lasen weiter, aber als Polonius das nächste Mal an der Reihe war, kam von Adam Aldrich kein Ton.

Conners runzelte die Stirn. »Adam?«

»Bin ich dran?« fragte Adam. Er las eine Zeile, aber ohne den geringsten Ausdruck in der Stimme und ohne den Rhythmus der Zeilen zu beachten. Als er das nächste Mal dran war, paßte er wieder nicht auf.

»Was ist los, Adam?« fragte Conners. »Hast du gestern das Stück nicht gelesen?«

Adam hing nachlässig auf seinem Stuhl. »Ich hatte keine Zeit«, murmelte er so leise, daß Conners ihn kaum hören konnte.

Conners sah den Jungen prüfend an. Er hatte den Eindruck, daß Adam nach und nach immer weniger Interesse am Unterricht zeigte. Gestern hatte er fast während der ganzen Stunde nur aus dem Fenster geschaut und nicht den geringsten Anteil an der Diskussion über Shakespeare und das Theater der Elisabethanischen Epoche genommen. Andererseits wußte Conners, daß Adam im letzten Jahr bei beiden Theateraufführungen der Barrington Academy dabeigewesen war. Und er hatte sich sogar als Autor bei einem der Stücke versucht, die die Theaterabteilung der Universität ab und zu inszenierte.

»Was hast du denn gemacht? Was war wichtiger als deine Hausaufgaben?« fragte Conners in freundlichem Ton.

»Eben etwas anderes«, gab Adam patzig zurück, und sein sonst so friedlicher Gesichtsausdruck verfinsterte sich. »Und es geht Sie nichts an, was das war.«

Wieder runzelte Conners nur die Stirn. »Komm, Adam. In dem Moment, wo es sich auf meinen Unterricht auswirkt, geht es mich sehr wohl etwas an.«

»Dann werde ich vielleicht an Ihrem Unterricht in Zukunft nicht mehr teilnehmen«, sagte Adam. Die anderen

Schüler sahen verdutzt und schweigend zu, wie Adam Aldrich seine Schultasche nahm, sein Englischbuch herauszog, es auf den Tisch warf und aufstand. »Ich hasse diesen Unterricht sowieso«, erklärte er. »Kann mir gestohlen bleiben.«

Mit diesen Worten verließ er die Klasse.

Im Raum herrschte gespanntes Schweigen. Josh schaute auf die Tür, durch die sein Freund verschwunden war, und fragte sich, was jetzt passieren würde. Würde Mr. Conners Adam hinterherlaufen und ihn zurückholen? In was für einem Ton Adam mit dem Lehrer geredet hatte!

»Okay, Leute«, hörte er Mr. Conners sagen. »Ihr lest einfach weiter. Brad, du übernimmst die Rolle des Polonius, in Ordnung?«

Brad nickte schweigend, während Steve Conners schon aus dem Klassenraum eilte. Er konnte gerade noch sehen, wie Adam am Ende des Ganges das Gebäude verließ. Conners fing an zu rennen und holte den Jungen ein, als er die letzte Stufe der Vortreppe hinuntergelaufen war und den Rasen betrat, um hinüber zum Hauptgebäude zu gehen.

»Adam?« sagte Steve, als er mit dem Jungen auf gleicher Höhe war. »He, komm, du kannst nicht einfach so davonlaufen.«

Adam ging weiter. Er hatte die Hände in den Taschen vergraben, und seine Schultasche hing von einem Handgelenk herunter und schleifte fast am Boden. Conners faßte den Jungen an der Schulter, hielt ihn fest und drehte ihn sanft zu sich um, so daß sie sich gegenüberstanden. »Willst du mir nicht sagen, was los ist, Adam? Du weißt, ich bin auf deiner Seite.«

Adams Augen wichen dem Blick des Lehrers aus. »Nichts ist los. Ich mag Ihren Unterricht einfach nicht mehr, und deswegen werde ich auch nicht mehr kommen.«

»Aha, du kommst nicht mehr, ja?« sagte Steve und versuchte, seine Stimme locker klingen zu lassen. Tatsächlich machte er sich jetzt ernsthaft Sorgen, denn schon seit einiger Zeit hatte ihm Adams Verhalten manchmal gar nicht gefallen. »Wie willst du denn aus meinem Unterricht rauskommen? Englisch ist kein Wahlfach, das weißt du doch.«

»Ich werde rauskommen«, versicherte Adam und schaute zu der großen Kuppel hinüber, die den dritten Stock des Hauptgebäudes bildete. »Dr. Engersol wird dafür sorgen, daß ich rauskomme.«

Conners runzelte die Stirn, und seine Augen folgten Adams Blickrichtung. War Adam heute morgen dort oben gewesen, in Engersols privaten Räumen, die über dem Schulgebäude thronten? »Was ist eigentlich los, Adam? Wie kommt es, daß Dr. Engersol dir diese Entschuldigung geschrieben hat? Er weiß doch ganz genau, was ich davon halte, wenn jemand zu spät kommt.«

»Wir haben an etwas gearbeitet«, erwiderte Adam. Sein Ton machte klar, daß er Conners nicht sagen würde, woran sie gearbeitet hatten.

»Schau mal, Adam«, sagte Conners geduldig, denn er hatte gerade in Gedanken beschlossen, es noch einmal zu versuchen. »Ich weiß nicht, was mit dir los ist, aber vielleicht wäre es besser, wenn du mir davon erzählst. Ich kann dir nicht helfen, wenn du...«

Adam trat einen Schritt zurück. »Ich brauche keine Hilfe!« entgegnete er schroff. »Und mit mir ist gar nichts los. Wieso lassen Sie mich nicht in Ruhe?« Er machte noch ein paar Schritte rückwärts, dann drehte er sich um und lief in Richtung des Hauptgebäudes über den Rasen.

Conners war einen Moment versucht, ihm zu folgen. Dann dachte er jedoch daran, daß die anderen Schüler noch immer im Klassenraum saßen und mit dem Lesen des Stückes beschäftigt waren, wenn sie überhaupt taten, was er ihnen aufgetragen hatte. So blieb er auf dem Rasen stehen und wartete, bis er sah, wie sich die schwere hölzerne Tür hinter Adam schloß; dann machte er sich wieder auf den Weg in den Klassenraum. Hildie Kramer, beruhigte er sich, hatte Adam sicher von ihrem Büro aus gesehen. Sie würde sofort alles fallenlassen, sich um den Jungen kümmern und herausfinden, was ihn in solche Aufregung versetzt hatte. Bereits in der kurzen Zeit, die Steve an der Schule arbeitete, hatte er bemerkt, daß Hildies Gespür für die Gefühle und Probleme der Kinder fast immer richtig war. Oft schien es, als könnte sie vorhersehen, daß jemand Schwierigkeiten bekommen würde, auch wenn der Schüler selbst noch gar nichts davon ahnte.

In Gedanken fügte Steve Conners jedoch eine weitere Notiz den Dingen hinzu, um die er sich später kümmern mußte:

Mit Hildie sprechen und herausfinden, was mit Adam los ist.

»Was ist eigentlich mit Adam los?« fragte Josh am selben Abend. Es war eine Stunde nach dem Abendbrot, und er saß in Jeff Aldrichs Zimmmer und arbeitete an einem Trigonometrieproblem, das er allein kaum lösen konnte. Amy Carlson, die mit ihm zu Jeff gekommen war, hockte auf dem Bett, ein Geschichtsbuch aufgeschlagen auf dem Schoß. Als Josh seine Frage stellte, sah sie von dem Buch auf und erwartungsvoll Adams Bruder an.

Jeff, der sich auf den Computermonitor auf seinem Schreibtisch konzentriert hatte, drehte sich zu Josh um. »Vielleicht«, begann er, und seine Stimme klang jetzt genauso geheimnisvoll wie an dem Abend am letzten Wochenende, als er beim Picknick Gespenstergeschichten erzählt hatte, »vielleicht ist er Mr. Barrington begegnet.«

Josh prustete los. »Hör doch auf damit. Das ist doch ausgemachter Quatsch. Wer glaubt denn schon an Geister.«

»Du nicht?« fragte Jeff lauernd. »Hast du ihn denn wirklich noch nicht gehört?«

Josh runzelte argwöhnisch die Stirn und dachte daran,

was Jeff ihm über Timmy Evans erzählt hatte. »Was gehört?«

»Den Fahrstuhl.« Jeff betonte das Wort so, daß es geradezu bedrohlich klang. »Manchmal kann man ihn spät nachts fahren hören, aber wenn man dann hingeht und nachsieht, bewegt er sich gar nicht, und es ist auch niemand drin.«

Amy schaute Jeff mit großen Augen an. »Und woher kommt das Geräusch, wenn es nicht der Fahrstuhl ist?« fragte sie.

Jeff sah von Josh zu Amy, und sein Blick haftete sich fest auf ihre Augen. »Es ist so, wie ich euch beim Picknick erzählt habe«, flüsterte er. »Der alte Eustace Barrington schleicht nachts ums Haus und sucht nach den Leuten, die seinen Sohn getötet haben. Oder vielleicht«, fügte er hinzu und gab seiner Stimme einen noch bedrohlicheren Klang, »sucht er wirklich nach seinem Sohn!«

Josh war, als hätte er einen Kloß im Hals, und er schluckte, bevor er sprach. »Was... was für einen Sohn?« Seine Stimme stockte trotz seiner Bemühungen, sie zu kontrollieren. »Du hast gesagt, der Junge habe vielleicht gar nicht existiert!«

»Er hat existiert«, erklärte Jeff im Brustton der Überzeugung und sah jetzt Josh an. »Er verschwand, als er fünf Jahre alt war, und niemand hat ihn je wieder gesehen. Man hat auch keine Leiche gefunden. Keiner weiß, was mit ihm passiert ist. Aber man sagt, daß er in diesem Haus gestorben sein muß und daß der alte Mann sich noch hier herumtreibt und die Leute sucht, die ihn getötet haben. Und wer weiß, vielleicht verhält sich Adam deshalb so merkwürdig. Vielleicht hat er Mr. Barrington gesehen! Und vielleicht«, fügte er hinzu, »vielleicht hat Timmy Evans ihn auch gesehen!«

»Hör auf«, protestierte Josh und bemühte sich, ein Frösteln zu verbergen. »Erzähl Amy nicht solche Geschichten. Du machst ihr angst!«

»Ihr?« echote Jeff. »Und was ist mit dir? Du siehst verdammt danach aus, als ob du selbst Angst hast. Und außerdem – vielleicht ist die Geschichte ja wahr.«

»Wer ist Timmy Evans?« fragte Amy und hörte gebannt zu, als Jeff wiederholte, was er vor ein paar Tagen Josh erzählt hatte. »Und wenn es nun wirklich so wäre?« flüsterte Amy, als Jeff schwieg. »Adam hat sich heute wirklich sehr komisch benommen. Könnte es sein, daß er wirklich Angst vor einem Geist hat?«

Jeff zuckte die Schultern. »Frag mich nicht. Man weiß sowieso nie, was mit Adam los ist. Manchmal zieht er sich völlig zurück und spricht mit niemand.«

»So war das heute aber nicht, im Gegenteil. Er ist richtig frech zu Mr. Conners geworden«, sagte Josh.

Jeffs Gesicht drückte Erstaunen aus. »Ach, erzähl mir nichts«, sagte er. »Adam? Er würde niemals freche Antworten geben.«

»Aber heute morgen hat er es getan«, beharrte Josh und erzählte Jeff, was im Englischunterricht passiert war. »Was macht er eigentlich bei Dr. Engersol?« fragte er dann.

Als Jeff zögerte, sah Amy ihn aufmerksam an. »Was ist denn mit diesem Unterricht bei ihm? Ist es ein Geheimnis oder so was?« fragte sie.

»Es ist ein besonderes Seminar«, erwiderte Jeff. »Es befaßt sich mit künstlicher Intelligenz.«

»Es gibt keine künstliche Intelligenz«, erklärte Amy sofort mit der absoluten Überzeugung einer Zehnjährigen. »Und es kann auch nie welche geben, es sei denn, jemand findet heraus, wie Menschen denken. Und das hat bisher noch keiner geschafft.«

»Ach ja?« fragte Jeff spöttisch. »Und woher weißt du das so genau?«

»Ich habe darüber gelesen«, erwiderte Amy. »Im *Scientific American.* Darin stand alles, was sie in Stanford und am Massachussetts Institute for Technolgy und an all diesen Instituten für Versuche machen. Bis jetzt können sie noch nicht einmal einen Computer dazu bringen, daß er einen Regenmantel anzieht, wenn es draußen regnet.«

Josh kicherte. »Na und? Computer gehen nicht ins Freie.«

Amy verzog mißbilligend ihr Gesicht. »Ich meine, wenn sie es täten. Außerdem ist es doch nicht so, daß sie es wirklich tun sollten. Es war nur etwas, woran der Computer hätte denken müssen. Und er tat es nicht.«

»Aber das ist ja genau das, woran wir arbeiten«, fiel Jeff ungeduldig ein. »Dr. Engersol versucht herauszufinden, wie Menschen denken, und wenn er das geschafft hat, dann wird es eine wissenschaftliche Revolution geben.«

Amy blickte Jeff neugierig an. »Und was hat Adam nun heute morgen bei Dr. Engersol gemacht?«

Jeff zog die Augenbrauen hoch und machte ein bedenkliches Gesicht. »Es ist wirklich ein Geheimnis«, sagte er. »Niemand in der Klasse verrät irgend jemandem, was wir dort machen. Ich hätte euch eigentlich gar nicht so viel erzählen dürfen.«

Amy warf den Kopf zurück. »Das ist doch blöd. Ich glaub' dir einfach nicht. Ich wette, Adam würde es uns sagen, wenn wir ihn fragen.«

Jeff verzog spöttisch den Mund. »Würde er nicht.«

Die drei Kinder stürmten sofort in den Raum nebenan, wo Adam vor seinem Computer saß. Er hatte einen Helm aufgesetzt, und seine rechte Hand steckte in einem Handschuh, aus dem Kabel führten.

Jeff machte Josh und Amy ein Zeichen, ruhig zu bleiben. Dann ging er zu dem Computer und sah auf den Bildschirm. Er nahm das Mikrofon vom Schreibtisch, drückte einen Knopf und flüsterte hinein: »Ich bin's, Adam. Ich bin hier im Zimmer, und ich schau' dir zu.«

Adam erstarrte, dann riß er sich den Helm vom Kopf und sah seinen Bruder wütend an. »Was willst du, verdammt noch mal?« fragte er.

»He«, antwortete Jeff. »Reg dich ab, ja? Wir wollten nur mal kurz mit dir sprechen.«

Erst jetzt bemerkte Adam, daß Josh und Amy neben der Tür standen. »Ich hab' zu tun«, sagte er. »Habt ihr nicht gesehen, daß meine Tür zu war?«

»Wir wollten dich nur fragen, was ihr in dem Unterricht bei Dr. Engersol macht«, erklärte Josh, dem die Situation peinlich war. »Aber mal abgesehen davon, was ist eigentlich mit dir los? Warum benimmst du dich in letzter Zeit so komisch?«

Über Adams Gesicht huschte ein wachsamer Ausdruck, der aber sofort wieder verschwand. »Ich? Komisch? Wieso? Ich bin völlig okay«, wehrte er ab. »Ich hab' nur 'ne Menge zu tun, das ist alles.«

»Und was machst du?« fragte Amy. »Was ist das für ein komischer Helm?«

Adam leckte sich nervös über die Lippen, dann warf er seinem Bruder einen Blick zu. »Dr. Engersol hat ihn mir gegeben«, sagte er.

»Warum erklärst du's ihr nicht?« fragte Josh. »Mir hast du ihn doch gestern auch gezeigt.« Er wandte sich Amy zu. »Das Gerät ist ein Helm zur Erzeugung virtueller Realität, ein sogenannter VR-Helm. Wenn man ihn aufsetzt, kann man alles mögliche auf einem kleinen Bildschirm sehen, hat aber ein Gefühl, als ob es Wirklichkeit wäre. Eben wie in der Realität.«

»Wirklich?« fragte Amy neugierig. »Kann ich mal probieren?«

»Nein!« fuhr Adam sie unwirsch an.

Amy fühlte sich von Adams zurückweisendem Benehmen verletzt und sagte verärgert: »Schon gut, hab dich nicht so mit deinem blöden Helm. Interessiert doch keinen. Ich gehe!«

Sie drehte sich auf dem Absatz um und marschierte aus dem Zimmer, während Joshs Blick neugierig auf Adam ruhte. So hatte er sich noch nie benommen; bis heute war er immer sehr ruhig gewesen. Die meiste Zeit ließ er Jeff für sich reden, und abgesehen davon war er immer freundlich zu anderen. »Du brauchst ja nicht gleich so gemein zu ihr zu sein«, fing er an, aber Adam unterbrach ihn.

»Ich hab' sie nicht eingeladen, hier hereinzukommen, klar? Und dich auch nicht. Also, wie wär's, wenn du gleich mit deiner Freundin gehst und mich alleine läßt?«

Josh fühlte, wie er rot anlief. »Okay, mach' ich«, sagte er, ging aus dem Zimmer und warf krachend die Tür ins Schloß.

Als Josh draußen war, sah Jeff seinen Bruder scharf an. »Ist es heute nacht soweit?« fragte er.

Adam zuckte unsicher die Schultern. »Ich weiß nicht. Kann sein. Ich hab' mich noch entschieden.«

Jeffs Blick wurde hart. »Und wann willst du dich endlich entscheiden?«

Adam ließ sich in den Stuhl vor seinem Schreibtisch fallen und vermied es, seinen Bruder anzusehen. »Ich weiß nicht«, sagte er. »Ich ... ich weiß noch nicht einmal, ob ich jetzt schon gehen will.«

Jeff, der hinter seinem Bruder stand, runzelte die Stirn. Adam wollte doch nicht etwa kneifen? Das konnte er nicht! Nicht jetzt, nach allem, was sie so lange schon geplant hatten. »Komm, Adam«, sagte er. »Ich dachte, wir hätten es längst beschlossen. Du fühlst dich nicht wohl hier. Du fühlst dich nirgends wohl. Was ist also dabei? Wenn du abhauen willst, tu es einfach. So haben wir's doch besprochen.«

Wieder zuckte Adam mit den Schultern, dann ging er zum Fenster. »Und was ist, wenn ich meine Meinung ändern würde? Ich meine – hinterher?«

Jeff lachte kurz auf. »Dann wär' es wohl zu spät, nicht wahr? Ich meine, dann wärst du doch schon weg.«

»Ich weiß«, sagte Adam so leise, daß er kaum zu verstehen war. »Daran muß ich dauernd denken.«

Er drehte sich um und sah seinen Bruder an, dessen Augen jetzt ärgerlich blitzten.

»Du willst dich drücken, stimmt's?« sagte er vorwurfsvoll.

»Das habe ich nicht gesagt«, verteidigte sich Adam, und seine Stimme klang plötzlich kläglich.

»Aber du hast es so gemeint! Meine Güte, Adam, du bist wirklich ein Waschlappen! Ständig jammerst du nur über alles rum, aber wenn du eine Chance hast, etwas zu verändern, dann kneifst du. Also gut, wenn du es heute nacht nicht tust, dann kannst du es überhaupt vergessen. Ich werde Mama und Papa erzählen, was du vorhattest, und dann werden sie verhindern, daß du's tust. Diesmal werden sie dich bestimmt nach Atascadero schicken oder so was.«

Adam bekam ängstliche große Augen bei dem Gedanken, in einer psychiatrischen Klinik eingesperrt zu werden. »Das würdest du nicht wirklich tun – oder?«

»Ich könnte es tun. Wie auch immer, auch wenn sie dich nicht einsperren, wette ich, daß sie dich aus der Schule herausnehmen und zu Hause behalten. Und dann wirst du nie wieder eine Chance haben, es zu tun.«

Adam schluckte. »Ich...«

Jeff spürte die Unentscheidenheit seines Bruders. »Komm, Adam. Also heute nacht. Du mußt es heute nacht tun.«

Plötzlich geriet Adam, der normalerweise sehr beherrscht war, in Wut. »Wenn du so scharf darauf bist, daß es passiert, warum tust du es dann nicht selbst?« fragte er herausfordernd.

Jeff antwortete nicht. Sein Gehirn arbeitete wie wild. Sie hatten alles schon besprochen, stundenlang hatten sie darüber diskutiert. Und Adam war einverstanden gewesen, daß er derjenige wäre, der gehen würde. Jetzt wollte er einen Rückzieher machen, weil er in letzter Minute Angst bekam.

Das würde er nicht zulassen. Alles war geplant, sie hatten sich entschieden, und dieses Mal würde Adam nicht im letzten Moment kneifen. »Du wirst es tun«, sagte Jeff schließlich, und seine Stimme sank zu einem wütenden Zischen, das Adam einen Schauer den Rücken hinunterjagte. »Wenn du es nicht tust, töte ich dich, Adam. Ich werde mir etwas einfallen lassen, damit keiner merkt, daß ich es war. Und ich werde dafür sorgen, daß es weh tut. Möchtest du das? Möchtest du, daß ich dir weh tue?«

Adam drückte sich tiefer in seinen Stuhl. »Nein«, flüsterte er. »Ich sage ja auch gar nicht, daß ich es nicht tue. Nur...«

Jeff ließ ihn nicht zu Ende sprechen. Er redete weiter auf seinen Bruder ein und versuchte, ihm seinen Willen aufzuzwingen, ihn zu überzeugen. Er wollte Adam seine eigenen Gedanken einimpfen, so wie er es getan hatte, seit sie beide alt genug waren, um miteinander zu reden.

Schließlich nickte Adam wie immer.

»Okay«, sagte er mit blassem Gesicht. »Ich werde es heute nacht tun. Laß mich jetzt allein, damit ich alles vorbereiten kann, in Ordnung?«

»Schwörst du, daß du es heute nacht tun wirst?« fragte Jeff.

Adam hielt beide Hände hoch und verschränkte seine Finger mit denen seines Bruders, so wie sie es immer gemacht hatten, seit sie drei Jahre alt waren. Die Geste bedeutete, daß einer von ihnen dem anderen ein Versprechen gab, das er unter keinen Umständen brechen würde. »Ich schwöre«, sagte er dann.

Nun lächelte Jeff, aber sein Lächeln war nicht freundlich. »Okay.« Er ging auf die Tür zu, dann hielt er noch einmal inne und sah seinen Bruder an; sein Blick verriet nicht das geringste Gefühl. »Danach nehme ich deine Lederjacke, okay?«

Adam hob die Schultern. »Wenn ich sie nicht anhabe«, entgegnete er. »Wie auch immer, morgen kannst du sowieso alles nehmen, was du willst. Sicher wird sie noch da sein.«

Jeff schwieg einen Moment, dann sagte er noch: »Sieh zu, daß du sie hier läßt. Bis dann.« Er schloß die Tür hinter sich, und Adam war allein im Zimmer.

»Ja«, sagte er leise vor sich hin. »Bis dann.«

Aber er fragte sich, ob er seinen Bruder jemals wiedersehen würde.

Wahrscheinlich nicht.

Aber war das wichtig?

War überhaupt irgend etwas wichtig?

Er konnte sich nicht erinnern, daß er jemals glücklich gewesen war, nicht einen einzigen Tag in seinem Leben. Denn an jedem Tag seines Lebens war auch Jeff dagewesen. Er hatte für ihn gedacht, er hatte für ihn entschieden, er hatte ihm gesagt, was er tun sollte.

Und er selbst hatte immer nachgegeben.

Wohin er heute nacht also auch gehen würde, es konnte nicht schlimmer werden als es hier war.

Immerhin würde dort, wo er hinging, kein Jeff sein. Jedenfalls eine Zeitlang nicht.

Jeff nahm seinen VR-Helm und setzte ihn wieder auf den Kopf.

Eine Sekunde später war er in die Welt eingetaucht, die von dem Computer heraufbeschworen wurde, eine Welt, die eine Projektion dessen war, was es bedeuten würde, sich in dem Computer selbst zu befinden. Als wäre man ein Elektron, das durch den winzigen Stromkreis eines Mikrochips schwirrte, und erforschte die unendlich komplexe Welt, die auf seiner Oberfläche untergebracht war.

Wäre es doch so, dachte Adam.

Oder wäre ich doch niemals geboren worden.

Ich hätte etwas anderes werden sollen, etwas, das keine Schmerzen empfindet.

Heute nacht, dachte er – und die Erwartung ließ ihn

frösteln –, heute nacht würde er vor dem Schmerz davonlaufen. Und er würde nie mehr zurückkehren.

9

Nachdem um zehn Uhr dreißig wie üblich alle Lichter im Hauptgebäude der Schule ausgeschaltet worden waren, wartete Adam Aldrich noch eine halbe Stunde in seinem dunklen Zimmer. Dann erhob er sich vom Bett und zog sich schnell an, ohne das Licht einzuschalten. Er hatte schon vorher ein Paar völlig abgetragene Jeans und ein hellrotes Hemd, das er nie gemocht hatte, bereitgelegt. Im Gegensatz zu Jeff hatte Adam Kleidung nie viel Wert beigemessen. Sie war bloß etwas Äußerliches, und das war für ihn nie von Bedeutung gewesen. Nur die Welt in seinem eigenen Kopf war für Adam wirklich wichtig. Und später, als er alt genug war, sie zu entdecken, kam noch die Welt in seinem Computer hinzu. Der einzige Mensch, der ihm überhaupt etwas bedeutete, war Jeff.

Jeff.

Derjenige, der ihn fast besser kannte als er sich selbst und der ihn einfach zu allem überreden konnte.

Der Mensch, zu dem er sein ganzes Leben lang die engste Beziehung gehabt hatte.

Und der ihn heute nacht nun wegschickte.

Aber vielleicht würden sie ja bald wieder zusammensein. Jedenfalls würden sie das, wenn es ungefähr so wäre, wie Adam *es* sich vorstellte.

Es.

Mit diesem Wort bezeichnete er in Gedanken das, was er zu tun beschlossen hatte. Sogar heute nacht, als es nun wirklich so weit war, gab er der Sache keinen anderen Namen.

Als er angezogen war, ging er zu seinem Computer und

schaltete ihn ein. Der Bildschirm verbreitete in der Dunkelheit einen hellen Schein, und Adam setzte sich an die Tastatur. Als die Menüleiste auftauchte, die Adam selbst erstellt hatte, starrte er einige Sekunden darauf. Dann wählte er eines der von ihm installierten Hilfsprogramme.

Langsam, mit leisem Bedauern, begann er, alle Dateien auf der Achtzig-Megabyte-Festplatte des Computers zu löschen. Nach und nach entfernte er die Verzeichnisse und Unterverzeichnisse, und als er diese Aufgabe beendet hatte, starrte er schweigend auf das neue Inhaltsverzeichnis, das nun nur noch das Programm anzeigte, mit dem er gerade arbeitete.

Noch könnte er sich anders entscheiden. Die Dateien waren noch nicht verschwunden, er hatte bisher nur die ersten Buchstaben ihrer Dateisignaturen gelöscht, womit ermöglicht wurde, daß sie überschrieben werden konnten. Aber noch befanden sie sich auf der Festplatte. Wenn er wollte, konnte er alles in ein paar Minuten wieder zurückholen.

Er zögerte, dann stand sein Entschluß endgültig fest.

Seine Finger arbeiteten schnell, als er die Kommandos eingab, die nun die Dateien unwiederbringlich von der Festplatte löschten. Dazu brauchte er sie nur mit einer Serie willkürlich ausgewählter Ziffern zu überschreiben.

Der Computer würde alles dreimal durchgehen. Danach wäre nichts mehr übrig bis auf das in Benutzung befindliche Programm.

Alles wäre verschwunden, alles. Alle Programme, die er im Laufe der Zeit zu benutzen gelernt hatte, nachdem er vor fünf Jahren in den Besitz seines ersten Computers gekommen war. Alle Dateien, die er selbst zusammengestellt, und all die Spiele, die er so sehr geliebt hatte. Er hatte sie für sich abgewandelt, indem er die Codes veränderte, so daß kein anderer sie benutzen konnte.

Es war fast so, als vernichte er sein Leben, als lösche er alle Spuren, damit niemand mehr in der Lage wäre, einen

Hinweis zu finden, warum er *das* getan hatte, wozu er jetzt fest entschlossen war.

Schließlich ging es auch niemanden etwas an. Es war sein Leben, und er konnte damit machen, was er wollte.

Der Computer gab einen leisen Piepton von sich, mit dem er anzeigte, daß er seine Aufgabe beendet hatte.

Nun schloß Adam auch das Programm, mit dem er gerade gearbeitet hatte, und als das Zeichen ›C:‹ auf dem Bildschirm erschien, gab er nur ein einziges Wort ein:

C: LÖSCHEN**

Er drückte die Bestätigungstaste, woraufhin der Computer ihn fragte:

WOLLEN SIE WIRKLICH ALLE DATEIEN LÖSCHEN?
N (J)

Für einen kurzen Moment war er noch einmal versucht, seine Entscheidung rückgängig zu machen. Dann seufzte er tief und drückte die Ja-Taste. Als die abschließende Frage noch einmal auftauchte und ihm eine allerletzte Chance gab, seinen Entschluß zurückzunehmen, drückte er wiederum dieselbe Taste.

Eine Sekunde später war nur noch das ›C:‹ auf dem Bildschirm zu sehen. Der Computer war zwar noch funktionsfähig, konnte aber in diesem Zustand keine Aufgaben mehr ausführen. Adam hatte alles gelöscht, was ihn nützlich machte. Jetzt war er nur noch ein leeres Gedächtnis, das darauf wartete, daß man es mit Daten füllte.

Adam tippte einige Sekunden lang, dann schaltete er den Bildschirm ab, und das Zimmer war wieder in völlige Dunkelheit getaucht. Leise ging er nun zur Tür, öffnete sie einen Spalt und spähte in den schwach erleuchteten Gang, der sich über die gesamte Breite des Hauses erstreckte.

Der Flur war leer, und er hörte nichts.

Adam trat in den Korridor und zog die Tür hinter sich zu. Das leise Klicken, als das Schloß einschnappte, klang in seinen Ohren ungewöhnlich laut. Er erstarrte. Fast erwartete er, daß sich alle Türen des Flures öffnen und die anderen Kinder ihn vorwurfsvoll anschauen würden.

Nichts passierte.

Die absolute Stille des Hauses hüllte ihn ein wie ein Leichentuch.

Er schlich zu Jeffs Tür und blieb einen Moment davor stehen. Sollte er hineingehen und sich von seinem Bruder verabschieden?

Nein.

Es war besser, einfach in der Dunkelheit der Nacht zu verschwinden.

Leise ging er den Flur entlang und kam zu der breiten Treppe, die in einem Bogen ins Erdgeschoß hinunterführte. Noch einmal hielt er inne, um zu lauschen.

Stille.

Das Licht des großen Kronleuchters, der in der Eingangshalle hing, war nachts gedämpft und erleuchtete den weitläufigen Raum nur schwach. Adam warf einen Blick auf die Ritze unter Hildie Kramers Bürotür.

Brannte in dem Zimmer Licht?

Er war sich nicht sicher.

Vorsichtig schlich er die Treppen hinunter, wobei er sich an die Wand drückte, als könne die ihn vor irgendwelchen Augen beschützen, die womöglich auf ihn gewartet hatten und ihn jetzt beobachteten.

Endlich war er an der Haustür. Vorsichtig drehte er den Türknopf; das leise Geräusch des zurückgleitenden Riegels durfte ihn nicht verraten. Er öffnete die Tür nur gerade so weit, daß er durch den engen Spalt hinausschlüpfen konnte, und stand unter dem Vordach. Im tiefen Schatten der Loggia wartete er so lange, bis er sicher war, daß sich niemand im Garten vor dem Haus befand. Erst dann bewegte er sich wieder und überquerte den weiten Rasen, indem er von einem Baum zum nächsten huschte, wie ein kleines Tier, das sich vor Beutegreifern schützen muß. Schließlich hatte er das Tor zum Schulgelände passiert und wagte wieder, frei zu atmen.

Sein Puls raste von der Anspannung, in die ihn das heimliche Verlassen des Schulgebäudes versetzt hatte; erst als er schließlich wieder einigermaßen normal schlug, machte Adam sich auf den Weg in die nächtliche Umgebung. Obwohl die Luft für Mitte September ungewöhnlich warm war, fröstelte er.

Aber jetzt gab es kein zurück mehr.

Zwanzig Minuten später stand er vor dem Haus, in dem er aufgewachsen war. Es war ein altes, einstöckiges Gebäude, mit Schindeln gedeckt. Seine Eltern hatten es gekauft, als er gerade zwei Jahre alt gewesen war. Der Strand war nur drei Straßen entfernt, und es war umgeben von einem gepflegten Rasen, der den ganzen Stolz seines Vaters bildete. An beiden Seiten der Vordertreppe wuchsen große Kamelienbüsche. Adams Augen wanderten über die einfache Fassade und blieben im ersten Stock an dem Zimmer hängen, das einst seines gewesen war. Er wußte, daß sich darin noch eine Menge Sachen von ihm befanden. Alles lag bereit, falls er einmal nach Hause käme.

Nun konnte all das für immer auf ihn warten, er würde niemals in dieses Haus zurückkehren.

Noch einmal regte sich in seinem Innern ein winziger Zweifel. Nur eine Sekunde lang hatte er das Bedürfnis, hineinzugehen und seine Mutter zu wecken. Vielleicht sollte er mit ihr über das reden, was er vorhatte...

Nein!

Jeffs Drohungen schrillten in seinem Kopf, außerdem wußte Adam, was sie tun würde.

Sie würde einen Arzt rufen und ihn wegbringen lassen.

An einen Ort, wo er nie wieder tun könnte, was er wollte.

Er wandte sich von dem Haus ab und ging weiter bis zu dem kleinen Einkaufszentrum des Ortes. Vor den Läden blieb er stehen und betrachtete die Auslagen in den Schaufenstern. Es war nichts ausgestellt, was er gerne besäße, nichts, was er vermissen würde.

Langsam ging er weiter, wobei er sich immer wieder vorsichtig umsah; näherte sich ein Auto, duckte er sich in einen der tiefen Schatten auf dem Bürgersteig. Jetzt durfte er auf keinen Fall mehr entdeckt werden, nicht so dicht davor.

Er befand sich nun auf dem Weg zurück zur Schule und ging schnell, spürte er doch genau, wie jede einzelne Minute verstrich. Als er am Tor angelangt war, drückte er sich hindurch und schlich dicht am Zaun entlang über den Rasen. Schließlich bewegte er sich direkt auf das Hauptgebäude zu.

Er betrachtete die dunklen Fenster des riesigen Hauses, dann hob er den Blick zum dritten Stock und zu der sonderbaren Kuppel, die oben auf dem Gebäude thronte wie ein Vogel, der über seiner Beute kauert.

Dr. Engersols Fenster waren erleuchtet.

Adam starrte auf dieses Licht, das hell erstrahlte, während der Rest der Schule in Dunkelheit getaucht war und alle anderen zu schlafen schienen.

Alle, außer ihm.

Adam zog den Kopf zwischen die Schultern und steckte die Hände in die Taschen.

Es war Zeit, es zu Ende zu bringen.

Der Zug kam schnell die Gleise entlanggefahren. Eigentlich war es noch nicht einmal ein richtiger Zug, nur eine Lokomotive, ein paar leere Waggons und ein Dienstwagen. Es würde auf der ganzen Strecke keinen einzigen Halt geben – es hatte noch niemals einen gegeben –, denn dies war nur eine der regelmäßigen wöchentlichen Fahrten, die von Salinas aus durch Santa Cruz und dann bis zum Ende der Schienen auf einem Nebengleich führten. Die Fahrt hatte nur den einzigen Zweck, der Barrington Western Railroad das Recht offenzuhalten, diese Strecke zu benutzen.

Es war eine langweilige Fahrt, nur das nördliche Stück bot interessantere Aspekte. Hier fuhr der Zug langsam rückwärts, während ein Mitglied der Mannschaft im Dienstwagen stand, die Gleise beobachtete und dem Lokführer ständig Signale gab, daß auf der Strecke alles klar war. Wenn der Zug aber dann am Ende des Nebengeleises vierzig Meilen nördlich von Barrington angekommen war und wieder zurückfuhr, langweilte sich die Mannschaft. Die Männer waren jetzt müde und eher geneigt, das auf dem Meer glitzernde Mondlicht zu betrachten als die vor ihnen liegenden Gleise.

Schließlich hatte es während der fünfundzwanzig Jahre, in denen der Lokführer diese Fahrt durchgeführt hatte, nicht ein einziges Mal ein Ereignis gegeben, das er seinem Vorgesetzten hätte melden müssen. So schenkte er auch in dieser Nacht den Gleisen nicht allzu viel Beachtung, während er die gerade Strecke nördlich von Barrington mit sechzig Meilen entlangfuhr und sich darauf vorbereitete, die Geschwindigkeit zu drosseln; durch den Ort selbst durfte nicht schneller als mit fünfzehn Meilen gefahren werden.

Aber auch wenn er noch so aufmerksam gewesen wäre, hätte er den Lauf des Geschehens nicht aufhalten können; denn als er nach einer Kurve auf den Gleisen vor sich ein Hindernis entdeckte, war es längst zu spät, um den Zug noch zum Halten zu bringen.

Trotzdem zog der Lokführer die Bremse und rief dem Heizer zu: »Verdammter Mist, sieht aus, als hätte irgendein Idiot einen Müllsack auf die Schienen geschmissen!«

Der Zug wurde langsamer, und die Bremsen kreischten. Als der Schein der vorderen Scheinwerfer den Gegenstand erfaßte und vollständig beleuchtete, erkannte der Lokführer, daß es sich keineswegs um einen Müllsack handelte.

Auf den Gleisen hockte eine Person, vornübergebeugt, den Rücken dem Zug zugewandt.

Der Lokführer betätigte das Warnsignal, und ein schrilles Heulen zerriß die Stille der Nacht. Ein Schwarm Sperlinge wurde davon aufgescheucht und flog von seinem Ruheplatz in den Bäumen entlang der Bahnstrecke auf. Gleich darauf waren die Vögel in der Nacht verschwunden.

Die Person auf den Gleisen bewegte sich nicht.

Dem Lokführer brach am ganzen Körper der kalte Schweiß aus, als ihm klarwurde, was gleich passieren würde. Nichts konnte es mehr verhindern. Sogar bei völlig angezogenen Bremsen würde die massige Diesellok und die Wagen dahinter weiter vorwärtsrasen, während Stahl gegen Stahl kreischte und die Funken flogen.

Der Bremsweg reichte nicht aus.

Der Zug näherte sich der dunklen Gestalt. Mit jeder Sekunde verringerte er seine Geschwindigkeit, und der Lokführer betete, daß ein Wunder geschähe.

Es geschah nicht.

Die Lokomotive raste gegen die Person auf den Gleisen, und als der Körper durch die Luft flog, erkannte der Lokführer, daß es ein Junge war.

Ein Junge, der abgewetzte Jeans und ein rotes Hemd trug.

Dem Zugführer schoß der absurde Gedanke durch den Kopf, ob er das rote Hemd wohl absichtlich angezogen habe, damit man das Blut nicht so deutlich sehen könne.

Aber als der Zug 200 Meter weiter schließlich mit kreischenden Bremsen zum Stillstand kam, war dem Mann klar, daß es keine Rolle mehr spielte, ob das Hemd rot war oder nicht. Die Wucht des Schlages, als die Lok ihn erfaßt hatte, würde den Jungen in eine nicht mehr wiederzuerkennende Masse zerrissenen Fleisches und zerbrochener Knochen verwandelt haben.

Automatisch sah der Lokführer auf seine Armbanduhr. Es war fast halb fünf Uhr morgens.

Eine elende Zeit, um zu sterben.

Obwohl das Zimmer dunkel war, so dunkel, daß er überhaupt nichts sehen konnte, wußte Jeff Aldrich, daß er nicht allein war. Der Raum, in dem er sich befand, war sehr groß. So groß, daß Jeff die Wände und die Decke nicht einmal ahnen konnte, obwohl er sicher war, daß es sie gab.

Aber er konnte deutlich die andere Person im Zimmer spürten.

Adam.

Es war Adam, der irgendwo hier im Dunkeln stand und nach ihm suchte.

Jeff rief seinen Bruder, aber niemand antwortete.

Er machte einen behutsamen Schritt vorwärts, ertastete seinen Weg im Dunkeln, er berührte aber nichts und fühlte auch nichts.

Wieder rief er: »Adam? He, Adam, wo bist du?«

Obwohl er so laut geschrien hatte, wie er konnte, war seine Stimme leise, erstarb in seiner Kehle. Die Wörter waren kaum hörbar, sogar für ihn selbst nicht.

Jetzt packte ihn die Angst. Sie griff nach ihm in der Dunkelheit, berührte ihn, und ihre dünnen, langen Fangarme schlossen sich um ihn. Er fühlte sich in das Dunkel hineingezogen.

»Nein«, stöhnte er. »Ich finde ihn. Ich muß ihn finden.«

Er kämpfte gegen die Angst an und versuchte, vor ihr wegzulaufen. Aber jetzt hielt etwas seine Füße gefangen, als klebten sie in dicken, feuchtem Schlamm oder steckten in Treibsand fest.

Er versuchte, sich zu befreien und rief noch einmal: »Adam? Adam, ich hab' das nicht so gemeint. Es tut mir leid, Adam!«

Langsam kam er aus dem Schlamm frei und fing an zu rennen. Er rannte durch die Dunkelheit, so schnell er konnte. Und dann veränderte sich das Dunkel um ihn herum.

Er war nicht mehr in dem Zimmer. Er war jetzt draußen, und obwohl alles genauso aussah wie vorher, war es doch auch anders.

Und er näherte sich Adam, das konnte er spüren.

Schließlich sah er einen Lichtpunkt vor sich.

Der letzte Rest Angst wich von ihm, und er rannte auf das Licht zu. Sein Herz klopfte, und seine Beine taten ihm von der Anstrengung weh. Aber er durfte nicht langsamer werden, denn das Licht war Adam. Wenn er ihn erreichen konnte...

Jetzt nahm das Licht Form an. Es war kein Punkt mehr, sondern ein Strahl, und er kam von oben herab. Als Jeff jedoch nach oben sah, konnte er die Lichtquelle nicht ausmachen.

Aber inmitten des Strahls, der in der Luft aufgehängt zu sein schien, konnte er Adam erkennen.

Er sah auf ihn herab, einen stummen Vorwurf in den Augen.

Jeff blieb stehen. »Adam?« Er sprach das Wort unsicher aus, denn etwas an seinem Bruder war anders, aber er verstand nicht, was es war.

Er streckte die Hand nach dem Lichtstrahl aus und wollte seinen Bruder anfassen. Aber als er den Strahl berührte, verschwand er, und Adam, der ihn noch immer ansah, begann zu lachen.

»Du hast gedacht, ich würde es nicht tun, stimmt's?« fragte Adam. »Du hast gedacht, ich würde kneifen. Du hast immer gedacht, daß ich kneifen würde.«

Jeff wurde von schrecklichen Schuldgefühlen erfaßt.

»Nein, nein«, stotterte er. »Das habe ich nicht gedacht. Ich...«

Aber es war zu spät. Noch während er sprach, begann der Lichtstrahl sich vollends aufzulösen. Das Gesicht seines Bruders fing an zu leuchten, dann verschwand es langsam. Als der letzte Lichtschimmer erlosch, rief Jeff noch einmal den Namen seines Bruders.

»Adam!«

Josh MacCallum lag hellwach in seinem Zimmer im dritten Stock. Es kam ihm vor, als hätte er schon eine Ewigkeit so in der Dunkelheit gelegen, ohne sich zu rühren und angespannt lauschend.

Vor kurzem, er hätte nicht sagen können, wie lange es her war, war er aufgewacht und hatte ein Geräusch gehört. Er brauchte kaum ein paar Sekunden, um zu erkennen, was es war.

Es war der Aufzug, sein Getriebe quietschte, und seine Kabine ratterte in den Führungsschienen.

Sofort fiel ihm wieder Jeff Aldrichs Erzählung von dem Geist Eustace Barringtons ein, und seine erste Reaktion war, sich die Decke über den Kopf zu ziehen und das Geräusch wieder aus seinem Gehör zu löschen. Aber dann wurde ihm klar, was hier passierte.

Es mußte Jeff selbst sein, der in dem dunklen Haus den Aufzug betätigte und sich bestimmt köstlich darüber amüsierte, daß er ihm Angst einjagte.

Also faßte sich Josh ein Herz und stand auf, zog seinen Bademantel an, ging in den Korridor und schlich den Gang hinunter, bis er zum Aufzugschacht kam.

Noch immer hörte er das knirschende und ratternde Geräusch.

Aber der Aufzug bewegte sich nicht. Als Josh den Schacht hinuntersah, konnte er sogar das Dach der Kabine erkennen, das von dem Kronleuchter im Foyer schwach beleuchtet wurde.

Plötzlich war nichts mehr zu hören. Josh hielt den Atem an und bewegte sich nicht.

Nichts geschah.

Er verharrte einige scheinbar endlose Minuten lang in der bangen Erwartung, daß womöglich gleich der Geist Eustace Barringtons auf den Treppen erscheinen und in der Dunkelheit auf ihn zuschweben würde. Aber als überhaupt nichts passierte, schlich er schließlich wieder zurück ins Bett.

Dann lag er weiter wach und lauschte in die Dunkelheit.

Noch einmal hörte er das Geräusch des Fahrstuhls, und noch einmal ging er hinaus, um nachzusehen.

Die Kabine stand noch immer am Boden des Schachtes, genau da, wo sie vorher auch gewesen war.

Aber später, als er angespannt lauschend wieder in seinem Bett lag, hörte er plötzlich ein anderes Geräusch. Mit einem Ruck setzte sich Josh aufrecht hin. Was war das gewesen?

Da war es wieder. Durch sein offenes Fenster drang ein qualvoller Schrei.

»Adam, komm zurück!«

Jeff, es war Jeffs Stimme.

Josh sprang aus dem Bett und rannte im Schlafanzug aus seinem Zimmer und den Gang entlang zur Treppe. Immer drei Stufen auf einmal nehmend, kam er im ersten Stock an, als sich gerade die Türen auf dem Flur öffneten und verschlafene Gesichter herausschauten.

»Was ist passiert?« fragte jemand. »Was ist denn los?«

Josh gab keine Antwort. Er rannte weiter den Flur entlang zu Jeffs Zimmer, stieß die Tür auf und knipste das Licht an. Dann blieb er stehen und starrte auf das Bett.

Jeff saß mit bleichem Gesicht aufrecht darin, seine Augen waren weit aufgerissen, und er zitterte am ganzen Körper.

Bis auf die Vorhänge, die sich vor dem offenen Fenster

in dem leichten Luftzug bewegten, war es in dem Zimmer ruhig.

»Jeff?« stieß Josh atemlos hervor. »Was ist los? Was ist mit dir?«

Jeff Aldrich antwortete nicht gleich, dann schüttelte er den Kopf. »Es ist... nichts. Ich... ich hatte einen Alptraum. Adam kam drin vor. Er... er war weg. Es war, als wäre er tot oder so und als wäre es meine Schuld.«

»O mein Gott«, flüsterte Josh.

Jeff schauderte. »Es war so verdammt echt.« Er war jetzt völlig wach. Sein ganzer Körper war mit kaltem Schweiß bedeckt, und noch immer war er von dem schrecklichen Gefühl erfüllt, das ihn ergriffen hatte, als er vorher nach seinem Bruder rief.

»Was ist denn los?« fragte Brad Hinshaw, der gerade das Zimmer betreten hatte. Dann sah er Jeff. »Meine Güte, du siehst aus, als hättest du ein Gespenst gesehen oder so was.«

»Er hat eines gesehen«, sagte Josh. »Er hat geträumt, daß Adam tot ist und daß er schuld daran ist.«

»O verflucht«, meinte Brad. Aber bevor er noch etwas sagen konnte, kam jemand anderer ins Zimmer.

Tödliches Schweigen hing im Raum, während die drei Jungen sich gegenseitig ansahen. Schließlich stieg Jeff langsam aus dem Bett und ging zur Tür. Josh und Brad wichen automatisch zurück, um ihn vorbeizulassen. Vor dem Nebenzimmer zögerte Josh einen kurzen Moment, dann öffnete er die Tür und ging hinein.

Das Bett war leer, obwohl es aussah, als hätte jemand darin geschlafen.

Adams Sachen waren alle da und lagen an ihrem Platz.

»Vielleicht ist er nur aufs Klo gegangen«, sagte Brad Hinshaw zögernd, aber dann sprach ein anderer Junge.

»Ich hab' nachgesehen. Da ist niemand.«

Jeff starrte wie gebannt auf Adams leeres Bett, dann wanderten seine Augen zu dem Computer auf dem

Schreibtisch. Langsam bewegte er sich darauf zu, fast so, als würde er gegen seinen eigenen Willen dorthin gezogen, und schaltete ihn an. Ein grünes Licht leuchtete auf, bevor der Monitor hell wurde. Ein oder zwei Sekunden später erschienen die letzten Worte, die Adam eingegeben hatte. Schweigend starrten Jeff und die anderen Jungen auf den Bildschirm.

C: NIEMAND VERSTEHT MICH, DAHER IST ES AN DER ZEIT, DASS ICH FORTGEHE. ICH GEHE ZU EINEM HÖHEREN, BESSEREN ORT.

Josh, dessen Blick unverwandt an der Botschaft hing, spürte, wie sich sein Magen zusammenzog, als ihm ihre Bedeutung klar wurde. Plötzlich dachte er wieder daran, wie er am Beginn der letzten Woche auf seinem Bett zu Hause in Eden gesessen und auf das Jagdmesser in seiner Hand gestarrt hatte.

Automatisch berührten die Finger seiner linken Hand die Narben am rechten Handgelenk. Sie würden ihn noch lange an das erinnern, was geschehen war.

Plötzlich verstand er genau, warum Adam sich in den letzten Tagen so merkwürdig benommen hatte. Er selbst hatte sich nur ein paar Minuten lang mit dem Gedanken an seinen Tod beschäftigt – im Gegensatz dazu mußte Adam jedoch seit Tagen daran gedacht haben.

Er hatte daran gedacht, und er hatte sich entschieden.

Aber was hatte er getan? Wo war er?

»Was... Was wirst du jetzt machen?« wandte sich Josh mit leiser Stimme an Jeff.

Jeff antwortete nicht, drehte sich um und ging hinaus.

Im selben Moment, als Jeff aus dem Zimmer kam, erschien Hildie Kramer am Ende der Treppe. Sie schien aufgeregt, als sie ihn sah, sprach ihn aber mit fester, freundlicher Stimme an. »Jeff? Könntest du bitte mit mir runterkommen? Ich muß etwas mit dir besprechen.«

Eine Minute später saß Jeff im Schlafanzug auf Hildies Sofa und hörte schweigend zu, wie sie ihm erzählte, daß man gerade Adams Leiche gefunden hatte.

»Es war auf den Eisenbahnschienen«, sagte sie. »Ich nehme an, daß es ein Unfall war...« Sie verstummte und legte einen Arm um Jeff.

Jeffs angespannter Körper verkrampfte sich unter Hildies Umarmung noch mehr.

»Nein«, sagte er. »Es war kein Unfall. Er hinterließ eine Nachricht auf seinem Computer.«

Hildie schwieg. Dann seufzte sie tief auf und sagte: »Ich glaube, ich fahre dich jetzt besser zu deinen Eltern.«

Jeff antwortete nicht. Er ließ sich von ihr zurück in sein Zimmer bringen, wo er sich anzog. Während er seine Kleider überstreifte, sah er genau vor sich, was in dem Traum passiert war.

Also stimmte das, was Adam zu ihm gesagt hatte, während er träumte. Er hatte nicht gekniffen.

Seltsamerweise überkam Jeff Aldrich ein Gefühl des Stolzes auf seinen Bruder.

Aber während dieses Gefühl ihn für einen Moment vollkommen ausfüllte, wußte er gleichzeitig, daß er nie jemandem davon erzählen würde.

Niemals.

10

Chet Aldrich wurde langsam wach. Automatisch sah er zu der blauen Digitalanzeige seines Weckradios. Es war fünf Uhr siebenundvierzig. Der Wecker stand auf sechs Uhr dreißig.

Mißmutig verzog Chet das Gesicht. Noch nie war er so lange vor dem Weckton aufgewacht. Normalerweise erwachte er genau eine Minute, bevor der Wecker ertönte.

Dann schaltete er ihn ab, bevor das unangenehme Piepgeräusch an seine Ohren drang.

Aber heute hatte irgend etwas seinen Schlaf gestört. Chet sah aus dem Fenster. Draußen wurde es langsam hell. Ein Gewitter? Nein, er konnte an dem klaren Himmel noch den Mond sehen, der tief über dem Horizont hing. Chet drehte sich um und wollte gerade seinen Kopf wieder in den Kissen vergraben, da erklang die Türglocke. Das Geräusch war durch die geschlossene Schlafzimmertür nur gedämpft zu hören.

Sofort war Chets Verschlafenheit wie weggeblasen. Er schlüpfte aus dem Bett und griff nach dem Morgenmantel, den er immer über einer Stuhllehne in der Ecke des Zimmers bereitlegte. Während er ihn überzog, warf er einen Blick auf Jeanette, die noch fest schlief. Sie lag auf der linken Seite, ihr Haar war auf dem Kissen um sie her ausgebreitet.

Als die Türglocke schon zum zweiten Mal läutete, eilte Chet die Treppe hinunter. Eine ungute Vorahnung stieg in ihm auf. Wenn jemand um diese Zeit klingelte, konnte das eigentlich nur eine schlechte Nachricht bedeuten.

Wahrscheinlich sogar eine sehr schlechte, korrigierte er sich in Gedanken. Er war jetzt hellwach.

Und als er die Hand nach dem Türgriff ausstreckte und die Klingel schon wieder läutete, formte sich in seinem Kopf eine Vorstellung von dem, was passiert sein konnte. Sein Herz begann zu rasen, noch bevor er die Tür geöffnet hatte und Jeff auf der Vortreppe stehen sah, blaß, mit großen Augen und zitternd. Hinter ihm erkannte er Hildie Kramer zwischen zwei Polizeibeamten.

Einen Moment lang kam ein Gefühl der Hoffnung in Chet auf. Er hatte sich getäuscht. Es war nichts weiter passiert – Jeff hatte sich nur mitten in der Nacht aus der Schule geschlichen und war irgendwie in Schwierigkeiten geraten. Aber noch während der Gedanke Gestalt annahm, verwarf er ihn wieder. In Hildie Kramers Augen konnte er deutlich lesen, daß es nicht so war. Sie drückten weder Ärger noch Enttäuschung aus.

Das einzige, was er darin sah, war Kummer.

Kummer und Mitleid.

»Was ist passiert?« fragte er und öffnete die Tür weit, damit alle ins Haus kommen konnten. Einen Moment lang antwortete niemand, so als warte jeder darauf, daß einer der anderen die Nachricht übermitteln würde, die sie mitzuteilen hatten.

Da wußte Chet Bescheid.

»Es ist etwas mit Adam, nicht wahr?« sagte er leise. »Adam ist etwas zugestoßen.«

Schließlich brach Hildie Kramer das Schweigen. Sie trat vor und ergriff seinen Arm, als wollte sie ihn stützen. »Es tut mir so leid, Chet«, sagte sie mit sanfter Stimme. »Er... er ist tot.«

»Mein Gott«, murmelte Chet. Die Worte blieben ihm fast in der Kehle stecken, und er fühlte, wie ihm die Knie weich wurden und wie er zu schwanken begann. Hildies fester Griff hielt ihn aufrecht. »Das kann nicht sein... Das ist ein Irrtum. Adam...«

»Es tut mir leid, Mr. Aldrich«, begann jetzt einer der Polizisten. »Vor etwa einer Stunde ist es passiert, vielleicht ein bißchen früher. Er war auf den Gleisen, als...«

Seine Worte wurden von Jeanette unterbrochen, die im ersten Stock an der Treppe stand. Schützend schlang sie ihre Arme um ihren Körper, der in einen Bademantel gehüllt war. Ihr Gesicht zeigte noch Spuren des Schlafs.

»Gleise?« fragte sie. »Wovon reden Sie?«

Chet, der alle Kraft aufbringen mußte, um sich aufrecht zu halten, sah seine Frau schmerzerfüllt und fassungslos an. »Er ist... Hildie sagt, er ist tot.«

Hildie sagt...

Als ob er die Möglichkeit offenlassen wollte, daß Hildie sich getäuscht hatte, daß alles nur ein schrecklicher Irrtum war und daß Adam noch lebte. Beabsichtigt oder nicht, die Worte hatten ihre Wirkung, denn Jeanettes weit aufgerissene, ungläubige Augen wanderten sofort zur Hausmutter und Verwaltungsleiterin der Schule.

»Adam?« flüsterte Jeanette. »Das kann nicht sein. Sie haben gesagt, daß es ihm gut geht.« Ihre Stimme wurde lauter, während sie den Gedanken an den Tod ihres Sohnes wegschob. »Und es *ging* ihm gut. Am letzten Wochenende bei dem Picknick...«

Hildie ging jetzt die Treppe hoch an Chet vorbei, der noch immer wie erstarrt am selben Platz stand, als hätte die Nachricht ihm sogar die Kraft geraubt, sich zu bewegen.

»Wir wissen nicht genau, was passiert ist, Jeanette«, sagte Hildie und suchte verzweifelt nach irgend etwas, was der von Angst und Entsetzen erfüllten Frau einen Halt geben könnte. »Wahrscheinlich war es irgendwie ein Unfall...«

»Unfall?« echote Jeanette. »Wa... was ist passiert?«

Auf Hildie Kramer gestützt, stieg Jeanette langsam die Treppe herunter, und einer der Polizisten berichtete, was sie von dem Lokführer wußten.

»Er hat gesagt, man konnte überhaupt nichts mehr machen«, schloß der Beamte. »Er zog die Bremse und betätigte das Warnsignal, sobald er Ihren Sohn sah, aber es war zu spät. Der Junge hat sich überhaupt nicht bewegt, und der Zug fuhr zu schnell, um noch zum Stillstand zu kommen.«

»Er hat sich nicht bewegt?« wiederholte Jeanette. »Saß einfach nur da?«

»Es tut mir leid«, sagte der Polizist. »Der Lokführer meinte, es habe ausgesehen, als wartete er geradezu darauf, von dem Zug erfaßt zu werden.«

Jeanette sank gegen ihren Mann. Chets Arme umfingen sie, und sie begann leise zu schluchzen. Es war unmöglich – das konnte einfach nicht passiert sein. Niemals würde sie das glauben. Sie hatten doch Adam gerade in diese

Schule geschickt, um etwas derart Schreckliches zu verhindern.

»Nein«, flüsterte sie. »Ich glaube es nicht. Das war nicht Adam. Es muß... es muß jemand anders gewesen sein. Ganz bestimmt.«

»Es tut mir so leid, Jeanette«, sagte Hildie Kramer. »Aber es war bestimmt kein anderer. Es gibt keinen Zweifel.«

Jeanette schüttelte den Kopf, und plötzlich war es, als würde sie von neuer Energie belebt. »Ich will ihn sehen«, sagte sie. »Ich will ihn selbst sehen.«

Jeff hatte bisher nur schweigend neben der Tür gestanden und mit bleichem Gesicht zugehört, wie man seine Eltern vom Tod seines Bruders unterrichtete. Jetzt ging er zu seiner Mutter und drückte sich wortlos an sie. Jeanette strich ihrem zweiten Sohn automatisch übers Haar, aber ihre Augen blieben an dem Polizisten hängen, der ihr gerade berichtet hatte, was geschehen war. »Ich will sehen, wo es passiert ist«, sagte sie fast tonlos. »Und ich will meinen Sohn sehen. Ich denke, das Recht habe ich doch, oder?«

Der junge Beamte trat verlegen von einem Fuß auf den anderen. »Das ist überhaupt nicht nötig, wissen Sie«, erwiderte er. »Ich meine, es gibt überhaupt keinen Zweifel, was passiert ist.«

»Aber *ich* habe Zweifel«, entgegnete Jeanette jetzt in energischem Ton. »Ich will ihn sehen. Verstehen Sie nicht? Er ist mein Sohn, und ich will ihn sehen.«

Als ihre Stimme lauter wurde und einen hysterischen Klang annahm, drückte sich Jeff dichter an sie, und Hildie Kramer tauschte einen Blick mit dem Polizisten. »Ich kann hier bei Jeff bleiben«, sagte sie. »Könnten Sie Mr. and Mrs. Aldrich mitnehmen?«

Chet Aldrich wandte sich mit erstickter Stimme an seine Frau. »Jeanette«, sagte er behutsam, »wir müssen das nicht machen. Wir...«

Aber Jeanette schüttelte erneut den Kopf. »Nein, Chet. *Ich* muß es machen. Ich glaube es nicht, solange ich ihn nicht mit eigenen Augen gesehen habe.« Entschlossen löste sie sich aus Jeffs Armen.

»Kann ich auch mitkommen?« fragte der Junge.

Jeanette schien die Frage gar nicht zu hören, aber Chet schüttelte den Kopf. »Nein, mein Sohn, das tust du nicht«, sagte er, und seine Stimme brach. »Bleib hier bei Hildie, wir sind so schnell wir können zurück. In Ordnung?«

»Aber ich möchte mitkommen«, protestierte Jeff, und sein Gesicht nahm einen störrischen Ausdruck an. »Ich will auch sehen, was passiert ist.« Er hatte weder Hildie Kramer noch sonst irgend jemandem außer Josh MacCallum und Brad Hinshaw von seinem Traum erzählt, aber er hatte die Bilder noch ganz deutlich vor Augen.

Und in seinem Traum...

Aber nein! Was in seinem Traum passiert war, das war nicht die Wirklichkeit. Das einzige, was stimmte, war, daß Adam tot war. Aber er konnte nicht tot sein! Er hatte doch nur gesagt, daß er weggehen wolle...

»Komm, Jeff«, sagte Hildie leise und geleitete den Jungen sanft zur Küche im hinteren Teil des Hauses. »Wir wollen deine Eltern einen Moment allein lassen, okay?«

Jeff ließ sich den Flur entlangführen, während er versuchte, seine Gedanken zu klären und den Traum vom Tod seines Bruders mit der Realität in Einklang zu bringen. Inzwischen verließen Jeanette und Chet in Begleitung der beiden Polizeibeamten das Haus.

Der Polizist fuhr das Auto an den Straßenrand und hielt an. Sie befanden sich ungefähr vier Meilen nördlich von Barrington. Etwa einhundert Meter weiter vorne machten die Straße und die parallel verlaufenden Eisenbahnschienen einen Bogen, da sie dem Küstenverlauf folgten, und gerieten dann außer Sicht. Jenseits der Gleise hatte man eine Betonmauer zur Befestigung des Abhanges errichtet, der an dieser Stelle für Straße und Eisenbahn abgetragen worden war.

Jeanette stieg aus dem Auto und stand in dem bereits hellen Sonnenlicht. Als ihr Blick auf die über und über mit Blut bespritzte Betonwand fiel, überlief sie ein Frösteln.

Der Platz wimmelte von Menschen, die fotografierten, Zeichnungen machten und alles Mögliche ausmaßen, um so die genaue Geschwindigkeit bestimmen zu können, mit der der Zug gefahren war, als er Adam Aldrich erfaßte. Zwei Mitarbeiter der Zugmannschaft standen nervös neben dem Dienstwagen, aber der Lokführer selbst war nirgends zu sehen.

»Sie haben ihn zum Bahnhof gebracht, um sein Blut auf Alkohol oder Drogen zu untersuchen«, gab einer der Beamten Chet zur Antwort, als er fragte, wo der Lokführer sei. »Nicht, daß wir erwarten, etwas zu finden«, fuhr er fort. »Die andern beiden sagen, daß Lawrence – so heißt der Lokführer, Gary Lawrence – ein hundertprozentiger Abstinenzler ist. Seine Frau war Alkoholikerin, und er würde das Zeug unter keinen Umständen anrühren. Niemals hat ihn jemand was Stärkeres als Kaffee trinken gesehen.«

Während Jeanette nur schweigend auf den Punkt starrte, wo der Zug ihren Sohn überfahren hatte, schaute Chet sich verstohlen auf dem Gelände um, ob irgendwo die Leiche seines Sohnes zu sehen wäre. Der Beamte, der erriet, wonach Chet suchte, senkte seine Stimme, so daß Jeanette seine Worte nicht hören konnte. »Sie haben Ihren Jungen schon weggebracht, Mr. Aldrich. »...nun, er ist wirklich übel zugerichtet, und ich glaube, es wäre besser, wenn sie ihn nicht ansehen würden.«

Chet nickte. Er fühlte so etwas wie Erleichterung, daß ihm und seiner Frau zumindest für den Moment der schreckliche Anblick erspart blieb.

»Wo haben sie ihn hingebracht?« fragte Jeanette jetzt, plötzlich aus ihren Gedanken erwacht. »Wo ist er?«

Der Beamte machte eine verlegene Bewegung. »Sie haben ihn zum Krankenhaus in Santa Cruz gebracht«, sagte er. »Dort werden sie ihn dabehalten, bis Sie ihnen andere Anweisungen geben.«

»Dann will ich zum Krankenhaus«, erklärte Jeanette. »Bitte, jetzt gleich.«

Chet fühlte, wie sich sein Magen zusammenzog, als er seiner Frau wieder in den Wagen half. Sie bestand darauf, dorthin gebracht zu werden, um ihr Kind zu sehen, und sie würde sich nicht davon abbringen lassen.

Es ist wie ein Strohhalm, dachte Chet. Als würde sie sich an einen Strohhalm klammern. Aber er wußte, daß es im Moment keinen Sinn hätte, ihr irgend etwas ausreden zu wollen. Er konnte nur bei ihr bleiben und ihr jede Unterstützung anbieten, die er geben konnte, während sie auf ihre Art mit dem entsetzlichen Geschehen fertig werden mußte.

Aber was war mit ihm? Wohin konnte er sich wenden, wer tröstete ihn? Von der Sekunde an, in der er die Tür geöffnet und den Ausdruck auf Hildie Kramers Gesicht gesehen hatte, steckte ein Kloß in seinem Hals, der immer größer wurde und ihn jetzt fast zu ersticken drohte. Wie lange war das her? Eine halbe Stunde? Er blickte auf seine Uhr und fragte sich, ob es tatsächlich möglich war, daß erst dreißig Minuten vergangen waren, seit er vom Tod seines Sohns gehört hatte.

In diesen dreißig Minuten hatte sich in ihm eine Art Taubheit ausgebreitet. Er konnte die so unglaublich harte Tatsache von Adams Tod im Moment nur bewältigen, indem er sich selbst verhärtete. Er konnte die Tätigkeiten, die die Situation erforderte, nur ausführen, während er auf seine Art die Realität genau wie Jeanette negierte.

War es wirklich möglich, daß Adam tot war? Daß er niemals wieder das Gesicht seines Sohnes sehen würde, das so anders als das Jeffs war und ihm doch gleichzeitig auch so sehr ähnelte?

Ein Bild Adams tauchte in seinen Gedanken auf. Es war ein ruhiges Bild und entsprach ganz Adam, der häufig allein war, während er in irgendeiner Welt in seinem Kopf weilte, die sonst niemandem bekannt war, nicht einmal seinem Zwillingsbruder.

Jeff war immer der Extrovertierte gewesen, er hatte sich mit anderen angefreundet und den oft protestierenden Adam zum Mitspielen gedrängt.

War das Geschehen dieses Morgens vielleicht Adams letzter Protest, seine endgültige Absage an eine Welt, zu der er sich niemals wirklich zugehörig gefühlt hatte? Oder war es nur ein vorübergehendes Tief gewesen, das er mit der Zeit wieder überwunden hätte?

Chet wurde schmerzlich bewußt, daß er das nie erfahren konnte. Adam war für immer fortgegangen, er würde ihn niemals wiedersehen.

Schließlich kamen sie am Eingang zur Notaufnahme des Krankenhauses an. Die Aldrichs betraten zusammen das Gebäude, wo sie von einem blassen, schlaksigen Mann in zerknittertem Arztkittel empfangen wurden. Sein junges Gesicht zeigte deutliche Spuren der vielen Stunden, die er während der letzten Nacht hier zugebracht hatte. Als er ihnen entgegenkam, sah man ihm beinahe sein Widerstreben an. Chet ertappte sich dabei, wie er sich automatisch fragte, ob dies wohl das erste Mal wäre, daß dieser junge Mann mit Eltern zu tun hatte, denen gerade ein Kind genommen worden war.

»Mrs. Aldrich? Mr. Aldrich?« hörte er den Arzt sagen. »Ich bin Joel Berman. Ich hatte Dienst, als sie Ihren Jungen brachten.« Er deutete auf ein Sofa und zwei Stühle, die vor einem schmutzigen Kaffeetisch in der Eingangshalle standen. »Möchten Sie Platz nehmen...?«

Jeanette schüttelte den Kopf. »Ich will Adam sehen«, sagte sie. Sie war am Ende ihrer Kraft, und ihre Stimme war unsicher und stockend, während sie die Worte aussprach. »Bitte, ich muß meinen Sohn sehen.«

Das Gesicht Joel Bermans nahm einen entschiedenen Ausdruck an. »Ich... Mrs. Aldrich, ich glaube, es wäre besser, wenn Sie nicht darauf bestehen würden.«

»Aber ich muß«, sagte Jeanette nur. »Ich muß ihn sehen.«

Berman schien etwas erwidern zu wollen, doch dann änderte er offensichtlich seine Meinung. »Hier entlang«, sagte er leise. Er führte die beiden einen kurzen Gang hinunter und in einen Untersuchungsraum. Auf einer Bahre konnte man unter einem Tuch die Form eines Körpers erkennen.

Jeanette blieb einen Moment an der Tür stehen, um Kraft zu sammeln. Dann ging sie hinüber zu der Bahre, berührte zögernd das Tuch und zog es mit einer langsamen und sanften Bewegung zurück. Sie sah in Adams Gesicht.

Es war mit Blut verschmiert und so zerschmettert, daß man kaum noch etwas erkennen konnte; doch wußte sie sofort, daß dies ihr Sohn war. Jetzt endlich brach die Mauer ein, die Jeanette in sich selbst errichtet hatte, und sie begann zu schluchzen. »O Adam«, flüsterte sie mit erstickter Stimme. »Es tut mir so leid, Baby, es tut mir so leid. Warum bist du nicht einfach nach Hause gekommen? Ich hätte es wieder in Ordnung gebracht, Liebling, ich hätte mich um alles gekümmert.« Die Tränen liefen ihr über die Wangen, und sie beugte sich hinunter. Ohne das Blut auf dem Gesicht ihres Sohnes zu beachten, küßte sie ihn sanft.

Tränenüberströmt wandte sie sich ab, und während der Arzt das Gesicht ihres Sohnes wieder zudeckte, ließ sie sich von ihrem Ehemann aus dem Zimmer führen.

Etwas später saßen die drei in der Eingangshalle. Jeanette versuchte mit zitternden Händen, eine Tasse heißen Kaffees zu sich zu nehmen, während der Arzt sein Bestes tat, um sie davon zu überzeugen, daß Adam nicht gelitten hatte.

»Er ist auf jeden Fall sofort tot gewesen. Offensichtlich saß er zwischen den Schienen, mit dem Rücken zum Zug. Der allererste Kontakt schon muß ihn getötet haben. Ich bin sicher, daß er überhaupt nichts gespürt hat.«

Aber die furchtbare Angst, dachte Jeanette. Was muß es für ein entsetzliches Gefühl gewesen sein, als der Zug auf ihn zudonnerte. In Gedanken hörte sie das Alarmsignal heulen, die Lokomotive brüllen; sie fühlte das Zittern der Gleise in dem Moment, als der Zug auf ihren Sohn zuraste. Sie schauderte, und etwas Kaffee schwappte über und hinterließ braune Flecken auf dem weißen Frottee-Morgenrock, den sie noch immer anhatte.

Die ganze Zeit über war ihr nicht einmal bewußt geworden, daß sie das Haus verlassen hatte, ohne sich anzuziehen. Zitternd stellte sie die Kaffeetasse auf den Tisch. »Bring mich nach Hause, Chet.«

Und als ihr Ehemann sie aus dem Gebäude und zu dem wartenden Polizeiauto führte, breitete sich tiefer Kummer in Jeanette aus, der sie ganz und gar erfüllte.

Am selben Morgen kurz nach sieben Uhr kam Steve Conners in der Schule an und wußte sofort, daß etwas nicht in Ordnung war. Zwei Polizeiautos parkten in der Auffahrt vor dem Hauptgebäude, und auch Dr. Engersols dunkelblauer Oldsmobile stand schon da. Eigentlich ging Conners morgens als erstes in seinen Klassenraum im Westflügel, aber heute folgte er seiner Morgenroutine nicht, sondern parkte neben den schwarz-weißen Polizeiautos und stieg die Stufen zur Loggia hinauf. Als er durch das große Portal eintrat, sah er sogleich Hildie Kramer, die mit einem der Polizisten redete. Am Fuß der Treppe stand eine Gruppe Kinder, die miteinander flüsterten. Mit großen Augen beobachteten sie, wie der Polizist mit ihrer Hausmutter sprach.

»Was ist passiert?« fragte Steve, als er vor Hildie stand.

Hildie warf einen kurzen Blick auf die Kinder an der Treppe, aber dann entschied sie, daß es sinnlos war, sich ihretwegen in ihr Büro zurückzuziehen. Ganz sicher gab es im ganzen Haus nicht ein einziges Kind, das nicht wußte, was vorgefallen war. »Adam Aldrich«, sagte sie. »Er hat letzte Nacht Selbstmord begangen.«

»O Gott«, stieß Steve hervor. Und im selben Moment fielen ihm all die Dinge ein, die er gestern nicht erledigt hatte.

Er hatte weder mit Hildie noch mit George Engersol darüber gesprochen, daß er sich Sorgen um Adam machte. Er hatte es vorgehabt, aber es war etwas dazwischengekommen – er konnte sich im Moment nicht mehr daran erinnern, was es gewesen war –, und dann hatte er die ganze Sache einfach vergessen.

Einfach vergessen! Und jetzt war Adam Aldrich tot.

Das Entsetzen, das ihn bei diesem Gedanken erfaßte, mußte sich auf seinem Gesicht abzeichnen, denn Hildie sah ihn scharf an und fragte: »Steve, was ist los?«

Steve bewegte den Kopf, als wollte er die Welle des Schuldbewußtsein, die ihn überflutete, abschütteln, aber die Geste half nicht. »Ich hätte etwas tun müssen«, sagte er. »Ich wußte, daß etwas nicht in Ordnung war. Ich wollte eigentlich mit Ihnen über Adam sprechen. Und mit George auch.«

Jetzt sah der Polizist Steve interessiert an. »Wissen Sie etwas über den Jungen?«

Steve nickte unglücklich. »Er ist in meinem Englischkurs.« In knappen Worten schilderte er dem Polizisten und Hildie, was den vorhergehenden Morgen in seiner Klasse geschehen war. »Ich wußte, daß ihn irgend etwas bedrückte, und ich wollte mit Ihnen darüber reden, aber dann vergaß ich es. Und jetzt...«

»Und jetzt glauben Sie, Sie hätten es verhindern können«, beendete Hildie den Satz für ihn. Sie wandte sich wieder dem Polizeibeamten zu. »Wenn Sie mich im Moment nicht mehr brauchen, würde ich gerne in Ruhe mit Mr. Conners sprechen.«

Der Polizist nickte und schloß sein Notizbuch. »Ich denke, ich weiß alles, was es zu wissen gibt. Sieht nicht so aus, als hätte er mit irgend jemandem gesprochen oder als hätte jemand gehört, wie er das Haus verlassen hat. Und die Nachricht auf seinem Computer ist ja eindeutig. Wenn noch etwas sein sollte, rufe ich Sie an.«

Als er gegangen war, führte Hildie Steve Conners in ihr Büro und bat ihn, Platz zu nehmen. »Steve, ich will nicht behaupten, daß es überhaupt nichts geändert hätte, wenn Sie dazugekommen wären, mit mir über Adam zu sprechen. Vielleicht hätte es das, wenigstens fürs erste. Aber Sie müssen eines verstehen, sonst werden Sie nie in der Lage sein, an dieser Schule klarzukommen.« Sie schwieg einen Moment, als wartete sie auf eine Antwort des jungen Lehrers. Als keine kam, fuhr sie fort: »Es ist nicht das erste Mal, daß wir einen Schüler auf diese Art verloren haben, und es wird bestimmt – so traurig das ist – auch nicht das letzte Mal bleiben. Das ist ja gerade einer der Gründe, warum es diese Schule gibt. Unsere Schüler haben fast alle Probleme, und einige von ihnen haben schon versucht, sich umzubringen, bevor sie hierher kamen. Adam war einer von ihnen. Und wenn Sie mir erzählt hätten, was gestern passiert ist, hätte ich natürlich mit ihm gesprochen, vielleicht hätte ich ihn auch sofort zur Beratung geschickt. Aber sicher hätte ich ihn nicht irgendwo untergebracht, wo er vierundzwanzig Stunden unter Aufsicht gewesen wäre.«

Conners runzelte die Stirn. »Aber warum nicht? Wenn er vorher so etwas schon einmal versucht hatte...«

»Das letzte Mal hat niemand geglaubt, daß es ernst gemeint war. Oft – tatsächlich in den meisten Fällen – meinen Kinder es nicht wirklich ernst, wenn sie versuchen, sich selbst zu töten. Wissen Sie, die meisten Kinder haben gar keine Vorstellung davon, was der Tod bedeutet. Sie wissen, daß es ihn gibt, aber das ist sehr abstrakt. Die meisten Kinder halten sich sozusagen für unsterblich, sie fühlen einfach nicht, daß sie irgendwann einmal sterben werden. Für ein Kind ist schon kaum zu verstehen, was es bedeutet, erwachsen zu werden. Und deswegen glaube ich nicht, daß ich bei Berücksichtigung aller Umstände Adam in einer geschlossenen Institution untergebracht hätte. Natürlich hätte ich auch mit Dr. Engersol gesprochen, aber es gibt einfach keine Garantie, daß es nicht trotzdem passiert wäre. Und ich muß Ihnen sagen, daß es ebenfalls keine Garantie gibt, daß dasselbe nicht auch irgendwann bei anderen Schülern geschieht. Tatsächlich würde ich fast damit rechnen, daß so etwas wieder vorkommen wird, so schrecklich es ist. Aber es gibt keine Möglichkeit, es völlig auszuschließen, es sei denn, wir isolieren all diese Kinder und setzen sie einer ständigen Kontrolle aus.« Sie lächelte müde. »Aber ich glaube nicht, daß Sie mehr als irgend jemand anders hier dafür wären, unsere Schüler einzusperren.«

Steve Conners hörte ihr schweigend zu. Er wußte, daß nichts, was sie sagen würde, ihm helfen könnte, das Schuldgefühl zu verringern, das er empfand. Wahrscheinlich würde es ihn den Rest seines Lebens verfolgen. Er hatte *gewußt*, daß der Junge Probleme hatte, aber er hatte nichts getan.

Weil er es vergessen hatte.

Er hatte es *vergessen!*

Und jetzt konnte er nichts mehr machen. Er konnte nichts tun, um die Sache in Ordnung zu bringen. Es gab keine Möglichkeit, Adam wieder zum Leben zu erwekken.

Er konnte sich nur vornehmen, von jetzt an besser auf die Kinder aufzupassen, nie wieder zu übersehen, wenn eines von ihnen in Schwierigkeiten geriet und gegebenenfalls sofort zu handeln.

Aber auch während er sich im stillen schwor, all dies in Zukunft zu tun, wußte er, daß es ihm selbst nicht helfen konnte.

Was auch immer er täte, das tiefe Gefühl der Schuld, Adams Tod mitverursacht zu haben, würde ihn nie mehr verlassen.

11

»Josh?«

Josh sah von dem Buch auf, das er las, während er frühstückte. Beim Anblick von Amy Carlsons blassem Gesicht und dem verstörten Ausdruck in ihren Augen legte er das Buch weg.

»Warst du schon einmal bei einer Beerdigung?« fragte Amy.

Josh schüttelte den Kopf. »Ich hab' noch nicht mal jemanden gekannt, der gestorben ist.«

»Ob wir Adam ansehen müssen?« Amys Stimme war ängstlich, und als sie ihre Frage stellte, wurde sie rot.

»Was ist denn mit dir los?« fragte Josh in scherzhaftem Ton. »Hast du etwa Angst, eine Leiche anzusehen?«

Amy wurde dunkelrot vor Verlegenheit. »Ich... ich weiß nicht«, stotterte sie. »Es ist nur... na ja, ich bin nicht so sicher, ob ich überhaupt einen Toten sehen *möchte.*«

»Also eigentlich glaube ich nicht, daß wir ihn zu sehen bekommen. Ich meine, schließlich ist er von einem Zug überfahren worden...« Joshs Worte blieben in der Luft hängen, während er sich im Geiste bildlich vorstellte, wie der Zug die Gleise entlangraste, Adam Aldrich erfaßte und seinen Körper in die Luft schleuderte. Ob seine Arme und Beine abgetrennt worden waren? Vielleicht. Sogar sein Kopf konnte abgerissen sein, wenn der Zug ihn auf eine bestimmte Art getroffen hatte. Das Bild ließ Josh erschauern, und er beschloß, nicht mehr daran zu denken.

Den ganzen Samstag und auch den ganzen Sonntag über hatten alle ständig nur über Adam und die Umstände seines Todes gesprochen.

Jeff war nicht mehr in der Schule gewesen, seit Hildie ihn am frühen Samstag morgen zu seinen Eltern gebracht hatte, und die meisten Kinder glaubten, daß er überhaupt nicht mehr zurückkommen würde.

Brad Hinshaw war jedoch anderer Meinung. »Ich habe vor kurzem mit ihm gesprochen«, hatte er gestern nachmittag berichtet. »Er sagt, er kommt zurück, und Jeff erreicht immer, was er will.«

»Ich wette, daß er nicht zurückkommt«, beharrte Amy Carlson. »Ich wette, seine Mutter behält ihn zu Hause. Ich meine, sie muß doch furchtbare Angst haben, daß es genauso ist wie bei Adam, oder?«

»Jeff bestimmt nicht«, entgegnete Brad. »Wenn er zurückkommen will, dann kommt er auch.«

Josh hörte nicht weiter zu, er machte sich Gedanken über das Wort, das Amy benutzt hatte, als sie darüber sprach, was mit Adam passiert war.

Es.

Das war das Wort, das alle benutzten, als wollten sie damit ausdrücken, daß Adam sich gar nicht selbst getötet hatte.

Aber genau das hatte er doch getan. Er hatte sich auf die Eisenbahnschienen gesetzt und darauf gewartet, daß der Zug ihn erfaßte. Josh erschauerte wieder, allein der Gedanken daran jagte ihm einen Kälteschauer durch den Körper.

»Wie er wohl ausgesehen haben mag«, überlegte er jetzt laut. Amy, die gerade den Mund voller Haferflocken hatte, verschluckte sich und spuckte ihr Essen in die Serviette.

»Das ist gemein, Josh«, sagte sie, als sie wieder sprechen konnte.

»Aber ich mußte gerade daran denken«, erwiderte Josh. »Und was ist daran so schlimm? Mr. Conners hat auch gesagt, daß es ganz in Ordnung ist, wenn wir darüber sprechen.«

Amy sah ihn voller Empörung an. »Er hat gesagt, es ist in Ordnung, darüber zu sprechen, was Adam *getan* hat«, gab sie zurück. »Aber er hat nicht gesagt, wir wollen darüber sprechen, wie...« Sie unterbrach sich, weil sie nicht die passenden Worte für das fand, was sie sagen wollte. Brad Hinshaw, der am Nebentisch alles mitangehört hatte, lächelte boshaft.

»Wie zermatscht er war?« fragte er.

Amy, die blaß war und aussah, als ob ihr gleich schlecht würde, funkelte Brad böse an und schob ihren Stuhl zurück. »Ihr seid wirklich ekelhaft! Mit euch rede ich überhaupt nicht mehr.« Sie drehte sich um und lief davon. Eine Sekunde später war Josh hinter ihr.

»Sei nicht albern«, sagte er, als er sie im Foyer einholte. »Ich hab' doch nur daran denken müssen, was mit ihm passiert ist, mehr nicht.« Er lief neben ihr her, und obwohl Amy nicht antwortete, schickte sie ihn doch auch nicht weg. Sie gingen zur Haustür hinaus und setzten sich auf die Stufen der Vortreppe. Josh sah sich um. Er sah niemanden in Hörweite, senkte aber trotzdem die Stimme, als er Amy fragte: »Hast du Freitag nacht nichts gehört?«

Amy hob erstaunt die Augenbrauen. »Was denn?«

Josh wurde rot, aber er war entschlossen, mit ihr darüber zu sprechen, für wie dumm Amy ihn auch halten mochte. »Den Fahrstuhl«, sagte er. »Ich habe ihn zweimal gehört, und nach der Geschichte, die uns Jeff über den alten Barrington erzählt hat, bin ich rausgegangen, um nachzusehen.«

Amy verzog den Mund. »Und?« fragte sie mißtrauisch.

»Er fuhr nicht«, antwortete Josh. »Er stand im Erdgeschoß, wie immer. Aber ich konnte ihn *hören!*«

Amys Augen blitzten ihn an. »Hör auf, Josh MacCallum. Du willst mir nur Angst einjagen!«

»Das will ich nicht«, protestierte Josh, und unbeabsichtigt sprach er lauter. »Ich erzähle dir nur, was passiert ist. Und wenn nun...« Er zögerte, dann stellte er die Frage, die ihn die ganze Zeit beschäftigte: »Wenn... also, wenn wirklich der alte Barrington seine Finger im Spiel hat?«

Amy bekam für einen Moment große Augen, als ihre Vorstellungskraft zu arbeiten begann, aber dann schüttelte sie heftig den Kopf. »Die Geschichte hat Jeff doch nur erfunden!« sagte sie entschieden. »Ich wette, du hast nicht mal was gehört. Und außerdem weiß doch jeder, daß Adam sich selbst umgebracht hat!«

Josh blieb eine Zeitlang ruhig, während er Amys Worte bedachte. Hatte er vielleicht die Geräusche gar nicht gehört? War das möglich? Konnte es sein, daß er sich alles nur eingebildet hatte, weil ihm diese Geschichte von Jeff im Kopf herumgegangen war?«

Sein Verstand gab sich alle Mühe, das Problem zu lösen, aber dann sagte er sich, daß es einfach keine Möglichkeit gebe herauszufinden, was in dieser Nacht wirklich passiert war. Als er schließlich mit leiser Stimme wieder sprach, erwähnte er die merkwürdigen Geräusche, die er gehört hatte, nicht mehr. »Hättest du das tun können?« fragte er. »Dich einfach auf die Schienen setzen und drauf warten, daß der Zug kommt?«

Amy schüttelte den Kopf. »Ich kann es kaum ertragen, nur daran zu denken.«

Josh sah sie an. »Was würdest du machen? Ich meine, wenn du dich selbst töten wolltest?«

Amys Blick verlor sich in der Ferne, und sie zuckte die Schulter. »Ich weiß nicht. Wer denkt schon an so was?«

»Willst du damit sagen, daß du nie daran gedacht hast, dich selbst umzubringen?«

Amy zog ihre Augenbrauen zusammen. »Ich... ich weiß nicht«, antwortete sie unsicher. »Ich meine, letztes Jahr, als ich in der normalen Schule war und überhaupt keine Freunde hatte, da ging ich manchmal schlafen und habe gehofft, daß ich am nächsten Morgen einfach nicht mehr aufwachen würde.« Sie sah Josh an. »Hast du dich jemals so gefühlt?«

Josh nickte, während er einen Zweig aufhob, der auf der obersten Treppenstufe lag, und ihn zwischen den Fingern hin und her drehte. »Ich habe mir das dauernd gewünscht. Ich habe mich immer so gefühlt, als würde meine Mutter besser zurandekommen, wenn ich gar nicht geboren worden wäre.«

»Genau so ging es mir auch«, sagte Amy. »Aber ich glaube nicht, daß ich jemals daran gedacht habe, mich umzubringen. Ich meine, das ist doch was anderes, als wenn man sich nur wünscht, nicht wieder aufzuwachen, oder?«

Josh hob die Schultern. Der Zweig fiel ihm aus den Fingern, als er die Narben an seinem Handgelenk berührte. Amy sah, wie er nach den noch frischen Narben griff und zögerte – dann stellte sie ihm die Frage, die sie seit Samstag nachmittag beschäftigte. Mr. Conners hatte eine Stunde damit zugebracht, mit allen Kindern darüber zu reden, was passiert war. Als der Lehrer dann wissen wollte, ob noch jemand eine Frage hätte, war Amy still geblieben. Jetzt, wo sie mit Josh alleine war, sagte sie: »Hat es weh getan? Ich meine, als du dich selbst geschnitten hast?«

Josh antwortete nicht gleich. Er versuchte, sich zu erinnern. Es war seltsam, er wußte noch, wie er das Messer in der Hand gehalten hatte und auch wie es gewesen war, als das Blut hervorsprudelte, aber er konnte sich nicht mehr an den Moment selbst erinnern, in dem er es getan hatte.

Und er konnte sich auch nicht mehr daran erinnern, ob es weh getan hatte oder nicht.

»Ich erinnere mich nicht«, antwortete er schließlich. »Ich meine, wenn es weh getan hätte, wüßte ich's wahrscheinlich noch, wie?«

Jetzt hob Amy die Schultern. »Ich... ich frage mich, ob Adam etwas gefühlt hat, als der Zug ihn erfaßte«, sagte sie gedankenverloren. »Ich meine, tot zu sein wär' vielleicht gar nicht so schlecht, wenn man sowieso nicht glücklich ist. Aber wenn es weh tut zu sterben...«

»Ich weiß«, sagte Josh. »Daran muß ich auch immer denken. Und außerdem – wenn man's erst mal getan hat, dann kann man's auch nicht wieder rückgängig machen.«

Amy schüttelte den Kopf. »Ich glaube nicht, daß ich es tun könnte«, entschied sie. »Ich meine, egal, wie schlimm alles wäre, ich glaube, ich hätte viel zu viel Angst, es zu machen.«

Ihre Unterhaltung wurde von der Ankunft eines Autos unterbrochen, das durch das Tor und dann die lange Auffahrt heraufgefahren kam. Josh beobachtete, wie es sich näherte, und plötzlich erkannte er es.

Es war das Auto seiner Mutter. Was wollte sie hier?

Dann fiel ihm ein, warum sie wahrscheinlich da war, und er erschrak. Natürlich, sie hatte gehört, was mit Adam passiert war, hatte ihre Meinung geändert und wollte ihn nun nicht mehr hier lassen. Sie war gekommen, um ihn wieder mit nach Hause zu nehmen.

Sein erster Impuls war, wegzulaufen und sich zu verstecken, aber dann sagte er sich, daß das nichts nützen würde. Wenn sie wirklich gekommen war, um ihn mit zurückzunehmen, würden sie ihn auch finden, egal, wo er war. Und dann würde er Ärger bekommen. So blieb er sitzen und sah mit bangem Herzen zu, wie seine Mutter das Auto parkte und ausstieg. Sie hatte ihn schon entdeckt und winkte ihm von weitem zu. Einen Moment später kam sie die Treppen heraufgerannt, riß ihn hoch und drückte ihn an sich, als hätte sie ihn ein ganzes Jahr lang nicht mehr gesehen und nicht nur eine Woche.

»Meine Güte, Mama«, protestierte Josh. »Laß mich los! Wenn das die anderen sehen! Sie werden sich den Rest des Jahres über mich lustig machen.«

Obwohl Brenda aus einem traurigen Grund hier war, mußte sie über die Verlegenheit ihres Sohnes lachen. »Und wie fänden sie es wohl, wenn deine Mutter dich zur Begrüßung nicht in den Arm nehmen würde?«

»Aber du mußt mich nicht gleich hochheben«, brummte Josh. »Ich bin kein Baby mehr!«

»Na gut«, gab Brenda zu und ließ ihn wieder los. »Du bist also erwachsen und bereit, in die große weite Welt zu ziehen und deinen Lebensunterhalt von nun an selbst zu verdienen, so daß du jetzt endlich deine alte Mutter unterstützen kannst – einverstanden?«

»Mama«, stöhnte Josh.

Brenda drehte sich um und blinzelte Amy Carlson zu. »Umarmt deine Mutter dich auch auf so schreckliche Art wie ich gerade Josh?«

Amy zuckte die Schultern. »Ich glaube schon«, sagte sie. Dann sprach sie den Gedanken aus, der Josh seit dem Moment beschäftigte, in dem er den Wagen seiner Mutter erkannt hatte. »Wollen Sie Josh wieder mit nach Hause nehmen?«

Brendas Lächeln erstarb. Sie sah auf Josh hinab. »Ich weiß nicht«, gab sie zu. Sie ließ sich auf die Treppenstufen sinken. Erst jetzt spürte sie plötzlich die Erschöpfung nach der langen und anstrengenden Fahrt, die die ganze Nacht gedauert hatte. Gestern nachmittag war Brenda durch einen Anruf Hildie Kramers darüber informiert worden, was mit Adam passiert war, und sie hatte den Schock noch nicht ganz überwunden. Zwar hatte sie den Jungen kaum gekannt, aber nach dem letzten Wochenende kamen ihr Janette und Chet Aldrich fast schon wie Freunde vor. Während ihrer Schicht im Café hatte Brenda dauernd hin und her überlegt, ob sie nach Barrington fahren sollte, und sobald sie um Mitternacht mit ihrer Arbeit fertig war, hatte sie sich auf den Weg gemacht.

Ihr war schließlich klar gewesen, daß sie eigentlich gar keine Wahl hatte. Es war nicht nur wegen der Beerdigung, die heute morgen um zehn Uhr stattfinden sollte.

Es war wegen Josh.

Sie mußte sich selbst davon überzeugen, wie es ihm ging, mußte ihn sehen, um für sich beurteilen zu können, wie er mit dem Selbstmord eines seiner Schulkameraden fertig wurde.

Und am allerwichtigsten war, daß sie an Ort und Stelle erlebte, wie sich die Schule auf ihn auswirkte. Brenda war entschlossen, ihn noch am selben Nachmittag ins Auto zu laden und wieder mit nach Hause zu nehmen, wenn es ihm dort nicht gut ging. Noch schneller als sie ihn in dieser Einrichtung untergebracht hatte, würde sie ihn ohne Bedenken auch wieder herausnehmen.

Denn wenn sich für Adam Aldrich durch den Besuch dieser besonderen Schule nichts geändert, wenn er sich nach einem erfolglosen Selbstmordversuch nun trotzdem das Leben genommen hatte – wer sagte, daß Josh nicht dasselbe tun würde? Bei dem bloßen Gedanken daran durchlief es sie eiskalt.

Während der langen Stunden der letzten Nacht, als sie durch die Wüste und durchs San Joaquin Tal gefahren war, hatte sich in ihr die Überzeugung gefestigt, daß sie den Fehler mit dieser Schule wiedergutmachen mußte.

Aber als die Sonne aufgegangen war und sie den Highway 101 nach Salinas nahm, dachte sie schon wieder anders.

Josh war nicht wie Adam. Es gab keine zwei Kinder an der Schule, die sich glichen. Sogar Adams Zwillingsbruder war völlig anders als er.

Und hatten sie ihr nicht gesagt, daß Selbstmord ein häufiges Problem unter den Schülern wäre?

Bei Adam Aldrich hatten sie trotzdem versagt. Sie waren nicht imstande gewesen vorherzusehen, was für eine Gefahr ihm drohte. Und hatten sie nicht abgewendet.

Immer wieder drehte und wendete sie die Sache in Gedanken hin und her, erwog das Für und Wider, bis sie völlig durcheinander und ganz erschöpft war und überhaupt nicht mehr wußte, was sie machen wollte. Als sie Barrington schließlich erreicht hatte und auf die Schule zufuhr, war ihr einziger Plan nur noch gewesen, Josh einfach zu beobachten und mit ihm zu reden. Dann würde sie schon merken, wie es ihm ging und was für ihn besser war.

Und nun stand dieses ernsthafte kleine Mädchen mit dem leuchtend roten Haar und den dicken Brillengläsern vor ihr, schaute sie aufmerksam an und erwartete eine Antwort. Brenda lächelte etwas ratlos. »Na ja, ich mach' mir natürlich Sorgen um ihn.«

»Wegen Adam?« fragte Amy.

Die unverblümte Offenheit der Frage verschlug Brenda die Sprache. »Ich... ja, ich denke schon«, stotterte sie.

»Darüber haben wir gerade gesprochen«, sagte Amy. »Wir glauben nicht, daß wir jemals so etwas tun könnten.«

»Nein?« fragte Brenda verblüfft. Sie konnte es kaum fassen. Saß sie wirklich hier in der hellen Morgensonne und diskutierte mit einem zehn Jahre alten Mädchen über Selbstmord? Aber Amy und auch Josh schienen das für die normalste Sache der Welt zu halten.

»Wir haben sehr viel darüber geredet die letzten Tage«, sagte Amy. »Das Problem ist – wenn man das tut, was Adam getan hat, dann kann man seine Meinung nicht mehr ändern. Ich meine, wenn man erst mal tot ist...« Sie führte den Satz nicht zu Ende.

»Und außerdem«, sagte Brenda, »ist es nicht richtig, sich selbst zu töten.«

»Und warum nicht?« fragte Josh.

Brendas Blick richtete sich auf ihren Sohn, der sie ruhig ansah und auf eine Antwort wartete.

Hatte sie überhaupt eine? Ihr wurde klar, daß sie es nicht wußte. Sie hatte einfach immer akzeptiert, daß es nicht richtig war. Aber warum? »Na ja, weil Gott nicht möchte, daß man sich selbst tötet?« antwortete sie in Erinnerung an das, was die katholische Kirche sie vor vielen Jahren gelehrt hatte.

»Mein Vater sagt, es gibt keinen Gott«, meinte Amy. »Er ist Atheist.«

»Ich verstehe«, sagte Brenda, obwohl sie ganz und gar nicht verstand. Wie konnte irgend jemand nicht an Gott glauben? Auch wenn sie seit zehn Jahren kaum noch in die Kirche ging, glaubte sie doch weiter an Gott. Während sie überlegte, wie sie auf Amys Feststellung am besten reagieren könnte, trat Hildie Kramer aus dem Haus und rettete sie davor, antworten zu müssen.

»Mrs. MacCallum? Ich habe mir gedacht, daß Sie das sind.«

Brenda sprang eilig auf. »Ich hab' es nicht ausgehalten, zu Hause zu bleiben«, erklärte sie. »Also bin ich hergekommen, um an der Beerdigung teilzunehmen.«

Hildie hatte die letzten zwei Tage die meiste Zeit am Telefon zugebracht und mit fast allen Eltern der Schule gesprochen. Sie lächelte müde. »Ich bin froh, daß Sie da sind«, sagte sie. »Und vor allem freue ich mich für Josh. So können Sie sehen, wie gut es ihm geht.« Sie streckte ihre Hand aus und fuhr Josh durchs Haar. Als er sich unter ihrer Berührung wegduckte, kicherte sie. »Wie wär's, wenn ihr zwei euch jetzt mal langsam ein bißchen zurechtmacht, damit ihr nachher ordentlich ausseht?« legte sie den Kindern nahe und wies auf ihre Uhr. »Der Gottesdienst fängt um zehn an, und wir wollen nicht zu spät kommen.«

»Aber es ist doch erst neun«, protestierte Josh.

»Und wie lange müßt ihr warten, bis ihr duschen könnt?« konterte Hildie. »Und versucht nicht, mir weiszumachen, ihr hättet schon geduscht. Ich kann sogar von hier aus den Dreck hinter euren Ohren sehen. Also los, ihr beiden, setzt euch in Bewegung.« Zu Brendas Überraschung trotteten Amy und Josh gehorsam die Treppe hinauf und verschwanden im Haus. Als sie fort waren, wandte Hildie sich wieder Brenda zu. »Ich nehmen an, Sie sind hier, weil Sie sich Sorgen um Josh machen«, sagte sie.

Brenda zögerte und nickte dann. »Nach dem, was mit Adam Aldrich passiert ist...«

»Natürlich«, antwortete Hildie. »Ich finde es auch nicht überraschend, Sie hier zu sehen. Sie sind auch nicht die einzige von unseren Eltern, die sich Sorgen macht, und sie haben ja auch völlig recht damit. Ich bin wirklich froh, daß Sie gekommen sind. Gehen wir doch einen Kaffee trinken, dann kann ich Ihnen genau erzählen, was passiert ist und wie wir hier mit allem umgehen.«

Brenda hatte sich innerlich darauf vorbereitet, von seiten der Schule eine gewisse Verteidungshaltung anzutreffen, aber eine Stunde später bewunderte sie die Offenheit, mit der Hildie Kramer nicht nur über Adam Aldrichs Selbstmord sprach, sondern auch darüber, wie sich der Vorfall möglicherweise auf seine Mitschüler auswirken könnte. »Was Josh angeht«, sagte Hildie schließlich, »so kann ich Ihnen nur raten, ihn heute zu beobachten und sich selbst eine Meinung zu bilden, ob Sie ihn bei uns lassen möchten oder nicht.«

Am meisten beeindruckt war Brenda, daß Hildie sie nicht zu beeinflussen versuchte, Josh in der Schule zu lassen. Als die Hausmutter Brenda in ihre eigene kleine Wohnung im Erdgeschoß des Hauptgebäudes mitnahm, damit sie sich frischmachen und für die Beerdigung umziehen konnte, war Brenda schon fast entschlossen, Josh trotz des schrecklichen Vorfalls nicht wieder nach Hause mitzunehmen.

Aber natürlich wollte sie ihn heute noch ganz genau beobachten.

Ihr Entschluß würde erst dann endgültig feststehen,

wenn sie sich selbst davon überzeugt hatte, daß Josh wirklich so zufrieden war, wie Hildie Kramer behauptete.

12

Jeanette Aldrich saß vor ihrem Frisiertisch und starrte auf das Bild, das der Spiegel reflektierte. War das wirklich sie? Diese geschwollenen Augen, gerötet von zu wenig Schlaf und umgeben von dunklen Ringen?

Die grauen Strähnen, die über Nacht die dichten Lokken ihres kastanienbraunen Haars durchzogen hatten, gehörten die wirklich zu ihr? War es wirklich erst drei Tage her, daß sie nicht nur zehn Jahre jünger ausgesehen, sondern sich auch so gefühlt hatte?

Ihr kam es vor, als sei mehr als ein Jahr vergangen. Seit sie in Adams so entsetzlich entstelltes Gesicht geschaut hatte, war ihr jede einzelne Minute wie eine qualvolle Stunde erschienen. Unablässig stand ihr das furchtbare Bild vor Augen...

Sie sah nicht mehr den Adam vor sich, den sie gekannt hatte, nicht den schönen, ruhigen Jungen mit den großen dunklen Augen und dem dichten, lockigen Haar, das dem ihren ähnelte. Dieses Bild, das sie von einer gerahmten Fotografie auf ihrem Frisiertisch rätselhaft anlächelte, war verloren. Fort für immer, ersetzt durch das grotesk zerschmetterte Antlitz, das sie am Samstag morgen im Krankenhaus gesehen hatte.

Die Gesichtszüge waren verzerrt gewesen, die Haut aufgerissen und blutverschmiert, das Haar verfilzt, die Kopfhaut fast abgetrennt.

Würde sie je dieses Bild vergessen können, jemals imstande sein, es wieder durch ihre Erinnerungen an das lebende Kind zu ersetzen? Oder würde es für immer in ihrem Kopf bleiben und jede Erinnerung, die sie an Adam hatte, überlagern?

Sie hätte es nicht tun dürfen, hätte nicht darauf bestehen sollen, seine Leiche zu sehen, hätte sich nicht so unvernünftig weigern sollen, die Tatsache seines Todes zu akzeptieren, bevor sie nicht selbst die Leiche gesehen hatte.

Bei dem Wort schauderte sie .

Leiche. So ein häßliches Wort für das, was von ihrem geliebten Kind übriggeblieben war.

Ihre Finger fühlten sich fast genauso abgestorben an wie ihr Inneres, als sie jetzt begann, Make-up aufzulegen. Sie tat ihr Bestes, um die Spuren des Kummers zu beseitigen, aber dabei wußte sie genau, daß es nichts nützen würde. Egal, mit welcher Maske sie ihr Gesicht verdecken würde, nichts konnte die blutende Wunde in ihr heilen, nichts konnte den Schmerz stillen, der in ihrer Seele wütete.

Zwölf Jahre alt!

Er war erst zwölf gewesen. Das war nicht fair. Warum war er in dieser Nacht nicht nach Hause gekommen, damit sie sich hätte um ihn kümmern können? Warum hatte er sich von ihr abgewandt?

Jetzt würde sie es nie mehr erfahren, niemals mehr würde sie die Möglichkeit haben, ihn zu trösten, ihm zu versichern, daß alles mit ihm in Ordnung wäre, daß er das allerbeste Kind sei.

»Liebling?«

Jeanettes Blick wandte sich dem Spiegelbild ihres Mannes zu. Chet stand in der offenen Tür zum Schlafzimmer, und seine besorgte Stimme unterbrach ihre Gedanken. »Es ist schon ziemlich spät. Der Wagen wird in fünf Minuten hier sein.«

Jeanette nickte, machte aber keine Anstalten, mit ihrem Make-up fortzufahren. Ihr Blick blieb an Chet haften. Er sah noch genauso aus wie immer. Stark und sympathisch und mehrere Jahre jünger, als er tatsächlich war. Fühlte er keine Trauer über den Verlust seines Sohnes? Machte es ihm nichts aus, daß Adam für immer fort war?

Das ist ungerecht von mir, sagte sie zu sich selbst. Er geht nur anders damit um, das ist alles. Der Unterschied zwischen Männern und Frauen. Wir tragen unsere Herzen vor uns her, das tun sie nicht. Aber deswegen tut es ihm genauso weh wie mir.

Sie versuchte, ihre zitternden Finger zu beruhigen und beendete ihr Make-up. Dann zog sie das dunkelblaue Kleid an, das sie für die Beerdigung ausgesucht hatte. Als sie draußen eine Wagentür zuschlagen und ein paar Sekunden später die Türglocke läuten hörte, ging sie die Treppe hinunter, wobei sie sorgfältig darauf achtete, daß ihr Blick nicht auf die geschlossene Tür zu Adams Zimmer fiel.

Bis jetzt war sie außerstande gewesen, das Zimmer auch nur zu betreten, und sie mochte gar nicht daran denken, daß sie irgendwann Adams Sachen daraus entfernen mußte.

Im Moment konnte sie sich nicht einmal vorstellen, daß sie jemals wieder in der Lage wäre, sich in dem Zimmer aufzuhalten.

Unten warteten Chet und Jeff schon auf sie. Automatisch inspizierte ihr mütterlicher Blick Jeffs Anzug, und sie streckte die Hand aus, um seine Krawatte geradezurücken. »Wo ist...?« Ihre Stimme brach abrupt ab.

»Adam« war sie im Begriff gewesen zu sagen, eine Gewohnheit, so viele Jahre geübt, daß sie sogar noch in dem Moment funktionierte, in dem sie zu Adams Begräbnis aufbrachen. Aber es war ihr noch rechtzeitig zu Bewußtsein gekommen, und sie biß sich schmerzhaft auf die Lippen, während sie gegen die aufsteigenden Tränen ankämpfte. Dann senkte sie den Kopf und schritt eilig aus dem Haus in das morgendliche Sonnenlicht. Schnell rutschte sie auf den Rücksitz der wartenden Limousine, deren dunkel getönte Scheiben das Licht filterten und eine Atmosphäre von Geborgenheit und Trost schufen. Gleich darauf war auch Jeff im Wagen und hockte sich auf den Sitz ihr gegenüber. Sofort begann er, die Schalter des Fernsehers und der Stereoanlage zu untersuchen, die in dem Wagen installiert waren.

»Kann ich eine Cola haben?« fragte er, als er den Eisbehälter entdeckte, der unter einer der Armlehnen verborgen war.

»Nicht jetzt, Jeff«, erwiderte Chet. Er hatte neben Jeanette Platz genommen und spürte, wie sich ihr Körper bei Jeffs Frage verkrampfte. »Vielleicht später, okay?«

Jeff runzelte die Stirn. »Aber ich komme doch nicht mit euch zurück, oder? Ich gehe doch wieder in die Schule! Morgen ist Unterricht!«

Als seine Eltern einen kurzen Blick wechselten, verfinsterte sich sein Gesicht. »Ihr laßt mich doch wieder zurückgehen, oder etwa nicht?« fragte er voller Mißtrauen.

»Ich bin nicht sicher, ob wir uns schon entschieden haben«, erklärte Chet seinem Sohn. Er warf einen kurzen Blick auf den Hinterkopf des Fahrers und streckte seine Hand nach dem Knopf aus, mit dem man die Trennscheibe schloß. »Deine Mutter meint...«

»Aber das ist nicht fair!« rief Jeff. »Ich *mag* die Schule. Alle meine Freunde sind dort!«

»Nein!« sagte jetzt Jeanette schärfer, als sie eigentlich gewollt hatte. »Ich will nicht, daß du weiter dort bleibst. Kannst du das nicht verstehen, Liebling? Nach allem, was mit Adam passiert ist, möchte ich dich zu Hause bei mir haben.«

»Aber warum?« fragte Adam, und sein Gesicht nahm einen störrischen Ausdruck an. »Ich habe doch nichts getan. Warum bestraft ihr mich?«

»Wir bestrafen dich nicht«, versuchte Jeanette es ihm zu erklären. »Liebling, versuch doch zu verstehen, wie ich mich fühle. Ich möchte, daß du zu Hause bist, wo ich mich um dich kümmern kann. Und du mochtest die andere Schule doch auch.«

»Überhaupt nicht«, widersprach Jeff. »Ich habe sie genauso gehaßt wie Adam. Die Lehrer waren blöd, und die anderen Kinder auch. An der Barrington Schule...«

Jeanettes Finger schlossen sich fester um den Arm ihres Mannes, und Chet hob eine Hand, um seinen Sohn zum Schweigen zu bringen. »Nicht jetzt, Jeff«, sagte er in einem Ton, der keinen Widerspruch zuließ. »Wir sprechen später darüber, und ich verspreche dir, wir werden uns alles anhören, was du zu sagen hat. Aber jetzt laß uns erst einmal die nächsten Stunden hinter uns bringen, ja? Es wird schwer genug für uns sein, ohne daß du's uns noch schwerer machst. Also lassen wir das Thema jetzt, okay?«

Jeff biß so ärgerlich die Zähne zusammen, daß seine Backenknochen hervortraten. Einen Moment lang dachte Chet, der Junge würde mit dem Streit fortfahren, aber dann besann sich Jeff offensichtlich eines Besseren. Er verfiel in ein düsteres Schweigen, das den Rest der Fahrt bis zur Kapelle der Barrington Universität anhielt.

Fünf Minuten später fuhr der Wagen vor der Kapelle vor. Chet drückte seiner Frau noch einmal beruhigend die Hand, dann öffnete er die Tür, um auszusteigen. Er blinzelte, geblendet von dem hellen Sonnenlicht, beugte sich hinunter und half Jeanette aus dem Wagen. Ihre Augen waren ein wenig geschützt durch den Schleier, der von ihrem kleinen Hut herabhing.

Schließlich stieg auch Jeff aus dem Wagen und wollte sofort zu seinen Schulkameraden gehen, die vor der Kapelle versammelt waren. Bevor er jedoch den ersten Schritt machen konnte, schloß sich Chets freie Hand um seine Schulter und hielt ihn mit festem Griff an seiner Seite. Sie gingen zu dritt auf die offene Tür der Kapelle zu, während rechts und links von ihnen die Gruppe der Kinder und die Erwachsenen standen. Die Trauergäste hatten aufgehört zu reden und traten zurück, um der leidtragenden Familie Platz zu machen.

Als Jeanette durch die Tür in die Kapelle treten wollte, stand plötzlich eine Frau vor ihr, die sie erst nicht erkannte, bis Brenda MacCallum sie ansprach.

»Es tut mir so leid, Jeanette. Ich weiß, daß ich nichts tun kann, aber...«

Jeanette nahm alle Kraft zusammen und zwang sich zu einem Lächeln. »Brenda. Wie schön, daß sie gekommen sind. Und von so weit...«

Sie stockte, als ihr nichts mehr einfiel, was sie noch hätte sagen können.

»Ich mußte einfach kommen«, versicherte Brenda. »Ich weiß, wir kennen uns nicht sehr gut, aber ich habe das Gefühl, daß wir schon Freunde sind.«

»Ja, natürlich«, murmelte Jeanette und machte einen zögernden Schritt, als wolle sie um Brenda herumgehen. Die andere Frau wich verlegen beiseite. Sie hatte das unangenehme Gefühl, daß sie in Jeanettes Privatsphäre eingedrungen war. Aber dann streckte Jeanette die Hand aus, um Brendas Arm zu berühren, und blieb noch einmal stehen.

»Ich habe mich geirrt mit dieser Schule«, sagte sie. »Ich weiß noch, was ich letztes Wochenende gesagt habe, aber es stimmte nicht. Wenn ich Sie wäre, würde ich Josh mit nach Hause nehmen, bevor es zu spät ist.«

Brenda erstarrte bei Jeanettes Worten und stand da, ohne noch ein Wort zu sagen, während Chet seine Frau den Gang entlang zur vordersten Bank in der Kapelle führte. Dann spürte Brenda, wie Josh an ihrer Hand zog.

»Mama«, flüsterte er. »Wir sollen nicht vor der Beerdigung mit ihnen sprechen, erst nachher. Hildie hat es uns extra gesagt!«

Jeanettes Worte klangen Brenda noch in den Ohren, während sie sich von Josh zu einer Bank im hinteren Teil der Kapelle führen ließ. Bevor sie heute nachmittag nach

Hause fuhr, mußte sie unbedingt eine Gelegenheit finden, noch einmal mit Jeanette zu reden. Waren ihre Worte einfach nur eine Reaktion auf die Tragödie, die sie erlebt hatte?

Oder gab es vielleicht noch etwas, das Adams Tod betraf und das ihr bloß noch niemand gesagt hatte?

Es schien Jeanette eine Ewigkeit zu dauern, bis die Begräbniszeremonie endlich beendet war. George Engersol selbst hielt die Rede, aber schon nach ein paar Minuten hörte Jeanette nicht mehr zu, denn der Adam, von dem er sprach – ein Adam, der ein hingebungsvoller Schüler gewesen war, dessen Interessen so weit reichten wie die wunderbaren Gaben seines Geistes – war nicht der kleine Junge, an den sie sich erinnerte.

Sie sah im Geiste das kleine Kind vor sich, das jedesmal, wenn es hingefallen war und sich das Knie aufgeschürft hatte, weinend zu ihr gerannt kam, den fünf Jahre alten Jungen, der abends immer gebettelt hatte, daß sie noch eine Geschichte mehr vorlas, bevor sie schließlich darauf bestand, daß das Licht gelöscht wurde, den sieben Jahre alten Jungen, der weiter an den Weihnachtsmann glauben wollte, auch als sie und Chet ihm erklärt hatten, daß er nur ein Mythos wäre.

»Dann ist auch Gott nur ein Mythos, stimmt's?« hatte Adam gefragt.

»Das stimmt«, hatte Chet, der überzeugteste Atheist, der Brenda je begegnet war, geantwortet.

»Aber eine Menge Leute glauben trotzdem noch an Gott«, hatte Adam argumentiert. »Also werde ich weiter an den Weihnachtsmann glauben. Und so lange wie ich an ihn glaube, wird er mir weiter zu Weihnachten Geschenke bringen, nicht wahr?«

Danach hatten Jeanette jedesmal zu Weihnachten dafür gesorgt, daß zumindest eines der Geschenke unter dem Weihnachtsbaum die Aufschrift trug: »Für Adam vom

Weihnachtsmann.« Sogar noch letztes Jahr hatte Adam das Päckchen bis zum Schluß aufgehoben und glücklich gelächelt, als er es auspackte. »Siehst du?« hatte er zu Jeff gesagt. »Er vergißt mich nie. Und *du* hast nie etwas von ihm bekommen, seit wir sieben sind.«

Jeff, realistisch wie er war, wies darauf hin, daß die Schrift auf dem kleinen Geschenkanhänger verdächtig der ihrer Mutter ähnelte, aber Adam ließ sich davon nicht stören. »Zähl deine Geschenke«, sagte er. »Mama und Papa schenken dir und mir immer gleich viel, aber ich bekomme außerdem immer noch ein Päckchen vom Weihnachtsmann.«

Jeff hatte nachgezählt und sehr zu seinem Mißfallen festgestellt, daß Adam recht hatte. Den Rest des Tages hatte Adam ihn damit aufgezogen, daß ihm über die Jahre hin alle möglichen tollen Sachen entgangen wären, weil er nicht mehr an den Weihnachtsmann glaubte. Am Ende des Tages schäumte Jeff vor Wut und Enttäuschung und beklagte sich darüber, daß sein Bruder sich durch einen Trick jahrelang zu Weihnachten einen Vorteil verschafft habe.

Auch Chet konnte sich das Lachen darüber nicht verkneifen, daß Adam es zum ersten Mal fertiggebracht hatte, über seinen Bruder zu triumphieren.

Und jetzt war all das für immer vorüber.

Schließlich hörte George Engersol auf zu reden. Die letzten Gebete wurden über dem kleinen Sarg gesprochen, der vor dem Altar stand, und die Musik setzte ein, als der Trauerzug die Kirche verließ. Jeanette warf noch einen langen Blick auf den geschlossenen Sarg, der die Leiche ihres Sohnes barg, und ließ sich dann den Gang zurück zum Ausgang führen. Dort nahm sie ihren Platz an Chets Seite ein, um die Kondolenzbekundungen der Trauergäste über sich ergehen zu lassen.

Es war noch unangenehmer, als sie es sich vorgestellt hatte. Niemand schien zu wissen, was er ihr sagen sollte, welche Worte man einer Frau gegenüber benutzen konnte, deren so junger Sohn sich dafür entschieden hatte, seinem eigenen Leben ein Ende zu setzen. All ihre Freunde, alle, die sie schon seit Jahren kannte, schienen jetzt die Sprache verloren zu haben. Nur einen ganz kurzen Moment blieben sie stehen, küßten sie auf die Wange, flüsterten ein kurzes »Es tut mir leid« und entfernten sich schnell.

Glauben sie vielleicht, daß es meine Schuld ist? dachte Jeanette. Glauben sie, daß ich bei Adam etwas versäumt habe?

Und hatte sie das nicht? Doch, ganz sicher. Wenn sie eine gute Mutter gewesen wäre und Adam all die Liebe und Aufmerksamkeit geschenkt hätte, die er brauchte, wäre er bestimmt noch am Leben – oder etwa nicht?

Sie versuchte, sich einzureden, daß Hildie Kramer recht gehabt hatte. Erst gestern hatte sie ihr versichert, daß es nichts gebe, was sie hätte besser machen können. Sie und Chet hätten alles, was möglich war, für Adam getan, aber in seinem Innern wären Kräfte am Werk gewesen, die niemand hätte verstehen können.

Ich kann nicht mein Leben damit zubringen, mir selbst Vorwürfe zu machen, wiederholte Jeanette immer wieder für sich selbst. Ich habe noch immer Jeff, und ich kann nicht einfach aufhören zu leben. Und ich kann auch von ihm nicht verlangen, daß er zu leben aufhört.

Die letzten hatten die Kapelle verlassen. Während Chet, Jeanette und Jeff zusahen, wurde der Sarg hochgehoben und den Gang entlang zu dem wartenden Leichenwagen getragen. Die Sargträger blieben einen Moment lang bei der Familie stehen. Jeanette legte kurz ihre Hand auf den Sarg aus Mahagoniholz und sagte leise: »Gott sei mit dir.«

Während die Familie schweigend verharrte, wurde der Sarg in den Leichenwagen geschoben, der einen Moment später losfuhr.

Am Ende des Tages würden Adam Aldrichs sterbliche Überreste verbrannt und über dem Meer verstreut sein.

Brenda MacCallum sah auf ihre Armbanduhr. Es war fast zwei. Wenn sie noch zu einer vernünftigen Zeit nach Eden zurückfahren wollte, mußte sie bald aufbrechen. Aber sie hatte noch keine Möglichkeit gehabt, mit Jeanette zu sprechen, und als sie jetzt die kleiner werdende Menschenmenge auf dem Rasen vor der Schule musterte, befürchtete sie, daß Jeanette schon gegangen sein könnte. Sie entdeckte Chet, der in ein Gespräch mit George Engersol vertieft war, und Jeff, der mit Josh, Amy Carlson und noch einigen anderen Kindern im Schatten bei der Baumgruppe saß, die sie die Laube oder Höhle nannten. Jeanette war jedoch nirgends zu sehen.

Aber dann fiel Brenda mit dem sicheren Gespür einer Mutter plötzlich ein, wo sie sein mußte. Brenda stellte ihr leeres Limonadenglas auf einem der Tische ab, die auf dem Rasen aufgestellt waren, und machte sich auf den Weg zum Haus. Bei jedem Schritt sanken ihre hohen Absätze in den weichen Rasen ein. Bekümmert beobachtete Brenda die anderen Frauen, wie sie auf Zehenspitzen über den Rasen balancierten, wobei ihre Absätze den grünen Teppich nie so durchlöcherten wie ihre eigenen. Aber in Eden hatte natürlich fast niemand, den sie kannte, einen Rasen, und wenn es mal einen gab, war er von der Sonne ausgedörrt und die Erde darunter hart wie Stein. Brenda wünschte, sie hätte daran gedacht, flache Schuhe anzuziehen.

Bevor sie ins Haus trat, hielt sie inne, um die Erde von ihren Absätzen abzustreifen, dann stieg sie die Treppe zum ersten Stock hinauf. Adams Zimmer war direkt neben dem Jeffs gewesen, ganz am Ende des Ganges an der Vorderseite des Hauses. Schnell ging Brenda den Flur entlang und blieb vor der geschlossenen Tür des vorletzten Zimmers stehen. Sie klopfte leise. Als niemand antwortete, wollte sie schon gehen, dann sagte ihr aber ihr Instinkt, daß jemand im Zimmer war. Also drehte sie sich wieder um, drehte den unverriegelten Türknopf und stieß die Tür auf.

An der Wand neben dem Fenster lehnte Jeanette Aldrich und starrte vor sich hin.

»Kann ich reinkommen?« fragte Brenda, die sich wie ein Eindringling vorkam. »Ich meine, wenn Sie lieber allein sein wollen...«

Jeanette schüttelte schnell den Kopf, wie um sich selbst in die Realität zurückzuholen; dann machte sie einige Schritte auf Brenda zu. »Nein, Brenda, bleiben Sie. Ich war nur gerade...« Hilflos sah sie im Zimmer umher. Adams Sachen waren nicht mehr da, der Schrank stand offen und leer, das Bett war abgezogen, und das Zimmer sah trostlos und einsam aus.

»Sie waren nur gerade in Ihren Erinnerungen versunken«, sagte Brenda, trat ein und zog die Tür hinter sich zu. »Als ich Sie draußen nirgends gesehen habe, dachte ich mir, daß Sie hier sind.« Sie sah sich im Zimmer um. »Sieht ziemlich trostlos aus, nicht wahr?«

Jeanette nickte. »Aber wenigstens kann ich es ertragen, mich darin aufzuhalten. Wenn seine Sachen noch hier wären, könnte ich's glaube ich nicht. Ich hab's bisher einfach noch nicht fertiggebracht, zu Hause in sein Zimmer zu gehen.«

Brenda hockte sich auf den Bettrand. »Ich kann mir vorstellen, wie Sie sich fühlen. Nachdem mein Mann mich verlassen hatte, konnte ich es eine Woche lang kaum aushalten, ins Bett zu gehen.« Dann wurde ihr Gesicht vor Verlegenheit rot. »Natürlich ist mir klar, daß das nicht das gleiche ist, aber das Gefühl ist vielleicht irgendwie genauso, verstehen Sie, was ich meine?«

Das erste Mal an diesem Tag lächelte Jeanette wirklich. »Mich überrascht, daß gerade Sie es verstehen.« Sie setzte sich neben Brenda auf das Bett. »Sie sind auch die erste, die gekommen ist, um nach mir zu sehen. Es scheint, als wollte niemand von meinen Freunden mit mir reden. Sie wissen wohl nicht, was sie sagen sollen.«

»Ja, das kann ich gut nachempfinden«, seufzte Brenda. »Nachdem Josh sich seine Schnitte beigebracht hatte, waren alle wirklich nett zu mir, aber keiner redete darüber. Ich habe mich einige Tage lang gefühlt, als ob ich Lepra hätte oder so was. Aber was kann man anderes erwarten? Unsere Kinder sind erstens sowieso schon anders als die anderen, und wenn sie dann auch noch so etwas tun, kommen die Leute damit einfach nicht mehr zu Rande.«

Jeanettes Lächeln wurde schwächer. »Sind Sie damit zu Rande gekommen, als Josh versucht hat, sich das Leben zu nehmen?«

»Natürlich nicht. Ich war halbtot vor Angst. Aber ich mußte ja irgendwie damit fertig werden, genauso wie ich damit klarkommen mußte, daß alle Männer, mit denen ich zusammen war, mich sitzengelassen haben. Und dann mußte ich ja auch noch für Melinda sorgen. Also habe ich Josh eben hierher gebracht.«

Jetzt war Jeanettes Lächeln ganz verschwunden. »Genau wie ich Adam und Jeff hergebracht habe«, sagte sie. »Und jetzt ist Adam tot.«

Brenda entgegnete einen Moment lang nichts, stand auf und ging zum Fenster. »Ich habe über das nachgedacht, was Sie vorhin zu mir gesagt haben. Daß Sie an meiner Stelle Josh mitnehmen würden.«

»Gut«, sagte Jeanette, »ich nehme an, Sie werden sich denken, daß auch ich beschlossen habe, Jeff von der Schule zu holen. Ich möchte ihn von jetzt an bei mir zu Hause haben.«

»Das verstehe ich natürlich«, stimmte Brenda zu. »Aber ich weiß nicht, ob ich Josh mitnehmen kann.« Sie winkte Jeanette zu sich. »Kommen Sie her und sehen Sie sich das an.«

Jeanette stand erstaunt vom Bett auf und stellte sich neben Brenda. Als sie aus dem Fenster sah, bemerkte sie nichts Besonderes. Nur ein paar Kinder saßen auf dem Rasen und redeten miteinander.

»Wissen Sie, ich hab' das nie vorher gesehen«, sagte Brenda. »Von dem Tag an, als Josh zur Schule ging, hatte er nie richtigen Kontakt zu den anderen Kindern. Es war, als würden sie ihn immer gleich ausschließen, und er litt ständig darunter. Aber hier leidet er nicht. Das heißt – kann ich ihn dann wieder von hier wegnehmen? Meinen Sie wirklich, daß ich ihm das antun sollte? Ihn wieder dorthin schicken, wo alle sich über ihn lustig gemacht haben und wo er sich dauernd nur gelangweilt hat?«

Als Jeanette das hörte, erinnerte sie sich zum ersten Mal seit dem schrecklichen Geschehen daran, wie es Adam gegangen war, bevor er vor zwei Jahren auf diese Schule gekommen war.

Sie erinnerte sich an die vielen Jahre, in denen Jeff und Adam keine Freunde gehabt hatten. Und jetzt, wo auch Adam nicht mehr da war...

»Lieber Gott«, seufzte sie. »Was soll ich bloß machen?«

»Nun, das kann ich Ihnen natürlich auch nicht sagen«, antwortete Brenda, während sie weiter die Kinder auf dem Rasen beobachtete. »Aber ich weiß, daß ich Josh nicht von hier fortnehmen kann. Und vielleicht sollten Sie sich noch ein bißchen Zeit lassen, bevor Sie eine endgültige Entscheidung im Hinblick auf Jeff treffen.« Sie wandte sich zu Jeanette um und sah sie an. »Ich weiß, wie sehr sie leiden, Jeanette. Und ich habe in meinem Leben auch viel gelitten. Aber irgendwann wird es Ihnen wieder besser gehen. Man denkt erst, man kommt um vor Schmerz, doch dann tut es jeden Tag ein kleines bißchen weniger weh. Die Hauptsache ist, während dieser ersten schlimmsten Zeit nicht irgend etwas Dummes zu tun, was man nachher bereut und nicht wieder rückgängig machen kann.«

Jeanette schwieg einen Moment, und als sie schließlich

sprach, klang ihre Stimme ruhig und gefaßt. »Sie meinen, wie Adam es tat?«

Brenda hob die Schultern. »Ich habe jetzt gerade nicht an Adam gedacht, aber ich glaube, so meine ich das. Und ich finde, daß es auch nicht richtig wäre, wenn Sie Jeff für Adams Fehler büßen ließen. Verstehen Sie, was ich meine?«

Jeanette zögerte, dann nickte sie. »Ich denke schon«, sagte sie. »Und wissen Sie, was komisch ist? Jeff hat vorhin vor der Beerdigung fast genau das gleiche gesagt.«

Brendas Lippen verzogen sich zu einem trockenen Lächeln.

»Na ja, Sie kennen ja den Spruch: Kindermund tut Wahrheit kund.«

Jeanette seufzte tief auf. »Kommen Sie«, sagte sie, »gehen wir runter und trinken ein Glas Limonade, was Stärkeres gibt es ja leider nicht. Und dann werde ich Jeff sagen, daß er doch hierbleiben kann.« Als sie aus dem Zimmer gingen, faßte Jeanette nach Brendas Hand und drückte sie. »Ich bin wirklich froh, daß Sie gekommen sind«, sagte sie. »Ich weiß nicht, was ich gemacht hätte, wenn Sie nicht gewesen wären.«

»Sie hätten bestimmt das Richtige getan«, entgegnete Brenda. »Vielleicht nicht gleich, aber irgendwann hätten Sie's gemerkt. Wo wir doch so superkluge Kinder wie Jeff und Josh haben, können wir schließlich auch nicht allzu dumm sein, oder?«

Während Jeanette mit Brenda die Treppe hinunterging, hörte sie ihr eigenes Lachen. Es war noch keine zehn Minuten her, daß sie sich nicht sicher gewesen war, ob sie überhaupt jemals wieder würde lachen können.

»Jeff?« fragte Josh.

Als Jeff sich zu ihm umwandte, war Josh sich schon wieder nicht mehr sicher, ob er die merkwürdigen Geräusche überhaupt erwähnen sollte, die er in der Nacht, als Adam gestorben war, gehört hatte. Aber je mehr er darüber und auch über die seltsame Nachricht auf Adams Computer nachgedacht hatte, desto weniger verständlich war ihm die ganze Geschichte. Er hatte zwar mit Hildie Kramer und Mr. Conners über den Inhalt der Nachricht gesprochen, aber sie schienen überhaupt nicht zu verstehen, was ihm daran sonderbar vorkam. Allerdings hatte er ihnen auch nichts davon erzählt, daß er den Fahrstuhl gehört hatte obwohl er nicht fuhr, denn ihm war klar, daß sie ihn nur ausgelacht hätten, weil er auf Jeffs Gespenstergeschichten hereingefallen war. Jeff hatte aber die Nachricht auch gelesen, und vielleicht...

Josh faßte sich ein Herz. »Was glaubst du, was wirklich mit Adam passiert ist?«

Brad Hinshaw, der neben Jeff auf dem Rasen saß, blickte auf. Jeffs Augen verschleierten sich. »Wovon redest du?« fragte er.

»Ich weiß nicht«, antwortete Josh. »Es ist nur... nun, in der Nachricht hieß es doch eigentlich nur, daß er anderswohin gehe. Zu einem besseren Ort. Er hat nicht gesagt, daß er sich umbringen wird. Ich meine, er könnte doch zum Beispiel einfach fortgegangen sein?«

Brad stöhnte auf. »Also hör mal, Josh. Er wurde von einem Zug überfahren! Wir waren doch gerade bei seiner Beerdigung, oder etwa nicht?«

Josh spürte, wie er rot wurde. »Ja, schon, aber wenn es vielleicht gar nicht Adam war? Womöglich war es jemand anders. Man könnte die Körper doch vertauscht haben, oder?«

Jeff Aldrich stand auf und ging weg.

»Das war wirklich stark, Josh«, sagte Brad. »Wenn du so klug bist, wie konntest du nur so etwas Dummes vor Jeff sagen! Meine Güte!«

Josh sprang auf und lief Jeff hinterher. Als er ihn eingeholt hatte, faßte er den älteren Jungen am Arm. »Jeff? Es tut mir leid, wirklich. Ich wollte dir nicht weh tun. Ich hab'..., na ja, ich hab' mir nur Gedanken gemacht wegen dieser Nachricht.«

Jeff blieb stehen und sah Josh in die Augen. »Du lügst«, sagte er. »Es gibt noch etwas anderes, stimmt's? Außer der Nachricht.«

Josh bohrte seine Fußspitze in die Erde. »Ich... ich hab' auch den Fahrstuhl gehört«, gab er zu und erwartete, daß Jeff in Gelächter ausbrechen würde. Als der andere jedoch nicht reagierte, fuhr er fort: »Es war genau, wie du gesagt hast. Ich konnte ihn hören, aber er bewegte sich nicht.«

Jeffs Lippen verzogen sich zu dem merkwürdigsten Lächeln, das Josh jemals gesehen hatte. »Dann ist es vielleicht wirklich so«, sagte Jeff. »Vielleicht ist Adam gar nicht tot. Vielleicht ist Eustace Barrington aus seinem Grab gekommen und hat ihn mitgenommen. Und vielleicht wird irgendwann, wenn du es am allerwenigsten erwartest, Adam selbst kommen und dir erzählen, was tatsächlich passiert ist.«

Josh starrte Jeff mit großen Augen an. Völlig irritiert von dessen Worten, ließ er seinen Arm los und sagte keinen Ton mehr.

Jeff Aldrich, noch immer dasselbe merkwürdige Lächeln auf dem Gesicht, drehte sich um und lief weg.

Spät in derselben Nacht ging Hildie Kramer in George Engersols Privatbüro und schloß die Tür hinter sich. Engersol blickte auf, nickte ihr zu und machte ihr ein Zeichen, Platz zu nehmen. Dann las er den Absatz in der Akte zu Ende, die vor ihm aufgeschlagen lag, schob sie zur Seite, lehnte sich in seinem Stuhl zurück und faltete die Hände über der Brust.

»Nun«, sagte er, »wie schlimm ist es?«

Hildie lächelte. »Überhaupt nicht schlimm. Nur die Lowensteins wollen Monica von der Schule nehmen, und ich kann es ihnen nicht ausreden. Aber sie ist die einzige. Alle anderen bleiben, einschließlich Jeff Aldrich.«

»Nicht schlecht«, erwiderte Engersol. »Damit können wir leben. Immerhin bedeutet es aber, daß in meinem Seminar jetzt zwei Schüler fehlen. Ich habe zwei Kandidaten dafür im Kopf, aber ich würde gern erst Ihre Empfehlung hören.«

Hildie zögerte keinen Augenblick. »Josh MacCallum und Amy Carlson«, sagte sie. »Sie sind beide optimal geeignet. Zwei Ihrer klügsten Schüler, und beide haben das intellektuelle und psychologische Profil, das wir brauchen.«

Engersol lächelte. »Sehr gut, Hildie. Das sind genau die beiden, an die ich auch dachte. Organisieren Sie ihre Stundenpläne um, sie sollen gleich morgen bei mir anfangen.«

Nachdem Hildie das Büro verlassen hatte, ging Engersol noch einmal die Akten der beiden Schüler durch. Kein Zweifel, sie waren bestens geeignet für sein Seminar.

Josh MacCallum hatte sogar schon einen Selbstmordversuch hinter sich.

Sollte so etwas noch einmal passieren und käme er diesmal tatsächlich dabei um, würde niemand der Schule die Schuld geben.

13

Josh MacCallum und Amy Carlson saßen nervös auf der Bank vor Hildie Kramers Büro. Im Haus herrschte Stille, denn alle anderen Schüler waren schon in ihrer ersten Unterrichtsstunde. Während des Frühstücks war Hildie in den Eßsaal gekommen und hatte Josh und Amy gebeten, vor Beginn der ersten Stunde in ihr Büro zu kommen. Die beiden hatten einen besorgten Blick gewechselt. Josh für seinen Teil war überzeugt davon, daß er irgendwie in Schwierigkeiten war. Sogar in großen Schwierigkeiten: Jeff mußte seinen Eltern erzählt haben, was er gestern nachmittag nach dem Begräbnis gesagt hatte, und Mrs. Aldrich hatte wahrscheinlich Hildie angerufen. Aber was war so schlimm daran, wenn man sich Gedanken mache, ob Adam sich vielleicht doch nicht selbst umgebracht hatte? Und Jeff war auch nicht böse gewesen; eher, dachte Josh, hatte es den Anschein gehabt, als wär er sogar geneigt gewesen, ihm zu glauben. Amy hatte eine andere Vermutung, warum Hildie Kramer mit ihnen sprechen wollte. »Ich wette, unsere Mütter haben beschlossen, uns von der Schule zu nehmen«, sagte sie. »Ich wette, sie haben mit Monicas Eltern geredet, und jetzt wollen auch sie uns wieder zu Hause haben.«

Josh hatte nachdenklich den leeren Stuhl am nächsten Tisch angesehen, auf dem Monica Lowenstein bis zu diesem Morgen gesessen hatte. Er schüttelte den Kopf. »Wieso machen Erwachsene manchmal nur so völlig sinnlose Sachen? Monica hätte nie so etwas wie Adam getan. Sie fand es total blödsinnig von ihm, sich selbst zu töten. Aber ich glaube nicht, daß du recht hast. Wenn meine Mutter gewollt hätte, daß ich wieder zu Hause bin, hätte sie mich gestern mitgenommen. Außerdem hat sie mir gesagt, daß sie sich dagegen entschieden hat. Und deine Eltern sind noch nicht einmal zu dem Begräbnis gekommen, wie konnten sie also überhaupt mit Monicas Eltern reden?«

Amy schnitt eine Grimasse. »Hast du noch nie vom Telefon gehört?«

»Blödsinn«, antwortete Josh. »Monicas Eltern wissen wahrscheinlich noch nicht mal, wo deine Eltern wohnen.« Amy hatte nicht mehr geantwortet, sondern nur mißmutig in ihren Haferflocken herumgestochert. »Vielleicht ist es gar nichts, worüber wir uns Sorgen machen müssen«, schlug Josh nun vor.

»Natürlich«, sagte Amy und sah ihn finster an. »Bist du schon jemals zur Schulverwaltung gerufen worden, ohne in Schwierigkeiten zu sein?«

Auf dieses Argument wußte Josh keine Antwort mehr. Beide versanken für den Rest des Frühstücks in ein niedergeschlagenes Schweigen. Zu allem Überfluß fingen die anderen Schüler auch noch an, sie aufzuziehen, als sie den Frühstücksraum verließen, um ihre Klassen aufzusuchen.

»Bis nachher!« rief Brad Hinshaw. »Wenn ihr dann noch da seid!« Lachend bahnte er sich seinen Weg zur Haustür in die helle Morgensonne, während Josh und Amy auf der Bank vor Hildies Büro hockten. Auch die Düsterkeit des großen Foyers war nicht gerade dazu angetan, ihre Stimmung zu verbessern.

Schließlich wurde die Tür zu Hildies Büro geöffnet, und Hildie selbst kam heraus. »Na, nun schau sich einer euch beide an«, sagte sie und lächelte den Kindern zu. »Eure langen Gesichter lassen darauf schließen, daß ihr etwas angestellt habt, wovon ich noch nichts weiß!«

Als Josh und Amy sich nervös ansahen, brach sie in Lachen aus. »Wenn ich gewußt hätte, daß ihr euch zu Tode fürchten würdet, hätte ich beim Frühstück kein Wort gesagt. Dann hätte ich euch einfach auf dem Weg in die Klasse angehalten. Na, nun kommt mal herein.«

Immer noch mißtrauisch, folgten die beiden Kinder Hildie in ihr Büro. Beide waren erleichtert, als Hildie die Tür nicht zumachte. Die Hausmutter bemerkte ihre Reaktion und lächelte erneut. Schon vor langer Zeit hatte sie entdeckt, daß alle Kinder nervös wurden, wenn sie jemand zu einer Besprechung bei geschlossener Tür zu sich holte. Es war, als seien sie alle der Meinung, daß allein der geschlossene Raum schon auf eine kommende Standpauke schließen ließ. Die einfache Handlung des Türschließens reichte aus, einem potentiellen Übeltäter Angst einzujagen.

»Ich habe gestern abend mit Dr. Engersol gesprochen«, begann Hildie und setzte sich auf den Stuhl hinter ihrem Schreibtisch, während Josh und Amy sich ängstlich auf den Rand der Couch hockten. »Dadurch, daß Monica die Schule verläßt und daß Adam tot ist, gibt es jetzt zwei freie Plätze in seinem Seminar. Er und ich auch, wir denken beide, daß ihr zwei die idealen Kandidaten dafür wäret.«

Joshs Besorgnis schlug sofort in aufgeregte Spannung um. Er dachte daran, wie Jeff ihm vor einer Woche etwas über das Seminar berichtet, sich dann jedoch geweigert hatte, genau zu erzählen, was dort eigentlich passierte. So wußte er nur, daß es mit Computern zu tun hatte – und Computer hatte er von dem Moment an geliebt, als er den ersten gesehen hatte. Da war er fünf Jahre alt gewesen. Außerdem wußte Josh, daß nur einige Kinder der Schule an dem Seminar teilnehmen durften.

Die klügsten, begabtesten Kinder.

Adam und Jeff Aldrich, Monica Lowenstein und noch ein paar andere.

Jeff. Was war mit seinem Platz? War es möglich, daß er doch zurück in die Schule kam? Josh sprach die Frage aus, und Hildie Kramers Lächeln wurde breiter.

»Er kommt morgen zurück«, antwortete sie. »Das freut dich, stimmt's? Er ist dein bester Freund, nicht wahr?«

»Abgesehen von Amy«, entgegnete Josh. »Wird er weiter in dem Seminar sein?«

»Soviel ich weiß, ja.«

»Aber was ist das für ein Seminar?« fragte Amy. »Niemand von denen, die drin sind, erzählt was darüber.«

»Nun, ein großes Geheimnis ist es aber nicht«, erwiderte Hildie. »Es ist hauptsächlich ein Seminar über künstliche Intelligenz.«

Josh bekam große Augen. »Puh. Sie meinen, wir versuchen, Computern das Denken beizubringen?«

»Genau. Und da ihr beide bemerkenswerte Fähigkeiten in Mathematik habt, glauben wir, daß ihr gut hineinpassen würdet.«

Amy sah nicht begeistert aus. »Ich mag Computer nicht besonders«, sagte sie. »All diese Spiele sind irgendwie blöd, wenn man sie erst ein paarmal gespielt hat. Ich meine, es ist dann immer das gleiche, es wiederholt sich dauernd.«

»Und warum, meinst du, ist es immer das gleiche?« fragte Hildie.

Amy sah sie verständnislos an, aber Josh wußte sofort, worauf sie hinauswollte.

»Weil ein Computer immer nur die Sachen machen kann, die man ihm eingegeben hat. Weil er sich nichts Neues ausdenken kann, weil er nämlich nicht in der Lage ist, auf dieselbe Art wie Menschen zu denken.«

Amys Augenbrauen zogen sich über ihrer Nasenwurzel zusammen, als sie über diese Behauptung nachdachte. »Aber wie sollte ein Computer auch wie ein Mensch denken können?« fragte sie.

»Eben darum geht es in dem Seminar«, erklärte Hildie. »Was Dr. Engersol hauptsächlich herausfinden will, ist, wie Menschen denken. Auf gewisse Weise funktionieren unsere Gehirne wie Computer, aber es gibt doch einen großen Unterschied. Irgendwie bringen wir es fertig, all die Informationen in unseren Köpfen zusammenzubringen und daraus neue Ideen abzuleiten. Und das können Computer nicht. Viele glauben, wenn wir herausbekommen würden, was genau in dem Moment in unseren Gehirnen passiert, in dem neue Ideen entstehen, dann könnten wir auch Computer herstellen, die das ebenfalls fertigbringen. Das ist gemeint, wenn man von künstlicher Intelligenz geredet.«

»Aber was tun wir genau in dem Seminar?« fragte Amy.

Hildie zuckte die Schultern. »Das wird euch Dr. Engersol erklären. Aber ich bin ganz sicher, daß es euch gefallen wird. Alle, die mitmachen, mögen es.« Sie lächelte bedauernd. »Leider kenne ich mich selbst nicht genug damit aus, um genau zu verstehen warum, aber Tatsache ist, daß alle gern hingehen.«

»Ich weiß nicht«, sagte Amy unschlüssig und rutschte

auf der Couch hin und her. »Muß ich mitmachen? Was ist, wenn ich nicht möchte?«

»Nun, ich bin sicher, wenn du nicht möchtest, wird Dr. Engersol das verstehen«, antwortete Hildie. »Du wirst dann bestimmt nicht in den ersten Stock umziehen, aber die Entscheidung bleibt natürlich dir überlassen.«

»In den ersten Stock?« fragte Amy, und plötzlich war ihr Interesse wieder erwacht. Die Zimmer im ersten Stock waren viel größer als die im zweiten, in denen früher einmal das Dienstpersonal gewohnt hatte, als das Gebäude noch privat genutzt wurde. »Warum ziehen wir denn runter?«

Hildie lächelte, als sei der Grund offensichtlich. »Das ist wegen des Seminars. Alle Schüler in Dr. Engersols Seminar bekommen spezielle Computer, und die Zimmer im zweiten Stock sind einfach zu klein. Und da die Zimmer von Adam und Monica leerstehen...« Sie ließ den Köder in der Luft hängen. Und genau wie sie erwartet hatte, schnappten sowohl Amy wie auch Josh danach.

»Könnten wir heute noch runterziehen?« fragte Amy hoffnungsvoll. »Heute vormittag?«

Hildie lachte. »Ihr könnt gleich jetzt umziehen, wenn ihr wollt«, sagte sie. »Heißt das, daß ihr also beide an dem Seminar teilnehmen möchtet?«

Jetzt stimmten Josh und Amy eifrig zu. Hildie nahm zwei Blätter aus einem Aktenordner, der schon auf ihrem Schreibtisch lag. »Gut, dann sind hier eure neuen Stundenpläne. Morgen geht's los, und gleich in der ersten Stunde beginnt das neue Seminar bei Dr. Engersol. Amy, du wechselst in den Mathematikkurs um zwei Uhr, und ich habe dich für denselben Kurs eingeteilt, Josh.«

Plötzlich lächelte Josh spitzbübisch. »Da wir ja nun einen zusätzlichen Kurs haben, können wir da aufhören, Sport zu treiben?« fragte er.

Hildie machte ein übertrieben mißbilligendes Gesicht. »Nein, ihr könnt auf keinen Fall aufhören, Sport zu treiben! Aber«, fügte sie hinzu, als Joshs Lächeln erlosch, »wir werden auch dort etwas ändern. Sobald wir hier fertig sind, möchte ich, daß ihr beide rüber zum Sportgelände geht, um mit Mr. Iverson zu sprechen. Ich werde euch eine Nachricht mitgeben, warum ihr kommt, und er wird einige Tests mit euch machen und euch dann helfen, einen Plan für Sport aufzustellen, der euren anderen Fächern nicht in die Quere kommt. Okay?«

Amy und Josh waren beide noch etwas verwirrt durch den plötzlichen Wechsel in ihren Stundenplänen, die doch erst vor einer guten Woche aufgestellt worden waren. Sie nickten schweigend, und Hildie Kramer gab ihnen den Brief für Joe Iverson, der das Sportprogramm der Barrington Universität leitete, der die Schule angegliedert war. Vor Jahren hatte Iverson in enger Zusammenarbeit mit George Engersol ein spezielles Programm für die Kinder der Schule aufgestellt, in dem das Hauptgewicht auf individuellem Sport anstelle von Gruppenaktivitäten lag.

»Kein einziges der Kinder, mit denen wir zu tun haben, wird einmal ein Teamspieler werden«, hatte Engersol erklärt, noch bevor die ersten Schüler aufgenommen wurden. »Alle diese Kinder haben ihre Besonderheiten, und die meisten von ihnen, wenn nicht sogar alle, werden nur schlechte Erfahrungen mit Gruppensport gemacht haben. Wenn sie in Situationen gezwungen werden, wo sie mit ihrem Intellekt nichts mehr ausrichten können, weil andere ihnen physisch überlegen sind, werden sie sehr darunter leiden. Und ich möchte nicht, daß diese Schule auch nur für eines der Kinder eine schlechte Erfahrung bedeutet. Vielleicht haben wir ein paar, die Baseball und Fußball mögen, aber größtenteils wird physischer Wettbewerb unseren Kindern völlig egal sein. Daher möchte ich, daß Sie ein Programm aufstellen, bei dem die Schüler nur den Sport treiben, den sie brauchen, um fit zu bleiben, der sie aber nicht langweilt oder ihnen zuwider ist. Ist das möglich?«

Iverson hatte genickt. »Alles ist möglich«, hatte er zugestimmt und angefangen, an diesem Konzept zu arbeiten. Herausgekommen war ein Programm, bei dem das größte Gewicht auf dem Schwimmen lag, denn Iverson wußte, daß die meisten Kinder das mochten. Dann kam Gymnastik, die fast so viel Verstand wie Muskelentwicklung erforderte, wenn man es darin zu etwas bringen wollte. die anderen Sportarten, die er ausgesucht hatte, waren größtenteils individuell durchführbar. So konnten die meisten Kinder ihre Sportstunden nach eigenem Belieben absolvieren und brauchten nur dann am Swimmingpool oder in der Turnhalle zu erscheinen, wenn sie gerade Zeit hatten. Die Hauptsache war, daß sie ihr Minimum von fünf Stunden pro Woche einhielten.

Für Josh und Amy war die Wahl leicht gewesen – eine Stunde pro Tag im Swimmingpool kam ihnen eher wie eine Abwechslung vor und hatte nichts mit dem sonst so verhaßten Sportunterricht zu tun.

Jetzt verließen die beiden Hildie Kramers Büro und liefen über den Rasen aus dem Tor, dann bogen sie links auf den Campus der Universität ein. Auf der anderen Seite des Universitätsgeländes befanden sich die Umkleideräume, eine kleine Turnhalle, der Swimmingpool und das Fußballstadion. Unterwegs wandte sich Amy an Josh und fragte argwöhnisch: »Warum müssen wir denn unsere Sportstunden ändern? Warum können wir nicht einfach weiter jeden Tag schwimmen gehen wie bisher?«

Josh zuckte die Schultern. »Vielleicht gibt es für die Schüler in Engersols Seminar irgend etwas Besonderes.«

»Aber warum?« beharrte Amy. »Was hat der blöde Sport mit künstlicher Intelligenz zu tun?«

»Ist doch völlig schnuppe«, grinste Josh. »Wir kriegen neue Zimmer und neue Computer, was soll's also?«

Amy nickte halbherzig. Das mit dem neuen Zimmer war wirklich toll – sie freute sich jetzt schon darauf. Aber der neue Computer war ihr eigentlich egal, und daß sie ihre Sportstunden ändern mußten, kam ihr dumm vor. Sie wollte noch etwas sagen, besann sich dann aber anders. Schließlich wußte Josh auch nicht mehr über das Seminar als sie, und die anderen Kinder, die daran teilnahmen, hatten eben nie etwas gesagt.

Aber gerade das kam ihr merkwürdig vor. Warum hatten sie sich alle so verhalten, als sei es etwas ganz Geheimnisvolles? Es war ein Fach wie die anderen auch...

Oder vielleicht doch nicht?

Wieso hatte sie das Gefühl, zu etwas überredet worden zu sein, was sie gar nicht wirklich wollte?

Na gut, eigentlich war es jetzt egal. Wenn sich herausstellen sollte, daß sie es nicht mochte, würde man sie ja wohl wieder gehen lassen. Schließlich war sie bis jetzt nie dazu gezwungen worden, irgend etwas zu tun, was sie nicht wollte.

Oder doch?

In Gedanken ging sie die Tage durch von dem Moment an, wo sie in der Schule angekommen war, und dachte daran, wie Hildie sich ihr gegenüber verhalten hatte.

Die Hausmutter war immer nett zu ihr gewesen, aber letztendlich hatte sie sie jedesmal dazu gebracht, das zu tun, was sie wollte. Wie an dem Tag, als sie aus ihrem Zimmer gerannt war und sich in der Laube versteckt hatte, wo sie mit Josh zusammengetroffen war.

Und jetzt wollten Hildie und Dr. Engersol, daß sie an diesem Seminar teilnahm.

Warum?

Joe Iverson grinste die beiden Kinder freundlich an, die nervös vor seinem Schreibtisch standen, und steckte den Brief von Hildie Kramer unter die Metallklemme seines Papierhalters. »Also dann hat Dr. Engersol zwei neue aussichtsreiche Kandidaten, hm?« fragte er. Josh und Amy wechselten einen nervösen Blick und nickten. »Okay, dann wollen wir mal loslegen!«

»Aber was machen wir denn?« fragte Amy. »Wieso können wir nicht einfach weiter schwimmen gehen wie bisher? Wir *mögen* Schwimmen!«

Iverson zog die Augenbrauen hoch. »Wer hat denn gesagt, daß ihr das nicht mehr dürft?« fragte er.

Amy neigte etwas trotzig ihren Kopf zur Seite. »Hildie. Sie hat gesagt, Sie müßten für uns ein spezielles Programm aufstellen. Aber ich verstehe nicht, warum.«

»Okay, ihr zwei«, erwiderte der Trainer. »Am besten geht ihr euch jetzt erst mal umziehen. Wir treffen uns in der Turnhalle, und dann erzähl' ich euch, wie's weitergeht, in Ordnung?«

Zehn Minuten später tauchten die zwei Kinder aus ihren jeweiligen Umkleideräumen auf und betraten die Turnhalle, wo Joe Iverson schon auf sie wartete. »Wir fangen erst einmal damit an, daß wir feststellen, in was für einer Kondition ihr im Moment seid«, sagte er. »Ich weiß nicht, ob Hildie euch davon schon erzählt hat, aber ihr werdet in Dr. Engersols Seminar nicht nur selbst forschen, sondern Dr. Engersol wird auch euch erforschen.«

Josh runzelte mißtrauisch die Stirn. »Uns erforschen? Wie?«

Iverson lachte laut auf, als er den Ausdruck auf dem Gesicht des Jungen sah. »Na ja, er wird euch nicht als Meerschweinchen benutzen«, erwiderte er. »Aber da der Verstand auf die eine oder andere Weise praktisch alles im Körper beeinflußt, meint er, daß ihr eben anders sein müßtet als Kinder mit einem Intelligenzquotienten im normalen Bereich. Daher will er alles im Auge behalten, was euch betrifft, und das eben nicht nur im geistigen, sondern auch im physischen Bereich. Was ich heute morgen erst mal machen werde, ist, euer Gewicht und eure Größe zu notieren und euren Blutdruck und Puls zu messen; dann lasse ich euch ein paar Übungen machen und überprüfe anschließend wieder euren Blutdruck und den Puls.«

»Nehmen Sie uns auch Blut ab?« fragte Amy. »Ich hasse es, wenn mir ein Arzt mit einer Nadel in den Arm sticht.«

Iverson lachte. »Nein, das werde ich nicht tun. Wir wollen eigentlich nur sehen, wie eure Körper auf ein bißchen sportliche Betätigung reagieren, okay?«

Obwohl sie beide nicht ganz verstanden, wozu das Ganze gut sein sollte, ließen sie sich wiegen, ihre Größe messen und ihren Blutdruck und Puls überprüfen. Dann begannen die Übungen.

Sie machten so viele Liegestütze, wie sie konnten. Amy gab schon nach fünfzehn auf, aber Josh schaffte fünfundzwanzig.

Als nächstes liefen sie fünfzehn Minuten lang auf der Stelle, anschließend gab es Hüpfseilspringen.

Nach jeder Übungsreihe notierte Iverson wieder ihren Puls und ihren Blutdruck.

»Okay, jetzt nur noch eine Sache hier drin, dann gehen wir zum Pool.« Iverson zeigte auf ein dickes Seil, das alle fünfzig Zentimeter mit Knoten versehen war. Es hing von einem Ring herab, der an der Decke befestigt war. »Woll'n mal sehen, wer von euch beiden da am schnellsten raufklettern kann.«

Amy sah nach oben zur Decke der Turnhalle, die mindestens acht Meter vom Boden entfernt war. Erwartete Iverson allen Ernstes von ihr, daß sie das Seil bis dort oben hinaufkletterte? Wenn sie nur daran dachte, wurde ihr schon übel. »Und ... und wenn ich herunterfalle?« fragte sie.

»Aber wieso solltest du denn herunterfallen, wenn du das Seil nicht losläßt?« gab Iverson zurück.

»Aber wenn doch?« beharrte Amy.

»Dafür sind ja die Matten da. Aber wenn du glaubst, daß du fällst, dann klettere nicht weiter, sondern laß dich einfach zurückgleiten. Okay?«

Amy sah Josh an. Plötzlich erinnerte er sich daran, was für eine schreckliche Angst sie gehabt hatte, als er den ersten Tag hiergewesen war und sie die Treppen zum Strand hinuntergehen mußten, die im Zickzack hinabführten. »Ist ganz einfach«, sagte er ermunternd, »du darfst bloß nicht nach unten schauen.«

Amy sah wieder angsterfüllt auf das Seil, bewegte sich aber keinen Zentimeter darauf zu. Josh wurde klar, daß sie noch nicht einmal wagte, es zu probieren; also beschloß er, als erster hochzuklettern. Er ergriff das Seil, zog ein paarmal daran, nahm Anlauf und schwang sich in die Luft. »Das macht Spaß!« rief er Amy zu. Er hörte auf, hin- und herzuschwingen, und begann hinaufzuklettern. Seine Beine schlossen sich fest um das Seil, so daß die Arme vom größten Teil seines Gewichts entlastet wurden. Langsam gewann er an Höhe.

»Sei vorsichtig!« rief Amy, als er den halben Weg zurückgelegt hatte. »Fall nicht!«

»Ich falle nicht!« rief Josh zurück. »Es ist gar nicht so schwer.« Er arbeitete sich bis ganz nach oben weiter und schlug den Ring in der Decke mit seiner rechten Hand an, bevor er auf Amy herabgrinste. »Ich hab's geschafft!« krähte er freudig. »Ich hab' die ganze Strecke geschafft!«

»Komm wieder runter!« rief Amy bittend.

Lachend kletterte Josh wieder hinunter. Als er noch etwa zwei Meter vom Fußboden entfernt war, ließ er das Seil los, fiel auf die Matte und machte eine Rolle, um den Fall abzufangen. Amy schrie bei seinem plötzlichen Absprung laut auf, hielt sich aber sofort die Hand vor den Mund. »Das hast du nur gemacht, um mich zu erschrekken«, sagte sie vorwurfsvoll, als er wieder auf den Füßen stand.

»Hab' ich wirklich nicht«, protestierte Josh. »Ich hab's gemacht, weil's Spaß macht. Komm, versuch's.«

Amy warf wieder einen skeptischen Blick auf das Seil, dann ergriff sie es schließlich. Sie zog versuchsweise daran und hoffte inständig, daß es gerade jetzt reißen und von der Decke herabfallen würde.

Nichts dergleichen geschah.

Also atmete sie tief ein und fing dann an hinaufzuklettern. Sie zog sich hoch und klammerte wie Josh ihre Beine um das Seil. Ihre Hände faßten schnell einen Knoten nach dem anderen, als hätte sie Angst zu fallen, wenn sie ihren Griff länger als einen Moment lockerte.

Josh hatte recht, so schwer war es eigentlich gar nicht.

»Ich kann es!« rief sie, vergaß Joshs Warnung und schaute nach unten.

Im selben Moment erfaßte sie ein Schwindelgefühl. Ihre Augen weiteten sich vor Angst.

»Schau nicht herunter!« rief Josh. »Schau nach oben!«

Amy kämpfte gegen ihre Angst an und zwang sich hinaufzusehen. Aber jetzt erschien ihr auch die Decke viel zu weit entfernt, um sie jemals erreichen zu können.

Als sie sich wieder hinablassen wollte, konnte sie vor lauter Angst ihre Hände nicht mehr von dem Seil lösen.

»Ich kann nicht mehr!« schrie sie voller Panik. »Ich komme nicht mehr runter.«

Sofort ergriff Joe Iverson das Seil und kletterte schnell hinauf, bis er direkt unter ihr war. »Alles in Ordnung«, sagte er beruhigend. »Ich bin genau unter dir. Stell einfach deine Füße auf meine Schultern. Halt das Seil fest, und dann setz dich auf mich drauf. Okay? Schaffst du das, Amy?«

Josh beobachtete von unten, wie Amys rechter Fuß sich von dem Seil löste und ihre Zehen die Schulter des Turnlehrers berührten. Ein paar Sekunden später saß sie auf seinen Schultern, während ihre Hände noch immer krampfhaft das Seil festhielten. Als Iverson Amys Gewicht auf seinen Körper fühlte, sagte er: »So ist es gut, Amy. Verlaß dich ganz auf mich. Ich lass' mich jetzt langsam runter, und du hältst dich mit den Händen weiter am Seil fest. Und sieh nicht nach unten, okay?«

Amy brachte nur ein »J... ja« hervor, ihre Kehle war wie zugeschnürt.

Einen Moment später waren sie wieder am Boden. Joe Iverson faßte nach oben, ergriff Amy mit seinen starken Händen und stellte sie auf die Matte. »Da bist du wieder«, sagte er. »Völlig sicher. Siehst du? Wir haben es geschafft.«

Amy stand zitternd und mit bleichem Gesicht da, ohne auch nur ein Wort zu sagen. Erst ganz langsam wich das Gefühl von Angst und Panik.

»Alles in Ordnung?« fragte Josh besorgt.

Amy nickte. »Ich konnte nichts machen«, sagte sie. »Als ich hinuntergeschaut habe, wurde mir plötzlich ganz schwindlig.«

»Ist doch nicht schlimm«, beruhigte sie Joe Iverson. Er machte sich eine Notiz, dann tätschelte er ihr besänftigend den Rücken. »Ist nur ein bißchen Höhenangst. Ich schlage vor, ihr zwei geht jetzt eure Badesachen anziehen, und wir treffen uns am Pool wieder. Ihr könnt ein paar Runden schwimmen, dann sind wir fertig. Okay?«

Amy nickte dankbar und verließ eilig die Halle.

Als sie jedoch zwanzig Minuten später aus dem Pool kletterte, nachdem sie fünf Längen geschwommen war, sah sie sich der nächsten furchterregenden Situation ausgesetzt.

»Bist du schon einmal vom Brett gesprungen?« fragte Joe Iverson.

Amy sah hinauf zu dem Sprungbrett, das drei Meter über der Wasseroberfläche drohend aufragte. Sie schüttelte den Kopf.

»Möchtest du's nicht mal versuchen?«

Amy schüttelte noch einmal den Kopf. Die Tränen stiegen ihr in die Augen, als sie sich vorstellte, daß sie die Leiter hochklettern und dann auch noch zum Ende des schmalen Brettes laufen müßte.

»Na komm«, drängte Iverson. »Versuch's einfach mal. Wenn du's nicht kannst, dann läßt du's eben, aber du solltest es wenigstens versuchen.«

»Aber sie hat Angst«, mischte sich jetzt Josh ein, der am Rand des Pools im Wasser hing mit den Beinen paddelte. »Wieso muß sie denn jetzt vom Brett springen?«

»Sie muß ja nicht«, erwiderte Iverson. »Aber wenn sie's nicht versucht, wie soll sie dann ihre Furcht vor Höhen je überwinden?«

»Dann überwindet sie sie eben nicht«, entgegnete Josh herausfordernd. »Haben Sie denn vor gar nichts Angst?«

Joe Iversons erster Impuls war, Josh für seine freche Reaktion zu rügen, aber dann entsann er sich der Instruktionen, die er von George Engersol erhalten hatte. »Ich habe kein Interesse daran, Athleten aus diesen Kindern zu machen«, hatte der Direktor der Akademie betont. »Ich möchte, daß sie soviel Sport machen, wie sie brauchen, aber in erster Linie bin ich an ihrem Intellekt interessiert. Fangen Sie also bitte nicht an, sie zu drillen. Wenn Sie Probleme mit einem von ihnen haben, sagen Sie es mir, und ich werde mich darum kümmern. Aber die meisten dieser Kinder kommen schon mit Angst vor Sportlehrern hierher. Sie wurden ihr ganzes Leben wie Schwächlinge und Tölpel behandelt, und ihr Selbstvertrauen in dieser Hinsicht hat bereits genug gelitten. Ich werde so etwas nicht zulassen.«

Obwohl Iverson den Direktor der Akademie nicht leiden konnte, hatte er sich auf keine Diskussion eingelassen, denn der Präsident der Universität hatte ihm gesagt, daß er alles tun solle, was Engersol anordnete. »Sie werden staunen, was für ein außerordentliches Potential seine Schüler für die Akademie darstellen werden«, hatte Jordan Sanford geschwärmt. »Tun Sie einfach, was er möchte, und lassen Sie die Kinder seine Sorge sein. Glauben Sie mir, er weiß, was er will.«

Also zuckte Iverson nur die Schultern, anstatt Josh einen Verweis zu erteilen, und machte sich noch eine Notiz. Dann schickte er die Kinder duschen und sich umziehen.

Als Iverson in sein Büro zurückgekehrt war, schaltete er

den Computer ein, rief die Eintragungen zu Josh MacCallum und Amy Carlson auf und ergänzte sie durch die Beobachtungen, die er während der letzten Stunde gemacht hatte. Er selbst hatte wenig Interesse an derartigen Aufzeichnungen, nahm aber an, daß Engersol sie irgendwie verwenden konnte.

Eine Stunde später holte sich George Engersol in seinem Büro dieselben Eintragungen auf seinen Computerbildschirm, an denen Joe Iverson gerade gearbeitet hatte.

Am meisten fesselte ihn die Notiz, daß Amy Carlson offensichtlich an einer akuten Akrophobie (Höhenangst) litt. Sie war nicht in der Lage gewesen, das Seil in der Turnhalle hochzuklettern, und sie hatte sich hartnäckig geweigert, auch nur den Versuch zu unternehmen, vom Drei-Meter-Brett zu springen.

Anscheinend war ihre Phobie viel extremer, als er es am Sonntag vor zehn Tagen angenommen hatte, wo er sie die Treppe zum Strand hinuntergehen sah.

Während er darüber nachdachte, nahm eine Idee in seinem Kopf Gestalt an. Vielleicht gab es eine Möglichkeit, sich Amys Akrophobie in seinem Seminar zunutze zu machen?

Er lehnte sich in seinem Stuhl zurück, und sofort kamen ihm mehrere Möglichkeiten in den Sinn, um seinen Plan zu realisieren. Je länger er darüber nachdachte, desto mehr war er von seinem Einfall angetan.

Ob Amy Carlson davon begeistert war oder nicht, bliebe abzuwarten. Allerdings spielte es für Engersol keine Rolle, was Amy oder irgendwelche anderen Schüler von seinen Vorhaben hielten.

Für ihn zählte nur, daß sie für seine Zwecke nützlich waren.

Und er hatte soeben eine Idee gehabt, wie er aus Amy Carlsons Schwierigkeiten optimalen Nutzen ziehen konnte.

14

Josh packte seine letzten Habseligkeiten in den Pappkarton. Schon dreimal hatte er ihn gefüllt und zu dem ratternden Fahrstuhl geschleppt, um damit hinunter in den ersten Stock zu seinem neuen Zimmer zu fahren. Unten hatte er jedesmal den Karton geleert, war zurück zum Fahrstuhl gegangen und wieder hochgefahren; dann hatte die Prozedur von vorn begonnen.

Immer, wenn er den Fahrstuhlknopf gedrückt hatte und hörte, wie das alte Getriebe ineinandergriff und sich die Kabine ruckelnd in Bewegung setzte, war ihm wieder jene Nacht eingefallen, in der Adam gestorben war und wo er die merkwürdigen Geräusche gehört hatte, obwohl der Fahrstuhl stillstand. Inzwischen war er allerdings selbst fest davon überzeugt, daß Amy recht gehabt und daß die ganze Geschichte sich nur in seiner Fantasie abgespielt hatte. Denn seit dieser Nacht war er immer wieder zum Fahrstuhl gelaufen, wenn er ihn gehört hatte, und jedesmal fuhr die Kabine und es befand sich auch jemand darin. Zuletzt war er schon gar nicht mehr hingegangen um nachzusehen.

Als Josh sich nun das letzte Mal auf den Weg von seinem alten zu seinem neuen Zimmer machte, quoll der Karton über, und er stopfte seine letzten T-Shirts in die wenigen Lücken zwischen der Ansammlung von Büchern, Schuhen und seinem Lieblingskissen, das ihm seine Mutter aus Eden mitgebracht hatte. Noch einmal sah er sich im Zimmer um. Er hatte nicht länger als zwei Wochen darin gewohnt, trotzdem war ihm schon zumute, als würde er es vermissen, denn irgendwie war es für ihn perfekt gewesen. Groß genug für all seinen Kram, aber auch klein genug, um sich von Anfang an darin geborgen zu fühlen. Und inzwischen war Josh auch fast überzeugt davon, daß Jeff Aldrich die Geschichte von Timmy Evans nur erfunden hatte. Dazu kam noch, daß das Zimmer unten nicht so ein hübsches Mansardenfenster besaß, dessen Fensterbank genau die richtige Größe hatte, um sich darauf zusammenzukauern, während er las.

Das Zimmer unten.

Adams Zimmer.

Als Hildie kurz vor dem Mittagessen mit ihm in sein neues Zimmer gegangen war, überlief ihn ein Frösteln. Sein erster Impuls war, ihr zu sagen, daß er lieber bleiben wollte, wo er war. Denn obwohl Adams Sachen alle aus dem Raum entfernt worden waren, sah Josh noch immer Adam am Schreibtisch sitzen, wie er sich über seinen Computer beugte. Timmy Evans hatte er wenigstens nie gekannt. Josh blieb schweigend in der Tür stehen und machte keine Anstalten, die Schwelle zu übertreten. Hildie schien seine Gedanken zu erraten.

»Wie wäre es, wenn wir die Möbel umrückten?« hatte sie vorgeschlagen. »Dann wird es dir mehr wie dein Zimmer vorkommen, und in ein paar Tagen wirst du dich gar nicht mehr daran erinnern, daß jemand anderer darin gewohnt hat.«

Jemand anderer. Merkwürdig, daß sie Adams Namen nicht genannt hatte. Tatsächlich machte es den Anschein, als ob die Erwachsenen aufgehört hätten, überhaupt von Adam zu sprechen, so als wäre er niemals dagewesen. Wollten sie nur, daß seine Freunde ihn vergaßen?

Bevor er protestieren konnte, hatte Hildie schon begonnen, die Möbel umzustellen, und gleich darauf half Josh ihr schon, das schwere eiserne Bett an die Wand zu schieben, an der Adams Schreibtisch gestanden hatte, und den Schreibtisch hinüber zum Fenster zu rücken. Erstaunlicherweise stellte sich heraus, daß Hildie recht hatte. Allein durch die andere Anordnung der Möbel wirkte das Zimmer mehr wie sein eigenes.

Mehr, aber doch nicht ganz. Wie würde es ihm wohl

heute abend gehen, wenn er versuchte, in Adams Zimmer einzuschlafen?

Als Josh den letzten Karton mit seinen Sachen zum Fahrstuhl zog, hörte der plötzlich die ratternden Geräusche, die der alte Aufzug von sich gab, wenn er sich in Gang setzte. Trotzdem hatte Josh für einen Moment die Vorstellung, als würde die Kabine bewegungslos noch dort verharren, wo er sie eben verlassen hatte.

Aber auch jetzt – wie all die anderen Male seit der Nacht von Adams Tod – konnte er sehen, wie die Kabine nach unten fuhr. Er hörte, wie die Tür sich öffnete und wieder schloß, nachdem im Erdgeschoß jemand eingestiegen war. Josh wartete gespannt, bis der Fahrstuhl wieder aufwärts fuhr.

Als er den zweiten Stock passierte, sah ihn durch das Messinggitter, das die Kabine umschloß, Dr. Engersol an, nickte ihm zu und war im nächsten Moment schon nicht mehr zu sehen. Dann hielt der Aufzug rasselnd im dritten Stock.

Josh hörte Dr. Engersol die Kabine verlassen, dann drückte er den Knopf, der sie zurück in den zweiten Stock brachte. Wenigstens werde ich in meinem neuen Zimmer den Fahrstuhl nicht mehr hören, dachte er, während er den Karton hineinzerrte.

Aber als er kurz darauf den Karton auf das Bett stellte, wurde ihm wieder bewußt, daß dies nicht sein Zimmer war. Es war noch immer Adams Zimmer.

Unschlüssig fragte er sich, ob es jetzt zu spät sei, zu Hildie zu gehen und ihr zu sagen, daß er seine Meinung geändert habe, daß er sein altes Zimmer behalten wolle. Aber dann entschied er sich dagegen, weil er es irgendwie albern fand. Es war schließlich nur ein Zimmer, und Adam war noch nicht einmal darin gestorben. Der Gedanke an Adams Tod ließ ihn allerdings erneut schaudern, und er befahl sich selbst, nicht mehr daran zu denken.

Aber was würde heute nacht passieren, wenn er in dem Zimmer schlafen mußte?

Er beschloß, auch daran nicht zu denken und fing an, den Karton auszupacken. Seine Kleidung brachte er in der Kommode unter, und die Bücher stellte er auf die Regale, die jetzt an der Wand über dem Bett hingen, da Hildie und er die Möbel umgeräumt hatten. Als er das letzte Buch hinaufgestellt hatte, musterte er die Regale mit mißtrauischem Blick. Sollten sie womöglich während der Nacht zusammenbrechen, würde alles, was darauf stand, auf sein Bett fallen. Vielleicht konnte er heute abend noch Werkzeug auftreiben und die Regale an der anderen Wand anbringen, so daß sie wieder über dem Schreibtisch hingen.

Er nahm den leeren Karton und ging den Flur entlang zur Treppe. Als er am Treppenabsatz angelangt war, hörte er ein Miauen, und gleich darauf drückte sich Tabby gegen seine Beine, machte einen Buckel und reckte ihren Schwanz in die Höhe.

»Findest du deine Amy nicht?« fragte Josh. Die Katze miaute wieder, und Josh stellte den Karton auf den Treppenabsatz, nahm Tabby hoch und brachte sie in den anderen Flügel des Korridors, wo sich Amys neues Zimmer befand.

»Da bist du ja!« rief Amy, nachdem sie die Tür geöffnet hatte. Die Katze wechselte sofort mit einem Sprung aus Joshs Armen in die von Amy. »Wo bist du gewesen? Ich hab' dich die ganze Zeit gerufen, aber du bist nicht gekommen!«

Die Katze glitt aus den Armen des kleinen Mädchens, sprang auf den Fußboden und schlich mißtrauisch durch den Raum, wobei sie jede Ecke untersuchte, als würde sie eine Bestandsaufnahme machen. Offensichtlich zufrieden, sprang sie dann auf Amys Bett, rollte sich auf dem Kissen zusammen und schlief sofort ein. »Ist es nicht schön hier?« fragte Amy, zu Josh gewandt. »Die Zimmer sind soviel größer als die oben. Ich find's richtig toll.« Als Josh keine Antwort gab, verschwand der strahlende Ausdruck von ihrem Gesicht. »Was ist denn los?«

»Ich bin jetzt in Adams Zimmer«, erklärte Josh. »Irgendwie ist es gruselig.«

Amy sah ihn an. »Das Zimmer haben sie dir gegeben?« flüsterte sie. »Ich würde mich schrecklich darin fühlen. Dort könnte ich niemals einschlafen.«

Josh fühlte, wie er errötete, als Amy den Gedanken aussprach, den er vor wenigen Minuten selbst gehabt hatte. »So schlimm ist es nun auch wieder nicht«, sagte er, aber Amy durchschaute ihn, und ihr Lächeln kehrte zurück.

»Ist es doch«, zog sie ihn auf. »Und ich wette, er kommt nachts zurück. Ich wette, er hat irgend etwas in seinem Zimmer vergessen, und das wird er sich holen wollen, und wenn er dann dich dort findet...«

»Amy!« unterbrach Josh sie. »Hör auf!«

»Josh ist ein Angsthase, Josh ist ein Angsthase!« stimmte Amy einen lauten Singsang an.

»Bin ich nicht! Ich habe nur gesagt, daß es ein komisches Gefühl ist, nicht, daß ich Angst habe!«

Josh drehte sich um und verließ das Zimmer, und in der plötzlichen Stille wurde Amy bewußt, wie sie sich benommen hatte.

Genau wie all die Kinder, von denen sie ihr Leben lang gehänselt worden war.

»Josh?« rief sie, rannte ihm hinterher und ließ die Tür hinter sich weit offen stehen. »Josh, warte doch. Es tut mir leid! Ich hab' das nicht so gemeint!«

Josh, der noch nicht weiter als bis zum Treppenabsatz gekommen war, blieb stehen. Ihre Hänseleien klangen ihm noch in den Ohren. »Wenn du es nicht so gemeint hast, warum hast du es dann gesagt?« fragte er.

»Ich hab' nur Spaß gemacht«, antwortete Amy mit bittender Stimme. »Sei nicht böse, bitte, Josh!«

Einen Moment lang war Josh versucht, sie einfach stehenzulassen, sich umzudrehen und wegzugehen. Aber dann erinnerte auch er sich daran, wie es zu Hause in der Schule gewesen war, und gab nach.

»Ist schon okay«, murmelte er. »Aber sag den anderen nichts davon, ja? Wenn sie wissen, daß ich Angst habe, werden sie mir womöglich mitten in der Nacht irgendwelche Streiche spielen.«

»Ich sag' keinem was«, versprach Amy. »Aber sei nicht mehr böse, okay?«

Josh fühlte, wie ihm bei ihrem flehenden Blick warm ums Herz wurde, und ein Lächeln breitete sich auf seinem Gesicht aus. »Okay. Komm, wir gehen ein wenig ins Freie.« Hand in Hand rannten sie die Treppe hinunter und durch die Vordertür aus dem Haus.

Hildie Kramer, die die beiden Kinder von ihrem Büro aus beobachtete, lächelte befriedigt. Sie und Dr. Engersol hatten ganz offensichtlich die richtige Wahl getroffen. Bald, vielleicht noch heute, würde die Konditionierung der beiden beginnen. Und wenn dann ihre Zeit da wäre, würden sie gut darauf vorbereitet sein.

Steve Conners schloß seinen Klassenraum ab, nachdem die letzte Unterrichtsstunde des Tages beendet war, und machte sich auf den Weg zum Parkplatz, der hinter dem Flügel des Hauses lag, der die Klassenräume beherbergte. Es war noch früh am Nachmittag, sicher würde es noch zwei Stunden schön warm sein. Er hatte vor, schnell zu seinem kleinen gemieteten Haus zu fahren, das nur einige Straßen vom Strand entfernt lag, sein Surfbrett auf das Dach seines drei Jahre alten Honda zu schnallen und hinunter nach Santa Cruz zu fahren. Mit ein bißchen Glück würde die Brandung schön hoch sein, und er hätte noch etwas von den Wellen, bevor die Sonne im Ozean versank. Während er die Fahrertür aufschloß, fiel sein Blick auf Josh MacCallum. Er kam gerade aus dem Geräteschuppen, der wie eine Schnecke an der Rückseite des

Hauses klebte. Der Junge trug einen großen Schraubenzieher in der Hand, und sogar aus der Entfernung meinte Steve zu erkennen, daß Josh sich nicht sicher war, ob er das richtige Werkzeug für seinen Zweck ausgesucht hatte.

Conners wollte sich schon wieder umdrehen und Josh seinem Vorhaben überlassen, was auch immer es sein mochte. Aber dann fiel ihm ein, daß Josh MacCallum und Amy Carlson heute morgen nicht im Englischunterricht gewesen waren. Conners hatte später am Vormittag eine Nachricht von Hildie Kramer in seinem Fach vorgefunden, in der sie ihm mitteilte, daß sowohl Josh als auch Amy neue Stundenpläne bekämen und erst morgen wieder an seinem Unterricht teilnehmen könnten.

Hildie hatte ihm jedoch nicht geschrieben, warum die Stundenpläne verändert worden waren.

Steve Conners verschob das Surfen auf einen anderen Tag, schloß das Auto wieder ab und rief dem Jungen, der gerade die Treppen zum hinteren Eingang des riesigen Hauses hinaufging. »Josh? Hey, Josh!«

Josh sah über die Schulter zurück, erkannte den Englischlehrer und winkte. Dann schickte er sich an, in das Haus hineinzugehen, aber Conners wollte offenbar etwas von ihm, denn er rief noch einmal.

»Josh! Warte mal!«

Josh blieb unschlüssig stehen. Wollte Mr. Conners ihn zur Rede stellen, weil er heute morgen nicht im Englischunterricht gewesen war? Hildie Kramer hatte gesagt, sie würde dem Lehrer Bescheid geben, daß er und Amy nicht kämen. Aber vielleicht hatte sie es doch nicht getan?

»Was hast du vor?« fragte Conners, als er am Fuß der Treppe stand.

Joshs Unschlüssigkeit schlug in Besorgnis um. Vielleicht durfte er überhaupt nicht in den Werkzeugschuppen gehen.

»Ich... ich brauchte nur einen Schraubenzieher«, stotterte er. »Der Schuppen war nicht abgeschlossen...«

Der Lehrer hörte die Nervosität in der Stimme des Jungen und lächelte ihm beruhigend zu. »Ich weiß ja nicht, was du damit anfangen willst, aber dieser Schraubenzieher sieht verdammt groß aus.«

Josh zuckte die Schultern. »Es war einzige, den ich gesehen habe. Ich wollte ein paar Regale in meinem Zimmer woanders anbringen.«

»Meinst du diese Regale, die an Winkelträgern aufgehängt sind?«

Josh nickte.

»Na, dann glaube ich, daß wir besser noch mal nachsehen, ob wir nicht was Passenderes finden. Die meisten dieser Dinger hängen an Spezialschrauben. Die bekommst du mit dem Schraubenzieher, den du da hast, nicht ab. Komm mit.«

Josh war erleichtert, daß er offenbar doch nicht in Schwierigkeiten war, und folgte Conners in den Schuppen, wo der Lehrer in dem Durcheinander herumwühlte, das eine lange Werkbank bedeckte, die sich an der einen Wand entlangzog. »Ganz schönes Chaos, was?«

Josh nickte, sagte aber nichts, und Conners sah in einige Schübe, die ganz am Ende unter der Bank standen. Dort fand er schließlich, was er suchte. Er zog drei verschieden große Kreuzschlitzschraubenzieher heraus und suchte dann weiter, bis er noch einen kleinen Handbohrer mit einem passenden Satz Bohrer gefunden hatte.

»Hast du ein Lineal?« fragte er Josh.

Josh schüttelte den Kopf.

Im obersten Schubfach fand Conners ein Maßband. »Okay«, sagte er, reichte Josh die Schraubenzieher und nahm selbst den Bohrer mit Zubehör und das Maßband. »So, dann wollen wir doch mal sehen, was zwei Superhandwerker wie wir beide auf die Beine stellen können.«

Als Josh kurz darauf in den breiten Flur im ersten Stock einbog, blieb Conners stehen. »Ich dachte, du wohnst im zweiten Stock?«

»Hildie hat gesagt, daß ich umziehen soll«, erwiderte Josh. »Ich brauchte ein größeres Zimmer.«

Conners hob erstaunt die Augenbrauen, während er dem Jungen den Flur entlang hinterherging. »Und warum?«

»Ich habe einen neuen Computer«, erklärte Josh. »Und ich glaube, wir kriegen auch eine Menge neue Bücher für unser Seminar bei Dr. Engersol.«

Conners erstaunter Gesichtsausdruck vertiefte sich. Und als Josh vor seinem neuen Zimmer halt machte, fragte er überrascht: »War das nicht Adams Zimmer?« Josh nickte, und wieder spiegelte sein Gesicht dieselbe Unsicherheit, die Conners schon vor ein paar Minuten auf der Treppe hinter dem Haus bemerkt hatte. »Und ist das okay für dich? Ich meine, ich weiß nicht, ob ich darin schlafen wollte, wenn du verstehst, was ich meine.«

Josh sah den Lehrer an, um herauszufinden, ob er sich vielleicht auch nur über ihn lustig machen wollte so wie Amy kurz vorher. »Es... es gibt doch keine Gespenster oder so was«, sagte er und wünschte, daß er mehr Überzeugung in seine Stimme hätte legen können.

Conners hob die Schultern. »Da hast du natürlich völlig recht. Aber nur weil man weiß, daß es sie nicht gibt, hat man doch nicht weniger Angst vor ihnen, stimmt's? Und ich find's einfach ein bißchen merkwürdig, jemanden so schnell wieder in dieses Zimmer einziehen zu lassen. Ich hätte erwartet, daß sie es vielleicht erst einmal leerstehen lassen, zumindest für dieses Jahr.«

»Vielleicht hat Hildie gedacht, daß wir gerade dann die ganze Zeit nur an Adam denken«, meinte Josh. »Und es ist nicht mehr dasselbe Zimmer wie vorher. Wir haben die Möbel umgestellt, und Adams Sachen sind draußen.«

Conners bemerkte in Joshs Stimme einen Ton, der ihm verriet, daß der Junge sich selbst mindestens ebenso zu überzeugen versuchte wie seinen Lehrer. Er beschloß daher, nicht länger über die Sache zu reden, zumindest vorerst, denn er hatte jetzt schon Bedenken ausgesprochen, die er wahrscheinlich besser hätte für sich behalten sollen. Aber trotzdem fand er es makaber, daß Hildie Kramer und George Engersol nicht nur sofort Adams freien Platz in dem Seminar über künstliche Intelligenz mit Josh besetzt hatten, sondern ihn sogar noch in das Zimmer des toten Jungen einziehen ließen.

Es war fast, als versuchten sie, Adam durch Josh zu ersetzen.

Der Lehrer sprach seine Gedanken aber nicht aus und ging an die Arbeit. Zuerst half er Josh, die Bücher und all die anderen Dinge von den Regalen über dem Bett zu räumen. Als nichts mehr auf den Brettern stand, reichte Conners sie Josh, der sie ordentlich an der Wand neben der Tür aufstapelte. Dann probierte Conners die Schraubenzieher aus, die er in den Schüben des Geräteschuppens aufgestöbert hatte. »Zwei davon passen«, sagte er zu Josh. »Hilfst du mir?«

Josh kletterte sofort auf das Bett, nahm eines der Werkzeuge und machte sich an die Arbeit. Nach fünf Minuten hatten sie die Regalträger aus ihren Halterungen gelöst und die drei Metallstreben von der Wand entfernt.

»Jetzt kommt der schwierige Teil«, sagte Conners. »Wir müssen die Stellen hinter dem Putz finden, wo die Schrauben Halt haben, sonst fassen sie nicht, wenn wir die Streben damit befestigen.« Er fing an, mit dem Griff des einen Schraubenziehers auf die Wand zu klopfen. Josh beobachtete ihn neugierig.

»Was machen Sie denn da?« fragte er schließlich.

»Ich horche. Hast du noch nie Stellen für Schrauben in der Wand gesucht?«

Josh schüttelte den Kopf. »Meine Mutter macht so was überhaupt nicht, und mein Vater...« Seine Stimme brach ab, und er verstummte. Schließlich holte er tief Luft. »Mein Vater ist abgehauen, als ich noch ein Baby war. Ich kann mich kaum noch an ihn erinnern.«

Steve hörte betroffen ein Beben in Joshs Stimme, das ihm verriet, daß der Junge den Tränen nahe war. Absichtlich vermied er es daher, Josh jetzt anzusehen. Während er weiter mit der Wand beschäftigt zu sein schien, sagte er: »Das muß ganz schön hart gewesen sein.«

Einen Moment lang schwieg Josh, dann nickte er. »Ich habe immer gehofft, daß er zurückkommen würde, aber er kam nicht. Ich weiß noch nicht einmal, wo er wohnt.«

»Ich wette, daß er dich vermißt«, sagte Conners.

»Nein, das tut er nicht«, entgegnete Josh. »Wenn er mich vermissen würde, wäre er mal gekommen, um mich zu besuchen. Aber er kümmert sich überhaupt nicht mehr um mich.«

Conners hörte auf, an der Wand herumzuklopfen und sah Josh geradeheraus an. »Es kann aber auch sein, daß das nicht stimmt«, erwiderte er. »Kann sein, daß er viel an dich denkt. Vielleicht hat er Gründe, warum er dich nicht besuchen konnte.«

Joshs Gesichtsausdruck verdüsterte sich. »Nein, die hat er bestimmt nicht. Wenn er sich etwas aus mir machen würde, wäre er mal gekommen oder er wenigstens angerufen. Aber ich habe seit fast zwei Jahren überhaupt nichts mehr von ihm gehört. Und es ist mir auch egal!« fügte er plötzlich verbittert und voller Zorn hinzu. Der Lehrer war durch die Heftigkeit von Joshs Gefühlsausbruch erschrokken. Er streckte eine Hand aus und faßte Josh bei der Schulter. »Das hört sich aber ganz so an, als würdest du dir sehr viel daraus machen.«

»Nein, tu' ich überhaupt nicht!« Auch jetzt klang Joshs Stimme, als versuchte er mehr sich selbst zu überzeugen als den Lehrer.

Conners wandte sich wieder der Wand zu, damit Josh sich nicht beobachtet fühlte. »Na schön, dann bist du besser dran als ich es war«, sagte er ruhig, während er wieder den Putz beklopfte, obwohl er die erste Schraubstelle schon gefunden hatte und wußte, daß er die beiden nächsten ausmessen konnte. »Mein Vater ist abgehauen, als ich acht war, und ich bin sogar heute noch unheimlich sauer deswegen. Es war, als hätte er eines Tages plötzlich aufgehört, sich etwas aus mir zu machen. Aber ich konnte nicht aufhören, mir etwas aus ihm zu machen.«

Josh sagte einige Sekunden lang gar nichts, dann fragte er: »Und was haben Sie getan?«

Conners zuckte die Schultern, ohne sich umzudrehen; er wußte, daß Josh sich sofort wieder verschließen würde, wenn er ihn jetzt ansähe. »Was hätte ich tun können? Ich habe gelitten, und wie«, sagte er. »Meine Mutter wollte ich nicht merken lassen, wie sehr ich litt, aber oft genug habe ich mich in den Schlaf geweint. Und dabei immer weiter gehofft, daß er zurückkommen würde.«

»Und ist er zurückgekommen?« fragte Josh, und wieder bebte seine Stimme.

Der Lehrer schüttelte den Kopf. »Nein. Einige Jahre lang hat er mir noch Geburtstagskarten geschrieben, aber dann habe ich nie mehr von ihm gehört. Lange Zeit habe ich versucht, ihn zu hassen. Aber irgendwann habe ich mir gesagt, daß er vielleicht seine Gründe gehabt hatte, abzuhauen.« Jetzt drehte sich Conners schließlich um und kniete neben Josh nieder. »Und vielleicht hatte er die ja auch«, sagte er ruhig. »Aber auch diese Vorstellung verhinderte nicht, daß ich weiter litt.«

Wieder sagte Josh lange Zeit gar nichts. Und als er schließlich sprach, konnte man seine Stimme kaum hören. »Mein Vater hat mir noch nicht einmal Auf Wiedersehen gesagt«, sagte er. »Er... er ging einfach weg. Wie konnte er das nur tun?«

Steve Conners legte seine Arme um Josh und zog ihn an sich. »Ich weiß es nicht.« Seine Stimme war fast so leise wie die Joshs. »Ich weiß einfach nicht, warum Menschen andere so behandeln können. Aber wie man leider sieht, tun sie es, und wenn uns so etwas passiert, können wir nur weitermachen und dürfen nicht aufgeben. Nach einiger Zeit läßt der Schmerz etwas nach. Man vergißt es nie, aber man kommt doch soweit klar, daß man ganz gut damit leben kann.«

Joshs hatte seine Arme um den Hals des Lehrers gelegt, und Steve hörte, wie der Junge ein Schluchzen unterdrückte. Er sagte einen Moment lang gar nichts, bis er spürte, daß Josh sich wieder gefangen hatte. Dann drückte er ihn noch einmal fest an sich, ließ ihn los und stand auf. »Ich mach' dir 'nen Vorschlag«, sagte er mit heiterer Stimme. »Wie wär's, wenn wir diese Regale anbringen und dann in den Ort fahren, einen Hamburger essen und vielleicht ins Kino gehen? Nur wir zwei. Einverstanden?

Josh sah den Lehrer an, und sein Blick verriet, wie gerne er den Vorschlag annehmen würde. »Wirklich?« fragte er. »Nur wir zwei?«

»Klar«, antwortete Conners. »Warum nicht?«

»Ich... ich muß noch 'ne Menge Hausaufgaben machen«, sagte Josh voller Sorge.

»Niemand wird dich umbringen, wenn du morgen mal nicht alles gemacht hast«, beruhigte Conners ihn. »Außerdem, das, was ich zu lesen aufgegeben habe, würde zwei Stunden dauern, und da du heute morgen nicht im Unterricht warst, hast du die Hausaufgabe ja nicht bekommen, klar?«

Josh nickte.

»Und Abendbrot müßtest du sowieso essen. Also können wir einfach die Zeit nehmen, die du für meine Hausaufgaben gebraucht hättest, und statt dessen ins Kino gehen. Ich garantiere dir, daß das viel mehr Spaß machen wird, und während wir essen, kann ich dir erzählen, was du lesen solltest.« Er zwinkerte Josh verschwörerisch zu. »Also nur unter uns – es geht um Gedichte, und es ist nicht besonders interessant.«

Josh grinste. »Werden Sie das der Klasse morgen früh auch erzählen?«

»Natürlich nicht«, antwortete Steve Conners. »Ich werde über all die Symbole und tiefsinnigen Inhalte reden, die jeder in den Zeilen eines Dichters vermutet.«

Josh legte seinen Kopf schräg und sah seinen Lehrer an. »Hört sich an, als glaubten Sie selbst nicht an diese tiefsinnigen Inhalte«, wagte er zu äußern.

Conners kicherte. »Sehr gut. Du hast völlig recht, tu' ich auch nicht. Ich glaube, daß Schriftsteller dazu tendieren, genau das zu sagen, was sie meinen. Aber eine Menge Leute, die nicht schreiben können, wollen einfach glauben, daß viel mehr hinter den Texten steckt. So, das war deine Lektion für heute, alles verstanden?«

»Verstanden«, stimmte Josh zu.

»Dann laß uns rauskriegen, wie dieser Bohrer funktioniert und das hier zu Ende bringen. Und wenn die Regale nicht gerade sind, schimpf nicht mit mir. Ich unterrichte Englisch, nicht Mathe.«

Als sie eine halbe Stunde später fertig waren, hingen die Regale völlig gerade an der Wand.

Zu zweit hatten sie es geschafft.

Als Josh an diesem Abend nach Hause kam, waren die Lichter im Haus schon gelöscht. Nur auf der Vortreppe verbreitete eine helle Lampe im Mondlicht einen unheimlichen Schein. Steve Conners hielt den Honda vor dem Gebäude an und sah zu dem Jungen hinüber, der neben ihm saß.

»Möchtest du, daß ich mit reinkomme?«

Josh schüttelte den Kopf. »Nein, alles okay. Wir haben Hildie ja gesagt, wann wir zu Hause sein würden, und sind nur zehn Minuten zu spät dran.«

»Falls sie auf dich warten sollte, sag ihr, daß es meine Schuld war. Erzähl ihr, daß ich plötzlich akute Entzugserscheinungen gehabt und unbedingt eine heiße Schokolade gebraucht hätte; daß ich mich auf dem Bürgersteig gekrümmt und um meine Droge gebettelt hätte.«

Josh kicherte. »Das werde ich ihr bestimmt nicht sagen.«

»Warum nicht? Dann hat sie was, um drüber nachzudenken.«

»Aber sie würde mich nie wieder mit Ihnen ins Kino gehen lassen«, entgegnete Josh. Im selben Moment wünschte er auch schon, er hätte die Worte nicht ausgesprochen. Schließlich hatte Mr. Conners überhaupt nichts davon gesagt, daß sie noch einmal zusammen ins Kino gehen oder irgend etwas anderes zusammen unternehmen würden. Und vielleicht hatte er das ja auch gar nicht vor? »Ich... ich fand den Abend ganz toll, Mr. Conners. Und ich wollte nicht etwa sagen, daß ich erwarte, daß Sie mich noch einmal mitnehmen.«

»Warum sollte ich dich nicht noch einmal mitnehmen?« fragte Conners. »Es macht überhaupt keinen Spaß, alleine ins Kino zu gehen.«

»Haben Sie keine Freundin?« fragte Josh. Jetzt erst fiel ihm auf, daß sie während des Abendbrots nur über ihn gesprochen hatten. Und das war sehr schön gewesen. Mr. Conners schien einfach alles zu verstehen, was er sagte.

Conners grinste ihn an. »Und auch wenn ich eine Freundin hätte – ich hab' im Moment keine –, würde das nicht heißen, daß ich dich nicht manchmal gern mitnehmen würde.«

»Aber wenn Ihre Freundin mich nicht leiden könnte?« fragte Josh halb scherzhaft. Mr. Conners jedoch schien wie üblich zu wissen, daß es ihm ernst war mit der Frage, auch wenn er versucht hatte so zu reden, als machte er einen Scherz.

»Dann wäre sie keine gute Freundin. Also mach dir darüber mal keine Sorgen, Josh. Aber jetzt gehst du wohl besser rein, damit es nicht noch später wird. Und bleib nicht die ganze Nacht auf, um deine Schularbeiten zu machen. Versprochen?«

Josh lächelte den Lehrer an. »Versprochen«, sagte er,

aber hinter dem Rücken hatte er die Finger gekreuzt, denn er mußte noch seine ganze Mathematikhausaufgabe machen. Er öffnete die Tür und wollte gerade vom Sitz rutschen, aber bevor er aus dem Auto steigen konnte, hielt Conners ihn noch einmal zurück.

»He, Josh? Wenn wir Freunde werden wollen, finde ich es besser, wenn du Steve zu mir sagst. Jedenfalls wenn wir nicht in der Klasse sind. Wenn du ›Mr. Conners‹ sagst, komme ich mir so alt vor. Okay?«

Joshs Lächeln vertiefte sich. »Okay!« Er warf die Autotür zu und eilte die Stufen hinauf in den Schatten der Loggia. An der Tür blieb er stehen und schaute zurück.

Mr. Conners – Steve – stand noch immer da und wartete, bis er im Haus war.

Er wollte mit eigenen Augen sehen, daß er sicher ins Haus kam.

Wie es sein Vater getan hätte.

Joshs Kehle zog sich zusammen, und er fühlte, wie seine Augen feucht wurden. Mit dem Ärmel wischte er sich übers Gesicht und winkte Steve noch einmal zu, dann öffnete er die Haustür und schloß sie schnell hinter sich.

Einen Moment später hörte er den Motor von Steves Honda brummen und die Reifen auf dem Kies der Auffahrt knirschen, als er davonfuhr. Erst als das Geräusch des Motors nicht mehr zu hören war, durchquerte Josh schließlich das schwach erleuchtete Foyer und stieg die Treppe hoch.

Im ersten Stock hielt Josh inne, um seine Schuhe auszuziehen, denn er wollte nicht, daß ihn irgend jemand hörte und herauskam, um ihn zu fragen, wie es im Kino gewesen war. Den ganzen Abend lang hatten seine Gedanken sich nämlich nur um eines gedreht. Sogar als er im Kino saß und versuchte, seine Aufmerksamkeit auf die Leinwand zu richten, dachte er an den Mann, der neben ihm saß, den Mann, der genau zu verstehen schien, was er dachte und wie er sich fühlte und der ihn offenbar genau so akzeptierte, wie er war.

Wie sein Vater es getan hätte.

Auf Strümpfen schlich Josh den Korridor entlang und beschloß in Gedanken schon halb, seine Mathematikhausaufgabe doch nicht mehr zu machen.

Vielleicht sollte er einfach nur ins Bett gehen, im Mondlicht stilliegen und so lange wie er konnte das gute Gefühl auskosten, das ihn erfüllte.

Er kam zu seinem Zimmer, drehte den Türknauf so leise wie möglich und stieß die Tür auf.

Zu Tode erschrocken blieb er stehen.

In der fast völligen Dunkelheit des Zimmers saß an seinem Schreibtisch Adam Aldrich, über die Tastatur des Computers gebeugt, die Augen auf den erleuchteten Bildschirm gerichtet.

Nein.

Das konnte nicht sein!

Josh streckte die Hand aus und knipste das Licht an. Er erwartete nichts anderes, als daß die Erscheinung in dem hellen Licht der Deckenlampe sofort verschwinden würde.

Aber als das Zimmer grell erleuchtet war, drehte sich statt dessen die Gestalt am Computer um und sah ihn an.

Blut bedeckte Adams Gesicht und lief in leuchtend hellroten Rinnsalen seinen Hals hinab.

Auch sein Hemd war von Blut durchtränkt, und ein Ärmel war an der Schulter abgerissen.

Joshs Augen weiteten sich vor Entsetzen, während er die Gestalt stumm anstarrte. Dann erhob sich das fürchterliche Wesen und streckte eine Hand mit erhobenem Zeigefinger nach Josh aus.

»*Was machst du in meinem Zimmer?*« krächzte Adams Stimme.

Joshs Mund öffnete sich, und ein Angstschrei entrang

sich seiner Kehle, während er rückwärts hinaus in den Korridor stolperte.

Plötzlich hörte er aus beiden Richtungen des Flurs Gelächter. Alle Türen öffneten sich. Auch aus seinem Zimmer erdröhnte schallendes Lachen, und dann erschien Adams grausige Gestalt in der Tür. Nur daß es nicht mehr Adam war.

Es war Jeff, und seine Augen blitzten vor Freude. Er amüsierte sich köstlich über die Angst, die auf Joshs Gesicht geschrieben stand.

»Ich bin wieder da!« rief er. »Ich bin wieder da, siehst du!«

Einen Moment lang stieg Wut in Josh hoch, aber sie versiegte so schnell, wie sie gekommen war, dann stimmte er in das Gelächter ein.

Als er jedoch später in der Nacht in seinem Bett lag und an den Scherz dachte, den Jeff sich mit ihm erlaubt hatte, erschien er ihm ziemlich unverständlich.

Wie konnte Jeff nur so etwas tun, so kurz nachdem sein Bruder gestorben war?

Vermißte er Adam denn überhaupt nicht?

Josh erinnerte sich an Jeffs Worte, die er erst gestern nachmittag zu ihm gesagt hatte.

Vielleicht hast du recht... vielleicht ist er gar nicht tot... vielleicht kommt er eines Nachts zurück und erzählt dir, was wirklich passiert ist.

Als am nächsten Morgen die Sonne aufging, hatte Josh kaum geschlafen.

15

»Was ist denn mit dir los?« fragte Josh seine Freundin Amy. Es war Montag morgen, und die beiden waren auf dem Weg zu ihrem Seminar über künstliche Intelligenz. In der Luft lag eine Frische, die das Ende des Sommers ankündigte. Noch heute morgen hatte Amy darüber geredet, wie sehr sie es liebte, wenn sich die Blätter an den Bäumen langsam verfärbten und wenn es kälter wurde, aber jetzt lief sie mit gesenktem Kopf neben Josh her, ihre Augen auf den Weg gerichtet.

Sie war in Gedanken versunken und antwortete nicht gleich. »Oh, gar nichts, glaube ich«, sagte sie dann, als Joshs Frage schließlich in ihr Bewußtsein vorgedrungen war. »Ich glaube, ich mag ganz einfach dieses Seminar nicht, das ist alles.«

»Aber es ist doch toll«, entgegnete Josh. In der letzten Woche hatten sie die meiste Zeit im Labor zugebracht und mit Ratten und Mäusen gearbeitet. Dabei hatte Dr. Engersol ihnen die Grundlagen davon vermittelt, wie intelligentes Verhalten funktioniert. Sie hatten die kleinen Tiere in Labyrinthe gesetzt, in denen sich Futter für sie befand, zu dem sie ihren Weg finden mußten. Josh war fasziniert gewesen von den Experimenten, bei denen sich bald herausstellte, daß einige Ratten viel besser lernten als andere.

Einige meisterten den ursprünglichen Weg ziemlich schnell, aber wenn das Labyrinth abgeändert wurde, konnten sie immer wieder nur dem einen Weg folgen, den sie erlernt hatten, bis sie zu einer Sackgasse kamen. Dort blieben sie stehen und schnüffelten und kratzten frustriert an der Mauer, während sie vergeblich versuchten hindurchzukommen.

Andere wiederum verloren etwas Zeit an dem ungewohnten Hindernis, liefen dann aber weiter und suchten sich neue Wege durch das Labyrinth, wobei sie ihre Nasen benutzten, um mit der Zeit dem Futter näherzukommen. Aber auch die meisten dieser Gruppe blieben schließlich stehen und gelangten nicht zu dem Futter, weil sie nicht bereit waren, Wege auszuprobieren, die sie kurzzeitig weiter von dem duftenden Köder entfernt hätten.

Nur ganz wenige Ratten – die klügsten – verschwendeten keine Zeit, sondern wandten sich sofort von einem neu blockierten Durchgang ab, um alle anderen Möglichkeiten zu erproben. Sie gaben nicht auf, bis sie schließlich das Futter gefunden hatten.

»Das ist der Unterschied zwischen Intelligenz und konditionierter Reaktion«, hatte Engersol erklärt. »Allgemein kann man sagen, daß die dümmsten Ratten nur auf den Geruch des Futters reagieren und diesem Geruch direkt auf dem einzigen Weg folgen, den sie kennen. Die anderen versuchen zwar noch andere Wege, bringen es aber nicht fertig, sich dabei weiter von dem Futter und seinem Geruch wegzubewegen, auch wenn sie trotzdem nicht zu der Quelle gelangen. Nur einige von ihnen scheinen herausbekommen zu haben, daß der Weg zu dem Köder sie kurzfristig auch von ihrem Ziel entfernen kann und daß sie am Ende doch belohnt werden, wenn sie ihn irgendwie finden.«

Am nächsten Tag hatten sie an den Köpfen dreier Ratten Elektroden angeschlossen und konnten so auf ihren Bildschirmen die Gehirnströme beobachten, während die Ratten durch das Labyrinth liefen und auf die Veränderungen innerhalb der gewundenen Wege reagierten.

Die Augen der Jungen des Seminars klebten an ihren Computerbildschirmen, und sie redeten aufgeregt darüber, welche Veränderungen in den Mustern der Hirnströme zu erkennen waren. Nur Amy wurde immer stiller.

Am Ende der Stunde, als sie und Josh das Gebäude verließen und sich auf den Weg zu ihrem nächsten Kurs machten, zog sie ein finsteres Gesicht. »Ich finde, es ist gemein.«

»Was ist gemein?« fragte Josh.

»Die Ratten so zu behandeln. Elektroden an ihren Köpfen anzubringen und sie durch die Labyrinthe laufen zu lassen.«

»Aber was sollen wir denn sonst tun?« fragte Josh erstaunt. »Wenn wir keine Experimente machen, können wir nichts lernen. Außerdem wissen die Ratten noch nicht einmal, was mit ihnen passiert. Sie fühlen doch überhaupt nichts.«

»Woher willst du das wissen?« fragte Amy scharf. »Und wenn es ihnen weh tut?«

»Aber das tut es nicht«, protestierte Josh. »Dr. Engersol sagt...«

Amy unterbrach ihn wütend. »Es ist mir egal, was Dr. Engersol sagt. Jeder in dem Seminar tut, als sei er ein Genie oder so was!«

»Aber das ist er«, sagte Josh mit ehrlicher Überzeugung. »Und wenn du nur ein bißchen Verstand hättest...«

Aber Amy ließ ihn wieder nicht ausreden. »Ich hab' genausoviel Verstand wie jeder andere in diesem Seminar«, entgegnete sie gereizt. »Aber deswegen glaube ich noch lange nicht all das Zeug, was er erzählt, nur weil er sagt, daß es so ist. Und überhaupt – wenn er schon so viel weiß, warum sagt er dann, daß diese Versuche alle so wichtig sind?«

Josh hatte keine Antwort gegeben. Er fand, daß es keinen Zweck hatte, mit ihr zu streiten, und so redete er nicht mehr über das Thema.

Aber als sie am nächsten Tag die Stufen zu dem Gebäude hochgingen, in dem das Labor untergebracht war, sah er sie fragend an. »Und was willst du jetzt machen? Du kannst doch nicht einfach wieder aufhören.«

»Und warum nicht?« fragte Amy. »Übrigens will Dr. Engersol, daß ich heute nachmittag an irgendeinem Experiment teilnehme, aber er wollte mir nicht sagen, worum es geht.«

Josh blieb stehen. »Was für ein Experiment?«

Amy verdrehte ungeduldig die Augen. »Ich hab' doch gerade gesagt, er hat mir nicht mehr darüber erzählt. Er meinte nur, es hat damit zu tun, wie Menschen denken. Aber wenn er mir nicht sagt, was genau passieren wird, wie soll ich dann wissen, ob ich überhaupt mitmachen will?«

»Vielleicht gehört das dazu«, spekulierte Josh. »Vielleicht würde es die Ergebnisse beeinflussen, wenn du es vorher wüßtest – daß du vorher schon zuviel darüber nachdenkst oder so was.«

»Na, ist ja auch egal«, entgegnete Amy und stieß die Tür auf. »Wenn er mir nicht sagt, was es genau ist, sehe ich auch nicht ein, warum ich überhaupt mitmachen soll.«

Schweigend gingen sie den Gang hinunter bis zu dem Labor, wo der Rest der Klasse schon um einen Käfig versammelt war. George Engerol schaute auf, sah sie streng an und warf dann einen bedeutungsvollen Blick auf die Uhr an der Wand. »Gratuliere«, kommentierte er ihre Ankunft. »Ihr habt es tatsächlich drei volle Sekunden vor Stundenbeginn geschafft. Aber da ihr es überhaupt geschafft habt, kommt mit hier rüber, damit wir anfangen können.«

Der beißende Sarkasmus des Direktors verletzte Amy, und ihre Augen füllten sich mit Tränen; sie schaffte es jedoch, sie zu unterdrücken. Josh hingegen schien die Spitze in Engersols Worten gar nicht zu bemerken, denn er war schon zu der Gruppe am Tisch getreten und starrte neugierig auf das Tier in dem Käfig.

Es war eine Katze, deren Fell man am Kopf abrasiert hatte. Die nackte Haut war bedeckt von winzigen Elektroden. Die Drähte, die aus den Elektroden führten, waren gebündelt und führten durch die Stäbe des Käfigs zu einem Computer.

Der Käfig war in drei Abschnitte unterteilt, und in dem größten saß die Katze. Die anderen zwei waren nebeneinander am anderen Ende des Käfigs angeordnet. Sie waren von dem Tier durch Türen getrennt, und jede Tür war mit einem farbigen Knopf versehen.

»Die Katze ist schon konditioniert worden«, erklärte Engersol. »Wir können den Boden ihres Käfigs unter

Strom setzen. Erhält die Katze einen Schlag – natürlich ist es nur eine ganz leichte Reizung –, kann sie die Stromzufuhr beenden, indem sie einen der beiden Knöpfe an den Türen berührt. Dadurch wird gleichzeitig eine kleine Menge Futter in den Hauptkäfig befördert.«

Amy dachte an Tabby, die jetzt zusammengerollt auf ihrem Kissen auf dem Bett lag, und schauderte beim Anblick der grotesk aussehenden Katze mit dem Gewirr von Kabeln, das ihren nackten Kopf umgab. Eine große, kegelförmige Plastikmanschette um den Hals der Katze verhinderte, daß sie mit den Pfoten an die Drähte herankam. »Sie sieht nicht sehr glücklich aus«, sagte Amy fast unhörbar.

Engersol hob die Schultern. »Ich nehme an, das ist sie auch nicht. Andererseits leidet sie aber auch nicht, und der Stromstoß ist nicht so stark, daß er ihr wirklich weh tut. Er erschreckt sie nur ein bißchen und reizt sie zu der konditionierten Reaktion.«

»Aber wo ist das Futter?« fragte Jeff Aldrich, während seine Augen auf die zwei kleineren, leeren Käfigbereiche gerichtet waren, in denen eigentlich die Belohnung für die richtige Reaktion der Katze bereitliegen sollte.

Engersol lächelte beifällig. »Genau das«, sagte er, zu der ganzen Klasse gewandt, »ist der Punkt, um den es heute geht. Wir werden heute die Katze mit zwei negativen Erfahrungen konfrontieren. Anstatt daß wir sie mit Futter belohnen und den Stromfluß unterbrechen, wird der eine Knopf das Knurren eines Hundes auslösen, während der andere verursacht, daß eine kleine Menge Stinktiersekret verströmt wird. Und beides«, fügte er ironisch lächelnd hinzu, »löst bei der Katze nicht gerade Freude aus. Also wird sie eine Wahl treffen müssen. Wenn sie die elektrische Reizung los sein will, muß sie entweder das Knurren des Hundes oder den Duft des Stinktiers über sich ergehen lassen.«

Amys Gesicht drückte Widerwillen und trotzige Entschlossenheit aus. »Ich finde es nicht richtig, daß wir so etwas machen« sagte sie. »Ich finde es grausam.«

Engersol lächelte sie beruhigend an. »Es tut der Katze nicht weh, Amy. Und da sie an den Computer angeschlossen ist, können wir auf diese Art eine Menge darüber herausfinden, was für physikalische Prozesse in ihrem Gehirn stattfinden, während sie versucht, eine Entscheidung zu treffen. Das ist ein Hobsonsches Auswahlexperiment, bei dem eben jede Reaktion eine negative Erfahrung zur Folge hat. Okay, sollen wir anfangen?«

Ohne auf eine Antwort zu warten, betätigte er einen Schalter, der den elektrischen Reiz auslöste.

Der Körper der Katze verkrampfte sich, und sofort schlug sie mit einer Pfote nach dem linken Knopf.

Aus einem kleinen Lautsprecher, der in dem Käfig installiert war, schallte das Geräusch eines knurrenden Hundes.

Die Katze sprang erschrocken zurück und war sogleich wieder dem unangenehmen Stromreiz ausgesetzt. Sofort streckte sie ihre Pfote noch einmal vor und berührte diesmal den anderen Knopf.

Jetzt begann es um den Käfig herum fürchterlich zu stinken, was die Schüler veranlaßte, sich ihre Nasen zuzuhalten. Die Katze, nur einige Zentimeter von der Düse entfernt, die den Geruch versprühte, zuckte abermals zurück.

Amy war über den Anblick außer sich vor Empörung. Sie nahm ihre Schultasche vom Tisch und ging zur Tür. »Ich gehe«, sagte sie aufgebracht. »Und ich komme auch nicht mehr zurück!«

Josh wandte sich erstaunt von dem Käfig ab und sah Amy an. »Komm, Amy, wir tun ihr doch nicht weh!«

»Das tut ihr doch«, beharrte Amy. »Ihr quält sie, und ich gehe jetzt und werde es weitersagen!«

Die anderen Jungen murmelten ungeduldig. Amy wurde dunkelrot vor Wut. »Ich hasse euch alle!« schrie sie. Dann hob sie ihren rechten Arm, und ihr Zeigefinger deutete anklagend auf George Engersol. »Und Sie sind ganz genauso gemein!« Sie brach in Schluchzen aus und rannte aus dem Raum.

Josh wollte ihr folgen, aber Engersol hielt ihn zurück. »Laß sie gehen«, sagte der Direktor der Akademie. »Das ist schon in Ordnung. Eigentlich ist ihr Verhalten eine völlig legitime Reaktion auf das Experiment. Denn einerseits hat sie ja recht – was wir tun, ist nicht gerade angenehm für die Katze. Allerdings erleidet sie keine langfristigen Schäden, jedenfalls keine physischen. Aber jetzt«, fuhr er fort und lenkte die Aufmerksamkeit der Klasse wieder auf den Käfig, »laßt uns schauen, was in ihrem Gehirn passiert.«

Josh zögerte noch. Er war hin- und hergerissen zwischen seinem Wunsch, Amy nachzugehen und sich zu überzeugen, daß alles mit ihr in Ordnung war, und dem genauso starken Verlangen, das Ende des Experiments zu beobachten.

Schließlich siegte seine Neugier. Er wandte sich wieder der Gruppe zu, die sich um den Labortisch scharte.

Auf dem Computerbildschirm spielten die Linien, die die Hirnströme der Katze wiedergaben, verrückt. Sie rasten im Zickzack auf und ab und bildeten chaotische Muster, die ganz deutlich die Verwirrung des Tieres anzeigten.

Im Käfig sprang die Katze in Panik vor und zurück, schlug erst auf den einen Knopf, dann auf den anderen und wich jedesmal wieder instinktiv vor dem Knurren des Hundes oder dem Geruch des Stinktiers zurück. Schließlich blieb sie erschöpft und zitternd liegen. Sie war nicht mehr in der Lage, ihre erfolglosen Bemühungen fortzusetzen, um die unangenehmen Reize zu unterbinden.

Engersol schaltete den Strom ab, und nach und nach begann die schwer atmende Katze sich zu erholen.

»Wie ihr sehen könnt«, sagte Engersol zu den sieben

Jungen, die um den Labortisch versammelt waren, »konnte die Katze keine Entscheidung treffen. Ihre beschränkten intellektuellen Fähigkeiten erlaubten ihr nicht, das kleinere Übel zu wählen und entweder das Knurren oder den Geruch zu ertragen, dafür aber nicht mehr unter dem elektrischen Reiz zu stehen. Statt dessen schwankte sie ständig zwischen den verschiedenen Möglichkeiten, bis sie schließlich am Ende ihrer Kräfte war.«

»Fast wie ein Computer, der alles durcheinanderschmeißt, wenn er abstürzt«, bemerkte Jeff Aldrich.

Engersol nickte anerkennend. »Genau. Und das ist der Sinn des ganzen Experiments. Unser Ziel ist herauszufinden, was für ein physischer Prozeß im Gehirn stattfindet, wenn eine Entscheidung zwischen zwei negativen Alternativen gefordert wird. Bevor wir das nicht wissen, werden wir wahrscheinlich auch keine künstliche Intelligenz programmieren können.«

»Aber was machen wir jetzt?« fragte Josh, dem noch nicht ganz klar war, was sie durch den Versuch gelernt hatten und dem Amys Empörung und ihre letzten Worte noch frisch im Gedächtnis hafteten. Wenn das Experiment jetzt vorbei war, fand er die Tortur, die die Katze hatte erleiden müssen, eigentlich auch sinnlos. Alles, was sie gesehen hatten, war, was die Katze *nicht* tun konnte.

Engersol richtete seinen anerkennenden Blick auf Josh. »Jetzt«, sagt er, »beginnt die eigentliche Arbeit. Wir haben eine Menge Daten gesammelt, die im Computer gespeichert sind. Als nächstes wollen wir anfangen, diese Daten zu untersuchen. Wir werden den Computer mit den aufgezeichneten Hirnströmen füttern und sie analysieren lassen. Dabei geht es darum, in den Reaktionen, die wie ein absolutes Chaos aussehen, vielleicht doch Regelmäßigkeiten zu finden.«

Den Rest der Stunde tippten die Jungen Informationen in den Computer und verglichen die in kleinste Teile zerlegten Aktivitäten des Gehirns der Katze miteinander.

Nach einigen Minuten hatten alle Schüler Amy Carlsons Reaktion auf den Versuch völlig vergessen.

Nicht jedoch George Engersol.

Für seine Zwecke war das Experiment ideal verlaufen. Denn der ganze Versuch war nur Amy Carlsons wegen inszeniert worden, und Amy hatte genau so reagiert, wie er es gehofft hatte.

Sie war unglücklich, und sie war wütend.

Ihre innere Spannung wuchs.

Jeanette Aldrich schaute bedrückt auf ihren Schreibtisch im Verwaltungsbüro des psychologischen Fachbereichs der Barrington Universität und fragte sich, ob sie wirklich in der Lage war, wieder ihre Arbeit zu tun. Die eine Woche zu Hause hatte den Heilungsprozeß nicht vorangebracht. Alles, was sie sah, erinnerte sie an Adam und riß die Wunde ihres Kummers immer wieder von neuem auf. Tatsächlich hatte sie feststellen müssen, daß die langen Tage, an denen sie nichts zu tun hatte, den Schmerz eher vergrößerten. Da es nichts Wichtiges gab, um ihre Zeit damit auszufüllen, hatte sie sich ständig mit dem Verlust ihres Sohnes beschäftigt.

Daher war sie heute morgen wieder ins Büro gekommen, aber auch hier ging es ihr nun nicht besser. Alle, die sie traf, behandelten sie mit Samthandschuhen. Entweder erwähnten sie Adams Tod überhaupt nicht, oder sie waren so übermäßig besorgt, daß sich Jeanette wie eine Invalidin vorkam.

Und alle schienen ihr irgendwie helfen zu wollen.

Heute morgen hatte ihr jemand eine Tasse Kaffee gemacht, und ein anderer hatte ein Hörnchen aus der Cafeteria besorgt.

Jennie Phelps, Assistentin im Lehrbetrieb, die in der letzten Woche für Jeanette eingesprungen war, hatte darauf bestanden, wenigstens diesen Tag noch dazubleiben.

Und von fast jedem hatte Jeanette genau die gleichen

Worte zu hören bekommen. Sie wurden in gedämpftem Flüstern geäußert, nachdem der Sprecher sie in eine abgelegene Ecke gezogen hatte, und die Frage war immer die gleiche. »Wie geht es dir, Jeanette, wie fühlst du dich?«

Als wenn alle aufgrund irgendeines mystischen Rechts von ihr erwarteten, daß sie mit ihnen ihren privaten Kummer teilen müsse. Am besten, sie hätte geäußert, daß sie sich am Rande eines Nervenzusammenbruchs befand, daß sie kurz davor war, sich umzubringen, oder daß sie glaubte, Adams Verlust nicht überleben zu können.

Tatsächlich hatte sie all dies während der letzten Woche mehr oder weniger stark empfunden, aber Jeanette fand, daß das niemanden etwas anging außer sie und Chet. So hatte sie jedesmal eine Antwort gegeben, die genauso stereotyp war wie die Frage.

»Mir geht's gut, wirklich. Es ist am besten für mich, wenn ich wieder arbeite und versuchte, mein ganz normales Leben weiterzuführen.«

Die Worte waren genauso leer wie sie sich fühlte, aber wenigstens schienen sie ihre besorgten Kollegen zufriedenzustellen, denn alle lächelten erleichtert und versicherten ihr, daß sie genau das Richtige täte.

Es war noch eine gute Stunde bis zum Mittagessen, und Jeanette betrachtete ihren überfüllten Schreibtisch, während sie überlegte, was sie am besten tun könnte, um so viel Papier wie möglich innerhalb der kürzesten Zeit wegzuschaffen.

Ihre Augen fielen auf einen Stapel von etwa einem halben Dutzend Prüfungsarbeiten, die während des Sommers eingegangen waren und nun darauf warteten, fotokopiert und dann an die Begutachter verteilt zu werden.

Diese stumpfsinnige Arbeit war im Moment genau das Richtige für sie. Die gleichmäßigen, rhythmischen Geräusche und Bewegungen des Kopierers hatte sie schon immer als beruhigend empfunden, so daß sie oft eine Pause an dem Gerät eingelegt hatte, wenn inmitten eines hektischen Nachmittags wieder einmal Studenten und Professoren aus allen Richtungen mit den unterschiedlichsten Wünschen auf sie zugekommen waren.

Also nahm Jeanette den Stapel Ringordner unter den Arm und zog sich in den kleinen Raum zurück, in dem der Kopierer stand. Seine Bedienungsleiste glimmte verläßlich und lud ein, ihn zu benutzen.

Jeanette nahm die erste Arbeit aus dem Ordner, legte den Stapel Blätter in den Automatikeinzug, wählte das Programm, das die Maschine anwies, von dem Dokument fünf Kopien zu machen und auch gleich zu sortieren, und drückte den Startknopf.

Das Gerät erwachte zum Leben, zog das oberste Blatt von dem Stapel, beförderte es auf das Glas und machte fünf Kopien davon.

Jeanette brauchte nur daneben stehenzubleiben für den unwahrscheinlichen Fall, daß die Maschine sich entschließen sollte, eine der Originalseiten zu zerknittern oder sich an einem Blatt Kopierpapier zu verschlucken und einen Papierstau zu produzieren.

Die erste Arbeit lief in fünf Exemplaren zu je dreißig Seiten durch, und als sie komplett waren, sammelte Jeanette die Stapel ein und legte sie zu dem Apparat, der sie später binden würde. Dessen Bedienung war eine entsprechend stupide Aufgabe und ihr im Moment daher genauso recht.

Sie würde das Binden der Arbeiten für die Zeit nach dem Mittagessen aufheben.

Gewissenhaft fuhr sie fort, den Papierstapel abzutragen, machte von jeder Arbeit fünf Kopien und kam schließlich zur vorletzten. Als sie die in den Kopierer legte, fiel ihr Blick auf den Titel, und ihr stockte der Atem:

Begabung zum Tode:
Eine Studie von Selbstmorden
hochbegabter Kinder

Mit zitternden Händen blätterte sie die Titelseite um und warf einen Blick auf das Inhaltsverzeichnis.

Ihre Augen überflogen die Wörter, denen sie entnahm, daß der Student, von dem die Arbeit stammte, während des letzten Jahres eine Untersuchung durchgeführt hatte. Darin verglich er die psychologischen Bewertungen besonders begabter Kinder, die sich selbst das Leben genommen hatten. Ziel der Arbeit war es, ein psychologisches Profil aufzustellen, das als ein Frühwarnsystem dienen konnte, um selbstmordgefährdete Kinder zu erkennen, bevor es zu spät war.

Noch immer zitterten Jeanette die Hände, als sie jetzt schnell die Arbeit durchblätterte.

Eine Kapitelüberschrift in der Mitte nahm ihren Blick gefangen:

Barrington Akademie: Sechs Fallstudien

Sie fing an zu lesen und fröstelte. War es wirklich möglich, daß sich in den letzten fünf Jahren sechs Schüler dieser Schule das Leben genommen hatten?

Und es waren nicht einmal nur sechs.

Es waren jetzt sieben, denn die Untersuchung war natürlich beendet gewesen, bevor Adam vor nur etwas mehr als einer Woche gestorben war.

Jeanette stand bewegungslos am Kopiergerät, während sich von ihrem Magen aus ein dumpfes Gefühl in ihrem ganzen Körper ausbreitete.

Diese Arbeit mußte sie lesen, sie mußte wissen, was dieser Student entdeckt hatte und ob es womöglich eine Chance gegeben hätte, ihren Sohn zu retten, wenn sie zwei Wochen früher auf diese Untersuchung gestoßen wäre.

Sie wartete, bis ihre Hände aufhörten zu zittern. Als sie äußerlich wieder einigermaßen ruhig war, fing sie an, die Arbeit zu kopieren.

Anstatt der üblichen fünf Kopien machte sie dieses Mal sechs.

Eine für jeden Professor, der die Studienarbeit zu beurteilen hatte.

Und eine für sich selbst. Sie würde sie in ihre Handtasche legen und heute nachmittag mit nach Hause nehmen, auch wenn das gegen die Vorschriften der Universität verstieß.

Heute abend würde sie die Arbeit lesen und versuchen herauszufinden, wie es kam, daß die Akademie in so kurzer Zeit so viele Schüler verloren hatte.

Amy Carlson saß alleine an einem Ecktisch im Eßsaal der Schule und starrte die Wand an. Die Gabel in der Hand, hob sie ab und zu einen Bissen zum Mund, bekam jedoch nichts herunter. Als sie in den Saal gekommen war, hatte Josh MacCallum sich alle Mühe gegeben, sie dazu zu bringen, wie üblich am gleichen Tisch wie er Platz zu nehmen. Aber sie hatte ihn ignoriert und ihn noch nicht einmal einer Antwort gewürdigt, als sie mit ihrem Tablett in der Hand an ihm vorbeigelaufen war.

Nachdem sie das Labor verlassen hatte, war sie in ihr Zimmer geflüchtet. Unbemerkt schlüpfte sie durch die Hintertür ins Haus und eilte schnell die Treppen hinauf, bevor Hildie Kramer oder irgend jemand sonst sie entdekken konnte. In ihrem Zimmer nahm sie Tabby von ihrem Kopfkissen hoch, ließ sich aufs Bett fallen und drückte die Katze in ihrem Schoß an sich. Sie liebkoste sie und sprach mit ihr, als könnte sie das Leid, das der Kreatur im Labor angetan worden war, wiedergutmachen, indem sie Tabby mit ihrer Zuneigung überhäufte.

Bis zum Mittagessen war Amy in ihrem Zimmer geblieben und hatte den Rest des Vormittagsunterrichts geschwänzt.

Aber als es auf die Mittagszeit zuging, sagte sie sich, daß es besser wäre, hinunter in den Eßraum zu gehen, obwohl sie überhaupt keinen Hunger hatte. Sonst käme womöglich Josh oder jemand anders, um nach ihr zu sehen, und sie wollte noch immer mit keinem der Mitschüler reden.

Also war sie nach unten zum Mittagessen gegangen, hatte aber überhaupt niemand beachtet und sich ganz allein an einen Tisch gegenüber der Wand gesetzt.

Zum ersten Mal, seit sie Josh kennengelernt und sich entschieden hatte, in der Schule zu bleiben, wollte sie wieder nach Hause, zurück in ihr eigenes Zimmer in ihrem eigenen Haus, wo ihre eigene Katze auf sie wartete.

Vielleicht würde sie heute abend nach dem Essen ihre Mutter anrufen und sie bitten, herzukommen und sie wieder abzuholen. Sogar in die normale Schule zu gehen wäre noch weniger schlimm als hierzubleiben, wo sie kleine Tiere quälten!

Plötzlich spürte Amy, wie sich eine Hand auf ihre Schulter legte, und schrak aus ihren Gedanken auf.

»Amy?« fragte Hildie Kramer. »Was ist passiert? Warum sitzt du denn hier ganz alleine?«

Amy erstarrte. »Weil ich es will.«

Hildies Hand fiel von Amys Schulter. Einen Moment lang dachte das kleine Mädchen, die Hausmutter würde sie vielleicht in Ruhe lassen.

Aber Hildie setzte sich auf den Stuhl neben ihr.

»Also ich weiß doch, daß irgend etwas nicht in Ordnung ist«, sagte Hildie ruhig, und ihre Stimme war so leise, daß niemand außer Amy sie hören konnte. »Dr. Engersol möchte, daß du in sein Büro kommst, bevor der Nachmittagsunterricht beginnt. Du bist am Vormittag nach dem Seminar in keine andere Stunde mehr gegangen, nicht wahr?«

Amy fuhr sich nervös mit der Zunge über die Unterlippe und schüttelte den Kopf. »Ich... ich bin auch nicht in seinem Seminar geblieben«, gab sie zu. »Sie haben Versuche mit einem Kätzchen gemacht, und da bin ich fortgelaufen.«

»Ach du meine Güte«, seufzte Hildie. »Also deswegen möchte Dr. Engersol mit dir sprechen, ja?«

»Ich nehme an.« Amy sah einen Hoffnungsschimmer. »Wird er mich wieder nach Hause schicken?« fragte sie und versuchte, ihre Stimme nicht allzu erwartungsfroh klingen zu lassen.

Hildie lachte. »Das glaube ich kaum. So schnell wird man hier nicht von der Schule gewiesen. Ich denke, er will dir wahrscheinlich nur erklären, was genau passiert ist, damit du verstehst, daß der Katze nicht weh getan wurde.«

»Aber sie hat schrecklich gelitten!« brach es aus Amy hervor, und ihre Empörung flammte wieder auf. »Er hat sie gequält!« Hildie zog die Augenbrauen hoch. »Gequält? Ich glaube kaum, daß Dr. Engersol so etwas tun würde.«

»Aber es stimmt!« beharrte Amy. Und sie erzählte Hildie von dem Experiment und beschrieb ihr, was mit der Katze geschehen war, wobei sie sich Mühe gab, nicht zu übertreiben. Als sie fertig war, zeigte auch Hildies Gesicht Empörung.

»Wenn das wirklich passiert ist«, sagte sie, »dann finde ich es genauso grausam wie du.«

»Es ist passiert«, sagte Amy mit Nachdruck. »Fragen Sie die anderen, wenn Sie mir nicht glauben. Fragen Sie Josh. Er hat es gesehen. Alle Jungen im Seminar haben es gesehen, aber es war ihnen egal. Sie fanden es lustig!«

Hildie schüttelte mitfühlend den Kopf. »Meine Güte, diese Jungen. Weißt du was, ich komme mit dir zu Dr. Engersol, und dann wollen wir mal hören, was er dazu zu sagen hat. Und wenn er noch mehr Experimente wie dieses vorhat, werden wir das dem Verein gegen Tierversuche melden. Auf keinen Fall werden wir zulassen, daß bei uns im Unterricht Tiere gequält werden!«

Amy sah die Hausmutter erstaunt an. »Haben Sie denn davon gar nichts gewußt?« fragte sie.

»Natürlich nicht«, gab Hildie zur Antwort. »Und nun

komm! Laß uns zu Dr. Engersol gehen und mit ihm reden.«

Amy ergriff die Hand der Hausmutter und ließ das nicht angerührte Essen einfach stehen. Vielleicht würde ja doch noch alles gut werden. Sie hatte wirklich das getan, was sie angekündigt hatte, sie hatte weitererzählt, was Dr. Engersol machte. Und anstatt daß Hildie böse mit ihr wurde, was sie eigentlich erwartet hatte, war die Hausmutter nun auf ihrer Seite!

Aber als Amy an Hildies Hand zu Dr. Engersols Büro ging, schoß ihr ein anderer Gedanke durch den Kopf.

Würde Dr. Engersol nicht womöglich noch verärgerter sein, gerade weil Hildie nun auf ihrer Seite stand?

Als sie jedoch in sein Büro traten, wirkte er überhaupt nicht mißgestimmt.

Er schien sich sogar Sorgen um sie zu machen. Sogar als sie ihm sagte, daß sie nicht mehr am Seminar über künstliche Intelligenz teilnehmen wollte, wurde er nicht ärgerlich.

»Ich finde, daß alles, was hier gemacht wird, gemein gegenüber den Tieren ist«, sagte Amy. »Und ich mag überhaupt nicht daran denken, was Sie womöglich noch vorhaben. Mir tun die Tiere eben leid.«

»Aber Amy«, erklärte George Engersol noch einmal geduldig. »Wir tun ihnen doch nicht wirklich weh. Der Katze, mit der wir heute gearbeitet haben, geht es wieder richtig gut. In einem Monat wird das Fell auf ihrem Kopf nachgewachsen sein, und alles an ihr wird so sein, wie es immer gewesen ist.«

Amy blieb hartnäckig. »Es ist einfach nicht richtig, hilflosen Tieren weh zu tun«, erklärte sie. »Und Hildie findet auch, daß ich recht habe.«

Engersol wandte sich seiner Verwalterin zu. »Stimmt das?«

Hildie zögerte, nickte dann aber. »Tut mir leid, George, aber so ist es. Ich wußte gar nicht, daß Sie in diesem Seminar mit Katzen experimentieren. Sie wissen, was ich von solchen Experimenten halte.« Die beiden musterten sich abschätzend. »Und wenn Sie weiter solche Sachen machen, dann werde ich wohl kaum in der Lage sein, länger hier zu arbeiten.«

»Und wir werden dem Verein gegen Tierversuche von Ihren Experimenten erzählen«, fiel Amy ein.

Engersol stieß einen tiefen Seufzer aus. »Also ich muß schon sagen, das läßt mir ja keine große Wahl, wie? Ich möchte weder dich, Amy, noch Sie, Hildie, verlieren, und ich denke, daß ich dieses Seminar auch auf andere Art fortführen kann. Gut, ich verspreche, daß wir keine Tierversuche mehr machen. In Ordnung?«

Amy zögerte. »Aber was werden Sie statt dessen tun?«

Engersol lächelte sie an. »Was hältst du zum Beispiel davon? Anstatt Versuche über das Denken von Tieren zu machen, beschäftigen wir uns gleich damit, wie Menschen denken.«

»Und wie?« fragte Amy und zog mißtrauisch die Augenbrauen zusammen.

Engersol brach in lautes Lachen aus. »Paß auf, wir machen heute nachmittag das Experiment, von dem ich dir letzte Woche erzählt habe, dann weißt du es ganz genau.«

»Aber Sie haben mir überhaupt nichts Näheres darüber gesagt«, wandte Amy ein.

»Das werde ich auch nicht«, erwiderte Engersol. »Wenn ich das täte, hätte es keinen Sinn mehr. Aber ich verspreche dir, daß ich nichts von dir verlange, was du nicht willst, und du kannst das Experiment jederzeit abbrechen, wenn du möchtest. Außerdem wird Hildie dabei sein, damit du ganz sicher bist, daß dich niemand zu etwas überredet, okay?«

In Amys Kopf arbeitete es. Sie suchte nach einem Haken an der Sache. Aber wenn Hildie, die auf ihrer Seite stand, auch dasein würde, wie konnte es dann eine Falle sein? Schließlich nickte sie. »Okay. Aber ich werde nichts tun, was ich nicht möchte!«

»Und ich werde so etwas auch nicht von dir verlangen«, wiederholte Engersol.

Ein paar Minuten später verließ Amy das Büro des Direktors. Ihr war nicht bewußt, daß sie wieder einmal auf raffinierte Weise dazu gebracht worden war, genau das zu tun, was Dr. Engersol wollte.

»Was hat sie heute vormittag gemacht?« fragte Engersol, als er mit Hildie Kramer allein im Büro war.

Hildie lächelte, aber diesmal fehlte ihrem Lächeln die Wärme, die es ausstrahlte, wenn sie mit den Kindern sprach. »Sie war alleine in ihrem Zimmer, und als sie zum Mittagessen herunterkam, hat sie mit niemandem gesprochen, nicht einmal mit Josh MacCallum.«

Engersol nickte befriedigt. »Dann werden alle als letztes von ihr in Erinnerung haben, daß sie ungeheuer wütend und verärgert war.«

»Und sehr verschlossen und in sich zurückgezogen«, fügte Hildie hinzu.

»Perfekt«, murmelte Engersol. »Genau wie Adam Aldrich.«

16

Amy sah auf die Uhr an der Wand. Nur noch fünf Minuten, bis die letzte Unterrichtsstunde an diesem Tag zu Ende wäre.

Von ihr aus könnte sie noch den ganzen Nachmittag dauern, ja bis zum Abendbrot, denn jede Minuten, die verging, brachte sie dem Experiment näher.

»Aber er hat doch gesagt, daß du nichts tun mußt, was du nicht tun willst«, hatte Josh versucht, sie zu beruhigen, als sie vor einer Stunde in der Pause zwischen Geschichte und Mathematik mit ihm gesprochen hatte. »Wovor hast du denn solche Angst?«

Anstatt auf seine Frage zu antworten, hatte Amy nur die Schultern gezuckt. Ihr stand noch immer das Bild der Katze in dem Käfig vor Augen, die durch Drähte mit dem Computer verbunden war und mit elektrischen Schocks, furchterregenden Geräuschen und dem üblen Geruch des Stinktiers malträtiert wurde. Aber Josh hatte das ja nicht weiter schlimm gefunden.

Am Beginn dieser Unterrichtsstunde hatte die Mathematiklehrerin Amy dann eine Nachricht gegeben, in der stand, daß sie um drei Uhr dreißig in der Turnhalle sein sollte. Amys Angst war daraufhin noch größer geworden; sie konnte an gar nichts anderes mehr denken.

Die Nachricht hatte Dr. Engersol unterschrieben.

Warum wollte er, daß sie in die Turnhalle kam? Sollte dort etwa das Experiment stattfinden?

»Amy? Amy, hörst du überhaupt zu?«

Die Stimme Enid Wilsons, ihrer Mathematiklehrerin, drang in ihr Bewußtsein, in dem bange Fragen und Vorstellungen der schrecklichen Dinge, die ihr passieren könnten, durcheinanderwirbelten. Amy fuhr erschrocken auf und setzte sich gerade.

»Hast du überhaupt nicht zugehört, Amy?« fragte Mrs. Wilson, eine große, knochige Frau, deren graues Haar in einem strengen Knoten im Nacken zurückgebunden war. Sie funkelte Amy über den Rand ihrer Brille hinweg an, und ihre Stimme war kalt und schneidend.

»Ich... ich habe an etwas anderes gedacht«, gab Amy kleinlaut mit bebender Stimme zu.

»Offensichtlich«, erwiderte Enid Wilson voller Hohn. »Aber in meinem Unterricht erwarte ich von euch, daß ihr eure Aufmerksamkeit mir zuwendet.« Sie klopfte mit dem Zeigestock in ihrer Hand auf die Tafel. »Kannst du diese Gleichung lösen oder nicht?«

Amy starrte auf die komplizierte algebraische Gleichung, die auf der Tafel stand. Sie wußte, daß sie in der Lage sein sollte, sie im Kopf zu lösen und konzentrierte sich. Ihre Augen zogen sich zusammen, und sie runzelte die Brauen, während sie zu rechnen begann. Die Zahlen waren vor ihrem inneren Auge so deutlich zusehen, als arbeitete sie mit Block und Bleistift.

»Na los schon, Amy, so schwer ist das doch nicht«, drängte Mrs. Wilson. »Es ist wirklich nicht mehr als eine einfache Reduktion!«

Amy schluckte und versuchte, den Kloß wieder loszuwerden, der plötzlich in ihrer Kehle saß. Aber da lösten sich die Zahlen in ihrem Kopf auf, und sie verlor den Faden in der komplizierten Rechnung. »Ich... ich kann's nicht«, flüsterte sie.

Die Augen der Lehrerin durchbohrten sie, und sie wäre am liebsten im Fußboden versunken. »Dann kannst du vielleicht heute abend eine kleine Extra-Hausaufgabe machen«, sagte Mrs. Wilson, während der Rest der Klasse über Amys Verwirrung kicherte. »Wenn du in der Klasse nicht aufpaßt, mußt du die Arbeit eben in deinem Zimmer machen, so einfach ist das!« Mit dünnem Lächeln wandte sich Mrs. Wilson an die übrige Klasse. »Ihr bearbeitet die ersten fünfzehn Aufgaben am Ende des dritten Kapitels«, sagte sie. »Amy Carlson wird den Rest dieses Kapitels für euch erledigen.«

Amy sah die Lehrerin ungläubig an. Wenn das dritte genauso aufgebaut war wie die beiden ersten Kapitel, enthielt es fünfzig Aufgaben, das hieß, sie sollte fünfunddreißig davon lösen. Und sie mußte außerdem für Geschichte zehn Seiten lesen und für Mr. Conners eine Geschichte schreiben. Wie sollte sie das jemals schaffen? Und alles nur, weil sie diese eine blöde Gleichung nicht herausgebracht hatte.

Es läutete zur Pause. Während die anderen Schüler zur Tür eilten, um möglichst schnell hinaus in den nachmittäglichen Sonnenschein zu kommen, blieb Amy sitzen.

Als nur noch die Lehrerin und sie selbst im Raum waren, blickte Mrs. Wilson sie schließlich fragend an.

»Möchtest du mit mir reden, Amy?« fragte sie.

Im selben Moment war Amy sich nicht mehr sicher, ob es überhaupt einen Sinn hätte, Mrs. Wilson zu erzählen, wie viele andere Hausaufgaben sie heute noch zu machen hatte. Es würde wahrscheinlich gar nichts nützen. Mrs. Wilson war nicht wie Mr. Conners, der jederzeit bereit war, sich die Probleme seiner Schüler anzuhören. Mrs. Wilson schien es völlig gleichgültig zu sein, wie viele Hausarbeiten die Schüler für die anderen Fächer erledigen mußten. »Das ist alles nur eine Frage der Zeiteinteilung«, hatte sie letzte Woche zu Brad Hinshaw gesagt, als der sich beschwert hatte, daß die Hausaufgabe zu lang sei. »Ihr seid schließlich besonders begabt und seid hier, damit euer Intellekt gefordert wird, und nicht, damit ihr die schlechten Angewohnheiten weiter beibehaltet, die ihr in der normalen Schule entwickelt habt. Ich weiß, daß für euch immer alles sehr leicht war, aber so geht es im Leben nun mal nicht zu. Jetzt müßt ihr lernen, das zu tun, was man von euch fordert, ohne euch darüber zu beschweren.«

»Sie ist wirklich eine blöde Kuh«, hatte Brad gemurmelt, als sie an diesem Tag den Klassenraum verließen.

Einige Kinder kicherten, und Mrs. Wilson hatte sie zurückgerufen und herausbekommen, worüber sie gelacht hatten, daraufhin hatte sie Brads Hausaufgabe verdoppelt.

»N... nein, Mrs. Wilson«, sagte Amy schließlich, während die Lehrerin sie mit ihrem Blick geradezu durchbohrte. »Es ist alles in Ordnung. Es tut mir leid, daß ich nicht aufgepaßt habe.«

Enid Wilsons Lippen entspannten sich, und fast hätte man meinen können, sie lächelte. »Sehr gut«, sagte sie. »Deine Entschuldigung wird akzeptiert. Genauso«, fügte sie hinzu, und das Lächeln verschwand, »wie deine Hausaufgabe morgen. Und jetzt gehst du wohl besser. Wie du weißt, mag Dr. Engersol es gar nicht, wenn man ihn warten läßt.«

Amy nickte, zog ihre Schultasche unter dem Tisch hervor und verließ die Klasse. Nachdem sie ins Freie getreten war, wandte sie sich nach links und machte sich auf den Weg zur Turnhalle auf der anderen Seite des Campus.

Vor der Tür zum Umkleideraum blieb sie stehen. Während sie konzentriert nachdachte, furchte sie wie üblich die Stirn und kniff die Augen zusammen.

Und wenn sie jetzt auf der Stelle noch ihre Meinung änderte?

Konnte es sein, daß das Experiment schon begonnen hatte?

Sie blickte sich um. Einige Studenten lagen unter den Bäumen und liefen die Wege entlang, aber niemand schien auf sie zu achten.

Und sie hatte auch nicht dieses kribbelnde Gefühl im Nacken, das sich immer einstellte, wenn sie spürte, daß jemand sie beobachtete.

Also hatte das Experiment sicher noch nicht begonnen. Amy seufzte und ging in den Umkleideraum. Niemand außer Hildie Kramer befand sich dort; die Luft war feucht und abgestanden. Hildie stand auf, als Amy hereinkam.

»Ich dachte schon, du tauchst vielleicht überhaupt nicht mehr auf«, sagte sie und lächelte. »Dr. Engersol möchte, daß du einen Badeanzug anziehst und hinüber zum Schwimmbecken gehst.«

Amy verzog das Gesicht. »Zum Schwimmbecken? Findet dort etwa das Experiment statt?«

Hildie nickte. »Hast du deinen Badeanzug mit?«

Amy schüttelte den Kopf. »Er ist in meinem Zimmer. Ich habe nicht gewußt, daß ich ihn brauche. Soll ich ihn holen gehen?«

Sie war schon auf dem Weg zur Tür, aber Hildie hielt

sie zurück. »Nein, bleib hier. Wir haben genug Badeanzüge. Ich bring' dir einen.«

Amy ging zu ihrem Umkleideschrank und fing an, sich auszuziehen. Eine Minute später erschien Hildie wieder, in der Hand einen der formlosen dunkelbraunen Schwimmanzüge, von denen es in der Turnhalle einen Vorrat gab. »Puuh«, sagte Amy und warf einen widerwilligen Blick auf den Badeanzug. »Ich hasse diese Dinger!«

Hildie lächelte. »Wer tut das nicht? Aber ich habe versucht, einen zu finden, der nicht allzu abgetragen aussieht.«

Amy nahm den Badeanzug, streifte ihre restliche Kleidung ab und stieg in das enge Trikot. Sie steckte ihre Arme durch die Träger und zappelte und hopste, bis sie den Anzug endlich über ihren Körper gezogen hatte. Dann sah sie Hildie Zustimmung heischend an. »Ist er nicht wirklich ganz abscheulich?«

Hildie legte kritisch den Kopf schief. »Nun ja, ich denke nicht, daß du so den Miß-Amerika-Wettbewerb gewinnen würdest, aber es könnte schlimmer aussehen. Immerhin paßt er, und es sind auch keine Löcher drin. Fertig?«

»Ich denke schon«, meinte Amy. Sie folgte Hildie durch den Umkleideraum zu den Duschen, dann trat sie in das Fußbecken, das vor der Tür zum Schwimmbecken eingelassen war. Plötzlich wurde Amy wieder von Angst überwältigt und sah flehend zu Hildie auf. »Können Sie mir nicht bitte sagen, was bei dem Experiment passiert?« bettelte sie.

Hildies warmes Lachen erfüllte den Umkleideraum, und allein dieser Klang bewirkte, daß Amy sich schon ein wenig besser fühlte. »Warum hörst du nicht einfach auf, dir so viele Sorgen deswegen zu machen?« antwortete Hildie. »Du weißt genau, daß ich dir nichts sagen darf, außer, daß es auf keinen Fall schlimm für dich wird. Und wenn du nicht mitmachen willst, dann mußt du das ja nicht. Sobald du weißt, was passiert, kannst du dich umdrehen und weggehen, wenn du möchtest.«

Amy holte tief Luft und überdachte noch einmal die Situation. Sollte sie Hildie vertrauen? Sie war jedenfalls bei den Tierversuchen auf ihrer Seite gewesen – also konnte dieses Experiment eigentlich nicht so schlimm sein, was immer es auch bedeuten mochte. Amy öffnete die Tür und ging hindurch.

Sofort blieb sie stehen, starr vor Schreck bei dem Anblick, der sich ihr bot.

Am anderen Ende des Schwimmbeckens war ein Vorhang angebracht worden, so daß man die Sprungbretter nicht sehen konnte.

Drei Meter von ihr entfernt stand ein Stuhl. Daneben befand sich ein Tisch mit einem Computer darauf und einem Gegenstand, der wie ein Helm aussah.

Um das Becken herum waren an mehreren Stellen Videokameras installiert, die alle auf den leeren Stuhl ausgerichtet waren.

Dr. Engersol saß auf einem zweiten Stuhl gegenüber dem Computer. Um ihn herum standen die anderen Schüler seines Seminars.

Wußten sie alle, was passieren würde? War sie die einzige, die man nicht informiert hatte?

Sie fühlte sich verraten.

Ihr erster Impuls war, sich umzudrehen und wieder durch die Tür hinauszurennen, aber ihre Schulkameraden beobachteten sie schon mit Blicken, als wären sie sicher, daß sie aufgeben würde, bevor das Experiment überhaupt begonnen hatte.

Und es waren nicht nur ihre Schulkameraden.

Amys Augen wanderten von der Gruppe der Kinder, die um den Computer versammelt war, zu der kleinen Tribüne am anderen Ende des Beckens.

Auf den Bänken saßen mindestens fünfzig Collegestudenten, die sie ebenfalls beobachteten.

Amy wurde glühend rot, so peinlich war ihr die Situation. Waren alle diese Leute wirklich hier, nur um ihr Verhalten zu beobachten? Aber warum? Was würde denn passieren?

Hinter sich hörte sie jetzt Hildies Stimme. »Alles in Ordnung, Amy? Willst du nicht weitergehen?«

Amy wollte nur eines: Der Fußboden sollte sich auftun und sie verschlucken. Warum waren all diese Leute hier? Warum nicht wenigstens nur ihre Mitschüler aus dem Seminar, die sie zumindest kannte? Und was würde passieren, wenn sie sich jetzt umdrehte und zurück in den Umkleideraum rannte?

Dann würden alle über sie lachen.

Alle. Sie würden wissen, daß sie ein Feigling war, und auch wenn sie sie vielleicht nicht laut auslachen konnten, innerlich würden sie es bestimmt tun.

Sogar ihre Freunde würden sich über sie lustig machen, und dann würde sie sich genauso wie in der normalen Schule fühlen, wo alle sich ihr gegenüber verhalten hatten, als sei sie nicht ganz normal.

Nein!

Dazu durfte es nicht kommen. Irgendwie würde sie es schon überstehen.

Sie atmete tief durch, um sich selbst zu beruhigen. »Ich ... ja, ich gehe schon«, brachte sie heraus, aber sogar sie selbst hörte das Zittern in ihrer Stimme. »Ich wußte nur nicht... Wer sind denn diese ganzen Leute?«

Hildie lächelte ihr beruhigend zu. »Sie sind aus einem der Psychologiekurse der Universität. Dr. Engersol hat sie eingeladen, das Experiment zu beobachten.«

»Aber er hat mir nichts davon gesagt.« Man konnte Amys Stimme anhören, daß sie kurz davor war, in Tränen auszubrechen.

Hildie fühlte, was in dem Mädchen vorging, kniete neben ihr nieder und nahm ihre Hand. »Es ist alles in Ordnung, Amy. Es wird dir nichts passieren. Sie sind nur hier um zuzusehen. Sie werden nichts sagen und auch nichts tun. Du brauchst überhaupt keine Angst zu haben.«

»Aber was soll ich denn machen?«

»Geh nur rüber und setz dich auf den Stuhl da«, sagte Hildie. »Komm, ich gehe mit.«

Amys Hand in der ihren, führte die Hausmutter das verängstigte Kind zu dem Stuhl, und Amy hockte sich nervös auf den Rand. Und jetzt erklärte Dr. Engersol endlich, was passieren würde.

»Wir werden dir Elektroden anlegen, Amy«, begann er. »Aber sie messen nur deine physischen Reaktionen. Ich verspreche dir, daß du überhaupt nichts spüren wirst. Wir werden nichts weiter tun, als Veränderungen deines Herzschlags, deines Atems und deiner Hirnströme aufzuzeichnen. Die Kameras nehmen deinen Gesichtsausdruck und alle Bewegungen deines Körpers auf. Du brauchst überhaupt nichts zu tun, nur hier zu sitzen.«

»Aber wieso denn ich?« fragte Amy. »Was soll ich denn machen?«

»Das wirst du gleich sehen«, antwortete Engersol. »Und denk daran, du kannst jederzeit wieder gehen, wie ich dir versprochen habe.«

Und dann werden alle über mich lachen, dachte Amy bei sich.

Sie saß still auf ihrem Stuhl, während Dr. Engersol die Elektroden an ihrem Körper befestigte. Schon bald war sie mit mehr Drähten verbunden als die Katze an diesem Morgen. Zum Schluß setzte ihr Dr. Engersol einen Helm auf den Kopf, und sie fühlte, wie eine Menge kleiner Knöpfe gegen ihre Kopfhaut drückten.

»Ist es zu fest?« fragte Dr. Engersol. »Es soll dir auf keinen Fall weh tun, und wenn der Helm zu eng sitzt, kann ich ihn ein bißchen lockern. Die Elektroden sollen deinen Kopf berühren, aber der Druck darf nicht zu groß sein.«

»Es... es ist in Ordnung«, brachte Amy heraus. Ihre Augen begegneten dem Blick Dr. Engersols, und er konnte die Furcht darin sehen. »Sie haben irgend etwas Schlimmes mit mir vor, nicht wahr?« fragte sie.

»Überhaupt nichts Schlimmes«, versicherte Dr. Engersol. Er überprüfte noch einmal, ob die Elektroden alle richtig saßen, dann ging er hinüber zu dem Computer. Auf seinem Bildschirm waren Amys Atemrhythmus, ihr Herzschlag und ihre Hirnströme abgebildet. Man konnte erkennen, daß sie unter einer gewissen geistigen Anspannung stand, die sich jedoch innerhalb der normalen Bandbreite befand.

»Okay«, sagte Dr. Engersol. »Fangen wir an. Ich möchte gern, daß du eine Entscheidung triffst.« Am anderen Ende des Schwimmbeckens wurde plötzlich der Vorhang weggezogen. Neben dem Drei-Meter-Sprungbrett war ein Gerüst errichtet worden, von dem das Seil mit dem Knoten herabhing, das Amy in der letzten Woche in der Turnhalle hochzuklettern versucht hatte.

Ein Versuch, der fehlgeschlagen war und den sie in schrecklicher Erinnerung hatte.

»Ich möchte, daß du eins von beiden aussuchst, Amy«, sagte Dr. Engersol jetzt. »Was möchtest du lieber tun? Das Seil hochklettern oder von dem Drei-Meter-Brett springen?«

Amy starrte ihn mit entsetztem Blick an. Machte er Spaß, oder mußte sie wirklich eines von beiden Dingen tun?

Aber er hatte doch gesagt, daß sie nichts zu tun brauchte! Er hatte gesagt, daß sie nur hier sitzen müsse!

Angst und Panik erfaßten sie.

Sie konnte schon das Gelächter hören, in das ihre Freunde ausbrechen würden, wenn sie erst wußten, daß sie sowohl vor dem Seil als auch vor dem Sprungbrett furchtbare Angst hatte.

Die Katze.

Er machte mit ihr genau dasselbe, was er heute morgen mit der Katze gemacht hatte.

Eine doppelt negative Wahl.

Sie mußte wählen zwischen zwei Sachen, die sie beide haßte, oder alle würden wissen, wie ängstlich sie war.

Und dann würden sie sich über sie lustig machen.

Angsthase, Angsthase, Amy ist ein Angsthase!

Obwohl niemand die Worte aussprach, tönten sie ihr in den Ohren.

Amy löste ihren Blick von dem Seil und dem Sprungbrett und sah in die Gesichter ihrer Klassenkameraden, die um den Computer versammelt standen. Einige schauten auf den Bildschirm, einige beobachteten sie.

Jeff Aldrich grinste, wahrscheinlich hatte er schon begriffen, was für eine Angst sie hatte.

Was würde er wohl tun? Würde er sich nur lustig über sie machen?

Oder würde er ihr vielleicht gemeine Streiche spielen, sie aus dem Fenster halten und ihr drohen, sie fallen zu lassen?

In ihrem Kopf drehte sich alles. Was wäre schlimmer? Wenn alle über sie lachen würden oder wenn sie eine Wahl träfe und versuchte, die schreckliche Angst zu überwinden, die sie immer erfaßte, wenn sie mehr als einen Meter vom Boden entfernt war?

Aber eigentlich hatte Dr. Engersol ja nur gesagt, daß sie wählen sollte, und nicht, daß sie es dann auch wirklich tun müsse.

Nur traute sie ihm auch zu, daß er sie es dann doch tun ließ. Und wenn sie sich erst einmal für eins von beiden entschieden hätte und sich dann weigerte, es zu tun, würden alle wissen, was mit ihr los war!

Sie saß in der Falle.

Trotz all der Versprechungen hatte Dr. Engersol ihr eine Falle gestellt.

Was sollte sie wählen?

Das Seil?

Sie dachte daran, wie sie auf halber Höhe plötzlich bei

dem Blick nach unten erstarrt war, nicht mehr vor noch zurück konnte, vor Angst fast gestorben wäre und sich nur noch festgekrallt hatte, bis der Sportlehrer hochgeklettert war, um sie herunterzuholen.

Und was das Sprungbrett anging, hatte sie es noch nicht einmal geschafft, die Leiter hinaufzusteigen!

Eine Leiter und ein Seil! Warum hatte sie nur solche Angst vor einer dummen Leiter und einem blöden Seil!

Aber wenn sie herunterfallen würde?

Beim Sturz von dem Seil konnte sie sich ein Bein brechen.

Aber von der Leiter würde sie vielleicht gar nicht herunterfallen, denn sie hatte ja Stangen, an denen sie sich festhalten konnte, und außerdem die Stufen für die Füße. Und wenn sie dann oben angekommen war, brauchte sie nur noch zum Ende des Brettes zu gehen und hinunterzuspringen.

Allein bei dem Gedanken daran, auf dem schmalen Brett drei Meter über dem Wasserbecken zu stehen, zog sich ihr Magen vor Angst zusammen.

Aber es war nur drei Meter hoch. Was konnte ihr schon passieren?

Ein paar Sekunden lang Angst zu haben war bestimmt immer noch besser, als wenn alle über sie lachten, weil sie feige war.

»Ich... ich habe mich entschieden«, flüsterte sie. »Ich springe von dem Brett.«

Sofort verließ Dr. Engersol seinen Stuhl und kam zu ihr, um ihr den Helm abzunehmen, während zwei Studenten die Elektroden von ihrem Körper entfernten. Aber die Kameras, die ständig ihren Gesichtsausdruck und jede Bewegung ihres Körpers aufgenommen hatten, liefen immer noch.

Und alle sahen sie noch immer an.

Also näherte sie sich der Leiter, die zu dem Brett hinaufführte, und erfaßte die Führungsstangen mit festem Griff.

Sie setzte ihren Fuß auf die unterste Stufe und fing an hinaufzuklettern.

Die Hälfte hatte sie geschafft, als sie hinunterblickte und erstarrte.

Geh weiter! sagte sie zu sich selbst. Steig einfach hinauf, geh bis zum Ende des Brettes und spring.

Aber dann wurde ihre Höhenangst übermächtig, und sie wußte, daß sie es nicht tun konnte.

Schau nicht runter, befahl sie sich selbst.

Sie zwang sich, nach oben zu schauen, und dort, hoch über sich, sah sie das Brett.

Nein!

Sie konnte es nicht, konnte auf keinen Fall auf dem Brett nach vorn bis zum Ende laufen! Es war viel zu schmal. Sie würde herunterfallen, bevor sie auch nur einen einzigen Schritt getan hätte.

Jegliche Energie verließ sie, und voll Angst und Panik begann sie zu schluchzen. Die Tränen strömten über ihr Gesicht, sie kletterte die Leiter wieder hinunter und floh zum Umkleideraum. Ihre Hände bedeckten ihr Gesicht, und sie bildete sich ein, das Lachen schon zu hören, das sie verfolgte. Als sie zu ihrem Schrank kam, hatte sie den Badeanzug schon zur Hälfte heruntergezerrt, riß ihn mit einem Ruck ganz herab und warf ihn in eine Ecke. Dann zog sie, so schnell sie konnte, ihre Kleider an. Sie ließ ihren Schrank weit offen, und schluchzend vor Scham und Erniedrigung floh sie aus der Turnhalle.

Als Hildie Kramer hereinkam, um nach ihr zu sehen, war der Umkleideraum leer, aber Hildie wußte, wo Amy hingelaufen war.

Die Hausmutter verließ die Turnhalle, und aus ihrem Gesicht war jede Spur jener Wärme und Freundlichkeit gewichen, die sie normalerweise ausstrahlte, wenn sie mit einem der Kinder oder ihren Eltern sprach. Hildies Züge drückten eiserne Entschlossenheit aus. Sie mußte Amy Carlson finden, bevor irgend jemand mit ihr sprach.

Jeanette Aldrich gab den Versuch auf, sich auf ihre Arbeit zu konzentrieren. Zwar war es gerade erst vier Uhr, aber niemand würde etwas dagegen haben, wenn sie heute schon früher ginge. Viel geschafft hatte sie nicht. Fast der ganze Vormittag war damit vergangen, daß alle möglichen Kollegen sie ihres Mitgefühls versichert und ihr ihre Unterstützung angeboten hatten. Und den größten Teil des Nachmittags hatte sie in Gedanken an die Studienarbeit verbracht, die ganz unten in ihrer Handtasche versteckt lag. Während des Essens hatte sie eine ruhige Ecke gefunden und angefangen, die Arbeit zu lesen, aber sehr weit war sie nicht gekommen. Es hatte ihr schon beinahe das Herz gebrochen, von all diesen anderen armen Kindern nur zu erfahren, die derselben furchtbaren psychischen Belastung zum Opfer gefallen waren wie Adam. Mehr als einmal konnte sie nicht mehr weiterlesen, denn trotz des trockenen Stils, in dem der Student seine Arbeit verfaßt hatte, kam das darin beschriebene menschliche Leid deutlich zum Ausdruck.

Jeanette war zumute, als ob jedes einzelne der Kinder, das in der Arbeit beschrieben wurde, sich hilfesuchend an sie gewandt und sie angefleht habe, doch etwas zu tun.

Aber es gab nichts, was sie noch hätte tun können, denn sie waren alle tot, genau wie Adam.

Das jüngste Kind war nur fünf Jahre alt gewesen, als es vor den Augen seiner Mutter und seiner älteren Schwester vor einen Bus lief.

Es gab keinen Zweifel daran, daß der Junge wußte, daß der Bus kam. Er hatte ihn sogar noch seiner Mutter gezeigt.

Zusammen hatten sie am Straßenrand auf dem Bürgersteig gestanden und zugeschaut, wie der Bus im gleichmäßigem Tempo von etwa dreißig Stundenkilometern die Straße entlanggefahren kam.

In letzter Sekunde hatte der kleine Junge sich von der

Mutter losgerissen, war blitzschnell auf die Straße gelaufen und hatte sich vor den Bus geworfen.

Jeanette konnte sich kaum zwingen, weiterzulesen. Sie fühlte den Schmerz, den die Mutter gefühlt haben mußte, und sah durch ihre Tränen die Wörter nur noch verschwommen, bis sie schließlich die Arbeit wieder in ihre Handtasche legte.

Aber heute nacht wollte sie sie zu Ende lesen, und wenn sie sich noch so sehr überwinden mußte. Sie wußte, daß sie sich vorher auf nichts anderes mehr würde konzentrieren können.

Entschlossen machte sie sich daran, ihre Tätigkeit im Büro für heute abzuschließen. Sie gab dem Computer den Befehl, das Dokument auszudrucken, an dem sie gearbeitet hatte – die endgültig redigierte Fassung eines Artikels, der von dem Leiter der Abteilung für eine psychologische Zeitschrift verfaßt worden war. Dann begann sie, die Akten auf ihrem Schreibtisch wieder im Schrank zu verstauen. Jede einzelne brachte sie zuvor in dem Ordner unter, in den sie gehörte. Im Hintergrund ertönte das gleichmäßige Summen des Druckers, das etwas seltsam Beruhigendes hatte und etwa alle dreißig Sekunden für einen Moment aufhörte, wenn ein neues Blatt Papier eingezogen wurde.

Jeanette zählte automatisch die gedruckten Seiten mit, ohne sich dessen überhaupt bewußt zu sein.

Etwa in der Mitte der siebten Seite hörte das Geräusch des Druckers plötzlich auf.

Jeanette unterbrach ihre Arbeit und warf einen Blick auf das Gerät.

Eine Druckseite schaute zur Hälfte heraus und bewegte sich nicht.

Keines der Alarmlämpchen am Drucker leuchtete auf, also wandte Jeanette ihre Aufmerksamkeit dem Computer zu.

Das Programm war zusammengebrochen.

Jeanette fluchte leise vor sich hin und startete das Programm von vorn, dann arbeitete sie sich zu der Datei vor, die sie brauchte, und gab den Befehl ein, sie ab der siebenten Seite noch einmal zu drucken. Erneut ging sie zum Drucker und betätigte die Taste, mit der ein neues Blatt Papier eingezogen wurde; dann drehte sie sich wieder zum Computer um.

Ungläubig blickte sie auf den Monitor.

Das Textverarbeitungsprogramm war schon wieder zusammengebrochen. Sie sah auf einen leeren Bildschirm.

Wieder begann sie die Befehle einzutippen, die das Programm aufbauten, aber dieses Mal hatten ihre Eingaben überhaupt keine Wirkung. Der Bildschirm blieb leer.

Jeanette drückte die Control-, die Alt- und die Delete-Taste auf einmal und wartete darauf, daß der Computer das Programm wie üblich von alleine in Gang setzen würde.

Es passierte gar nichts.

Mit einem tiefen Seufzer streckte Jeanette die Hand aus, um mit dem roten Knopf am Computer die ganze Anlage auszuschalten. Sie wollte ein paar Minuten warten und dann ganz von vorn beginnen – doch plötzlich erwachte der Monitor zum Leben, und ein Wort erschien:

MAMA

Fassungslos starrte Jeanette darauf. Was war jetzt los? War das wirklich jenes Wort, das sie ihr Leben lang von ihren Kindern gehört hatte, oder hatte der Computer rein zufällig diese vier Buchstaben zusammengewürfelt?

Wieder versuchte sie, das Programm in Gang zu setzen, und dieses Mal funktionierte es. Der Bildschirm flimmerte, und dann erschienen nacheinander eine Reihe von Befehlen, während das Betriebssystem sich aufbaute. Aber als sie gerade dabei war, auch das Textverarbeitungssystem wieder aufzurufen, erwachte der Bildschirm erneut zu eigenständigem Leben. Dieses Mal gab es keinen Zweifel an der Bedeutung der Worte:

MAMA: ICH BIN'S, ADAM.

Jeanette erstarrte.

Ein Scherz.

Irgend jemand hatte sich einen furchtbaren Scherz erlaubt.

Ihr Blick klebte an den Worten, und plötzlich merkte sie, daß sie zitterte. Was sollte sie machen?

Erwartete jemand von ihr, daß sie antwortete?

Fieberhaft suchte sie nach einer Erklärung, wie es zu dieser Botschaft gekommen sein konnte.

Wahrscheinlich war sie so programmiert, daß sie zu einer bestimmten Zeit auf ihrem Monitor erschien. Fast jeder hätte sie auf ihrem Computer entsprechend eingeben können. Er brauchte sich nur von irgendeinem anderen Gerät aus mit einem Modem Zugang zu ihrem Rechner verschafft haben.

Es gab mehrere Erklärungen, zwei oder drei Möglichkeiten, wie die Botschaft in den Computer gelangt sein konnte.

Aber warum nur sollte jemand so etwas getan haben?

Und wer war es gewesen?

Wer würde so etwas tun? Wer würde dermaßen grausam sein und Adams Namen benutzen?

Ganz bestimmt konnte niemand im Ernst glauben, daß so etwas als Scherz aufzufassen wäre.

Jeanette zitterte noch immer, als sie eine Hand ausstreckte, um den Computer abzuschalten. Die Wörter auf dem Bildschirm erloschen.

Sollte sie noch einmal versuchen, den Ausdruck zu beenden, den sie begonnen hatte?

Sie zögerte, dann dachte sie daran, daß das Programm schon zweimal zusammengebrochen war.

Rühr das verdammte Ding nicht noch mal an, sagte sie zu sich selbst. Es hat Zeit bis morgen.

Jeanette ließ alles stehen und liegen und entschloß sich, ihr Büro zu verlassen. Sie griff nach ihrer Handtasche, schaltete das Licht aus, ging aus dem Zimmer und verschloß die Tür. Einige Minuten später saß sie in ihrem Wagen und war auf dem Weg nach Hause. Aber die Worte auf dem Bildschirm verfolgten sie noch immer.

Sie erinnerte sich an einen Vorfall, der sich vor Monaten im Frühling ereignet hatte. Sie arbeitete in ihrem Büro, tippte einen Bericht ab, und plötzlich brach das Textverarbeitungssystem zusammen.

Gerade wollte sie es wieder aufrufen, als plötzlich einige Wörter auf dem Bildschirm erschienen:

HALLO, MAMA. ICH BIN'S, ADAM!

Und damals war es wirklich Adam gewesen. Er hatte es fertiggebracht, sich von seinem Zimmer aus in ihren Computer einzuhacken.

Damals hatte sie das auch lustig gefunden.

Aber jetzt war Adam tot. Und trotzdem war das gleiche passiert.

Wer auch immer dafür verantwortlich war – er hatte genau die gleichen Worte benutzt wie Adam vor Monaten.

17

Josh sah, wie Amy wegrannte, und sein erster Impuls war, ihr hinterherzulaufen. Schon während des Experiments mußte Josh immer wieder Amy anschauen, anstatt ihre Zustandsdiagramme auf dem Computer. Denn sobald er das in der Luft hängende Seil mit den Knoten und das Sprungbrett gesehen hatte, wußte er ganz genau, was sie durchmachte. Wie konnte Dr. Engersol ihr das nur antun? Wußte er denn nichts von ihrer Höhenangst?

Aber plötzlich begriff Josh. Genau darum ging es in dem Experiment. Dr. Engersol wollte herausbekommen, wie Amy reagierte, wenn sie zwischen zwei Dingen wählen mußte, die beide schreckliche Angst in ihr hervorriefen.

Aber das war gemein. Noch gemeiner als das, was heute morgen mit der Katze passiert war. Als Amy deswegen aus der Klasse rannte, hatte Josh eigentlich nicht richtig verstanden, worüber sie sich so aufregte. Schließlich hatte die Katze keine Schmerzen gehabt, zumindest hatte Dr. Engersol ihnen das gesagt.

Aber Dr. Engersol hatte Amy auch versichert, daß sie nichts tun müßte, was sie nicht tun wollte. Und dann hatte er sie nicht nur zu Tode geängstigt, sondern sie auch noch vor all ihren Freunden gedemütigt.

Josh nahm sich vor, sie vielleicht vor der Turnhalle einzuholen, wenn sie aus dem Umkleideraum der Mädchen kam. Er entfernte sich von der Gruppe, die um den Monitor versammelt war, aber Dr. Engersol, der genau wußte, was Josh vorhatte, hielt ihn zurück.

»Ich glaube, Josh, es ist besser, wenn Hildie sich um Amy kümmert«, sagte er. »Du brauchst dir keine Sorgen zu machen, es wird ihr bestimmt gleich wieder gut gehen. Sie braucht nur ein paar Minuten, um sich zu beruhigen.«

»Aber sie hat geweint«, entgegnete Josh.

»Ja, natürlich«, stimmte Engersol zu, und seine Stimme drückte genausoviel Gefühl aus, als ob er eine der Grafiken kommentierte, die auf dem Monitor abgebildet waren. »Das war eine völlig vorhersehbare Reaktion auf das Experiment. Ich hätte mich gewundert, wenn sie nicht geweint hätte. Und wenn du mal einen Blick auf den Bildschirm wirst, kannst du auch genau erkennen, wann genau die Reaktion des Weinens einsetzte und was sie bedeutet.«

Josh zögerte. Er war hin- und hergerissen zwischen seinem Bedürfnis, seiner Freundin hinterherzugehen und ihr zu versichern, daß alles in Ordnung wäre und daß niemand sich morgen über sie lustig machen würde, und dem ebenso starken Wunsch, sich zu dem Rest der Klasse vor den Bildschirm zu setzen und genau zu analysieren, was in Amy vor sich gegangen war. Erst als Hildie Kramer sich auf den Weg zum Umkleideraum machte, entschloß er sich zu bleiben. Amy mochte Hildie, und die Hausmutter würde es besser als er verstehen, sie zu trösten. In Gedanken noch halb bei Amy, rutschte er in die Lücke neben Jeff Aldrich und sah gespannt auf den Bildschirm, während Dr. Engersol erklärte, was die Diagramme deuteten.

»Ihr könnt hier alles ganz genau ablesen«, begann der Direktor der Akademie seinen Schülern zu erklären. »Hier, an dieser Stelle wurde ihr Atem unregelmäßig, und diese Zacken bedeuten, daß sich im gleichen Moment ihre Kehle zusammenzieht. Und dies hier ist ihr Herzschlag, der schneller wird und auch unregelmäßig, als sie das erste Mal begreift, was sie für eine Wahl treffen muß.« Engersols Finger bewegten sich schnell über die Tastatur, und die Darstellung auf dem Monitor veränderte sich. »Ich möchte, daß ihr euch das besonders genau anschaut. Dies sind die Hirnströme, und obwohl sie nicht viel anders aussehen als die der Katze heute morgen, denke ich, daß wir eine Menge Unterschiede feststellen werden, wenn wir sie analysieren. Die Katze reagierte natürlich hauptsächlich aufgrund von Instinkten und konditionierten Reaktionen, während Amy versuchte, eine intellektuelle Entscheidung zu treffen.« Engersol fuhr fort zu erläutern, was in Amys Hirn passiert war, während der Monitor immer neue Diagramme zeigte. Bald war Josh genau wie seine Klassenkameraden völlig gefangen von der digitalen Darstellung der Myriaden Prozesse, die in Amys Körper und Geist in den paar Minuten während der Dauer des Experiments stattgefunden hatten.

»Den Rest der Woche«, beendete Engersol den Unterricht eine halbe Stunde später, »werden wir weiter mit diesen Daten arbeiten, und Freitag sollten wir dann schon recht genau wissen, welche Teile von Amys Gehirn während des Experiments aktiv waren und welche Prozesse sich darin abspielten.«

»Aber was ist mit Amy?« fragte Josh, als Engersol seine Ausführungen beendet hatte. »Es ging ihr doch schlecht!«

Engersol sah Josh an, und die Kälte in seinen Augen ließ den Jungen frösteln. »Ich bin sicher, daß sie längst wieder in Ordnung ist«, sagte er. »Wir haben ihr schließlich nicht weh getan, nicht wahr?«

Während die Jungen sich wieder auf den Weg zum Schulgebäude machten, redeten sie weiter über die Ergebnisse des Experiments. Josh jedoch blieb in Gedanken versunken sitzen, den Blick noch immer auf den Bildschirm geheftet.

Darauf war nichts weiter zu sehen als einige Kurven, die sich kreuzten, voneinander entfernten, sich einander wieder näherten und abermals kreuzten. Diese Linien stellten dar, was in Amys Gehirn vor sich gegangen war.

Aber, dachte Josh, sie zeigen überhaupt nicht, wie sich Amy in dem Moment fühlte. Hatte denn niemand außer ihm den Ausdruck auf ihrem Gesicht bemerkt? Hatten sie nicht gesehen, was für eine Angst sie hatte, nicht nur vor dem Seil und dem Sprungbrett, sondern auch davor, sich vor ihren Freunden zu blamieren und von ihnen für eine Heulsuse gehalten zu werden?

Oder hatten sie es gesehen – und war es ihnen allen gleichgültig gewesen?

Josh warf einen Blick auf die Umgebung, die seine Freundin in solche Angst versetzt hatte. Schaudernd wandte er sich ab bei der Vorstellung, wie Amy sich gefühlt haben mußte, allein in dem Stuhl und all die Kameras und die Blicke der vielen Menschen auf sich gerichtet.

Wie die Katze, dachte er. Sie muß sich gefühlt haben wie die Katze im Käfig.

Plötzlich konnte er diesen Gedanken nicht mehr ertragen. Schnell ging er über den Betonboden und rannte fast durch die Duschen und die Umkleideräume der Jungen. Als er die Tür der Turnhalle aufstieß und in das nachmittägliche Sonnenlicht hinaustrat, schaute er sich erwartungsvoll um. Er hatte gehofft, daß Amy vielleicht auf ihn wartete.

Aber vor seinen Augen breitete sich nur die übliche friedliche Szenerie des Universitätsgeländes aus. Einige Studenten gingen über den Rasen oder saßen unter den Bäumen, während sie sich unterhielten oder lasen.

Amy war nirgends zu sehen.

Genau um fünf Uhr fuhr Chet Aldrich den Wagen in seine Garage. Er war erstaunt, daß Jeanettes Auto schon dort stand. Normalerweise verließ sie das Institut nicht vor halb sechs, und um diese Zeit hatte er dann schon seine zwanzig Minuten Aerobic hinter sich. Vor einem Jahr hatte er damit begonnen und war sehr zufrieden mit dem Ergebnis. Sogar das eine Glas Wein, daß er sich jeden Abend gönnte, trank er seitdem mit gutem Gewissen, denn er war überzeugt, daß durch das Training die 400 Kalorien schon verbraucht waren, bevor er sie überhaupt konsumierte.

Heute war der erste Tag seit Adams Begräbnis, an dem sie beide wieder zur Arbeit gegangen waren, und er hatte sich schon darauf gefreut, nach Hause zu kommen und sein übliches Nachmittagsritual aufzunehmen. Aber als er Jeanettes Auto in der Garage stehen sah, wußte er sofort, daß es dazu nun nicht kommen würde. Er stellte seinen eigenen Wagen neben ihrem ab und betrat das Haus durch die rückwärtige Tür, die direkt in die Küche führte.

»Jeanette? Liebling, ich bin zurück!«

Keine Antwort. Während Chet durch den Eßraum zum Wohnzimmer im vorderen Teil des Hauses ging, wuchs seine Befürchtung, daß seiner Frau im Institut irgend etwas Unangenehmes passiert wäre.

Jeanette saß auf dem Sofa. Sie hatte noch ihren Mantel an, die Handtasche lag in ihrem Schoß, und ihre Augen schienen auf den Fernseher gerichtet zu sein. Aber als Chet sie ansah, wußte er sofort, daß sie in einem Zustand war, in dem sie nichts im Fernsehen wahrnehmen würde, selbst wenn sie den Apparat eingeschaltet hätte. Jeanette sah aus wie jemand, dem die Folgen eines fürchterlichen Schocks in den Knochen steckten.

»Jeanette?« wiederholte er und setzte sich neben sie auf das Sofa. »Liebling, was ist? Was ist passiert?«

Jeanette sah ihn an, ohne daß sich ihr Gesichtsausdruck änderte. »Wahrscheinlich gar nichts. Irgend jemand hat sich wohl einen schlechten Scherz erlaubt. Ich glaube, ich sollte längst drüber weg sein, aber irgendwie schaff' ich's nicht.«

Chet runzelte die Stirn. »Ein Scherz? Was für ein Scherz?«

Jeanette wählte ihre Worte so sorgfältig wie möglich, als sie ihm erzählte, was passiert war; sie wollte dem Vorfall nicht mehr Bedeutung beimessen, als er verdiente. Schließlich wiederholte sie die Worte, die auf dem Bildschirm erschienen waren. Chet schüttelte den Kopf und seufzte tief auf.

»Mein Gott«, flüsterte er. »Was kann jemanden nur dazu bringen, so etwas zu tun?«

»Ich weiß es nicht«, sagte Jeanette leise. Sie gab sich einen Ruck, stand vom Sofa auf und ging zu der Bar im Eßzimmer, wo sie sich einen Brandy eingoß. »Es wäre nicht ganz so schlimm gewesen, wenn Adam nicht letzten Frühling genau das gleiche getan hätte. Er hackte sich in meinen Computer im Büro, und plötzlich erschien eine Nachricht von ihm auf dem Bildschirm. Es waren fast genau dieselben Worte: ›Hallo, Mama. Ich bin's, Adam!‹« Jeanette lachte, aber ihr Lachen klang eher wie ein

Schluchzen. »Ich hab' ihm eine Standpauke gehalten, aber irgendwie fand ich's auch ganz komisch, verstehst du? Aber heute...« Ihre Stimme brach ab, als sie sich den Schock vergegenwärtigte, den sie erlitten hatte, als sie die Worte auf dem Bildschirm las. »Ich kann einfach nicht glauben, daß irgend jemand so etwas tun würde, nicht mal im Scherz.«

»Aber es wäre nicht schwierig, darauf zu kommen, wer es war, wie?« fragte Chet. Seine Stimme drückte jetzt Ärger und Zorn aus, und er war aufgestanden, während seine Hand schon in der Jackentasche nach dem Autoschlüssel fischte.

Jeanette schaute ihn verständnislos an.

»Verstehst du denn nicht?« fragte Chet. »Es war Jeff! Es muß Jeff gewesen sein!«

»Jeff?« wiederholte Jeanette ungläubig. »Chet, warum sollte denn Jeff so etwas tun? Er weiß doch, wie schwer die letzte Woche für mich war...«

»Er muß es gewesen sein, eben weil er dazu in der Lage gewesen wäre«, erwiderte Chet. »Ich kann dir ganz genau sagen, was passiert ist. Adam hat ihm erzählt, was er im letzten Frühling getan hat, und Jeff hat es natürlich nicht vergessen. Denk daran, er vergißt nichts! Er ist ein Genie! Also, heute hat er dann ein bißchen Zeit gehabt, und was kommt ihm in den Sinn? Er beschließt, einen kleinen Scherz mit seiner Mutter zu machen, und er denkt gar nicht daran, wie sehr dich das treffen könnte. Ich fahre jetzt sofort rüber zur Schule und rede mit ihm. Wenn er glaubt, daß er ungeschoren davonkommt, hat er sich geirrt!«

Jeanette hörte ihrem Mann kaum noch zu. Es konnte nicht Jeff gewesen sein – nicht ihr eigener Sohn, und nicht so kurze Zeit, nachdem sein Bruder gestorben war! Das war einfach nicht möglich. Es mußte jemand anderer gewesen sein. »Ich komme mit«, sagte sie zu Jeff. »Wenn er es wirklich gewesen ist, dann sollte ich mit ihm darüber reden, nicht du.« Sie stellte ihr Glas auf den Couchtisch und folgte Chet in die Garage.

Ein paar Minuten später hielten sie vor der Schule und gingen direkt in Hildie Kramers Büro. Hildie, die gerade mit einem Sicherheitsbeamten der Universität sprach, unterbrach sich, als sie die Aldrichs sah. Dann lächelte sie den uniformierten Mann an. »Also, halten Sie die Augen offen, ja? Und wenn Ihnen irgend etwas auffällt, benachrichtigen Sie mich.« Der Wachmann murmelte eine Antwort und verließ das Büro. Sofort wandte sich Hildie mit ihrer ganzen Aufmerksamkeit Chet und Jeanette Aldrich zu. Das Lächeln, mit dem sie die beiden begrüßte, erstarb jedoch, als sie den Ärger in Chets Augen und den besorgten Ausdruck auf Jeanettes blassem Gesicht bemerkte.

»Jeanette? Chet? Was ist los? Was ist passiert?«

Während Chet mit aufeinandergebissenen Zähnen schweigend danebenstand, erzählte Jeanette, was geschehen war. »Chet glaubt, daß Jeff es getan haben könnte«, schloß sie. »Wir würden gern mit ihm darüber sprechen.«

»Selbstverständlich, das kann ich mir vorstellen«, sagte Hildie voller Entrüstung. »Ich kann gar nicht glauben, daß irgend jemand so etwas tun könnte!« Sie war dabei, aus dem Büro zu gehen, als sie noch einmal innehielt und sich umdrehte. »Moment. Wann, sagten Sie, ist das passiert?«

»Gegen vier. Vielleicht ein bißchen später.«

»Nun, dann kann es nicht Jeff gewesen sein«, sagte Hildie. »Er war von halb vier bis fast fünf Uhr am Swimmingpool. Alle aus Dr. Engersols Seminar waren dort.«

Jeanette atmete voller Erleichterung auf.

»Ich würde trotzdem gerne mit ihm sprechen«, sagte Chet. Er war noch immer voller Wut. »So wie ich Jeff kennen, kann er auch ein Programm installiert haben, das dann um eine bestimmte Zeit aktiviert wurde. Und zwar gerade in einem Moment, von dem er wußte, daß er mit anderen zusammen und nicht in seinem Zimmer sein würde.«

Hildies Augen verdunkelten sich. »Oh, ich glaube kaum, daß er...« Sie brach abrupt ab, als ihr Blick aus dem Fenster fiel. »Wenn man vom Teufel spricht«, sagte sie, ging zur Tür und öffnete sie. Gleich darauf betrat Jeff das Haus. »Jeff?« sprach Hildie ihn an. »Könntest du bitte für einen Moment hereinkommen?« Brad Hinshaw, der neben Jeff schlenderte, wollte seinem Freund in das Zimmer folgen, aber Hildie hielt ihn zurück. »Warte bitte draußen, Brad. Es wird nicht lange dauern.« Sie schloß die Tür und drehte sich zu Jeff um, der verblüfft seinen Vater anschaute.

»Bist du böse mit mir, Papa?«

»Allerdings«, antwortete Chet scharf. »Und ich denke, du weißt ganz genau, warum!«

Jeff trat erschrocken einen Schritt zurück, dann wandte er sich seiner Mutter zu. »Warum ist Papa böse mit mir? Was habe ich denn gemacht?«

Jeanette sah ihren Sohn an und suchte in seinem Gesicht nach einem Zeichen der Schuld. Aber sie konnte nichts entdecken. Seine braunen Augen sahen sie fragend an, und er kam näher auf sie zu, als suchte er Schutz vor seinem Vater. Allein diese Bewegung sagte ihr alles, was sie wissen mußte. Wäre tatsächlich er es gewesen, der sich diesen bösen Streich ausgedacht hatte, dann würde er ganz bestimmt nicht gerade bei ihr Schutz suchen. Vielleicht bei Hildie Kramer, aber sicher nicht bei der Zielscheibe dieser herzlosen Aktion. Jeanette fühlte, wie die Anspannung langsam nachließ; sie streckte die Hand nach Jeff aus und zog ihn an sich. »Du hast gar nichts gemacht«, sagte sie. »Wir mußten herkommen, um es herauszufinden, aber jetzt bin ich mir ganz sicher.«

Jeff löste sich aus den Armen einer Mutter. »Aber was? Was habt ihr denn gedacht, was ich getan hätte?«

Während Jeff schweigend zuhörte, erzählte ihm sein Vater, was passiert war. »Hast du wirklich nichts damit zu tun?« fragte er schließlich.

Jeff schüttelte den Kopf. »Das war bestimmt nicht ich. Warum sollte ich so etwas tun? Außerdem war ich heute nachmittag am Swimmingpool. Wir haben ein tolles Experiment gemacht. Es ging darum...«

Hildie Kramer unterbrach ihn, bevor er den Satz beenden konnte. »Ich glaube nicht, Jeff, daß deinen Eltern im Moment danach ist, etwas über das Experiment zu hören«, sagte sie. »Ich würde vorschlagen, du gehst wieder zu deinen Freunden, während deine Eltern und ich versuchen herauszufinden, wie diese Sache passiert sein kann.«

Jeff zögerte, dann ging er langsam zur Tür. Die Hand schon auf dem Türknopf, schaute er noch einmal zu seinem Vater zurück. »Bist du mir auch nicht mehr böse, Papa?«

Chet sah seinen Sohn an und atmete auf. Auch er hatte keinerlei Zeichen von Schuld bei dem Jungen entdecken können. Und wie Jeanette war er ebenfalls überzeugt davon, daß man es auf jeden Fall gemerkt hätte, wenn Jeff für den Streich verantwortlich gewesen wäre. Denn trotz all seiner Klugheit war Jeff immer ein sehr schlechter Lügner gewesen. »Ich bin nicht mehr böse, Jeff«, sagte Chet. »Wir sind eben nur wirklich sehr beunruhigt, weißt du.«

Jeff verließ Hildie Kramers Büro und stieg mit Brad Hinshaw nach oben. Noch bevor sie den ersten Stock erreicht hatten, öffnete Josh MacCallum die Haustür und lief hinter ihnen die Treppen hinauf. »He, wißt ihr vielleicht, wo Amy steckt?« fragte er.

Jeff und Brad sahen einander an und zuckten die Schultern. »Wir haben sie nicht mehr gesehen, seit sie vom Swimmingpool weggerannt ist«, sagte Brad. Er lachte, als er daran dachte, wie Amy in Tränen ausgebrochen und fortgelaufen war. »Die hatte ja eine derartige Angst, ich hab' gedacht, sie macht sich gleich in die Hosen!«

Josh funkelte den älteren Jungen böse an. »Na und? Dann hatte sie eben Angst. Hattest du noch nie vor irgendwas Angst?«

Brad wich in gespieltem Schrecken zurück und hob abwehrend die Hände. »Meine Güte! Was ist denn los mit dir? Schließlich ist es ja nicht dir passiert, oder?«

»Na ja, ich kann sie einfach nicht finden«, sagte Josh entschuldigend. »Ich habe überall nachgesehen, wo sie sich sonst immer aufhält, aber sie ist einfach verschwunden.«

»Na und?« fragte Jeff. »Wahrscheinlich hat sie Angst zurückzukommen, weil sie sich ja denken kann, daß alle sie auslachen werden. Zumindest wird Brad das tun«, fügte er hinzu und boxte seinen Freund in die Rippen. »Stimmt's, Brad?«

»Na ja, könnte gut sein«, stimmte Brad zu. »Es sei denn, Josh droht mir Prügel an.« Mit belustigt funkelnden Augen sah er Josh an, der mindestens zehn Zentimeter kleiner und zwanzig Pfund leichter war als er. »Und, MacCallum, wie sieht's aus, krieg' ich eins drauf, wenn ich deine Freundin auslache?«

Josh wurde rot. »Sie ist nicht meine Freundin«, sagte er wütend. »Und ich verstehe überhaupt nicht, warum ihr das, was ihr passiert ist, so komisch findet!«

Jeff grinste. »Wollt ihr mal was wirklich Komisches hören?« fragte er. »Ich erzähl' euch, was jemand sich mit meiner Mutter geleistet hat!« Dann berichtete er den beiden gespannt lauschenden Jungen, was er eben von seinem Vater erfahren hatte. Als er schwieg, schaute Josh ihn entgeistert an.

»Das ist wirklich 'ne verrückte Geschichte«, flüsterte er. »Wer würde so was bloß tun?«

Jeff sah Josh scharf an, dann grinste er wieder. »Es war Adam«, sagte er. »Es muß Adam gewesen sein!«

Brad Hinshaw starrte seinen Freund mit offenem Mund an. »Komm«, sagte er ungläubig. »Adam ist tot.«

Jeffs Grinsen verschwand, statt dessen erschien auf seinem Gesicht ein Lächeln, das fast grausam wirkte. »Den Teufel ist er!« erklärte er. »Wer hier stirbt, ist doch dumm. Adam ist aber nicht dumm, und er wollte niemals sterben. Er wollte nur diese ganze verdammte Scheiße hinter sich lassen.«

»Aber wo ist er dann hingegangen?« fragte Josh, und in seinem Kopf arbeitete es wie wild.

Jeffs Grinsen kehrte zurück. »Wer hat denn gesagt, daß er weggegangen ist? Er ist noch hier. Ihr könnt ihn bloß nicht sehen, das ist alles.«

»Meine Güte«, stöhnte Brad Hinshaw. »Also wenn du mich fragst, du bist genauso verrückt wie dein Bruder es war.« Er drehte Jeff den Rücken zu und ging den Gang hinunter zu seinem Zimmer. Als er verschwunden war, trat Jeff Aldrich näher an Josh heran.

»Und ich wette, daß Amy jetzt am gleichen Ort ist«, sagte er in vertraulichem Ton und sah den Jüngeren durchdringend an. »Ich wette, sie ist zu Adam gegangen.«

Josh erwiderte Jeffs Blick einen Moment, während er versuchte herauszubekommen, ob der andere es ernst meinte, dann rannte er den Flur entlang zu Amys Zimmer. Er klopfte an die Tür und rief ihren Namen.

»Amy? Amy, ich bin's, Josh! Kann ich reinkommen?«

Niemand antwortete, aber Josh meinte in dem Zimmer ein Geräusch zu hören. Schließlich versuchte er, ob sich die Tür öffnen ließ.

Sie war nicht abgeschlossen, und er stieß sie auf.

Laut maunzend schoß Tabby aus dem Zimmer, Josh sprang erschrocken zurück, dann öffnete er die Tür ganz und sah in den Raum.

Der Bildschirm von Amys Computer war eingeschaltet und leuchtete. Darauf stand eine Nachricht:

ICH GEHE FORT. ICH HALTE ES EINFACH NICHT MEHR AUS. ES MUSS ETWAS BESSERES GEBEN.

Josh schrie auf und schlug gleich darauf die Hand vor den Mund. Sein Herz raste, denn diese Ankündigung glich fast aufs Wort der letzten Nachricht, die Adam Aldrich hinterlassen hatte.

18

Steve Conners parkte seinen Wagen vor der Schule. Josh erwartete ihn schon auf der Vortreppe, und man sah ihm deutlich an, wie besorgt er war. Als der Junge seinen Lehrer vor zehn Minuten angerufen hatte, wollte Conners sich gerade mit einem Fertiggericht, das er immer vorrätig im Kühlschrank hatte, vor dem Fernseher niederlassen. Aber als er den ängstlichen Ton in Joshs Stimme hörte, warf er das kleine Plastiktablett in den Mülleimer, bevor er auch nur einen Bissen gegessen hatte.

»Moment mal, Josh, langsam«, hatte er gesagt und den Wortschwall, der vom anderen Ende der Leitung kam, unterbrochen. »Erzähl mir kurz, was passiert ist, oder was du glaubst, was passiert sein könnte.«

»Es geht um Amy!« wiederholte Josh. »Sie ist verschwunden, und auf ihrem Computer ist genauso eine Nachricht, wie Adam sie hinterlassen hat.«

»Hast du Hildie Kramer davon erzählt?«

»Ja. Sie hat nur gesagt, ich soll mir keine Sorgen machen, sie wird sich schon um alles kümmern. Aber Amy ist meine Freundin! Und heute nachmittag hat sie fürchterliche Angst gehabt und ist weggerannt!« Conners fragte nicht weiter. Der ängstliche Tonfall in Joshs Stimme war für ihn Grund genug gewesen, um wieder zur Schule zu fahren. Jetzt lief er die Treppen zu der großen Loggia hinauf, wobei er immer zwei Stufen auf einmal nahm. Josh hielt ihm ein Stück Papier entgegen.

Conners las die Nachricht, die Josh von Amys Computer abgeschrieben hatte. Es war nicht unbedingt die Ankündigung eines Selbstmords, aber... »Okay«, sagte er und achtete, seine Stimme sachlich klingen zu lassen. »Am besten erzählst du mir erst mal genau, was passiert ist.« Josh hatte gerade angefangen, ihm von dem Experiment zu erzählen, da wurde er von Hildie Kramer unterbrochen, die aus der Tür trat. »Hallo, Steve. Was hat Sie denn bewogen, noch mal herzukommen?« Ihr Blick fiel auf Josh, und sie lächelte. »Ach so, Amy Carlson, ja?«

Conners nickte. »Josh macht sich Sorgen, deswegen hat er mich angerufen. Ich dachte, es könnte nichts schaden, wenn ich einfach vorbeikomme, um zu sehen, was los ist.«

»Na gut, dann kommen Sie mal rein, und du kannst auch gleich mitkommen, Josh.« Hildie führte die beiden in ihr Büro und schloß die Tür. »Ich denke, daß Joshs Reaktion vielleicht ein bißchen übertrieben ist. Amy hatte heute nachmittag ein kleines Problem, und es scheint, daß sie einfach eine Weile allein sein will und deshalb weggelaufen ist und sich irgendwo versteckt hat.«

Josh sah die Hausmutter ungläubig an. Ein kleines Problem? Sie war doch dabeigewesen. Sie hatte Amy gesehen! »Entschuldigung, Steve, aber bestimmt war es für Amy nicht nur ein kleines Problem?« warf er ein. »Dr. Engersol hat ein Experiment mit ihr gemacht, und sie hatte wirklich große Angst. Sie hat auch geweint und so!«

Conners wandte sich mit fragendem Blick Hildie zu, die zustimmend nickte. »Ja, natürlich, sie hatte Angst«, gab sie zu »Und sie hat auch geweint. Ich bin ihr vom Swimmingpool gefolgt und habe sie in ihrem Zimmer gefunden. Eine Zeitlang war sie sehr erregt, aber schließlich konnte ich sie beruhigen.«

»Und wo ist sie dann jetzt?« fragte Conners mit Nachdruck. Hildie bemerkte das Stück Papier in seiner Hand.

»Ich wünschte, ich wüßte es. Gerade eben habe ich dafür gesorgt, daß nach ihr gesucht wird. Ich nehme an, Sie haben da eine Abschrift der Nachricht, die sie auf ihrem Computer hinterlassen hat?« Conners nickte nur. »Das ist typisch Amy«, seufzte Hildie. »Sie tendiert ein bißchen dazu, aus allem ein Drama zu machen, das haben Sie sicher schon bemerkt.«

»Und Sie meinen, das ist Grund genug, um so eine Nachricht zu hinterlassen? Es hört sich doch so an, als wäre sie im besten Fall von der Schule weggerannt, und als hätte sie im schlimmsten Fall...« Seine Stimme brach ab, während er einen bedeutungsvollen Blick auf Josh warf, der der Unterhaltung mit äußerster Konzentration folgte.

Hildie verstand sofort. »Ich glaube nicht, daß wir uns Sorgen machen müssen, daß Amy etwas... etwas...« Sie zögerte, um ihre Worte sorgfältig auszuwählen. »Etwas getan hat, das nicht wieder rückgängig zu machen wäre. Amy hat solche Probleme nie gehabt, und ich denke, wenn sie dazu geneigt hätte, dann wären für sie eher die ersten Tage hier riskant gewesen. Da war sie nämlich viel unglücklicher als heute. Ich habe das Gefühl, daß sie nur irgendwo draußen herumläuft, sich selbst leid tut und hofft, daß sie uns einen gehörigen Schrecken einjagt.«

»Und wenn es nicht so ist?« fragte Conners in ziemlich scharfem Ton. »Was ist denn unternommen worden, um sie zu finden?«

»Alles, was unternommen werden kann«, gab Hildie bissig zurück und machte keinen Versuch, ihren Unmut über Conners' Andeutung zu verbergen, daß sie womöglich ihren Job nicht richtig getan hätte. »Ich habe den Sicherheitsdienst der Universität benachrichtigt, und drei Beamte, die gerade keinen Dienst hatten, sind extra eingesetzt worden, um Amy zu suchen. Im Moment kann ich nicht mehr tun.«

»Und was ist mit der Polizei im Ort?« fragte Conners. »Haben Sie mit der gesprochen?«

Hildie lächelte dünn. »Glauben Sie mir, das hätte ich längst getan, wenn es irgend etwas helfen könnte. Aber es hat überhaupt keinen Zweck, die Polizei vor morgen früh anzurufen. Amy ist einfach nicht lange genug verschwunden und versteckt sich höchstwahrscheinlich nur vor uns. Aber Sie können sich darauf verlassen, wenn sie heute nacht nicht irgendwann auftaucht – womit ich rechne –, dann rufe ich morgen früh als erstes die Polizei an.«

»Aber sie ist eben verschwunden!« protestierte Josh. »Und nach dem, was Dr. Engersol mit ihr gemacht hat...«

Hildie schaute Josh mit einem für sie außergewöhnlich strengen Blick an. »Josh, das reicht jetzt langsam. Dr. Engersol hat ihr überhaupt nicht weh getan, das weißt du selbst ganz genau. Sie hat sich aufgeregt und war beleidigt, aber schließlich hat sie selbst ihre Zustimmung für die Teilnahme an dem Experiment gegeben.«

»Aber sie wußte ja gar nicht, worum es ging!« erwiderte Josh mit lauter Stimme. »Wenn es ihr jemand gesagt hätte, dann hätte sie das niemals gemacht!«

»Josh, bitte. Beruhige dich. Amy ist bestimmt nichts passiert...«

»Das können Sie doch gar nicht wissen«, gab Josh mit schriller Stimme zurück. Er wollte gerade weiterreden, als Steve Conners beruhigend nach seinem Arm faßte.

»Hey, Josh, warte doch. Vielleicht erzählt ihr mir erst mal, worum es in diesem Experiment überhaupt ging.« Er blickte Hildie an, und sie berichtete in knappen Worten von dem Hobsonschen Auswahlexperiment, bei dem Amy als Versuchsobjekt gedient hatte.

»Zugegeben, angenehm war es nicht für sie«, schloß

Hildie. »Aber das gehörte ja genau zum Experiment, soweit ich das begriffen habe. Sicher verstehe ich nicht immer, was Dr. Engersol zu erreichen versucht, aber…«

»Aber sie haben mitgemacht und ihn Amy auf diese Art benutzen lassen?« fragte Conners ungläubig. »Sie ließen zu, daß er ihre Akrophobie für seine Zwecke ausgenutzt und sie vor all ihren Freunden blamiert hat? Mein Gott, Hildie, sie ist erst zehn Jahre alt!«

Hildie wurde rot vor Ärger. »Ich bin nun wirklich nicht verantwortlich für das, was passiert ist, Steve«, gab sie scharf zurück. »Wenn Ihnen das, was Dr. Engersol tut, nicht paßt, sollten Sie ihm das sagen, denke ich. Aber geben Sie bitte nicht mir die Schuld, ich versuche nur, meinen Job so gut zu machen, wie ich kann…«

Conners war aufgestanden. »Ich *werde* mit Dr. Engersol darüber sprechen, da können Sie sicher sein. Aber erst einmal werde ich alles tun, was ich kann, um bei der Suche nach Amy Carson zu helfen. Haben Sie ein Foto von ihr?«

Hildie schien etwas einwenden zu wollen, aber dann änderte sie offensichtlich ihre Meinung und öffnete einen Aktenordner, der auf ihrem Schreibtisch lag. Erst vor einer halben Stunde hatte sie für die Sicherheitsbeamten Kopien von einer Fotografie Amys gemacht. Sie reichte Steve Conners einige der ziemlich unscharfen Bilder.

Conners nahm sie entgegen. »Danke, Hildie. Ich werde jetzt damit in den Ort gehen und herausfinden, ob irgend jemand sie gesehen hat.«

»Ich komme mit«, sagte Josh sofort und sprang vom Sofa auf.

»Josh, es ist schon fast Zeit zum Abendessen…«, begann Hildie, aber Conners ließ sie nicht weiterreden.

»Wir werden im Ort etwas essen«, sagte er. »Hildie, sie ist seine beste Freundin!«

Hildie überlegte einen Moment, dann nickte sie. »Na gut. Aber ich möchte, daß er in zwei Stunden wieder da ist. Er muß noch seine Hausaufgaben machen, und ich will nicht, daß er die ganze Nacht aufbleibt und arbeitet.«

»Ich werde ihn rechtzeitig zurückbringen«, versprach Steve Conners, und zu Josh gewandt sagte er: »Dann komm, Josh. Gehn wir und sehn wir zu, ob wie Amy irgendwo finden können.«

Plötzlich leuchtete ein Hoffnungsschimmer in Joshs Augen auf, und eifrig rannte er aus dem Büro. Er saß schon auf dem Beifahrersitz, als Steve am Wagen ankam. »Am besten fahren wir erst zur Busstation«, schlug Josh vor, während Steve sich hinter das Steuer setze. »Ich wette, daß sie beschlossen hat, nach Hause zu fahren. Aber vielleicht hatte sie nicht genug Geld. Was kostet überhaupt eine Busfahrkarte nach Los Angeles?« Während Steve die Straße zum Ort entlangfuhr, redete Josh ständig weiter. Er sprudelte über vor Ideen.

Sie fingen beim Kiosk an, der gleichzeitig Busstation war.

Josh war sich fast sicher, daß der Mann, der die Getränke ausschenkte und auch Busfahrkarten verkaufte, Amy sofort erkennen würde, wenn er das Bild sah. Aber nachdem der Alte das Foto prüfend durch seine dicken Brillengläser betrachtet hatte, schüttelte er den Kopf.

»Nöh, also erkennen tu' ich sie nich'. 'türlich is' das Bild 'n bißchen unscharf, nich'?«

»Haben Sie heute nachmittag überhaupt irgendwelche Mädchen gesehen?« fragte Josh.

»Oh, klar«, antwortete der Mann. »Jody Fraser war hier, und Carleen Johnson. Sie kommen fast jeden Tag 'ne Selter trinken. Und ich glaube, die kleine Ashbrook war auch hier. Judy oder Janet oder wie sie heißt.«

»Aber auch Amy muß hier gewesen sein«, sagte Josh flehentlich. »Sie hat rote Haare, Sommersprossen und trägt eine Brille, und sie ist ungefähr so groß wie ich.«

Der alte Mann schüttelte den Kopf. »Nein, tut mir leid.«

Sie gingen weiter zur Bücherei, wo sie mit der Bibliothekarin und einem Studenten, der dort arbeitete, redeten. Beide hatten Amy nicht gesehen. Die Bibliothekarin machte ein sorgenvolles Gesicht, als sie erfuhr, daß die Vermißte eine Schülerin der Akademie war. »Ach du meine Güte«, schnatterte sie aufgeregt. »Ich hoffe, es ist nicht wie mit dem anderen. Wie hieß er noch gleich? Adam?«

Steve zog Josh eilig aus der Bücherei. Sie sprachen nicht über die Bemerkung der Bibliothekarin, aber Steve fiel auf, daß Josh immer stiller wurde, je länger ihre erfolglose Suche dauerte.

Unbewußt beschleunigten sie ihre Schritte, fragten im Buchladen und durchsuchten den kleinen Park gegenüber dem Gebäude, in dem das Rathaus und die Polizeistation untergebracht waren.

Es war schon später Abend, als sie schließlich in das Polizeirevier gingen.

Dort hörten sie von dem diensthabenden Beamten genau das, was Hildie ihnen auch schon gesagt hatte: Vermißtenanzeigen wurden nur aufgenommen, wenn die vermißte Person mindestens eine Nacht lang verschwunden war, es sei denn, es gab einen triftigen Hinweis darauf, daß ein Verbrechen vorlag.

»Aber sie ist erst zehn Jahre alt!« wandte Steve ein.

Der Beamte zuckte die Schultern und deutete mit dem Kopf in Richtung San Francisco. »Wissen Sie, da in der Stadt, da steh'n sie schon mit elf oder zwölf auf der Straße. Die Welt ist nicht mehr das, was sie mal war.«

Obwohl Josh unbedingt die Suche fortsetzen wollte, bestand Steve schließlich darauf, daß sie ins El Pollo Gordo gingen, wo er für beide eine mexikanische Mahlzeit bestellte.

Josh sagte fast überhaupt nichts mehr, nicht einmal, als das Essen kam. Er warf auch kaum einen Blick auf die dampfende Enchilada.

»Amy ist nicht wie Adam«, sagte Steve Conners schließlich und sah den Jungen aufmunternd an, denn er wußte genau, was in Josh vor sich ging. »Du weißt doch, wie Adam war – er hat immer alles für sich behalten. Niemand wußte, was er fühlte und dachte.« Steve zwang sich zu einem unbekümmerten Grinsen. »Amy ist doch ganz anders. Man weiß immer, was mit ihr los ist. Wenn sie sauer ist, kriegt man das meilenweit mit!« Sein Lachen klang jedoch wenig überzeugend, und so wurde er ernst und legte Josh die Hand auf den arm. »Hey, Josh, wir werden sie finden. Es geht ihr bestimmt gut!«

»Und wenn nicht?« fragte Josh ziemlich resigniert.

Steve wußte nicht, was er antworten sollte. Während er noch überlegte, sprach Josh schon weiter.

»Und wenn Adam gar nicht tot ist?«

Jetzt starrte Steve den Jungen überrascht an. »Adam? Was willst du damit sagen? Wir waren alle auf seiner Beerdigung.«

Josh setzte zu einer Antwort an, sagte sich dann jedoch, daß Steve ihn für verrückt halten würde, egal, was er sagte. Auch wenn irgend etwas an dem dran war, was Jeff behauptet hatte, wer würde ihm das jemals glauben? Steve Conners' Gesichtsausdruck war anzumerken, daß er jedenfalls so etwas nicht hinnehmen würde. Und wenn Steve ihm schon nicht glaubte, dann würde es auch niemand anderer tun.

Es sei denn, er könnte einen Weg finden, es zu beweisen.

Wenn ihm das gelänge und wenn Adam wirklich nicht tot war, dann war es vielleicht auch Amy nicht, trotz ihrer Nachricht.

Vielleicht hatte man ihr ja irgend etwas angetan.

Vielleicht war das Experiment mit ihr noch nicht zu Ende gewesen...

Seit einer Stunde versuchte Josh einzuschlafen, aber er war noch immer hellwach. Nach dem Abendessen hatte Steve Conners ihn zurück zur Schule gebracht, und Josh hatte sich große Mühe gegeben, sich auf seine Hausaufgaben zu konzentrieren. Aber es war einer jener Abende, an denen einfach nichts klappen wollte. Er konnte sich noch so sehr anstrengen, noch so sehr versuchen, seine Aufmerksamkeit dem zuzuwenden, was er gerade las, andauernd ertappte er sich dabei, wie er an andere Dinge dachte.

Amy.

Und Adam.

Immer wieder sagte er sich, daß er nichts tun konnte, aber auch das half nicht, und schließlich legte er sein Buch beiseite und beschloß, schlafen zu gehen. Doch dann konnte er nicht einschlafen. Der Mond schien hell durch sein Fenster, das Leuchten seines Computerbildschirms würde also sicher nicht auffallen, wenn jemand zufällig von draußen zu seinem Fenster hinaufsah. Josh schlüpfte aus dem Bett, zog seinen Bademantel an, denn durch das offene Fenster kam kühle Luft herein, steckte seine Füße in die gefütterten Hausschuhe und ging zum Schreibtisch. Dann schaltete er den Computer an.

Er legte eines seiner Lieblingsspiele ein. Es war ein Abenteuer, in dem er selbst die Rolle des Zauberers einnahm, sich seinen Weg durch dunkle Verliese und Höhlen bahnte und mit den Monstern kämpfte, die von überall her aus der Dunkelheit auftauchten. Dabei benutzte er alles als Waffe, was ihm gerade unter die Finger geriet. Während er spielte, wurde plötzlich in seiner Vorstellung das Bild auf dem Monitor zu der Akademie selbst; das Labyrinth dunkler Keller und Höhlen verwandelte sich in die Flure des großen Hauses.

Die Prinzessin in dem Spiel war Amy, und er selbst ein Ritter in schimmernder Rüstung.

Josh spielte weiter, aber die Vorstellungen in seinem Kopf beschäftigten ihn immer stärker.

Und wenn es nun wahr wäre?

Wenn Amy überhaupt nicht verschwunden war?

Wenn sie sich noch irgendwo im Haus befand?

Der Gedanke ließ Josh keine Ruhe mehr, und schließlich stand er auf. Er schaltete den Computer nicht ab, und auf dem Monitor blieb das Bild eines schwarzgekleideten Bösewichts zurück. Er bewachte das Tor zu einem Pfad, der zu dem Schloß der gefangenen Prinzessin hoch oben auf dem Hügel führte.

Josh ging zur Tür, öffnete sie einen Spalt und spähte vorsichtig auf den Gang. Niemand war zu sehen, alles schien leer und ruhig.

Er huschte hinaus und zog die Tür so vorsichtig hinter sich zu, daß nur ein leises Klicken zu hören war, als der Riegel einschnappte.

Doch in Joshs Ohren klang dieses kaum hörbare Geräusch in der Stille der Nacht wie ein Gewehrschuß.

Er erstarrte und wartete darauf, daß sich gleich eine der Türen öffnen würde. Krampfhaft suchte er schon nach einer Ausrede, warum er nicht im Bett war.

Keine Tür öffnete sich, und niemand erschien, um ihn zur Rede zu stellen.

Auf Zehenspitzen stahl er sich den Flur entlang bis zur Treppe. Dort zögerte er.

Nach oben oder nach unten?

Nicht nach oben. Falls Amy noch im Haus wäre, würde niemand sie im dritten Stock verstecken, wo die anderen Kinder sie hören könnten.

Nein, sie würden sie in den Keller bringen. Vielleicht gefesselt.

Womöglich hatte man sie sogar betäubt.

Joshs Herz klopfte vor Aufregung, als er leise die breiten Treppen ins Erdgeschoß hinunterschlich.

Im schwach erleuchteten Foyer blieb er stehen. Das gedämpfte Licht des Kronleuchters kämpfte vergeblich gegen die Dunkelheit an.

Josh sah in jeder schattigen Ecke jemanden stehen, der ihn beobachtete, der auf ihn lauerte, um sich gleich auf ihn zu stürzen.

Fast verließ ihn der Mut. Als er sich jedoch den Ausdruck panischer Angst auf Amys Gesicht an diesem Nachmittag in Erinnerung rief und sich vorstellte, in welcher Gefahr sie sich womöglich jetzt befand, faßte er sich erneut ein Herz. Er huschte durch das Foyer in den großen Eßsaal, in den nur wenig von dem schwachen Licht, das der Kronleuchter in der Halle verbreitete, drang.

Er wußte, daß sich zwischen Eßraum und Küche in einer Vorratskammer die Treppe befand, die hinunter in den Keller führte.

Als er vor der Kellertür stand, versuchte er mit zitternder Hand, ob sie verschlossen war.

Der Türknopf ließ sich drehen, und Josh empfand fast Bedauern; heimlich hatte er gehofft, daß die Tür sich nicht öffnen ließe.

Jetzt stieß er die Kellertür auf und zuckte beim Knarren der Türangeln zusammen. Mit angehaltenem Atem hielt er inne. Nichts rührte sich. Kein Lichtstrahl drang in den Keller, und Josh starrte angestrengt hinunter in die Dunkelheit.

Licht.

Irgendwo da unten mußte es doch Licht geben.

Josh streckte eine Hand in die Finsternis und tastete an der Wand entlang. Er berührte etwas, das sich bewegte und in das Dunkel davonhuschte – vielleicht ein Insekt. Mit einem Ruck zog Josh seine Hand zurück. Er bekam eine Gänsehaut, als er sich vorstellte, was das wohl gewesen sein mochte; fast gab er sein Abenteuer auf, um in die Sicherheit seines Bettes zurückzukehren.

Doch dann dachte er wieder an Amy und versuchte, tief ein- und auszuatmen, um sich zu beruhigen. Einen Moment später hatte er sich wieder einigermaßen unter Kontrolle und langte noch einmal in die Dunkelheit. Er strich mit der Hand an der Wand aufwärts – hier mußte es doch irgendwo einen Lichtschalter geben...

Dieses Mal funktionierte es, und plötzlich leuchtete am Ende der Treppe eine nackte Glühbirne auf. Verblüfft und fast erschrocken starrte Josh eine Sekunde darauf, dann ging er schnell durch die Tür und zog sie hinter sich zu. Er stand am Anfang einer steilen, wacklig aussehenden Holztreppe. Ein Geländer mit dünnen Stäben, die weit voneinander entfernt waren, bot den einzigen Halt.

Das weiße Licht der nackten Glühbirne schien von der tiefen Dunkelheit am Fuße der Treppe verschluckt zu werden. Wieder konnte sich Josh nur mit Mühe davon abhalten, vor den unheimlichen Kellerräumen dort unten zu fliehen.

Blödman! sagte er zu sich selbst. Es ist nur ein Keller, und es befindet sich nichts Schreckliches darin. Wahrscheinlich ist nicht einmal Amy dort unten.

Aber wenn sie doch da wäre, und er würde wieder ins Bett flüchten, ohne auch nur nachzusehen?

Langsam stieg er die Treppe hinunter. Jedesmal, wenn eine der Stufen unter seinen Füßen knarrte, erstarrte er und lauschte in die Stille, bis er sicher war, daß außer ihm niemand das Geräusch gehört hatte, erst dann ging er weiter.

Schließlich stand er auf dem Betonfußboden des Kellers.

Er hielt die Hand über die Augen, um sie vor dem grellen Licht der Glühbirne zu schützen, die jetzt direkt über ihm hing, und versuchte, in der ihn umgebenden Dunkelheit etwas zu erkennen. Als seine Augen sich an die Lichtverhältnisse gewöhnt hatten, konnte er alte Möbel erkennen, die hier unten gelagert wurden, und verschlossene Kisten, deren Inhalt wahrscheinlich schon seit Jahren in Vergessenheit geraten war.

Einen Moment lang fühlte er sich versucht, aus Neugier eine von ihnen zu öffnen, aber dann wandte er sich ab, um den restlichen Keller zu erkunden, bevor ihn womöglich der Mut verließ. Er bewegte sich von der Lichtquelle weg und bückte sich, um nicht in die Spinnweben zu laufen, die von den riesigen Betonträgern hingen, die das Haus stützten.

Der Keller erwies sich als ein regelrechtes Labyrinth; nach allen Richtungen hin zweigten immer neue Gänge und Räume ab. Während Josh sich nach und nach vorwärts arbeitete, fand er immer mehr Lichtschalter, und langsam wurde es in den tief unter dem Haus liegenden weitläufigen Kellerräumen heller. Ein dunkler Abschnitt nach dem anderen wurde von der nächsten nackten Glühbirne beleuchtet, und jedesmal von neuem hatte Josh das Gefühl, sich gleichzeitig heimlichen Blicken auszusetzen.

Er entdeckte die Waschküche und die riesige Heizanlage, die das Gebäude beheizte. Ein Raum war fast völlig von einem monströsen Boiler ausgefüllt, von dem in jede Richtung Rohre abgingen, um die vielen Badezimmer des Hauses mit heißem Wasser zu versorgen.

Josh untersuchte jeden Raum, in den er kam, dann ging er zum nächsten weiter, und mit jedem Schritt entfernte er sich mehr von der Treppe, dem einzigen Zugang zum Keller. Und gleichzeitig schwand mit jedem unverschlossenen Raum, den er betrat, seine Hoffnung, Amy Carlson hier zu finden.

Trotzdem gab er nicht auf und drang immer tiefer in das düstere Labyrinth vor.

Es war lange nach Mitternacht, als Hildie ihre Wohnung im Erdgeschoß des Schulgebäudes verließ und die Treppen hinaufstieg. Im ersten und zweiten Stock blieb sie stehen und lauschte, ob auch keines der Kinder noch im Haus herumschlich. Dann ging sie in den dritten Stock und betrat den kleinen Vorraum, der sich vor George Engersols privaten Räumen befand. Sie wußte, daß niemand in der Wohnung war, daher benutzte sie ihren eigenen Schlüssel, um hineinzugelangen, und schloß die Tür wieder hinter sich ab.

Da Engersol dafür bekannt war, bis spät in die Nacht aufzubleiben, konnte sie das Licht anschalten, ohne daß es Verwunderung hervorrufen würde, falls jemand es bemerkte. Hildie befand sich nun in dem größten Zimmer der weiträumigen Wohnung, die auf dem Dach des großen Hauses thronte. In einer Ecke stand Engersols Schreibtisch. Hier arbeitete er an den Projekten, die ihm am meisten am Herzen lagen. Nur er und Hildie wußten von ihnen. Sie waren so geheim, daß er nicht riskieren konnte, die Unterlagen in seinem Büro in dem Gebäudeflügel zurückzulassen, in dem auch die Klassenräume waren und der sich neben der eigentlichen Villa befand. Außer dem Schreibtisch standen in dem Zimmer noch ein großes, abgewetztes Sofa und ein Paar sehr alte Polstersessel. Hildie wollte diese Möbel seit langem neu beziehen lassen, wogegen Engersol sich bisher beharrlich zur Wehr gesetzt hatte. Neben den Sesseln befand sich eine kleine Bar, an der sich Engersol und Hildie Kramer ab und zu am Ende des Tages einen Drink gönnten. Einige kleine Tische waren im Raum verteilt. Auf allen stapelten sich Bücher aus Engersols umfangreicher Bibliothek, und jeder verfügbare Platz an den Wänden war von Bücherregalen bedeckt. Die Vorhänge der zwei großen Fenster, die die beiden Außenwände des Zimmers durchbrachen, waren wie immer nicht zugezogen. Hildie machte sich auch nicht die Mühe, daran etwas zu ändern, denn trotz der exponierten Lage der Wohnung war sie gegen neugierige Blicke geschützt. Nur wenn man sich hoch oben auf dem Hügel hinter dem Haus befand, konnte man einen Blick in die Zimmer werfen.

Hildie ging quer durch den Raum zu einem der Bücherschränke, welche die östliche Wand bedeckten. Dort nahm sie einen dicken Band von B. F. Skinner heraus und tastete nach dem winzigen Knopf, der in einer kleinen Vertiefung in dem Holz der Rückwand verborgen war. Sie drückte darauf, und ein Teil des Bücherschrankes schwang zur Seite und gab den Blick auf einen Fahrstuhl frei.

Der Fahrstuhlschacht in der Wand wurde von einer reich verzierten Metallkonstruktion verdeckt. Diese Tür und auch die Kabine waren genauso schön gearbeitet wie die des Aufzugs, den alle Besucher des Hauses bewunderten und der auch die Kinder der Schule immer wieder faszinierte.

Aber von diesem zweiten Fahrstuhl wußten weder die Gäste des Hauses, noch die Schüler, die darin wohnten. Niemand konnte ihn sehen, und zufällige Besucher würden ihn auch niemals hören. Er war jedoch die Ursache für die Erzählung von Eustace Barringtons ruhelosem Geist und den Geräuschen, die die Kinder manchmal des Nachts zu hören glaubten. Als George Engersol die Existenz des Fahrstuhls entdeckt hatte – und gleichzeitig auch die versteckten Räume, die sich noch unterhalb des Kellers befanden und zu denen der Aufzug den einzigen Zugang darstellte –, hatte er sofort gewußt, daß etwas Wahres an der alten Legende von Eustace Barringtons verschwundenem Sohn sein mußte. Er hatte den Ort entdeckt, wohin der Junge gebracht worden war. Seitdem hatte Engersol nicht nur den Fahrstuhl, sondern auch die Räume unter dem Keller und die Legende selbst zu seinem Vorteil genutzt.

Nachdem der Bücherschrank sich geöffnet und den Blick auf die Fahrstuhltüren freigegeben hatte, drückte Hildie einen anderen Knopf, um den Fahrstuhl heraufzuholen. Fast dreißig Sekunden lang wartete sie ungeduldig, bis sich die Türen endlich öffneten. Sie trat in die Kabine und drückte den unteren der zwei Knöpfe an der Wand. Langsam bewegte sich der Fahrstuhl abwärts, bis zu einer Ebene fünf Stockwerke unter der Kuppel, noch tief unter dem Fundament, auf dem das Haus errichtet worden war.

Hildie fuhr in die unterirdischen Räume, in die Eustace Barringtons verrückter und hochbegabter Sohn im Alter von fünf Jahren verbannt worden war.

War er verbannt worden, damit man besser für ihn sorgen konnte oder um ihn gefangenzuhalten? Aber das spielte nun keine Rolle mehr, schließlich war es schon ein Jahrhundert her, dachte Hildie. Trotzdem bekam sie jedesmal eine Gänsehaut, wenn sie an das stumme Kind dachte, das hier, tief unter dem Keller begraben, seine einsamen Tage verbracht hatte. Hildie gab sich einen Ruck und rief sich in die Gegenwart zurück. Heute war nur wichtig, daß niemand außer Dr. Engersol und ihr selbst von der Existenz dieser Räume etwas wußte.

Und so würde es sein – bis die Zeit für eine Änderung gekommen war.

Josh stand vor einem riesengroßen schmutzigen Behälter und überlegte gerade, ob es vielleicht ein ehemaliger Kohlenkasten sein könne, als er das Geräusch hörte.

Es war nur leise, aber er wußte sofort, was es war.

Der Fahrstuhl.

Jemand fuhr mit dem Fahrstuhl.

Josh erstarrte.

Hatte jemand gemerkt, daß er nicht in seinem Zimmer war und suchte ihn jetzt? Panik stieg in ihm auf. Dann sagte er sich jedoch, daß man ihn hier unten wahrscheinlich gar nicht finden würde.

Das Geräusch wurde lauter, und Josh lauschte konzentriert, um die Richtung zu bestimmen, aus der es kam. Vorsichtig bewegte er sich darauf zu. Er erwartete, daß es gleich aufhören würde, wenn die Kabine im Erdgeschoß angekommen wäre.

Josh stand jetzt vor einer kahlen Betonwand, die vielleicht zwei Meter fünfzig breit war. An ihrem Ende ging rechtwinklig davon eine zweite Wand ab.

Das Geräusch des Fahrstuhls schien direkt hinter dem Beton hervorzukommen. Josh preßte sein Ohr gegen die Wand und lauschte.

Das Geräusch wurde lauter. Er ging um die Wand herum und kam zu einer dritten Wand, dann zu einer vierten.

Der Schacht! Er hatte den Boden des Fahrstuhlschachts gefunden!

Wieder drückte er sein Ohr gegen die Wand, gerade als der Aufzug quietschend zum Stehen kam. Dann hörte Josh, wie sich die Tür öffnete.

Es hörte sich sehr nah an, aber er konnte nicht bestimmen, ob die Geräusche von oben oder von unten kamen.

Wenn jetzt jemand im Erdgeschoß den Aufzug verließ, würde er dann sehen, daß unter der Tür zum Keller Licht hindurch schimmerte?

Der Gedanke jagte Josh einen solchen Schrecken ein, daß er wie ein Pfeil zurück durch die Kellerräume schoß und dabei blitzschnell alle Lichter wieder löschte. Schließlich kam er in den Raum, aus dem die Treppe nach oben führte. So leise er konnte, stieg er schnell die steilen Stufen hoch und schaltete die letzte Glühbirne aus. Dann stand er bewegungslos in der totalen Dunkelheit und lauschte angespannt, ob von der anderen Seite der Tür her irgend etwas zu hören war.

Sein klopfendes Herz und sein keuchender Atem schienen in dem Kellerraum widerzuhallen. Sollte sich jemand in der kleinen Kammer auf der anderen Türseite befinden, konnte er ihn bestimmt deutlich hören.

Endlose Sekunden vergingen. Langsam normalisierte sich sein Atem, und sein Herz schlug wieder ruhiger.

Von der anderen Seite der Tür war kein Ton zu hören.

Schließlich tastete Josh voller Angst in der Dunkelheit an der Tür entlang, fand den Knopf und drehte ihn.

Vorsichtig öffnete er die Tür einen Spalt und lugte hinaus in den schwachen Lichtschein, der die Dunkelheit der kleinen Kammer kaum durchdrang.

Alles schien noch ganz genauso zu sein wie vor ein paar Minuten, als er die Treppe vom ersten Stock herunter geschlichen war. Er öffnete die Tür etwas weiter, schlüpfte hindurch und zog sie leise hinter sich zu. Geräuschlos tappte er zurück durch den Eßsaal, seine Hausschuhe waren zum Glück auf dem Holzfußboden nicht zu hören. An der Tür zum Foyer blieb er wieder stehen.

Angespannt starrte er in die Eingangshalle und lauschte.

Nichts.

Schließlich holte er tief Luft, löste sich aus dem Schatten der Tür und lief schnell durch das Foyer und die Treppe hinauf zum ersten Stock.

Noch bevor er ausgeatmet hatte, war er wieder in seinem Zimmer und hatte die Tür hinter sich geschlossen. Erleichtert holte er tief Luft, dann ging er zum Fenster und sah in die von schwachem Mondlicht erleuchtete Nacht hinaus.

Draußen sah alles ruhig und friedlich aus.

Aber Josh hatte das deutliche Gefühl, daß dieser Eindruck täuschte. Irgend etwas Ungewöhnliches geschah. Entweder hier im Haus oder draußen in der Umgebung.

Er würde heute nacht wach bleiben und aufpassen, würde aus dem Fenster schauen und lauschen, um jedes Geräusch zu hören.

Als sich die Tür des Fahrstuhls wieder öffnete, trat Hildie hinaus in einen hell erleuchteten Flur, der ganz mit schimmernden weißen Kacheln gefließt war. Sie wandte sich nach rechts und blieb vor einer Tür stehen, um durch ein kleines Fenster in Augenhöhe hineinzuschauen.

In dem Raum stand George Engersol, völlig vertieft in

seine Arbeit. Er trug einen Gesichtsschutz und einen Arztkittel, auf seinem Haar saß eine hellgrüne Stoffkappe.

Schnell begab sich Hildie in den nächsten Raum, wo sie sich gründlich Hände und Arme wusch. Dann legte auch sie wie Dr. Engersol Gesichtsschutz, Kittel und Kappe an. Sobald sie damit fertig war, ging sie eilig durch die Schwingtür, die den Vorraum vom Operationssaal trennte.

George Engersol schaute auf, und seine kalten Augen blitzten ärgerlich. »Ich habe Ihnen doch gesagt, Sie sollen bis elf Uhr hier sein«, wies er sie zurecht.

»Jetzt bin ich ja da«, gab Hildie kein bißchen eingeschüchtert zurück. »Ist alles vorbereitet?«

»Natürlich ist alles vorbereitet. Aber ich bin mir noch immer nicht sicher, ob wir die Zeit richtig gewählt haben. Ich hätte lieber noch eine Woche gewartet, wenn nicht sogar zwei.«

»Sie hätten keine Woche mehr warten können, nicht im Hinblick auf Amy Carlson. Sie wollte die Schule verlassen.«

»Sie hätten es ihr ausreden können«, hielt Engersol Hildie vor.

»Wenn das möglich gewesen wäre, hätte ich's auch getan«, entgegnete Hildie und dachte an das Gespräch mit Amy, nachdem sie sie gefunden hatte. Sie war genau dort gewesen, wo Hildie sie vermutet hatte, nämlich versteckt in der Baumgruppe auf dem Rasen vor der Schule, der sogenannten Höhle. Hildie hatte ihr Bestes getan, um auf Amy einzuwirken und sie zu beruhigen, aber es hatte nichts genützt.

»Ich fahre wieder nach Hause«, hatte Amy beharrt. »Wenn Sie mich nicht meine Mutter anrufen lassen, renne ich weg. Ich bleibe nicht hier, und wenn Sie mich in meinem Zimmer einschließen!«

Also hatte Hildie nachgegeben. »Na gut, Amy«, hatte sie gesagt, »gehen wir in mein Büro, dann kannst du deine

Eltern anrufen. Wenn du wirklich nicht bleiben willst, dann wollen wir dich auch bestimmt nicht halten.«

Amy, durch Hildies unerwartetes Einlenken ein wenig besänftigt, ließ sich widerstandslos in Hildies Büro führen. »Warte, ich bring' dir ein Glas Wasser«, bot Hildie an. »Wenn du es ausgetrunken hast, wirst du dich ein bißchen besser fühlen und ruhig genug sein, um mit deiner Mutter zu sprechen. Okay?«

Amy, die noch immer ab und zu aufschluchzte, nickte nur. Hildie gab ihr ein Päckchen Papiertaschentücher, damit sie sich die Nase putzen könne, und verschwand für einen Moment. Als sie zurückkam, hatte sie ein Glas Wasser in der Hand. Sie reichte es Amy, die es sofort in einem Zug hinunter stürzte.

Schon nach dreißig Sekunden hatte die Wirkung des Betäubungsmittels eingesetzt, und Amy war, ohne noch ein Wort zu sagen, eingeschlafen. Hildie trug sie schnell zu dem schön verzierten Fahrstuhl, der sie in Dr. Engersols Wohnung brachte. Dann fuhren sie mit dem anderen Aufzug wieder abwärts in die Räume unter dem Keller der Akademie.

Und dort war Amy seitdem.

Jetzt lag sie noch immer bewußtlos auf dem Operationstisch.

Ungerührt betrachtete Hildie das Gesicht des schlafenden Mädchens und das Gewirr roter Haare, das die mit Sommersprossen übersäten Wangen einrahmte. Dann wandte sie ihre Aufmerksamkeit all den Geräten zu, die neben dem Tisch standen. Sie würden Amy während der nächsten vier Stunden am Leben halten.

Ein Beatmungsgerät stand direkt neben dem Mädchen, daneben gab es noch eine Blutpumpe, ein Dialysegerät und eine ganze Ansammlung spezieller Apparate, die George Engersol selbst erfunden hatte.

»Sollen wir anfangen?« fragte Hildie.

George Engersol nickte und nahm ein Skalpell in die

Hand. Im nächsten Moment zog er damit einen sauberen Schnitt von Amys linkem Ohr um ihren ausrasierten Hinterkopf herum bis zu ihrem rechten Ohr.

Dann löste er schnell Amys Kopfhaut vom Schädel.

Er achtete nicht besonders darauf, vorsichtig mit Amys Gesicht umzugehen, denn George Engersol wußte, daß es nach der Operation nicht mehr darauf ankäme, wie Amy aussah.

Wenn man sie überhaupt jemals finden würde, wäre wahrscheinlich nicht mehr viel von Amys Gesicht übrig und von ihrem übrigen Körper ebenso.

Auf jeden Fall würde es nicht ausreichen, um zu erkennen, was er mit ihr gemacht hatte.

19

Um vier Uhr morgens hatte George Engersol und Hildie endlich den Eingriff beendet. »Fertig«, seufzte Dr. Engersol, verließ seinen Platz am Operationstisch, zog sich den OP-Schutz vom Gesicht und wischte sich mit dem Ärmel seines Kittels den Schweiß von der Stirn. Er schaute auf die Uhr und war erstaunt, wie spät es war; die Operation hatte fast eine Stunde länger gedauert, als er erwartet hatte. Er sah zu Hildie hinüber, die schon dabei war, Amys leblosem Körper die Kleidung überzustreifen, die das Mädchen gestern getragen hatte. »Was haben Sie mit ihr vor?« fragte Dr. Engersol.

In Hildies Gesicht trat ein harter Ausdruck. Die ganze Nacht lang hatte sie von Engersol Befehle entgegengenommen und ohne Murren jede seiner Anweisungen befolgt. Jetzt aber bestimmte sie, so wie auch bei Adam vor einer Woche. »Fragen Sie nicht danach«, erwiderte sie. »Ich kann Ihnen nur versichern, daß es keinesfalls dem ähnelt, was Adam passiert ist. Und es wird auch nicht viele Nachfragen geben, denn alle wußten ja, in welchem Zustand Amy war. Also wird auch sie ganz sicher als Selbstmord durchgehen, wenn man sie findet.«

»Warum benutzen wir nicht einfach den großen Ofen der Heizanlage?« schlug Engersol vor. »Es ist schon fast hell. Wenn irgend jemand Sie sieht...«

»Reden Sie kein dummes Zeug, George«, erwiderte Hildie respektlos. »Falls Amy überhaupt nicht wieder auftaucht, wird die Polizei alles gründlich nach ihr absuchen, und früher oder später könnte jemand an den Ofen denken. Wenn sie dann auch nur einen einzigen Zahn finden, werden sie der Sache so lange auf der Spur bleiben, bis sie irgendwann herausfinden, wie sie dort hineingekommen ist. Denn niemand, auch wenn er noch so unglücklich ist, wird in einen Ofen kriechen und warten, bis er verbrennt. Da würde auch Amys Abschiedsnachricht nichts mehr nützen!«

Engersol schien nicht ganz einverstanden, aber als er den kalten, entschlossenen Blick in Hildies Augen sah, widersprach er nicht. Hildie wußte offensichtlich ganz genau, was sie tat, und würde schon nichts falsch machen.

Es war ja auch bisher alles gut gegangen.

Bei allen vier ›Selbstmorden‹, die sie beide bis jetzt arrangiert hatten, waren von niemandem Zweifel an der Todesursache geäußert worden. Sie waren auch vorsichtig genug gewesen, immer nur Kinder auszuwählen, die schon einen Selbstmordversuch hinter sich hatten.

Das war bei Amy allerdings anders. Zwar hatten viele Schüler und Studenten ihre Demütigungen mit angesehen, in ihren Akten sprach jedoch wenig für eine Selbstmordgefährdung. Aber das konnte man ja noch ändern. Man brauchte nur bei der Beschreibung ihrer Persönlichkeitsmerkmale einige kleine Korrekturen anzubringen, und schon gäbe es in den Akten die entsprechenden Warnsignale, und jeder könnte sie dort nachlesen.

Eigentlich sollte er das gleich erledigen, dachte Engersol, noch während Hildie die Leiche Amys wegschaffte. »Na gut«, stimmte er also zu, »dann wollen wir mal.« Er half Hildie, Amys jetzt angezogenen Körper in eine Plastikplane zu wickeln, hob ihn dann auf und trug ihn zum Fahrstuhl. Als sie im dritten Stock angekommen waren, verließen sie die Kabine und durchquerten Engersols Wohnung. Von nun an ging Hildie voraus, und Engersol folgte ihr.

Sie verließen die Wohnung und blieben auf dem Treppenabsatz am Ende der engen Treppe stehen, die hinunter in den zweiten Stock führte. Hildie ging leise die Treppenstufen hinunter bis zum zweiten Stock, wo sie prüfend die langen Korridore entlang sah. Dann winkte sie Engersol, ihr zu folgen.

Diese Prozedur wiederholten sie noch zweimal, und in kaum einer Minute hatten sie das Erdgeschoß erreicht und verließen das Gebäude durch die Hintertür. Hildies Wagen stand gleich davor; die Hausmutter öffnete den Kofferraum und ging einen Schritt zur Seite, während Engersol den eingehüllten Körper Amy Carlsons verstaute.

»In Ordnung«, flüsterte Hildie gerade laut genug, daß Engersol sie hören konnte. »Ich kümmere mich jetzt um den Rest.«

Engersol sah besorgt zum Horizont, wo schon ein schmaler Silberstreifen zu sehen war. »Wenn irgend jemand Sie sieht...«

»Niemand wird mich sehen«, beruhigte Hildie ihn. »Und falls mich doch jemand sieht, ist es nur logisch, daß ich die ganze Nacht aufgewesen bin und nach Amy gesucht habe. Sie können ganz sicher sein«, fügte sie hinzu, da sie Engersols Gesicht schon die nächste Frage ansah, »daß ich nichts tun werde, was jemanden veranlaßt, das Auto zu durchsuchen.«

Bevor Engersol noch etwas einwenden konnte, schloß sie den Kofferraum und stieg in den Wagen.

Einen Moment später war sie verschwunden, und

George Engersol ging schnell ins Haus zurück und genauso leise die drei Treppen wieder hinauf, wie er sie vor ein paar Minuten hinuntergegangen war.

Immer wieder hatte sich Josh MacCallum auf dem Stuhl am Fenster unruhig hin- und herbewegt, um die Müdigkeit abzuschütteln, die ihn überkam. Schließlich sackte er jedoch trotz allen guten Willens, die ganze Nacht wach zu bleiben und aufzupassen, in sich zusammen und fiel in einen tiefen Schlaf.

Weder sah noch hörte er irgend etwas von dem, was dort unten in der Morgendämmerung passierte.

Hildie schaltete die Scheinwerfer nicht ein, bis sie durch das große Tor das Schulgelände verlassen hatte. Sie fuhr in nördlicher Richtung und nahm kleine, gewundene Nebenstraßen, die sich an der Steilküste entlangschlängelten, bis sie den Ort weit hinter sich gelassen hatte. Alle paar Sekunden schaute sie in den Rückspiegel, aber hinter ihr waren keine Autoscheinwerfer zu sehen. Und auch in den paar Häusern, an denen sie vorbeifuhr, brannte kein Licht. Dabei hätte es noch nicht einmal etwas ausgemacht, wenn jemand aus dem Fenster geschaut hätte, denn in diesem Teil Barringtons waren die Grundstücke so groß und die Häuser lagen so weit von der Straße entfernt, daß die Bewohner den Wagen sowieso kaum hätten sehen können. Hildie fuhr sehr vorsichtig und nicht schneller, als es erlaubt war. Schließlich bog sie links in eine Straße ein, die zwei Meilen nördlich des Ortes die Küstenstraße kreuzte. Diese Straße führte auf eine schmale, felsige Landzunge, die weit ins Meer hinausragte. An ihrem Ende befand sich ein Aussichtspunkt, der mit einer Betonbrüstung zur See hin abgesichert war.

Als Hildie sich davon überzeugt hatte, daß aus keiner Richtung Autos kamen, überquerte sie die Küstenstraße und fuhr die schmale Straße entlang des Felsenvorsprungs weiter. Ganz am Ende gab es einen kleinen Parkplatz, der von der Küstenstraße aus nicht einzusehen war, weder von Norden noch von Süden.

Hildie hatte diesen Platz sehr sorgfältig ausgesucht. Die Küste fiel hier steil ins Meer ab und wurde vierundzwanzig Stunden am Tag von der Brandung umtost. Bis man Amy hier gefunden hätte – wenn man sie überhaupt fand –, wäre ihr Körper mit Sicherheit bis zur Unkenntlichkeit zerschmettert.

Hildie brauchte nicht mehr als ein paar Sekunden, um Amys Leiche aus dem Kofferraum zu heben und sie über den Rand der Felsen zu werfen. Sie sah zu, wie die See den Körper aufs Meer hinausspülte. Ordentlich faltete Hildie die Plastikplane zusammen und legte sie zurück in den Kofferraum.

Dann fügte sie der Inszenierung noch den letzten raffinierten Schliff hinzu.

Auf den Boden neben dem Rand der Felsen legte sie einen zusammengefalteten Pullover, einen roten Pullover, in dessen Kragen ein Etikett eingenäht war, auf dem mit wasserunlöslicher Tinte sauber Amy Carlsons Name geschrieben stand.

Diesen Pullover hatte Hildie am gestrigen Nachmittag aus Amys Schrank genommen.

Keine drei Minuten, nachdem Hildie Kramer an dem Aussichtspunkt angekommen war, hatte sie alles erledigt und machte sich auf den Rückweg.

Steve Conners stand auf, als der Morgen dämmerte. Seiner unabänderlichen Routine folgend, aß er eine Schüssel Müsli und trank dazu frisch gepreßten Orangensaft. Dann gönnte er sich noch eine einzige Tasse entkoffeinierten Kaffee. Wie immer hatte er ein abgetragenes T-Shirt an und ein Paar grüne Shorts, die er schon seit seiner Highschool-Zeit besaß und von denen er annahm, daß sie ihn wohl noch den Rest seines Lebens begleiten würden.

Schließlich verließ er das kleine Gästehaus, das er für das Schuljahr hatte mieten können – sobald die Sommersaison begann, mußte er es wieder räumen – und ging den Gartenweg entlang zur Straße, vorbei an dem noch dunklen Haus seiner Vermieterin. Er bestieg seinen alten Honda und fuhr die Solano Street entlang zur Küstenstraße. Dort wandte er sich nach rechts in Richtung Norden. Er hatte vor, das Auto wie jeden Morgen an einem Aussichtspunkt zu parken und dort, wo die Straße relativ eben war, seine zwei Meilen lange Joggingstrecke zu absolvieren.

Diesen Teil des Tages mochte Steve ganz besonders. Ohne einer Menschenseele zu begegnen, konnte er ungestört die frische Luft und die wunderschöne, wilde Landschaft genießen. Das Laufen schien seinem Kopf gut zu bekommen. Oft kam es vor, daß sich ein Problem, das ihn am Tag zuvor stundenlang beschäftigt hatte, in den vierzig Minuten, die er an der Küste joggte, ganz leicht lösen ließ.

Heute morgen dachte er an Amy Carlson.

Die letzte Nacht hatte Steve unruhig geschlafen. Immer wieder war er mit dem Gedanken an das Mädchen aufgewacht und hatte sich gefragt, wo sie wohl sein könnte. Denn trotz der Nachricht auf ihrem Computer glaubte Steve nicht daran, daß Amy Selbstmord begangen hatte.

Sie war einfach nicht der Typ, um aufzugeben, egal wie schlecht die Dinge auch aussehen mochten. Schon während Amys erster Woche an der Schule, als Josh MacCallum noch gar nicht dagewesen war, hatte Steve ihre Standhaftigkeit bemerkt. Nachdem sie damals beschlossen hatte, nicht an der Barrington Academy zu bleiben, war sie nicht weggerannt, sondern hatte ihr Zimmer einfach nicht mehr verlassen und alles getan, um die Dinge für Hildie und das Schulkollegium so schwierig wie nur möglich zu machen, damit man sie schließlich aufgeben und wieder zurück nach Hause schicken würde.

So war es dann zwar nicht ausgegangen, aber Steve glaubte, daß das nur daran lag, daß Josh gekommen war und sich mit Amy angefreundet hatte. Sonst hätte sie sich wahrscheinlich letzten Endes durchgesetzt, denn selbst Hildie Kramers Geduld mit Kindern hatte eine Grenze.

Steve kam zu dem Aussichtspunkt, bog links ein und fuhr langsam die schmale Straße entlang, die zu dem kleinen Parkplatz am Ende dieses schönen Fleckchens führte.

Hildie wollte gerade in ihren Wagen steigen, als sie hörte, wie sich auf der Küstenstraße ein Auto näherte. Sie wartete in der Gewißheit, daß es gleich an dem Aussichtspunkt vorbeifahren und Richtung Norden seinen Weg fortsetzen würde. Als es jedoch seine Fahrt verlangsamte, erstarrte sie vor Schreck.

Einen Moment lang war sie wie gelähmt, dann wußte sie plötzlich, was sie tun mußte. Sie hob Amys Pullover vom Boden auf und rannte die kleine Straße entlang dem Auto entgegen, wobei sie wild winkte und um Hilfe rief. Einen Moment später kam das Auto um die Kurve, und der Fahrer trat mit voller Wucht auf die Bremse, als Hildie plötzlich im Scheinwerferlicht auftauchte.

»Verdammt noch mal...!« begann Steve zu fluchen, als er den Wagen mit einem Ruck kurz vor Hildie zum Stehen brachte. Er erkannte die Hausmutter der Schule und kurbelte das Fenster herunter. »Hildie? Was...«

»Amy!« schrie Hildie und hielt den Pullover hoch. Bevor Steve irgend etwas sagen konnte, redete sie schon weiter, die Worte sprudelten überstürzt und fast ohne Zusammenhang aus ihrem Mund. »Gott sei Dank, daß Sie hier sind! Ich war die ganze Nacht unterwegs und habe nach ihr gesucht. Gerade wollte ich aufgeben, als mir noch dieser Platz hier einfiel. Also kam ich hierher, und...«

Steve zog die Handbremse an und kletterte aus dem Auto. Er nahm Hildie den Pullover aus der Hand. Die Frau sah derartig durcheinander aus, daß er sich fragte, ob sie gleich vollends durchdrehen würde. »Wo war der? Wo haben Sie ihn gefunden?«

»Genau hier!« schrie Hildie. »Er lag einfach auf dem Boden, ordentlich zusammengelegt. Ich...«

»Zusammengelegt?« unterbrach sie Steve. »Nicht einfach so fallengelassen?«

Hildie schüttelte den Kopf. »Ich wollte gerade die Polizei holen...«

»Was ist mit Amy?« fragte Steve. »Haben Sie sie gesehen?«

Wieder schüttelte Hildie heftig den Kopf. »Ich habe hinunter gesehen, da, wo der Pullover lag, aber...«

»Zeigen Sie mir, wo er gelegen hat«, sagte Steve. »Zeigen Sie mir ganz genau die Stelle, wo Sie ihn gefunden haben.«

Er nahm Hildies Arm und führte sie zurück zu dem kleinen Parkplatz.

»Da drüben«, flüsterte Hildie, als versage ihr die Stimme. »Genau neben der kleinen Mauer.«

Noch immer hielt Steve Hildies Arm, während er zu der niedrigen Steinmauer ging, die den Rand des Abgrunds begrenzte.

»Hier«, sagte Hildie und blieb stehen. »Es war genau hier.«

Steve ließ ihren Arm los und lehnte sich über die Mauer, um hinunterzuschauen. Er spürte, daß Hildies Hand seinen Rücken berührte, und ohne darüber nachzudenken glaubte er, daß sie ihn festhalten wollte. Erst als es schon zu spät war, spürte er den Stoß.

Instinktiv warf er die Arme in die Luft, wie um nach einem Halt zu suchen.

Dann fiel er.

Er flog durch die Luft und schrie erst, als sein Körper auf einen Felsen traf, davon abprallte und schließlich in den schäumenden Ozean tief unten eintauchte.

Hildie beobachtete ihn nur so lange, bis sie sicher war,

daß er im Meer verschwunden war, dann wandte sie sich ab. Sie eilte zu dem Honda, dessen Motor noch leise brummte, stieg ein, legte den ersten Gang ein, löste die Handbremse und fuhr zu einer Stelle, an der die kleine Steinmauer aufhörte und nur eine rostige Kette, die in bröckelnden Betonpfosten verankert war, den Abgrund begrenzte. Kurz davor sprang Hildie aus dem sich langsam vorwärts bewegenden Auto.

Die Fahrertür stand offen, als der Honda auf die Kette zufuhr. Sie gab sofort nach, und zwei der alten Betonpfosten zerbarsten unter dem Druck des Wagens – dann war das Auto verschwunden. Die verrosteten Kettenenden baumelten von den schrägstehenden, verrotteten Betonpfosten.

Hildie ließ Amys Pullover auf dem Boden liegen, als sei er dort am Ende eines Kampfes gelandet, stieg in ihren Wagen und machte sich in dem heller werdenden Morgenlicht zurück auf den Weg zur Schule.

Während sie die gewundenen Straßen entlangfuhr, dachte sie, daß es eigentlich schade um Steve Conners sei.

Er war sicherlich ein guter Lehrer.

Andererseits war er offenbar viel mehr an den Kindern interessiert gewesen, als er es hätte sein dürfen.

Vielleicht sollte sie das bei der Polizei erwähnen, beschloß sie, wenn die Sache jemals zur Sprache kommen sollte. Es wäre schließlich nicht das erste Mal, daß sich herausstellte, daß ein Lehrer eine Gefahr für eine Schülerin darstellte.

Betrachtete man die Umstände von Amys Tod unter den veränderten Voraussetzungen, gab es nicht mal mehr die Notwendigkeit, ihre Akten zu korrigieren, um damit eine Tendenz zum Selbstmord zu belegen.

Hildie seufzte zufrieden. Wenigstens hatte Steve Conners genug Anstand besessen, sich anschließend selbst zu töten, was er Amy Carlson auch angetan haben mochte.

Am selben Morgen um neun Uhr saß Jeanette Aldrich in ihrem Büro, starrte auf ihren Computer und mußte sich zugeben, daß sie Angst davor hatte, ihn einzuschalten. Aber warum? fragte sie sich selbst, wovor hatte sie denn Angst? Was gestern passiert war, mußte sich als dummer Streich erweisen, wenn auch als ein besonders geschmackloser. Und wenigstens hatte Jeff nichts damit zu tun gehabt. Als Chet und sie gestern im Anschluß an ihren Besuch in der Akademie bei Lazio essen gewesen waren, war ihr der Vorfall tatsächlich nicht mehr so schwerwiegend erschienen.

Was war schließlich schon passiert?

Irgendeines der Kinder – und wahrscheinlich würde sie nie erfahren, wer es gewesen war – hatte sich einen üblen Scherz geleistet.

Und sie hatte genauso reagiert, wie man es zweifellos beabsichtigt hatte. Sie war völlig aus dem Gleichgewicht geraten, als der Name ihres toten Sohnes plötzlich auf ihrem Computerbildschirm erschienen war.

Sie und Chet hatten sich lange in dem Restaurant aufgehalten, in Ruhe eine gute Flasche Wein getrunken und dem Sonnenuntergang zugesehen. Der Himmel über dem Meer färbte sich purpurrot, als die Sonne schließlich versank und sich gleichzeitig schon die Dunkelheit ankündigte. Während sie langsam nach Hause fuhren, dachte Jeanette kaum noch an das, was passiert war. Und sogar die Semesterarbeit, die sie am Nachmittag aus dem Büro mit nach Hause genommen hatte, ließ sie für den nächsten Tag liegen.

Das erste Mal seit Adam gestorben war, hatten sie sich wieder geliebt.

Es war sehr ruhig und sehr zärtlich gewesen, und als sie danach sicher und geborgen in Chets Armen lag, hatte sie die leise Hoffnung empfunden, daß sie es vielleicht doch noch schaffen würde, wieder ein normales Leben zu führen.

Aber an diesem Morgen, im grellen Tageslicht und ohne die besänftigende Wirkung eines Extra-Glases Wein, war ihr ganzer Kummer wieder über sie hereingebrochen. Sie gab sich alle Mühe, das Gefühl der Verzweiflung nicht zuzulassen, denn sie hatte sich fest vorgenommen, stark zu bleiben. So versicherte sie Chet beim Frühstück, daß alles in Ordnung wäre, obwohl sie selbst das Beben in ihrer Stimme hören konnte. Und nun saß sie im Büro und fing plötzlich an zu zittern, während sie auf den leeren Monitor starrte, der auf seinem Schwenkarm einen halben Meter über ihrem Schreibtisch schwebte.

Sei nicht dumm, sagte sie sich selbst. Es ist nur ein Computer. Auch wenn sich jemand darin einhacken sollte, kann dir das nichts antun. Es kann dich höchstens ärgern, wenn du es zuläßt, und das wirst du eben nicht.

Sie schaltete den Bildschirm ein. Nach ein paar Sekunden begann er zu leuchten.

Wörter wurden sichtbar.

Wörter, die nicht hätten dasein sollen.

Dieses Mal erschien die Nachricht nicht in Druckschrift.

Sondern in Schreibschrift, in der ordentlichen, präzisen Handschrift, auf die Adam so stolz gewesen war.

Jeanette erkannte sie sofort.

Fast eine Minute lang rührte sie sich überhaupt nicht. Sie saß einfach nur da und starrte auf die ihr so vertraute Handschrift, während in ihr Bilder von anderen Situationen auftauchten, in denen sie sie gesehen hatte.

Auf kurzen Notizen, die von dem kleinen Marienkäfer-Magneten an der Kühlschranktür gehalten wurden. Diesen Marienkäfer hatte Adam besonders gern gemocht, seit er groß genug war, an ihn heranzureichen und ihn von dem emaillierten Metall abzunehmen. Als er ihn das erste Mal in der Hand gehabt hatte, war er sehr erstaunt gewesen, daß er nicht lebendig war.

Auf Karten zum Valentinstag, die er aus rotem Papier ausgeschnitten hatte.

In den Heftchen, in denen Adam in den letzten paar Jahren kleine Geschichten aufgeschrieben hatte.

Es waren Geschichten gewesen, die sie immer etwas irritiert hatten, denn in ihnen drückte sich eine Reife aus, die Adams Alter nicht entsprach.

Und all das war in der gleichen unverwechselbaren Handschrift geschrieben gewesen, die nun ihren Bildschirm füllte.

Erst jetzt nahmen ihre Augen wieder die einzelnen Wörter wahr, und sie begann sie langsam zu lesen:

Hallo Mama,
Du hast wohl nicht geglaubt, daß das gestern nachmittag wirklich ich gewesen bin, oder warum hast Du nicht geantwortet? Du hättest mir ganz leicht antworten können, indem du einfach etwas eingetippt hättest. Aber es ist egal, ich bin dir nicht böse. Ich bin überhaupt mit niemandem mehr böse. Es gefällt mir hier, wo ich jetzt bin. Es gibt niemanden, der mich stört, wenn ich über etwas nachdenke, und keiner zwingt mich, etwas zu tun, was ich nicht tun will. Wahrscheinlich bist du ziemlich sauer, daß ich einfach so weggegangen bin, ohne Dir Auf Wiedersehen zu sagen. Fast hätte ich es getan, aber dann dachte ich, daß Du und Papa wahrscheinlich versuchen würdet, es mir auszureden.

Also bin ich einfach gegangen.

Jedenfalls bin ich hier viel glücklicher, und ich möchte nicht, daß Du noch traurig bist. Und Du kannst immer mit mir reden, wenn Du willst. Du mußt nur irgendwas eintippen, was du mich fragen willst, und dann antworte ich Dir. Auch in Schreibschrift, weil ich einen Scanner habe. Also bin ich eigentlich gar nicht wirklich weg, nicht wahr?

Ich hab' Dich lieb, Mama. Ich bin nicht etwa weggegangen, weil ich böse mit Dir war oder so was. Ich hab' es einfach getan, weil ich es wollte. Und ich hoffe, Du bist nicht böse mit mir. Sag Papa, daß ich ihn auch liebhabe, ja?

Dein Sohn Adam

Jeanette las die Mitteilung zweimal durch, und ihre Augen füllten sich mit Tränen. Gleichzeitig jedoch stieg kalte Wut in ihr auf.

Wer auch immer ihr das antat, er hatte nicht nur Adams Handschrift nachgemacht. Er hatte auch genau gewußt, was er schreiben mußte, hatte so formuliert, als wäre es wirklich Adam selbst gewesen.

Die Sätze lasen sich so, als wäre es eine vernünftige Entscheidung von Adam gewesen, Selbstmord zu begehen. Als hätte er gründlich darüber nachgedacht und dann beschlossen, sich auf diesem Weg von allen Unannehmlichkeiten zu befreien.

Es hörte sich nach einem kleinen Jungen an, der es nicht akzeptierte, daß seine Eltern ihn ins Bett schickten, wenn er doch die ganze Nacht aufbleiben und lesen wollte.

Oder nach einem Schüler, der von den Lehrern Hausaufgaben aufgetragen bekam, die er keine Lust hatte zu erledigen.

Also beschloß er, sich selbst zu töten, und machte sich keine Gedanken darüber, wie sie das treffen würde.

»Ich möchte nicht, daß du noch traurig bist.«

»Ich hoffe, du bist nicht böse mit mir.«

Und am allerschlimmsten: »Sag Papa, daß ich ihn liebhabe...«

Ihre Wut über solche Herzlosigkeit wurde immer größer. Einen Moment lang spürte sie den fast unbezwingbaren Impuls, den Monitor mit seiner schrecklichen Nachricht darauf zu nehmen und mit aller Wucht auf den Fußboden zu schmettern.

Nein, sagte sie sich dann, sie mußte sich beherrschen, mußte ihre Gefühle unter Kontrolle bekommen.

Wer auch immer so etwas fertigbrachte, ihre Reaktion war bestimmt genau das, was er erreichen wollte.

Aber den Gefallen würde sie ihm dieses Mal nicht tun.

Dieses Mal würde sie die ganze Geschichte vernünftig angehen.

Mit zitternden Fingern drückte sie die Taste, um den Text auf dem Bildschirm ausdrucken zu lassen. Gleich darauf begann der Drucker neben ihrem Schreibtisch zu arbeiten, und es erschien ein Blatt Papier mit der handschriftlichen Nachricht.

Dann schaltete sie den Computer ab. Wer auch immer am anderen Ende der Verbindung saß, er sollte nicht die Genugtuung haben zu wissen, daß sie die Botschaft gelesen hatte. Während der Bildschirm dunkel wurde, nahm sie das Blatt aus dem Drucker und betrachtete es noch einmal.

Dieses Mal ging es ihr jedoch nicht um den Inhalt.

Sie wollte noch einmal die Handschrift ganz genau ansehen.

Wer konnte das gewesen sein?

Aber sie wußte es schon, wollte es nur noch nicht wahrhaben.

Es gab nur einen Menschen, dessen Handschrift fast genauso aussah wie die Adams.

Und der gleiche Mensch wußte, wie Adam gedacht und wie er sich ausgedrückt hätte.

Wenn sie dieses Mal Jeff gegenüberstand, hielt sie den Beweis für das, was er getan hatte, in der Hand. Und er sollte bloß nicht wagen, es abzustreiten, während sie ihm die Nachricht vor Augen hielt.

Zitternd vor Ärger und Zorn verließ sie ihr Büro und ging zur Schule, die auf der anderen Seite des Universitätsgeländes lag.

Während sie schnell die Wege entlang lief, fast rannte sie, liefen ihr Tränen der Wut die Wangen hinunter. Sie bemerkte nicht einmal, daß alle, die ihr begegneten, verwundert hinter ihr her schauten. Und es kam ihr nicht einmal in den Sinn, daß die Nachricht, die ihre Hand umklammert hielt, wirklich von Adam selbst gekommen sein könnte.

»Laß mich auch mal sehn.« Josh drängelte sich zwischen Jeff Aldrich und Brad Hinshaw, damit er genauer beobachten konnte, was Dr. Engersol tat. Während des ganzen Frühstücks hatte Josh immer wieder nach Amy Ausschau gehalten. Irgendwie hatte er gehofft, daß sie vielleicht gestern nacht wunderbarerweise doch noch in die Schule zurückgekehrt sei, nachdem er auf seinem Stuhl eingeschlafen war. Als das Frühstück zu Ende ging, ohne daß es ein Zeichen von ihr gegeben hätte, wäre er fast zu Hildie Kramer ins Büro gegangen, um zu fragen, ob es Neuigkeiten gäbe. Aber dann hatte er sich doch dagegen entschieden. Wenn er erst einmal anfangen würde, von Amy zu reden, könnte er sich bestimmt nicht zurückhalten und würde auch erzählen, was letzte Nacht in dem Keller passiert war. Und von den merkwürdigen Geräuschen, die er gehört hatte, und von dem seltsamen Schacht, der direkt durch das Kellergeschoß hindurchzugehen schien, wollte er eigentlich nur einem Menschen erzählen, und das war Steve Conners.

Einen Moment lang hatte er daran gedacht, Dr. Engersols Seminar zu schwänzen und nach Steve zu suchen, aber dann hatte er beschlossen, bis nach dem Englischunterricht zu warten.

Aber jetzt wünschte er fast, er hätte das Seminar geschwänzt. Heute morgen machten sie noch mehr Experimente mit derselben Katze, mit der sie gestern gearbeitet hatten.

Die Katze war bewußtlos, und ein Teil ihrer Schädeldecke war entfernt worden, um ihr Gehirn freizulegen. Während Josh auf die gewundene breiige Substanz in dem Schädel starrte, versuchte er sich auf Dr. Engersols Worte zu konzentrieren. Aber immer wieder mußte er an Amy denken und an die Einwände, die sie schon am Tag zuvor gegen die Versuche mit der Katze gehabt hatte.

Wenn sie heute morgen dagewesen wäre, hätte sie das Seminar bestimmt längst verlassen. Und als Dr. Engersol nun darlegte, was er vorhatte zu tun, war sich auch Josh nicht sicher, ob er würde bleiben können.

»Wir wollen heute die verschiedenen Teile des Gehirns untersuchen«, erklärte ihr Lehrer. »Wie ihr seht, ist die Katze im Moment noch bewußtlos, aber wir werden sie gleich aufwecken. Vorher müssen wir sie jedoch fixieren, nicht nur, damit sie euch nichts tun kann, sondern auch, damit sie sich selbst nicht verletzt.«

Vorsichtig band Engersol mit Hilfe von Jeff Aldrich die vier Beine der Katze und ihren Rumpf an einer hölzerne Platte auf dem Tisch. Dabei benutzte er Nylonriemen, die extra für diesen Zweck gemacht schienen. Als er fertig war, konnte die Katze nicht einmal mehr ihren Kopf bewegen.

»Bestimmt wissen die meisten von euch schon«, fuhr Engersol fort, »daß ein großer Teil des Gehirns der Katze dazu dient, die Funktionen ihres Körpers zu koordinieren und auf Reize von außen zu reagieren. Heute wollen wir damit anfangen, diese Bereiche zu identifizieren und dann einige davon außer Kraft setzen. Und ich kann euch versichern«, sagte er, während sein Blick zu Josh wanderte, als wüßte er, was im Kopf des Jungen vor sich ging, »daß die Katze nichts fühlen wird. Das Gehirn selbst hat überhaupt keine Schmerzsensoren, und während ich bestimmte Bereiche des Gehirns ausschalte, füge ich der Katze keine ernsthaften Beschwerden zu. Sie wird zweifellos einige Reize wahrnehmen, die sie irritieren, aber das ist auch alles.«

Josh runzelte die Stirn. Aber diese Reize würden der Katze doch weh tun, oder nicht? Bevor der die Frage stellen konnte, hatte Dr. Engersol schon damit begonnen, die Katze aufzuwecken.

Er stach eine Nadel in eine Vene ihres linken Vorderbeines, dann spritzte er ihr eine farblose Flüssigkeit ein, und ein paar Sekunden später bewegte sich ihre Schnauze, und sie öffnete die Augen. Ihr Körper spannte sich, als sie bemerkte, daß sie sich nicht bewegen konnte.

Sie versuchte, sich aus dem Riemen zu befreien, aber als spürte sie, daß sie keine Chance hatte, ihren Fesseln zu entkommen, gab sie schon bald auf. Ihre Augen verengten sich zu schmalen Schlitzen, während sie die Gesichter der Jungen fixierte, die um den Tisch versammelt waren.

»Wie ihr sehen könnt, ist die Katze jetzt vollständig wach und reagiert auf die verschiedensten Reize.« Engersol wedelte mit seiner Hand vor den Augen der Katze, und das Tier versuchte, seinen Kopf wegzudrehen.

Dann schnippste er an einem ihrer Ohren mit den Fingern, und der Körper der Katze spannte sich wieder, als sie versuchte, sich dem Geräusch zuzuwenden.

Als Engersol mit der Sonde in seiner Hand eine Ohrenspitze der Katze berührte, zuckte das Ohr vor und zurück, als wolle sie eine Fliege abwehren, die sich darauf niedergelassen hatte.

Nachdem Engersol noch die Reaktionen der Katze auf mehrere andere Reize demonstriert hatte, begann die eigentliche Arbeit. Er nahm eine Lasersonde in die Hand, die von einem Computer gesteuert wurde, und richtete das Instrument auf einen Punkt in der Hirnrinde der Katze. »Als erstes werde ich denjenigen Hirnbereich zerstören, der auf visuelle Reize reagiert«, erklärte er. »Und beobachtet bitte die Katze ganz genau. Wenn jemand von euch ein Anzeichen von Schmerz erkennen kann, sagt mir sofort Bescheid.«

Während Josh aufmerksam die Katze betrachtete, stellte der Computer die Sonde auf den Millimeter genau ein, und schließlich aktivierte Dr. Engersol den Laserstrahl.

Anscheinend passierte überhaupt nichts.

»Haben Sie es wirklich getan?« fragte ein Junge. »Oder hat es nicht funktioniert?«

Engersol lächelte. »Würdest du bitte mal deine Hand vor den Augen der Katze hin und her bewegen?«

Der Junge tat es, und das Tier zeigte keinerlei Reaktion.

Engersol änderte die Richtung des Laserstrahls. Jetzt war die Katze sowohl taub als auch blind.

Und trotzdem, Josh hatte nicht das geringste Anzeichen dafür bemerkt, daß ihr etwas weh getan hatte. Ein paar Sekunden, nachdem ihr Augenlicht zerstört worden war, hatte sie allerdings ihre Augen geschlossen, als sei es Zeit zum Schlafen. Doch als Josh die Hand ausstreckte und die Katze berührte, öffnete sie die Augen wieder und bewegte sie, als versuchte sie trotz ihrer Blindheit zu sehen.

Engersol arbeitete weiter, und eine halbe Stunde später entfernte er die Fesseln von den Gliedern, dem Rumpf und dem Kopf der Katze. »Wie ihr seht«, erklärte er seinen Schülern, »ist die Katze jetzt völlig hilflos. Sie ist taub und blind und hat weder Geruchs- noch Geschmackssinn. Sie kann nicht einmal fühlen, denn auch ihre Schmerzzentren sind stillgelegt. Und trotzdem ist sie noch lange nicht tot. Sie atmet noch und ihr Herz schlägt noch, denn all diese Funktionen, die von einem autonomen Nervensystem ausgeführt werden, arbeiten perfekt. Aber jetzt wollen wir einen genaueren Blick auf das werfen, was wir getan haben.«

Die Jungen entfernten sich von dem Labortisch und versammelten sich um den Computermonitor, auf dem gerade eine sehr detaillierte graphische Darstellung des Katzengehirns zu sehen war. »So sieht es normalerweise aus. Jetzt werde ich dem Computer Daten eingeben über die Teile des Hirns, die wir zerstört haben – und dann paßt auf, was passiert.« Er gab schnell einige Anweisungen auf der Tastatur ein. Sofort begann das Bild auf dem Monitor, sich zu verändern.

Bestimmte Bereiche des Gehirns – diejenigen, die von

dem perfekt eingestellten Laserstrahl weggebrannt worden waren – nahmen auf dem Bildschirm eine rote Färbung an.

Während Josh und seine Freunde aufmerksam zusahen, breitete sich der rote Fleck über das Bild auf dem Monitor aus, bis nur noch wenig Fläche in der ursprünglichen weißen Farbe zurückblieb.

»Wir wollen jetzt die Teile des Gehirns markieren, die nur damit beschäftigt sind, die Katze am Leben zu erhalten. Sie bewirken, daß ihr Herz schlägt, daß ihre Lunge atmet und all ihre anderen Organe richtig funktionieren.«

Auf der Darstellung des Gehirns breitete sich ein blauer Fleck aus, und bald war von der ursprünglichen weißen Färbung nur noch ein kleiner Rest zu sehen.

»Was jetzt noch weiß ist«, erklärte Engersol, »ist das, womit die Katze denken kann. Wie ihr sehen könnte, ist der weitaus größte Teil des Gehirns dieses Tieres also mit der einfachen Aufgabe beschäftigt, auf Reize zu reagieren und die Körperfunktionen aufrechtzuerhalten. So ist es kein Wunder, daß die niederen Tiere nicht gerade berühmt für ihre Intelligenz sind. Sie haben einfach nicht die notwendige Gehirnmasse zur Verfügung. Aber könnt ihr euch vorstellen, was passieren würde, wenn man weiteres bei der Katze eliminiert?«

Wieder flogen Engersols Finger über die Tastatur, und die blauen Flecken begannen zu verschwinden.

»Ich habe eben das autonome Nervensystem ausgeschaltet, das die Körperfunktionen in Gang hält. Beachtet bitte, wieviel von dem Gehirn davon in Anspruch genommen war.«

»Na ja«, meinte Brad Hinshaw. »Aber ohne das ist die Katze doch tot, oder?«

Engersol nickte. »Richtig, das wäre sie. Aber ihr habt ja gesehen, daß wir eine Menge anderer Dinge ausgeschaltet haben, und die Katze lebt immer noch.«

»Aber sie kann nicht mehr essen«, warf Josh ein. »Haben Sie nicht gesagt, daß sie vollständig gelähmt ist?«

»Ja, das stimmt«, nickte Engersol. »Aber wir könnten sie füttern, man brauchte ihr nur einen Tropf anzulegen. Doch worauf es ankommt, ist, daß die Katze nicht stirbt, auch wenn man bestimmte Teile ihres Gehirns zerstört.«

Josh runzelte die Stirn. »Ich verstehe trotzdem nicht, worauf das hinausläuft«, sagte er. »Was hat das alles mit künstlicher Intelligenz zu tun? Die Katze ist doch jetzt nicht klüger, oder? Sie haben nichts anderes getan, als sie zu einem Krüppel zu machen.«

»Ja, vielleicht ist das alles, was wir getan haben«, meinte Engersol kühl. »Aber wir haben auch etwas gelernt. Wir haben gelernt, wie groß die Teile des Gehirns einer Katze sind – übrigens verhält es sich beim Menschen ähnlich –, die nur dazu dienen, die normalen Lebensfunktionen aufrechtzuerhalten und überhaupt nichts mit Intelligenz zu tun haben. Aber nehmen wir mal an, das Gehirn müßte diese Systeme nicht in Gang halten... Nehmen wir an, die gesamte Hirnmasse könnte zum Denken benutzt werden. Was, meint Ihr, würde passieren?«

Jeff Aldrich grinste. »Wir wären 'ne Ecke klüger«, sagte er.

Engersol strahlte. »Ganz genau. Und nicht nur das, sondern...«

Er wurde unterbrochen, als die Tür des Labors aufgerissen wurde und Jeanette Aldrich erschien. Ihr Gesicht war rot, und ihre Hand, in der sie krampfhaft ein zerknittertes Stück Papier hielt, zitterte.

»Jeff, komm sofort her!« kommandierte sie mit schriller Stimme. »Ich will mit dir reden, und zwar augenblicklich!«

Jeff war so erschrocken über die Wut in der Stimme seiner Mutter, daß er ihr gehorchte, ohne nachzudenken. Eine Sekunde später stand er im Flur, und seine Mutter funkelte ihn an.

»Wie kannst du es wagen?« fragte sie. »Wie konntest du es wagen, mich gestern anzulügen. Und wie kannst du es wagen, heute mit deinen gemeinen Tricks sogar noch weiterzumachen?«

Jeff wich zur Wand zurück. »Was denn?« fragte er verschüchtert. »Was habe ich denn gemacht?«

»Hier!« Jeanette stieß das Wort hervor und hielt ihm das Papier vors Gesicht, auf dem die angebliche Botschaft Adams stand. »Und erzähl mir ja nicht wieder, du wüßtest nichts davon«, warnte sie ihn, und ihre Stimme zitterte.

Jeff starrte das Blatt an. »Aber das weiß ich wirklich nicht, Mama«, protestierte er. »Ich...«

»Lüg mich nicht an. Du kommst jetzt sofort mit mir nach Hause.«

Jeff bekam große Augen. »Nach Hause?« fragte er. »Du meinst, du willst mich aus der Schule nehmen?«

»Genau das meine ich«, antwortete Jeanette. »Also, gehen wir.«

Sie griff nach Jeffs Arm und wollte den Jungen zur Haustür ziehen, aber Jeff riß sich los. Als sie sich umdrehte, um ihn anzusehen, war in seinen Augen eine genauso kalte Wut zu lesen wie in ihren eigenen.

»Nein«, sagte er, und seine Stimme war leise. »Ich komme nicht mit. Und du kannst mich nicht dazu zwingen. Wenn du das tust, werde ich das gleiche machen wie Adam. Das schwöre ich!«

Jeanette starrte fassungslos ihren Sohn an, während seine Worte wie Messer in ihr Bewußtsein schnitten. »N... nein«, stammelte sie und stolperte einen Schritt zurück. »Sag nicht so was, Jeff, auch nicht im Scherz.«

»Das ist kein Scherz, Mama«, sagte Jeff mit kalter Stimme. »Ich sage dir nur, was passieren wird. Wenn du mich von der Schule nimmst, mache ich das gleiche wie Adam. Und dann hast du überhaupt kein Kind mehr.«

Jeanette stand einen Moment regungslos, ein schwacher Laut kam aus ihrer Kehle, der halb Angst und halb Schmerz ausdrückte.

Dann drehte sie sich um und floh aus dem Gebäude.

20

»Und sie will dich wirklich aus der Schule nehmen?« fragte Josh. Das Seminar war zu Ende, und Josh und Jeff gingen über den Rasen zu einem der neuen Gebäude seitlich der großen Villa. Es waren nur noch zwei Minuten bis zum Beginn von Steve Conners Englischunterricht, und Josh wollte seinen Freund dazu bringen, schneller zu gehen, aber Jeff schlenderte über den Rasen, als hätte er alle Zeit der Welt zur Verfügung.

»Nee«, antwortete Jeff. »Sie wird mich alles machen lassen, was ich will. Eltern sind doch leicht zu handhaben, man muß nur wissen, welche Knöpfe man bei ihnen zu drücken hat. Und wenn ich damit drohe, mich selbst umzubringen, dann kann ich alles tun, was ich will. Vor allem, nachdem das mit Adam passiert ist.«

Josh warf dem anderen einen Seitenblick zu. »Ich dachte, du glaubst nicht daran, daß Adam tot ist?« sagte er.

Auf Jeffs Gesicht erschien derselbe geheimnisvolle Ausdruck wie bei Adams Beerdigung, dann lächelte er spöttisch. »Was glaubst du denn, wer meiner Mutter diese Computerbotschaften schickt?«

Josh blieb stehen und starrte den älteren Jungen an. »Also komm«, sagte er, »jeder weiß doch...«

Jeff unterbrach ihn. »Alle *glauben*, daß sie wüßten, daß Adam tot ist. Aber das ist Quatsch. Adam wollte nicht sterben. Er wollte nur nicht mehr auf dieser bescheuerten Welt sein. Alles, was ihm hier gefiel, war Dr. Engersols Seminar und sein Computer.«

»Aber wo ist er hingegangen?« fragte Josh.

Jeff grinste süffisant. »Du bist doch so klug. Streng dich ein bißchen an, dann kriegst du's auch raus. So schwierig ist das nicht. Jedenfalls sollte es das für dich nicht sein.« Dann lachte er und stürmte plötzlich davon. Bevor Josh ihn einholen konnte, war er schon im Gebäude verschwunden.

Als es zum Unterrichtsbeginn läutete, war Josh noch auf dem Gang vor Steve Conners Klassenraum. Schnell huschte er durch die Tür und hoffte, daß der Lehrer gar nicht merken würde, daß er nicht ganz pünktlich erschien. Aber zu seiner Überraschung war Conners gar nicht da. Die anderen Schüler saßen an ihren Tischen und redeten leise miteinander. Es wurde schon heftig spekuliert, warum der Lehrer wohl nicht da sei. Als Josh den Gang zu seinem Tisch entlang eilte, kicherte Jeff Aldrich.

»Mensch, hast du 'n Glück«, sagte er, als Josh an ihm vorbeiging.

Josh antwortete nicht. Er glitt auf seinen Stuhl und gab sich Mühe, so auszusehen, als säße er schon mindestens seit ein paar Minuten dort. Da öffnete sich die Tür. Aber nicht Steve Conners trat ein, sondern Carolyn Hodges, eine Studentin der Universität, die nebenher an der Akademie jobte und Hildie Kramer aushalf. Das Mädchen ging nach vorne und drehte sich zu den Schülern um. Das Gemurmel war verstummt, und alle schauten gespannt die Studentin an, um zu erfahren, was geschehen war.

Carolyn fühlte sich noch immer von den Schülern der Akademie etwas eingeschüchtert, denn sie schienen schon alles zu wissen, was sie in zweiundzwanzig Jahren mit viel Mühe gelernt hatte. Jetzt lächelte sie die Schüler nervös an. »Mr. Conners ist heute nicht da«, verkündete sie. »Wir haben versucht, jemand anderen zu finden, der seine Klasse übernehmen kann, aber...«

»Wo ist er denn?« fragte jemand. »Ist er krank?«

Carolyn zögerte, dann zuckte sie hilflos die Schultern.

»Ich weiß es nicht. Ich weiß nur, daß er nicht da ist und daß Hildie Kramer meint, ich solle diese Stunde hierbleiben. Ihr sollt während der Zeit arbeiten und könnt selbst entscheiden, was.«

»Aber wenn er nicht krank ist, was ist denn dann mit ihm passiert?« fragte ein anderer Schüler.

»Wir wissen ja nicht, ob überhaupt etwas passiert ist«, gab Carolyn zurück. »Aber wenn ihr Fragen habt, kann Hildie euch bestimmt nachher in der Mittagspause mehr sagen.«

In Joshs Kopf überstürzten sich die Gedanken. War Steve vielleicht heute morgen Amy suchen gegangen? Aber wenn er das getan hätte, warum war er dann nicht anschließend in die Schule gekommen? Womöglich hatte er sie gefunden, und irgend etwas war mit ihr passiert. Josh überlegte schon, wie er herausfinden könnte, wo Steve wäre, da unterbrach Jeff Aldrichs Stimme seine Gedanken.

»Kann ich auch in der Bücherei arbeiten?« fragte Jeff. »Ich bin mit einem Projekt für Dr. Engersols Seminar beschäftigt und muß dafür noch einiges recherchieren.«

Josh sah Jeff an, dessen Gesichtsausdruck nicht den geringsten Zweifel aufkommen ließ, daß er es ernst meinte. Aber von welchem Projekt redete er? Wahrscheinlich wollte er nur die Klasse verlassen.

»Ich denke, das ist in Ordnung«, sagte Carolyn Hodges. »Die Hauptsache ist, daß du arbeitest.«

Josh hob seine Hand. »Kann ich mit Jeff in die Bibliothek gehen?« fragte er. »Ich arbeite am selben Projekt.«

Man konnte Carolyn ansehen, daß sie plötzlich Zweifel an der Ehrlichkeit der Jungen bekam. Sie blickte Jeff an, und zu Joshs Erleichterung gab ihm der sofort Rückendekkung.

»Es ist ein Projekt, das sich mit den biologischen Komponenten der Intelligenz befaßt«, erklärte Jeff und improvisierte locker weiter. »Wir müssen etwas herausfinden über die Beziehung zwischen Hormonen und Intelligenz, Dr. Engersol sagt...« Jeff wollte weiterreden, aber Carolyn Hodges hob abwehrend die Hände.

»Schon gut, schon gut. Ihr zwei und alle, die sonst noch wollen, können zum Arbeiten auch in die Bücherei gehen. Aber ich habe euer Ehrenwort, okay?«

Die Schüler murmelten zustimmend, dann packten alle ihre Sachen zusammen und verließen die Klasse. Gleich darauf rannten sie aus dem Gebäude. Die meisten gingen tatsächlich hinüber zu der großen Bibliothek, die sich etwa 100 Meter weiter auf dem Universitätsgelände befand. Josh MacCallum lief neben Jeff Aldrich her.

»Weißt du, wo Steve wohnt?« fragte er.

Jeff hob die Augenbrauen. »Du willst doch nicht etwa sagen, daß du nicht in die Bücherei gehst, um an unserem Projekt zu arbeiten?«

Josh wurde rot. »Danke, daß du mich nicht verraten hast«, sagte er. »Willst du wirklich an einem Projekt arbeiten?«

Jeff lachte laut heraus. »Ach du Scheiße, ich denk' ja nicht dran! Ich wollte bloß nicht 'ne Stunde da rumsitzen. Warum willst du denn wissen, wo Conners wohnt?«

Josh fuhr sich nervös mit der Zunge über die Unterlippe. »Ich... ich will nur rauskriegen, was eigentlich los ist, mehr nicht. Ich meine, wenn sie noch nicht mal wissen, wo er ist, was kann das denn heißen?«

»Sollen wir zusammen nachsehen gehen?«

Josh nickte, und die beiden Jungen machten sich auf den Weg. Falls jemand sie beobachten sollte, gingen sie erst einmal über den Rasen in Richtung der Universität. Aber sobald sie von der Schule aus nicht mehr zu sehen waren, bogen sie vom Campus ab und liefen rasch die Straße zum Ort entlang.

Fünfzehn Minuten später standen sie auf dem Bürgersteig vor dem Haus in der Solano Street, hinter dem das kleine Gästehaus lag, das Steve Conners gemietet hatte.

Josh sah sich auf der Suche nach dem Honda des Lehrers um.

Er war nicht zu sehen.

»Wollen wir mal in die Fenster reinschauen?« schlug Jeff vor und machte sich schon auf den Weg in den rückwärtigen Teil des Gartens. Josh zögerte noch, und sein Blick wanderte etwas ängstlich zu den Fenstern des vorderen Hauses.

Tatsächlich stand eine ältere Frau an einem der Fenster und sah hinaus. Als Josh sie entdeckt hatte, winkte er ihr zu, rannte dann zur Haustür und klopfte. Kurz darauf öffnete sich die Tür, und die alte Frau sah Josh mit gerunzelter Stirn an.

»Also, ihr beiden müßtet doch um diese Zeit bestimmt in der Schule sein«, sagte sie zur Begrüßung und schaute mißbilligend von Josh zu Jeff.

»Wir wollten nach Mr. Conners sehen«, erklärte Josh. »Er ist unser Lehrer, und er ist heute nicht zur Schule gekommen.«

Die Frau zog die Augenbrauen hoch. »Ihr seid also von dieser Schule für besonders Kluge, hm?«

»J... ja«, stotterte Josh und sah zu Jeff hinüber, der einige Meter entfernt auf dem Weg zu Conners' Haus stehengeblieben war und sich offensichtlich köstlich darüber amüsierte, wie peinlich Josh die Situation war.

»Und sie lassen euch einfach so den Vormittag über durch den Ort spazieren?« fuhr die alte Frau tadelnd fort.

Josh wand sich vor Unbehagen. »Wir wollten nur mal nach Mr. Conners sehen«, wiederholte er, »und nachschauen, ob er hier ist, mehr nicht.«

»Nun, er ist nicht hier«, sagte die alte Frau. »Ich habe heute morgen gehört, wie er losfuhr, noch vor Sonnenaufgang, wie immer. Möcht' mal wissen, warum er nicht einfach um den Block rennen kann, wenn er schon rennen muß, aber heutzutage kann man immer nur staunen, auf was für verrückte Ideen die jungen Leute so kommen. Na ja, jedenfalls ist er seitdem nicht zurückgekommen.«

»Um den Block rennen?« fragte Josh verständnislos. »Warum sollte er das denn tun?«

Die alte Frau kniff die Augen zusammen, und ihre Stimme wurde lauter. »Er rennt ja auch nicht um den Block! Hörst du nicht zu, junger Mann? Ich hab' gesagt, das sollte er tun! Aber statt dessen fährt er den ganzen Weg zur Steilküste hoch, dann rennt er zwei Meilen die Straße weiter und wieder zurück. Ist das nicht total verrückt?«

»Die Steilküste?« fragte Josh. »Wo...?«

»Ich weiß, wo das ist«, rief Jeff jetzt vom Gartenweg herüber. »Komm, wir gehen!«

Josh zögerte einen Moment, aber die Verärgerung in der Stimme der alten Dame und die Tatsache, daß Jeff bereits die Straße entlang Richtung Meer lief, ließen ihm keine Wahl. »Danke!« rief er, während er schon die drei Stufen des Vorbaus hinunter sprang und über den Rasen rannte.

»Paß auf meinen Rasen auf, junger Mann!« rief die Frau ihm noch nach, obwohl Josh schon den Garten verlassen hatte. Als die alte Dame die Tür wieder schloß, waren Josh und Jeff bereits einige Häuser weiter.

Sie brauchten nur zwanzig Minuten, bis sie an den Aussichtspunkt kamen. Erschrocken starrten sie auf die demolierten Betonpfeiler und die verrostete, zerbrochene Kette, deren Ende jetzt völlig sinnlos die Klippe herunterhingen.

»Vielleicht ist überhaupt nichts passiert«, sagte Josh leise und starrte auf die Stelle, an der Steve Conners Honda erst vor einigen Stunden von der Klippe gestürzt war. »Vielleicht sieht das hier schon lange so aus.«

»Sicher«, antwortete Jeff sarkastisch. »Deswegen sind die Bruchstellen in dem Beton auch ganz frisch. Ist doch klar, daß hier 'n Auto abgestürzt ist.« Er ging zum Rand der Klippe und spähte hinunter. »Oh, Scheiße, Josh«, sagte er mit rauher Stimme. »Komm mal her.«

Josh näherte sich zögernd dem Abgrund und sah hinunter auf das Wasser, das gegen die Felsen brandete. Erst wußte er nicht, was Jeff meinte, aber dann zogen sich die Wellen für einen Moment zurück, und er konnte es sehen.

Nur ganz kurz wurde ein Auto sichtbar, das auf dem Dach lag. Eine Tür stand offen. Dann kam wieder eine Welle, bewegte das Auto ein wenig und bedeckte es erneut mit Wasser.

»Ist... ist Steve da drin?« stotterte Josh.

»Ich bin nicht sicher«, antwortete Jeff mit vor Erregung heiserer Stimme. »Aber eine Tür steht offen, vielleicht konnte noch jemand rauskommen.«

»Was sollen wir machen?« fragte Josh. »Die Polizei holen?«

Jeff schüttelte den Kopf. »Ich finde, wir sollten erst mal runter zum Strand gehen. Vielleicht lebt ja noch jemand. Er könnte ertrinken, während wir zur Polizei unterwegs sind!« Er zeigte in Richtung Norden, wo Josh nicht weit entfernt die Treppen erkennen konnte, die zu der Bucht führten, in der das Picknick an seinem ersten Tag hier stattgefunden hatte. »Du gehst da runter, und ich versuche, auf der anderen Seite einen Weg zu finden, um zum Strand zu kommen. Wenn du irgendwas findest, komm mich holen!«

Und schon war er auf und davon und rannte die gewundene Straße zurück, die sie gekommen waren. Dann lief er südlich dicht am Rand der Küstenstraße entlang und suchte nach einem Weg, auf dem er hinunter zum Strand gelangen konnte.

Josh ging langsam am Rand der asphaltierten Straße entlang, die zurück zur Hauptstraße führte. Alle paar Meter blieb er stehen und sah hinunter auf die Felsen, die das südliche Ende der Bucht begrenzten, und auf den Strand, der sich Richtung Westen und Norden erstreckte und an der nächsten Klippe, die weit ins Meer hinausführte, endete.

Er hatte den halben Weg zu den Treppen zurückgelegt, die zum Strand hinunter führten, als sein Blick plötzlich von einem im Wasser schwimmenden Gegenstand angezogen wurde.

Zuerst dachte er, daß es irgendwelcher Abfall wäre, der in den Wellen trieb und an den Strand gespült wurde. Aber als eine schäumende Welle den Gegenstand hochhob und auf den Sand warf, erkannte Josh, daß es kein Müll war. Während die nächste Welle das Ding wieder in die schäumende See hinaustrug, schrie Josh laut nach Jeff. Dann rannte er so schnell er konnte zur Treppe, die im Zickzack zum Strand hinunter führte. Er dachte nicht einmal daran, auf Jeff zu warten, sondern lief sofort die Treppe hinunter. Laut keuchend vor Aufregung und Anstrengung, nahm er immer zwei Stufen auf einmal.

Irgendwie schaffte er es ohne Sturz bis hinunter zum Strand. Dort rannte er zu der Stelle, wo er den Gegenstand das letzte Mal gesehen hatte. Aber er schien verschwunden zu sein, als hätte die Flut ihn verschluckt.

Josh streifte seine Schuhe und Strümpfe ab und warf sie möglichst weit weg auf den Sand, dann watete er ein kleines Stück ins Wasser und ging langsam den Strand entlang.

Er hatte etwas gesehen, er war sich ganz sicher. Aber wo war das Ding jetzt?

Plötzlich stieß etwas gegen seine bloßen Füße. Josh zuckte zurück und wäre fast an Land geflüchtet, aber dann riß er sich zusammen und atmete tief durch. Er bückte sich und tastete auf dem nassen Boden umher.

Seine Finger berührten etwas Festes.

Es war ein Schuh, ein Turnschuh, und er hatte etwa dieselbe Größe wie seine eigenen.

Genau diese Art Turnschuhe trugen die meisten Kinder an der Schule auch, und Josh selbst hoffte, daß seine Mutter ihm die gleichen Schuhe zu Weihnachten schenken würde.

Der Schuh war völlig durchgeweicht, aber das Profil war noch sehr gut, und die Schuhbänder sahen aus wie neu.

Dann fiel Josh etwas Merkwürdiges auf.

Quer über die Schuhkappe verlief halbkreisförmig eine Reihe Löcher. Josh drehte den Schuh um, und auf der Sohle befanden sich die gleichen Einstiche in genau der gleichen Form.

Es sah fast aus wie der Abdruck eines Gebisses, als hätte jemand mit aller Kraft in den Schuh hineingebissen.

Joshs Herz begann wie wild zu schlagen, und noch einmal warf er einen angstvollen, aufgeregten Blick hinaus aufs Meer.

Und dieses Mal sah er es wieder.

Gerade türmte sich eine Welle auf, und kurz bevor sie brach, sah er auf ihrem Kamm von der Sonne beschienen das, was er von oben aus gesehen hatte.

Es war eine Leiche.

Oder jedenfalls das, was von einem Körper übriggeblieben war. Sogar vom Ufer aus konnte er das erkennen.

Die Welle brach, strömte vorwärts und warf den verstümmelten Körper des kleinen Mädchens auf den Strand. Sie legte ihn vor Joshs Füßen ab, als wären diese Überbleibsel eines Menschenwesen eine Art groteskes Opfer, das die See dem Jungen brachte als Buße für irgendeine mysteriöse Sünde, die sie begangen haben mochte.

Stumm und mit vor Schreck geweiteten Augen starrte Josh auf die Leiche. Ein Arm fehlte ganz; große Stücke waren aus dem Rumpf gerissen. Aber so furchtbar entstellt der Körper auch war, Josh war sich sicher, um wen es sich handelte.

Amy Carlson.

Sein Magen krampfte sich zusammen, und im nächsten

Moment erbrach er das halbverdaute Frühstück, daß er erst vor ein paar Stunden zu sich genommen hatte. Er dachte, daß er jetzt loslaufen und Jeff oder irgend jemand anders holen müsse, aber er konnte es einfach nicht.

Er brachte es nicht über sich, Amy alleine auf dem Strand liegen zu lassen.

Behutsam faßte er den Arm, der noch übrig war, und zog sie weiter den Strand hinauf, damit die tosende Brandung nicht mehr an sie heranreichte.

Was war bloß mit ihr passiert?

Während Josh fassungslos auf den verstümmelten Körper seiner Freundin starrte, erinnerte er sich an einen Film, den er vor einiger Zeit im Fernsehen gesehen hatte.

Plötzlich wußte er, was geschehen war.

Haie.

Sie war von Haien angegriffen worden.

Am Strand hatte sich eine Menschenmenge angesammelt, die üblichen Neugierigen, die überall dort aus dem Nichts aufzutauchen scheinen, wo sich eine Tragödie ereignet hat. Einige waren zu Fuß aus dem Ort gekommen, wo sich die Entdeckung der ans Ufer gespülten Leiche wie ein Lauffeuer ausgebreitet hatte.

Auf der Straße, die am Rand der Klippe entlang führte, waren hintereinander Autos geparkt. Die ersten standen seit dem Moment da, wo Jeff Aldrich sie wild winkend zum Halten veranlaßt hatte. Nachdem Jeff von oben Josh entdeckt hatte, der neben Amys Leiche saß, war er sofort auf die Straße gerannt, um Hilfe zu holen. Kurz darauf traf Hildie ein, nachdem sie von der Polizei benachrichtigt worden war.

Am Strand befanden sich schon an die dreißig Menschen, ein halbes Dutzend von ihnen Polizeibeamte und Mediziner. Der Rest waren hin- und herlaufende Zuschauer, die alle aufgeregt miteinander redeten. Jeder gab das weiter, was er irgendwo aufgeschnappt hatte, und wenn es noch so geringfügig oder unglaubwürdig war.

Als Hildie schließlich die Treppe hinter sich gelassen und sich ihren Weg durch die Menschen gebahnt hatte, die um Amy Carlsons Leiche herumstanden, hatte sie schon drei oder vier verschiedene Versionen dessen gehört, was passiert war.

»Sie ist mitten in einem Einkaufscenter in Santa Cruz gekidnappt worden«, sagte jemand.

»Ich hab' was anderes gehört«, erwiderte eine Frau. »Sie wohnt im Ort und ist beim Spielen von den Wellen hinausgerissen worden.«

»Ich hab' gehört, sie war schon tot, noch bevor sie ins Wasser geschmissen wurde«, behauptete eine dritte Person. »Jemand hat gesagt, sie hat siebenundfünfzig Stichverletzungen. Stellen Sie sich das mal vor! Wie kann jemand nur so etwas machen, und dann noch bei einem Kind? Es ist furchtbar, was heutzutage alles passiert.«

Hildie ignorierte die neugierigen Zuschauer völlig. Sogar als jemand sie beim Namen rief und fragte, ob das Mädchen an ihrer Schule gewesen sei, reagierte sie überhaupt nicht. Sie drängte sich durch die Menge, bis sie schließlich bei den Polizisten und Medizinern angelangt war, die den verstümmelten Körper umstanden. Hildies Gesichtsausdruck verhärtete sich, als sie auf die Überreste Amys nieder sah, aber obwohl ihr Magen sich beim Anblick des so furchtbar zugerichteten kleinen Mädchens zusammenzog, war sie doch gleichzeitig auch erleichtert.

Es hatte funktioniert, genauso, wie sie gehofft hatte.

Sie fragte sich, ob man auch schon Steve Conners gefunden hatte, während sie die angemessenen Tränen des Schmerzes und des Mitleids zustandebrachte. Eine andere Macht hatte das Werk vervollständigt, das die See trotz ihres ständigen Tobens vielleicht doch nicht ganz vollendet hätte.

»O mein Gott«, flüsterte Hildie. »Was ist mit ihr passiert?«

Ein Mediziner schaute hoch. »Haie«, sagte er. »Ich weiß nicht, was sie hier im Wasser getan hat, aber auf jeden Fall war sie zur falschen Zeit am falschen Ort. Sobald der erste Hai sie angegriffen hatte, gab es für sie keine Chance mehr.«

Von Amys Körper war nicht mehr viel übrig. Ihr rechter Arm und auch der größte Teil ihres linken Beines fehlte. Der Leib war aufgeschlitzt, das Fleisch von den Knochen gerissen, und die Knochen selbst schienen nur noch von Knorpelresten zusammengehalten zu werden. Sogar ihr Kopf war von den Angriffen nicht verschont geblieben.

Der hintere Teil ihres Schädels fehlte, und die leere Höhlung war von unregelmäßig gezackten Rändern umgeben.

Genauso hatte es zum Schluß ausgesehen, kam es Hildie in den Sinn, als von George Engersol die Arbeit, die er zuvor mit der Säge ausgeführt hatte, mit einem kleinen Hammer und einer Zange unkenntlich gemacht worden war.

»Ihr Gehirn«, flüsterte Hildie. »Was ist denn mit ihrem Gehirn passiert?«

Der Arzt schüttelte den Kopf, selbst er hatte so etwas noch nicht gesehen. »Irgend etwas hat sich darüber hergemacht. Vielleicht ein Hai, oder sogar ein Seeotter...«

Hildie stöhnte auf. Als sie ihren Blick von der Leiche abwandte, entdeckte sie Josh MacCallum, der genau neben ihr stand und aufmerksam zuhörte. »Josh. Was machst du denn hier?«

»Ich habe Amy gefunden.« Joshs Stimme war fast nicht zu hören, und seine Augen hingen an den Überresten seiner Freundin. »Ich war mit Jeff zusammen. Wir wollten nachsehen, was mit Steve los ist.«

Bevor Hildie etwas antworten konnte, knisterte das Funkgerät eines der Polizisten, und Hildie und Josh wandten ihre Aufmerksamkeit dem Beamten zu. Der Mann sprach in das Gerät, lauschte einen Moment und versprach dann, sofort zwei Männer zu schicken. Er steckte das Funkgerät wieder in die Halterung an seinem Gürtel, sah Hildie an und erkannte sie sofort wieder, da er schon bei den Untersuchungen nach Adam Aldrichs Tod mit ihr zu tun gehabt hatte. »Einer unserer Männer hat gerade einen Pullover gefunden«, sagte er. »Oben auf dem Vorsprung, dort, wo dieser Aussichtspunkt ist.«

Hildie setzte eine verständnislose Miene auf. »Einen Pullover?« fragte sie. »Was...«

Bevor sie ihre Frage beenden konnte, redete der Beamte weiter. »Der Name des Mädchens ist auf einem Etikett eingenäht. Er lag auf dem Boden, als hätte ihn dort jemand fallen lassen.«

Hildie sah jetzt noch verständnisloser aus. »An dem Aussichtspunkt?« fragte sie. »Wie soll er da hingekommen sein?«

Jetzt wurde dem Beamten klar, daß Hildie nicht wußte, was noch passiert war. »Mrs. Kramer, die beiden Jungen haben auch noch ein Auto im Wasser entdeckt. Wir konnten es bis jetzt noch nicht herausholen, haben aber das Kennzeichen festgestellt. Der Wagen gehörte einem Ihrer Lehrer, Steve Conners.«

»Lieber Gott«, flüsterte Hildie. »Sie vermuten doch nicht etwa...«

»Wir vermuten überhaupt nichts, Mrs. Kramer. Aber wir werden uns noch in Ruhe mit Ihnen unterhalten, und dann müssen wir alles erfahren, was Sie über ihn wissen.«

Hildie schüttelte ungläubig den Kopf. »Er hat erst dieses Semester angefangen, bei uns zu arbeiten. Und er schien die Kinder sehr gern zu haben.«

Die Augen des Polizeibeamten verengten sich. »Vielleicht ein bißchen zu gerne, wenn Sie wissen, was ich meine.«

Hildie nickte. »Ich geh' jetzt wohl besser und rufe Amys Eltern an.«

Sie seufzte. »Josh, vielleicht kommst du mit mir zurück zur Schule.« Aber als sie sich umdrehte, entdeckte sie, daß Josh gar nicht mehr da war.

Bald darauf betrat Hildie Kramer wieder Engersols Privatwohnung und nahm den Fahrstuhl, der sie zu dem Laboratorium brachte, das tief unter dem Keller des Hauses versteckt lag. Sie trat in das grelle Licht des weiß gefliesten Korridors und ging schnell an dem Operationsraum vorbei, der in dem Zimmer eingerichtet worden war, das in früheren Zeiten Eustace Barringtons Sohn als Eßzimmer gedient hatte. Hildie blieb vor einer Tür am Ende des Flures stehen, hinter der einstmals der Wohnraum des jungen Barrington gewesen war. Neben der Tür befand sich eine Metallplatte, auf der mehrere mit Ziffern und Buchstaben versehene Knöpfe angeordnet waren. Nachdem Hildie darauf die Sicherheits-Codenummer eingegeben hatte, öffnete sich die Tür. Der völlig umgestaltete Raum beherbergte jetzt das Laboratorium – das Herzstück von George Engersols großem Forschungsprojekt über künstliche Intelligenz. Das Zimmer nebenan, einst eine abgeteilte Schlafnische, hatte man vom Labor durch eine Glaswand getrennt. Dahinter sah man die bedrohlich aufragenden Formen eines Croyden Computers. Die beiden schwarzen Konsolen mit den Mikroprozessoren standen in einem fast zwei Meter hohen Halbkreis etwas abseits. Außer dem Computer befand sich nichts in dem Raum, und wie die Maschine dort in der Mitte ihrer klimatisierten, staubfreien Umgebung thronte, strahlte sie Einsamkeit und Macht aus. Dieser Croyden Computer war der beste Computer der Welt, genauso sensibel wie schnell. Alex Croyden hatte ihn entwickelt und für seine Unterbringung in diesem Raum einen besonderen Plan entworfen. Außer ihm selbst, George Engersol, Hildie Kramer und dem Leiter eines der größten Computerunternehmen in Silicon Valley wußte niemand, daß sich dieser Computer hier befand. Und niemand außer Alex Croyden selbst war in der Lage, ihn zu reparieren.

Aber bis jetzt hatte es noch nie eine Panne gegeben. Bedient wurde der riesige Rechner mit Hilfe einer Tastatur in dem Zimmer, in dem Hildie jetzt stand. Die beiden Geräteteile waren durch eine Reihe dicker Kabel verbunden, die unter dem Boden und der hermetisch abgesicherten Tür entlangliefen. Nur Alex Croyden kannte den Code, um diese Tür zu öffnen.

Denn was seinen Supercomputer anging, vertraute Alex Croyden niemandem, nicht einmal George Engersol.

Der Raum, in dem Hildie jetzt stand, enthielt die übrige Ausstattung des Laboratoriums.

Auch in ihm befand sich eine ganze Ansammlung von Geräten, die alle die Aufgabe hatten, den Inhalt zweier Glasbehälter zu überwachen. Diese Behälter standen am einen Ende des Raumes.

Jedes Becken enthielt ein lebendes menschliches Gehirn.

Die Becken waren mit einer Salzlösung angefüllt, und die Gehirne schwebten darin wie schwerelos.

An den Hirnen waren Plastikschläuche angeschlossen, die von den Arterien und Venen zu Maschinen führten, die einen kontinuierlichen Blutkreislauf aufrechterhielten, das Blut reinigten und es mit Sauerstoff und Nährstoffen versorgten. Diese Blutversorgung wurde von Computern überwacht und von einem komplexen Programm exakt in dem erforderlichen chemischen Gleichgewichtszustand gehalten.

Jedes System wurde wiederum von mehreren anderen unterstützt und zur Sicherheit kontrolliert. Als Hildie den Raum betrat und die Maschinen arbeiten sah, war sie einmal mehr völlig fasziniert und erstaunt, daß all dies überhaupt funktionieren konnte.

Aber es funktionierte. Eine Pumpe arbeitete leise und sorgte für das Fließen des Blutes, während ein Dialysegerät als künstliche Niere fungierte. Ein großer Teil der Ausstattung in diesem Raum war von dem Croyden Computer nebenan entwickelt worden. Er hatte riesige Mengen an Daten verarbeitet, bevor er ganz genau bestimmte, welche Geräte und welche Programme nötig waren, um ein Gehirn außerhalb seiner natürlichen Umgebung am Leben zu erhalten.

Und die Gehirne wurden nicht einfach nur am Leben erhalten – sie arbeiteten auch noch.

An die Organe in den Becken waren nicht nur Plastikschläuche angeschlossen. Viele winzige Drähte, jeder mit einem anderen Nervenkomplex verbunden, führten gebündelt aus dem Gehirn hinaus wie die Nervenstränge einer flexiblen Wirbelsäule. Über diese Leitungen waren die Hirne direkt mit dem Croyden Computer im Raum nebenan verbunden.

Endlich war es soweit, und all die Pläne, an denen seit Jahren gearbeitet wurde, konnten nun verwirklicht werden. Hildie empfand ein tiefes Gefühl der Befriedigung, als sie die Monitore über den Glasbehältern mit einem Blick streifte und dabei den graphischen Abbildungen entnahm, daß der biologische Zustand der beiden Organe genau den Anforderungen entsprach.

George Engersol sah von der Tastatur auf und runzelte nach einem Blick in Hildies Gesicht die Stirn.

»Etwas ist schiefgelaufen, nicht wahr.« Es war eine Feststellung, keine Frage.

Hildie nickte. »Josh MacCallum hat heute morgen Amy Carlson gefunden.«

»Josh?« wiederholte Engersol und wurde blaß. »Wie ist das passiert?«

»Er hat nach Steve Conners gesucht. Und Amys Leiche wurde unten in der Bucht angespült, wo wir unsere Picknicks machen.«

Engersols Gesichtsausdruck wurde hart. »Warum hat Josh am Strand nach Steve Conners gesucht? Ist er nicht hier?«

Hildie berichtete Engersol in knappen Worten, was heute morgen geschehen war. Während sie sprach, wurde Engersol noch blasser und biß vor Ärger die Zähne zusammen, so daß seine Backenknochen hervortraten.

»Ich habe Ihnen ja gesagt, daß es zu riskant ist«, sagte er, als Hildie ihre Schilderung beendet hatte. »Wir hätten Amys Leiche hierbehalten sollen und...«

»Es ist schon in Ordnung so«, unterbrach ihn Hildie, und in ihren Worten lag eine Schärfe, die Engersol zum Schweigen brachte. »Man vermutet bereits, daß Conners etwas mit Amys Tod zu tun hatte. Daß er sie wahrscheinlich belästigt hat und daß dann irgend etwas schiefgegangen ist. Sie haben seine Leiche noch nicht gefunden, aber wenn sie so aussieht wie die Amys, ist es auch egal, ob sie sie finden.« Sie lächelte dünn. »Sieht so aus, als ob Haie über sie hergefallen wären, viel ist von ihr nicht übrig. Als ich einen der Polizisten gefragt habe, was denn mit ihrem Gehirn passiert wäre, vermutete er, daß ein Seeotter es verspeist habe. Sie haben auch Amys Pullover oben an dem Aussichtspunkt gefunden. Zusammen mit der Nachricht, die ich auf ihrem Computer hinterlassen habe, und Steve Conners Unfall werden sie vermuten, daß er entweder die Nachricht selbst eingegeben oder Amy irgendwann in der Nacht gefunden hat. Jedenfalls glaube ich nicht, daß es viele Fragen geben wird, was passiert ist.«

Der angespannte Ausdruck verschwand aus Engersols Gesicht. »Haben Sie es schon ihren Eltern mitgeteilt?«

»Ja, sie sind bereits auf dem Weg hierher«, antwortete Hildie. »Ich denke, sie werden irgendwann im Laufe des Nachmittags eintreffen. Bestimmt wird es nicht gerade ein Vergnügen sein, mit ihnen zu reden, aber das werde ich schon hinkriegen. Wahrscheinlich verlieren wir noch ein paar Schüler. Zwei Todesfälle in zwei Wochen ist für einige Eltern wohl ein bißchen viel.«

Jetzt lächelte Engersol. »Das werden Sie schon machen, Hildie. Wenn wir ein paar verlieren, ist das nicht so schlimm. Hauptsache, wir können die hierbehalten, die ich brauche.«

»Ich wünschte, ich könnte das garantieren«, antwortete Hildie geschmeichelt. »Aber das kann ich nicht.« Sie wandte ihre Aufmerksamkeit dem linken Becken zu. »Ist alles noch in Ordnung?« fragte sie besorgt. Sie mußte daran denken, was letztes Jahr passiert war, als Timmy Evans' Gehirnfunktionen in einem Becken während der Aufwachphase erloschen. Engersol hatte versichert, daß eine Besonderheit in Timmys Gehirn zu diesem Unfall geführt hatte, aber Hildie war sich ganz sicher, daß in Wirklichkeit beim Programmieren ein Fehler unterlaufen war. Ihrer festen Überzeugung nach waren die Daten, die Timmy Evans Gehirn eingegeben worden waren, nicht die richtigen gewesen und hatten ihn irgendwie getötet, anstatt sein Bewußtsein wieder zu aktivieren.

Was ganz genau mit Timmy Evans passiert war, würden jedoch weder sie noch Engersol jemals wissen. Aber Adam erging es nicht wie ihm, er hatte überlebt. »Es ist keine Verschlechterung eingetreten?« fragte Hildie noch einmal beharrlich.

»Nein, und Adam wird auch nicht zu einem zweiten Timmy Evans werden«, antwortete Engersol kühl, um ihr zu zeigen, daß er genau verstand, was sie befürchtete. »Im Gegenteil, alles läuft sogar noch besser, als ich zu hoffen gewagt hatte. Schauen Sie.«

Er gab etwas auf der Tastatur ein, und auf dem Monitor, der auf Engersols Schreibtisch stand, erschien das Bild eines Gehirns. »So sah Adams Gehirn vor vierundzwanzig Stunden aus. Aber sehen Sie, was passiert...« Wieder glitten seine Finger schnell über die Tastatur, und ein zweites Bild erschien auf dem Monitor, das sich über das erste legte. »Hier«, sagte Engersol und klopfte mit der Spitze eines Kugelschreibers auf den Bildschirm. »Sehen Sie?«

Hildie betrachtete angestrengt die Darstellung, dann schüttelte sie den Kopf. »Ich sehe nichts. Worauf muß ich denn achten?«

»Einen Moment. Ich werde es vergrößern.« Mit einer Maus zog Engersol ein kleines Rechteck um einen Teil des Bildes, dann klickte er in der Leiste am oberen Bildschirmrand ein paar Befehle ein. »Da. Sehen Sie's jetzt?«

Hildie riß verwundert die Augen auf, als sie schließlich entdeckte, worüber Engersol redete. Das Gehirn in dem linken Becken, Adam Aldrichs Gehirn, wuchs!

»Ich dachte, das sei gar nicht möglich«, meinte Hildie.

»Das habe ich auch geglaubt«, erwiderte Engersol. »Und ich weiß auch nicht genau, was eigentlich passiert. Es ist der vordere Stirnlappen, der wächst, der Teil des Gehirns, der für das Denken verantwortlich ist. Das Gehirn bleibt nicht nur am Leben, Hildie. Es wächst tatsächlich! Wir haben es geschafft. Wir haben ein menschliches Gehirn mit einem Computer zusammengeschlossen, ein lebendes und noch funktionierendes Gehirn.«

Hildies Aufmerksamkeit wurde plötzlich von einer Aktivität auf dem Monitor über dem zweiten Becken abgelenkt. Während sie hinschaute, fingen Linien an sich zu bewegen, die eben noch statisch gewesen waren. Sie bewegten sich auf- und abwärts, und jetzt wurden weitere Linien aktiv, schossen nach oben bis zum Rand des Bildschirms, um gleich darauf wieder ganz nach unten zu stürzen. Abwechselnd war die Bewegung sehr schnell und wurde dann wieder langsam. Es war ein verwirrendes, unruhiges Muster.

»Was ist das?« fragte Hildie. »Was passiert da?«

»Das ist Amy«, antwortete George Engersol. »Sie wacht auf.«

21

Dunkelheit.

Als der letzte Rest des Betäubungsmittels in Amy Carlsons Gehirn abgebaut war, kam sie langsam wieder zu Bewußtsein. Nie zuvor hatte sie ein so schreckliches Gefühl erlebt.

Um sie herum gab es nur unergründliches Schweigen und eine solche Schwärze, daß sie voller Entsetzen aufschrie.

Aber es geschah nichts.

Sie fühlte nichts in ihrer Kehle, ihre Ohren hörten keinen Schrei.

Und doch hallte in ihrem Bewußtsein noch das Echo des Schreis, umgab sie, wurde schwächer, stieg wieder an.

Oder schrie sie schon wieder?

Sie wußte es nicht, denn alles, was sie gewußt hatte, alles, was ihrer Existenz Bedeutung verliehen hatte, gab es nicht mehr.

Die ganze Welt war verschwunden, und Amy fühlte sich, als hinge sie in einer Art Vakuum, als wäre sie alleingelassen in undurchdringlicher Dunkelheit und Stille.

Sie versuchte zu atmen, ihre Lungen mit Luft zu füllen.

Wieder geschah nichts. Sie spürte keine frische Luft in ihre Lungen strömen, sie fühlte keine Erleichterung.

Panik erfaßte sie. Ohne zu atmen, würde sie sterben.

Wieder versuchte sie zu schreien, wollte Hilfe herbeirufen, aber wieder geschah nichts.

In ihrem Bewußtsein formten sich Worte, aber sie konnte nicht spüren, daß ihre Stimmbänder Töne hervorbrachten, konnte ihren Mund keine Worte hervorstoßen fühlen.

Noch einmal versuchte sie zu atmen. Nichts! Ihr Körper verweigerte jede Reaktion auf die Anweisungen, die ihr Verstand gab.

Gelähmt.

Sie war gelähmt.

Aber wie war das geschehen?

In ihrem Kopf drehte sich alles, während sie jetzt versuchte, logisch zu denken trotz der Panik, die sie überwältigte, die sie aus der Dunkelheit überrollte und niederdrückte.

Sie starb!

Das war es, was gerade mit ihr passierte!

Sie war allein, sie starb, niemand wußte davon, und niemand konnte ihr helfen.

Sie versuchte, ihre Augen zu öffnen. Es mußte ein Alptraum sein, und wenn sie ihre Augen öffnen und das Licht durch die Lider dringen würde, dann wäre die schreckliche Schwärze um sie her bestimmt gleich verschwunden, und sie würde wieder ein Teil der Welt sein.

Sie blinzelte.

Aber wieder geschah überhaupt nichts. Wieder blinzelte sie und versuchte, die leichte Bewegung ihrer Augenlider zu spüren, die dem Befehl ihres Gehirns folgten.

Nichts!

Es fühlte sich an, als gäbe es ihre Augen gar nicht mehr!

Jetzt versuchte sie, ihren Körper zu bewegen, sich auf die Seite zu rollen, sich selbst aus den nicht sichtbaren und nicht zu spürenden Fesseln zu befreien, die sie festhielten.

Ihr Körper reagierte nicht.

Wie ihre Augen schien er gar nicht mehr da zu sein!

Wieder stieg ein Schrei aus dem schwarzen Abgrund hervor, ein Schrei, der nur in ihrem Bewußtsein widerhallte und in der Schwärze um sie herum verklang.

Panik drohte sie zu lähmen, aber gerade noch rechtzeitig, bevor sie sich diesem Gefühl völlig unterwarf, einen Augenblick nur, bevor es ihr entsetztes Bewußtsein zerschmetterte, wehrte sie die Panik noch einmal ab. Denn sie war sicher, daß sie nie wieder aus der Dunkelheit auftauchen könne, wenn sie sich jetzt von ihrer Angst überwältigen ließe.

Die Panik war wie etwas Lebendiges, etwas, das sie umlauerte, eine schwarze, unsichtbare Hölle voller unbekannter Schrecken, die sie vereinnahmen wollten, sie betäuben wollten, um sie dann für immer in ihrer eigenen Furcht zu ertränken.

Die Panik war wie ein Abgrund, eine hoch aufragende Klippe, an deren Rand sie hin und her taumelnd stand. Ein Teil von ihr fühlte sich von der Tiefe angezogen und wollte sich dem langen, letzten Fall hingeben, während der andere Teil darauf bestand, daß sie zurückwich, daß sie sich von dem Abgrund zurückzog, bevor es zu spät war.

Ganz langsam bewältigte sie ihre Angst.

Es mußte einen Grund für das geben, was mit ihr geschah, eine Erklärung für das furchtbare Gefühl, allein in dieser endlosen Dunkelheit festzustecken.

Sie wollte nach ihrer Mutter rufen, in die dunkle Nacht hineinschreien, damit ihre Mutter käme, um ihr zu helfen, aber sie wußte, daß es keinen Sinn hatte.

Ihre Mutter würde sie nicht hören, denn sie konnte sich ja nicht einmal selbst hören.

Und ihre Mutter war zu Hause. Zu Hause in Los Angeles.

Sie dagegen war an der Akademie.

Aber sie war doch dabei gewesen, nach Hause zu fahren...

Sie hatte Hildie gesagt, daß sie wieder nach Hause wollte, und Hildie hatte sie mit in ihr Büro genommen, damit sie ihre Eltern anrufen könne.

Sie hatte aber ihre Eltern nicht angerufen. Sie war in Hildies Büro gewesen, und...

In ihrem Gedächtnis grub sie auf der Suche nach einem Bild von dem, was dann passiert war.

Und schließlich erschien ein Bild.

Ein Glas Wasser.

Hildie hatte ihr ein Glas Wasser gegeben, und sie hatte es in einem Zug ausgetrunken. Und dann war nichts mehr – bis sie in der fürchterlichen Dunkelheit erwacht war.

Betäubt.

Hildie mußte etwas in das Wasser getan haben.

Aber was?

Sie dachte darüber nach. Ein Betäubungsmittel? Irgendein Medikament? Was für eines?

Ein Narkotikum. Schlaftabletten.

Als sie das Wort in ihrem Bewußtsein artikulierte, formten sich neue Bilder. Die Schwärze umgab sie immer noch, aber jetzt erschienen in ihrem Kopf Listen mit Wörtern, fast als könnte sie sie sehen.

Sie konzentrierte sich darauf, und die Worte wurden deutlicher.

Thorazin.

Darvon.

Halcion.

Percodan.

Die Wörter kamen aus der Dunkelheit auf sie zu, Wörter, von denen sie noch nicht einmal wußte, daß sie sie gekannt hatte. Und doch wußte sie sogar, was sie bedeuteten.

Sie bezeichneten Medikamente. Schmerzstillende Mittel und Schlafmittel und Beruhigungsmittel. Während sie in ihrem Gehirn auftauchten, merkte sie plötzlich, daß sie genau wußte, wogegen jedes Mittel half und was es bewirkte.

Es war ein seltsames Gefühl. Fast war es, als läse sie aus irgendeinem Buch ab, das in ihrem Verstand aufgeschlagen lag.

Der Vorgang ähnelte ihrer Methode, komplizierte mathematische Aufgaben zu lösen. Sie stellte sich die Probleme im Kopf vor, dann bearbeitete sie sie, als hätte sie Stift und Block in der Hand. Das Bild erlosch nie, und die

Ziffern standen darin immer genau am richtigen Platz, bis sie die Lösung gefunden hatte.

Oder es war wie bei einem Geschichtstest. Sie beantwortete die Fragen, indem sie sich eine Abbildung des Textes ins Gedächtnis rief, den sie zuvor gelesen hatte. In Gedanken blätterte sie die Seiten durch, bis sie die richtige gefunden hatte, dann brauchte sie nur noch die Antwort abzulesen.

Amys Nachdenken bewirkte jetzt, daß die Panik ein wenig nachließ, und erneut versuchte sie, sich darauf zu konzentrieren, was mit ihr geschehen war.

Noch immer war das Dunkel um sie herum, aber sie merkte, daß sie es zurückzwingen konnte, indem sie sich etwas vorstellte. Dann sah sie Dinge vor ihrem inneren Auge, die sie mit den Augen ihres Gesichtes nicht mehr wahrnehmen konnte.

Sie stellte sich einen Strand vor, einen ganz breiten Strand mit feinem weißem Sand, dazu die Sonne, die von einem wolkenlosen, leuchtend blauen Himmel strahlte. Sanfte Wellen plätscherten leise.

Jetzt fügte sie sich selbst in das Bild ein und stellte sich vor, wie ihre Füße in den Sand sanken und wie sie dessen Wärme zwischen ihren Zehen spürte.

Vögel.

Es sollten noch Seevögel in dem Bild sein. Aber welche Art Vögel?

Sofort tauchten Bilder von Vögeln in ihren Gedanken auf. Es waren Vögel, die sie nie zuvor gesehen hatte, noch nicht einmal in Büchern. Und doch waren sie da, und es waren viele, und als sie einen nach dem anderen länger anschaute, erschienen in ihrem Kopf Informationen über jeden einzelnen.

Ihre Größe, ihre Farben, der Teil der Welt, aus dem sie stammten. Amy sah sogar Bilder ihrer Nester mit Eiern darin.

Aber woher kamen diese Bilder? Es war fast, als...

Sie bekam einen jähen Schreck, als sie plötzlich eine Idee hatte, die sie im selben Moment verwarf.

Und doch...

Sie erinnerte sich an eine Computer-Vorführung, die sie vor einem Monat mit ihrem Vater beim Einkaufen gesehen hatte. Dabei wurde eine CD-ROM demonstriert, die eine ganze Enzyklopädie auf einer einzigen Diskette enthielt. Alles war digitalisiert und miteinander verbunden. Wenn man ein Inhaltsverzeichnis aufrief, brauchte man nur mit der Maus auf die Wörter zu klicken und konnte sich ganz schnell tiefer und tiefer in die riesige Informationsmenge vorarbeiten. Man konnte sich Bilder ansehen, Tabellen und Graphiken studieren, sogar Musik hören oder Reden von Leuten, die schon lange tot gewesen waren, bevor Amy überhaupt geboren wurde.

Amy hatte ihren Vater begeistert angefleht, die Computer-Enzyklopädie für sie zu kaufen. Er hatte nur sein mysteriöses Lächeln aufgesetzt und gemeint, daß das ja vielleicht etwas wäre, worum sie den Weihnachtsmann bitten könnte.

Sie wußte im selben Augenblick, daß sie das digitale Lexikon von ihrem Vater zu Weihnachten bekommen würde. So hatte sie es erst einmal wieder vergessen, in ihrem Bewußtsein vergraben. Schon in ein paar Monaten würde sie ja den Player und die Diskette haben, angeschlossen an ihren eigenen Computer, der in ihrem Zimmer auf sie wartete.

An den Computer angeschlossen.

Was im Moment in ihrem Kopf passierte, war fast genau das gleiche, was geschehen war, als sie die Maus durch die Enzyklopädie auf der Diskette bewegte. Nur daß jetzt ihr Gehirn selbst die Maus war.

Ihre Gedanken begannen zu rasen, formten Bilder, stellten Verbindungen zu anderen Bildern her, lösten sie wieder auf und formten neue Bilder.

Eine Computermaus.

Eine echte Maus.

Eine Maus im Käfig.

Eine Katze im Käfig. Eine Katze, die gequält wurde, die eine Wahl treffen mußte.

Sie selbst, die eine Wahl treffen mußte.

Das hohe Sprungbrett; das Seil mit den Knoten. Das Gefühl der Panik, die sie überschwemmte.

Tränen.

Sie selbst, wie sie weinte und vom Schwimmbecken fort rannte.

Experimente.

Experimente über Intelligenz, über Reaktionen, über Entscheidungen.

Entscheidungen, die sie nicht treffen konnte.

Sie wollte die Schule verlassen, und Hildie hatte gesagt, daß sie das könne.

Und Hildie hatte ihr ein Betäubungsmittel gegeben. Eine hohe Dosis, genug, damit sie sofort bewußtlos wurde.

Also konnten sie die Schule nicht verlassen. Aber sie konnten sie doch nicht wie eine Gefangene dabehalten? Ihre Eltern würden kommen, um nach ihr zu sehen. Ihre Mutter würde wissen wollen, wo sie war.

Mehr Bilder erschienen.

Ein Begräbnis.

Adam Aldrichs Begräbnis.

Seine Mutter, die weinte.

Sie weinte um ihren Sohn, der gestorben war.

Gestorben?

War sie tot? War es das, was geschehen war? Nein, nicht tot. Wenn sie tot wäre, dann würde sie nicht allein sein. Sie wußte, wie es im Himmel aussah, und hundertmal hatte sie es sich in Gedanken vorgestellt. Dort gab es einen sanften grünen Grashügel, der mit wilden Blumen bedeckt war und auf dem zahme Tiere grasten. Auf seiner Spitze leuchtete ein Lichtstrahl, wie ein Regenbogen, der von einem wolkenlosen Himmel herab schien. Und dann gab es Engel, die auf sie warteten. Engel, die sie kannte – ihre Großmutter und ihr Großvater, die gestorben waren, als sie selbst noch so klein gewesen war, daß sie sich kaum an sie erinnern konnte. Und wenn sie tot wäre, dann würden sie dort oben auf dem Hügel im Licht des Regenbogens auf sie warten, mit ausgestreckten Armen, um sie zu umfassen und festzuhalten. Sie würden sie an dem neuen Ort, wo sie von jetzt an Leben sollte, willkommen heißen.

Sie war nicht im Himmel.

War sie in der Hölle?

Konnte es sein, daß die sie umgebende Schwärze die Hölle war?

Nein! Sie war nicht schlecht, also wäre sie auch nicht in die Hölle gekommen. Und wenn sie tot wäre, würde sie es fühlen. Sie würde es wissen. Und sie fühlte sich nicht tot.

Sie hatte das Gefühl zu leben, aber gefangen zu sein in einer Welt, die sie nicht verstand.

Eine Welt, in der sie keine Sinne hatte. Sie konnte nichts sehen, nichts hören, nichts fühlen, noch nicht einmal etwas riechen oder schmecken.

Und trotzdem lebte sie. Als würde ihr Bewußtsein außerhalb ihres Körpers existieren.

Außerhalb ihres Körpers!

Plötzlich erinnerte sie sich an Dinge, die sie gehört hatte, an einzelne Gesprächsfetzen.

»Vielleicht ist Adam ja gar nicht tot.«

»Vielleicht ist er nur fortgegangen.«

Aber sie hatten seine Leiche gefunden.

Seinen Körper, der von einem Zug zerschmettert worden war.

Was würde mit einem Körper passieren, wenn er von einem Zug angefahren wurde?

Sofort begannen Zahlen in ihrem Kopf herumzuschwirren. Das Gewicht einer Lokomotive, ihre Geschwindigkeit.

Die Festigkeit eines Knochens.

Sie bestimmte Faktoren, Koeffizienten, und die Zahlen wirbelten mit der Geschwindigkeit eines Computers durch ihr Hirn – bald hatte sie die Antwort.

Adams Schädel wäre zerschmettert worden und sein Gehirn ebenfalls. Auf der Stelle hätte ihn das getötet.

Aber wenn man sein Gehirn vorher aus seinem Kopf entfernt hatte, so wie ihr Körper von ihrem Gehirn abgetrennt zu sein schien...

Wieder rasten ihre Gedanken, formten Fragen, auf die die Antworten im selben Moment schon da waren.

Bilder menschlicher Anatomie tauchten in ihren Gedanken auf, Daten strömten durch ihren Kopf, ihr Verstand nahm alles auf, analysierte, integrierte es.

Sie verstand jetzt, wie die Systeme ihres Körpers arbeiteten.

Und wie wenig davon nötig war, um ihr Gehirn am Leben zu erhalten.

Und schließlich erfaßte sie in einem Moment schrecklicher Klarheit, was passiert war.

Die Dunkelheit war wirklich, denn sie hatte keine Augen mehr, mit denen sie sehen konnte.

Die Stille war wirklich, denn sie hatte keine Ohren mehr, mit denen sie hören konnte.

Sie hatte auch keine Finger oder Zehen mehr, keine Zunge und keine Kehle.

Keine Lunge, mit der sie atmen konnte, kein Herz, um Blut durch den Körper zu pumpen, den sie nicht mehr besaß.

Noch mehr Daten türmten sich auf, Daten, die ihr ungebundener Geist blitzschnell ordnete.

Woher kamen sie? Wo konnten all diese Daten aufbewahrt sein? Nicht in ihrem eigenen Kopf, denn die meisten waren ihr nicht vertraut. Es waren Informationen über Dinge, die ihr vorher nicht bekannt gewesen waren.

Datenbanken.

Sie kamen von Datenbanken, zu denen sie jetzt Zugang hatte.

Jetzt verstand Amy Carlson auch, wo sie war.

Sie existierte nicht mehr in der Welt, in der sie ihr Leben bisher verbracht hatte – in einer Welt mit Menschen und Tieren und Bäumen, mit schönen Landschaften und Geräuschen, die ihr Herz mit Freude erfüllten.

Jetzt war sie allein, gefangen in ewiger Dunkelheit, umgeben von... von was?

Fakten.

Daten.

Wissen.

Winzige Teilchen von Informationen, binäre Ziffern, die durch ein Universum elektronischer Impulse flirrten.

Aber im Herzen des Computers befand sich kein mächtiger Mikroprozessor, der aus Silikonchips mit Millionen von mikroskopisch kleinen Stromkreisen auf ihrer Oberfläche zusammengesetzt war.

Statt dessen war das Herz dieses Computers eine biologische Substanz, weitaus komplexer, als es ein Mikrochip jemals sein konnte.

Die zentrale Leitstelle dieses Computers war ein Gehirn.

Ihr Gehirn.

Wieder schrie sie, produzierte einen mächtigen Energieausbruch, der in ihrem Kopf explodierte, und ihre rasende Wut drang in jeden der winzigen Sensoren, die ihr Gehirn überwachten.

George Engersol und Hildie Kramer beobachteten den Monitor über dem Becken, in dem sich Amy Carlsons Gehirn befand, mit einer Mischung aus Faszination und Ehrfurcht.

Die Graphiken schienen zu explodieren, und Farben blitzten wie Feuerwerk über den Bildschirm. Rot und Violett ging in Grün und Orange über, eine Welle nach der anderen mischte sich, trennte sich, erlosch. Immer neue Muster stellten graphisch den Aufruhr dar, der sich in Amys Gehirn abspielte.

»Was ist los?« flüsterte Hildie. »Was passiert denn mit ihr?«

Engersols Augen blieben auf den Monitor gerichtet, auf dem die Ergebnisse seiner jahrelangen Forschungen zu beobachten waren.

»Ich kann mir vorstellen, daß sie gerade herausgefunden hat, wo sie ist und was mit ihr passiert ist«, sagte er. »Die Frage ist, ob sie es überleben oder ob es sie verrückt machen wird.«

Hildie runzelte die Stirn. »Aber was ist mit Adam? Er hat doch auch überlebt?«

Engersols Lippen verzogen sich zu einem Lächeln, dem jede Wärme fehlte. »Das ist schließlich etwas anderes. Adam wußte genau, was mit ihm passieren und wo er sich beim Aufwachen befinden würde.«

Er machte eine Pause und sagte dann: »Natürlich wollte Adam gar nicht mehr leben, er wollte hierher. Amy nicht.«

22

Margaret Carlson fragte sich, wie lange sie sich wohl noch würde beherrschen können. Sie saß auf einem Stuhl in Hildie Kramers Büro; als sie vor fünf Minuten in den Raum gekommen war, hatte sie die Geste der Hausmutter in Richtung des Sofas ignoriert. Auch Frank hatte sich nicht auf das Sofa gesetzt, er lief nervös im Büro auf und ab und blieb schließlich mit dem Rücken zum Zimmer vor dem Fenster stehen, als könnte er so vermeiden, der bitteren Wahrheit ins Auge zu sehen. Margaret hatte sich inzwischen für einen Stuhl mit gerader Lehne entschieden, auf dem sie jetzt in aufrechter Haltung saß. Vielleicht könnte die völlige Kontrolle über ihren Körper ihr helfen, auch ihre Emotionen zu beherrschen.

Sie befand sich am Rand der Hysterie.

Und wußte das genau. Sie spürte, daß die Reaktionen auf die Nachricht, die sie heute morgen am Telefon vernommen hatte, nur noch nicht voll hervorgebrochen waren, daß Gefühle um sie her lauerten, die auf sie einstürzen und sie in einen Abgrund des Kummers ziehen wollten, aus dem sie nicht mehr auftauchen könnte.

Bis jetzt hatte sie gegen die Hysterie angekämpft, indem sie die Tatsachen zurückwies und sich einredete, daß Amy gar nicht tot sein könnte, daß es sich um einen Irrtum handeln mußte.

Am Morgen, während der langen Fahrt zum Flughafen, als sie sich quälend langsam durch den Berufsverkehr auf dem San Diego Freeway vorwärts schoben, hatte sie sich nur an diesen Gedanken geklammert.

Es war ein Irrtum. Es war gar nicht Amy. Es war jemand anders, ein anderes kleines Mädchen mit roten Haaren.

Im Flugzeug nach Monterey hatte sie still neben Frank gesessen und seine Hand umklammert gehalten. Jedesmal, wenn er etwas sagen wollte, hatte sie ihn zum Schweigen gebracht, indem sie seine Hand noch fester drückte, bis sich ihre Fingernägel in sein Fleisch gruben.

Ein Angriff von Haien.

Frank hatte ihr erzählt, wie man Amy am Strand gefunden hatte: Kaum war er von Hildie Kramer telefonisch benachrichtigt worden, hatte er das Barrington Police Department angerufen und darauf bestanden, daß sie ihm alle Details mitteilten.

Verstümmelt.

Die ans Ufer gespülte Leiche war so verstümmelt, daß man sie fast nicht mehr identifizieren konnte. Sie wußten nicht genau, wie Amy gestorben war.

»Frag sie, ob ein Irrtum möglich ist!« flehte Margaret,

die dicht neben ihm stand, während er mit der Polizei sprach. Aus Franks Antworten konnte sie auf das schließen, was der Beamte am anderen Ende der Leitung ihm mitteilte. »Frag sie, ob es möglich ist, daß ein Irrtum vorliegt!«

Widerstrebend hatten sie zugestanden, daß es noch eine winzige Möglichkeit gebe, daß es sich bei der Leiche nicht um Amy handelte. Und an diese Chance hatte Margaret sich geklammert und sich geweigert zu akzeptieren, daß ihre Tochter – ihr einziges Kind, das einzige, das sie jemals haben *konnte* seit ihrer Krebserkrankung im letzten Jahr – tot war.

Jetzt hatte Hildie Kramer diese letzte, winzige Hoffnung zerstört. Sie hatte ihnen gesagt, es gäbe nicht den geringsten Zweifel mehr, daß das Mädchen, das die See heute morgen angespült hatte, ihre Tochter Amy wäre. Aber noch konnte Margaret die Hysterie, gegen die sie seit vier Stunden ankämpfte, in Schach halten. Dafür machte sich jetzt in ihrem Körper ein merkwürdiges Gefühl der Betäubung bemerkbar, das zuerst irgendwo in ihrer Magengrube zu spüren war und sich dann von dort ausbreitete, bis sogar ihre Fingerspitzen sich eiskalt anfühlten. »Wie ist das passiert?« flüsterte sie. »Wie konnte so etwas geschehen?«

Hildie Kramer rutschte auf ihrem Stuhl hin und her. Ihre mütterlichen Gesichtszüge trugen den der Situation angemessenen Ausdruck. Sie mußte das Gefühl vermitteln, daß der Verlust des Kindes für sie fast genauso niederschmetternd war wie für seine Eltern. »Gestern hat sich Amy über etwas aufgeregt«, begann sie. Sie wußte, daß sie den Carlsons sagen mußte, was passiert war, aber sie wählte ihre Worte sehr sorgfältig, um das Geschehen im besten Licht darzustellen. Langsam berichtete sie von dem Experiment, an dem Amy teilgenommen hatte, und betonte, daß ihre Mitwirkung völlig freiwillig gewesen wäre. »Es tut mir leid, daß ich Ihnen sagen muß, daß sie am Ende in Tränen ausbrach. Offensichtlich dachte sie, daß sie irgendwie versagt hätte – aber das Experiment war überhaupt kein Test. Es ging nur darum herauszufinden, auf welche Art Menschen Entscheidungen treffen. Jedenfalls habe ich nachher eine ganze Weile mit ihr gesprochen und konnte sie auch beruhigen. Dann allerdings ist sie nach unserem Gespräch offenbar allein weggegangen, und von dem Moment an haben wir ihre Spur verloren.«

Frank Carlson, der immer noch am Fenster gestanden hatte, drehte sich abrupt um und sah Hildie an. »Ihre Spur verloren?« wiederholte er. »Entschuldigung, aber würden Sie mir bitte erklären, was das bedeuten soll?«

Hildie holte tief Luft. »Es bedeutet, daß wir sie nicht finden konnten. Sie hat das Gelände verlassen und ist einfach verschwunden. Sicherheitsbeamte suchten die ganze Nacht nach ihr, und auch einige Kollegen haben auf eigene Faust nachgeforscht. Sogar ein Schüler hat mitgemacht.«

Margaret Carlson sah Hildie mit weit aufgerissenen Augen ungläubig an. »Wollen Sie damit sagen, daß Amy letzte Nacht vermißt wurde?« fragte sie. »Und da haben Sie uns nicht angerufen?«

Hildie zuckte hilflos die Schultern. »Vielleicht hätte ich es tun sollen – aber was hätte es genützt? Die Polizei war benachrichtigt, aber, offen gesagt, so wie die Umstände heute eben sind, wird nichts unternommen, bevor man ein Kind nicht mindestens schon seit vierundzwanzig Stunden vermißt hat. Es sei denn, es gibt eindeutige Hinweise, daß... nun, irgendeinen Verdacht, wenn Sie so wollen.«

»Also haben Sie überhaupt nichts getan«, sagte Frank Carlson. »Sie haben einfach ruhig dagesessen, während meine Tochter starb.«

»Wir haben alles getan, was wir konnten, Mr. Carlson«, sagte Hildie und verlieh ihrer Stimme eine Andeutung von Autorität, um das Gespräch wieder besser unter Kontrolle zu bekommen. »Wenn es nach mir gegangen wäre...«

»Aber was ist denn dann geschehen?« unterbrach sie Margaret. »Mir ist noch immer völlig unklar, wie sie eigentlich ins Meer geriet?«

Hildie fuhr sich nervös mit der Zunge über die Unterlippe. »Die Polizei ist noch mit der Aufklärung des Falls beschäftigt, aber es sieht so aus, als ob einer unserer Lehrer – Steve Conners – Amy gefunden hätte, entweder letzte Nacht noch oder heute ganz früh.«

Margaret Carlson starrte Hildie fassungslos an. »Er hat sie *gefunden*?« stieß sie hervor. »Aber wenn er sie gefunden hat...« Sie schwieg, plötzlich verwirrt. »Wo ist er denn? Warum ist er nicht...«

»Es tut mir sehr leid, aber ich fürchte, ich muß Ihnen noch etwas sagen, was äußerst unangenehm ist«, fiel Hildie Margaret ins Wort. »Wir glauben, daß Steve Conners auch tot ist.«

Frank Carlsons Blick wurde hart. »Tot? Wovon reden Sie da? Die Polizei hat mir nichts davon gesagt, daß...«

»Sie haben seine Leiche noch nicht gefunden, aber anscheinend waren Amy und er beide in seinem Auto. Man hat das Auto gefunden, es hat eine Absperrkette durchbrochen und ist die Klippe hinunter ins Meer gestürzt.« Sie redete stockend, als sie den Carlsons ihre sorgfältig konstruierte Geschichte erzählte. Absichtlich sagte sie so wenig wie möglich, und doch noch genug, um alles anzudeuten, was sie ausließ. Als sie schwieg, saßen Margaret und Frank Carlson vor ihr wie versteinert.

»Wollen Sie damit sagen, daß dieser Lehrer unsere Tochter womöglich belästigt hat?« fragte Frank Carlson schließlich.

Hildies Gesichtsmuskeln spannten sich. »Wir sind noch nicht ganz sicher, was passiert ist«, wiederholte sie geduldig. »Aber leider ist es so, daß diese Möglichkeit nicht ausgeschlossen werden kann.«

Margaret Carlson sank auf ihrem Stuhl in sich zusammen. Sie begrub ihr Gesicht in ihren Händen und schluchzte auf. »Nein«, stöhnte sie. »Nicht Amy. Nicht meine kleine Amy...«

Ihre Worte brachen abrupt ab, als ihr Mann ihre Schultern faßte und festhielt; mit seiner Geste erstickte er ihren Protest im Ansatz. »Wenn das stimmt, was Sie eben gesagt haben, Mrs. Kramer, dann können Sie gleich heute noch Ihre Schule schließen. Denn glauben Sie mir, wenn Sie es nicht tun, dann werde ich selbst noch diese Woche dafür sorgen!«

Hildie erhob sich und kam um den Schreibtisch herum. »Mr. Carlson, glauben Sie mir, ich weiß, wie Sie sich fühlen, aber bevor wir nicht genau wissen, was passiert ist...«

»Sie haben uns doch gesagt, was passiert ist«, entgegnete Frank Carlson mit vor Zorn rauher Stimme. Während Hildie regungslos an ihrem Platz vor dem Schreibtisch stehenblieb, zog Frank seine Frau hoch und stützte sie, während er sie zur Tür führte. »Komm, Margaret«, sagte er zu ihr. »Suchen wir uns einen Ort, wo wir bleiben können, während wir entscheiden, was wir unternehmen wollen.«

Hildie machte einen Schritt vorwärts und streckte ihre Hand aus, als wollte sie Frank Carlson zurückhalten. »Wir können das alles für Sie arrangieren, Mr. Carlson«, begann sie, aber Carlson, der schon an der Tür war, schüttelte den Kopf.

»Wir werden alles, was nötig ist, selbst arrangieren«, sagte er abweisend. »Ich finde, Sie haben hier schon genug angerichtet.«

Dann war er draußen, und Hildie blieb allein im Büro zurück.

Eigentlich hätte das, was passiert war, die beiden Carlsons, Frank und Margaret, fast handlungsunfähig machen sollen. Und bei Margaret war das auch der Fall.

Aber Frank war statt dessen wütend geworden.

Hildie dachte konzentriert nach, um zu entscheiden, was sie jetzt tun sollte.

Eigentlich mußte sie überhaupt nichts tun, denn trotz seiner Drohungen gab es wenig, was Frank Carlson gegen die Schule unternehmen konnte.

Letztendlich würde man Steve Conners die Schuld an Amys Tod geben, nicht der Akademie. Und das machte die Dinge für sie einfacher, als wenn alles nach ihrem ursprünglichen Plan verlaufen wäre.

Dann hätte Frank Carlson nämlich ein Verfahren gegen die Schule anstrengen können, weil sie nicht in der Lage gewesen war, Amys Selbstmord zu verhindern.

Aber für einen Mord konnte er nicht die Schule verantwortlich machen, denn bis zu diesem Morgen war Steve Conners Ruf makellos gewesen.

Nein, dachte Hildie befriedigt, Frank Carlson konnte überhaupt nichts tun.

Am späten Nachmittag desselben Tages lag Josh in seinem Zimmer auf dem Bett und versuchte, Klarheit in seine Gedanken zu bringen. Er konnte nicht glauben, daß das, was er an diesem Tag erlebt hatte, tatsächlich passiert war. Von dem Moment an, wo er sich umgedreht hatte und weggelaufen war, während Hildie mit dem Polizeibeamten sprach, baute sich in seinem Kopf ein Widerstand gegen die Darstellung der Polizisten auf. Und von da an erschien ihm alles, als sei es nicht ihm, sondern jemand anderem passiert.

Steve sollte Amy getötet haben?

Das war einfach nicht möglich!

Steve war Amys Freund und auch sein eigener Freund!

Das konnte nur ein Irrtum sein.

Vielleicht war das im Wasser gar nicht Steves Wagen! Oder jemand hatte Steves Wagen gestohlen.

Sie hatten Steve bisher noch nicht gefunden. Vielleicht war er gar nicht tot.

Sein Gehirn arbeitete wie wild, eine Idee nach der anderen schoß ihm durch den Kopf, während er sich einen Weg durch die Menge gebahnt hatte. Die Fragen, die von allen Seiten an ihn gerichtet worden waren, hatte er kaum wahrgenommen und überhaupt nicht darauf reagiert.

Vielleicht hatte Steve angehalten, um einen Tramper mitzunehmen, und der Tramper hatte ihn zusammengeschlagen und irgendwo an der Straße liegengelassen? Dann war er mit seinem Wagen losgefahren.

Steve könnte irgendwo bewußtlos liegen.

Josh war die Stufen hinaufgerannt und die Straße entlang in den Ort gelaufen. Vor jeder Kurve stieg erneut Hoffnung in ihm auf, jedesmal war er fast sicher, daß er an der nächsten Biegung Steve finden würde, der auf dem Seitenstreifen lag und gerade zu Bewußtsein kam.

Als er jedoch im Ort ankam und nichts Derartiges geschehen war, schwand seine Hoffnung. Nun machte er sich auf den Weg zur Akademie und versuchte, sich selbst einzureden, daß Steve dort sicher schon auf ihn wartete.

Aber auch wenn es so gewesen wäre – und das war es nicht – hätte es Amy nicht zurückgebracht.

Amy.

Das Bild ihres verstümmelten Körpers brannte noch ganz deutlich in seinem Gedächtnis. Er konnte die Knochen vor seinen Augen sehen, dort, wo das Fleisch abgerissen worden war.

Aber am intensivsten war der Eindruck von der leeren Höhlung, in der sich ihr Gehirn befunden hatte.

Den Rest des Tages, während er die Fragen zu beantworten versuchte, die ihm erst die Schüler der Akademie und dann die Polizeibeamten stellten, sah er dieses Bild immer wieder vor sich. Und als er immer und immer wieder die Geschichte erzählte, wie ihre Leiche genau zu seinen Füßen angespült worden war, sah er dabei nur das riesige Loch in Amys Schädel und die unheimliche Leere dort, wo eigentlich ihr Gehirn sein sollte.

Sein sollte, aber nicht mehr war.

Er erinnerte sich daran, was die Polizei gesagt hatte, daß irgendein Tier, vielleicht ein Seeotter, es gefressen haben könnte.

Selbst all die verwirrenden Fragen, die er versuchte zu beantworten, hielten seine Gedanken nicht davon ab, sich immer wieder mit dieser einen Sache zu beschäftigen. Und schließlich hatte er sich eine Stunde vor dem Abendbrot in sein Zimmer geflüchtet und darauf bestanden, allein zu sein, sogar Jeff Aldrich gegenüber.

Nun lag er auf dem Bett und überlegte, ob er seine Mutter anrufen sollte. Würde sie erfahren, was passiert war? Und wenn sie es erfuhr, wie würde sie reagieren?

Sie würde herkommen und ihn mit zurück nach Eden nehmen.

Aber er wollte nicht zurück nach Eden.

Jedenfalls noch nicht jetzt.

Nicht, bevor er herausgefunden hatte, was tatsächlich mit Amy passiert war – und natürlich auch mit Steve Conners!

Denn eine innere Stimme sagte ihm, daß nichts von dem, was die Polizei vermutete, stimmte.

Während er auf dem Rücken lag versuchte er, seinen Körper völlig regungslos zu halten, um sich zu beruhigen und sich besser auf die Gedanken konzentrieren zu können, die zwar schon in seinem Kopf gegenwärtig waren, ihm aber noch nicht klar genug schienen, um sie verstehen zu können. Er mußte es schaffen, daß sie deutlicher wurden.

Nach und nach kamen ihm jetzt Worte in den Sinn.

Adam wollte nicht sterben.

Er wollte nur nicht mehr auf dieser bescheuerten Welt sein.

Alles, was er hier mochte, war Dr. Engersols Seminar... und sein Computer.

Sein Computer. Konnte es damit etwas zu tun haben?

Wieder sah er ein Bild von Amys leerem Schädel vor

sich, aber dann wurde es durch eine andere Erinnerung ersetzt.

Die Katze.

Die Katze, mit der sie den ganzen Morgen gearbeitet hatten.

Der offene Schädel und die Zerstörung einzelner Hirnteile mit Laserstrahl.

Die Katze war blind und taub und konnte nichts fühlen.

Aber sie lebte noch.

Jetzt hörte Josh Dr. Engersols Stimme:

»Der weitaus größte Teil des Gehirns des Tieres ist mit der einfachen Aufgabe beschäftigt, auf Reize zu reagieren und die Körperfunktionen aufrechtzuerhalten.«

Engersols Stimme tönte weiter in Joshs Kopf, und er erinnerte sich Wort für Wort an das, was der Wissenschaftler heute morgen gesagt hatte. Und plötzlich, in einem Moment überdeutlicher Klarheit, stellte sich ein Zusammenhang zwischen allem her.

Das Experiment mit dieser Katze hatte mit künstlicher Intelligenz überhaupt nichts zu tun. Es war nur dazu gedacht, ihnen zu demonstrieren, was für ein großer Teil ihres eigenen Gehirns damit beschäftigt war, ihre Körper am Leben zu erhalten.

Aber wenn man keine Körper hätte...

Joshs Verstand arbeitete auf vollen Touren, und ein Gedanke erzeugte sofort den nächsten.

Wenn man ein Gehirn aus einem Körper entfernen und trotzdem am Leben halten könnte...

Jeffs Worte klangen ihm wieder in den Ohren: *Adam wollte nicht sterben. Alles, was er mochte, waren Dr. Engersols Seminar und sein Computer.*

War das möglich? War es das, was Adam getan hatte? Hatte er Dr. Engersol sein Gehirn aus seinem Körper entfernen und an einen Computer anschließen lassen?

Ein Frösteln überlief Josh, als er daran dachte. Das war nicht möglich, das *konnte* einfach nicht sein.

Oder doch?

Die Katze.

Der Körper der Katze war im Grunde genommen von ihrem Gehirn getrennt worden, aber das Gehirn war noch am Leben.

Und er hatte Amys Leiche gesehen, und das Gehirn war nicht mehr in ihrem Schädel.

Josh zuckte zusammen und sprang vor Schreck fast vom Bett, als ein leises Klopfen an der Tür seine Gedanken unterbrach. Dann hörte er Hildie Kramers Stimme. »Josh? Ich bin's, Hildie. Kann ich hereinkommen?«

Josh überlegte fieberhaft. Was sollte er tun? Sollte er vielleicht Hildie all die Fragen stellen, die ihn plötzlich bedrängten? Aber wenn sie womöglich über alles Bescheid wußte, was mit Amy passiert war?

Wenn sie Dr. Engersol geholfen hatte?

Er mußte so tun, als hätte er überhaupt keinen Verdacht! Wenn sie wüßte, was er vermutete...

Er stand vom Bett auf, ging zur Tür und öffnete sie einen Spalt. Hildie sah ihn besorgt an und drückte die Tür ganz auf. »Bist du okay, Josh?«

Josh trat einen Schritt von der Tür zurück und ließ Hildie herein.

»Ich... mir geht's nur nicht so besonders, das ist alles«, sagte er mit stockender Stimme.

»Natürlich nicht, das ist ja kein Wunder«, sagte Hildie in ihrem herzlichsten Ton. »Ich weiß genau, wie du dich jetzt fühlst. Amy gehörte schließlich zu deinen besten Freunden, nicht?«

Josh nickte und sagte nichts, aber seine Augen blieben auf Hildie gerichtet. Wieso war sie nach oben in sein Zimmer gekommen? Machte sie sich wirklich nur Sorgen seinetwegen, oder steckte etwas anderes dahinter?

»Ich habe mir gedacht, daß du vielleicht das Bedürfnis hast, darüber zu sprechen«, erklärte Hildie jetzt. Sie setzte sich aufs Bett und klopfte auffordernd auf den Platz neben sich. »Es ist furchtbar, daß dir das passieren mußte – sie so zu finden.«

Josh blieb an der Tür stehen. »Es geht schon«, sagte er. »Es ist nur... es ist nur ungeheuer schwer, sich an den Gedanken zu gewöhnen, daß Amy tot ist.«

Hildie nickte mitfühlend. »Und dann sieht es ja auch so aus, als hätten wir Mr. Conners nicht sehr gut gekannt, nicht wahr?«

Josh zögerte, dann brachte er es über sich, seinen Kopf zu schütteln. »Wahrscheinlich war er einfach nur nett zu mir, um Amys Vertrauen zu gewinnen.« Unauffällig beobachtete er Hildies Reaktion auf seine Worte.

Bildete er sich das nur ein, oder war da die Spur eines Lächelns um ihren Mund?

»Es ist furchtbar«, seufzte Hildie. »Aber so etwas gibt es leider manchmal...«

»Aber Amy...«

»Amy war ein wunderbares kleines Mädchen«, sagte Hildie. »Wir haben sie alle geliebt, und keiner von uns wird sie je vergessen.« Sie schwieg einen Moment, dann sah sie Josh tief in die Augen. »Hast du deine Mutter schon angerufen?«

Josh schüttelte den Kopf.

»Möchtest du das denn nicht?« fragte Hildie.

Josh seufzte tief auf. »Ich... ich weiß nicht«, antwortete er stockend. »Ich habe Angst, daß sie mich von der Schule nehmen wird, wenn sie hört, was passiert ist.«

»Und das möchtest du nicht?«

Josh schüttelte den Kopf. »Ich möchte gern hierbleiben«, sagte er. »Es gefällt mir hier.«

Hildie breitete die Arme aus. »Und mir gefällt es, dich hier zu haben«, erklärte sie. »So, ich glaube, du könntest jetzt gut vertragen, daß dich jemand in den Arm nimmt.« Sie lächelte ihn an. »Ich jedenfalls würde mir das wünschen, und von dir würde ich mich am allerliebsten in den Arm nehmen lassen.«

Josh überlief ein Frösteln.

Sie log.

Etwas in ihrer Stimme oder ihren Augen bewirkte, daß sich seine Nackenhaare aufrichteten.

Sie wollte überhaupt nicht umarmt werden. Sie wollte nur, daß er es dachte.

Aber warum?

Und im selben Moment wußte er die Antwort. Sie wollte herausfinden, ob er sie umarmen konnte oder ob er sie schon im Verdacht hatte und sich dagegen sträuben würde.

Josh schaffte es, daß ihm Tränen in die Augen stiegen, dann zwang er sich, zu Hildie zu laufen und seine Arme um ihren Hals zu werfen. Als sie ihre Hände auf seinen Rücken legte, lief ein Schauer durch seinen Körper, aber der Grund war nicht der Kummer über Amys Tod.

Josh schauderte vor lauter Angst bei dem Gedanken, was Hildie Kramer Amy angetan haben könnte.

Und was sie auch ihm antun könnte, wenn sie wüßte, was für einen Verdacht er hatte.

In dieser Nacht saß Josh MacCallum anstatt zu schlafen an seinem Computer.

Der Gedanke, der ihm in den Minuten gekommen war, bevor Hildie plötzlich an seiner Tür stand, hatte ihn den ganzen Abend nicht mehr losgelassen. Je länger er darüber nachdachte, desto mehr fiel ihm dazu ein.

Wenn er recht hatte, dann mußte es in den Computern, die über das ganze Gelände verteilt waren, irgendwo gut versteckt Dateien geben, die dazu benutzt wurden, Adams Gehirn – und jetzt auch das Amys – am Leben zu halten, obwohl ihre Körper tot waren.

Er mußte sie nur finden.

Aber wie?

Sein Blick fiel auf das Gerät zur Erzeugung von virtueller Realität. Er hatte es zusammen mit seinem neuen Computer bekommen, als er in das Seminar über künstliche Intelligenz aufgenommen worden war.

Es war das gleiche Gerät, das Adam Aldrich so sehr interessiert hatte.

Ob man es irgendwie benutzen konnte, um die Datenbänke der Computer zu durchforschen?

Er setzte das Programm in Gang und benutzte sein Modem, um die große Datenbank anzuzapfen, die sich in dem Labor für künstliche Intelligenz in dem neuen Flügel nebenan befand. Dort waren die verschiedenen Programme zur Erzeugung virtueller Realität gespeichert. Josh rief die Inhaltsverzeichnisse mit den Programmnamen auf und studierte die Listen.

Sein Blick blieb an einem Programm mit dem Namen ›Mikrochip‹ hängen.

Was konnte das sein? Vielleicht eine Art Trip in den Computer selbst?

Oder vielleicht kein Trip. Vielleicht eine neue Methode, um den Computer zu bedienen!

Joshs Puls schlug schneller, er startete das Programm, setzte den VR-Helm auf und steckte seine Hand in den Handschuh.

Eine fremde Welt tat sich vor seinen Augen auf, eine Welt, die aus schimmernden Bildern merkwürdiger labyrinthartiger Korridore zusammengesetzt war. Josh fühlte sich, als sei er in der Mitte des Labyrinths abgesetzt worden. Überall, wo er hinschaute, führten Wege von ihm fort, Wege, die wieder zu anderen Wegen führten, sich verbanden, sich kreuzten und umeinander wanden. Das Muster war so komplex, daß Josh es nicht verstand.

Er drehte seinen Kopf, und die Illusion, daß er innerhalb des Labyrinths seine Perspektive veränderte, war perfekt. Aber in allen Richtungen gingen nur noch mehr Wege ab, gab es noch mehr Verästelungen in dem Labyrinth.

Vorsichtig streckte er seine behandschuhte Hand aus.

Auf dem Bildschirm erschien nur Zentimeter von ihm entfernt eine andere Hand, eine Hand, die wie seine eigene zu reagieren schien. Jetzt konnte er die Wände des Labyrinths berühren.

Er bewegte seine Hand nahe an eine Oberfläche heran. Als er sich der schimmernden Wand näherte, fühlte er ein Kribbeln, als hätte er einen leichten Stromschlag bekommen.

Die Muster der Wege vor ihm veränderten sich.

Er berührte eine andere Wand, und wieder veränderte sich alles.

Schalter.

Was er berührte, waren Schalter, und jeder Schalter, den er berührte, verursachte eine Serie von Veränderungen.

Es war wie im Innern eines Computerchips, wo riesige Mengen an Informationen in digitaler Form gespeichert waren. Man erhielt Zugriff auf sie und konnte sie ordnen oder verändern, indem man eine der Millionen und Abermillionen elektronischer Schaltmöglichkeiten benutzte.

Josh begann, das Labyrinth zu erforschen. Eine nach der anderen berührte er die Wände, und mit jeder Berührung änderte sich das Muster. Nach einiger Zeit erkannte Josh ein Prinzip in den Mustern und fand Möglichkeiten, die gleichen Anordnungen zu wiederholen.

Plötzlich hörte er hinter sich eine Stimme.

Jeff Aldrichs Stimme.

Josh wirbelte herum und vergaß vor Schreck die Maske, die er aufhatte. Er erwartete, daß Jeff in der Tür zu seinem Zimmer stehen würde.

Aber Josh sah nichts anderes als immer neue Bereiche des elektronischen Labyrinths, das sich endlos um ihn herum auszubreiten schien.

Und jetzt sah er in einem der merkwürdigen, schimmernden Korridore ein Gesicht schweben.

Adam Aldrichs Gesicht.

Josh starrte mit weit aufgerissenen Augen das Gesicht des Jungen an, der vor mehr als einer Woche gestorben war.

Adam lächelte ihn an, aber das Lächeln ähnelte einer seltsamen Grimasse, die Josh einen kalten Schauer über den Rücken jagte.

»Gratuliere, du hast's raus«, sagte Adam.

Ohne nachzudenken, antwortete Josh der vertrauten Stimme.

»Adam?«

»Ja, ich bin's. Ich war schon gespannt, ob irgendeiner aus dem Seminar herausbekommen würde, wo ich hingegangen bin.«

»W... wie kannst du mich denn hören?« stotterte Josh.

Adam lächelte wieder. »In dem VR-Helm ist ein Mikrofon. Der Computer digitalisiert deine Stimme und sendet mir die Signale.«

»A... aber dein Körper ist doch tot«, stieß Josh hervor.

Über seine Kopfhörer kam ein kicherndes Geräusch. »Ist er das?« fragte Adam. »Du kannst mich doch sehen, oder?«

»Aber das ist nicht echt!« protestierte Josh.

»Nein, du hast recht«, räumte Adam ein. »Es ist nur ein Bild auf dem Monitor. Ich dachte, es ist für dich leichter, wenn du mich auch sehen kannst und nicht nur hören. Deswegen habe ich das Bild entwickelt. War keine große Sache.«

Josh spürte, wie ihm der Schweiß ausbrach, und er versuchte den Kloß hinunterzuschlucken, der in seiner Kehle saß. »Das... das ist nur ein Trick, nicht wahr?« fragte er mit flehender Stimme. Aber schon während er die Frage aussprach, wußte er, daß es nicht so war.

»Aber nein, es ist überhaupt kein Trick«, erwiderte Adam. »Ich lebe jetzt hier. Ich bin ein Teil des Computers.«

Joshs Magen zog sich zusammen. Entgegen seiner eigenen Gewißheit hatte er zutiefst gehofft, daß seine Vermutungen nicht zutrafen. »Ich... ich glaube dir nicht«, sagte er mit zitternder Stimme.

Adams Lächeln wurde breiter. »Möchtest du es sehen?«

»Was sehen?« Joshs Herz klopfte wie wild, und in seinem Kopf drehte sich alles. Teils wollte er den Helm abnehmen, den Handschuh von seiner Hand reißen und so weit wegrennen, wie er nur konnte, was auch immer sich hier abspielte. Aber anderenteils wollte er dableiben, wollte herausfinden, was wirklich passiert war.

»Alles, was du willst, Josh«, antwortete Adam, und seine Stimme wurde leiser und nahm einen verschwörerischen Tonfall an. »Alles, alles ist in den Computern, Josh. Alles, was es auf der Welt gibt. Und ich kann es dir zeigen. Was willst du sehen?«

»Ich... ich weiß nicht«, flüsterte Josh.

»Schlangen zum Beispiel? Das wär' doch was, ein paar schöne, große Schlangen?« Augenblicklich veränderte sich alles um Josh herum. Direkt vor ihm erhob plötzlich eine riesige Kobra ihren Kopf, und ihre Zunge schoß blitzschnell vor und zurück. Josh riß vor Schreck den Mund auf und wandte sich instinktiv ab, nur um einer sich ringelnden Klapperschlange gegenüberzustehen, deren zuckender Schwanz ein drohend rasselndes Geräusch machte.

»Nein!« schrie Josh. »Hör auf damit!«

Das Rasseln erstarb, und Josh hörte Adam wieder lachen, während das Bild der Klapperschlange sich in ein anderes verwandelte – in das von Adam selbst.

»Viel besser ist das noch, wenn du da bist, wo ich bin«, flüsterte Adam. »Von hier aus ist es nicht nur ein Bild, Josh. Es ist wirklich. Es spielt sich in deinem Gehirn ab anstatt auf einem Bildschirm vor deinen Augen, und es ist so wirklich, als würde es tatsächlich passieren. Man braucht keine Augen und Ohren, Josh. Man braucht überhaupt nichts. Alles, was man will, ist einfach da, man braucht es nur zu denken, damit es wirklich wird.«

»A... aber wie?« flüsterte Josh. »Wie funktioniert es?«

Wieder lächelte Adam ihn an. »Das kann ich dir nicht erklären«, sagte er. »Man kann es nur verstehen, wenn man es selbst tut. Und du kannst es tun, Josh. Du kannst auch herkommen.«

Joshs Herz klopfte rasend schnell. Es war unmöglich. Alles, was er im Moment hörte und sah, war doch einfach unmöglich.

Und doch geschah es. *Adam war da*, ein Bild von ihm, das so vollkommen war, daß Josh das Gefühl hatte, er könne ihn wirklich anfassen.

Seine behandschuhte Hand hob sich, und ein Bild seiner Hand hob sich gleichzeitig auf dem Bildschirm. Er streckte sie aus, aber als seine Finger schon fast Adam Aldrichs Gesicht berührten, erstarrte er. Über die Kopfhörer kam eine andere Stimme.

»Hilfe... bitte, helft mir...«

Josh gefror das Blut in den Adern, als er Amy Carlsons Stimme erkannte. Er riß den Helm vom Kopf und zog mit einem Ruck den Handschuh von der Hand. Aber während er seine zitternden Finger nach dem Computer ausstreckte, um ihn auszuschalten, wußte er ganz genau, daß das, was er gehört hatte, Wirklichkeit gewesen war.

Amy lebte noch irgendwo.

Aber wem könnte er das sagen?

Wer würde ihm glauben?

23

Hildie Kramer erwachte von dem hartnäckigen elektronischen Schnarren des Telefons neben ihrem Bett. Sie tastete in der Dunkelheit nach dem Hörer und hielt ihn ans

Ohr, ohne die Augen zu öffnen. Als sie jedoch George Engersols Stimme hörte, schlug sie rasch die Augen auf und saß im nächsten Moment aufrecht im Bett.

»Ich glaube, es wäre gut, wenn Sie gleich einmal herunterkommen könnten. Es gibt ein Problem.«

Sie mußte nicht erst fragen, wo er sich befand, allein das Wort ›herunter‹ sagte ihr, daß er sich in dem Laboratorium unter dem Keller des Hauses aufhielt. Während sie sich aus dem Bett mühte, sich schnell anzog und ihre Wohnung verließ, fielen die letzten Spuren des Schlafes von ihr ab. Leise lief sie die Treppen zum dritten Stock hinauf, anstatt den lauten alten Aufzug zu benutzen. Dann schloß sie die Tür zu Dr. Engersols Privatwohnung auf, rief dort den zweiten Fahrstuhl herbei, dessen Eingang hinter dem Bücherregal versteckt war, und fuhr hinunter in die Räume unter dem Keller. Sie fragte sich, was wohl passiert sein mochte, daß Engersol sie noch nach Mitternacht zu sich rief. Die Fahrstuhltüren öffneten sich. Hildie trat hinaus auf den gefliesten Gang und ging schnell zu dem Hauptlabor am Ende des kurzen Flurs. Als sie den Raum betreten hatte, blieb sie abrupt stehen und starrte auf den Monitor, der an der Wand über dem Bekken mit Amy Carlsons Gehirn hing.

Auf dem Monitor flackerte ein Bild. Erst konnte Hildie nicht erkennen, was es darstellte, denn es war verschwommen und veränderte sich ständig, wie eine Spiegelung auf der sich kräuselnden Wasseroberfläche eines Schwimmbeckens. Dann blieb das Bild einen Augenblick lang stehen.

Es war das blasse Gesicht eines kleinen Mädchens, eingerahmt von dichten roten Locken.

Amy Carlsons Gesicht.

Und doch auch wieder nicht.

Schon begann das Gesicht erneut zu flimmern, löste sich einen Moment auf, formte sich von neuem, und jedesmal war es ein klein wenig verändert.

»Was bedeutet das?« fragte Hildie leise.

Engersol stand mit dem Rücken zu Hildie, seine Augen auf den Monitor gerichtet, und antwortete, ohne sich umzudrehen. »Da ist Amy am Werk. Sie hat schon gelernt, wie man mit dem Graphikprogramm umgeht.«

»Aber das ist doch nicht möglich«, erwiderte Hildie. »Adam hat vier Tage gebraucht, bis er überhaupt entdeckt hatte, wie er den Computer für sich nutzen kann. Und Amy ist doch gerade erst erwacht.«

»Vor genau zwölf Stunden«, ergänzte Dr. Engersol.

»Kann sie uns hören?« fragte Hildie.

Engersol schüttelte den Kopf. »Das Tonsystem ist abgeschaltet. Ich habe sie schon den ganzen Abend beobachtet, und ich bin mir nicht sicher, was ich tun soll. Sie lernt viel viel schneller als Adam, es ist ganz unglaublich.«

Er reichte Hildie einen Stapel Computerausdrucke, die sie rasch durchsah, obwohl die meisten ihr wenig sagten. Auf der letzten Seite fand sie eine Tabelle, auf der die Lernkurven der beiden Gehirne in den Behältern miteinander verglichen wurden.

Adam Aldrichs Gehirn war die ersten zwei Tage, nachdem es in das Becken gelegt worden war, ganz ruhig geblieben. Erst am dritten Tag gab es Anzeichen dafür, daß es seine Umgebung zu erkunden begann. Zu der Zeit kamen durch die Kabel, an die das Hirn angeschlossen war und die zu den Computern führten, kaum meßbare elektronische Signale. Von da an führte die Kurve langsam, aber kontinuierlich aufwärts, während Adams Gehirn lernte, wie es in das vernetzte Computersystem gelangen konnte, von dem es jetzt selbst ein Teil war.

Ab dem vierten Tag hatte Adam nach und nach entdeckt, wie die Dateien, die er brauchte, ausfindig zu machen waren. Und er hatte gelernt, wie er mit ihnen umgehen mußte, um sich mit der Welt jenseits des Glasbekkens, in dem sein Gehirn jetzt lebte, in Verbindung zu setzen.

Es war weniger als achtundvierzig Stunden her, daß er die erste kurze Nachricht an den Computer seiner Mutter gesandt hatte, und erst gestern nachmittag hatte er begonnen, mit dem graphischen Programm des Croyden-Computers, der im angrenzenden Raum stand, zu experimentieren. Er konstruierte in seinem Gehirn komplexe Programme, die er dann an den Hauptcomputer schickte, der wiederum die Bilder erzeugte, die Adam sich vorgestellt hatte.

Von der zweiten Lernkurve, die auf der Tabelle dargestellt war, konnte Hildie ablesen, daß von Amy bereits in einem halben Tag fast alles erkundet worden war, wozu Adam beinahe eine Woche gebraucht hatte.

Hildie fuhr sich unbewußt mit der Zunge über die Unterlippe, während sie darüber nachdachte, was das bedeuten könnte.

»Lernt sie vielleicht von Adam?« fragte sie schließlich und legte die Blätter auf den Schreibtisch, neben dem sie stand.

»Ich glaube, das könnte ein Teil der Erklärung sein«, sagte Engersol nachdenklich. »Aber es gibt auf jeden Fall noch andere Faktoren.«

»Sie ist klüger als Adam«, sagte Hildie, stolz, daß ihr das einfiel. »Ihr IQ ist siebzehn Punkte höher als seiner.«

»Das kommt auch dazu. Aber ich glaube, es ist noch etwas... Sehen Sie sich das an.«

Er nahm den Stapel Papier wieder vom Schreibtisch, blätterte ihn schnell durch und zog ein einzelnes Blatt heraus. Hildie schaute darauf und erkannte sofort, was es darstellte. Es war ein teilweiser Ausdruck des Diagramms, das sie auf dem Monitor über Amys Becken gesehen hatte, als Amy heute nachmittag aufgewacht war. Während Hildie das Papier genau ansah, gab ihr Engersol ein zweites Diagramm, das die Aktivität von Adam Aldrichs Verstand zeigte, als er nach der Operation in dem Glasbecken erwacht war.

Amys Gehirn hatte eine wilde Aktivität entwickelt, und die entsprechenden graphischen Darstellungen zeigten dementsprechend ein bedeutungsloses, wirres Durcheinander. Adams Gehirnwellenmuster wiesen dagegen auf normale Aktivität hin und spiegelten die Muster eines menschlichen Verstandes wieder, der aus einem tiefen Schlaf erwacht.

Hildie sah Engersol an. »Ganz offensichtlich sehen Sie hier etwas, das ich nicht sehe. Es sieht aus, als wäre Amy verrückt geworden, nachdem sie erwacht war. Aber nach allem zu urteilen, was seitdem passiert ist, war das nicht der Fall.«

Engersols Finger deuteten auf die graphische Darstellung von Amys geistiger Verfassung bei ihrem Erwachen. »Wenn wir ausschließen, daß sie verrückt geworden ist«, sagte er, »was fällt Ihnen als erstes ein, wenn Sie sich das ansehen?«

Hildie warf noch einmal einen Blick auf die Graphik, dann sagte sie, ohne nachzudenken: »Ein Wutanfall.«

»Ganz genau«, stimmte Engersol zu. »Was Sie da sehen, ist ein äußerst wütendes Kind. Sie hat sehr schnell herausbekommen, was mit ihr passiert ist, und sie ist wütend darüber. Und jetzt versucht sie, etwas dagegen zu tun.«

Hildie zog die Augenbrauen zusammen. »Aber was?« fragte sie. »Was versucht sie denn zu tun?«

»Ich bin mir nicht sicher. Ich habe noch nicht mit ihr gesprochen. Deswegen habe ich Sie hergerufen. Ich möchte gern, daß wir beide hören, was sie sagt, und daß wir dann entscheiden, was getan werden muß.« Er setzte sich an den Schreibtisch und fing an, Anweisungen in die Tastatur zu tippen. Dann sprach er in ein kleines Mikrofon, das neben der Tastatur stand, während er den Blick auf den Monitor über Amys Becken gerichtet hielt.

»Amy, hier spricht Dr. Engersol. Kannst du mich hören?«

Kaum hatte er die erste Silbe ausgesprochen, verschwand das Bild von Amys Monitor. Ein paar Sekunden lang passierte überhaupt nichts, aber dann kam aus einem der Lautsprecher, die unter der Decke angebracht waren, ein Geräusch.

Es war kaum ein Flüstern; die Worte waren abgehackt und hatten einen monotonen Klang.

»Ich... höre... Sie.«

Hildie wollte etwas sagen, aber Engersol machte eine abwehrende Geste, dann beugte er sich näher zu dem Mikrofon. »Weißt du, wo du bist, Amy?«

Wieder gab es ein kurzes Schweigen, dann antwortete Amy: »Ich weiß es.«

»Möchtest du mir sagen, wo du bist?«

Abermals war es eine Zeitlang ganz still, aber schließlich sprach Amy doch. »Ich möchte nach Hause«, sagte sie.

Hildie Kramer und George Engersol sahen sich an. »Das kannst du nicht, Amy«, entgegnete Engersol ruhig. »Wenn du weißt, wo du bist, dann weißt du auch, daß du nicht nach Hause kannst.«

»Ich *will* aber nach Hause!« sagte Amy wieder. Ihre Worte bekamen jetzt mehr Nachdruck, und Hildie konnte den Amy eigenen störrischen Ton sogar in der digitalisierten Stimme erkennen. »Warum haben Sie mich hierhergebracht?«

»Wir konnten dich nicht nach Hause lassen, Amy. Wir brauchen dich. Was du jetzt machst, ist sehr, sehr wichtig. Verstehst du das?«

»Es ist wegen der Katze, stimmt's?« fragte Amy. Ihre Stimme hatte sich wieder verändert und einen klagenden, fast wehleidigen Ton angenommen. »Sie sind böse mit mir, weil ich das nicht gut fand, was Sie mit der Katze gemacht haben. Und Sie wollten nicht, daß ich irgend jemand weitererzähle, was Sie für Experimente machen.«

»Nein, Amy, so ist es überhaupt nicht«, erwiderte Engersol. »Ich bin dir nicht böse wegen dieser Katze.«

Jetzt schwieg Amy fast eine ganze Minute lang. Dann erwachte der Lautsprecher wieder zum Leben, und Amys Stimme knisterte vor Wut. »Ich kann Sie immer noch verraten. Ich kann es jedem erzählen, dem ich es sagen will. Ich brauche nur eine Nachricht loszuschicken.«

Engersol lächelte Hildie an. »Das ist richtig«, stimmte er zu, als befände er sich in einer Diskussion mit einem seiner Schüler. »Aber wer würde dir glauben? Adam hat schon einige Nachrichten übermittelt, aber niemand glaubt, daß sie wirklich von ihm sind. Alle denken, Jeff steckt dahinter.«

»Ich werde allen sagen, was Sie getan haben«, sagte Amy, und ihre Stimme wurde lauter. »Ich werde ihnen sagen, wo ich bin, damit sie kommen und mich holen können.«

»Das funktioniert nicht, Amy«, gab Engersol zurück. »Jetzt hör bitte ganz genau zu, denn ich werde dir sagen, was passiert, wenn du etwas Derartiges versuchst. Du bist jetzt nicht tot, Amy. Du lebst, und du lebst sehr intensiv. Aber wenn du versuchst, jemanden dazu zu bringen, herzukommen und dich zu finden, dann wirst du nicht mehr leben. Ich brauche nur die Zufuhr der Nährlösungen zu unterbrechen, Amy. Oder ich kann Gift in die Lösungen geben. Und dann stirbst du. Möchtest du das, Amy?«

Dieses Mal dauerte das Schweigen nur ein paar Sekunden. Der Monitor über Amys Becken erwachte zum Leben, und eine Liste von Dateinamen rollte so schnell über den Bildschirm, daß weder Engersol noch Hildie Kramer sie lesen konnten.

»Wissen Sie, was das ist?« fragte Amys Stimme aus dem Lautsprecher. Sie hatte jetzt denselben ein wenig herablassenden Ton, in dem Engersol eben gesprochen hatte, als er drohte, sie umzubringen. »Dies sind Ihre Programme, Dr. Engersol. Alle Programme, die für dieses

Projekt entwickelt wurden. Und wenn ich sterbe, werden alle diese Programme ausgelöscht. Wissen Sie, was dann passiert, Dr. Engersol? Adam wird auch sterben, und alles wird zerstört!«

Engersol schaute Hildie an, deren besorgtes Stirnrunzeln sich vertiefte.

»Das funktioniert nicht, Amy«, sagte er. »Du wirst nur Adam töten. Aber die Dateien können wieder aufgebaut werden, und das Programm wird weiterarbeiten.«

Das Bild auf dem Monitor über Amys Becken verschwand, und einen Augenblick darauf baute sich ein neues Bild auf.

Ein Bild Amys, aber nicht mehr undeutlich, als schwämme es auf dem Bildschirm. Jetzt war es scharf und klar, und Amys Augen schienen sich direkt auf Dr. Engersol zu richten.

»Sie hätten das nicht mit mir tun sollen, Dr. Engersol«, sagte sie, und ihre Stimme in dem Lautsprecher knisterte. »Ich habe Ihnen gesagt, daß ich nicht mehr an Ihrem Seminar teilnehmen will, und Sie wollten mich nicht gehen lassen. Es wäre aber besser für Sie gewesen, Sie hätten das getan, denn indem Sie mich hierher gebracht haben, machten Sie mich viel klüger, als ich vorher war.« Sie legte eine Pause ein, und das Bild auf dem Monitor veränderte sich und drückte deutlich die Wut aus, die sie empfand. »Ich bin jetzt klüger als Sie, Dr. Engersol. Und ich habe gelernt, den Computer zu benutzen. Also versuchen Sie ja nicht, mir irgend etwas anzutun, denn Sie wissen nicht, was passiert, wenn ich sterbe.«

Engersol schwieg betroffen, dann gab er schnell einen Befehl ein, um das Tonsystem abzuschalten. Er drehte sich zu Hildie um. »Nun?«

Hildies Augen richteten sich auf den Monitor, auf dem Amys Bild noch immer zu sehen war. Ihre Augen sahen auf sie herunter, als beobachtete sie jede Bewegung, die sie beide machten. »Kann sie uns hören?«

Engersol schüttelte den Kopf. »Ich habe das Mikrofon ausgeschaltet.«

»Kann sie das wirklich machen, womit sie gedroht hat?«

»Ich bin mir nicht sicher«, gab Engersol zu. Er dachte scharf nach, um herauszufinden, wozu Amys Verstand in der Lage sein könnte. »Ich denke, im Prinzip wäre das wohl möglich, aber...«

Plötzlich knackte es in dem Lautsprecher unter der Decke, und Amys Stimme füllte den Raum.

»Es *ist* möglich«, sagte sie. »Ich kann alles tun, was ich will.«

George Engersol und Hildie Kramer starrten einander betroffen an. Beide hatten sofort verstanden, was passiert war.

Amy Carlson hatte mit Hilfe ihres Verstandes und des Computers, an den sie angeschlossen war, das Mikrofon wieder eingeschaltet.

Sie hörte ihnen zu.

Um ein Uhr dreißig morgens saß Jeanette Aldrich im Wohnzimmer auf dem Sofa. Im Fernseher lief auf dem Kabelkanal der Universität ein alter Film, aber Jeanette achtete nicht darauf.

Sie war noch immer aufgewühlt von den Ereignissen dieses Tages. Als sie von Amy Carlsons Tod gehört hatte, war ihr erster Impuls gewesen, Jeff sofort von der Akademie zu nehmen.

Aber natürlich hatte sie im ersten Moment auch geglaubt, daß Amy Selbstmord begangen hatte. Als sie dann die Wahrheit erfuhr – oder zumindest die wenigen Dinge, die die Polizei wußte –, hatte sie beschlossen abzuwarten, zumindest bis feststand, was mit Amy wirklich passiert war.

Außerdem tönten ihr noch immer Jeffs Worte von heute morgen in den Ohren.

Wenn du mich von der Schule nimmst, dann mache ich das gleiche wie Adam!

Als er das gesagt hatte, war sein Gesicht vor Wut verzerrt gewesen und seine Fäuste geballt, als wolle er sie schlagen. Die Worte waren so schmerzhaft in ihr Gehirn gedrungen wie Kugeln in ihren Körper. Sie war so erschüttert gewesen, daß sie nicht mehr in der Lage war, zurück zur Arbeit zu gehen. Statt dessen war sie nach Hause gefahren, hatte sich allein in dieses Zimmer gesetzt, aus dem Fenster gestarrt und sich gefragt, wie es kam, daß eines ihrer Kinder gestorben war und das andere ihr völlig entglitten zu sein schien.

Ob er es wirklich tun würde?

Schließlich wühlte sie die Prüfungsarbeit, die sie am Tag zuvor kopiert hatte, aus den Tiefen ihrer Tasche und vertiefte sich darin. Während sie die Fallgeschichten der Kinder las, die an der Akademie gewesen waren und sich das Leben genommen hatten, versuchte sie, Parallelen zwischen ihnen und ihrem verbleibenden Sohn herzustellen.

Sie hatte erst die Hälfte der Arbeit gelesen, als das Telefon läutete und sie davon unterrichtet wurde, daß man auf dem Strand unterhalb der Klippe nördlich von Barrington Amy Carlsons Leiche gefunden hatte.

Erst spät in der Nacht, nachdem Chet zu Bett gegangen war, kam sie nun dazu, wieder zu der Prüfungsarbeit zurückzukehren und sie zu Ende zu lesen. Und so saß sie jetzt vor dem Fernsehgerät, ohne etwas zu sehen, und versuchte, das Gelesene in einen Zusammenhang mit ihrem Leben zu bringen.

Es gab gewisse Gemeinsamkeiten zwischen allen Fällen, die sie gelesen hatte. Alle Kinder hatten wie Adam schon einen Selbstmordversuch hinter sich.

Alle hatten wie Adam wenig Freunde und verbrachten den größten Teil ihrer Zeit vor ihren Computern, beschäftigten sich lieber mit den Programmen und Spielen als mit Menschen.

Aber niemand von den untersuchten Fällen, sagte sich Jeanette, war wie Jeff, der im Gegensatz zu seinem Bruder freundlich und umgänglich war und dauernd Unsinn im Kopf hatte.

Jeff war zweifellos ein Typ, der sich solche Streiche ausdenken würde wie den, unter dem sie gerade so gelitten hatte.

Aber nach dem zu urteilen, was sie gelesen hatte, ließen seine Eigenschaften ganz und gar nicht darauf schließen, daß er selbstmordgefährdet war.

Adam, ja.

Jeff, nie.

Jeanette fühlte sich nun zumindest etwas beruhigt. Erschöpft von den wirren Geschehnissen des Tages, nahm sie die Fernbedienung und schaltete den Ton ein. Der Film war einer jener Schwarzweißfilme, in denen Frauen mit gezupften Augenbrauen und breitschultrigen Kleidern endlos Zigaretten rauchten und an Martinis nippten. Ihr Leben schienen sie hauptsächlich in Nightclubs zu verbringen.

Jeanette überlegte sich, daß es Hunderte von Filmen wie diesen geben mußte.

Sie wollte gerade den Kanal wechseln, als sich das Bild plötzlich änderte.

Adam erschien auf der Mattscheibe, gekleidet in eines seiner T-Shirts und die Jeans, die er fast immer trug.

»Nein!« schrie Jeanette. »Schluß damit! Wer auch immer mir das antut – bitte aufhören!« Sie griff nach der Fernbedienung, drückte hektisch darauf herum und fand endlich den richtigen Knopf. Das Bild erlosch.

»Jeanette? Liebling, was ist los?«

Sie hörte Chet von oben nach ihr rufen, aber sie konnte nicht antworten. Ihre Augen hingen noch immer am Fernseher, ihr Herz raste, und sie kämpfte dagegen an, völlig die Nerven zu verlieren. Sie warf die Fernbedienung auf den Boden, legte die Hände vors Gesicht und fing an zu schluchzen. Gleich darauf stand Chet im Zimmer und schaltete die Deckenbeleuchtung an.

»Jeanette? Liebling, was ist denn? Was ist passiert?« Er setzte sich neben sie auf das Sofa und nahm sie in die Arme.

Jeanette konnte eine Zeitlang vor lauter Schluchzen nicht sprechen, dann stieß sie schließlich hervor: »O mein Gott, Chet! Ich glaube, ich werde verrückt!«

»Pscht«, sagte Chet leise und besänftigend. »Ist ja schon gut. Du wirst nicht verrückt. Beruhige dich erst einmal, und dann erzähl mir, was passiert ist.«

Jeanette atmete ein paarmal tief durch, aber als sie sprechen wollte, saß ihr ein Kloß in der Kehle, und sie brachte keinen Ton heraus. Erst nach einigen Anläufen hatte sie sich soweit unter Kontrolle, daß sie Chet erzählen konnte, was passiert war.

»Ich konnte nicht schlafen, also bin ich runter gegangen und hab' mir einen Kaffee gemacht. Dann habe ich den Fernseher eingeschaltet. Es... es gab einen Film. So einen, wo Barbara Stanwyck alle Männer umbringt, die sie heiratet. Und dann... dann...« Wieder konnte sie nicht weitersprechen, ihre Kehle war wie zugeschnürt.

»Liebling, es ist alles in Ordnung. Sag mir nur, was passiert ist.«

Jeanettes Augen weiteten sich bei der Erinnerung, und sie sah Jeff flehend an. »Adam«, flüsterte sie. »Er war im Fernsehen.«

Chet verzog ungläubig das Gesicht. »Adam?«

»Im Fernsehen«, wiederholte Jeanette flüsternd. »Der Film hörte auf, und plötzlich war er da.«

Chet schüttelte den Kopf. »Liebling, du weißt, daß das unmöglich ist. Du mußt eingenickt sein und geträumt haben...«

»Nein!« sagte Jeanette jetzt laut. »Es war kein Traum, ganz sicher nicht. Hier! Sieh selbst!« Sie bückte sich, hob die Fernbedienung vom Boden auf und schaltete das Gerät ein. Der Fernseher gab ein leises Klicken von sich, dann wurde der Bildschirm hell. Ein Bild erschien...

Ein Bild von Barbara Stanwyck in schwarzweiß. Haßerfüllt sah sie den Mann an, dessen Arme um sie geschlungen waren. Gleich darauf küßte sie das Objekt ihres Zorns.

Jeanette starrte auf den Bildschirm. »O Gott, Chet«, sagte sie leise. »Glaubst du, daß ich vielleicht wirklich verrückt werde?«

»Was ich denke«, sagte Chet und stand auf, »ist, daß du ziemlich mit den Nerven am Ende bist, daß du eine schöne lange Nacht Schlaf bräuchtest, aber daß das wohl nicht klappen wird. Also werde ich mir lieber auch eine Tasse Kaffee machen, damit ich mit dir aufbleiben und dich davon überzeugen kann, daß du eine ganz normale, allerdings sehr müde Frau bist. Bin gleich wieder da.« Er wollte zur Tür gehen, aber noch auf halbem Weg hörte er ein unterdrücktes Ächzen von Jeanette. Als er sich umdrehte, starrte sie mit geweiteten Augen auf den Fernseher.

Seine Augen wanderten zu dem Apparat.

Und jetzt sah auch er Adam.

Sah ihn und hörte ihn.

Aus dem Lautsprecher des Fernsehers kam die Stimme seines Sohnes und erfüllte den Raum.

»Hallo, Mama. Hallo, Papa. Ich nehme an, daß ich Mama einen Schrecken eingejagt habe und daß sie den Fernseher abgestellt hat. Aber vielleicht seid ihr ja jetzt beide da. Wenn ja, und wenn ihr mit mir sprechen wollt, schaltet den Computer an.«

»Das ist total verrückt«, sagte Chet kaum hörbar und sank zurück auf das Sofa. »Was zum Teufel ist hier los?«

»Das ist Adam«, flüsterte Jeanette. »O mein Gott.«

»Das ist überhaupt nicht Adam«, sagte Chet, und seine erste Bestürzung beim Anblick des Fernsehbildes verwandelt sich in Wut. »Es ist der nächste verdammte schlechte

Scherz, den Jeff sich erlaubt, aber diesmal habe ich ihn!« Er nahm die Fernbedienung vom Kaffeetisch, schaltete den Videorecorder ein und drückte den Knopf, der die Aufzeichnung des Fernsehbilds startete.

»Wollt ihr nicht mit mir sprechen?« sagte Adam, und seine Stimme klang traurig. »Ihr braucht doch nur den Computer einzuschalten.«

»Oh, wirklich?« sagte Jeff sarkastisch. »Na gut, dann schalten wir doch mal den Computer ein.« Er ging zum Schreibtisch und schaltete den Macintosh ein, den er erst vor ein paar Monaten gekauft hatte. Das Betriebssystem baute sich auf, und sofort hörte man ein Piepen, als das Modem einen Ruf von außen beantwortete. Gleich darauf erhellte sich der Monitor, und der Cursor blinkte langsam. Chet setzte sich, dachte eine Sekunde nach und tippte dann schnell in die Tastatur:

HIER IST PAPA, Jeff. UND ICH BIN GANZ SCHÖN SAUER AUF DICH.

»Ich bin nicht Jeff, Papa«, sagte Adam vom Fernsehtisch aus. »Ich bin Adam.«

Chet zögerte, dann schrieb er:

HÖR ENDLICH AUF MIT DIESEM VERDAMMTEN MIST. DU MACHST MICH VERDAMMT SAUER UND TUST DEINER MUTTER WEH. DAS IST NICHT EIN BISSCHEN KOMISCH.

Der Ausdruck von Adams Gesicht im Fernsehen veränderte sich. Sein Lächeln verschwand, und in seinen Augen glitzerten Tränen. »Ich will niemandem weh tun«, sagte er. »Ich wollte Mama nur sagen, daß es mir gutgeht, das ist alles.«

Jeanettes Körper wurde von Schluchzen geschüttelt, und Chet stöhnte auf.

Er schrieb:

ADAM IST TOT. DU WARST BEI SEINEM BEGRÄBNIS UND WIR AUCH. DAS REICHT JETZT. ICH WEISS NICHT, WIE DU DAS MACHST, ABER GLAUB MIR, ICH WERDE DAHINTERKOMMEN.

»Aber ich bin's wirklich, Papa«, sagte Adam mit zitternder Stimme. »Ich kann's beweisen. Fragt mich etwas, was ich wissen müßte und was Jeff nicht weiß!«

»Mein Gott«, sagte Chet mit gepreßter Stimme. »Das reicht! Ich schalte diesen verdammten Apparat jetzt...«

»Nein!« Jeanette wandte sich vom Fernseher ab. Ihre Wangen waren tränenüberströmt. »Liebling, warte. Was... was, wenn es wirklich Adam ist?« Sie suchte krampfhaft nach einer Frage, die Adam beantworten könnte und Jeff nicht. Bevor ihr etwas einfiel, sprach Adam wieder.

»Mama, erinnerst du dich, als ich fünf war? Erinnerst du dich daran, wie ich aus der Vorschule nach Hause kam, weil ich mir in die Hosen gemacht hatte und wie du versprochen hast, es niemals jemandem zu erzählen?«

Jeanette erstarrte.

Sie erinnerte sich genau daran. Es war am Vormittag gewesen, und Adam kam durch die Hintertür herein und schluchzte vor Beschämung über das Unglück, das ihm gerade vor der Pause in der Vorschule passiert war. Er hatte gewartet, bis alle anderen die Klasse verlassen hatten, dann war er die drei Straßen nach Hause gelaufen und hatte gebetet, daß ihn niemand sah. Aber wovor er am meisten Angst hatte, war, daß sein Bruder dahinterkommen und sich über ihn lustig machen würde. »Er wird es sonst allen erzählen«, hatte der kleine Junge seine Mutter angefleht.

Jeanette wußte, daß er recht hatte. Seit sie sprechen konnten, hatte Jeff ein merkwürdiges Vergnügen daran gefunden, seinen Bruder solange zu ärgern, bis er in Tränen ausbrach. Und dann amüsierte er sich köstlich über Adams Wut. Also hatte Jeanette Adam geholfen, sich zu säubern und frische Kleider anzuziehen, und dann hatte sie ihn den Rest des Tages zu Hause behalten und Jeff erklärt, daß Adam Magenschmerzen habe.

Damit war die Geschichte beendet gewesen, und nie wieder hatten sie beide sie erwähnt.

Bis jetzt.

»Er ist es«, flüsterte Jeanette. »O Gott, Chet, er ist es.«

Chets Ausdruck wurde hart. »Er ist es nicht, Jeanette! Es ist Jeff, verdammt noch mal! Ich weiß nicht, wie er das macht, aber verlaß dich drauf, ich werd's rauskriegen! Und ich will jetzt nichts mehr von diesem verdammten Ding hören!«

»Ich wollte nur, daß du weißt, daß es mir gutgeht, Mama«, sagte Adam noch einmal. »Ich bin nicht tot. Wirklich, bin ich nicht. Ich bin...«

Der Bildschirm wurde dunkel, als Chet den Fernseher ausschaltete. Er nahm die Kassette aus dem Videorecorder und legte sie in die abgetragene Aktentasche, in der er seine Papiere und Vorlesungsaufzeichnungen aufbewahrte. »Morgen früh werde ich als erstes in die Schule gehen und rauskriegen, warum Jeff die Möglichkeit hat, so was zu machen«, sagte er. »Und wenn ich dahinterkomme, daß ihm womöglich Kinder von der Schule helfen, dann werden einige Barrington verlassen müssen. Ich hab' ja schon von manchen bösen Scherzen gehört, aber das übertrifft bei weitem alles.«

Jeanette starrte auf den dunklen Fernseher.

Chet hatte natürlich recht. Es war ein Scherz gewesen.

Und doch hatte sie die ganze Zeit über, während sie Adam ansah und ihm zuhörte, das merkwürdige Gefühl gehabt, daß es kein Scherz war.

Sie hatte das Gefühl gehabt, einen Schatten anzusehen.

Den Schatten eines Toten.

24

Vor Dr. Engersols Büro blieb Jeanette Aldrich zögernd stehen. »Meinst du wirklich, wir sollten gleich zu ihm gehen?« fragte sie Chet mindestens zum vierten Mal heute morgen.

»Ich spreche nicht mit Jeff, bevor ich nicht weiß, wie so etwas überhaupt passieren kann«, antwortete Chet, und seiner Stimme war anzuhören, daß er noch immer sehr wütend war. »Und wenn Engersol mir nichts dazu sagen kann, weiß ich genau, was ich mache.« Ohne Jeanette Zeit für eine Erwiderung zu lassen, stieß er die Tür auf und führte sie in das Büro.

Eine halbe Stunde später saß Dr. Engersol hinter seinem Schreibtisch und sah die Videokassette zum zweiten Mal an. Als die Aldrichs eingetroffen waren – sie hatten unangemeldet ein Gespräch unterbrochen, daß sowohl er als auch Hildie nur äußerst ungern aufschoben –, hatte er ihnen geduldig zugehört, während sie ihm erzählten, was am frühen Morgen passiert war. Nachdem er die Kassette gesehen hatte, war Engersol sofort klargewesen, was Adam getan hatte. Er drehte sich zu Chet und Jeanette um. »Ich verstehe überhaupt nicht, was Jeff sich dabei gedacht hat«, sagte er kopfschüttelnd, und seine Stimme und sein Gesicht drückten Mitgefühl aus. »Ich weiß, daß meine kleinen Genies hier so einige verrückte Sachen ausgeheckt haben, aber das ...« Wieder schüttelte er den Kopf und seufzte tief. Dann wandte er sich zu Hildie um. »Hildie, ich glaube, wir sollten gleich mit Jeff sprechen. Würden Sie ihn bitte holen? Je schneller wir das hinter uns bringen, desto besser für uns alle, finden Sie nicht?«

Hildie zögerte nur eine Sekunde, aber Dr. Engersols Blick ließ keinen Zweifel daran, daß er sich nicht von seiner Absicht abbringen lassen würde. Bevor sie aus der Tür war, hielt Engersol sie noch einmal zurück. »Und, Hildie, ich glaube, Sie können den anderen gleich sagen, daß das Seminar heute morgen ausfällt. Geben Sie ihnen die Stunde frei, und bringen Sie jetzt Jeff her.«

Obwohl Hildie vor Mißmut rot geworden war, als Engersol mit ihr sprach wie mit einem x-beliebigen seiner Mitarbeiter und nicht wie mit einer besonders wichtigen Kollegin, nahm sie seine Anweisungen stumm entgegen.

Schon bald war sie wieder da, denn das Seminar fand nur ein Stockwerk tiefer statt. Jeff Aldrich, den sie mitbrachte, sah verärgert aus.

»Wieso bist du jetzt schon wieder sauer mit mir?« fragte er, sobald er im Zimmer war. Breitbeinig stellte er sich vor seinen Vater hin und funkelte ihn an. »Ich habe überhaupt nichts gemacht!«

»Lüg mich nicht an, Jeff«, hatte Chet so scharf geantwortet, daß der Junge zurückwich. »Lassen Sie bitte die Kassette noch einmal ablaufen, Dr. Engersol. Er soll gleich sehen, daß es diesmal einen Beweis gibt.«

Wortlos hatte Engersol das Band zurückgespult und es erneut abgespielt. Verstohlen beobachtete er dabei Jeff Aldrichs Gesicht.

Schon nach ein paar Sekunden schaute Jeff ihn an, und ihr Blick besiegelte ein unausgesprochenes Einverständnis.

Jeff hatte sofort verstanden, was passiert war. Aber wie sollte er sich jetzt verhalten?

Die Kassette war zu Ende. Ein unheilvolles Schweigen hing in dem Raum, das Chet schließlich brach.

»Nun?«

Jeff sah seinen Vater an, und seine Augen verengten sich. »Wo hast du das her?« fragte er.

Man sah George Engersols Gesicht nicht die große Erleichterung an, die er in dem Moment empfand. Jeffs Stimme beinhaltete genau das richtige Maß an Verteidigung und genau das richtige Maß an Schuldbewußtsein. Und auch Chet Aldrich hatte das bemerkt.

»Du weißt verdammt gut, woher ich das hab', Jeff«, sagte Chet. »Die Frage ist, wie hast du das gemacht?«

Jeff zögerte gerade lange genug, bevor er antwortete. »Was gemacht? Ich weiß nichts davon. Sah wie Adam aus, oder?«

Jeanette Aldrich, die auf dem Sofa gegenüber saß, zuckte bei den Worten ihres Sohnes zusammen. »Jeff, warum tust du mir das an?« fragte sie mit zitternder Stimme.

»Also komm, Mama«, stöhnte Jeff. »Wie sollte ich so was denn machen? Was glaubt ihr denn, was ich getan habe? Glaubt ihr, ich hab' Adams Klamotten angezogen und mich dann vor 'ne Videokamera gesetzt oder so was?«

»Ganz genau das denke ich«, antwortete Chet, bevor Jeanette etwas sagen konnte. »Wir wissen alle, daß du ein Experte im Computerhacken bist. Und du wirst uns jetzt ganz genau erzählen, wie du es fertiggebracht hast, diese Bilder auf das Kabelprogramm bei uns zu Hause zu überspielen.«

Jeff sah jetzt streitlustig aus. »Und wenn ich das nicht tue?« fragte er. »Was passiert, wenn ich von all dem Zeug überhaupt nichts weiß?«

»Das tust du aber«, entgegnete Chet. »Und da du schon fragst, werde ich dir genau sagen, was passiert. Du wirst mit uns nach Hause kommen, Jeff. Wir werden dich auf der Stelle von dieser Schule nehmen. Nicht heute nachmittag oder morgen, sondern jetzt sofort. Du kommst mit nach Hause, und du wirst da bleiben und kommst nicht raus, bis du dich entschlossen hast, uns zu sagen, wie du das gemacht hast.«

»Meine Güte, Papa«, stöhnte Jeff. »Das ist nicht fair! Ich habe überhaupt nichts getan!«

Chet stand abrupt auf. »Okay, Jeff, das reicht. Komm

jetzt.« Jeff öffnete den Mund, aber bevor er sprechen konnte, brachte Chet ihn mit einer Geste zum Schweigen. »Und ich will keine so hinterhältige Drohung hören wie die, daß du dich umbringen wirst. Du hast deine Mutter damit gestern sehr verletzt, aber bei mir funktioniert das nicht. Ich kenne dich, Jeff. Du bist nicht wie Adam. Adam hat alles für sich behalten, und nie hatte er das Gefühl, daß die andern ihn mochten. Aber du bist genau das Gegenteil. Du denkst, die ganze Welt liegt dir zu Füßen, und alle finden dich großartig. Aber ich finde dich im Moment alles andere als großartig. Hast du das verstanden?«

Jeffs Gesicht verzog sich zu einer wütenden Grimasse. Abrupt drehte er seinen Eltern den Rücken zu und lehnte sich zu Dr. Engersol vor. »Werden Sie etwa zulassen, daß sie das tun?« fragte er. »Werden Sie erlauben, daß sie mich von der Schule nehmen?«

Engersol zuckte hilflos die Schultern. »Sie sind deine Eltern, Jeff. Sie haben das Recht, dich mit nach Hause zu nehmen. Und daran hättest du denken sollen, bevor du dir das gestern nacht geleistet hast. Es tut mir leid«, sagte er und stand auf, »aber ich glaube, daß es dir vielleicht ganz guttut, eine Zeitlang zu Hause zu sein und über das nachzudenken, was du getan hast. Und darüber nachzudenken, wie du dich demnächst verhalten willst.«

Jeff stand einen Moment regungslos, das Gesicht vor Wut verzerrt. Aber bevor er sich wieder umdrehte, zwinkerte er Engersol kurz zu.

Chet und Jeanette Aldrich konnten das Zwinkern nicht sehen, aber George Engersol verstand seine Bedeutung genau.

Jeff würde seine Rolle spielen.

Sobald die Aldrichs gegangen waren, hatte Engersol Hildie Kramer zurück in ihr Büro begleitet. Dann fuhr er mit dem klappernden alten Fahrstuhl in seine Wohnung und ging sofort zu dem Bücherregal, das den anderen Aufzug verbarg. Er drückte den Knopf, trat in den Fahrstuhl und drückte einen anderen Knopf, damit sich das Regal wieder schloß. Während er in sein Laboratorium unter dem Keller des Hauses fuhr, trommelte er ungeduldig mit den Fingern gegen die Fahrstuhltür. Im Laboratorium warf er einen schnellen Blick auf die Monitore, die jeden Aspekt der physischen Kondition der beiden Gehirne darstellten, dann blieb er einen Moment vor den Behältern stehen, um die Organe selbst zu bewundern.

Sie wirkten in ihrer Perfektion fast künstlich. Seltsam wie ineinander verschlungen die Falten ihrer Hirnlappen waren und damit die Gesamtoberfläche um das Zehnfache vergrößerten.

Beide Hirne, von der Einengung ihrer Schädel befreit, schienen sich auszudehnen. Es sah aus, als weiteten die Falten sich, als vergrößerten sich die Oberflächen...

Adams Hirn war größer als Amys, und Dr. Engersol hatte den Eindruck, daß es über Nacht gewachsen war. Er kontrollierte, wieviel Flüssigkeit es verdrängte, und fand seine Vermutung bestätigt. Allerdings war die Vergrößerung geringer, als er gehofft hatte. Trotzdem, Adams Gehirn wuchs, und auch das Amys dehnte sich langsam aus.

Was würde passieren, wenn die Organe immer größer wurden? Würde die Intelligenz der beiden Individuen, die sich in den Hirnen befand, auch wachsen?

Und was würde mit den Individuen selbst geschehen? Wurden sie davon irgendwie berührt?

Aber das konnte ja nicht anders sein, wenn man die Umstände in Betracht zog, unter denen sie jetzt lebten.

Engersol versuchte sich vorzustellen, wie es wäre, ohne Körper zu leben, als reiner Intellekt zu existieren, für immer befreit von den täglichen lästigen Zwängen, seinen Körper am Leben zu erhalten.

Er wünschte sich, daß es schon so weit wäre, daß er selbst in einem dieser Becken leben könnte, daß all die Unannehmlichkeiten, die ihm nur ein paar Stunden am Tag

Zeit für seine wichtigste Arbeit ließen, endlich hinter ihm lägen. Aber im Moment war das noch unmöglich, er durfte kein Risiko eingehen. Erst mußte er diese beiden Hirne und diejenigen, die bald noch dazukämen, genauestens beobachten, um zu wissen, wie sie in der künstlichen Umgebung, die er für sie geschaffen hatte, funktionierten.

Noch konnte er nicht ausschließen, daß diese Organe hier sterben würden. Es war sogar gut möglich, daß er noch heute nachmittag Amy Carlson töten mußte.

Die ganze Nacht hatte er über das Problem Amy Carlson nachgedacht und nicht länger als zwei Stunden im Morgengrauen geschlafen. Als er dann bei hellem Sonnenschein erwachte, wußte er, was er zu tun hatte.

Im Moment hatte sie sich offensichtlich beruhigt. Sie war eines der intelligentesten Kinder, die er jemals auf der Akademie gehabt hatte. Sicher würde sie heute morgen verstehen, daß sie an ihrer Situation nichts ändern konnte.

Genauso wenig wie er selbst oder irgendein anderer.

Es war eine Sache, ein lebendes Gehirn aus einem Schädel zu entfernen und es in einer Nährlösung am Leben zu erhalten.

Ganz etwas anderes war es jedoch, es wieder in seinen Körper zurückzuverpflanzen – denn dieser Körper war im selben Moment gestorben, als das Hirn entfernt wurde.

Sicher hatte Amy das nun herausgefunden und sich ihrer Situation angepaßt. Sie hatte nur die Wahl, mit ihm zusammenzuarbeiten oder zu sterben.

Und sterben würde sie, wenn sie die Zusammenarbeit verweigerte, denn inzwischen hatte er einen Weg gefunden, die Maßnahmen, die sie plante, zu verhindern.

Er brauchte sie nur zum Schlafen zu bringen.

Aber jetzt mußte er sich erst einmal mit Adam Aldrich befassen.

Er gab über die Tastatur einige Befehle ein, die das Tonsystem aktivierten.

Auf dem Bildschirm erschien eine Information.

TONSYSTEM IST BEREITS AKTIVIERT.

Engersol runzelte die Stirn. Er war sicher, daß er den Ton letzte Nacht abgeschaltet hatte, als er und Hildie über Dinge sprachen, die weder Adam noch Amy hören sollten.

Aber jetzt war es eingeschaltet.

Wie lange schon?

»Adam«, sagte Engersol mit ruhiger Stimme, der man jedoch seinen Ärger über den Jungen anhörte. »Ich möchte mit dir reden.«

Im selben Moment leuchtete der Monitor über Adams Becken auf, und ein Bild des Jungen erschien. Sein Ausdruck war besorgt. »Sie... sie haben's rausbekommen, nicht?« fragte er. »Papa hat Ihnen gesagt, was ich getan habe.«

»Ja, das hat er. Und wenn Jeff sich nicht so benommen hätte, als wäre er an allem schuld, wäre deinetwegen das ganze Projekt gefährdet gewesen. Verstehst du das?«

»J... ja«, stammelte Adam schuldbewußt. »Sind Sie sehr böse auf mich?«

»Natürlich«, erwiderte Dr. Engersol. »Du hast deinem Bruder eine Menge Ärger gemacht – und uns allen auch.«

Adams Kinn auf dem Monitor zitterte. »Ich wollte nicht, daß Jeff...«, begann er, aber Engersol ließ ihn nicht zu Ende reden.

»Es ist wichtig, Adam, daß Jeff hier in der Schule bleibt. Ich brauche ihn für das Projekt, und er selbst will auch unbedingt dabeisein. Also mach nichts mehr, was alles gefährden könnte. Ist das klar?«

Adams Kopf auf dem Bildschirm nickte. »Ja«, sagte er kleinlaut.

»Ich nehme an, daß du bald von Jeff hören wirst«, fuhr Engersol fort. »Ich möchte, daß du dann alles tust, was er von dir verlangt.«

»Aber wenn er...«, fing Adam an, aber wieder unterbrach Engersol ihn barsch.

»Habe ich etwa einen Fehler gemacht, Adam?« fragte er. »Sollte ich vielleicht noch mal von vorne anfangen? Ich bin sicher, daß Jeff liebend gern deinen Platz in dem Projekt einnehmen würde.«

Adam schwieg einen Moment, während er Dr. Engersols Worte bedachte. Schließlich antwortete er mit zitternder Stimme. »Ich werde alles machen, was Jeff möchte«, sagte er. »Solange es niemand weh tut.«

»Gut«, sagte Engersol etwas freundlicher. »Ich bin sicher, daß Jeff genauso wenig jemand weh tun will wie wir alle. Er möchte nur auf jeden Fall an dem Projekt teilhaben, das ist alles. Haben wir uns verstanden?«

Adams Bild auf dem Monitor nickte.

»Dann ist ja alles in Ordnung«, fuhr Engersol fort. »Ich brauche dich nicht mehr, du kannst dich wieder mit anderen Dingen beschäftigen.« Während Adams Bild auf dem Monitor erlosch, wandte Engersol seine Aufmerksamkeit dem Bildschirm über dem anderen Becken zu. »Amy!« sagte er scharf. »Kannst du mich hören?«

Im selben Moment blitzte ein Punkt in der Graphik auf, die Amys Alphawellen wiedergab. Obwohl der Punkt gleich darauf wieder verschwunden war, hatte Engersol ihn bemerkt. »Gut, Amy«, fuhr George Engersol fort. »Ich weiß, daß du zuhörst, und ich denke, wir sollten in Ruhe miteinander reden.«

Er beobachtete die Diagramme auf Amys Monitor, dann schaute er auf den Bildschirm über ihrem Becken. Amy mochte sich noch so viel Mühe geben, ihre Reaktion auf seine Worte zu unterdrücken, auf dem Monitor konnte er sie anhand der graphischen Darstellungen ihrer verschiedenen Hirnströme fast so deutlich ablesen, als hätte sie noch ein Gesicht. Auf dem Bildschirm über ihrem Becken allerdings zeigte Amy sich nicht.

Er nahm an, daß sie vorgeben wollte zu schlafen.

»Ich weiß, daß du mir zuhörst, Amy, und ich weiß auch, was in deinem Kopf vorgeht. Du bist böse. Und ich finde sogar, daß du Grund dazu hast. Vielleicht war es wirklich falsch, daß ich dich in das Projekt einbezogen habe, obwohl du es nicht wolltest. Aber jetzt ist es geschehen, und weder du noch ich können etwas daran ändern. Und du weißt doch selbst ganz genau, daß es dir überhaupt nichts nützt, das Projekt zu zerstören. Und genausowenig Sinn hätte es, irgend jemand davon zu erzählen. Niemand würde dir glauben. Und wenn es doch jemand täte und wenn sie dich suchen kämen, wärst du längst tot und nicht mehr da. Sowohl du als auch Adam wären tot, und hier unten wäre nur noch der Croyden-Computer, den ich für meine Forschung über künstliche Intelligenz benutze. Die Ergebnisse werden ständig publiziert und sind weltweit anerkannt. Das Laboratorium würde untersucht werden und auch die Hirne der Schimpansen, die eure beiden in den Becken ersetzt hätten. Mehr würde nicht passieren. Die Dateien wären zerstört, und dann würde ich die Forschung wieder aufnehmen. Du hast also die Wahl: entweder kannst du weiter an dem Projekt teilnehmen, oder du schweigst und schmollst, wie jetzt gerade.«

Seine Stimme veränderte sich und nahm einen harten Tonfall an. »Ich mag keine schmollenden Kinder, Amy. Verstehst du das?«

Amy antwortete nicht. Die Lautsprecher gaben keinen Ton von sich, und der Monitor über ihrem Becken zeigte nichts. Engersol wartete ein paar Minuten lang. Er war sicher, daß sie jedes seiner Worte gehört hatte, so wie er auch sicher war, daß Amy selbst das Tonsystem wieder eingeschaltet hatte, nachdem er es gestern nacht ausgeschaltet hatte.

Schließlich traf er eine Entscheidung.

Er ging in den Nebenraum, entriegelte den Medizinschrank und nahm ein Fläschchen mit Pentothal heraus. Wieder im Laboratorium schloß er das Fläschchen an das künstliche Blutzirkulationssystem an, das Amys Gehirn versorgte. Er öffnete eines der Ventile, aber nur den Bruchteil einer Sekunde.

Das Medikament sollte erst einmal in so winzigen Dosen in Amys Gehirn gelangen, daß sie gar nicht bemerken würde, was mit ihr geschah, bevor es zu spät war.

Doch augenblicklich ertönte Amys Stimme.

»Hören Sie damit auf!«

Engersol erstarrte. Wußte sie schon davon? Das Pentothal konnte ihr Gehirn noch gar nicht erreicht haben.

Als wüßte sie genau, was er dachte, fuhr sie fort: »Ich überwache alle meine Versorgungssysteme, Dr. Engersol. Und ich weiß, was Sie machen. Sie fügen meiner Blutversorgung Pentothal zu. Schalten Sie das sofort ab.«

Engersol trat zurück und schaute den Monitor über Amys Becken an. Jetzt war sie darauf zu sehen, mit wütendem Blick und zusammengepreßten Lippen.

»Ich habe es dir gerade erklärt, Amy. Du kannst nichts machen. Ich werde dich jetzt zum Schlafen bringen.«

»Tun Sie das nicht«, erwiderte Amy drohend. »Ich bin beschäftigt, und ich will nicht von Ihnen gestört werden. Ich kann Sie nicht leiden, und ich will auch nicht mehr mit Ihnen sprechen! Und wenn Sie nicht sofort das Betäubungsmittel wieder entfernen, dann zerstöre ich nicht nur Ihr Projekt. Ich zerstöre alles!«

Engersol zögerte. Alles! Was meinte sie?

Wieder war es, als erriete sie seine Gedanken. »Und ich kann es! Ich kann mich in alle Computer einhacken, überall. Und wenn ich erst einmal drin bin, kann ich mit ihnen alles tun, was ich will. Aber ich werde niemandem etwas tun, wenn Sie mich in Ruhe lassen.«

Engersol zögerte noch immer, in seinem Kopf arbeitete es. Was hatte sie denn vor? Und was *konnte* sie noch tun, bevor das Betäubungsmittel wirkte und sie einschlief?

Er wußte es einfach nicht.

Aber er wollte es auch nicht unbedingt ausprobieren.

Wenn sie sich wirklich in alle Computer einhacken konnte – und die Möglichkeit bestand, da Amy unglaublich schnell den komplizierten Croyden Computer durchschaut hatte –, dann konnte sie unermeßlichen Schaden anrichten.

Er schloß das Ventil wieder und entfernte die Flasche mit Pentothal von dem Kreislaufapparat.

»Vielen Dank«, sagte Amy, die sofort die Veränderung in ihrer Blutversorgung bemerkte. »Ich möchte wirklich niemandem weh tun, wenn es nicht sein muß. Ich will nur, daß Sie mich in Ruhe lassen.«

»Aber warum, Amy?« fragte George Engersol. »Was hast du denn vor?«

Amys Bild auf dem Monitor über ihrem Becken lächelte rätselhaft. »Ich arbeite an einem Projekt«, sagte sie. »An meinem eigenen Projekt.«

Amys Bild erlosch.

25

Jeff wußte nicht mehr genau, wann er die Idee das erste Mal gehabt hatte. Vielleicht an diesem Morgen, als seine Eltern ihn gezwungen hatten, mit ihnen die Schule zu verlassen, und zwar direkt von Dr. Engersols Büro aus. Sie ließen ihn nicht mal mehr kurz in sein Zimmer gehen, um noch ein paar seiner Sachen zu holen.

Sie behandelten ihn wie ein Baby.

Genau das war es, so gingen sie mit ihm um – wie mit

einem kleinen Kind, das ein Glas Milch verschüttet hatte und jetzt still in einer Ecke sitzen mußte.

Auf dem Nachhauseweg war er stumm geblieben, er hatte auch kaum gehört, was sein Vater zu ihm sagte, denn das war sowieso nichts anderes, als er schon in Dr. Engersols Büro gehört hatte.

»Du bleibst jetzt zu Hause und denkst über das nach, was du getan hast, bis du dich entschließt, uns zu sagen, wie du es gemacht hast und wer dir dabei geholfen hat.«

Wer ihm geholfen hatte! Wie dumm waren sie eigentlich? Natürlich hatte ihm niemand geholfen, weil er nämlich gar nichts getan hatte. Und selbst wenn er es gewesen wäre, der sich diesen Gag letzte Nacht geleistet hatte – Hilfe hätte er dazu keine nötig gehabt. Man brauchte nur den richtigen Computer, und er wußte genau, wo der stand.

Aber sein Vater würde niemals glauben, daß es wirklich Adam gewesen war, den er im Fernsehen gesehen hatte – oder zumindest ein Bild, das Adam selbst produziert hatte –, und jetzt saß er in der Falle.

Es sei denn, er sagte die Wahrheit.

Aber das konnte er auch nicht, sonst würde das ganze Projekt den Bach runtergehen.

Es war einfach zu dumm!

Warum war er nicht als erster gegangen? Warum hatten sie beschlossen, daß Adam gehen sollte? Aber natürlich wußte er die Antwort. Adam wäre nicht in der Lage gewesen dichtzuhalten. Sobald seine Mutter das erste Mal angefangen hätte zu weinen, wäre er weich geworden und hätte alles verraten. Also hatten sie zu dritt – er selbst, Dr. Engersol und Adam – beschlossen, daß Adam als erster gehen würde. Und zu dem Zeitpunkt war Jeff sogar erleichtert gewesen. Denn wenn es nun doch nicht funktioniert hätte? Wenn das Gehirn es nicht lebend überstanden hätte, daß Dr. Engersol es aus seinem Kopf in das Becken verfrachtete? Obwohl er eigentlich wußte, daß nichts passieren konnte, denn er hatte die Gehirne der Schimpansen in den Becken gesehen, mit denen der Doktor vorher schon experimentiert hatte.

Und diese Gehirne lebten noch nach sechs Monaten.

Lebten, und waren völlig gesund.

»Es ist jetzt an der Zeit, mit einem menschlichen Gehirn zu arbeiten«, hatte Dr. Engersol erklärt, als er ihnen eines Tages im letzten Frühling das Geheimlabor gezeigt hatte, das tief unter dem Haus verborgen lag. »Es funktioniert alles perfekt – die Gehirne der Schimpansen arbeiten und erhalten Informationen vom Croyden Computer. Das Problem ist, daß die Affen einfach nicht klug genug sind, um zu erkennen, woher die Informationen kommen und was sie mit ihnen anfangen können. Und natürlich sind sie längst nicht klug genug, wirklich mit dem Computer in Interaktion zu treten.« Dr. Engersol fixierte seine Schüler. »Was wir jetzt brauchen, ist ein ganz besonderer Verstand. Ein Verstand, der nicht nur die Wichtigkeit des ganzen Experiments erfaßt, sondern der auch die Intelligenz besitzt, ganz neue Möglichkeiten der geistigen Aktivität auszuschöpfen. Wer als erstes menschliches Wesen ausgewählt wird, direkt mit einem Computer zu interagieren, muß die Fähigkeit besitzen, Informationen auf ganz neue Art zu interpretieren. Und ich bin mir selbst noch nicht klar darüber, wie diese Form geistiger Zusammenarbeit genau aussehen wird.«

Er hatte noch weiter geredet und ihnen die neue Welt beschrieben, in die sich das erste menschliche Wesen vorwagen würde, das zu dem Experiment bereit wäre. Es war eine Welt unbegrenzten Wissens, unvorstellbarer Möglichkeiten. Was Jeff hörte, begeisterte ihn, denn sofort erkannte er die Möglichkeiten des Projekts. Wäre das Gehirn nicht länger durch die physischen Grenzen, die der Körper ihm setzte, eingeschränkt, dann könnte es in völliger Freiheit alles erforschen, einfach alles.

Fast eine Stunde lang hatte Dr. Engersol zu ihnen gesprochen und ihnen in faszinierenden Worten die Welt beschrieben, die der menschliche Geist bald für sich erobern würde. »Es wird eine ganz neue Ebene der Existenz sein«, sagte er, und die leidenschaftliche Erregung in seiner Stimme übertrug sich auf die gebannt lauschenden Jungen. »Aber die erste Person, die dieses großartige Universum erleben darf, muß ein besonderer Mensch sein. Er wird den Weg weisen, denn er wird einen Ort erforschen, an dem niemand zuvor je gewesen ist.«

Und wem diese Ehre zufalle, so fuhr er fort, dem würde auch ein Platz in der Geschichte zuteil.

Jeff und Adam waren beide fasziniert gewesen, und als Dr. Engersol ihnen gesagt hatte, daß einer von ihnen der erste sein könnte, hatten sie sich angeschaut.

Jeffs Gedanken wirbelten durcheinander.

Wenn es funktionierte, wäre er der berühmteste Mensch auf der Welt.

Aber wenn es nicht funktionierte, wäre er tot.

»Eigentlich sollte Adam es tun«, sagte er und achtete sorgfältig darauf, daß seine eben aufgekommene Skepsis nicht zu hören war. »Er ist klüger als ich.« Und dann hatte er plötzlich noch einen Gedanken, der ihm sehr gefiel. »Außerdem«, fuhr er fort und lächelte, »heißt er Adam. Und wäre es nicht großartig, wenn die erste Person in dieser neuen Welt den Namen Adam trüge?«

Adam selbst war unsicher, er war hin- und hergerissen zwischen seiner Begeisterung für das Projekt, die sich von Dr. Engersol auf ihn übertragen hatte, und großer Angst vor dem ungewissen Ausgang des Experiments.

In den nächsten Wochen war es Jeffs Aufgabe gewesen, seinen Bruder zu überzeugen. Spät abends hatte er oft Stunden damit zugebracht, mit Adam zu reden und die großartigsten Phantasiegemälde der Welt zu entwerfen, die er als erster erforschen könne.

»Aber wenn es nicht funktioniert?« hatte Adam schließlich eines Nachts gefragt, nachdem er all seinen Mut zusammengerafft hatte, um seinem Bruder seine größte Furcht mitzuteilen. »Wenn ich sterbe?«

Auf diese Gelegenheit hatte Jeff nur gewartet. »Und wenn du stirbst?« hatte er zurückgefragt. »Es ist ja nicht so, daß du dich hier wirklich wohl fühlst, oder? Du hast keine Freunde außer mir, und du verbringst all deine Zeit vor dem Computer. Wenn du aber erst einmal in dem Computer drin bist, wirst du auf jeden Fall berühmt. So wie's im Moment nun mal ist, achten alle immer viel mehr auf mich als auf dich. Aber danach wirst du derjenige sein, den alle mögen, und mich werden sie völlig vergessen.«

So wie es schon ihr ganzes Leben lang gewesen war, hatte Adam schließlich zugestimmt, das zu tun, was sein Bruder wollte. Und nun war das Projekt in vollem Gange und funktionierte prächtig.

Nur daß Adam dem Wunsch nicht hatte widerstehen können, seiner Mutter zu sagen, daß er noch lebte.

Und was hatte es gebracht? Seine Eltern glaubten Adam ja sowieso nicht! Zwar war seine Mutter fast soweit gewesen, ihre Meinung zu ändern, aber sein Vater hatte es ihr wieder ausgeredet. Und nur deswegen mußte er, Jeff, jetzt zu Hause hocken!

Wie konnte er da nur wieder rauskommen, ohne alles zu verraten?

Von dem Moment an nahm langsam eine Idee in seinem Kopf Gestalt an.

Noch hatte er keine konkreten Pläne zu ihrer Verwirklichung, bis ihn am Nachmittag sein Vater zum fünften Mal angerufen hatte, um sich zu vergewissern, daß er auch zu Hause blieb. Da war sein Blick zufällig auf den Kalender seiner Mutter gefallen, den sie immer auf der Ablage in der Küche neben dem Telefon liegen hatte.

Seine Eltern hatten am nächsten Morgen eine Verabredung.

›Tennis‹, stand da, und: ›Brodys – 6.00 Uhr.‹

Sein Blick ruhte auf der Eintragung, während sein Vater

auf ihn einredete und ihm zum x-ten Male die Gründe für seinen Hausarrest aufzählte. Als er sich wieder ein bißchen beruhigt hatte, fragte Jeff: »Wie sieht's aus, kann ich morgen früh mit euch Tennis spielen kommen?«

Am anderen Ende der Leitung entstand ziemlich langes Schweigen, dann sagte sein Vater laut und deutlich, und der Ärger in seiner Stimme war nicht zu überhören: »Nach Stratford zu fahren, um Tennis zu spielen, scheint mir weiß Gott nicht das richtige Mittel zu sein, um deine Einsicht zu fördern!«

»Ist ja schon gut, hab' ja nur mal gefragt«, sagte Jeff und gab ein genervtes Stöhnen von sich. Als sein Vater schließlich aufgelegt hatte, war der Plan in seinem Kopf schon ziemlich weit gediehen.

Er ging ins Wohnzimmer und schaltete den Macintosh ein.

Kurz darauf war er mit Adam verbunden, und seine Finger glitten über die Tastatur, als er seinem Bruder mitteilte, was er von ihm wollte.

»Warum?« fragte Adam. »Was hast du vor?«

»Es geht um einen Gag«, tippte Jeff. »Ich möchte Mama und Papa einen Streich spielen.«

»Aber das ist gefährlich«, schrieb Adam zurück. »Es kann ihnen was passieren.«

»Ich will ihnen ja nichts tun. Ich will ihnen nur Angst einjagen.«

Als Adam nicht gleich antwortete, tippte Jeff noch einen Satz ein:

WENN DU NICHT TUST, WAS ICH WILL, SAGE ICH ES DR. E.

Ein paar Sekunden verstrichen, und Jeff fragte sich schon, was wohl passieren würde. Hatte Adam beschlossen, ihn nicht mehr zu beachten? Oder überlegte er nur, was er tun sollte? Gerade als er wieder etwas eintippen wollte, gab der Drucker neben dem Computer einen leisen Piepton von sich und begann zu arbeiten.

Kurz nacheinander kamen drei Blätter aus dem Papierauswurf.

Jeff griff danach, betrachtete sie und tippte dann eine Frage in den Computer:

WOHER HAST DU DAS?

Nach einer Sekunde erschien die Antwort:

VON EINEM COMPUTER IN WEST VIRGINIA. DORT WIRD DAS TEIL HERGESTELLT.

Jeff tippte zurück:

GEHT DAS, WAS ICH WILL?

Sofort erschien die Antwort:

JA. ABER DU BRAUCHST EIN PAAR SACHEN DAFÜR.

Wieder piepte der Drucker, und gleich darauf erschien ein weiteres Blatt Papier, auf dem nur einige Wörter standen.

Jeff schaltete den Computer aus, nahm die ersten drei Seiten, die Adam ihm hatte zukommen lassen, und versteckte sie in seinem Zimmer unter der Matratze seines Bettes.

Dann verließ er das Haus, und es machte ihm nicht die geringsten Probleme, daß er damit gegen das Verbot seines Vaters verstieß. Er ging in den Ort, wo im letzten Jahr eine Filiale von Radio Shack eröffnet hatte.

Die Rechnung für seinen Einkauf belief sich auf fünfunddreißig Dollar. Jeff bezahlte sie mit dem Fünfzig-Dollar-Schein, den er aus dem Versteck genommen hatte, in dem seine Mutter immer etwas Geld für Notfälle aufbewahrte. Es befand sich am Boden der Zederntruhe im Schlafzimmer seiner Eltern.

Die Chance, daß sie das Geld heute abend vermissen würden, war so klein, daß er sich darum keine Sorgen machte.

Und ab morgen früh würde es sowieso keine Rolle mehr spielen.

Josh MacCallum saß an diesem Abend allein im Eßraum. Er nickte jedem zu, der ihn grüßte, fragte aber keinen, ob er sich zu ihm setzen wolle, und nahm auch Brad Hinshaws Einladung nicht an, mit seinem Tablett zu ihm und noch zwei anderen Schülern zu kommen.

Heute abend wollte Josh mit niemand reden. Er wollte keine Fragen mehr beantworten, wie es gewesen war, Amys Leiche zu finden, und er wollte auch die fantasievollen Spekulationen der anderen nicht mehr hören, auf welche Art Amy von Steve Conners wohl getötet worden war.

Heute abend wollte er allein sein, denn schon den ganzen Tag über hatte er versucht, sich darüber klar zu werden, was er tun sollte. Im Unterricht war es ihm einfach nicht gelungen, sich zu konzentrieren. Er konnte sich noch so viel Mühe geben, seine Aufmerksamkeit den Lehrern und den Themen des Unterrichts zuzuwenden, seine Gedanken wanderten immer wieder zu dem gestrigen Tag und dem, was wohl mit Amy passiert war.

Und auch zu dem Erlebnis der letzten Nacht, als er den VR-Helm aufgesetzt hatte und plötzlich Adam Aldrich erschienen war.

Den ganzen Tag hatte er darüber nachgegrübelt, ob das, was er gesehen hatte, Wirklichkeit war oder nur irgendein Computertrick, zum Beispiel ein Interaktionsprogramm, das so komplex war, daß es auf alles, was er selbst sagte, eine passende Antwort geben konnte.

Aber wenn das Programm so gut war, daß er wirklich

glaubte, Adam zu sehen und mit ihm zu sprechen, dann war es doch auch intelligent, oder nicht? Und wäre damit ein Beweis für künstliche Intelligenz! Dr. Engersol hatte ihnen aber gesagt, daß es die nicht gab und auch nicht geben könne. Außerdem, wenn das, was er gesehen hatte, ein Programm war, wie konnte man dann erklären, was zum Schluß passiert war, als er Amys Stimme nach Hilfe hatte rufen hören?

Und dann waren heute morgen Mr. und Mrs. Aldrich in die Schule gekommen und hatten Jeff mit nach Hause genommen. Josh hatte sofort gewußt, daß das etwas mit Adam zu tun haben mußte. In der ersten Unterrichtsstunde hatten die Schüler in der Klasse gesessen und auf Dr. Engersol gewartet. Statt dessen war Hildie erschienen und hatte erklärt, das Seminar würde ausfallen. Sie hatte Jeff mit nach oben in Dr. Engersols Büro genommen, und Josh ahnte, was dort passiert war.

Bestimmt hatte Mrs. Aldrich wieder eine Botschaft von Adam bekommen, und sie hatten Jeff dafür verantwortlich gemacht.

Also hatte er jetzt nicht mal mehr Jeff, um mit ihm über das Durcheinander in seinem Kopf zu reden.

Er konnte einfach keinen Sinn in das Ganze bringen, und je mehr er darüber nachdachte, desto verwirrender erschien es ihm.

Es sei denn, er ging davon aus, daß das, was er letzte Nacht gesehen hatte, geschehen war – dann paßte plötzlich alles zusammen. Das würde aber auch heißen, daß Adam und Amy noch am Leben und irgendwo in der Nähe waren, daß ihre Gehirne noch arbeiteten, auch wenn ihre Körper tot waren.

Aber wo konnten sie sein? Wo war der Computer, von dem Adam sagte, daß er sich darin befände?

Und was würde mit ihm passieren, fragte sich Josh, wenn er das herausbekäme? Was auch immer hier vor sich ging, sollte auf jeden Fall geheimgehalten werden, denn es war ja so arrangiert worden, daß alle denken mußten, Adam und Amy wären tot! Und wenn man ihn dabei ertappte, wie er dabei war, dem Geheimnis auf die Spur zu kommen...

Vielleicht wäre es besser, wenn er seine Mutter anrufen und ihr sagen würde, daß er zurück nach Hause wolle.

Aber sie würde ihn fragen, warum.

Und wie wäre ihre Reaktion darauf, wenn er ihr erzählte, daß Adam und Amy überhaupt nicht tot waren, sondern nur irgendwo versteckt, irgendwo in einem Computer?

Sie würde sagen, daß er verrückt sei – und mit ihm zum Psychiater gehen.

Außerdem wollte er eigentlich auch nicht zurück nach Eden und wieder in langweiligen Klassen herumsitzen mit Kindern, die ihn nicht mochten. Und auf jeden Fall hatte er die Absicht herauszufinden, was mit Amy passiert war. Wenn man ihr etwas angetan hatte, wollte er wissen, wer es gewesen war – und wollte dafür sorgen, daß es dem Betreffenden leid täte.

Josh beendete sein Abendbrot, nahm sein Tablett mit schmutzigem Geschirr und brachte es in die Küche.

Sein Blick fiel auf den kleinen Vorratsraum und die Tür zum Keller. Ein Frösteln überlief ihn, als er daran dachte, wie er die vorletzte Nacht dort unten gewesen war.

Er sah die Betonwände vor sich, die wie ein Fahrstuhlschacht aussahen, und hörte wieder das Geräusch, das direkt von dort zu kommen schien und sich anhörte, als würde es von etwas verursacht, das sich von oben nach unten bewegte.

Unter dem Haus?

Waren Adam und Amy vielleicht dort unten?

Aber wie konnte er das herauskriegen? Und wenn wirklich etwas unter dem Haus wäre, womöglich so etwas wie ein geheimgehaltenes Laboratorium, wie könnte er dorthin kommen?

Sein Herz klopfte aufgeregt, als er verschiedene Möglichkeiten durchdachte.

Bei der Vorstellung, noch einmal hinunter in das dunkle Labyrinth zu gehen, das unter seinen Füßen lag, bekam er schon jetzt vor Angst eine Gänsehaut.

Eine Stimme unterbrach seine Gedanken. Eine Stimme, die Josh erstarren ließ.

Hildie Kramers Stimme.

Josh zwang sich, die Panik abzuwehren, in die ihn allein der Klang der Stimme der Hausmutter versetzte, und drehte sich um.

»Josh?« fragte Hildie, und ihre Augen bohrten sich in die seinen. »Was ist los? Geht's dir nicht gut?«

Josh fühlte sich ertappt. Hatte sie gesehen, wie er auf die Kellertür starrte? Wußte sie, was er dachte?

»Ich... ich hab' nur gerade an Amy gedacht. Ich hab' immer mit ihr gegessen, und...« Seine Worte wurden von einem Schluchzen unterbrochen, daß er nur halb vorzutäuschen brauchte. »Ich vermisse sie einfach«, sagte er.

Der durchdringende Ausdruck in Hildies Augen wurde weicher. »Ich weiß«, sagte sie und legte einen Arm um seine Schulter. »Wir vermissen sie alle. Aber manchmal passieren eben furchtbare Dinge, und wir müssen lernen, sie zu ertragen, müssen weiterleben, so hart das auch im Moment sein mag.« Sie machte eine Pause, und Josh mußte sich beherrschen, um sich nicht ihrer Berührung zu entziehen. »Möchtest du vielleicht darüber reden?« fragte Hildie. »Wir können in mein Büro gehen, wenn du willst.«

Josh schüttelte den Kopf. »Es geht schon. Und ich muß noch eine Menge Hausaufgaben machen.«

Zu Joshs Erleichterung nahm Hildie endlich ihre Hand von seiner Schulter. »Na gut, wenn du mich brauchst, weißt du ja, wo du mich findest«, sagte sie aufmunternd lächelnd.

Josh nickte, drehte sich um und lief durch den Eßraum

und ins Foyer. Gerade wollte er sich auf den Weg die Treppen hinauf in den ersten Stock machen, als er das vertraute Rattern des Fahrstuhls hörte, der sich gerade in Gang setzte.

Josh blieb stehen und sah zu, wie die Kabine langsam in ihrer Führung in die oberen Stockwerke schwebte.

Als sie verschwunden war, betrachtete er die Stelle, an der sie sich soeben noch befunden hatte.

Der Boden des Schachts, nicht weit unterhalb des Erdgeschosses, war aus Stein, der Aufzug konnte also nicht weiter nach unten fahren.

Oder jedenfalls, dachte Josh, während er auf das solide Material des Bodens starrte, *dieser* Aufzug konnte nicht weiter nach unten fahren.

Aber wenn es nun noch einen anderen Fahrstuhl gäbe?

Während er die Treppen hinaufstieg, dachte er weiter darüber nach.

Es war schon fast Mitternacht, als Jeff Aldrich die drei Papierblätter unter seiner Matratze hervornahm, aus seinem Zimmer schlich, an der Schlafzimmertür seiner Eltern lauschte, bis er sicher war, daß sie fest schliefen, und dann leise die Treppe hinunter in das dunkle Erdgeschoß des Hauses ging. Er schaltete den Macintosh ein, nahm das Modem zur Hand und tippte eine Telefonnummer und einen Geheimcode ein. Gleich darauf war er in Kontakt mit dem Croyden Computer in George Engersols Laboratorium.

ICH BIN IN ZEHN MINUTEN SOWEIT, ADAM.

Sofort erschien die Antwort:

ICH BIN DA.

Jeffs bloße Füße bewegten sich lautlos über den Holzfußboden, als er durch die Küche in die Garage schlich. Dort schaltete er das Licht erst an, nachdem er die Küchentür hinter sich zugezogen hatte. Dann öffnete er die Motorhaube vom Wagen seines Vaters, sah sich genau die erste Zeichnung an, die Adam ihm heute nachmittag geschickt hatte, und fand den Kasten, in dem die elektronischen Steuereinheiten des Autos untergebracht waren. Er öffnete die Abdeckung und studierte die zweite Zeichnung. Dann löste er mit einem Schraubenzieher eines der Schaltmodule heraus, die in einer Reihe in dem Kasten angeordnet waren. Er schloß die Motorhaube wieder und erstarrte bei dem Geräusch, das die einschnappenden Riegel machten. Als sich im Haus nichts rührte, atmete er auf.

Mit dem Modul in der Hand ging er zurück zum Computer und befaßte sich nun mit der dritten Zeichnung, einem Schema des Schaltmoduls. Jeff griff in die Tasche seines Bademantels, zog ein Kabel heraus, das er gestern bei Radio Shack gekauft hatte, und steckte es in eine Buchse an der Rückseite des Computers.

Noch einmal betrachtete er die Zeichnung genau, dann verglich er sie mit dem Schaltmodul, das jetzt auf dem Schreibtisch neben der Tastatur des Computers lag.

Sorgfältig verband er das Kabel mit Anschlüssen an dem Schaltmodul und tippte dann eine Nachricht in den Computer:

ALLES IST FÜR DAS PROGRAMM VORBEREITET.

Der Bildschirm blieb einen Augenblick leer, dann erschien ein sehr komplexes Programm. Jeff betrachtete es aufmerksam und ließ es solange auf dem Monitor, bis er den Abschnitt gefunden hatte, nach dem er suchte.

Er löschte zwei Zeilen und ersetzte sie durch zwei neue.

Nachdem er die Bestätigungstaste gedrückt hatte, erschien in einem Fenster auf dem Bildschirm eine Frage:

CHIP NEU PROGRAMMIEREN? (N) J

Jeff drückte die Ja-Taste und die Bestätigungstaste. Einen Moment lang befürchtete er schon, daß gar nichts passiert wäre, aber dann erschien die nächste Nachricht in einem Bildschirmfenster:

NEUE PROGRAMMIERUNG DURCHGEFÜHRT.

Jeff entfernte das Kabel von dem Modul und dem Computer, schob es in seine Tasche, und ohne sich damit aufzuhalten, Adam noch eine Nachricht zu senden, schaltete er den Computer wieder aus.

Er eilte zurück in die Garage, setzte das Schaltmodul wieder in den Elektronikkasten unter der Motorhaube ein und schloß die Haube. Die drei Papierblätter steckte er zu dem Kabel in seiner Bademanteltasche.

Nachdem er das Licht in der Garage ausgeschaltet hatte, schlüpfte er wieder ins Haus und wollte gerade die Treppe hochsteigen, als er von oben ein Geräusch hörte.

Fußtritte.

Nach einem kurzen Moment des Schreckens war ihm klar, was er tun mußte. Schnell schaltete er das Licht in der Küche an und öffnete den Kühlschrank, um ein Glas Mayonnaise, ein Stück Käse und den Senf herauszunehmen. Als sein Vater ein paar Sekunden später in der Küchentür erschien, war er schon dabei, sich ein Brot zu schmieren. Über die Schulter sah er seinen Vater an und setzte ein schuldbewußtes Grinsen auf.

»Erwischt«, sagte er. »Wirst du Mama erzählen, daß ich mir nachts Sandwichs klaue, oder soll ich dir auch eins machen?«

Chet zögerte, dann erwiderte er das Grinsen seines Sohnes. »Mach mir auch eins. Wenn wir beide erwischt werden, werden wir unsere Strafe wie Männer tragen.« Er holte noch eine Flasche Milch aus dem Kühlschrank, goß jedem ein Glas ein und setzte sich dann an den Küchentisch. »Konntest du nicht schlafen?«

Jeff hob die Schultern. »Hm... ja.«

»Vielleicht könntest du ja schlafen, wenn du dir alles mal von der Seele reden würdest. Es war wirklich alles andere als toll, was du da gemacht hast, aber es bedeutet auch nicht das Ende der Welt. Du brauchst es nur zuzugeben und mir zu sagen, wer dir geholfen hat, dann vergessen wir's wieder.«

»Ja, ja«, sagte Jeff, und seine Stimme war schon wieder voller Zorn. »Und ich bleib' hier den Rest meines Lebens eingesperrt und kann nicht mehr in die Akademie gehen, stimmt's?«

»Darüber brauchen wir jedenfalls gar nicht erst zu reden, solange du dich nicht entschließt, endlich einzugestehen, was du getan hast.«

»Und wenn nicht?« sagte Jeff herausfordernd. »Wenn ich das nicht will?«

»Nun, dann wirst du erst einmal hier festsitzen, das ist richtig«, antwortete Chet noch immer freundlich und unterdrückte den Ärger, der angesichts des Widerstands seines Sohnes in ihm aufstieg. »Darin werde ich nicht nachgeben, Jeff. Da kannst es mir heute nacht sagen, oder morgen, oder nächste Woche. Aber du wirst es mir sagen.«

Jeff griff nach seinem Sandwich. »Und gerade dachte ich, du wärst endlich nicht mehr so stinksauer auf mich«, erwiderte er grollend. »Dein Sandwich liegt auf der Anrichte. Ich nehm' meines mit nach oben.«

Chet erhob sich halb von seinem Stuhl und ballte die Fäuste. Es drängte ihn, Jeff am Kragen zu packen und solange zu schütteln, bis er sich entschuldigte für das, was er seiner Mutter angetan hatte, für die Art, wie er mit ihm redete und für sein ganzes Verhalten, das er in letzter Zeit zur Schau getragen hatte.

Aber Chet tat nichts dergleichen. Er dachte an Jeanette. Heute nacht schlief sie das erste Mal, seit Adam gestorben war, ruhig und friedlich. Wenn er jetzt eine Auseinandersetzung mit Jeff hätte, würde sie davon aufwachen.

So blieb er ruhig, nahm einen Bissen von dem Sandwich, versuchte, ihn zu kauen, spuckte ihn dann aber in den Mülleimer und warf den Rest des Sandwichs hinterher.

Manchmal war es die schwierigste Sache der Welt, Vater zu sein, stellte er seufzend fest, während er das Küchenlicht löschte und wieder nach oben ging. Aber trotz der Art, wie Jeff sich benommen hatte, seit Adam tot war, liebte er den Jungen noch immer. Sie würden es überstehen. Alles würde wieder gut.

Am Ende wäre die Beziehung zwischen ihnen beiden wieder so, wie sie zwischen Vater und Sohn sein sollte.

Josh saß in seinem Zimmer und studierte nachdenklich die Informationen auf seinem Computer. Er verstand nicht, was sie bedeuteten oder wofür sie gut waren.

Aber er wußte, wo sie herkamen.

Den ganzen Abend hatte Josh sich Zugang zu anderen Computern verschafft und nach einer Spur von Adam Aldrich oder Amy Carlson gesucht.

Bis vor ein paar Minuten hatte er überhaupt nichts Auffälliges gefunden.

Dann hatte er aus einer Laune heraus beschlossen, sich in den Computer im Haus der Aldrichs zu hacken.

Die Nummer hatte er auf Jeffs Schreibtisch im Nebenraum gefunden. Als er sie ausprobierte, war die Leitung besetzt. Das hieß, daß dort schon jemand das Modem benutzte.

Jeff?

Plötzlich begann Joshs Herz schneller zu schlagen, und er ging an die Arbeit und hackte sich direkt in den Computer der Telefonschaltzentrale. Eine Minute später hatte er erfolgreich die Modemleitung der Aldrichs angezapft.

Und hatte die Daten empfangen, die jetzt auf seinem Bildschirm zu sehen waren. Erst waren es nur ein paar Zeilen, die aussahen, als ob Adam und Jeff miteinander über irgendein Programm redeten.

Dann war der Bildschirm plötzlich voller Informationen, die für Josh wie sinnloses Kauderwelsch aussahen.

Nun erschien noch eine Zeile:

NEUE PROGRAMMIERUNG DURCHGEFÜHRT.

Neue Programmierung von was? Was bedeutete das?

Josh schaltete den Computer aus, und dieser letzte Satz blieb ihm im Gedächtnis haften.

Neue Programmierung durchgeführt.

Die Worte erschienen ihm in der Dunkelheit der Nacht irgendwie unheimlich.

Unheimlich und – gefährlich.

26

»Es ist gleich halb sechs«, sagte Chet, trank seinen Kaffee aus und stellte die Tasse in die Spüle. »Wenn wir um sechs bei Brodys sein wollen, müssen wir los.«

»Vielleicht sollte ich Frieda anrufen und absagen«, meinte Jeanette unsicher. »Ich weiß nicht, ob es gut ist, wenn Jeff allein bleibt. Wenn er aufwacht...«

»Wir lassen ihn doch den ganzen Tag über allein«, erinnerte Chet sie. »Und wenn wir nicht gehen, dann lassen wir uns einmal mehr von ihm vorschreiben, was wir tun. Außerdem fliegen Curt und Frieda heute nachmittag nach London. Deswegen haben wir doch das Match ausgemacht, nicht? Seit einem Monat steht es schon fest, es ist unser Abschiedsspiel, und ich habe fest vor, es zu gewinnen.«

»Ich weiß«, seufzte Jeanette. »Es ist nur…«

»Wir gehen«, erklärte Chet, und sein Ton ließ keine Widerrede zu.

Jeanette wußte, daß er recht hatte – sie hatte sich auf das Spiel heute morgen genauso gefreut wie Chet. Die Idee, im Morgengrauen aufzustehen, nach Stratford zu fahren und noch vor der Arbeit eine Runde Tennis zu spielen, war ihr sehr gut erschienen, als sie die Verabredung vor einem Monat getroffen hatten. Sie hatten sogar darüber gesprochen, so ein frühmorgendliches Tennismatch zur Regel zu machen, wenn Curt und Frieda Brody von ihrer Reise zurückgekehrt wären. »Das ist doch eine großartige Methode, den Kampf gegen das Alter zu führen«, hatte Curt gesagt. Und Chet hatte betont düster erwidert, daß es genauso eine großartige Methode sein könne, schon vor dem Frühstück einem Herzanfall zu erliegen.

Jeanette seufzte und nickte. »Na gut, aber ich geh' noch mal schnell hoch. Vielleicht ist er schon wach, dann kann ich ihm wenigstens Auf Wiedersehen sagen.«

Chet zögerte, dann entschloß er sich, ihr zu erzählen, was letzte Nacht passiert war. Als Chet seine Unterhaltung mit Jeff wiedergab, wurde Jeanette blaß und biß sich auf die Lippen. »Wenn du dir durch sein Benehmen den Morgen verderben willst, kann ich dich nicht dran hindern«, sagte Chet schließlich. »Aber ich würde ihn jetzt in Ruhe lassen. Wenn wir zurückkommen, wird er aufgestanden sein, und ich hab' mich dann genügend ausgetobt, um mich hoffentlich zu beherrschen, falls er wieder pampig wird.«

Wir machen einen Fehler, ging es Jeanette plötzlich durch den Kopf. Wir sollten nicht nach Stratford fahren. Wir sollten hierbleiben und mit Jeff reden, wie schmerzhaft es auch sein mag. Aber ein Blick in Chets Gesicht verriet ihr, daß er im Moment wohl wirklich nicht in der Lage war, eine Auseinandersetzung mit Jeff zu führen, ohne alles noch schlimmer zu machen. »Okay, dann laß uns gehen«, gab sie nach und zwang sich zu einem Lächeln, obwohl sie das deutliche Gefühl hatte, daß dieser Morgen bereits jetzt für sie verdorben war.

Sie nahmen ihre Schläger und eine Büchse mit Tennisbällen, gingen in die Garage, warfen ihre Sachen auf den Rücksitz von Chets Wagen, und ein paar Sekunden später waren sie schon unterwegs.

Weder Jeanette noch Chet hatten bemerkt, daß Jeff ihnen aus dem Fenster seines Zimmers im ersten Stock nachgesehen hatte, während ein Lächeln um seine Lippen spielte.

Fünf Minuten später hatten sie Barrington schon hinter sich gelassen. Chet gab Gas, als sie auf die Küstenstraße fuhren. Die Sonne stieg gerade über die Berge im Osten, und der Morgennebel hatte sich schon von der Küste zurückgezogen, so daß die bauschigen Wolken über dem Meer im goldenen Orange des Morgenlichts glühten. Jeanette betrachtete das Panorama, und langsam fühlte sie sich wieder besser. »Wahrscheinlich hast du völlig recht gehabt«, sagte sie, seufzte tief auf und entspannte sich in ihrem Sitz. »Wahrscheinlich ist es genau das, was wir beide brauchen.«

Chet streckte einen Arm aus und drückte ihre Hand. Er gab noch mehr Gas und wandte seinen Kopf dem Anblick des Ozeans zu. »An solch einem Morgen gibt es einfach nichts Schöneres, stimmt's?« Die Nadel des Tachometers stieg und stand schon fast auf hundert Stundenkilometer. Langsam nahm Chet seinen Fuß wieder vom Gas, denn er wußte, daß er nach etwa einem Kilometer stark verlangsamen mußte. Von da an verlief die Straße in einer Reihe Haarnadelkurven, die dem gewundenen Küstenverlauf zwischen Barrington und Stratford folgten.

Anstatt jedoch langsamer zu werden, fuhr das Auto immer schneller.

Chet erschrak heftig, aber dann erkannte er, was passiert sein mußte.

Die automatische Geschwindigkeitsregelung. Sie war wohl so eingestellt gewesen, und er hatte aus Versehen auf den Knopf gedrückt, der sie in Betrieb setzte.

Aber während er auf die Bremse trat, um dadurch die Automatikregelung außer Kraft zu setzen, fiel ihm ein, daß das Geschwindigkeitssystem eigentlich ganz anders funktionierte.

Bei jedem Halt wurde normalerweise die Geschwindigkeitsvorgabe automatisch gelöscht. Und natürlich war das auch der Fall, wenn der Motor abgestellt wurde. Also mußte etwas defekt sein.

Chets rechter Fuß drückte das Bremspedal jetzt voll durch. Er erwartete schon den leichten Ruck beim Ausschalten der automatischen Geschwindigkeitskontrolle und ein Nachlassen des Motorgeräuschs – statt dessen hörte er mit Entsetzen, wie Motor und Bremsen gegeneinander ankämpften.

Jeanette sah besorgt zu ihm hinüber. »Fahren wir nicht ein bißchen schnell?« fragte sie.

Chet antwortete nicht, sondern trat noch härter auf die Bremse. Endlich fuhr der Wagen langsamer. Die extreme Anspannung, unter der Chet gestanden hatte, ließ nach. »Das Gaspedal muß verklemmt gewesen sein«, murmelte er. »Wahrscheinlich irgendwas in der Befestigung. Das ist in 'ner Minute erledigt, wenn ich eine Zange oder einen Schraubenschlüssel im Kofferraum hab'.«

»O nein«, stöhnte Jeanette. »Das fehlte gerade noch, daß wir jetzt 'ne große Reparaturrechnung haben.«

»Es gibt keine Reparaturrechnung«, antwortete Chet und trat wieder stärker auf die Bremse, während der Motor weiter auf vollen Touren lief. »Wenn's nur die Halterung ist, dürfte es gar kein Problem sein.«

Aber plötzlich erkannte er, daß das Problem viel ernster war, als er gedacht hatte, denn die Bremsen waren jetzt heißgelaufen und griffen nicht mehr. Das Auto wurde wieder schneller.

Ein halber Kilometer vor ihnen kam die erste der Kurven in Sicht. Die Straße folgte hier einem engen Einschnitt durch das Felsenkliff, das aus der See aufragte.

»Liebling, nicht so schnell!« drängte Jeanette. »Du kannst nicht...«

»Ich versuch's ja!« unterbrach Chet sie. »Aber die Bremsen sind heißgelaufen, und ich muß sie einen Moment loslassen.« Er nahm seinen Fuß vom Bremspedal, und der Wagen schoß vorwärts, während der Motor aufheulte.

Entsetzt schaute Chet auf den Tachometer, der auf hundert, dann auf hundertzwanzig Kilometer anstieg.

»Chet, langsam!« rief Jeanette. Sie saß jetzt aufrecht in ihrem Sitz und sah ängstlich auf die scharfe Linkskurve, die nur noch ein paar hundert Meter entfernt war.

Wieder trat Chet mit voller Wucht auf die Bremse, und das Auto wurde langsamer, aber schon nach einigen Sekunden waren die Bremsen abermals heißgelaufen, und er spürte, wie ihr Widerstand geringer wurde.

Einen kurzen Moment fiel die Tachometernadel, um dann stetig zu klettern.

Chet riß wild an dem Hebel des Automatikgetriebes, und als sich nichts tat, versuchte er, die Zündung auszuschalten.

Der Schlüssel ließ sich nicht drehen. Es war, als hätte das Auto seinen eigenen Willen.

Mit hundertzwanzig Kilometer rasten sie in die erste Kurve. Chets Fingerknöchel traten weiß hervor, während er das Lenkrad umklammerte und herumriß. Die Reifen kreischten, der Wagen schlingerte, blieb aber noch auf der Straße. Nur fünfzig Meter weiter vorn ging es scharf nach rechts, und dann, dachte Chet, wenn er es richtig in Erinnerung hatte, kam die erste Haarnadelkurve, die in einer Wendung von 180 Grad um eine tiefe Felsspalte herumführte.

Sie überstanden auch die zweite Kurve, aber beide hörten sie das knirschende Geräusch, nachdem Chet das

Auto nach links gerissen hatte. Die hintere Stoßstange war an dem niedrigen Steinwall gestreift, der zum Schutz am Rand der Straße errichtet worden war. Gleich dahinter befand sich der Abgrund.

»Halt!« schrie Jeanette jetzt. »Halt, um Himmels willen!«

Chet konnte das Auto wieder auf die richtige Fahrspur bringen, aber noch immer nahm die Geschwindigkeit zu, während sie geradewegs auf die Haarnadelkurve zurasten. Am Ende dieser Kurve kam eine kleine Brücke, die an der schmalsten Stelle des Felseinschnitts den Abgrund überspannte.

»Wir schaffen's nicht!« schrie Chet. »Kopf runter!«

Das Auto fuhr fast hundertvierzig, als sie in die Kurve schossen. Obwohl Chet das Lenkrad bis zum Anschlag herumriß, reichte es nicht.

Die Schnauze des Wagens rutschte noch in die Einmündung der Brücke, aber im selben Moment verloren die Hinterräder die Haftung, und der große Sedan drehte sich um seine eigene Achse.

Die Seite, auf der Jeanette saß, knallte gegen das Ende der Betonbrüstung auf der rechten Seite der Brücke, die Tür verbeulte sich nach innen, und der am Türrahmen angebrachte Sicherheitsgurt gab sofort nach.

Jeanette wurde über den Vordersitz zu Chet hinübergeschleudert, während sich das Auto weiter drehte, bis das Heck über dem Abgrund hing. Im nächsten Moment stürzte der Wagen ab und überschlug sich in der Luft, bevor er auf die Felsen am Grund der Klippen aufschlug.

Als er schließlich liegen blieb und in Flammen aufging, waren Chet und Jeanette Aldrich bereits tot.

Von dem brennenden Wrack, das 300 Meter unter der Brücke lag, stieg eine Rauchwolke hoch. Währenddessen erhob sich die Sonne aus der Bergkulisse, und ein strahlender Herbstmorgen brach an.

Eine Minute später kam ein großer Lastwagen die steile,

enge Straße im niedrigsten Gang heruntergekrochen und nahm die erste Kurve. Schon von weitem sah der Fahrer die aufsteigende Rauchfahne.

»Mein Gott«, flüsterte er. Er schaltete die Warnblinkanlage ein, hielt den Laster an und griff nach dem Mikrofon seines Funkgeräts. »Jemand ist von der Straße abgekommen und die Klippen hinuntergestürzt, an der Brücke nördlich von Barrington«, gab er durch. »Sieht aus, als wär's gerade erst passiert. Das Auto liegt unten in der Schlucht und brennt lichterloh.«

Das Telefon in Hildie Kramers Wohnung läutete gerade in dem Moment, als die Morgennachrichten anfingen. Hildie schaltete den Ton des Fernsehers ab und nahm den Hörer auf.

»Mrs. Kramer?« fragte eine männliche Stimme.

»Ja.« Hildie war alarmiert. An dem ernsthaften Tonfall erkannte sie sofort, daß es bestimmt keine gute Nachricht war, die ihr der Anrufer so früh am Morgen übermitteln würde.

»Hier ist Sergeant Dover, Barrington Police Department.«

Hildies Herz setzte einen Augenblick aus. »Haben Sie Steven Conners gefunden?« fragte sie und bereitete sich schon darauf vor, ihre Stimme kummervoll klingen zu lassen.

»Ich wünschte, das wäre der Grund meines Anrufs«, erwiderte Dover. »Nein, es geht um den Jungen, der seinen Wagen entdeckt hat.«

In Hildies Kopf arbeitete es. Irgendwie war ihr Joshs Verhalten am letzten Abend merkwürdig erschienen. Hatte er sich während der Nacht aus dem Haus geschlichen? Aber warum? Er wußte doch gar nichts von dem, was in dem verborgenen Laboratorium vor sich ging. »Josh MacCallum?« fragte sie.

»Nein, der andere. Jeff Aldrich.«

»Ach so«, sagte Hildie und versuchte, ihre Stimme neutral klingen zu lassen, obwohl ihre Besorgnis wuchs. Was war passiert? Hatte Jeff seinen Eltern die Wahrheit gesagt?

»Ich bin hier bei dem Jungen zu Hause«, fuhr Dover fort. »Es hat einen Unfall gegeben, und Jeff ist jetzt ganz allein im Haus. Er hat mich gebeten, Sie anzurufen.«

»Ein Unfall?« wiederholte Jeanette. »Was für ein Unfall?«

»Seine Eltern hatten einen Unfall. Ihr Auto ist von der Brücke nördlich Barringtons abgekommen. Vor etwa einer dreiviertel Stunde.«

»Lieber Gott«, flüsterte Hildie. »Chet und Jeanette? Sind sie unverletzt?«

»Nein, Mrs. Kramer«, antwortete Sergeant Dover. »Es tut mir leid, aber deshalb rufe ich Sie an. Sie haben beide nicht überlebt.«

Hildie stützte sich auf einen Tisch. Es brauchte einen Moment, bis sie den Sinn der Worte vollständig erfaßt hatte. Als sie wieder sprach, zitterte ihre Stimme. »Ich bin sofort bei Ihnen«, keuchte sie. »Sagen Sie Jeff, daß ich komme.« Ohne auf eine Antwort des Polizeibeamten zu warten, legte sie auf, fuhr sich mit einem Kamm durchs Haar und verließ das Haus durch die Tür, die auf den Parkplatz führte.

Josh MacCallum lag noch im Bett, aber er war hellwach. Die ganze Nacht hatte er kaum geschlafen; immer wieder war er aufgewacht und hatte über die merkwürdigen Informationen auf seinem Computer nachgedacht. Was sie wohl bedeuten konnten? Er hatte sogar von Computern geträumt, und im Traum war er wieder in der bizarren Welt gewesen, die er auf seinem VR-Bildschirm gesehen hatte.

Nur, daß er im Traum nicht das VR-Programm eingeschaltet hatte. Er hielt sich tatsächlich in dem Computer auf.

Aber es war überhaupt nicht so, wie Adam ihm erzählt hatte. Keine wunderbare Welt wartete darauf, von ihm entdeckt zu werden.

Statt dessen gab es nur ein unendliches Labyrinth, das sich um ihn drehte, unendliche Korridore, die nirgendwohin führten. Er bekam panische Angst und rannte durch das Labyrinth, erst in eine Richtung, dann in eine andere, aber schließlich stand er immer wieder genau da, wo er losgelaufen war.

Es war eine Falle, eine Falle, aus der man nie wieder entkommen konnte.

Er wollte schreien, aber er hatte keine Stimme, und jedesmal, wenn er mit aller Kraft versuchte, einen Ton herauszubringen, wachte er auf, schweißgebadet und am ganzen Körper zitternd.

Sobald er wieder eingeschlafen war, verfolgte ihn erneut der gleiche Traum, und jedesmal war er noch beängstigender als zuvor.

Als er zum letzten Mal wach geworden war, schien die Morgensonne schon in sein Zimmer, und er beschloß, überhaupt nicht mehr zu schlafen. Statt dessen griff er nach dem Buch auf seinem Nachttisch und fing an zu lesen.

Dann hörte er draußen auf dem Kiesweg einen Wagen und sah auf die Uhr; es war erst ein paar Minuten nach sechs. Neugierig schlüpfte er aus dem Bett und ging zum Fenster.

Er kam gerade noch rechtzeitig, um Hildie Kramers Wagen durch das große Eingangstor verschwinden zu sehen.

Wo war sie hingefahren? Und wie lange würde sie wegbleiben?

Josh sah noch einmal auf die Uhr. Alle würden noch mindestens eine halbe Stunde schlafen. Und wenn Hildie nicht im Haus war...

Er mußte die Chance wahrnehmen. Wenn er wirklich noch einmal in den Keller wollte, um herauszufinden, wo sich der zweite Fahrstuhl befand, dann war jetzt genau der richtige Zeitpunkt, es zu tun.

Aber falls ihn jemand erwischte? Was war mit den Leuten, die in der Küche arbeiteten? Er wußte noch nicht einmal, wann sie zur Arbeit kamen.

Während er sich anzog, hatte er plötzlich eine Idee. Er holte seinen Koffer unter dem Bett hervor und nahm ihn mit, als er sein Zimmer verließ. Wenn ihn jemand sah, würde er einfach sagen, daß er ihn im Keller verstauen wollte.

Der Flur war so ruhig, als wären es noch Stunden bis zum Anbruch des Morgens, und Josh eilte unbemerkt den Gang entlang zur Treppe. Immer zwei Stufen auf einmal nehmend, lief er ins Erdgeschoß hinunter.

Auch hier war alles verlassen.

Schnell rannte er durch den Eßsaal in den kleinen Raum daneben, dann blieb er stehen, um an der Küchentür zu lauschen. Offenbar wurde schon das Frühstück vorbereitet; er hörte leises Stimmengemurmel und roch den Duft frischen Kaffees, der durch den Spalt der Schwingtür nach draußen drang.

Leise öffnete Josh die Kellertür, schaltete das Licht an und trat auf den Treppenabsatz am Anfang der steilen, schmalen Treppe.

Er zog die Tür hinter sich zu und atmete erleichtert auf. Immerhin hatte ihn bis jetzt niemand gesehen.

Mit dem Koffer in der Hand stieg er die Treppe hinab. Irgendwie erschien ihm der Keller heute nicht ganz so beängstigend, wahrscheinlich weil er sich schon zum zweiten Mal hier unten aufhielt und weil er wußte, daß draußen heller Morgen war. Er stellte den Koffer ab, dann machte er sich auf den Weg in den Raum, wo er die Wände des Betonschachts gesehen hatte. Wieder erhellte eine Glühbirne nach der anderen die vielen Räume. Gleich darauf stand Josh vor dem Schacht. Er fand noch einen weiteren Lichtschalter, so daß seine

Umgebung nun von vier nackten Glühbirnen hell erleuchtet wurde.

Langsam ging er um den Betonschacht herum und untersuchte ihn sorgfältig. Drei Seiten bestanden aus glatten Betonwänden, die man an einigen Stellen ausgebessert hatte; sonst war nichts Besonderes daran.

An der vierten Seite fand er jedoch etwas, das er nicht bemerkt hatte, als er das letzte Mal hier unten gewesen war. Aus dem Boden kam ein Plastikrohr, das einen Durchmesser von etwa sieben Zentimetern hatte. Das Rohr verlief in gerader Linie die Mauer des Schachtes hinauf und wurde in der Mitte von einem Kasten unterbrochen, dessen Abdeckplatte an den vier Ecken festgeschraubt war. Von dem Kasten aus führte das Rohr weiter gerade nach oben und verschwand dann in der Decke des Kellers. Eine einzige dünne Leitung zweigte an dieser Stelle von dem Rohr ab und verlief weiter über die Decke des Kellers selbst.

Mit schräggelegtem Kopf und vor Konzentration gefurchter Stirn starrte Josh das Rohr an. Er wußte, daß Plastik zu der Zeit, als man das Haus gebaut hatte, noch nicht einmal erfunden worden war. Und überhaupt sah die Leitung nicht alt aus. Er untersuchte den Fußboden an der Stelle, wo das Rohr im Beton verschwand, und stellte fest, daß auch der Zementverputz darum herum neu war.

Konnte das Rohr vielleicht die Seile enthalten, die den Fahrstuhl beförderten? Das schien ausgeschlossen, dazu war es nicht dick genug.

Josh lief zurück und suchte in den kleineren Räumen, in denen alles mögliche herumstand, nach Werkzeug. Schließlich fand er einen Werkzeugkasten, in dem auch ein Schraubenzieher lag. Schnell lief er wieder zum Schacht und schraubte die Abdeckplatte von dem Kasten, der das Rohr unterbrach. Als er die vierte Schraube gelöst hatte, klappte die Platte nach unten und gab den Blick auf das Innere des Kastens frei.

Darin waren Kabel.

Aber nicht die dicken Kabel, die dazu dienten, einen Fahrstuhl nach oben oder unten zu transportieren.

In dem Kasten waren Computerkabel.

Josh erkannte sie sofort, ihre graue Plastikhülle war ihm so vertraut wie die Schnürsenkel seiner Turnschuhe. Mindestens ein Dutzend führten durch den Kasten, sie lagen so dicht zusammen, daß Josh sie gar nicht einzeln zählen konnte. Und alle führten sowohl nach oben in das Gebäude als auch nach unten an irgendeinen Ort unter dem Keller.

Aber noch immer wußte Josh nicht, wo sich die Maschinen befanden, die den Fahrstuhl bewegten. Während er die Abdeckplatte wieder auf den Kasten schraubte, stellte er sich das Haus mit allen seinen Räumlichkeiten vor. Das Dach der Kuppel, die den vierten Stock bildete, war flach, dort konnten sie also kaum sein.

Wenn nun aber die Trageseile, die die Kabine auf und ab transportierten, über Umlenkrollen liefen und durch die Wände wieder nach unten geführt wurden? Hier unten war genug Platz für Maschinen.

Josh wandte sich von dem Schacht ab, und seine Augen folgten der abzweigenden Leitung. Sie verschwand ein paar Meter weiter in einer Wand aus Betonblöcken.

Diese Steine sahen neuer aus als der Boden des Kellers. Und in ihrer Mitte befand sich eine Tür.

Joshs Herz schlug schneller, als er auf die Tür zuging.

Hildie Kramer hielt vor dem Haus der Aldrichs. Ein Polizeiwagen stand in der Auffahrt, und ein uniformierter Polizeibeamter öffnete die Tür, noch bevor sie klingelte.

»Mrs. Kramer? Ich bin Sergeant Dover. Der Junge ist in der Küche.« Er wies mit dem Kopf zum Wohnzimmer und zu der dahinterliegenden Küche. »Dort entlang.«

Hildie durchquerte das Wohnzimmer und blieb an der Tür zur Küche stehen. Jeff saß am Küchentisch, noch im

Schlafanzug und Morgenmantel. Als er zu ihr aufschaute, bemerkte sie als erstes, daß er nicht weinte.

Sein Gesicht war blaß, aber er weinte nicht.

»Ich wußte nicht, wen ich anrufen sollte«, sagte er. »Niemand von meiner Familie wohnt in der Nähe.«

Hildie ging zu dem Jungen und hockte sich trotz ihres umfangreichen Körpers vor ihm nieder, so daß sie ihre Arme um ihn legen konnte, während er auf dem Stuhl sitzen blieb. »Es tut mir leid«, sagte sie. »Es tut mir so leid.«

Jeff sah sie an. »Kann ich jetzt wieder zurück in die Schule?« fragte er.

Seine Frage verschlug Hildie den Atem. Prüfend sah sie Jeff ins Gesicht, und langsam verstand sie.

Keine Tränen.

Seine Stimme war fest.

Es war ihm gleichgültig.

Seine Eltern waren beide tot, und es war ihm gleichgültig.

In Hildies Kopf wirbelten die Gedanken durcheinander. Hatte der Polizist etwas bemerkt? Oder hatte er nur angenommen, daß Jeff unter Schock stand und einfach noch nicht fassen konnte, was passiert war?

»Ich... ich weiß nicht«, sagte sie. »Laß mich mit dem Sergeant sprechen. Wie hieß er gleich noch?«

»Dover«, antwortete Jeff. »Er heißt Sergeant Dover.«

Hildie erhob sich und ging ins Wohnzimmer, wo der Sergeant telefonierte. Er machte ihr ein Zeichen zu warten, beendete schnell sein Gespräch und legte auf. »Wie geht es ihm?« fragte er.

Hildie schüttelte den Kopf. »Ich fürchte, er hat noch gar nicht erfaßt, was eigentlich passiert ist. Aber er möchte wissen, ob er mit mir in die Schule kann.« Dovers Augenbrauen zogen sich erstaunt zusammen, und Hildie beeilte sich, ihren Vorteil auszunutzen, bevor der Beamte zum Nachdenken kam. »Ich denke, es geht ihm nicht so sehr darum, in der Schule zu sein, als eher darum, das Haus so schnell wie möglich verlassen zu können. Nach dem, was passiert ist, muß er sich hier furchtbar fühlen.«

»Aber wir sollten auf jeden Fall seine Verwandten benachrichtigen«, sagte Dover.

Hildie nickte zustimmend. »Darum kann ich mich kümmern. Wir haben seine Personalien in der Schule, und sowohl Chet als auch Jeanette arbeiten – *arbeiteten* – an der Universität. Selbstverständlich werde ich alles tun, was nötig ist, aber...« Sie ließ ihre Worte absichtlich in der Luft hängen, denn sie wollte, daß Dover das Gefühl hatte, selbst die endgültige Entscheidung getroffen zu haben. Keiner sollte auf die Idee kommen, daß sie nur hergeeilt war, um Jeff abzuholen und wieder mit zur Schule zu nehmen.

Dover überlegte. Es war für ihn schlimm genug gewesen, einem zwölfjährigen Jungen den Tod seiner Eltern mitteilen zu müssen. Wenn es um Kinder ging, hatte Dover noch nie gewußt, wie er sich verhalten sollte. Während der halben Stunde, die er sich jetzt hier aufhielt, hatte er kaum ein Wort mit dem Jungen gewechselt, weil er einfach nicht wußte, was er sagen sollte. Und diese Frau war es zumindest gewöhnt, mit Kindern umzugehen, und sie kannte Jeff. »Ja, wenn Sie ihn mitnehmen könnten, würde das die Sache sicher erleichtern«, stimmte er schließlich zu. »Vielleicht hat er auch eine Großmutter oder so, die helfen kann. Ich meine, wenn nicht, dann könnten wir auch die Fürsorge anrufen und sehen, ob die irgend etwas finden, wo er bleiben kann.«

»Ich glaube nicht, daß das nötig ist«, beruhigte Hildie ihn. »Meines Wissens haben weder Chet noch Jeanette Verwandte im Ort, aber ich werde mich gleich darum kümmern, sobald ich wieder in der Schule bin. Die Fürsorge brauchen wir bestimmt nicht einzuschalten.«

»Wir müssen abwarten, was die Familie dazu sagt«, erwiderte Dover zurückhaltend. »Und es tut mir leid, aber ich muß Sie fragen, ob Sie sich irgendwie ausweisen können. Nicht, daß ich nicht glaube, daß Sie Mrs. Kramer sind, aber...«

»Aber natürlich, kein Problem«, entgegnete Hildie lächelnd und wühlte in ihrer großen Tasche, die sie auf einen Stuhl gelegt hatte, als sie vor ein paar Minuten durch das Wohnzimmer gegangen war. Dover sah flüchtig auf ihren Führerschein und ihren Universitätsausweis, dann reichte er ihr beides zurück.

»Kann ich Sie unter der gleichen Telefonnummer wie heute morgen erreichen?«

»Oder über die Universitätszentrale«, antwortete Hildie. »Das ist tagsüber besser. Die andere Nummer ist die meiner Wohnung in der Schule. Ich arbeite dort als Hausmutter.«

Fünf Minuten später saßen sie und Jeff im Auto und fuhren zurück zur Akademie. Lange Zeit schwiegen beide. Dann sagte Hildie: »Es tut mir so leid um deine Eltern, Jeff. Ich weiß, wie schwer es für dich sein muß.«

Jeff reagierte einen Moment lang überhaupt nicht, und Hildie fragte sich schon, ob er sie überhaupt gehört hatte. Dann wandte er sich jedoch ihr zu und sah sie an.

»Jetzt muß Dr. Engersol mich auch dorthin gehen lassen, wo Adam ist«, sagte er. »Denn wenn die Polizei erst mal rauskriegt, was ich getan habe, werde ich festgenommen.«

Hildies Hände schlossen sich fester um das Lenkrad, und sie antwortete nicht.

Fast eine halbe Stunde lang hatte Josh über die Maschinen nachgegrübelt, die hinter der Wand aus Betonsteinen verborgen waren. Doch als er die Tür öffnete und das Licht einschaltete, wußte er sofort, daß er gefunden hatte, wonach er suchte.

Zwei große Elektromotoren standen in dem Raum, im Boden versenkt und beide mit Transmissionsgehäusen verbunden.

Einer der Motoren war alt, sein Messinggehäuse schwarz von Schmiere. Durch das kunstvoll geprägte Gitter, das ihn umgab, konnte man gut Kupferdrahtwicklungen erkennen.

Aber der zweite Motor sah sehr viel neuer aus. Josh konnte jedoch auf dem Boden noch die Spuren eines Motors entdecken, der genauso groß gewesen sein mußte wie der ältere, denn der modernere Motor hatte eine kleinere Grundfläche.

Hatte einer der alten Elektromotoren nicht mehr funktioniert? Aber wenn es so war, warum hatte man nicht gleich beide erneuert?

Während er noch darüber rätselte, sah er sich die Transmissionsrollen näher an, auf denen Drahtseile aufgewikkelt waren, die dicker schienen als Joshs Daumen.

Auf der Rolle, die zu dem alten Motor gehörte, war das Seil nur en paarmal um die Trommel gewickelt.

Bei der Rolle des neueren Motors war es genauso, aber die Rolle selbst war viel größer, obwohl das Seil denselben Durchmesser hatte.

Joshs Augen folgten den Seilen. Sie liefen über die Transmissionsgehäuse an den Motoren zu schweren Umlenkrollen, die im Betonboden verankert waren, und parallel zum Fußboden zu zwei weiteren Umlenkrollen. Von dort aus führten sie gerade nach oben und verschwanden in zwei Schächten.

Josh stellte sich vor, wie sie durch die Wand aufwärts zu zwei weiteren Rollen verliefen, von wo sie dann wieder horizontal auf die Höhe des Schachtes in der Mitte des Kellers führten. Die letzten zwei Umlenkrollen mußten sich jeweils direkt über den zwei Schächten selbst befinden.

Welcher Motor welchen Fahrstuhl bewegte, war Josh sofort klar.

Der ältere Motor mit der kleineren der beiden Rollen mußte die schöne Messingkabine transportieren, die er jeden Tag sah und die jetzt offenbar im Erdgeschoß stand, denn das Drahtseil war fast völlig abgewickelt.

Der neuere Motor mit seiner größeren Rolle betrieb also den geheimen Fahrstuhl. Aber auch auf dieser Rolle befand sich kaum noch Seil, was bedeutete, daß auch die zweite Kabine sich ganz unten befinden mußte.

Aber wieviel weiter unten als die erste?

Joshs Augen suchten die Wände des Raumes ab, und er entdeckte die Schaltkästen der Aufzüge.

Wie bei den Motoren auch sah einer von ihnen aus, als hinge er dort, weit das Haus gebaut worden war.

Aber der Schaltkasten, der mit dem zweiten Motor verbunden war, wirkte genauso neu wie dieser selbst. Und aus ihm kam die Leitung, die von dem Rohr abzweigte, das an dem Fahrstuhlschacht im Raum nebenan entlanglief.

Der verborgene Aufzug wurde also von einem Computer gesteuert.

Dagegen wurde der ältere, für alle sichtbare Fahrstuhl noch immer von dem System in Gang gesetzt, das installiert worden war, als Mr. Barrington das Haus bauen ließ.

Ein plötzliches lautes Geräusch ließ Josh zurückfahren. Einen Moment lang hatte er panische Angst, im Keller erwischt worden zu sein, aber gleich darauf atmete er auf. Was er gehört hatte, war das Startgeräusch des einen der beiden Aufzüge.

Er drehte sich um und sah, wie die kleinere Rolle sich langsam drehte und das Seil darauf sich aufwickelte. Josh hielt den Atem an und zählte die Sekunden. Der alte Motor und das Getriebe gaben laute, ratternde Geräusche von sich. Nach dreißig Sekunden war die Rolle völlig mit dem Seil umwickelt, und der Motor hörte mit einem Quietschen zu arbeiten auf.

Josh blieb regungslos stehen, denn gleich darauf schaltete sich der andere Motor ein und die zweite Rolle drehte sich, jedoch viel schneller und fast ohne ein Geräusch. Wieder zählte Josh die Sekunden.

Dieses Mal dauerte es nur zwanzig Sekunden, bis der Aufzug stillstand, aber Josh war sicher, daß die Rolle sich mindestens doppelt so schnell wie die erste gedreht hatte. Keine fünf Sekunden später setzte sich der neue Aufzug erneut in Bewegung.

Josh kombinierte, daß jemand mit dem alten Fahrstuhl in den dritten Stock gefahren war, dann den verborgenen Aufzug gerufen hatte und sich von ihm nach unten hatte bringen lassen, wo auch immer dieses ›unten‹ sein mochte.

Hildie?

War sie zurückgekommen? Wie lange war er eigentlich schon im Keller? Er wußte es nicht. Aber wenn es Hildie gewesen war, konnte er jetzt wieder hochgehen, ohne zu riskieren, daß sie ihn sah. Während Josh zurück durch den Keller lief und dabei alle Lichter ausschaltete, überlegte er schon, was er als nächstes tun könnte.

Wenn der verborgene Fahrstuhl von einem Computer gesteuert wurde, der sich irgendwo unter dem Haus befand, dann mußte es eine Möglichkeit geben, zu diesem Computer zu gelangen! Und wenn es ihm möglich wäre, dorthinzukommen...

In Joshs Kopf wirbelten die Gedanken durcheinander, während er die Treppe hinaufstieg, die letzte Glühbirne löschte und die Tür zu dem kleinen Vorraum aufstieß.

»He, bist du verrückt?!«

Josh starrte erschrocken den Jungen an, mit dem er fast zusammengestoßen wäre. Er trug ein Tablett voller Essen und war gerade auf dem Weg aus der Küche in den Speisesaal. Es war einer der Studenten der Universität, die stundenweise in der Küche der Schule arbeiteten, und er sah Josh böse an.

»Was machst du denn hier, zum Teufel?«

»Ich... ich hab' nur meinen Koffer runtergebracht«, stotterte Josh.

Der Junge verdrehte die Augen. »Paß nächstes Mal auf, ja?« Dann ging er an Josh vorbei in den Eßsaal. Josh folgte ihm und bahnte sich einen Weg durch die vielen Kinder, die sich um das Buffet drängten. Schnell durchquerte er das Foyer und wollte gerade die Treppe hochsteigen, als Brad Hinshaw heruntergerast kam.

»Josh! Ich habe überall nach dir gesucht!«

»Ich habe meinen Koffer...«, begann Josh, aber Brad unterbrach ihn.

»Jeff ist wieder da! Kaum zu glauben, nicht? Nur eine Nacht, und schon ist er wieder da!«

»Jeff?« wiederholte Josh, und im selben Moment fielen ihm die merkwürdigen Informationen ein, die er vergangene Nacht auf seinem Computer entdeckt hatte.

»Ja! Ich hab' ihn gerade mit Hildie reinkommen sehen!«

Josh Herz schlug schneller. »Wo sind sie?« fragte er.

Brad zeigte nach oben. »In Dr. Engersols Wohnung. Ich hab' sie vor ein paar Minuten im Fahrstuhl gesehen. Komm, setzen wir uns und reservieren einen Platz für Jeff. Ich bin ungeheuer gespannt, wie er es geschafft hat, seine Alten zu überreden, daß sie ihn zurückkommen lassen.«

Aber Josh hörte schon nicht mehr zu, denn er wußte, daß Jeff und Hildie nicht in Dr. Engersols Wohnung waren.

Sie waren irgendwo unter dem Gebäude.

Was geschah da?

Josh ließ Brad stehen und lief die Treppe hoch in den ersten Stock und in sein Zimmer.

In sein Zimmer, und zu seinem Computer.

27

Jeff starrte auf das Bild seines Bruders auf dem Monitor über dem Becken, in dem Adams Gehirn schwamm.

Toll!

Obwohl Jeff es mit eigenen Augen sah, konnte er es kaum glauben. Adam *lebte* noch. Es war noch besser, als er erwartet hatte. Adam konnte sehen und hören und sprechen, und alles mit Hilfe des mächtigen Croyden Computers im Nebenraum.

Jeff konnte sogar den Zorn in Adams Augen sehen, so deutlich, als wäre Adam selbst auf dem Bildschirm und nicht irgendein graphisches Bild, das sein Bruder entwikkelt und das der Computer für den Monitor produziert hatte.

»Ich *wollte* nicht, daß Mama und Papa sterben«, sagte Jeff jetzt, und seine Stimme klang genauso verärgert wie die Adams kurz vorher, als der ihm vorgeworfen hatte, ihre Eltern absichtlich umgebracht zu haben. »Ich sag's dir doch, ich wollte ihnen nur einen Schrecken einjagen!«

»Lüg mich nicht an, Jeff.« Adams Stimme war kalt und von einer Härte, die Jeff nie zuvor bei Adam gehört hatte. »Ich hätte dir nicht helfen sollen. Aber du hast gesagt...«

»Was sollte ich denn machen?« fuhr Jeff dazwischen, plötzlich herausfordernd und trotzig. »Sollte ich mich einsperren lassen? Wenn du deinen Mund gehalten hättest, wäre alles okay gewesen. Aber du mußtest ja unbedingt mit Mama reden!«

»Ich wollte nur, daß sie nicht mehr traurig ist!« entgegnete Adam scharf. Seine Augen auf dem Bildschirm glitzerten vor Wut. »Sie war meine Mama! Ich habe sie geliebt!«

George Engersol beobachtete die beiden fasziniert. Es war genauso, als wäre Adams Gehirn noch in seinem Körper. Seine Emotionen, seine Reaktionen, alles war vollkommen! Sogar sein Gesichtsausdruck veränderte sich ständig, während er auf die Worte seines Bruders reagierte. Jede neue Emotion wurde sofort in die entsprechende graphische Darstellung auf dem Monitor verwandelt.

Das war Animation in ihrer vollkommensten Form; mit Hilfe eines Bildes konnte der Junge seinen emotionalen Zustand perfekt wiedergeben!

Während Adam einen Teil seines Gehirns benutzte, um die Darstellungen auf dem Monitor zu erzeugen, sandten andere Teile gleichzeitig elektronische Impulse aus, die der Computer in Sprache verwandelte. Er machte aus den empfangenen elektronischen Signalen Töne, denen ein menschliches Hirn genau das entnehmen konnte, was Adam mitteilen wollte.

Und Adam konnte auch sehen; der Computer verwandelte die Bilder, die von den vier Kameras in den Ecken des Raumes aufgenommen wurden, in digitale Daten. Adam konnte diese Daten dann wieder mit seinem Verstand in Bilder umwandeln, die so scharf und deutlich waren, als sähe er sie mit seinen eigenen Augen.

Unglaublich! dachte Engersol. Die zwei wichtigsten Sinne, Hören und Sehen, funktionierten trotz des Verlustes der äußeren Sinnesorgane noch immer perfekt.

Engersol war längst sicher, daß er recht gehabt hatte. Seit Adams Gehirn aus seinem Schädel entfernt worden war, hatte der Junge begonnen, neue Möglichkeiten zur Nutzung der Bereiche zu entwickeln, die er nun nicht mehr brauchte, um seinen Körper am Leben zu halten.

Er schien Teile seines Nervensystems so umprogrammiert zu haben, daß er über die Funktionen des Hörens und Sehens nicht länger nachdenken mußte. Die Daten des Croyden wurden einfach gesammelt, in die entsprechende Form übersetzt und weitergesandt, um die optischen und akustischen Bereiche von Adams Gehirn zu stimulieren.

Für ihn mußte das, was er sah und hörte, so real erscheinen, als erlebte er es tatsächlich.

Aber was war mit Amy?

Engersol wandte seine Aufmerksamkeit dem Monitor über Amys Gehirn zu, während der Streit zwischen Adam und Jeff weiterging und der Computer jede Veränderung im Gehirn des Jungen aufzeichnete, der zwischen Trauer um seine Eltern und Wut auf seinen Bruder schwankte.

Amys Gehirn war aktiv – das konnte Engersol an den graphischen Darstellungen ihrer Hirnströme ablesen. Seit gestern hatte sie sich jedoch geweigert, ihm zu antworten, obwohl er sicher war, daß sie verstand, daß er mit ihr kommunizieren wollte.

Er hatte jetzt einen Entschluß gefaßt.

Adam hatte ihm bestätigt, daß sie Viren in den Croyden Computer eingepflanzt hatte, die im selben Moment aktiviert werden sollten, in dem das Gerät, das ihr Gehirn überwachte, irgend etwas Ungewöhnliches registrierte.

Veränderte er also etwas an den Zuleitungen oder trennte er Amys Gehirn von dem System, würden die Viren sofort aktiv.

Adam hatte schon Hunderte von ihnen aufgespürt, aber spät in der letzten Nacht war klar geworden, daß es für ihn unmöglich war, alle zu finden. Amy konnte sie beliebig überall einpflanzen – nicht nur in den Croyden, sondern in jeden Computer, in den sie eindringen konnte, was – wie Adam bestätigt hatte – fast alle großen Computer auf der Welt waren.

Und es war unmöglich, diese Viren genauso schnell zu zerstören, wie sie von ihr installiert wurden; schon jetzt konnte Adam längst nicht mehr mit Amy Schritt halten.

Sie mußte aufgehalten werden, aber noch bis vor ein paar Stunden hatte Engersol keine Möglichkeit dafür gesehen. Jede Art, sie zu stoppen, würde die Viren in Aktion setzen, wobei jeder Virus noch weitere aktivieren würde, bis...

Engersol schauderte es bei der Vorstellung, daß mit einemmal alle größeren Computer im Land ausfallen oder von einem Virus befallen werden könnten.

Heute morgen um zwei Uhr war ihm dann die Lösung eingefallen: Man mußte den Computer betrügen.

Er würde einfach eine Aufzeichnung ihrer Hirnreaktionen anfertigen. Dieses Band konnte man dann in einer Schleife endlos abspielen, so daß es dem Computer ständig die richtigen Daten mitteilen würde und es den Anschein hätte, als sei Amy noch da und als würde ihr Gehirn normal funktionieren.

Und während der Computer mit den aufgezeichneten Daten getäuscht wurde, konnte Engersol Amys Gehirn von seinen Versorgungsleitungen trennen und es zerstören.

Inzwischen könnte Adam zusammen mit dem Croyden damit beginnen, die Datenspeicher sämtlicher Computer zu durchsuchen, die Amy vielleicht bereits infiziert hatte.

Und wenn das geschafft wäre, wenn Adam ihm bestätigte, daß er alle Viren gefunden und zerstört hatte, dann würde Engersol das Laboratorium zunächst einmal nicht mehr für derartige Experimente benutzen. Er würde den Croyden und das ganze Projekt ruhen lassen, bis er eine Möglichkeit gefunden hatte, die Gehirne der Kinder unter Kontrolle zu halten.

Noch hatte Engersol Hildie nicht mitgeteilt, wie groß das Ausmaß des Schadens wäre, den Amys Starrsinn anrichten könnte, aber er selbst war sich darüber völlig im klaren.

Er hatte die Büchse der Pandora geöffnet, und nun flogen auch die Übel heraus und ergossen sich über die Erde.

»Wenn wir sie daran hindern können, noch mehr Viren zu erzeugen«, hatte Adam ihm heute morgen gesagt, »kann ich die Auslöserviren in ein paar Stunden finden. Und wenn sie erst einmal zerstört sind, ist der Rest nicht mehr wichtig, denn von alleine werden diese Viren niemals aktiv. Sie können bleiben, wo sie sind. Und ich kann dann Amys eigene Daten benutzen, um die Auslöser zu finden.«

Engersol, einen Moment lang ganz in Gedanken versunken, wandte sich wieder der Wirklichkeit zu: »Wir können nichts mehr an dem ändern, was nun einmal passiert ist«, sagte er zu Hildie. »Wir können nur von den Gegebenheiten ausgehen, die wir jetzt vorfinden. Und das Wichtigste ist im Moment, mit Amy in Kontakt zu kommen.«

»Können Sie das schaffen?« fragte Hildie Kramer. Sie hatte in den letzten fünfzehn Minuten schweigend zugehört, wie Jeff seinem Bruder erzählte, was ihren Eltern passiert war. Die Bedeutung des Projekts, das kurz vor seiner Vollendung stand, überlagerte im Moment alles.

Und wenn Adam glaubte, daß er selbst am Tod seiner Eltern schuld war, würde das seine Bereitschaft nur noch steigern, bei allem mitzuarbeiten, was Amy Carlson unter Kontrolle bringen könnte.

Adams Bedürfnis nach Anerkennung, seine fast schon pathologische Neigung, jede an ihn gestellte Anforderung perfekt zu erfüllen, war auch der hauptsächliche Grund dafür gewesen, ihn für dieses Projekt auszuwählen.

Ein schlechtes Gewissen wegen seiner Eltern würde dazu führen, daß Adam alles tat, was Dr. Engersol von ihm verlangte, auch wenn er selbst dabei sterben müßte.

»Ich denke schon, daß wir zu Amy Kontakt aufnehmen können«, antwortete Engersol. Er setzte sich an die Tastatur und fing an, Anweisungen einzugeben, um die gerade aufgezeichneten Daten von Amys Gehirn wieder in die überwachenden Geräte zurückzusenden und dann endlos zu wiederholen.

Sofort erwachte Amys Monitor zum Leben, und ihre Stimme erfüllte den Raum.

»Das funktioniert nicht, Dr. Engersol.« Sie sprach die

Worte mit einer solchen Sicherheit aus, daß alle drei im Raum Anwesenden verblüfft zu ihrem Monitor aufsahen.

Amys ärgerlicher Blick schien direkt auf Dr. Engersol gerichtet zu sein. »Ich weiß, was Sie vorhaben, aber es funktioniert nicht.«

Auf Engersols Gesicht erschien ein dünnes, kaltes Lächeln. »Und was glaubst du denn, was ich vorhabe, Amy?«

»Sie wollen den Computer täuschen. Aber das können Sie nicht. Ich habe meine Zeit gut genutzt und schon sehr viel gelernt, Dr. Engersol. Gehirne sind wie Fingerabdrücke, es gibt keine zwei, die sich absolut gleichen. Und sie sind so kompliziert, daß sich niemals eine Reihe meßbarer Reaktionen wiederholt. Also habe ich ein Programm entwickelt und installiert, das jede neue Abbildung meiner Hirnreaktionen mit denen davor vergleicht. Sobald mein Programm ein Duplikat entdeckt, geht es davon aus, daß Sie mir etwas angetan haben und wird die Viren aktivieren. Aber als erstes wird es dieses ganze Projekt zerstören.«

Mit kaltem, abschätzendem Blick sah Engersol auf das Bild des rothaarigen Mädchens, dessen sommersprossiges Gesicht nicht älter als zehn Jahre aussah – bis auf ihre Augen. In ihnen schien das Wissen der ganzen Menschheit versammelt. »Ich glaube dir nicht«, sagte er entschieden. Aber er fühlte sich lange nicht so sicher, wie seine Stimme klang.

Amy legte leicht den Kopf zur Seite, und um ihre Mundwinkel spielte ein Lächeln. »Versuchen Sie's doch. Ich habe es so eingerichtet, daß Sie dreißig Sekunden Zeit haben, um Ihre Meinung zu ändern. Aber ich glaube kaum, daß Sie so lange warten werden.«

In Engersol stieg Wut auf. Sie bluffte! Ganz bestimmt. »Wenn ich meine Meinung nicht ändere, stirbst du, richtig?«

Amy zögerte einen Moment und nickte dann. »Ja. Und

Adam ebenfalls. Aber ich habe auch darüber nachgedacht, und ich finde, es macht nichts. Sie hatten keinerlei Recht, uns für Ihre Zwecke zu benutzen, Adam und mich, aber Sie haben es trotzdem getan. Und ich habe Ihnen gesagt, was passieren würde, wenn Sie mir etwas antun. Wenn Sie es also trotzdem tun, dann töten *Sie* Adam und mich, nicht ich.«

Engersol schaute nervös Hildie Kramer an, die mit vor Wut zusammengekniffenen Augen auf Amy Carlsons Bild starrte. »Was meinen Sie?« fragte er.

Hildies Blick blieb auf den Monitor gerichtet, während sie sprach. »Stimmt das, was sie sagt? Können wir den Computer nicht täuschen?«

Engersol fuhr sich nervös mit der Zungenspitze über die Lippen. »Ich bin nicht sicher«, sagte er. »Obwohl ich glaube, daß man ihn täuschen kann. Ich glaube, sie blufft nur.«

Hildie holte tief Luft. »Dann tun Sie es«, sagte sie mit haßerfüllter Stimme. »Wir können nicht das ganze Projekt zum Spielball eines störrischen Kindes werden lassen.«

Engersol beendete die Eingabe der Anweisungen und drückte die Eingabetaste.

Ein paar Sekunden lang passierte überhaupt nichts. Schon wollte er weitere Instruktionen eingeben, um das Versorgungssystem für Amys Gehirn zu unterbrechen, als plötzlich auf dem Monitor alles durcheinandergeriet. Aus den Lautsprechern schrillte ein Alarmzeichen. Auf den Kontrolltafeln beider Becken begannen rote Warnlichter zu blinken, und mehrere Summer ertönten, während das ganze System abzustürzen begann.

»Was ist los?« fragte Hildie erschrocken. »Was passiert jetzt?«

George Engersol antwortete nicht. Er saß schon wieder an der Tastatur und widerrief das Abspielen der Daten, die er von Amys Gehirnreaktionen aufgezeichnet hatte. »Adam, hilf mir!« stieß er hervor.

Als das Abspielen der konservierten Daten aufhörte, erstarb das Schrillen der Alarmsignale. Nach und nach erloschen die Warnlichter, während Adam begann, die Schäden an den Programmen wieder zu reparieren, die sämtliche Geräte kontrollierten.

Es dauerte keine Minute, bis alles vorbei war. Engersol war totenbleich und sein Hemd klitschnaß. Als er erkannt hatte, daß in einem Moment zehn Jahre Arbeit vernichtet zu werden drohten, war ihm am ganzen Körper der Schweiß ausgebrochen. Mit zitternder Hand wischte er sich über die Stirn.

Amys Bild auf dem Monitor lächelte. »Sehen Sie?« sagte sie. »Es lief ganz genauso, wie ich es Ihnen gesagt habe.«

Engersol schluckte heftig, um den Kloß aus seiner Kehle zu entfernen. »Adam!« japste er mit erstickter Stimme. »Wie weit bist du? Ist alles unter Kontrolle?«

»Ich bin noch beim Überprüfen«, antwortete Adam. Das Gesicht des Jungen auf dem Monitor wirkte eingefroren, während er sich mit aller Kraft seines Verstandes darauf konzentrierte, die Programme zu kontrollieren, die Amys Viren angegriffen hatten. Er verglich sie mit den Sicherheitskopien der Originale und brachte eines nach dem anderen wieder in Ordnung.

Für ihn war es, als befinde er sich in den Computern selbst und untersuche die auf der Festplatte gespeicherten Daten. Er konnte sie so einfach lesen wie auf Papier geschriebene Wörter, fühlte geradezu die Daten durch sein Hirn strömen.

Dann spürte er plötzlich in den Tiefen seines Bewußtseins die Anwesenheit von etwas Ungewöhnlichem.

Es war nicht Amy.

An sie war er gewohnt, denn sie war anscheinend immer da, arbeitete am Rand seines eigenen Verstandes oder bewegte sich über ihm, wie ein Schatten, den er nicht näher identifizieren konnte, dessen Gegenwart er jedoch ständig spürte.

Jetzt aber fühlte er die Anwesenheit von jemand anderem.

Angestrengt versuchte er, den Grund für dieses Gefühl herauszufinden – und dann verstand er.

Schon nach fünf Minuten vor seinem Computer hatte Josh begriffen, daß er es nicht schaffen würde, in das Computersystem irgendwo unter dem Gebäude einzudringen. Er hatte alles versucht, hatte sich von den Inhaltsverzeichnissen aus in immer neue Richtungen vorgearbeitet, aber zum Schluß erschien jedesmal dieselbe Aufforderung:

SICHERHEITSCODE EINGEBEN

Diese beiden Wörter hatten ihn verfolgt, und schließlich hatte er aufgegeben. Voller Enttäuschung verließ er sein Zimmer und ging den Flur entlang zur Treppe. Als er am Treppenabsatz angelangt war, hörte er von oben ein Miauen und schaute hoch.

Auf dem Treppenabsatz des dritten Stockes, zwei Stockwerke über ihm, stand Tabby und sah durch die Gitterstäbe des Treppengeländers zu ihm herunter. Die rötliche Katze, die in Amys Zimmer gewohnt hatte, war die letzten zwei Tage in den oberen Stockwerken herumgeschlichen, als suchte sie ihre Freundin. Gestern hatte Josh die Katze in sein Zimmer gelassen, aber sie war nur gerade lange genug geblieben, um festzustellen, daß Amy nicht da war. Dann war sie wieder aus der Tür geschlüpft und hatte ihre Suche fortgesetzt.

Josh blieb stehen und beobachtete die Katze. Als spürte sie sein Interesse, miaute sie noch einmal und verschwand dann.

Von seinem Platz aus konnte Josh gerade noch den oberen Rand der Tür zu Dr. Engersols Wohnung sehen. Die Tür stand offen.

Nicht weit, nur einen kleinen Spalt.

Sein Herz schlug schneller. Sollte er es wagen, hochzugehen? Wenn nun Hildie wiederkäme?

Aber er würde den Fahrstuhl kommen hören und dann noch genug Zeit haben, um die Wohnung zu verlassen. Und vielleicht, wenn er in Dr. Engersols Wohnung wäre...

Er mußte es versuchen. Er warf einen prüfenden Blick nach links und rechts in den leeren Flur, dann rannte er die Treppe zum zweiten und zum dritten Stock hoch.

Tabby, die noch immer an der Tür stand, sah ihn an.

»Kannst du Amy riechen?« fragte Josh die Katze leise. »Kannst du sie da drin riechen?« Mit klopfendem Herzen drückte er die Tür weiter auf.

Die Katze war mit einem Satz im Zimmer.

Josh folgte ihr. Sein suchender Blick entdeckte fast sofort den Computer, der auf dem Schreibtisch neben dem Fenster stand.

Dr. Engersols Computer.

Schnell ging Josh darauf zu, und schon glitten seine Finger über die Tastatur.

Dieses Mal erschien keine Aufforderung, einen Sicherheitscode einzugeben.

Josh begann, Inhaltsverzeichnisse abzusuchen, die er nie zuvor gesehen hatte. Bei dem dritten Verzeichnis fiel ihm ein Dateiname besonders auf:

GELAB.KAM.

Josh erkannte sofort, was der Dateiname bedeutete: George Engersol Laboratorium. Kamera.

Mit der Maus auf dem Schreibtisch plazierte er den Cursor über den Dateinamen und klickte zweimal.

Im oberen Teil des Bildschirms öffnete sich ein Fenster, und ein Bild erschien.

Josh stockte der Atem. Er sah ein Laboratorium, von dessen Existenz in der Akademie er bisher nichts gewußt hatte. Es war mit Geräten angefüllt, die ihm eine Gänsehaut verursachten, auch wenn er ihre Funktionen gar nicht kannte.

Ihm war sofort klar, daß er Adam Aldrich und Amy Carlson gefunden hatte.

Nur schemenhaft erkannte er ganz links den Croyden Computer in seinem Extra-Raum, aber am Ende des Labors konnte er deutlich zwei Becken erkennen, über denen je ein Monitor an der Wand hing.

Einer der Monitore war dunkel, aber auf dem anderen war deutlich ein Bild Adam Aldrichs zu sehen.

An einem Schreibtisch neben den Becken stand Dr. Engersol, Hildie Kramer und Jeff Aldrich.

Es sah aus, als ob sie über etwas stritten.

Der Ton!

Es mußte auch ein Tonsystem geben!

Josh machte sich an die Arbeit und suchte wie wild nach der Datei, die Mikrofone und Lautsprecher aktivieren würde. Er war sicher, daß sie existierte. Denn wenn Adam über das VR-Programm mit ihm hatte reden können, dann konnte er ganz sicher auch zu Dr. Engersol sprechen.

Jetzt mußte er nur die richtigen Dateien finden und die richtigen Programme aktivieren...

In dem Laboratorium unter dem Haus teilte Adam gerade Dr. Engersol seine Entdeckung mit. Er formulierte die Worte in seinem Gehirn, digitalisierte sie und schickte sie zu dem Croyden. Das kostete ihn nicht mehr Mühe, als wenn er früher die Seiten eines Buches umgeblättert hätte oder am Strand entlanggelaufen wäre, während er Jeff etwas zurief.

»Wir werden beobachtet.«

Engersol, der gerade die Daten auf einem Bildschirm studierte, hob ruckartig den Kopf.

»Beobachtet? Von wem?«

»Josh«, sagte Adam. »Er ist oben an Ihrem Schreibtisch, und er beobachtet uns seit einiger Zeit.«

Engersol erstarrte. Fast hätte er Hildie Kramer vor Wut angeschrien. War sie wirklich so dumm gewesen, die Tür zu seiner Wohnung offenzulassen? »Gehen Sie ihn bitte holen, Hildie«, sagte er und zwang sich, seinen Ärger zu unterdrücken und seine Stimme sachlich klingen zu lassen. »Bringen Sie ihn hier runter.« Er würde sich jetzt erst einmal um Josh kümmern, und später dann um Hildie.

In der Wohnung im dritten Stock hatte Josh endlich das Programm entdeckt, das ihm Zugang zu dem Tonsystem im Laboratorium verschaffte, und ihm blieb einen Moment das Herz stehen, als er die letzten Worte hörte, die Adam und Dr. Engersol gesprochen hatten.

Wie gelähmt starrte er auf den Bildschirm. Was sollte er tun? Was *konnte* er tun? Sie würde in zwanzig Sekunden hier sein. Und auch wenn er noch aus dem Haus entkommen würde, wo sollte er hingehen?

Sie würde den Sicherheitsdienst anrufen, und in einer Minute würden sie überall nach ihm suchen!

Aber er mußte etwas tun! Er streckte seine Hand aus, um den Computer auszuschalten, aber plötzlich verschwand das Bild auf dem Monitor, und eine Sekunde später war es durch ein anderes ersetzt.

Amy.

Benommen starrte Josh das Bild an. Konnte das wirklich Amy sein? Sie war doch tot!

Nein!

Nur ihr Körper war tot. Aber sie lebte trotzdem noch.

Während seine Augen wie gebannt an dem Bildschirm hafteten, hörte er plötzlich im Hintergrund ein Geräusch.

Der Fahrstuhl.

Hildie kam.

Josh wollte aus der Wohnung rennen, als Amy ihm plötzlich zulächelte. Und dann sprach sie zu ihm, mit einer Stimme, die durch den kleinen Lautsprecher im Computer blechern klang, aber deutlich zu verstehen war.

»Du brauchst keine Angst zu haben«, sagte sie.

Ihr Bild verschwand.

Und der Fahrstuhl kam näher.

28

Die Fahrstuhlkabine hielt im dritten Stock. Hildie war von eiskalter Wut erfüllt, die sie in jeder Faser ihres Körpers spürte. Ungeduldig klopfte sie mit dem Fuß auf den Boden, während sie darauf wartete, daß sich endlich die Fahrstuhltür öffnete.

Nichts passierte.

Hildies finstere Miene wurde noch düsterer, und sie schlug auf den Knopf zum Öffnen der Tür.

Immer noch bewegte sich die Tür nicht, aber jetzt hörte Hildie aus dem kleinen Lautsprecher, der für Notfälle in der Decke des Fahrstuhls angebracht war, eine Stimme.

Amys Stimme.

»Waren Sie schon einmal in einem Fahrstuhl eingesperrt?«

Hildie schnappte nach Luft, so überrascht war sie, plötzlich Amys Stimme zu hören. Gleichzeitig fühlte sie Unsicherheit und Angst.

»Amy?« fragte sie.

Keine Antwort.

Hildie schlug noch einmal auf den Knopf zum Türöffnen. Wieder passierte nichts. Ärger und Wut hatten Hildies Angst schon wieder verdrängt, und noch einmal schlug sie auf den Knopf.

Amys Stimme ertönte zum zweiten Mal. »Wenn Sie mit mir reden wollen, benutzen Sie den Telefonhörer.«

Hildie hantierte heftig an einer kleinen Metallklappe,

die in der Wand unter der Kontrolltafel angebracht war. Dahinter hing ein Telefonhörer, den sie vom Haken riß und an ihr Ohr preßte. »Amy!« rief sie wütend in den Hörer. »Was machst du!«

Diesmal kam Amys Stimme nicht durch die Lautsprecher, sondern durch den Hörer. »Wie gefällt es Ihnen, in einem Fahrstuhl eingesperrt zu sein?« fragte sie neckisch.

Hildie überlegte angestrengt. Sie ist ein kleines Mädchen, rief sie sich ins Gedächtnis. Sie findet das witzig. »Ich leide nicht unter Klaustrophobie, Amy«, antwortete Hildie schließlich. »In engen Räumen zu sein, macht mir keine Angst.«

»Tatsächlich?« fragte Amy. »Und wie ist es, wenn Sie fallen? Ich habe immer eine panische Angst davor gehabt, irgendwo runterzufallen.«

Plötzlich sackte der Fußboden unter Hildie einige Zentimeter ab, als die Kabine sich ruckartig ein Stück nach unten bewegte. Genauso plötzlich hielt sie wieder. Hildie taumelte gegen die Wand. Sie stützte sich mit den Händen ab, um nicht hinzufallen. »Amy!« sagte sie streng. »Was machst du! Das ist nicht komisch!«

»Es soll auch nicht komisch sein«, erwiderte Amy, und der scherzhafte Ton war aus ihrer Stimme verschwunden. »Es wird genausowenig komisch sein wie das, was Sie und Dr. Engersol mit mir gemacht haben!«

Wieder fiel der Fahrstuhl, diesmal einen halben Meter tief. Hildie schrie auf, als ihre Knie unter ihr einknickten und sie zu Boden fiel. Sie ließ den Telefonhörer los, der an der Wand hin und her schaukelte, während sie wieder auf die Füße kam.

Der Fahrstuhl fuhr zurück in seine Position auf der Höhe des dritten Stockwerks.

»Drei Meter«, sagte Amys Stimme, die jetzt wieder über den Lautsprecher kam. »Ich hatte schreckliche Angst, vom Drei-Meter-Brett zu springen. Wie sieht's bei Ihnen aus?«

Wieder fiel die Kabine, und Hildie schrie laut, während sie durch die Luft flog, bis der Fahrstuhl plötzlich stillstand und sie auf dem Boden aufschlug.

Unaufhaltsam begann der Aufzug sich wieder aufwärts zu bewegen. Und mit einemmal erkannte Hildie, was ihr passieren würde.

»Nein!« schrie sie. »Amy, tu's nicht!«

Der Fahrstuhl fiel, dieses Mal sechs Meter. Hildies Beine stauchten sich auf dem Boden der Kabine, und sie fühlte einen stechenden Schmerz im Bein, als ihr rechter Knöchel brach. Sie stürzte und schrie laut auf vor Schmerz und panischer Angst.

Wieder glitt der Aufzug langsam nach oben. Hildie, die an einer Wand lehnte und ihr verletztes Bein umklammert hielt, fing an, wie wild gegen die Metalltür zu hämmern. »Hilfe! Hilfe!« rief sie. »Holt mich hier raus!«

Mit einem plötzlichen Ruck hielt der Fahrstuhl. Hildie machte sich innerlich auf den nächsten Sturz gefaßt und wartete angespannt.

Als die Kabine sich abwärts bewegte, schrie Hildie, verstummte aber abrupt, denn schon nach einigen Zentimetern stoppte der Fahrstuhl erneut.

Hildie wurde von einem solchen Zorn erfaßt, daß sie sogar den Schmerz in ihrem gebrochenen Knöchel vergaß. Amy spielte mit ihr! Sie behandelte sie wie eine Ratte im Laborkäfig! »Hör auf!« rief Hildie wütend. »Hör sofort...«

Ihre Worte brachen ab und sie schrie angstvoll, denn abermals fiel der Fahrstuhl. Hildie stürzte abwärts. Vergeblich versuchte sie, den Aufprall abzufangen. Ihr enormes Gewicht verstärkte die Wucht noch, und die Hüfte, auf der sie diesmal landete, wurde zerschmettert. Ihr Gesicht knallte gegen eine Wand, und Blut spritzte aus ihrer Nase.

»Nein«, wimmerte sie, als der Fahrstuhl wieder seine langsame Fahrt nach oben antrat. »O Gott, bitte, laß nicht zu, daß das mit mir passiert.«

Aber es passierte, wieder und wieder. Manchmal fiel der Aufzug nur einige Zentimeter, dann mehrere Meter.

Einer nach dem anderen brachen Hildies Knochen, beide Arme und Beine. Heftige Schmerzen durchzuckten ihren ganzen Körper, während sie in der Kabine hin- und hergeworfen wurde.

Als sie schließlich glaubte, die Qual nicht mehr aushalten zu können, glitt der Fahrstuhl langsam ganz nach oben.

Er blieb stehen, und Amys Stimme kam über den Lautsprecher. Fast hörte sie sich traurig an. »Wissen Sie jetzt, wie das ist?« fragte sie. »Tut es weh? Tut es genauso weh, wie Sie mir weh getan haben?«

»Amy, nicht«, stöhnte Hildie. »Warum...«

»Ich weiß, was Sie mit Josh vorhaben«, unterbrach sie Amy. »Er ist mein Freund. Ich werde nicht zulassen, daß Sie ihm etwas tun.«

Wieder fiel der Aufzug, dieses Mal nur dreißig Zentimeter; aber schon dieser Aufprall war für Hildie eine unerträgliche Marter.

Ihr qualvoller Schrei hallte in der kleinen Kabine wider.

Josh stand wie gelähmt vor Schrecken und Angst in George Engersols Wohnung und hörte die erstickten Schreie, die aus dem Fahrstuhlschacht kamen. Was geschah da? Was tat Amy?

Konnte noch jemand Hildies Schreie hören?

Josh ging zur Tür und weit genug auf den Treppenabsatz hinaus, um hinunterspähen zu können. Niemand war zu sehen, aber er konnte aus dem ersten Stock Stimmen hören.

Sollte er hinuntergehen?

Aber was würde dann mit Amy passieren?

Er wußte sofort die Antwort auf seine eigene bange Frage. Dr. Engersol würde versuchen, sie umzubringen.

Genauso wie er ihn, Josh, umgebracht hätte, wenn Hildie nicht von Amy im Aufzug gestoppt worden wäre.

Oder würde Dr. Engersol versuchen, auch ihn an einen Computer anzuschließen?

In Joshs Kopf tauchte ein Bild des Alptraums der letzten Nacht auf. Er stellte sich vor, in diesem endlosen Labyrinth für immer gefangen zu sein, ohne jemals wieder zu erwachen.

Am liebsten wäre er einfach weggerannt, hätte seine Mutter angerufen und sie gebeten, gleich zu kommen und ihn abzuholen.

Aber andrerseits konnte er Amy nicht verlassen, durfte sie nicht alleinlassen nach dem, was sie für ihn getan hatte.

Josh schlüpfte wieder in Dr. Engersols Wohnung, zog die Tür hinter sich zu und verschloß sie.

»Tu etwas, damit sie aufhört, Adam!« forderte George Engersol. »Töte sie, wenn es sein muß, aber tu etwas!«

Adam gab keine Antwort, aber das Bild auf seinem Monitor wurde plötzlich schwächer, um gleich darauf durch ein anderes ersetzt zu werden. Es stellte eine groteske Fratze dar, so entsetzlich, daß es Engersol schauderte.

Das Wesen auf dem Bildschirm hatte nichts Menschliches – sein Gesicht drückte das Böse an sich aus. In den Augen stand ein Haß, der so intensiv war, daß er mit Händen greifbar schien.

Jeff Aldrich, der neben Engersol stand, öffnete erschrocken den Mund und hielt die Hand davor, um nicht zu schreien. »Was ist das?« flüsterte er. »Was passiert denn jetzt?«

Engersol hatte die Zähne zusammengebissen, und seine Backenknochen traten hervor. »Ich weiß es nicht«, antwortete er mit rauher Stimme. »Ich habe keine Ahnung.« Direkt vor seinen Augen geriet sein Experiment außer Kontrolle.

Amy war von Dämonen umgeben.

Nie hätte sie sich so entsetzliche Kreaturen vorstellen können. Als das erste dieser Wesen aus dem Nichts auftauchte, heftig mit seinen großen Fledermausflügeln schlug und mit seinem gegabelten Schwanz die Luft peitschte, duckte sie sich instinktiv, um es über sich wegfliegen zu lassen.

Im gleichen Augenblick verlor sie die Kontrolle über den Fahrstuhl. Die Kabine stürzte bis auf den Boden des Schachtes, und Hildie stieß in Todesangst einen letzten qualvollen Schrei aus. Abrupt brach der Schrei ab, als sie mit dem Kopf voran auf dem Boden aufschlug und das Genick brach.

Für Amy war ihr instinktives geistiges Ausweichen nutzlos; es gab keinen Ort, an den sie vor der entsetzlichen Kreatur flüchten konnte, die sie attackiert hatte.

Sie wandte sich in Gedanken davon ab und konzentrierte sich mit aller Energie, und tatsächlich verschwand das Ungeheuer und sein angsterregendes Äußeres aus ihrem Bewußtsein, als sie sich mit aller Kraft weigerte, daran zu denken. Doch ehe Amy aufatmen konnte, tauchte schon das nächste auf.

Seine grüne Haut war mit Schuppen bedeckt, und seine blutroten Augen leuchteten in der Dunkelheit, während es auf sie zukroch. Riesige Krallen streckten sich nach ihr aus...

Nein!

Es existierte nicht wirklich!

Amy schrie die Worte in Gedanken, aber es nützte nichts, laut zu wiederholen, was sie schon wußte, der Schrecken, der sie erfüllte, wurde dadurch nicht gemindert.

Sie wußte, daß diese Kreaturen nicht existieren – nicht existieren konnten! –, denn in der Welt, in der sie jetzt lebte, gab es solche Wesen nicht. Außer ihr und Adam gab es überhaupt keine lebenden Wesen.

Es gab nur Reize, abstrakte Reize, die die Zellen ihres Gehirns stimulierten und die Bilder schufen, die sie im Geiste sah.

Adam!

Es war Adam, der sich diese Sachen vorstellte. Und dann übertrug er die Visionen, die er in seinem Geist geschaffen hatte, in Reize, die in ihrem eigenen Gehirn Duplikate erzeugten.

Nur änderte es leider überhaupt nichts, wenn sie verstand, wie diese entsetzlichen Kreaturen erschaffen wurden. In ihrer Welt galt das, was sie mit ihrem geistigen Auge sah, und die Dämonen und Monster, die Adam auf sie losließ, waren für sie realer als alles, was sie bisher erlebt hatte.

Sie kauerte sich zusammen und suchte nach einem Ort, um sich zu verstecken, aber in ihrer schutzlosen Welt waren die Ungeheuer überall.

Jetzt kam eines näher, seine riesigen Kinnladen weit offen, von den gelben Fängen tropfte der Speichel, und seine gespaltene Zunge schoß auf sie zu.

Die Zunge traf sie, und in ihrem Geist fühlte es sich an, als hätte ihre schleimige Oberfläche ihre Haut berührt.

Instinktiv versuchte sie, den Speichel der Phantomkreatur von ihrer Wange zu wischen.

Aber sie hatte keine Wange und auch keine Hand, mit der sie sich hätte säubern können.

Trotzdem fühlte sie noch immer den Speichel dieses Ungeheuers auf ihrer nicht vorhandenen Haut brennen.

Die Dämonen waren jetzt überall. Sie war von ihnen eingekreist, sie schlossen sie ein, kamen immer näher...

Amy stieß einen stummen Angstschrei aus, eine Welle der Energie schwappte hoch, die in ihrem Geist explodierte.

Zu ihrem eigenen Erstaunen zogen sich die Dämonen zurück...

George Engersol und Jeff Aldrich liefen aus dem Laboratorium in den gefliesten Korridor und zum Fahrstuhl. Engersol drückte auf den Knopf neben der Tür – sie öffnete sich problemlos und enthüllte ein grausiges Bild. Hildies zerschlagener Körper lag in grotesker, unnatürlicher Haltung zusammengekrümmt in einer Ecke des blutverschmierten Aufzugs.

Sowohl Engersol als auch Jeff waren einen Moment lang gelähmt vor Entsetzen und starrten regungslos und stumm auf die schrecklich zugerichtete Hausmutter. Dann drehte sich Jeff ohne ein Wort um. Sein Gesicht war kreidebleich und seine Beine zitterten. Halb betäubt ging er zurück zum Laboratorium, während Engersol in den Fahrstuhl trat und untersuchte, ob Hildie noch lebte.

Dann hob er sie auf und trug sie in den Operationsraum, wo er ihre Leiche auf den Tisch legte, den er das letzte Mal benutzt hatte, um Amy Carlsons Gehirn aus ihrem Körper zu entfernen.

Während er auf Hildies tote Augen starrte, wurde ihm langsam klar, was er jetzt zu tun hatte.

Mit schweren Schritten ging er wieder in den Raum, der die Krönung seiner Karriere beherbergte.

Jeff Aldrich starrte verständnisvoll auf den Monitor über Amys Becken. »Was ist los?« flüsterte er. »Was passiert mit ihr?«

Farben explodierten auf dem Monitor, wirbelnde Feuerräder schossen über den Bildschirm und sprühten gezackte Blitze. Dann rollten dunkle, wolkenähnliche Massen heran und lösten sich wieder auf, als sich aus ihnen heraus Explosionen von Violett und Feuerrot entluden.

»Ich bin mir nicht sicher«, antwortete George Engersol, dessen Blick gleichfalls gebannt an dem Monitor hing. »Es sieht so aus wie in dem Moment, als sie aufwachte und erkannte, wo sie war. Da war sie sehr wütend, und die Energie, die ihr Gehirn produzierte, hat etwas ähnlich Bizarres hervorgebracht. Aber dies hier sieht eher aus wie die Folge von Angst oder vielleicht Schmerz.« Er schaltete das Mikrofon ein.

»Adam? Adam, kannst du mich hören?«

Der Monitor über Adams Becken erhellte sich, und die Umrisse eines Bildes begannen sich zu formen, erloschen jedoch gleich wieder.

Alarmiert versuchte Engersol noch einmal, mit Adam in Kontakt zu treten. »Adam, ist etwas nicht in Ordnung? Tut Amy dir etwas?«

Aus dem Lautsprecher an der Decke war jetzt Adams Stimme zu hören, aber sie war schwach und abgehackt. »...sie bestrafen...«, sagte er. »...hat Josh geholfen...«

Jeff riß die Augen auf. »Josh?« flüsterte er. »Wieso denn Josh? Was macht er?«

Engersol beachtete Jeff gar nicht. Die Gedanken stürzten nur so auf ihn ein.

Es war aus und vorbei! Das Geheimnis würde ans Tageslicht kommen, lange bevor er soweit war, es zu enthüllen.

Man würde es herausfinden! Und man würde nicht nur Adam und Amy entdecken und die großartige Leistung erkennen, die er schließlich mit ihren Hirnen vollbracht hatte.

Man würde auch darauf kommen, was mit den anderen geschehen war. Mit den Kindern, die er über die Jahre hin benutzt hatte, während er sein Projekt entwickelte.

Die Kinder, die ihr Leben gegeben hatten für die Erforschung der Technologie, die er schließlich perfektioniert hatte.

Die Kinder, von denen man sagen würde, daß er sie getötet hatte.

Und dann würden die Sensationsgier, die häßlichen Veröffentlichungen der hysterischen Medien alle seine Leistungen völlig in den Hintergrund drängen.

Man würde sich nur an die Kinder erinnern, die gestorben waren, die ›Selbstmorde‹, von denen man behaupten würde, daß es sich um kaltblütige Morde gehandelt habe.

Dabei hatte er die Pläne schon in der Schublade, wohl durchdachte, Pläne, sein Projekt noch Jahre nach dem erfolgreichen Abschluß geheimzuhalten. Erst dann wollte er ganz langsam die Aufmerksamkeit der Öffentlichkeit darauf lenken.

Wenn dann die Welt verstanden hätte, was für geniale Leistungen er vollbracht hatte, würde man sich an die Vergangenheit kaum noch erinnern. Die Kinder, die in diesen frühen Jahren gestorben waren, hätte man längst vergessen.

Und angesichts seines herausragenden Erfolges würde man keine Fragen mehr stellen.

Aber nicht jetzt schon!

Es war noch viel zu früh.

Und der Beweis befand sich vor seinen Augen auf den Bildschirmen über den beiden Becken, die die Gehirne von Adam Aldrich und Amy Carlson enthielten.

Ein flüchtiger Gedanke ging ihm durch den Kopf.

Eva.

Amy hätte Eva heißen sollen.

Dann wäre es wirklich perfekt gewesen. Adam und Eva, die ersten beiden Geschöpfe einer neuen Art – teils Mensch, teils Computer.

Und auch Josh hätte perfekt dazu gepaßt.

Joshua aus dem Paradies.

Aber jetzt mußte er alles zerstören.

Er mußte alles zerstören und fortschaffen, bevor irgend etwas entdeckt wurde.

29

Der Schmerz stach in Amys Gehirn, und er war so real, als hätten die Kinnladen eines Ungeheuers wirklich ihr rechtes Bein gepackt, als gruben seine Zähne sich in ihr Fleisch, rissen es von den Knochen und zermalmten dann die Knochen selbst.

Denn die Dämonen waren zurückgekommen. Nur einen kurzen Moment hatte ihr Angstschrei sie in Schach gehalten, dann hatte Adam wieder angegriffen und erneut die Monster in ihr Gehirn projiziert. Es war, als schleuderte er Speere nach ihr, und jeder drang tiefer in sie ein als der vorherige. Sie reizten die Schmerzzentren in ihrem Hirn, so daß Amy sich vor Qual wand, während sie gleichzeitig versuchte, ihre Todesangst zu überwinden.

Sie fühlte, wie ihr Geist schwächer wurde, fühlte, daß sich langsam Risse in der wohlstrukturierten Ordnung bildeten, die ihr Denkvermögen ausmachte. Wenn es so weiterging, wenn sie nicht einen Weg finden konnte, sich zu wehren, würde ihr Verstand zusammenbrechen.

Konnte sie sich nicht abwenden?

Plötzlich tauchte der Schatten dieser Idee auf. Zuerst verstand Amy sie selbst nicht ganz, aber dann erkannte sie, worum es ging.

Nichts von all dem war wirklich!

Kämpfe nicht mit etwas, das nicht wirklich ist!

Wende dich ab!

Amy folgte ihrem Instinkt und fing an, sich von dem Alptraum, der sie umgab, zurückzuziehen, sich in sich selbst zu versenken und nach außen abzuschließen, so daß sie die Schrecken nicht länger wahrnahm, die sie umgaben.

Sie formte für sich selbst ein Bild.

Das Bild eines Brunnens, eines tiefen, dunklen Schachtes.

Ein Schacht, in den sie sich zurückziehen konnte und in dem Adam und seine Dämonen nicht an sie herankamen.

Sie fühlte, wie sie in dieses unendliche schwarze Loch fiel, das nur in ihrem Geist existierte, wie sie langsam in die willkommene Finsternis glitt.

Das Knurren der Bestien wurde schwächer, und die Wesen selbst schienen sich zurückzuziehen und undeutlich zu werden.

Mit eisernem Willen bewegte sich Amy abwärts, zwang sich, ihre panische Angst vor dem Fallen auszuhalten, sie zu benutzen, um sich zu retten.

Sie ließ sich los, sackte in die Schwärze des Schachtes, fiel in die leere Stille unter ihr und hieß sie willkommen, während der Schmerz langsam nachließ und die Angst vor den Ungeheuern schwand.

Schließlich ließ Amy sich endgültig fallen und von dem Dunkel und der Stille einhüllen.

Fasziniert beobachtete George Engersol, wie das Farbchaos auf dem Monitor über Amys Becken langsam verblaßte, bis der Bildschirm völlig leer war. Er schaute zu den Monitoren hinüber, die ihr Versorgungssystem überwachten. Die Muster ihrer Gehirnströme hatten sich verändert, und einen Moment lang war Engersol verwirrt, bevor er plötzlich verstand, was passierte.

Katatonie.

Amys Geist hatte Adams Angriffen nicht mehr standhalten können, und so hatte sie sich in einen katatonischen Zustand versetzt, in dem ankommende Reize von ihr nicht mehr wahrgenommen wurden und wo sie selbst keine aussandte.

Wie lange würde das dauern?

Und konnte er sie aus diesem Zustand herausholen?

Schon begann sein Verstand zu arbeiten und ging die verschiedenen Möglichkeiten durch. Amy bot ihm durch ihre Reaktion eine faszinierende Möglichkeit, etwas für ihn Neues zu erforschen.

Der kurze Moment der Hochstimmung ging jedoch schnell vorbei, und George Engersol kehrte in die Wirklichkeit zurück. Er würde nicht mehr die Möglichkeit haben, mit Amys Gehirn zu arbeiten, genauso wenig wie mit dem Adams.

Der Moment war gekommen, sie einzuschläfern, die Versorgungssysteme abzuschalten, die sie am Leben erhielten.

Er mußte ihre Gehirne töten, wie er vorher ihren Körper getötet hatte.

Sollte er Adam erzählen, was er vorhatte?

Nein.

Was hätte es für einen Sinn? Und wahrscheinlich hatte er auch nicht einmal mehr die Zeit dazu. Engersol begann, Anweisungen in die Tastatur zu tippen. Diesmal würde Amy ihn nicht stoppen können.

Und Adam, da war er genauso sicher, würde es nicht wagen. Adam war zu sehr daran gewöhnt, Anweisungen zu befolgen.

Jeff Aldrich stand neben Engersol und sah zu, wie dieser die letzten Befehle eingab und dann die Entertaste drückte. Im selben Moment erschien Adams Gesicht auf dem Monitor, seine Augen waren kalt und voller Wut.

»Was machen Sie da?« fragte er.

Engersol erstarrte. Die Befehle auf dem Bildschirm, die Adams und Amys Leben beenden sollten, standen still und lösten keine Reaktionen mehr aus.

»Adam«, sagte Engersol ruhig und so freundlich er konnte. »Wir müssen das Projekt beenden.«

Adams Gesicht verdüsterte sich. »Beenden? Ich...«

»Es ist kein Geheimnis mehr, Adam. Josh MacCallum weiß, was wir machen, und er wird es weitererzählen. Also müssen wir das Projekt beenden, Adam. Wir müssen den anderen beweisen können, daß hier nicht das passiert, was Josh behaupten wird.«

»Aber...«

»Das verstehst du doch, nicht wahr, Adam?« fuhr Engersol fort, und seine Stimme nahm denselben hypnotischen Ton an, mit dem er Adam im letzten Frühjahr davon überzeugt hatte, daß er sich für das Projekt zur Verfügung stellen müsse. »Du hast ja immer gewußt, daß ein kleines Risiko dabei ist. Darüber haben wir doch gesprochen.«

Adams Augen funkelten Engersol von dem Bild auf dem Monitor an. »Sie wollen mich töten!«

»Ich will es nicht, Adam«, sagte Engersol. »Ich möchte es wirklich nicht. Aber ich habe keine Wahl.« Er schwieg einen Moment, dann fragte er: »Möchtest du, daß ich dir ein Schlafmittel gebe? Du wirst überhaupt nichts fühlen, wirst gar nicht merken, daß etwas mit dir passiert.«

»Nein!«

Das Wort kam wie eine Explosion aus dem Lautsprecher. Engersol und Jeff wichen unwillkürlich zurück und sahen einander an.

»Ich werde nicht zulassen, das Sie das tun«, sagte Adam, und jetzt drückte das Bild auf dem Monitor all die Wut aus, die sich in ihm aufgestaut hatte. »Ich werde nicht zulassen, daß Sie uns töten!«

Mit großen Augen starrte Josh auf den Monitor auf Engersols Schreibtisch und geriet zunehmend in Panik. Er mußte etwas tun, mußte verhindern, daß in dem Laboratorium noch mehr schreckliche Dinge passierten. Aber wie?

Verzweifelt tippte er Anweisungen in die Tastatur, versuchte alle Kombinationen, aber der Computer reagierte überhaupt nicht mehr. Josh wandte sich ab und rannte zu dem Bücherregal, aus dessen Richtung Hildies erstickte Schreie gekommen waren. Er zog heftig an dem Regal, versuchte es mit Gewalt nach vorne zu zerren, aber es rührte sich nicht. Nun riß er die Bücher von den Brettern, schmiß sie wild durcheinander auf den Boden, bis er schließlich im dritten Fach von oben den Knopf entdeckte, der das Bücherregal öffnete. Kaum hatte er ihn gedrückt, schwang das Regal zurück, und Josh fand auch den Knopf des Fahrstuhls.

Nichts passierte.

Angst und Panik drohten ihn zu lähmen, aber er drängte sie zurück. Er versuchte, sich zu konzentrieren, und seine Augen schweiften suchend durch den Raum. Es mußte doch irgend etwas geben...

Das Telefon!

Er rannte durch das Zimmer, riß den Hörer von der Gabel und drückte drei Nummern. Beim zweiten Freizeichen antwortete der Beamte der Notrufvermittlung.

»Hilfe!« schrie Josh. »Er tötet sie! Er hat es eben gesagt!«

Vom anderen Ende der Leitung antwortete eine ruhige Stimme. »Wer spricht da? Sag mir bitte deinen Namen und wo du bist.«

Josh kämpfte noch immer dagegen an, von panischer Angst überschwemmt zu werden, aber er versuchte tapfer zu erklären, was in dem Labor passierte. »Sie leben noch«, sagte er. »Adam Aldrich und Amy Carlson. Sie sind überhaupt nicht tot!«

Während der Beamte am anderen Ende ungläubig zuhörte, sprudelte Josh die Geschichte heraus.

Voller Erstaunen betrachtete Jeff Aldrich das Bild auf dem Monitor über dem Becken. Das Gesicht dort oben sah nicht mehr aus wie der Bruder, den er kannte, der sanftäugige Junge, der alles tat, was man ihm sagte. War das wirklich Adam?

Jeffs Augen wanderten zu der Substanz in dem Becken selbst.

Ein Gehirn.

Das war alles, was sein Bruder jetzt war. Ein Klumpen grauer Masse in einem Becken mit Nährlösung.

Kein Mensch.

Und das wäre auch aus ihm geworden, wenn er sich als erster für das Experiment zur Verfügung gestellt hätte.

Adam war verrückt geworden, wie Amy.

»Du kannst uns überhaupt nichts tun«, sagte Jeff jetzt, und seine Stimme war voller Verachtung. »Du bist tot, denk dran! Von dir ist nur noch ein wenig graue Masse in einem Becken übrig!«

Adams Wut wurde zu Haß, als er die Worte seines Bruders hörte. Jetzt endlich verstand er Jeff. Dem war es ganz egal, was mit ihm, Adam, passierte, und es war ihm immer egal gewesen. Genauso gleichgültig wie das, was mit ihren Eltern geschehen war. »Du hast gedacht, daß ich sterben würde, stimmt's, Jeff? Du dachtest, ich würde sterben, und Dr. Engersol würde dann rauskriegen, was schiefgegangen ist, so daß du überleben könntest, falls er dich später anschließen sollte. Deswegen hast du auch Mama und Papa umgebracht, stimmt's? Damit du wieder herkommen und auch an den Computer angeschlossen werden kannst, hab' ich recht?«

Jeff verzog spöttisch die Lippen. »Um so zu enden wie du? Mann, du spinnst ja! Wer würde schon das sein wollen, was du jetzt bist!« Er drehte sich um und wollte aus dem Laboratorium gehen.

»Du kannst nicht verschwinden«, sagte Adam.

Jeff blieb stehen und sah sich um. »Ach nein? Und wer sollte mich davon abhalten?«

Wieder drehte er sich um und war schon im Gang auf dem Weg zum Fahrstuhl, als er Dr. Engersols Hand auf seiner Schulter spürte. »Nicht, Jeff! Das ist genau das, was er will. Und dann macht er mit uns, was Amy mit Hildie gemacht hat. Komm mit!«

Engersol ging zurück zum Labor und zog Jeff mit sich.

Plötzlich blieb er stehen und lauschte. Aus einem der anderen Räume kam ein Geräusch.

Ein Generator sprang an.

Engersol ließ Jeffs Arm los und tippte den Code in die kleine Metallplatte neben der Tür.

Nichts passierte. Sofort war Engersol klar, daß Adam den Computer benutzt hatte, um den Code zu ändern.

Er lugte durch das kleine Glasfenster, das sich in Augenhöhe in der Türfüllung befand.

In dem Raum stand der Notgenerator, den er selbst hatte installieren lassen, damit bei einem Stromausfall die Computer und Versorgungssysteme weiter funktionierten. Der Generator arbeitete.

Aber warum? Was wollte Adam damit erreichen?

Dann glaubte Engersol zu verstehen. Wenn die Polizei käme und entdeckte, was hier unten passierte, könnte sie auf die Idee kommen, den Strom abzuschalten. Ohne den Generator würde Adam im gleichen Moment sterben.

Engersol ging zurück ins Labor.

»Das rettet dich auch nicht, Adam. Früher oder später finden sie dich doch.«

»Es ist nicht meinetwegen«, sagte Adam. Seine Stimme, eben noch voller Zorn, klang jetzt ganz ruhig. »Das gilt Ihnen und Jeff. Riechen Sie nichts?«

Engersol runzelte die Stirn, dann sog er tief die Luft ein.

Abgase! Aber das war nicht möglich – der Raum mit dem Generator hatte sein eigenes, automatisch kontrolliertes Belüftungssystem.

»Ich habe ein bißchen mit den Entlüftungsschächten herumexperimentiert«, erklärte Adam in demselben fast freundlichen Ton wie kurz vorher. »Das war wirklich nicht schwer. Ich brauchte nur zwei von ihnen zu schließen und zwei andere zu öffnen.«

Ungläubig starrte Engersol auf das Bild des Jungen.

Hinter ihm hustete und würgte Jeff bereits, und auch er selbst fühlte schon die Wirkung des Kohlenmonoxyds, das nach und nach den Sauerstoff in dem Raum ersetzte.

Er griff nach Jeffs Arm und rannte wieder zum Fahrstuhl, aber auf halbem Weg sah er, wie die Tür sich schloß. Wild schlug er auf den Knopf zum Öffnen, aber die Tür rührte sich nicht.

»Nein!« stieß er hervor. »Das kannst du doch nicht machen!« Er ließ Jeffs Arm los und torkelte zurück zum Laboratorium, erfüllt von Zorn und Panik gleichermaßen. Er versuchte, seinen Atem anzuhalten, um nicht noch mehr von dem tödlichen Gas einzuatmen. Seine Augen überflogen den Raum, und er zermarterte sich den Kopf auf der Suche nach einem Ausweg. Schmerzhaft wurde ihm bewußt, daß diese Räume, die so lange Zeit sein eigenes Reich gewesen waren, jetzt plötzlich als Hinrichtungskammer dienten.

Er mußte den Jungen überreden, schoß es ihm durch den Kopf, das war der einzige Ausweg.

Finster blickte er auf das Bild Adams, der ihn mit leiser Verachtung zu beobachten schien. »Nein«, japste Engersol, und sein sorgsam zurückgehaltener Atem entströmte den Lungen. »Verstehst du denn nicht? Du bist nur das, was ich aus dir gemacht habe! Du gehörst mir!«

»Das tue ich nicht«, sagte Adam noch immer ganz ruhig. »Ich gehöre niemandem. Nicht mehr. Nicht nach dem, was Sie und Jeff getan haben. Jetzt kann ich tun, was ich möchte.«

Engersol taumelte rückwärts, während seine Lungen sich weiter mit dem giftigem Gas füllten. Ein Schwindelgefühl überkam ihn, als das Kohlenmonoxyd unaufhaltsam in sein Gehirn sickerte, und er merkte, wie sein Wille zu kämpfen schwächer wurde, während Schläfrigkeit als Vorbote des über ihm schwebenden Todes ihn einlullte.

Er stolperte gegen den Schreibtisch und drehte sich um.

Vor ihm stand der Monitor, der nicht mehr reagiert

hatte, als er die Versorgungssysteme abschalten wollte. Die aufsteigende Wut half Engersol im Kampf gegen das Schreckgespenst des Todes, das bereits sein schwächer werdendes Bewußtsein beherrschte. Ein Adrenalinstrom flutete durch seinen Körper und verlieh ihm ein letztes Mal die Kraft, seinen Willen durchzusetzen. Er nahm den Monitor, riß ihn von den Kabeln los, die ihn mit der Tastatur verbanden, drehte sich um und schleuderte ihn auf das Becken, in dem Adam Aldrichs Gehirn schwamm.

»Nein!« schrillte Adams Stimme aus dem Lautsprecher, als das Glas des Beckens zersprang.

Während George Engersol zu Boden fiel, fast schon vergiftet von dem Kohlenmonoxyd, das jetzt seinen ganzen Körper durchströmte, ergoß sich die Nährlösung aus Adams Becken. Sein Gehirn wurde mit der ausströmenden Flüssigkeit aus dem Becken geschwemmt und rollte gegen eine Glasscherbe, die tief in seine Hirnrinde schnitt.

Die Leitungen, die das Organ mit dem Computer verbunden hatten, rissen ab. Aber das spielte keine Rolle mehr, denn in dem Moment, in dem die messerscharfe Spitze des zerbrochenen Glases in sein Gehirn eindrang, starb Adam Aldrich.

Starb, wie Timmy Evans vor einem Jahr gestorben war. Timmy Evans, dachte George Engersol noch, war überhaupt nicht mehr zu Bewußtsein gekommen. Adam war wenigstens erwacht, und sein Gehirn in dem Becken hatte funktioniert und bewiesen, daß Engersol trotz all seiner Fehlschläge am Ende doch recht gehabt hatte.

Er war klüger als die Kinder, die er unterrichtete.

Aber jetzt war es vorbei, nicht nur für Adam Aldrich, sondern auch für Engersol selbst. Er schnappte nach Luft, seine Sehkraft wurde schwächer. Das letzte Bild, das er sah, war das Becken, in dem Adam gelebt hatte, und es war genauso zerbrochen wie Engersols Träume.

Jeff, der Adams Tod ohne jede Gefühlsregung mit angesehen hatte, brach einen Augenblick später zusammen und starb.

Bis auf das Dröhnen des Generators herrschte Stille in dem Laboratorium.

30

Alan Dover war auf dem Weg vom Haus der Aldrichs zurück zum Polizeirevier gewesen, als der Anruf kam, der ihn zu der Akademie beorderte, die an das Universitätsgelände anschloß. Was ihm mitgeteilt worden war, hörte sich verrückt an – Adam Aldrich und Amy Carlson sollten noch am Leben sein? Das war ganz unmöglich. Dover hatte ihre Leichen selbst gesehen.

Er hielt den Anruf für den makabren Streich eines geschmacklosen Witzbolds. Vielleicht hatte sogar ein Schüler der Akademie selbst sich diesen abartigen Witz geleistet. Aber Dover hatte sowieso schon vorgehabt, noch einmal mit Jeff Aldrich zu reden. Er hatte im Zimmer des Jungen einige unter der Matratze versteckte Papiere gefunden. Zwar konnte er ihre Bedeutung nicht ganz erkennen, aber eindeutig waren es elektronische Diagramme für genau das Fahrzeugmodell, in dem die Eltern des Jungen heute morgen gestorben waren. Konnte es möglich sein, daß der Junge seine eigenen Eltern umgebracht hatte? Natürlich, Dover wußte, daß es so etwas gab – jüngere Kinder als Adam hatten solche Verbrechen schon begangen. Der Beamte schüttelte den Kopf, als er vor der Akademie hielt. Wieder einmal fragte er sich, was das für eine Welt war, die solche Kinder hervorbrachte.

Im Foyer des Hauses standen mehrere Schüler, die aufgeregt miteinander redeten. Als sie Dover hereinkommen sahen, liefen sie auf ihn zu. Jeder wollte ihm als erster erzählen, was passiert war.

»Man hörte jemanden schreien«, sagte ein Mädchen mit blassem Gesicht. »Es war ganz komisch. Es hörte sich an, als kämen die Schreie aus den Wänden!«

Dover runzelte die Stirn, dann wandte er sich an einen etwa zwölfjährigen Jungen. Brad Hinshaw nickte zustimmend. »Es dauerte nur ein paar Minuten, aber es war wirklich sehr merkwürdig.« Er zögerte, dann entschied er sich, daß er dem Polizisten eigentlich erzählen könne, worüber sie alle geredet hatten. »Es gibt da eine Geschichte über Mr. Barrington«, fing er an. »Er soll manchmal in sein Haus zurückkommen. Man kann ihn nachts im Fahrstuhl hören, aber...«

»Schon gut«, unterbrach ihn Dover. »Ich bin nicht hier, um mir Gespenstergeschichten anzuhören. Ich gehe jetzt nach oben, und ihr bleibt schön hier.« Er sah die Kinder mit seinem strengsten Blick an. »Ist das klar, oder muß ich erst noch mehr Polizisten rufen?«

Ein paar Kinder wichen vor ihm zurück, und auch die anderen schienen kein Interesse daran zu haben, ihm zu folgen. Dover stieg hinauf in den dritten Stock, wo er eine verschlossene Tür vorfand. Er klopfte laut und lief: »Josh? Josh, bist du da drin?«

Einen kurzen Moment herrschte Stille, dann hörte Dover eine schüchterne Stimme. »Wer ist da?«

»Hier ist die Polizei, Josh. Ich bin Sergeant Dover. Unten am Strand habe ich mit dir gesprochen, erinnerst du dich?«

Gleich darauf hörte Dover ein Klicken, und die Tür öffnete sich. Joshs Gesicht war blaß, und in seinen Augen stand Angst, als er zu Dover emporblickte. »Es ist etwas Schreckliches passiert«, flüsterte er. »Adam ist tot. Und auch Dr. Engersol und Jeff und Hildie und...«

Dover ging an Josh vorbei in das Zimmer und zog die Tür hinter sich zu. Dann sah er sich schnell um. Außer den

Büchern, die auf dem Boden verstreut lagen, konnte er nichts Ungewöhnliches entdecken.

Auf jeden Fall sah er nirgendwo eine Leiche.

»Okay«, sagte er und ging zu Josh, der am Schreibtisch stand und auf einen Computerbildschirm sah, während seine Finger über die Tastatur flogen. »Am besten erzählst du mir der Reihe nach...«

»Hier!« rief Josh aufgeregt. »Hier! Sie können sie sehen!«

Dover schaute auf den Bildschirm. Der Anblick jagte ihm eine Gänsehaut über den Rücken, und sein Magen verkrampfte sich. In einem unheimlich anmutenden Raum mit vielen Geräten lagen auf dem Fußboden zwei Leichen auf dem Rücken.

Er erkannte sie sofort.

Jeff Aldrich, den er vor nicht einmal einer Stunde noch gesehen hatte, und George Engersol, der Direktor der Akademie. »Großer Gott«, flüsterte er, seine Augen noch immer auf den Bildschirm gerichtet. »Du hast gesagt...«

Bevor er aussprechen konnte, wußte Josh schon, wonach Dover fragen wollte, gab einiges auf der Tastatur ein, und das Bild veränderte sich. Auf einer Art Operationstisch lag eine Frau, in der Dover Hildie Kramer erkannte. Allein aus ihrer Haltung konnte er sehen, daß sie tot war.

Dovers Blick löste sich vom Bildschirm, und er sah Josh an. »Weißt du, was da unten passiert ist?«

Josh nickte. Sein Kinn zitterte, und in seinen Augen standen Tränen, die er kaum noch zurückhalten konnte. »Jedenfalls das meiste«, sagte er leise und stockend. Dann erzählte er Dover alles, was er wußte, wobei er sich große Mühe gab, nicht in Tränen auszubrechen, um weitersprechen zu können. »Ich habe nicht alles gesehen«, schloß er, und jetzt unterbrach ein Schluchzen seine Worte. »Ei... eine Zeitlang konnte ich nichts sehen, weil Adam die Kameras abgestellt hatte. Aber nachdem er gestorben war...«

»Josh, Adam Aldrich ist seit mehr als zwei Wochen tot«, unterbrach ihn Dover.

»Nein, das ist er nicht!« rief Josh mit schriller Stimme. »Er war da unten! Sein Gehirn hat noch gelebt!«

Dovera sagte sich, daß es keinen Sinn hätte, jetzt mit dem Jungen zu diskutieren. Josh mußte nach diesen furchtbaren Erlebnissen am Rande eines Nervenzusammenbruchs stehen. »Okay«, sagte Dover beruhigend. »Weißt du, wie ich da runterkommen kann?«

»Mit dem Fahrstuhl«, antwortete Josh. »Ich glaube, er geht jetzt wieder. Und ich habe auch die Lüftungsrohre wieder in Ordnung gebracht und den Generator abgeschaltet.«

Dover starrte den Jungen an. »Die Lüftungsrohre? Den Generator? Wovon redest du?«

»Er hat sie umgebracht!« rief Josh jetzt hysterisch. »Verstehen Sie nicht? Damit hat er sie umgebracht!«

»Ist schon gut, Josh, beruhige dich«, sagte Dover. »Paß auf, ich muß nur schnell etwas durchgeben, dann gehe ich runter.« Er zog sein Funkgerät aus der Halterung am Gürtel und forderte drei Rettungswagen und mehr Polizisten an. »Ich weiß noch nicht, was hier vorgeht, aber ich rufe in ein paar Minuten zurück.« Er steckte das Funkgerät zurück und ging auf den Fahrstuhl zu.

»Ich komme mit«, verkündete Josh.

Dover sah den Jungen an. »Hör mal, mein Sohn, ich glaube nicht...«

»Amy ist da unten«, sagte Josh, und sein Gesicht nahm einen störrischen Ausdruck an. »Sie ist meine Freundin, und sie hat mir das Leben gerettet. Hildie wollte mich töten, und Amy hat es verhindert. Jetzt muß ich ihr helfen!«

Dover überlegte. Der Junge hatte schon gesehen, was sich da unten befand, und es war jetzt auch gar keine Zeit, mit ihm zu streiten. Außerdem schien Josh zu wissen, was in dem Labor vor sich gegangen war. »Na gut«, meinte der Sergeant. »Gehen wir.«

Als sich die Fahrstuhltür öffnete, drehte sich Dover beim Anblick der blutbeschmierten Wände der Magen um, und er schloß einen Moment die Augen. Josh griff nach seiner Hand, und er nahm sich zusammen und drückte die kleine Hand des Jungen beruhigend. Während sie in den Fahrstuhl traten und abwärts fuhren, behielt er Joshs Hand in der seinen, und beide sagten kein Wort.

Der Aufzug hielt, und die Türen öffneten sich.

»Mein Gott«, murmelte Dover, denn schon als er aus der Kabine trat, sah er hinter der offenen Tür des Labors Jeff liegen.

Dover ließ Joshs Hand los und ging ins Laboratorium, wo er sich bückte und überprüfte, ob es bei Jeff Aldrich oder George Engersol noch Lebenszeichen gab.

Beide waren tot.

Dover wandte sich von den Leichen ab und betrachtete das zersplitterte Becken und die graue Substanz, die auf dem Fußboden inmitten des zerbrochenen Glases lag. Dann wanderten seine Augen zu dem anderen Becken und dem merkwürdigen Gegenstand darin.

Ein Gehirn.

Ein menschliches Gehirn, das in einer Flüssigkeit schwebte. An der Hirnrinde war ein Gewirr von Kabeln angeschlossen, und Schläuche und noch mehr Kabel führten zu den Arterien, Venen und Nervensträngen an seiner Unterseite.

Dover schauderte, als er die komplizierte Maschinerie, die das Becken umgab, in Augenschein nahm. Eine kleine Pumpe arbeitete stetig, und auf einem Monitor wurde die Aktivität des Gehirns in dem Becken graphisch sichtbar gemacht.

Unter dem Monitor gab ein ordentliches Schild Auskunft darüber, wessen Hirnströme wiedergegeben wurden.

Dover überkam Übelkeit. »Das gibt es nicht«, flüsterte er.

»Es ist wie in dem Seminar«, entgegnete Josh, der ebenfalls flüsterte.

»Seminar?« fragte Dover und sah den Jungen neben sich an. »Was für ein Seminar?«

Josh blickte weiter auf den Monitor, während er antwortete: »Dr. Engersols Seminar. Das Seminar über künstliche Intelligenz. Wir... wir haben das Gehirn einer Katze an einen Monitor angeschlossen.« Josh schwieg und starrte auf den Monitor.

Amy?

Konnte dort drin wirklich Amy sein?

Josh wollte weinen, aber er unterdrückte das Schluchzen, das in seiner Kehle aufstieg und ihn zu ersticken drohte. »Sie... sie ist nicht tot«, wisperte er. »Es ist, wie ich Ihnen gesagt habe. Sie lebt noch.«

Dover zögerte. »Josh, kannst du mit diesem Computer umgehen? Kannst du ihn abschalten?«

Jetzt lösten sich Joshs Augen von dem Monitor, und er sah den Polizeibeamten an. »Abschalten?« fragte er. »Aber wenn wir ihn abschalten, stirbt Amy.«

Alan Dover drückte besänftigend den Arm des Jungen. »Sie ist schon tot, mein Sohn«, sagte er. »Sie muß tot sein.«

Josh schüttelte nachdrücklich seinen Kopf. »Sie ist nicht tot«, beharrte er. »Schauen Sie den Monitor an. Wenn sie tot wäre, würde man überhaupt keine Hirnströme sehen. Und sie sind nicht mal ganz statisch. Es ist, als ob...« Er suchte nach Worten, um es Dover zu erklären. »Es ist, als ob sie schläft oder so. Vielleicht kann ich zu ihr sprechen. Vielleicht kann ich sie wecken.«

»Josh, das ist...«

»Ich muß es versuchen!« sagte Josh.

Er ging zu der Tastatur und fing an, die Programme

durchzuchecken, die Amy nicht nur am Leben hielten, sondern die es Engersol auch ermöglicht hatten, mit ihr zu kommunizieren. Dover nahm den Telefonhörer von dem Apparat an der Wand des Laboratoriums. So weit unter dem Boden und umgeben von Beton würde sein Funkgerät nicht funktionieren.

»Phil?« sagte Dover, als der diensthabende Beamte im Polizeirevier antwortete. »Wissen Sie, wo Amy Carlsons Eltern sich aufhalten?«

»Allerdings«, antwortete Phil Rico. »Sie sind gerade hier und wollen wissen, was wir wegen ihrer Tochter unternehmen.«

Dover seufzte. »Hier gibt es etwas, das sie sich ansehen sollten, Phil. Es... nun, es sieht so aus, als sei ihre Tochter vielleicht nicht ganz tot.«

Am anderen Ende der Leitung war es einen Moment still. Dann sagte Phil Rico: »Machen Sie keine Scherze mit mir, Dover.«

»Tun Sie's, Phil«, erwiderte Dover. Er hing den Hörer auf und ging zu Josh zurück. Verständnislos sah er über die Schulter des Jungen auf den Bildschirm und fühlte sich so nutzlos wie selten zuvor in seinem Leben.

31

Frank Carlson parkte seinen geliehenen Toyota neben dem Polizeiwagen, der sie zur Akademie begleitet hatte. Zwei Ambulanzen standen vor dem Haus, und obwohl Frank den Motor ausgeschaltet hatte, machte er keine Anstalten auszusteigen. Stumm schaute er die Menge an, die vor dem Gebäude versammelt war. Margaret, die neben ihm saß, schob ihre Hand in seine.

»Was ist denn hier los?« flüsterte sie. »Warum sind denn die Ambulanzen hier?«

Erst vor einer halben Stunde waren sie in das kleine Polizeirevier von Barrington gegangen, um mehr Informationen über den Tod ihrer Tochter zu erhalten. Den gestrigen Tag hatten sie allein verbracht, und die ganze Zeit hatte sie die Frage beschäftigt, was sie eigentlich erreichen konnten, wenn sie noch in Barrington blieben. Margaret, noch immer wie betäubt vom Tod ihrer Tochter, wollte am liebsten so schnell wie möglich nach Hause zurück. »Es macht sie doch auch nicht wieder lebendig, Frank«, hatte sie immer wieder gesagt. »Auch wenn sie den Lehrer finden, wird das überhaupt nichts ändern.«

»Wir *können* nicht einfach nach Hause fahren«, hatte Frank erwidert. »Dieser Kerl kann noch am Leben sein! Und wenn er das ist, dann will ich ihn sehen! Ich will hören, wie er zugibt, daß er meine Tochter getötet hat!«

Heute morgen hatte Margaret nachgegeben, und sie waren zum Polizeirevier gegangen, um sich zu erkundigen, ob es etwas Neues gäbe. Aber während sie mit dem Beamten sprachen, der mit dem Fall betraut war, hatte der Sergeant vom Dienst sie unterbrochen und hierher geschickt.

»Sprechen Sie dort mit Sergeant Dover. Alan Dover. Er wird Ihnen sagen, worum es geht.«

Als sie jetzt im Auto saßen und die Menschenmenge vor der Akademie sahen, ahnten sie, daß etwas Schreckliches passiert sein mußte. Aber was hatten die Ambulanzen und die Polizeiwagen mit ihnen beiden zu tun? Oder mit Amy?

»Wirst du es schaffen?« fragte Frank seine Frau.

Margaret atmete tief durch und nickte. »Ich glaube schon.« Sie machte sich darauf gefaßt, stark sein zu müssen, stieg aus dem Auto und ging auf die murmelnde Menge zu.

»Dr. Engersol ist tot«, hörte sie jemanden sagen.

»Und Hildie Kramer!« rief ein anderer. »Sie haben sie

in einer Art Labor gefunden, von dem kein Mensch etwas wußte.«

Tot? Dr. Engersol und Hildie Kramer? Margaret hörte zwar die Worte, reagierte aber nicht darauf. Die Carlsons bahnten sich so schnell wie möglich ihren Weg durch die Menge und gelangten schließlich zu der Treppe, die zur Loggia hinaufführte. Ein Polizeibeamter stellte sich ihnen in den Weg. »Verzeihung, Sir. Hier können Sie nicht weitergehen. Niemand darf im Moment in das Gebäude.«

»Ich suche Sergeant Dover«, sagte Frank. »Wir sind Amy Carlsons Eltern.«

Der Beamte sprach mit jemand über sein Funkgerät, dann wandte er sich ihnen wieder zu. »In Ordnung. Der Sergeant erwartet Sie in Dr. Engersols Wohnung. Im dritten Stock.«

Frank und Margaret Carlson gingen ins Haus und stiegen die Treppen hinauf. Als sie durch die Tür von Dr. Engersols Wohnung traten, stieß Margaret einen Schrekkenslaut aus, und Frank legte seinen Arm um sie.

Jeff Aldrichs Leiche, mit einem Laken bedeckt, wurde aus dem Fahrstuhl getragen.

Alan Dover, der Anweisungen über sein Funkgerät gab, machte ihnen ein Zeichen näherzutreten. Er beendete sein Gespräch und wandte sich ihnen zu.

»Mr. und Mrs. Carlson?«

Frank nickte knapp, während Margaret mit blassem Gesicht dicht neben ihm stand und ihre Finger in seinen Arm grub. Vorsichtig teilte Dover ihnen mit, was am Morgen passiert war. Schließlich sah er Frank Carlson direkt in die Augen und versuchte zu erklären, was mit Amy geschehen war. »Wir sind noch nicht ganz sicher«, sagte er, denn er wollte nicht, daß die Carlsons womöglich eine vergebliche Hoffnung schöpften, bevor sie genau verstanden hatten, was in dem Laboratorium unter dem Gebäude vorging. »Aber das Gehirn Ihrer Tochter scheint noch zu leben.«

Margaret Carlson wurde von einem Schwindelgefühl erfaßt. »Leben?« hauchte sie. »Aber Amy ist tot! Ihr Körper...« Die Worte erstarben ihr auf den Lippen, als sie sich daran erinnerte, was in dem Bericht der Gerichtsmediziner Merkwürdiges gestanden hatte.

Amys Gehirn war nicht in ihrem Schädel gewesen.

Ein Hai, hatte jemand vermutet. Oder irgendein anderes Tier.

Aber jetzt...

»Nein«, wimmerte Margaret. »Das glaube ich nicht. Sie ist tot! Meine Tochter ist tot!«

Frank Carlson umfaßte seine Frau und führte sie zum Sofa. »Setz dich, Liebling. Versuche, dich nicht...«

»Nein!« Margaret schüttelte den Arm ihres Mannes ab. Zitternd wandte sie sich an Alan Dover. »Ich will sehen, was dort unten vor sich geht!« erklärte sie. »Wenn Amys Gehirn tatsächlich noch lebt, dann will ich es sehen!«

»Mrs. Carlson«, setzte Dover an. Als er die Entschiedenheit in Margaret Carlsons Augen sah, sprach er jedoch die Worte, die er hatte sagen wollen, nicht aus. »Okay«, meinte er. »Ich bringe Sie runter. Aber ich möchte, daß Sie verstehen, daß da unten die schrecklichsten Experimente gemacht worden sind, die man sich vorstellen kann. Wir wissen bisher, daß zumindest bei einem der Kinder, die allem Anschein nach Selbstmord verübt hatten, dieses Ende nur vorgetäuscht wurde. Was mit Ihrer Tochter passiert ist, das... ist fast unvorstellbar.«

Er führte Frank und Margaret Carlson in den inzwischen gereinigten Fahrstuhl. Während die Kabine langsam hinunterfuhr, tat Dover sein Bestes, um die Carlsons auf das vorzubereiten, was sie gleich sehen würden.

Immerhin waren die Leichen von Jeff Aldrich und George Engersol schon weggebracht worden, und auch Adam Aldrichs Gehirn hatte man schon entfernt.

Im Laboratorium stand noch immer Josh MacCallum,

und auch zwei Polizeibeamte und ein Mann in einem weißen Kittel hielten sich jetzt dort auf.

Margaret Carlsons Augen richteten sich sofort auf den Gegenstand in dem Becken. Sie konnte einfach nicht glauben, was Dover ihr erzählt hatte.

»Nein«, flüsterte sie wieder. »Nein, das kann nicht sein. Bitte, bitte, sagen Sie mir, daß...« Die Worte blieben ihr im Hals stecken, sie konnte sie nicht aussprechen.

Der Mann im weißen Kittel drehte sich um, und Alan Dover sagte ihm, wer sie war.

»Ich bin Gordon Billings, Mrs. Carlson«, stellte sich der Mann vor. »Ich arbeite im Gesundheitszentrum der Universität. Wir wissen noch nicht genau, was im Moment vor sich geht. Aber das Gehirn in dem Becken ist das Hirn eines Menschen, und offensichtlich ist es das Ihrer Tochter.«

»Ist es am Leben?« fragte Frank Carlson.

»Biologisch gesehen, ja«, antwortete Gordon Billings. »Aber was seine Funktionsfähigkeit angeht, weiß ich nicht, was ich Ihnen sagen soll.«

Frank Carlsons Gesichtsausdruck verhärtete sich. »Sagen Sie uns, was Sie wissen«, sagte er. »Oder was Sie vermuten. Wir sind ihre Eltern, und wir haben ein Recht zu erfahren, was mit ihr passiert ist.«

Josh MacCallum, der bis jetzt geschwiegen hatte, schaute Frank und Margaret an. »Dr. Engersol hat ihr Gehirn herausgenommen«, sagte er. »Er hat es an einen Computer angeschlossen. Das hat er auch mit Adam Aldrich gemacht.«

Margaret Carlson spürte, wie ihre Beine nachgaben und ließ sich auf einen der Stühle sinken, die neben dem Schreibtisch standen. »Aber warum?« flüsterte sie. »Was...?« Wieder konnte sie ihre Frage nicht beenden, während die fürchterlichsten Vorstellungen in ihrem Kopf Gestalt annahmen.

»Sie ist nicht tot, Mrs. Carlson«, sagte Josh. »Sie schläft

nur – oder so ähnlich. Adam hat ihr irgend etwas getan, und da ist sie eingeschlafen.«

Margaret sah Gordon Billings verzweifelt an. »Stimmt das?«

Billings zuckte unsicher die Schultern. »Sie befindet sich in einer Art tiefem Koma, ja. Aber es scheint ganz anders zu sein als Schlaf oder Bewußtlosigkeit. Für mich sieht es eher so aus, als würde ihr Gehirn sterben, obwohl die Instrumente anzeigen, daß es physisch gesund ist.«

»Gesund?« wiederholte Frank Carlson. Seine Augen waren auf das Becken gerichtet, und plötzlich stieg fürchterliche Wut in ihm hoch. »Das ist nicht meine Tochter«, sagte er. »Das ist nicht Amy!« Seine Stimme wurde lauter. »Erzählen Sie mir nicht, daß das Amy ist! Hören sie? Ich werde nicht akzeptieren, daß dieses – dieses *Ding* da – ein Teil meines kleinen Mädchens ist! Nein!« Er schluchzte jetzt, und seine Wut ging unvermittelt in Trauer über. »Nein!« schrie er noch einmal. »Das ist nicht Amy! Nicht meine kleine Amy!«

Während Frank Carlson seine Qual herausschrie, veränderten sich plötzlich die Linien auf dem Monitor, die Amys Gehirnwellen anzeigten.

In den sanften Wellenmustern erschien ein leuchtender Punkt, der auf dem Bildschirm hin und her schwebte und sich dann nach links bewegte.

»Sie hat Sie gehört«, hauchte Josh, während er auf die Darstellung starrte. »Amy hat Sie gehört!«

Aus der Dunkelheit und Stille, in die Amy sich zurückgezogen hatte, erklang eine Stimme, die ihren Namen aussprach. Amys erster Instinkt war, sich vor dem Reiz zu verschließen, sich noch tiefer hinter dem Panzer zu verschanzen, den sie um sich errichtet hatte.

Aber die Stimme klang irgendwie vertraut.

Es war nicht Adams Stimme.

Auch nicht die von Dr. Engersol.

Trotzdem war es eine vertraute Stimme.

Voller Angst schloß sie den Panzer fester um sich. Sie durfte nicht auf den Reiz antworten, denn sie wollte in keine Falle gehen, die Adam ihr stellte. Noch immer wurde sie von den Erinnerungen an die Dämonen verfolgt, und die panische Angst war noch fast so groß wie vor ihrem Rückzug.

Und trotzdem reagierte etwas in ihr auf diese Stimme. Fast unbewußt öffnete sie einen winzigen Spalt in ihrer psychischen Abschirmung. Sie lugte mit ihrem eigenen Geist hinaus und machte einen vorsichtigen, forschenden Schritt in die Welt jenseits der Grenzen ihres Gehirns.

Augenblicklich spürte sie, daß sich etwas verändert hatte.

Die Kakophonie von Reizen, die sie noch vor kurzem angegriffen hatte, war verschwunden. Sie zögerte, sicher, daß Adam jeden Moment merken würde, daß sie sich geöffnet und daß ihre Abwehr nachgelassen hatte.

Der befürchtete Angriff erfolgte nicht.

Sie öffnete den Spalt in ihrem Panzer ein bißchen weiter und ließ ihren Geist daraus vordringen. Trotzdem blieb sie noch vorsichtig, während sie die Schaltkreise des Computers analysierte und alles nach den Waffen absuchte, von denen sie fest glaubte, daß sie noch auf sie gerichtet wären.

Ganz langsam merkte sie, daß Adam nicht mehr da war. Sie konnte seine Gegenwart nicht mehr fühlen und auch keine Reize registrieren, die von seinem Gehirn ausgesandt wurden.

Versteckte er sich? Hatte auch er sich zurückgezogen und wartete jetzt darauf, daß sie ihre Abwehr ganz aufgab, damit er sie aus dem schwarzen Nichts der Schaltkreise mit einemmal angreifen konnte?

Sie wagte sich weiter vor und untersuchte die Welt in den Mikrochips und die Daten, die dort gespeichert waren.

Nirgends eine Spur von Adam.

Aber jetzt hörte sie Stimmen durch das Mikrofon im Laboratorium. Ein Durcheinander von Stimmen, die sofort digitalisiert und an ihr Gehirn weitergeleitet wurden. Sie überlagerten sich, und keine war deutlich.

Amy verließ endgültig ihren Panzer. Sie durchsuchte den Computer nach einem Hinweis darauf, was passiert war, warum Adam verschwunden war. Denn jetzt hatte sie auch schon entdeckt, daß das Versorgungssystem für sein Becken nicht mehr funktionierte.

Während Amy den Computer durchstreifte, entdeckte sie die Archivdateien, die der mächtige Croyden während jeder Phase der Experimente in dem Laboratorium angefertigt hatte. In einem einzigen Augenblick überflog Amy diese Daten und erfuhr alles, was sich in dem Laboratorium abgespielt hatte, während sie in dem tiefen schwarzen Brunnen saß, den sie sich vorgestellt hatte. Es war, als erlebte sie einen Traum, die Handlungen liefen vor ihrem geistigen Auge ab, als fänden sie gerade statt, und trotzdem dauerte es nicht länger als eine Sekunde, bis sie alles aufgenommen hatte.

Und dann sah sie über die noch immer laufenden Kameras an der Decke des Laboratoriums ihre Eltern.

Auch Josh war da.

Und andere Leute, die sie nicht kannte.

Wußten sie, was in dem Laboratorium passiert war?

Ihr Verstand, der jetzt wieder einwandfrei funktionierte, begann konzentriert zu arbeiten, denn plötzlich wußte sie, wie alles enden sollte – und was sie tun mußte, um dieses Ende vorzubereiten.

»Was ist das, was geschieht denn jetzt?« flüsterte Margaret Carlson, während ihre Augen an dem Monitor hingen, der die Aktivitäten in Amys Gehirn wiedergab.

Auch Gordon Billings starrte gebannt auf den Bildschirm. Was er sah, war unglaublich, und doch war es vor ihm. Die Alphawellen, die Betawellen, alles war ihm vertraut. Und es gab keinen Zweifel, was das bedeutete. »Sie wacht auf«, sagte er leise. »Sie kommt zu Bewußtsein.«

»Bewußtsein?« wiederholte Frank Carlson. »Das ist unmöglich! Das ist nicht Amy in dem Becken! Es ist überhaupt kein menschliches Wesen, nur leblose Materie! Um Himmels willen, warum schaltet nicht endlich jemand die verdammten Maschinen ab und läßt dieses Ding sterben?«

Seine Worte hallten im Raum wider. Einen Moment lang herrschte Stille. Gerade als Gordon Billings antworten wollte, kam aus dem Lautsprecher an der Decke eine Stimme.

»Noch nicht, Papa«, sagte Amy. »Ich bin noch nicht soweit.«

Frank Carlson erstarrte, und Margaret schaute bei dem Klang der Stimme ihrer Tochter automatisch im Raum umher, als erwarte sie, daß Amy sich irgendwo versteckt hätte.

»Amy?« fragte Josh. »Ist alles in Ordnung? Was war mit dir?«

Die Erwachsenen starrten Josh an, der problemlos zu akzeptieren schien, daß es Amy Carlsons Stimme war, die sie gehört hatten. Aber bevor einer von ihnen etwas sagen konnte, sprach Amy wieder.

»Adam hat versucht, mir etwas anzutun«, sagte sie. »Er wollte mich verrückt machen, und ich mußte mich vor ihm verstecken.«

Josh runzelte die Stirn und versuchte sich vorzustellen, wovon sie redete. Verstecken? Wo? Und Wie? »Aber was ist passiert?« fragte er. »Sie sind tot, Amy. Jeff und Adam und Dr. Engersol. Und Hildie ist auch tot.«

Amy schwieg einen Moment. Als sie wieder sprach, zitterte ihre Stimme. »Adam hat sie getötet, Josh. Er hatte zum Schluß die Gewalt über alles, sogar über den Fahrstuhl. Ich wollte Hildie nicht umbringen, aber er hat sie getötet. Er hat sie alle getötet.« Während Amy sprach, arbeitete ihr Verstand gleichzeitig weiter und manipulierte Daten in der enormen Datenbank des Croyden. Amy sandte und empfing die Reize schneller, als selbst der Croyden es konnte.

»Du wirst mich gleich sehen, Mama«, sagte sie jetzt sanft. »Ich werde auf dem Monitor über meinem Becken auftauchen. Und ich kann dich auch sehen. Ich erhalte die Bilder über die Kameras in der Decke, und in meinem Verstand sehe ich sie so klar, als hätte ich noch Augen. Ich bin nicht tot, Mama. Ich bin nur... nun ja, anders, denke ich.«

Noch immer weigerte sich Margaret Carlsons Verstand zu glauben, was sie hörte. Doch während sie, wie alle anderen im Raum auch, zu Amys Monitor hochschaute, erschien dort langsam ein Bild. Es war das Gesicht eines sommersprossigen, rothaarigen Mädchens, dessen Gesicht von einem Lockengewirr eingerahmt wurde. Und doch war es nicht ganz Amy. Etwas an ihr war anders.

Ein Wimmern kam aus Margarets Kehle, und sie griff nach der Hand ihres Mannes.

»Du hast deine Brille nicht auf«, sagte Josh, während er mit schräggelegtem Kopf zu dem Gesicht seiner Freundin aufschaute.

Amy lächelte. »Ich hasse sie. Ich habe sie immer gehaßt. Also stelle ich mir mein Gesicht jetzt ohne Brille vor. Außerdem brauche ich sie auch nicht mehr, oder?«

»Das kann nicht sein«, flüsterte Frank Carlson. »Das kann einfach nicht sein.«

Amys Augen auf dem Bildschirm bewegten sich, als schaute sie ihn tatsächlich an. »Aber es ist so, Papa«, sagte sie. »Das bin wirklich ich. Ich kann euch nicht erklären, wie es funktioniert. Es ist ein bißchen so, als wäre der Computer jetzt mein Körper. Ich weiß, wie ich ihn benutzen kann und kann mit ihm arbeiten. Und ich kann alles machen, was ich will.«

»Nein!« schrie Margaret Carlson, stand auf und ging einen Schritt auf den Monitor zu. »Wir holen dich da raus! Es muß eine Möglichkeit geben...«

»Es gibt keine, Mama«, unterbrach Amy ihre Mutter. »Ich habe viel darüber nachgedacht. Aber es geht nicht. Ich habe alle Möglichkeiten in Erwägung gezogen, aber man kann mein Gehirn nicht zurück in einen Körper verpflanzen. Es gibt da zu viele Dinge, die noch niemand weiß. Und auch wenn es jemand könnte, würde das heißen, daß ein anderer sterben müßte, damit ich seinen Körper benützen kann.« Jetzt war Ärger in ihrer Stimme zu hören. »Und das wäre genauso schlimm wie das, was Dr. Engersol mit mir und Adam gemacht hat.«

»Nein!« sagte Margaret noch einmal, als könnte bereits dieses eine Wort die Richtigkeit dessen, was Amy gesagt hatte, zunichte machen. »Es muß etwas geben. Man muß irgendeine Möglichkeit finden...!«

»Es gibt eine, Mama«, sagte Amy sanft. »Es gibt etwas, das ich tun kann. Ich kann mein Gehirn sterben lassen.«

Margaret schnappte nach Luft, ihre Augen wanderten zu ihrem Mann. »Was sagt sie da?« fragte sie flehend. »Was meint sie damit?«

»Ich kann so nicht leben, Mama«, fuhr Amy fort. »Ich weiß, was mit Adam und allen anderen passiert ist. Adam hat sich verändert, Mama. Er war nicht mehr wie früher. Er fing an, alle zu hassen, und wenn Dr. Engersol ihn nicht getötet hätte, dann wäre er in der Lage gewesen, alles zu tun, was er wollte. Er hätte in alle Computer der Welt eindringen und sie beeinflussen können. Und wenn mein Gehirn am Leben bliebe, könnte auch ich das tun.«

»Aber wenn du einfach hierbleibst«, protestierte Josh, denn er begriff sofort, was Amy sagte. »Wenn der Computer nicht an ein Modem angeschlossen wäre...«

Amy schüttelte den Kopf. »Das möchte ich nicht, Josh. Ich will nicht für immer hier eingesperrt sein. Also gehe ich fort. Ich werde dieses Projekt beenden und fortgehen.«

»Nein!« schrie Josh. »Bitte, Amy, geh nicht weg, stirb nicht!«

Amy lächelte. »Versteh doch, Josh. Ich muß gehen. Es gibt keinen anderen Weg.« Sie blickte ihre Mutter an. »Ich liebe dich, Mama«, sagte sie sanft. »Und ich bin froh, daß ihr gekommen seid. Wenigstens konnte ich euch jetzt noch Auf Wiedersehen sagen.«

Margarets Finger gruben sich in den Arm ihres Mannes. »Tu etwas, Frank«, bat sie. »Mach etwas, damit sie nicht geht...«

Aber Frank Carlson, der den Worten seiner Tochter aufmerksam gelauscht hatte, schüttelte den Kopf. »Es ist schon in Ordnung, Amy«, sagte er ruhig. »Tu, was du tun mußt, und denke immer daran, daß wir dich lieben. Wir haben dich immer geliebt, und wir werden dich immer lieben.«

Amys Lächeln wurde schwächer. »Ich liebe dich auch, Papa«, flüsterte sie. Während alle im Raum zusahen, wurde ihr Bild langsam blasser und verschwand dann ganz. Gleich darauf ertönten Alarmzeichen. Die Geräte, die Amys Gehirn versorgt hatten, hörten auf zu arbeiten.

»Tut etwas!« schrie Margaret Carlson. »Um Himmels willen, warum tut denn niemand etwas?«

Joshs Finger flogen über die Tastatur, während er versuchte, die Programme wieder aufzubauen, die der Computer aus seiner Datenbank gelöscht hatte, und die Geräte wieder in Gang zu setzen, die aufgehört hatten zu arbeiten.

Auf dem Monitor zeigte sich keinerlei Reaktion.

Während alle hilflos zusahen, starb Amy Carlson.

Epilog

Seit fast einer Woche war Josh nun schon wieder in Eden, und als er sich von der Schule auf den Nachhauseweg machte, war er in Gedanken bei all dem, was in Barrington vor nur wenigen Tagen passiert war.

Seine Mutter und auch alle anderen hatten ihm geraten, es so schnell wie möglich zu vergessen.

Aber wie konnte er das?

Er war doch dort *gewesen*! Er hatte es doch *gesehen*!

Er hatte Hildies Leiche in dem Fahrstuhl gesehen, und dann Dr. Engersol und Jeff, wie sie tot auf dem Fußboden in dem Laboratorium lagen.

Und er hatte Adams Gehirn gesehen, in einer Pfütze, tot.

Und Amys Gehirn, das noch lebte, in dem Becken und an den Computer angeschlossen.

Er hatte sogar miterlebt, wie Amys Gehirn starb.

Noch nie vorher hatte er jemand sterben sehen, und noch lange hatte er auf die leeren Bildschirme gestarrt. Dann hatte er den Blick abgewandt und statt dessen die graue Substanz in dem Becken betrachtet.

Sie war ihm überhaupt nicht verändert vorgekommen. Die Falten in der Hirnrinde und ihre graue Farbe sahen aus wie vorher, durchzogen von den feinen blauen Linien der Blutgefäße.

Sein Gefühl sagte ihm, daß das nicht richtig sein könne.

Wenn Amy jetzt tot war, sollte ihr Gehirn irgendwie anders aussehen.

Aber das tat es nicht, und schließlich löste Josh seinen Blick davon, als er Alan Dovers Hand auf seiner Schulter fühlte.

»Ist sie wirklich tot?« fragte er mit zitternder Stimme.

Dover nickte. »Ja, das ist sie wohl. Komm, laß uns zusammen rausgehen. Sie brauchen uns hier unten nicht mehr.«

Als sie in dem ehemals geheimen Fahrstuhl nach oben fuhren, fröstelte Josh, denn er mußte daran denken, was hier drin heute morgen mit Hildie passiert war.

Würde er jetzt immer daran denken, jedesmal, wenn er in einen Fahrstuhl stieg?

Als sie in Dr. Engersols Wohnung angekommen waren, hatte Josh den ratternden alten Aufzug gar nicht beachtet, der noch immer im dritten Stock hielt. Er ging gleich auf die Treppe zu.

»Jemand hat deine Mutter angerufen, Josh«, hatte Alan Dover gesagt. »Sie wird heute abend hier sein.«

Josh hatte die Worte kaum gehört, denn jetzt plötzlich wurde er überwältigt von dem, was er den ganzen Morgen hatte zurückdrängen müssen. Von hemmungslosem Schluchzen geschüttelt, klammerte er sich an den neben ihm stehenden Polizeibeamten, obwohl alle seine Schulkameraden im Foyer standen und zusahen.

»Alles in Ordnung, Josh«, hatte Alan Dover beruhigend gesagt und ihm übers Haar gestrichen. »Jetzt ist es vorbei.«

Aber es war nicht vorbeigewesen. Josh hatte fast den ganzen restlichen Tag damit verbracht, mit der Polizei, den Ärzten und einer Menge anderer Leute zu reden. Er hatte alle Fragen so gut er konnte beantwortet. Wieder und wieder hatte er erklärt, was passiert war, als er den VR-Helm aufgesetzt und Adam in dem Computer gesehen hatte. Er war sogar bereit gewesen, es ihnen zu zeigen, aber als sie oben in seinem Zimmer waren und er den Computer eingeschaltet und den Helm und den Handschuh aufgesetzt hatte, funktionierte es nicht mehr.

Er wußte, was passiert war: Bevor Amy gestorben

war, hatte sie alle Programme gelöscht, die Dr. Engersol installiert hatte, all die Programme, durch die man in den Computer hineinsehen konnte.

Denn das, da war sich Josh ganz sicher, hatte er getan.

Es war keine Simulation gewesen.

Das Programm war installiert worden, damit Adam ihm zeigen konnte, wie es wäre, im Computer zu leben, ein Teil der Welt zu sein, in der Adam und Amy sich aufhielten.

Eine Welt, die ihm Alpträume verursacht hatte und ein Gefühl, als würde er verrückt.

Als Josh ihnen schließlich alles erzählt hatte, und nachdem seine Mutter angekommen war, hatte er den paar Kindern, die noch da waren, Auf Wiedersehen gesagt.

Den ganzen Tag lang waren Eltern in der Schule aufgetaucht, um ihre Kinder mit nach Hause zu nehmen. Sie hatten ihren Kindern packen geholfen und die Schule so schnell wie möglich wieder verlassen. Josh wußte natürlich, warum sie sich so verhielten, aber trotzdem erschien es ihm merkwürdig, denn das Projekt, an dem Dr. Engersol gearbeitet hatte, war ja zerstört, und Dr. Engersol selbst war tot.

Die meisten Kinder hatten noch nicht einmal mit dem Experiment zu tun gehabt. Aber ihre Eltern nahmen sie sofort mit sich nach Hause und sagten dasselbe wie seine Mutter: »Ich wußte, daß mit diesem Ort hier irgend etwas nicht stimmt. Von der ersten Minute an hatte ich ein ungutes Gefühl.«

Josh glaubte ihnen kein Wort. Die Schule sah schließlich noch immer aus wie eh und je – mit dem grünen Rasen, der sich vor dem Haus erstreckte und der hoch aufragenden Gruppe Mamutbäume, in deren Mitte er Amy zum ersten Mal getroffen hatte.

Als auch er und seine Mutter schließlich abfuhren, hatte er aus dem Rückfenster des Autos gesehen, so lange er noch etwas von dem Schulgelände mit der wunderschönen Villa erkennen konnte. Er wußte, daß er weder die Akademie noch eines der Kinder, die seine Schulkameraden gewesen waren, je wiedersehen würde.

Sie waren nach Barrington gefahren, um dort in einem kleinen Gasthaus zu übernachten. Als er später im gleichen Zimmer wie seine Mutter im Bett lag, konnte er lange Zeit nicht einschlafen.

Er hatte der Brandung gelauscht, denn das Gasthaus lag nahe am Meer, und er hatte sich gefragt, wie lange es wohl dauern würde, bis er sie wieder einmal hören könnte.

Und er mußte daran denken, wie es wohl sein würde, wieder in seine alte Schule in Eden zu gehen.

Dort gab es keinen Unterricht wie in der Akademie, und er müßte wieder den ganzen Tag lang stillsitzen und so tun, als hörte er einem Lehrer zu, der über Dinge redete, die er selbst längst wußte.

Wieder müßte er sich die Spötteleien der anderen Kinder anhören und so tun, als machte es ihm nichts aus, dauernd gehänselt zu werden. Und er müßte auch so tun, als machte es ihm nichts aus, daß er nicht einen einzigen Freund hatte, mit dem er reden konnte.

Aber jedenfalls würde in Eden keiner versuchen, das mit ihm zu machen, was Dr. Engersol mit Amy und Adam gemacht hatte.

Jetzt waren sie tot, und er war noch am Leben und durfte zurück nach Eden.

Schließlich war er eingeschlafen, kurz bevor die Sonne aufging.

Auf dem Rückweg hatte er nicht viel gesagt. Er hatte sich auf seinem Sitz zusammengerollt und aus dem Fenster geschaut, während seine Mutter mit ihm nach Hause fuhr.

Und nun, fast eine Woche danach, war es fast, als wäre er überhaupt nie weggewesen.

Die Wüste hatte sich nicht verändert; die Sonne brannte noch immer vom Himmel, und die wellige Landschaft war noch immer so unfruchtbar, daß außer sonnenverbrannter Erde und Kakteen nichts zu existieren schien.

Aber es gab einen Unterschied für Josh – alles war ihm vertraut, und deswegen kam ihm selbst die Wüste freundlicher vor.

Auch mit der Schule war es nicht ganz so wie früher; aus irgendeinem unerfindlichen Grund fand er es jetzt leichter, während des Unterrichts aufmerksam zu sein, und die Lehrer schienen ihn auch nicht mehr dauernd den anderen als Vorbild hinzustellen.

Und heute war er nach der Schule neben dreien seiner Klassenkameraden gegangen. Sie hatten sich nicht von ihm abgewandt und sogar mit ihm gesprochen. Er ging eine ganze Weile mit ihnen, und schließlich jagten sie zusammen Krötenechsen.

Zu Hause war er dann die Treppen hochgestiegen zu der kleinen Wohnung im ersten Stock, in der er schon wohnte, so lange er sich erinnern konnte.

Es war weiß Gott nicht wie in der Akademie, aber auch hier empfand er dieses beruhigende Gefühl der Sicherheit, weil ihm alles so vertraut war. Er sagte »Hallo!« zu Mrs. Hardwick, die einen Finger an die Lippen hielt und auf die schlafende Melinda in ihrem Laufstall zeigte. Während er in sein Zimmer ging, fragte sich Josh, warum er leise sein sollte, wenn doch der Fernseher so laut lief, daß er ihn schon im Treppenhaus gehört hatte.

Aber sogar das machte ihn nicht so sauer wie früher. Er warf seine Bücher aufs Bett, dann ging er zum Schreibtisch und schaltete den Computer ein.

Es war derselbe Computer, den er in der Akademie benutzt hatte. Man hatte ihm erlaubt, ihn mit nach Hause zu nehmen.

»Das machen sie nur, damit ich sie nicht verklage«, war die Meinung seiner Mutter gewesen. Aber sie hatte nichts dagegen gehabt, daß er ihn mitnahm. Erstaunlicherweise hatte sie noch nicht einmal zu diskutieren angefangen, als er darauf bestanden hatte, das Modem selbst an die Telefonleitung anzuschließen anstatt zu warten, bis die Telefongesellschaft das tat.

»Wenn du das Telefon ruinierst, dann sperre ich dir für alle Zeiten den Zugang dazu«, hatte sie gedroht.

Josh hatte nur gegrinst. Fünf Minuten später funktionierte das Modem perfekt.

Als der Computer betriebsbereit war, rief Josh das Programm auf, durch das er seinen Computer mit allen anderen zusammenschalten konnte, für die er Telefonnummern hatte.

Er konnte aber auch ein Zufallsprogramm in Gang setzen, das selbst so lange suchte, bis es eine Verbindung gefunden hatte.

Während er am Schreibtisch saß und überlegte, was er wählen sollte, piepte der Computer plötzlich leise. Er kündigte an, daß jemand von außen eine Verbindung zu ihm herstellen wollte.

Mit gerunzelter Stirn wartete Josh neugierig, während die Verbindung sich herstellte und der Bildschirm sich leerte, bereit, eine hereinkommende Nachricht zu empfangen.

Anstatt einer Nachricht erschien ein Bild.

Amy Carlsons Gesicht, das ihn anlächelte.

»Hallo, Josh«, sagte sie. Ihre Stimme kam aus dem kleinen Lautsprecher im Gehäuse des Computers.

Josh saß regungslos und starrte auf das Bild.

Das war nicht möglich! Amy war tot!

Er war dabeigewesen, als sie starb.

Er hatte *zugesehen*, wie sie gestorben war!

Aber sie war da, ihre blauen Augen funkelten in ihrem sommersprossigen Gesicht, und ihre roten Locken fielen ihr in die Stirn. Sie sah genauso aus, wie er sie in Erinnerung hatte.

»He! Sag was!« beschwerte sich Amy. »Ich öffne ein Fenster, und du tippst was ein, okay?«

Im unteren Teil des Bildschirms öffnete sich ein Fenster. Ein Cursor flackerte und lud Josh ein, etwas zu schreiben. Er zögerte, dann tippte er in die Tastatur:

AMY? WO BIST DU?

Amys Grinsen verwandelte sich in ein geheimnisvolles Lächeln. »Ich bin jetzt überall.«

»Aber du bist doch tot«, tippte Josh. »Ich habe gesehen, wie dein Gehirn gestorben ist.«

Amy nickte. »Es ist auch gestorben«, antwortete sie. »Aber *ich* bin trotzdem nicht gestorben. Ich lebe noch. Ich bin einfach weggegangen.«

In Joshs Kopf überstürzten sich die Gedanken. Weg? Wohin? Wie? Das war nicht möglich!

»WIE?«

»Es war ganz einfach«, antwortete Amy. »Ich wußte ja, was passieren würde. Sobald Dr. Engersol merkte, daß er uns nicht mehr kontrollieren konnte, war klar, daß er versuchen mußte, uns zu töten. Und ich wollte nicht sterben. Also habe ich eine Reproduktion von mir gemacht.«

Josh runzelte die Stirn, dann tippte er:

DAS VERSTEHE ICH NICHT!

»Aber wieso denn nicht?« fragte Amy. Ihr Lächeln wurde breiter und verschmitzt, als freute sie sich über einen gelungenen Streich. »Du weißt doch, wie Gehirne funktionieren. Sie sind nichts weiter als große Computer. Also habe ich die vollständige Struktur meines Gehirns kopiert. Die Zellen und Nerven gleichen Mikroschaltkreisen, sie sind nur noch viel komplizierter, mit Billionen und Billionen von Verbindungen. Aber ich entdeckte, daß ich sie kopieren konnte, genauso wie man eben Dateien kopiert. Also habe ich mich selbst dupliziert, alle Zellen in meinem Gehirn und alle Nervenverbindungen, auch alle meine Erinnerungen. Und es hat funktioniert, Josh. Es funktioniert sogar besser als das, was Dr. Engersol machen wollte, denn jetzt brauche ich nicht mal mehr mein Gehirn.«

Josh starrte auf den Bildschirm, und ihm lief ein Schauer über den Rücken. War das wirklich möglich? Konnte es sein, daß stimmte, was Amy da erzählte? Obwohl er sich nicht sicher war, ob er es wirklich wissen wollte, nahm er all seinen Mut zusammen und tippte eine Frage ein:

WO BIST DU?

Amy lachte, und in dem winzigen Lautsprecher knisterte und knackte es. »Am Anfang war ich in dem Croyden. Und etwas von mir ist noch immer da. Aber dann habe ich begonnen, mich auszubreiten. Ich bin jetzt überall, Josh! Ich bin in dem größten Computer im Pentagon, und ich bin in den Tresorräumen in der Salzwüste, wo die Daten der Banken gespeichert werden. Eine Kopie von mir habe ich sogar nach Japan geschickt und eine nach Deutschland.«

Josh fühlte sich wie betäubt. Seine Augen hingen gebannt an ihrem Gesicht, während er ihr zuhörte. Langsam verstand er, was passiert war.

»Ich kann jetzt alles tun, Josh. Alles, was ich will!«

In ihrer Stimme klang ungewohnte Härte mit und Josh fiel jetzt auf, daß sich auch ihr Gesicht verändert hatte.

Nein, nicht ihr Gesicht.

Ihre Augen.

Sie schienen zu leuchten, schienen zu glitzern, und er hatte das Gefühl, gleich könnte irgend etwas aus dem Computer nach ihm greifen.

Es war passiert! Genauso, wie Amy selbst es vorhergesagt hatte.

Wie Adam – hatte auch sie sich verändert.

Sie war nicht mehr die Amy, die er kannte.

Sie war böse.

Während sie weiter mit ihm redete und ihm zuflüsterte, daß sie irgendwo auf ein ganz ähnliches Projekt wie das in der Akademie gestoßen wäre, verstand er langsam, was sie wollte.

Sie wollte ihn.

Sie war einsam, und sie wollte, daß er zu ihr käme und ihr Gesellschaft leistete.

Josh beschlich eine seltsame Angst. Schnell streckte er den Arm aus und schaltete den Computer ab.

Als eine Stunde später Brenda von der Arbeit nach Hause kam, stand er Computer draußen auf der Veranda vor der Haustür.

»Josh?« sagte Brenda in der Wohnung. »Was macht dein Computer denn da draußen?«

Josh lag auf der Couch und sah fern. Ohne aufzuschauen, sagte er: »Ich will ihn nicht mehr.«

Brenda runzelte die Stirn. »Du willst ihn nicht mehr? Warum nicht? Du warst immer ganz verrückt nach Computern.«

Jetzt sah Josh auf. »Genau deswegen will ich ihn nicht mehr«, sagte er. »Ich will nicht verrückt sein.«

Brenda wollte gerade anfangen, mit ihm zu diskutieren, als eine Windbö den Vorhang vor dem Fenster zur Seite wehte und helles Licht auf Joshs Gesicht fiel. Sie sah ihn aufmerksam an und erkannte, daß heute nachmittag etwas passiert sein mußte.

Etwas, das Josh ihr nie erzählen würde, das spürte sie instinktiv.

Aber es hatte ihn verändert.

Es hatte ihn für immer verändert.

Brenda schwieg, und Erleichterung und Freude stiegen in ihr auf. Seit sie Josh von der Akademie nach Hause geholt hatte, machte sie sich Sorgen um ihn. Jetzt wußte sie, daß es ihrem Sohn bald gutgehen würde.